U0901611

长剑辟天·以镇乾坤

THE MIRROR

图书在版编目（CIP）数据

辟天 / 沧月著. -- 北京 : 北京联合出版公司,
2016.5
（镜）
ISBN 978-7-5502-7636-9
Ⅰ. ①辟… Ⅱ. ①沧… Ⅲ. ①长篇小说–中国–
当代 Ⅳ. ①I247.5
中国版本图书馆CIP数据核字(2016)第083130号

镜·辟天
作者：沧月
责任编辑：杨青 徐秀琴
选题策划：读客图书 021-33608311
特约编辑：周汝琦 黄靖文
封面设计：80零·小贾
版式设计：顾红 余晶晶
责任校对：绳刚 张新元 曹振民

北京联合出版公司出版
（北京市西城区德外大街83号楼9层 100088）
北京华联印刷有限公司印刷 新华书店经销
2016年5月第1版 2016年5月第1次印刷
字数313千字 680毫米×990毫米 1/16 27印张
ISBN 978-7-5502-7636-9
定价：45.80元

如有印刷、装订质量问题，
请致电010-85866447（免费更换，邮寄到付）

目录 Contents

目录 Contents

目录 Contents

序章

云浮

六合之间，什么能比伽蓝白塔更高？

唯有苍天。

六合之间，何处可以俯视白塔顶上的神殿？

唯有云浮。

云浮城位于最高的忉利天，飞鸟难上，万籁俱寂。九天之上白云离合，长风浩荡着穿过林立的、闪烁着金属光泽的尖碑，发出风铃一样的美丽声响。从云荒大地上飞来的比翼鸟收敛了双翅，落到了高高的尖碑上，瞬间恢复了浮雕石像的原型。

无数的尖碑矗立在云浮城里，一眼望去如寂寞的森林。

每一座尖碑底下，都静默地沉睡着一个翼族。在这个浮于九天的孤城里，所有人都在各自冥想和修行，或者静悄悄地灰飞烟灭。

那些尖碑指向更高的苍穹，上面刻着繁复的花纹。

每一座碑上的花纹大同小异，最顶上是一个象征着太阳的圆，然后是平行的波纹，象征着大地和海——在那之下，雕刻着一只巨大的、正在向上飞翔的金色的鸟。那只鸟展翅向着太阳飞翔，一步步超越了大地和海。

迦楼罗金翅鸟是他们这一族的象征。

亘古以来，翼族就如迦楼罗金翅鸟一样，一直在追求着极限，从大地朝着太阳一步步飞升羽化，从大地一直迁徙到九天上的云浮城。

自古以来，他们就被所有陆地和大海上的人仰视，被冠上了“神”的称号。然而，严格地说，他们并不是神祇，他们这一族诞生在鸿蒙开辟之初，早于鲛人和空桑人而存在。他们生于云荒七海外的云浮岛上，足迹却遍布整个海天，一度是天空下最骄傲的民族，在这一片天地之间留下了最初的脚印。

因为神的恩赐，他们拥有出众的天赋。他们观望星辰，记录日月，播种和收获，建造巨大的神庙、宫殿和尖碑——在海国的鲛人还刚刚从泡沫里诞生、云荒上的空桑人还在茹毛饮血的时候，他们已然创造出了辉煌灿烂的文明。

他们甚至可以用念力从身体里展开双翅，翱翔于海天。

然而随着岁月的流逝，他们的心也越来越高。他们不再甘于困顿大陆，而想探求九天之上的奥秘。他们不甘于被星辰照耀——因为凡是被星辰投影覆盖的每一个人，都会被宿命的流程所控制。

然而他们虽然可以飞翔，但却无法凭着双翅到达星星之上；他们生命长久，但是却无法永生——所以他们逐渐开始修习术法，探求天地之间的终极奥妙。

终于，在一万年前，云浮国的力量达到了前所未有的巅峰。

云浮最后的城主是一对孪生兄妹，长大后联袂主持族中事务，被族人称为大城主和少城主。那对同胞兄妹均是万古难遇的奇才，年纪轻轻便登上了术法的巅峰，窥破了诸多长老皓首穷经也参不透的谜题——

两位城主寻求到了停止光阴的方法，从此族中再也没有衰老和死亡；两位城主预知了每一颗星辰的轨道，从此便能洞察大陆上与之对应的一切命运。

然而，没有了衰老死亡，又能预知未来的命运之后，翼族人并不因此而活得更好，反而陷入了前所未有的悖逆和混乱之中——因为，他们从此过着漫长得看不到头却清晰得一眼看得到底的人生！

不生不死，明知宿命却无法改变。在活了上百年后，翼族里一大批的人到了崩溃的极限。于是，达到了辉煌的巅峰后，整个云浮城陷入了突如其来的疯狂。

翼族子民一个接着一个地死去，不是死于仇杀，而是纷纷放弃了自己的生命！血刹那间流满了这个辉煌的国度。甚至连两位城主都不能遏止这样的混乱，因为他们内心也开始对生存的意义提出了疑问。

最终，为了摆脱星辰的投影，挣脱被控制的宿命，两位城主做出了旷古未有的事情——他们联手施展了极限禁咒，使整个云浮城飞上九天，超越星辰，消失在云荒的海天之外！

从此，他们这一族超越了宿命和轮回，无生亦无死。

他们舍弃了故园，朝着太阳飞起，便如离弦的箭，一去不能回头。他们获得了神一样的力量，超越了地面上那些刀耕火种的族类，从此便不能再回到大地，去干扰那片土地上的兴亡枯荣的流转——他们只能成为局外人。

云浮翼族退出了云荒的历史舞台，只留下了种种隐约的传说。

没有人知道这一族在星星之上过着什么样的生活。九天上隔绝万年的岁月，让他们这一族蒙上了种种传奇色彩，在后人的口耳相传里被附会成接近了神祇的存在。他们的真正来历被岁月掩盖，没有谁记得宇宙洪荒之前，他们也曾翱翔于天地之间，随意地栖居和生活，与其他族类一模一样。

如今的他们居住在最高的忉利天上，拥有着超越云荒大地上所有种族的力量和长久得看不到头的生命。然而，却是如此的寂寞。

沧流历九十一年，云荒大地上风起云涌，大变将至。而这座九天上的孤城里，却依然保持着亘古不变的孤寂。

从北方尽头的黄泉归来后，比翼鸟合拢翅膀休息，而联袂返回的三位女神坐在高台上，俯瞰着伽蓝塔顶的神庙，仿佛静静地等待着什么。

“太阳又落了。”当颊上的那种温暖消失时，慧珈轻轻说了一句。她侧头望向云荒的最西方，言语中有一丝眷眷的惆怅，“又是一天。”

明天，云荒上又将会激起什么样的风云？

不同于死寂的云浮城，她们脚下的那片大地是活着的，每一日都是新的，每一日都有激变，令人目不暇接。当海皇的力量回归于人世，当六个封印被逐一解开，当破军光芒照耀苍穹——这一片云荒大地，又将会迎来怎样风起云涌的岁月？

然而，她们却只能是旁观者。

“该布夕照了。”曦妃站起身来，在背后瞬地展开了双翅。她升到云浮城中那一座最高的飞鸟尖碑顶端，抬起皓腕，轻轻地点燃了上面的离火。

只是一刹那，漫空便腾起了炽烈艳丽的霞光。

虚空中，竟然隐约浮动着无数巨大的镜子。那些透明的镜子被无形的力量悬挂在九天之上，在云层中若隐若现，折射着尖碑顶端的那一点离火，在云上漫出无数的光。当下面陆地上的人们抬头时，便能看到千里璀璨的晚霞。

九天寂寞如雪。每日里无聊，她们不愿修炼，便各自寻找可以做的事。

曦妃便在天上布出各种景色；而慧珈便会藏起翅膀，混迹于人间行走；魅婀则喜欢和大陆上那些花妖山鬼打交道，经常来往于天阙……日子就这样一天天地过去。但是无论在何处来往，看到了什么样的兴亡，她们都严格恪守着大城主订立的规矩，绝不插手大地上的一切纷争。

这，也是当年云浮人脱离大地飞向天空时，对着上苍许下的誓言。

曦妃从最高的飞鸟尖碑上落下，重新坐到了高台上。三位女神静静地呈三角坐着，望着高台居中的那一缕莹白色光。那白色的光在九天的风里摇曳，缥缈如缕，纯白如雪——一如那个人的灵魂。

已经整整七千年了啊……如今海皇复苏，离湮少城主也到了归来的时候。

晚霞消散，暮色渐起。三位女神静默地低下了头，双手按地，行礼——大城主，也是该苏醒了吧？然而，长风寂寞地从空城上掠过，穿梭在林立的尖碑间，发出细微如缕的乐声，却始终没有听到任何声响。三位女神眼里的神色隐隐有些不安。

难道，连少城主回来这样的事情，都无法让大城主从苦修中苏醒吗？自从飞上九天以来，他们一族保持了对一切外物的疏离，只关注自身。在这个云浮城里，大城主甚至已经将实体彻底舍弃，化为虚无与天地一起存在。

像她们三位一样对这脚下的大地始终保持着关注已然是罕见——在离湮被驱逐出云浮天界后，她们已经是硕果仅存的和云荒大地保持联系的翼族。

日月交替了不知几个轮回，又一个薄暮的黄昏里，一阵风过，高台上的离火摇曳了一下，忽然熄灭。然而离火在熄灭之前猛然又亮了一下，映照出尖碑上的名字：“尚皓”。

那，正是那个已然舍弃了实体的同族最高首领的名字——那个俯仰于天地之间，一重一重突破了力量极限的云浮大城主。

离火熄灭时，尖碑里忽然发出了一声低低的叹息。

三位女神悚然一惊，立即匍匐在地，禀告：“大城主，海皇已经复生，一直保存在云浮城的力量也已经归还海国。一切都已经结束了。”

“结束了？”一贯无喜无怒的声音里，隐约有如释重负的轻松，“那……她呢？”

慧珈抬起了头，捧起高台中间那一缕白色的光，回禀：“少城主已经从轮回中归来——大城主，当年您惩罚少城主轮回尘世，直到新的海皇复苏。如今，一切宿缘已尽，我们已将她的三魂七魄从黄泉的轮回里带回。”

那一缕灵光在她手心，仿佛活着一样，温柔地映照出周围的一切——还是那样的温暖、那样的宁静，恍如数千年前的那个美丽灵魂。

许久，大城主终于开口，声音里带着某种疲惫：“是的，也够了……让她回来吧。”

尖碑的顶上，忽然凝结出了一个幻影。

冷月悬挂在更高的苍穹上，映照着九天之上的这座空城。尖碑寂寞如林，而在最高的一座碑上，却凭空出现了一个扭曲的人形。

仿佛是长久没有尝试过凝聚，那个形体变化了好几次，才定了下来。

“你们看，我这个样子和以前是否一样？”那个虚空中的人低头，问底下的族人。然而三女神面面相觑，却都无法回答——大城主在五千年前已然消散了实体，进入长久的冥想和苦修，从此再也没有以人形出现过。

那样长的岁月过去，谁还能记得当初城主还是一个“人”时候的模样？

“您非常俊美。”最后，慧珈只能这样回答，“是日月的光辉。”

“是忘记了吗……呵，难怪。连我自己也忘了自己的模样。”大城主站在尖碑顶端，浮起冷冷的笑意，仰起头去看虚空里浮着的巨大镜子，慢慢调整着自己凝聚起来的外形——渐渐地，镜中出现了一位须发微苍的中年人，气度萧然，负手望天。

“是这个模样吧？”照着巨大的天镜，大城主喃喃自语，摇了摇头，“不对……在七千年前她离开的时候，我应该更年轻一些。”

镜子里随即变幻，转瞬出现了一个长身玉立的青年，眼神宁静深睿，手握算筹。

“不知道这个模样对不对……”静静地看了片刻，大城主忽地笑了笑，低下头去看那一缕风中摇曳的白色光芒，“不知道阿湮苏醒过来后看见，还能认出我来吗？”

底下的三位女神听见，微微一怔，相顾无言。

原来，大城主对于重逢，竟是怀有那样的深切期待！那种期待是阻碍修行的，是一种深刻的羁绊。难怪七千年来大城主始终无法突破最后的“障”，彻底地忘记自身，融化到无始无终的时空里，与天地同在。

大城主那样惊才绝艳的人，可以勘破天地奥秘，摆脱生死轮回，却也有放不下的东西吗？

毕竟，少城主是他唯一的妹妹，唯一相同的血裔啊。

“说什么日月光辉……慧珈，你也和那些陆上人一样，学会应付的虚假花样了。”选定了样貌，云浮大城主侧头望着下界，微微冷笑起来，“论容貌，天地之间只有鲛人最出众，即便是我等也无法与之比拟——你知道为什么吗？”

顿了顿，大城主望向苍穹，喃喃道：“传说中，大神造物的时候为了公平起见，许诺每一族都可以要求一样东西。我们翼族最先开口，要求被赋予智慧和创造力。而海国人则次之，只要求了美与艺术。”

慧珈刚开始不敢回答城主的话，然而听到这里，终于忍不住：“那么云荒上的人，又获得了什么呢？”

“他们？”大城主笑起来了，带着某种不屑，“不像海国和云浮，云荒上杂糅着各种民族——他们各自要的都不一样，又不肯妥协，争吵不休。最后创造神厌烦了，随手一抓，将善恶美丑每一样都给了他们一些。”

大城主微微摇头：“所以，他们并不纯粹，心里一直有光明和黑暗在交锋——他们牢牢地被星辰束缚在大地上，有着各种烦恼，生、老、病、死、怨憎会、爱别离、求不得……永远无法挣脱轮回的流程。”

大城主睥睨着脚下的大地和海，冷冷道：“而海国人软弱唯美，耽于现状不求上进——所以，唯有我们这一族最聪敏、最纯粹，可以凌驾于苍生之上。”

“是。”三位女神齐齐低首。

大城主低下头，将那一缕白光捧在手心，唇角露出了一丝苦涩的笑：“可是，阿湮啊……你居然为了那些蝼蚁，背叛了我们最初的诺言。”

那一缕白光悄然在他手心流转，静默地闪烁着。

“你可知道，在万古之前我们联手将云浮送上九天之时，便没有回头路了。”大城主将那一缕光护在手心，仿佛那微弱的光可以温暖他那并不存在的身体，“我们舍弃了故园和其余的族人，从此只能望向更高的地方，一直一直地向上……我们已经超越了那些陆地上的芸芸众生，不可能再回头了。”

“如果你如此舍不得那片土地，为什么当初不和琅玕他们一起留在大地上呢？”

他喃喃低语，瞬地从尖碑顶上消失。

在三位女神还没有觉察之前，尖碑林中心的那座神庙里忽然亮起了光。

云浮的上空布置着“天镜”，所有巨大的镜子以一种精妙的角度簇拥成弧形，朝向神庙，让坐在神庙中心冥想的修行者只要一抬起头，便能看到天地间的一切——此刻神庙里的光一旦亮起，漫天也就忽然闪烁出了无数繁星！

一条银练，瞬间便光华璀璨地横过了天际。

银河！

大城主坐在神庙祭坛的中心，扶着那口封闭已久的水晶灵柩，望着头顶上横过的那一条璀璨星光之河——是的，那些下面大地上的人夜夜观望的银河，其实只不过是他们云浮人的灯火而已。

水晶棺里静静地沉睡着一个女子，双手交叠在胸前，眉心有一个朱红色的封印，面目苍白而秀丽，如一朵枯萎多时的花。

那是云浮翼族的少城主：离湮。

如果有云荒大地上的人看到她，说不定会惊呼出声——这张素淡如莲花的脸，曾经在云荒的历史里反复出现。而每一次出现，都有着不凡的身份。

在最后的一世里，她的身份，是空桑的女剑圣慕湮。

“阿湮，你看，天地都在我们的掌控之中。”他低下头去，对着棺内沉睡的那个人低语，“七千年了，对于那个被违背的誓言，你也已经获得足够的惩罚——回来吧。”

他挥开广袖，手指掠过密封的水晶棺，在上面画下一个符咒。

指尖离开的刹那，整面水晶化为了齑粉，在星光下如同风暴一样散开。天风浩荡吹来，将那些水晶的碎片从九天吹落，撒落大地和大海。

“看哪！流星雨，有流星雨！”静默中，隐约听到脚底那片大地上传来了欢呼。

大城主微笑起来，骄傲而睥睨一切。是的，对陆地上的人而言，云浮人便是神！神与人之间，需要保持敬畏的距离。

他竖起手沾了一沾，那缕白光便飘上了指尖，他探出手去，将那缕白光点在沉睡女子的眉心，低声开始喃喃念动禁咒：“魂兮归来！”

伴随着招魂的咒术，光芒从眉心透入。

那一瞬间，眉心的封印消融，女子的容颜仿佛枯萎的花获得了滋润，一瓣一瓣地舒展开来！

“魂兮归来！”大城主重复了第二次，再一次摧动手指，将那一缕灵魄送回躯体。

棺中女子身体震了一震，眉头微微蹙起，仿佛流连于某个残梦之中尚未醒来。然而，不知为何却依旧执着地闭着眼眸，没有回应。

咒术无效？

大城主的眼神也微微变了，俯首按着那一缕不肯进入身体的魂魄，几乎是一字一字地吐出了咒语，强力压制着魂魄归入窍中。

在咒语念到第三遍的时候，女子的眉头一振，终于带着几分不情愿的表情，缓缓睁开了眼睛。

“尚皓！”在睁开眼的一瞬间，她就叫出了他的名字，“哥哥？”

“我……这是在、在云浮？”她有些惊诧地望着身边的亲人，记起了亘古前那一场激烈的争执——在那一场血腥的空海之战末尾，她从天空俯视碧落海，被鲛人的无助祈祷打动，不忍心看到海国的彻底覆灭，终于出手干扰了尘世。她将海皇力量带回云浮保存，帮鲛人逃过了灭绝的命运。

那时候，作为大城主的兄长，盛怒之下将她驱逐出了云浮城，打落凡界。

从此，她便在那片大地上生生世世地漂泊。如同大地上那些回不到云浮城的流亡翼族一样，只有偶尔抬起头望见那一条银河，才会恍惚地想起某些支离破碎的前世记忆——就像这一世的最后，在那个沙漠古墓里合上眼睛时，脑海里就曾浮现出了展翅飞翔的白鸟……那只矫健的飞鸟一直一直地向上飞翔，最后没入了一片璀璨的金光。

“云浮……”生命的最后一刻，空桑女剑圣仿佛在幻觉中看到了什么，脱口喃喃。

然而，那些埋藏在宿命深处的记忆一闪而逝。

再一次睁开眼，居然就回到了云浮。

她抬起手，却摸不到身侧的光剑——那一瞬间，她清楚地记起了几生几世的漂泊过程，也记起了最后一世里自己的种种遭遇。

那一瞬间，她沉默下去。

她回到云浮了。难道，一切终归成了一场梦？

望着棺木上方俯视着自己的那个人，她倦极地喃喃：“我梦见我回到了那片大地，遇到了好多事、好多人。好长的梦啊……哥哥，你知道吗？”

“我知道。”尚皓温柔地低声回答，“我一直在天上注视着你的宿命。”

他的手指触摸着她的长发，叹息道：“可怜的阿湮，你为背叛誓言受到了惩罚，你的宿命一直被那颗不祥的星辰照耀——每一生每一世，所爱的人都会背叛你、离弃你——无论你是如何真心地对待他们。”

“啊……原来是这样？”棺木中的女子叹息了一声，恍然道，“难怪我一直没有一个圆满的好梦。原来，是被哥哥你诅咒了？”

“我只是想让你看到那片大地的真相。”尚皓望着脚下的大地，唇角露出锋锐的笑意，“我并没有强行扭转那些人的命运……他们所做的一切，都出自于本心里的种种欲念。”

“七千年来，你该知道那些云荒上的人是怎样的丑陋吧？他们内心隐藏着黑暗，那是大神造物时就给予蝼蚁的烙印。”他怜惜地捧起了妹妹的脸，低声说道，“阿湮，你看，当初为了那些肮脏的蝼蚁，你做了多么愚蠢的事！”

离湮笑了笑，没有立刻回答。

感觉着那只捧着脸颊的手，她一惊：“哥哥！你的身体，怎么是虚无的？”她惊慌地伸出手，“你……你难道已经死了？”

那一刻，她的手，直直穿过了兄长的身体。

“没有。我只是舍弃了实体——五千年前我就已经修行到了‘无色’的境界了。”大城主微笑起来，“为了迎接你的归来，我特意重新凝结了一次——

阿湮，哥哥很厉害吧？”

“啊，你已经再也不会死了吗？”棺中的女子茫然地望着他，却没有欢喜，喃喃道，“可是，永生有什么用呢？哥哥，你看，你的手都已经冰冷了。”

尚皓微微一惊，停手看着醒来的妹妹。

“为什么要惊醒我？”她再次合起了眼睛，似乎又要沉沉睡去，“我真想一直一直这样睡下去。这七千年的梦，好美。哥哥……让我回到凡界去吧。”

她合上眼睛，那一丝灵光又开始从眉心透了出来，一分一分地从躯体里散逸。

“阿湮？！”在她闭上眼睛的刹那，尚皓终于无法掩饰眼里的震惊，扑过去一把扳住了她的肩膀，“你说什么？难道你……你还想回到那个遍布肮脏蝼蚁的地方去？！”

他的手闪电般探出，按住了她的眉心，硬生生地将一缕逸出的灵光封闭回去。

逸出的魂魄被强行封闭，离湮四肢挣扎了一下，有苦痛的表情，被迫睁开了眼睛。一开眼，就对上了那双熊熊燃烧的双眸，尚皓一只手封住了她的眉心，另一只手却捏了一个防止魂魄逃逸的诀，狠狠按住了她的灵台。

“你……你居然……”一瞬间不知说什么，大城主震惊得无法继续。

她心里猛然一惊：怎么？哥哥……发怒了？

这样的愤怒，甚至超过七千年前她打破天规插手凡界之时！

“哥哥……”她微弱地唤了一声，带着央求之意。

“为什么？”那个人却咆哮起来了，重重拍打着水晶的棺木，“为什么？你居然还想回去？！流放了七千年，难道还没尝够苦头？你留恋着什么？”

随着他的拍击，整面水晶碎裂为齑粉，随着天风卷入虚空。

“流星雨！快看，又有流星雨！”遥遥地，下界传来欢呼，兴高采烈。

离湮嘴角浮出了一丝微笑，侧头倾听着大地上那些声音，眼神温柔。

“哥哥，就算是获得了那样大的力量，你觉得欢喜吗？”许久，她才回过头凝视着神庙里常态尽失的兄长，低低问，“七千年了，你有和那些看到流星雨的孩子们一样高兴过吗？”

尚皓怔住，竟然无言以对。

“是的，是的……那些人并不纯粹，心里有阴影，也经常做出一些让自己后悔的事情。但是……”离湮睁开眼睛，定定地望着那个睥睨天地的兄长，“但是你不知道他们其实多么美丽啊！他们的心里充满了光明和黑暗的交锋，那些转换极其细微也极其锋锐，只要你仔细倾听，就像暴风雨呼啸一样！”

一口气说了那么多话，她的神色又困倦起来，轻轻叹了口气：“那……才是生命和生活的真谛——而这一切，在这空荡荡的云浮城里，根本是不存在的。”

尚皓一直沉默地听着，虚幻的十指紧扣。

“哥哥，我想回到凡界去……我曾答应过一个人，必将重生在那片大陆的某一处……”天幕中所有巨大的镜子都围绕着神庙，她从镜中望见了那一颗破军，眼神忽然肃杀，“哥哥，我不能失约！否则破军脱轨，乱离必起，云荒将苍生涂炭！”

她交错双手按在胸口，默默念动咒语。

“你管什么云荒！”然而咒语未完，却被一语喝破，“你是云浮人！你早已离开了！你舍不得大地，为什么当初不和琅玕一起留下？！”

“琅玕？对……琅玕。当年云浮飞离大地的时候，他选择了留下。”她愣了一下，似乎那个久远的同族名字在记忆里激起了某种回响，离湮摇了摇头，喃喃道，“唉，我这次回去，其实还是为了收拾他留下的残局啊……”

尚皓的十指扣紧，再也压抑不住内心情绪的波动：“你怎么还不醒悟！你的双足已经离开了那片有阴影的大地，你的眼睛，应该一直往更高的天空看去！”

“更高的天空……”离湮躺在神庙里，望着虚空巨大的天镜，微笑道，“更高的天空里还有什么呢？只有永恒的日与月吧？连星星，都已经被我们超越。”

她垂下了眼帘：“可是，就算能与日月争辉，又如何呢？”

她伸出手，努力去碰尚皓的肩膀，然而虚无的形体已然不能被触摸。

“哥哥，从小你都是我们这一族的首领，我只是一直跟随着你的步伐。”她微笑起来，眼神寂寞而哀伤，“你知道吗？那时候，我是多么想和琅玕他们一起留在大地上啊……可是如果没有我的协助，你一个人无法将云浮送上九天——所以，所以我就只能跟你来到了这里。可是，太寂寞了……真的太寂寞了啊。

“哥哥，你一直沉迷于对力量极限和个人圆满的追求，可以抛弃所有别的——可是，我做不到！几千年来，你光顾着自己修炼，我和曦妃她们却日日都在遥望大地。我好想回去，你知道吗？所以你罚我轮回尘世，我真的是……很高兴。”

知道哥哥虽然性格严厉，却一直珍爱自己，她嘴角浮出一丝狡然的笑容，趁机软语央求，看着尚皓的神色从剑拔弩张渐渐缓和下来。

尚皓的手紧紧绞在一起，极力克制着自己起伏的情绪：“可是……你舍不下那片大地，就舍得下我吗？如果你要像琅玕一样离去的话，迟早会后悔的。”

“哥哥？”离湮睁大了眼睛，露出震惊的神色。

或许是错觉——她看到那个已然舍弃了实体的人，眼角闪过晶亮的光。为了求证，她不自禁地伸出手去，却在虚无的脸庞上触了个空。

一万年以来，从未看到过冷定强势的兄长为任何事情露出这样的表情！

“啊……哥哥，你也需要别人陪伴吗？”她喃喃道，“你那么强……怎么还会……”

“就算是最高的天空里，也有日和月并存。”

尚皓转过头不看她，仰望苍穹，平静地回答——然而眼里却有难以掩饰的哀伤。

“阿湮，你以为，在决定永远脱离大地时，我心里不害怕吗？”他双手交握，低声道，“我很怕。怕这一步走出便没有回头路，怕从此成为无根的民族，时空里谁都不收留的漂流过客——我是云浮的城主啊，我扭转了全族的命运，但却不敢确定未来的方向。”

他终于回头，看着她：“但是，那时候你选择了留在云浮城和我在一起，没有和琅玕一样离开……正是因为你的支持，我才觉得这条路或许还可以继续走下去。”

离湮一时不知如何回答，有些为难地低下头去。

“既然哥哥你这样需要同伴，那么……”许久许久，她才问了一句，“当年，你为何不许琅玕回到云浮？他也想过要回来的啊！”

尚皓沉默，然而眼神渐渐锋利。

这七千年前的旧事，向来是他们兄妹间心照不宣避开的话题。

万古之前，云浮一族里有三个最优秀的人，其中有一对是兄妹：尚皓和离湮。而另一个名叫琅玕，是他们的朋友，也是族里唯一可以与这一对兄妹比肩的才俊。

当云浮翼族到达大地上力量的顶点，从而陷入混乱和疯狂时，尚皓决定将云浮城送上九天，以超越星辰宿命的控制，继续追求更高的力量极限。

然而，琅玕却并没有跟随他们离开。

他认为六合之间都有力量存在，不必一味向着更高的天空探求。他不想和云浮城一起飞上九天，而选择了在大海和陆地之间继续寻觅和修行——于是，琅玕带着一部分不愿意飞升的翼族人来到了云荒大陆。

这些留在大地上的云浮人用法术隐藏了自己的翅膀，混迹于云荒诸民族之中，将本族的文明带入了当时还是刀耕火种时期的大陆，并和云荒上的人类共同生活，生育后代。

一代又一代，云浮翼族的血渐渐被分薄了。

三代之后，混血后代大部分再也没能长出翅膀，也不能再飞回到云浮城。

虽然他们中还秘密流传着上古本族的故事，有着“回到九天”的传说，但他们特有的翼族纯血渐渐被消灭了，融入了空桑民族，并与之无二。

这是一群被遗留在大地上的翼族，流亡的天使。

那些混了血的云浮翼族逐渐融入云荒上的人类中，外表上与之无二，然而却拥有着远远超出一般人的力量。那些混血家族传承百年，势力日渐雄厚，逐渐形成了七个不同的部落，进而形成国家，并开始争夺云荒大陆的控制权——那就是被后世称为七国争霸的时代。

后来，冰族在七国混战中失败，被逐出了大陆，剩余的六国成为六部，被同一个帝王所征服——那个彻底统一了云荒、被后世称为星尊大帝的人，名字就是：琅玕。

几千年过去了，这千古一帝的身世始终是一个谜，他似乎不属于七国中的任何一国，而在他拔剑而起在乱世中一统天下时，已然具有了无与伦比的力量——他出生于何地、来自何处、师承何人、活了多少年……这一些，连六部之王都不知道。

只有九天上的云浮人知道，这个不可一世的帝王来自于天上。

他是真正的天之子。

“七千年前，他已经在下面的大地上流浪了很久。他寻找到了力量，获得了力量，也在云荒大陆上建立了空前庞大的国家……他还灭亡了海国，让鲛人血流成河。”离湮望着天镜，追忆着过去的一切，“可是，他娶了一个白族的凡人妻子。他的妻子很快就死了，在她死后，琅玕万念俱灰，想舍弃大地上已经获得的一切，回到云浮——可是，那时候，你却不许他回来。”

天镜里映照出大地上浩瀚的湖泊，以及那一座通天的白塔，她凝视着，发出叹息：“哥哥，琅玕他是多么想回到故国啊！所以才在暮年以举国之力建造白塔，试图通往九天——可你，却一次又一次从天上将其推倒！

“白塔第三次倒塌后，琅玕明白了你的意思，知道族里已然将他驱逐，终于放弃了归家的努力，从此消失在大地上。”离湮侧过头，看着尚皓，眼里隐约有泪水，“哥哥，琅玕是你最好的朋友，你这般记恨，是因为他当年没有顺从你的决定吗？”

那样尖锐的问题，从来没有任何人敢问尚皓。

包括当时身为少城主的自己。

然而，不知为何，在尘世里轮回了几千年后，醒来的她却有了当年所没有的勇气。

“不。”尚皓并没有像预计中那样发怒，居然如此平静地回答了，“不是因为这样——虽然当年他的离开让我很愤怒，但我并不是因此而不让他回来。”

他抬起眼睛，望着天镜里那些变幻的星辰，眼神忽然变得深邃。

“你知道吗？我不让琅玕回来，是因为他已然变得极具破坏力！”尚皓的手默默握紧，眼神冷酷，“你说得没错，他在大地上寻找力量，也获得了力量——但是那种力量，却是用来毁灭一切的！那是破坏神的力量啊！你看云荒一度都被他搞成这样，我怎能让这样的一个会带来毁灭的族人返回云浮？”

离湮全身一震，说不出话来。

原来……是因为这样的缘故？

自从大神开辟出天地以来，各族之间都有着自己的领域，一直相安无事。九天是云浮人的领域，七海是鲛人的疆土，而云荒大陆则是人的国度。

他们之间有着无法逾越的界限，也各安天命地生存，互不干扰。

直到七千年前，那个悖逆天地的星尊帝打破了这一界限！

海国覆灭，龙神被镇，就连长久消失的云浮人也被卷入了那一场浩劫。海天之间战火燃烧，尸横遍野，血流漂杵。

那个流亡在云荒大地的云浮人，给那片土地带去了如此惨烈的死亡。

“他在镜湖中心，开启了上古的封印，获得了破坏神的力量……那可怕的力量侵蚀了他的身心，到最后，连他的妻子都被他亲手杀了。”尚皓仰视着天镜，喃喃道，“我是一直在天上注视着他这些变化的……我不能让他回来，不能让他把杀戮和毁灭的危险带入云浮。”

“所以，你最终遗弃了最好的朋友？”离湮喃喃道。

“是他先离弃我的！”尚皓蓦地低声厉喝，眼中有火一掠而过，随即又平静，“阿湮……你莫要重蹈他的覆辙。”他微微叹息，抬手揉着妹妹乌黑的头发，“一旦离开了，几千年后，说不定在你想回来的时候，你也会无处可去。”

离湮轻轻颤了一下，没有说话，神庙中一时陷入了沉默。

空空荡荡的云浮城里，丝毫没有人的气息，尖碑林立，九天之上长风浩荡吹来，巨大的天镜里映照出星野变幻。

两兄妹的眼神忽然同时落到一点上，变了一变——那里！在东南方的分野里，那一颗虚无的“黯星”的轨道，就在方才的一瞬间改变了！

那样明显的横向一移，掠过了大半个星宫，远远偏离了原来的轨道。

“有人在移动星辰的轨道！”离湮首先低呼出来，不可思议地望着天镜里的变化——那颗本已湮灭了光芒的“黯星”，其实是早已死亡却一直保留着幻影的星辰，它会和其他暗星一样，最终滑落在巨大的黑洞里，湮灭无痕。

然而在方才那一瞬间，居然有强大的力量硬生生将其拉出了轨道！

漫天的星辰亘古以来都有自己的流程，千亿个轨道各自运行，有着神秘微妙的平衡——如今有人竟然敢改变轨道，势必会导致满空的星辰轨迹都被打乱，无数星星相互碰撞陨落！

“是谁做的？”她吃惊地问，脸色苍白。

“族中没有谁敢违背天规，擅自改动星辰的轨迹。”尚皓显然也是看到了，眉头蹙起，语气里带了一丝冷酷，“应该是下面大地上的人做的。”

离湮震惊："不可能，云荒上的人，谁有那样的力量？！"

"有的。而且不止一个——"尚皓冷笑起来，有些讥讽地看着妹妹，"除了琅玕，还有那被你保全下来的海国力量。"

"你说……是复生的海皇做的？"离湮低头喃喃，"不可能……即便是海皇，要转移星辰也要付出极大的代价！他刚刚在七千年之后复生，怎么会……"

她霍地抬头，望着天镜里不停变幻的星斗，眼睛仿佛也逐渐闪出了光芒。

破军已经很黯了，然而微弱的光却隐隐泛着血红色，凄厉恐怖——那一颗号称三百年爆发一次的"耗星"，如今已然到了要汹涌薄发的时刻了！

天狼现，昭明盛，归邪笼罩大地。

而这个时候，竟然有人又强行移动了星轨，打乱了天宫！

"哥哥！"她转过头望着他，眼神坚定，"我还是得回到下面去——星野乱了，大地上会有一场浩劫！我不能置之不理。"

在尚皓开口之前，她坐起了身子，张开双手轻轻虚合，抱了兄长一下。

"哥哥，不要再为我担心……等你把自己融入到洪荒，和天地共存，我就能一直感受到你的存在了。"仿佛是下定了决心，她轻轻在尚皓耳边道，"让我回到云荒去吧……我答应了别人，要回去。"

尚皓微微合起了眼睛，面无表情地听着妹妹的请求，嘴角微微抽动。"啪"的一声，那颗已经虚无的心里有撕裂般的痛，仿佛有什么弦硬生生被扯断了。

原来如此……原来如此！阿湮终于也是要离弃自己了……和琅玕一样，离开这座空荡荡的城，去往那充满了光明与阴影的、被星辰照耀的大地。她要和那些人共喜怒共命运，而不在乎兄长的挽留和孤独。

"哥哥，如果我想念云浮了，只要抬起头看到银河，就知道你在看着我。"她还伏在耳畔继续轻轻地说着，虽有眷恋，语气却坚决，"你让我走吧。"

"哈……"他忍不住冷笑了起来，惊住了离湮。

那片大地上蝼蚁一样生活着的人们，对她来说居然比唯一的胞兄更难舍？！

"阿湮，不必如此牵扯不清。"他瞬地往后移动了三尺，从她虚合的手中离开，冷然地望着胞妹，"你知道哥哥的脾气。对我来说，要么，就是彻底的！或者，就干脆什么都不要！"

顿了顿，他眼里浮起一丝决绝："我成全你。"

他瞬地伸出手，食指点在她的眉心。

只是一掠，指尖收回时沾了一缕白色的光，已然是从眉心里将那一缕魂魄抽出！

"既然你选择了回到大地，那么，从此尘归尘土归土。"望着指尖上的灵光，尚皓眉间有孤绝的表情，冷然道，"阿湮，你不必再记着有我这个哥哥，我也就彻底地舍弃一切——如今我将你的实体消灭掉，以后你便可以永永远远地在下边轮回！"

显然也没料到兄长转瞬如此无情，那一缕灵光微微颤了颤。

然而尚皓只是一挥手，那一缕白光便被抛向虚空。他双手随即下压，两手结了印记，按在了水晶灵柩中那一具躯体上！

巨大的力道吐出，光芒轰然盛放，将实体和虚体一起击碎！

瞬间，一切归于无形。

那个以"湮"为名的女子，终究在九天彻底湮灭。

无数的水晶碎片在空中飞舞，伴随着点点灵光，如碎羽一样落向夜空。

"少城主！"神庙外，三位女神骇然惊呼，望着那一缕被击碎在虚空中的魂魄，不明白转瞬间为何起了如此剧烈的转变。

大城主不知何时步出了神殿，负手静静凝望了天空半晌，森然开口："不用担心。她实体虽毁，魂魄在一年之后却会重新凝聚，去往九嶷黄泉转生，从此在凡界生生世世漂流。"

他脸上的表情很奇怪，似悲似喜，凝视着三位女神，说出了最后的嘱托："曦妃，慧珈，魅婀，今日起我即将彻底'消解'，连灵体都不复存在——从此后，这个云浮城里，就只剩下你们三人了。"

微微叹了口气，他望着天镜里的那些星斗："云浮湮灭，你们三个，就守望着星辰和大地吧！翼族的生命万年，你们也快到尽头了。既然你们不愿消弭，那么，就等待转生的到来吧。"

"是。"三位女神有些惊骇地领命——难道在少城主消散后，大城主终于突破了最后一重"障"了？从此后与天地同在，不生不灭！

风卷来，少城主的魂魄和那些水晶碎片一起落向大地。

“流星雨！流星雨！”隐约的欢呼再度从云下传来，稚嫩而雀跃。

大地上那些蝼蚁，竟然因为一些小小的事便能如此欢喜吗？尚皓轻轻叹了口气，若有所思——不知道修至“太上忘情”的滋味，会不会比这样的喜悦更好？从此后，他在这个六合之间无牵无挂，无喜无怒，就如天上的云，在时空里漂流无定。

他将双手交叉按在胸口，瞬地飘回了最高的尖碑顶端，身体化为稀薄的雾气，随即消失。

云浮城里，重新回到了死一般的寂静。

那是沧流历九十一年十月十五日夜的事情。

那一夜，云荒和七海间有无数人仰头，望见了数场接踵而至的流星雨。一场比一场盛大，一场比一场华丽。而最后那一场，漫天划落的星辰里居然有碎羽一样的柔光飘洒而下，静默如飘雪，洒入云荒大地，融入了森林、荒野、城市和湖泊，淡然湮灭。

没有人知道，那是一个灵魂的碎裂与重生。

一年之后，那个纯白色的灵魂将重新在黄泉之瀑上升起，三魂七魄转世云荒大地，从此在凡界生生世世漂流。

那之后大城主再也没在光阴的任何角落出现过。或者说，他已然融化于天地之间，无处不在。而其余族人都在自顾自地修行冥想——于是，那一座空荡荡的云浮城中最终只剩下了三位孤独的女神，还在尽职地守望着这片大地。

百年，千年，万年。

她们冷眼看遍了兴亡起落沧海桑田，然而，却一直只是个忠实的守望者。

云浮，始终是云荒大地之外的另一个故事。

而真正属于云荒的故事，是这样开始的。

第一章

叶城

深秋的子夜。陪都叶城。

开镜之夜，这座云荒最繁华的城市依然还是彻夜不眠，车水马龙。来自云荒各地、甚至远自中州的商人们冒着寒气外出，成群结队地来到夜市上，出入于林立的大大小小酒楼歌馆，大声笑语，嘈杂而纷繁。

灯红酒绿之间，流淌着金钱和欲望。钿头银篦击节碎，血色罗裙翻酒污。今年欢笑复明年，秋月春风等闲度。

不夜的商城中，无数张嘴在欢笑，在畅饮，在大声地喧哗，那些嘴里哈出的气，汇聚在叶城上空，仿佛凝结出了一层淡淡的白雾——这些世俗的气息如烟一样交织在空中，酝酿出叶城特有的、醉生梦死的气息。

狂欢、富有、不夜的天堂。

颓废、堕落、黑暗的地狱。

在云荒大陆上，没有别处比这里更容易看到镜像两面的清晰对映：雕梁画栋的华美高楼，灯下有金杯，倚楼有红袖，一掷千金的富豪在此斗富炫耀，空气中总是浮动着馥郁的脂粉香气和酒气；然而，仅仅一巷之隔的黑暗里，可能就倒毙着僵冷的尸体，地面上残留着呕吐物的秽气，冷不丁会有鸟爪般干枯黑瘦的手伸出来，拉住游人的袖子苦苦乞讨。

朱门酒肉臭，路有冻死骨。那样尖锐对立的镜像两面。

"如果你想知道云荒是什么样，那么，就去叶城吧！"

那些从中州大陆不远万里来到这片土地的商人，都带回了这样一句话。从此，宝石黄金筑成的叶城作为云荒的象征，几百年来一直流传在民间，诱惑着一批批的中州人舍生忘死地翻山越岭前来，以为是奔赴一个遍地黄金的天国乐园。

却不知，在他们一脚踏上慕士塔格下的新大陆时，天堂和地狱都同时到来。

开镜之夜的叶城是如此热闹繁华，几乎将所有人都融化。然而，有两位不知何时悄然降临的夜行者，却仿佛游离于这样的热闹之外。

他们从叶城南门方向而来，沿着笔直的街道朝北而去。两人都披着一色的黑长氅，风帽遮住了脸，一前一后沉默地穿过喧嚣的夜市，仿佛有无形的障碍将他们和世俗隔离开，居然不沾染丝毫气息。

没有人留意到他们是从哪里来，自然，也没有人发现一个奇怪的现象：在这深秋的寒意中，这两个人呼吸的时候，嘴角却没有丝毫的热气透出！

他们直直朝着叶城的北方走去——那里是北方的玄武门，也是叶城通往帝都伽蓝的唯一官道。然而却已然在入夜后关闭。

"还不到时辰。"其中一个人叹了口气，一头银白色长发在风帽下微微飘拂，她抬头望了望天色，然后将手按在心口上，默默用幻力在内心低唤。

然而，还是没有任何回应。

这个灵体的主人还在沉睡。九天上那一场星魂血誓完成后，轨道瞬间偏移，所有相关的命运都发生了转折，从那一刻起，白璎就一直没有醒来。

不知道是因为那个极端的术法过于强烈，对冥灵造成了损害，还是她自身不愿意醒来。因为一旦醒来，也不知道该如何面对眼前的人。

我愚蠢的血裔啊，你为何总是如此优柔寡断、摇摆不定？白之一族血里的刚烈和决断，难道你连一半都没有继承吗？

白薇皇后摇了摇头，继续和苏摩前行——而这个披着斗篷的傀儡师同样也是面无表情，只顾自己往前走，甚至根本不侧头看身边的冥灵女子一眼。完全不可想象这样一个漠然而冷酷异常的人，竟然在九天上做出了那样不顾一切的举动。

毕竟不是纯煌啊……他，心底里究竟是怎么想的？

白薇皇后微微摇了摇头，忽然发现自己这种揣测有些无谓和无聊，不禁苦笑。看来，七千年的封印解开后，重新回到云荒大地的自己，似乎有点不能适应了呢。

忽然间，心里微微一跳，闪电般地抬头看天——这、这是？

十月十五还不是下雪的时节，却有一片细微的白，从夜空里辗转飘落在夜行者的身上！白薇皇后伸出手，拈住了那一片落到肩头的雪，默然凝视了一眼，戴着蓝宝石戒指的手却是一震——

“苏摩，你看，这是魂之碎片啊！”她抬头望着天空上璀璨的星辰，眼里有诧异的光，“从九天上洒落下来——是谁的魂魄？”

话音未落，那一片细微的白色已然在她指尖迅速融化，消弭在云荒的微风里。白薇皇后怔怔看着空无一物的指尖，仿佛在这一刹那的接触中获得了诸多的信息——

“很久很久以前，我听琅玕说，九天之上，有城云浮。超越了命运和生死，凌驾于所有苍生之上。”她眼里闪过复杂的表情，抬头望向夜空，“可是……他也说，云浮城里居住的都是不老不死的神族——又怎么会有死亡呢？”

然而苏摩没有回答，似是对此毫无兴趣。他只是抬头看了看天，皱起了眉头。他的眉心有一个奇异的火焰状的刻痕，仿佛被什么深深刺入，留下了一个深不见底的细小针孔，由内而外地透出诡异的黑暗气息。

那是叫阿诺的傀儡钻入颅脑后留下的痕迹。

星野之下，两人静默地站立着，和周围的热闹气氛格格不入。苏摩凝望着近在咫尺的伽蓝白塔，那座巨大的塔伫立在夜幕下，塔顶金光四射，近得仿佛触手可及——然而在这无形的空气中，却被布下了这样强大的封印结界！

这种名为“九障”的封印，源于空桑人皇族才能掌控的“非天结界”。这种神秘的术法是非常强大的，传说在上古甚至曾经封印过创世神。

而那个智者，居然能重现上古的神迹！

他到底是谁？

答案似乎已经是触手可及了，然而终归是匪夷所思。苏摩就这样站在热闹的街道中，在熙熙攘攘的人群里独自仰首望天，眼神瞬息万变。

白薇皇后也只是静默地等待——

如今还不到子夜，离黎明还有很长的时间。而他们需要在黎明之时赶到叶城玄武门——因为在黑夜和白昼交替的刹那，将会是所有术法最衰弱的时候。而天和地交界之处，也是“九障”中最薄弱的地方。

半个时辰之前，他们从笼罩着结界的伽蓝城上空改道而来，落到了叶城。为的就是挑选最好的时机来破除“那个人”设下的封印，从叶城水底甬道进入帝都。

时辰未到，他们两人只能在叶城里随着人潮走动，感受着这个城市的氛围。

白薇皇后站在街道中心，四顾望着如此繁华的城市，眼里有诧异的光——七千年前，在她和琅玕决定将云荒帝都迁往镜湖中的伽蓝城的同时，也在南方的入海口建起了这座城市，作为伽蓝城对外联系的枢纽。

七千年前，当六部倾力建造新的城市时，这里还是一片茅屋土墙的荒凉滩涂，人丁稀少，土地贫瘠。即便是到她死去的时候，也是尚未真正具备雏形。而七千年后重来，人事全非天翻地覆，这里已然成了大陆的中心！

她有些感慨地看着这个自己亲手缔造的城市，仿佛置身于历史巨大的洪流之中，被冲击得有些茫然、无法言语。

叶城是整个云荒的商贾汇集地，而城里东西两市更是通宵达旦地开张，号称不夜城——此刻虽然已经是下半夜，喧哗声还是扑面而来。交易还在举行，来自整个大陆甚至中州的商人们云集在此，一秤秤的黄金，一斛斛的明珠，琳琅满目热闹非凡。

两人默然地随着人流无目的地走着，各自无言。

忽然，前方传来一阵掌声和叫好声，爆雷似的滚过，顿时吓了所有人一跳，一齐抬头看过去——前面的十字路口上，是一队穿着西荒式样衣服的砂之国人。他们正竖起一面赤红的砂鼓，摆开了架势结队表演，那些西荒来的牧民走索玩蛇，吞刀吐火，热闹非凡，赫赫竟有几十人之多，一时间街心堵得水泄不通。

他们两人也被堵在街边，只好随着众人抬起头看。

“好！好啊！再翻一个！”围观的人又发出如雷的叫好声，不知里头在表演什么。从人墙外看去，只见一袭红衣起落翻飞，高高跃起，落下时转出了各种姿态，重新没入人墙——竟似飞鸟般灵活自如。

那个英气勃勃的红衣女子束腰窄袖，足踏飞索跳跃腾挪，仿佛脱离了这片大地。

在又一次高高跃起时，走索的女子凌空翻身，手里细细的长鞭忽然卷了出去，“当”的一声，正正击中了三丈外的那面砂鼓中心，与她搭档的高大汉子发出了一声吆喝，同时也将手拍上了那面岩羊皮做的砂鼓。

急促而有力的鼓声顿时响了起来，带着云荒西边的酷热风沙意味，动感十足。在嘭嘭的鼓声里，那个红衣女子宛如鸟一样上下翻飞，在翻飞的过程中还不时出手，准确地将鞭子敲击在鼓心，敲中了每一个节拍。

白薇皇后只听了片刻，便觉得有些不对，诧异地环顾四周——周围的人越来越多，仿佛被看不见的力量吸引过来，包围圈越来越大，个个脸上都带着狂喜的表情，情不自禁地拍手叫好，如痴如醉。

鼓声炽热而浓烈，一声声传来，敲得人血流加快。

但是……这个鼓声里，似乎蕴含着说不出的诡异味道。

奇怪，是有谁无形中对围观者施了术法吗？白薇皇后看向人群里，想在这一群西荒人中寻一个究竟，然而此刻鼓声忽然歇止了。

在鼓声歇止时，那个红衣女子轻盈地落回了高高的索上，身子轻飘飘地随着绳索上下摇摆，如一片风中荷叶。她把咬在嘴里的辫子吐了出来，对周围嫣然一笑，抱拳行礼：“叶赛尔初到贵地，还请各位赏口饭吃！”

她的声音爽朗甜润，周围的人一时间又叫起好来，叶城里最不缺的就是有钱人，顿时便有无数的钱币被掷出，如雨般落到了铜盘里，发出清脆的叮当声。

白薇皇后越发觉得不妥——这个地方，似乎笼罩着某种诡异的力量，让所有踏入方圆三丈的人都情不自禁地被诱惑。

到底是什么人在施法？

她心里蓦地一跳，仿佛有某种预感，看向了那一群西荒人中年纪最大的老妪。那个老妪一直沉默地坐在阴影里，膝盖上横放着一个锦缎裹着的东西——她手里握着鼓槌，藏在那一面砂鼓的背后，和正面击鼓的高大汉子遥遥呼应。

这个老妪，似乎有些不寻常……是西荒人里的女巫师吗？

她刚要进一步观察，然而就在这个刹那，一个褐发的少年捧着铜盘依次掠场，已然到了她的面前，大大方方地将盘子伸了过来。

“谢夫人打赏。”那个少年朗朗地笑，弯腰鞠躬。他大约只有十二三岁的年纪，面目和那位走索的红衣女子有些相似，有着太阳神赐予的金黄色皮肤，仰着脸对她笑——那样的笑容是纯真无一丝杂念的，让叱咤天下的白薇皇后都忍不住回以一个微笑。

下意识地伸手去摸怀里的荷包，却摸了一个空。也是。她的血裔，那个冥灵太子妃连身体都是虚幻的，自然也是不带这些。

她对那个少年歉意地一笑，转身向身侧的同伴，却忽然发现苏摩已然不知何时失去了踪迹！她微微一惊，来不及多想，便从人群中抽身而出。

然而，在她转身时，少年的目光无意落到她手上，微笑忽然间凝结了。

“姐姐！”他顾不得去捡那洒落一地的钱，匆匆退了回去，在场中的红衣女子耳边低语了一句。

“什么？阿都你看清楚了？”那个名叫叶赛尔的红衣女子霍然抬头，却已经看不见人墙后那两人的踪影。

“是！真的是那只戒指！”阿都压低了声音，却又忍不住地激动，“我看得清清楚楚！银白色的蓝宝石戒指，式样和‘皇天’一模一样……”

叶赛尔一把捂住了弟弟的嘴，生怕周围外人听了去，然而女族长自身也因为这一条突如其来的好消息而起了难以控制的颤抖。

角落里那个老妪仿佛也听到了，闪电般地看过来，浑浊的老眼里竟放出了光芒。

“嗒，嗒！”膝盖上的锦缎里，那个敲击的声音越发响亮，伴随着微微的震动——是那个东西，迫不及待地想要从封印的石匣里出来了吧？

神啊……你的力量被封印得太久了，终于到了要爆发的时候了！

在很多很多年前，还是一个少女的她被前代女巫选中，从此成为族里传达神旨的巫师。在五十年前，霍图部不堪忍受站出来反抗沧流帝国的铁血统治，前任族长带着骁勇的大漠汉子们不顾一切地闯入了空寂之山上的禁地，从九重地宫里夺来了被封印的神之左手。

血流成河的那一夜，才十七岁的她跪倒在空寂之山下，不停地为族人祈祷，直到族长带着战士们从地宫里返回——也就是在那一夜，她在梦中得到了神的寓示——

“当东方尽头慕士塔格雪山上出现第一次崩塌时，石匣上会出现第一道裂痕，在那个时候，你们必须带着神物赶往南方最繁华的城市——在那里，会有宿命中指定的女子出现。那个女子手上戴着‘皇天’神戒，是光明和自由的象征。

“她将解开这个封印，让帝王之血重新展现于世间，冰夷的统治将如同冰雪一样消融。”

冰夷的统治将如同冰雪一样消融——她牢牢记住了这一句，每次想起这句预言就忍不住激动得全身发抖。毕竟对于霍图部来说，这一场永夜，已经笼罩了太久、太久了……

“天神啊……”老妪开合着瘪陷的嘴唇，虔诚地膜拜着神物，“就快了，就快了……”

“那个戴着‘皇天’的女子，已经出现了！”

在转过两个街角后，白薇皇后终于看到了苏摩的背影。

“苏摩，去哪里？”她有些诧异，对方却并不回答。

黑衣蓝发的傀儡师穿行在叶城的街巷里，仿佛对这个城市的一切早已熟悉，却不知他脚步的终点是通往何处，又在寻觅着什么。

白薇皇后频频回顾，心里尚有说不出的疑问——在接近那一群西荒人的时候，她感觉到了某种蛰伏的力量。那种隐隐的召唤让她心里有些不安，她低下头，看到那一枚“后土”神戒在闪烁，仿佛和什么起了呼应。

“刚才那个红衣女子，似乎有点不简单。”她低语。然而她的同伴却仿佛毫无兴趣，径自往前继续走，忽然在一家门庭若市的店铺前顿住了脚步，若有所思地抬头。

“怎么了？”她问。

他没有回答，只是看着那个店铺，眼里露出某种可怕的表情——

海国馆。

那三个字用泥金写在碧落海打捞出的沉香木牌匾上，隐隐透出陈腐的香味。里面传出喧嚣的笑声和放肆的议论声，伴随着细微的啜泣和叱骂。从敞开的门看进去，大厅里簇拥着一群衣着富贵的人，围着居中的一排排笼子评头论足，隐约可以看到笼子里面关着一群装饰华美的待售奴隶，男女均有，有些甚至只是孩童。

一个老板模样的人伸手从笼子里拖出了三个奴隶，在他们洁白笔直的双腿上比画，滔滔不绝地夸耀着。然而那一行客人却连连摇头，开始讨价还价，双方都是毫不让步，一时间将“货物”翻来覆去地验看。只有那几个鲛人瑟瑟发抖地站在原地，用双手抱着赤裸的肩，不知所措。

仿佛明白了这是什么地方，她眼里露出一闪即逝的愤怒，却随即压了下去：“苏摩，现在不是时候。”

“稍等。”然而苏摩只是低声说了一句，便举步走了进去。

她只好随之跟入，却见他似是对这里很熟悉，在人群里穿梭，一个转身便绕开了热闹的厅堂，推开了一扇侧门，侧身隐入了黑暗。

那是一个杂物院。不同于大厅里那些精致华丽的笼子，这里堆叠着很多破旧粗糙的铁笼，在午夜寒气里凝结出露水，里面也蜷缩着一群瑟瑟发抖的鲛人，却大都是老弱病残的废弃品。

看到忽然有人从前厅进来，那些奴隶吃惊地抬起头，发出了惊呼。

苏摩静默地看着，忽然走过去站到一个铁笼前，从黑色的大氅中伸出手来，轻轻抚摩那一排精铁打制的栅栏——笼子里面无数双眼睛惊慌地望着他，在角落里缩成一团，在叶城入夜的冷风里瑟瑟发抖，碧色的眼睛宛如星辰闪烁。

苏摩只是沉默地凝望着粗糙的铁笼，手指抚过上面的一道道刻痕，忽然开口：“很久不见了。”

白薇皇后骤然惊住，侧头看着他，不知说什么才好。

“上百年了……它居然还在这里。”苏摩的手指抚着铁笼上残存的刻痕，那一道道痕迹深浅不一，从三尺高的地方开始刻，一直往上延续到顶上，密密麻麻地排列，触目惊心——到底有多少条呢？十万？百万？

每一道刻痕，都代表了他在这个囚笼里度过的每一个日子，刻骨难忘。

笼子里的鲛人奴隶吃惊地看着来人，忽然发现了对方居然有着和他们一样的碧色眼睛——不由得又惊又喜，从缩着的角落里渐渐探出身来，小心地观察着这个不速之客。

在聚在一起的奴隶们都散开后，角落里只剩下一个女子。那个女子缩在最里面，一直低着头，衣衫褴褛，只是一动不动地靠着，甚至没有抬头看上一眼外面发生了什么。她像是无法站立一样靠着铁笼坐着，双手抱住了肩，神色木然，一头失去光泽的蓝色头发垂落在伤痕累累的膝盖上。

苏摩的视线接触到她，身子一震，眼睛里忽然有冷光蔓延。

“你……”他抬起手指向那个女子，正欲开口，忽然背后门“吱呀”一声响，一个精瘦的脑袋探了出来，狠狠盯着他们两个：“你们是谁？怎么敢乱闯到后面来？这里是不能进来的！”

然而，下一个瞬间老板就噤声了，眼睛骨碌碌一转——

毕竟是生意场上打滚久了的，第一眼就能判断出对方的身份和地位。眼前这两位闯入后院的来客衣饰华丽，气度不凡，女客手上还戴着一枚巨大的蓝宝石戒指，显然是难得一见的大主顾。

正准备关店门的老板连忙换了一副嘴脸，声音低了下去，赔上笑脸，说不定这一对客人误打误撞到了后院，还能把这里头的残次品卖一个出去呢。

“客官真是好眼光！”他热烈地向两人推荐，毫不吝啬地夸奖起后院这一批货物，“快来看看！这些鲛人都是刚收进来的，还没来得及打扮——别看现在卖相不好，可一打扮，保证比前头堂里的那些还美！”

他伸手进去，毫不费力地捉住了一个瑟瑟发抖的孩子，拎到笼子边缘：“我把好货都留在后面了，等着整理好了再放到前堂去卖，不想却被两位客官捷足先登——可也算是缘分啊！”

那个鲛人孩子看起来不超过五十岁，还是幼童的模样，惊惧地睁着眼睛。

“客官看看这个——很年幼的鲛人，容易调教。父母都很美丽，长大了一定是一流货色啊。”老板啧啧称赞，夸得天花乱坠，“你看他的发色，眼睛！多么纯正的血统——听说原来是海市岛上的鲛人呢，现在出自这个产地的可不多了。”

奴隶贩子连比带画说得口沫横飞，白薇皇后厌恶地蹙眉，眼里闪过一丝担心的光，看了看苏摩，生怕他会忽然翻脸。

然而那个傀儡师居然没有丝毫愤怒，只是淡淡开口：“太小了一点。”

“是是。”明白客人是嫌弃年幼而尚未变身的鲛人，老板立刻赔着笑脸，转而抓住了角落里那位一直低头坐着的鲛人女子，用力扯着铁链，试图将她拖过来，“那客官看看这个，这个鲛人可是费了好大力气才捉到的。虽然现下受了点小伤，看起来品相差了一些，实际上只要稍微打扮一下，就是难得一见的美女！你看看，你看看……”

那个女子拼命地挣扎，却手足无力，只能扭过头去，宁死也不肯面对买主。

老板喃喃叱骂着，伸手进去用力扳起那个女子的脸，一边殷勤地回头对着客人笑。然而，只是一瞬间，他就怔住了——那个客人的眼睛！居然也是同样的深碧色，和笼子里那些鲛人奴隶一模一样！

老板一瞬间看得发呆。眼前这个鲛人的容貌远远超出他所见过的任何奴隶，一眼看去就再也移不开视线。那样近乎不祥的美貌超出了所有种族的极限，在星夜下熠熠生辉，冰冷而魅惑。

“你……你是……”从未在这个西市里看到过身为鲛人的买主，八面玲珑的老板一时间也有些结巴，然而看到了旁边衣衫华丽的银发女子，顿时恍然大悟——看来，是女主人带着鲛人奴隶外出？难怪这个女子的衣饰如此华丽，气质如此高贵。

他立刻改变了态度，不再理睬苏摩，转而对着那个女子献殷勤：“以夫人的身份，也只有第一流的奴隶才有资格服侍您了。我们海国馆里应有尽有，夫人一定能满意……”

“我不买奴隶。”那个银发女子蓦然截断了他，声音冰冷，“苏摩，走吧。”

她低低地吩咐，同时转过了身，然而那个鲛人却站在原地没动。

“夫人，我想你是需要一条好的鞭子。”看出了鲛人奴隶的桀骜不驯，老板谄媚地凑了过来，低声道，“我这里有各种各样的器具，可以让你的鲛人再也不敢不听你的吩咐……”

话没来得及说完，他的咽喉就被卡住了。

“闭上你的嘴。”轻轻一震手腕，便将昏迷的老板无声无息地扔出，女子厌恶至极地皱眉，然后她回过头去看着同伴：“走吧，等会被人看到就麻烦了。”

如果刚才不是先下手掐晕了那个老板，说不定苏摩一出手，就会要了那个家伙的命吧？

然而奇怪的是，那个一贯杀人不眨眼的傀儡师却毫无反应，只是静默地看着铁制的笼子和笼子里的一群奴隶，仿佛渐渐陷入了某种深不见底的回忆。

“海国馆是西市最大的奴隶卖场。”他忽然开口，“祖传的职业。”

他看着那个昏迷过去的老板，嘴角浮出一丝残忍的冷笑：“他说话的腔调，和他的曾祖可真一模一样！”

在白薇皇后来不及阻止之前，他的手指忽然弹出细细的一丝光，急速地卷起了那个老板。手指上白光四射而出，穿透了那个男人的手足，只是四下一扯，漫天便下了一阵血雨！

“一百多年了，总算了结。”他漠然看着，随手将尸骸抛弃。

“啊啊啊——”笼子里的奴隶们发出了尖厉的惊呼，拼命往后退，相互挤着缩成一团。

仿佛被惨叫惊动，前面大厅里已然有脚步走动的声音，正在往后院走来。白薇皇后微微蹙眉，捏了一个诀，十指张开之处一个无形的结界张开，立刻将附近所有人的知觉全部屏蔽。

然而，奇怪的是在笼子里所有鲛人奴隶都被结界笼罩、无声瘫软失去知觉的时候，只有角落里那个病恹恹的鲛人女子犹自清醒。

仿佛终于被同伴的惊呼声惊动，她支撑着抬起头来，看了过来，忽然一下子坐直了身子，眼里闪出了震惊的光——她定定看着站在铁笼外的同族，却看到对方早已在端详着自己。

“苏摩！”她踉跄着扑到栅栏上，不可思议地惊呼出声来，“是你？是你？！”

“你怎么会在这里？”苏摩微微颔首，也是诧异，“潇？”

几个月前桃源郡一战之后，这个鲛人从他的手里侥幸逃生，从此就再也没见到过。没有料到今日，居然又在叶城的奴隶市场里碰上了！

潇的目光落到了他身边的那个银发女子身上，看到了对方手上那一枚银色的戒指，更加吃惊：“白璎郡主？”

这位前朝的太子妃，居然和苏摩半夜一起出现在这个西市上！

难道……空桑和海国正式结盟了吗？一时间，潇脑海里掠过了那些天下流传的隐秘传闻——比如堕天，比如复生……空桑太子妃和这位鲛人新海皇之间留下过太多的传说，至今仍然在民间口耳相传。

然而，眼前这个女子眼神冷漠如冰雪，隐隐有无可言喻的威严气势，竟令人不敢仰视，完全不像传说中那般多情温柔的痴情女。

“我不是白璎。”白薇皇后冷冷回答，回头对着苏摩，“你认识她？”

苏摩顿了一下，最终冷冷开口：“是云焕以前的傀儡。”

唰！一道白光忽然腾出了衣袖，光剑刹那如游龙而出，直接斩向铁笼里关押的女子！

“叛徒。”白薇皇后眼里冷芒闪烁，一剑旋即劈下。

“叮”，空气中忽然起了一声奇特的脆响，仿佛有什么无形无质的力量一瞬间交错。苏摩的手猛然抬起，指尖迸射出一道细细的银光，刹那间和那道白光交在一处。

“白薇皇后，”仿佛忽地动怒，海皇冷笑起来，“这是我们海国的事情，要管，也轮不到你来管吧？”

一剑被挡开，白薇皇后有些诧异地回头看着他：“你维护这个叛徒？”

“如果要杀她，在桃源郡我早就杀了。”苏摩冷笑起来，“既然我当时放了她，就没道理再反悔——何况她现在还被关在当年我的囚笼里。”

白薇皇后沉默下去，知道这个傀儡师脾气阴枭多变，有时候无可理喻。

潇被白薇皇后猝然的出手惊了一惊，下意识地往里靠，然而微微一动便引起了钻心的疼痛，她单薄的身子剧烈颤抖起来。

“你怎么会到这里？”苏摩回头看着铁笼里的女子，微微蹙眉。

“桃源郡一战后，我落在了大部队后面，只能自己从桃源郡返回帝都找云少将。结果……因为受了伤，半路被人抓住了。”潇瑟缩了一下，似乎有些羞愧，低下了头，“我没有丹书，又……又没有主人陪在身边，就被当成了出逃的奴隶抓了起来，一直被困在这里。”

苏摩眉梢挑了一下，视线落到潇的身体上——有两条粗粗的铁索从她双肩上穿过，扣住了她的琵琶骨，将鲛人女子死死钉在了铁笼里。

他默不作声地吐出了一口气。受了这样重的伤，这个鲛人傀儡算是废了，她再也不能继续驾驭风隼，就算回到征天军团里，也是无用的废物了吧？那一刻他隐约觉得莫名的悲哀——不知为何，从内心深处，他一直对这个身负背叛恶名的同族深怀关注。

“从陆路返回才被抓？怎么不从镜湖走？”他有些诧异。

潇闪电般抬头看了他一眼，又低下头去：“镜湖？我……我怕遇到复国军。”

“呵。”苏摩终于明白过来，忽地冷笑。

无路可去的叛徒啊……孤身在黑暗里前行，没有一颗心朝向你，没有一个人会想起你。这天，不容你仰望；这地，不容你踏足；甚至那一片碧蓝，也永远无法回归——天地之大，也无你的立锥之地！

为那个无情的破军背弃了一切，究竟是否值得？为何你如此坚定？

在他饶有兴趣地低头审视时，潇忽然仰起了头：“少主，求你放我出去。”

血污狼藉的脸上闪着急切的哀求：“求求你！放我出去！”

她的手隔着笼子探出来，抓住他的衣襟，用力得几乎撕裂：“我得赶紧去帝都……我听来往的客商说帝都剧变，云少将似乎出事了！求求你放我出去，我要去找他！”

苏摩碧色的眼睛闪了一下，再度抬头望着夜空里那一颗破军，仿佛在通过幻力感知着什么。半晌才开口：“你去了，又有何用？”

他的声音冷酷：“你该知道落到辛锥手里的人，会有什么下场。”

辛锥？潇被这句话刺了一下，全身难以控制地发起抖来。她是如此的恐惧，以至于肩上的铁索都发出了震颤的声响。她捂住脸，颓然坐到了铁笼里，喃喃道：“不，我还可以去找人帮忙……征天军团里的那几个将军……那些肮脏的色鬼……还有好多把柄在我手上。”

苏摩微微一怔。是的，他也知道这个背负着叛国恶名的鲛人的一切资料，二十年前复国军起义失败，传说便因为她的出卖而导致的。而在被沧流帝国俘虏之前，这个鲛人曾经是星海云庭里红极一时的歌伎。

艳冠叶城的花魁，难怪到了征天军团里也能左右逢源。

她有过这样曲折而肮脏的过去，而现在，为了那个将她当武器的冰族少将，竟然几乎把前半生所有用耻辱换来的资本全部赌上去了！忽然间一种莫名的愤怒从胸臆中腾起，他俯下身去用力扯住了铁索，将她从地上硬生生拉起！

骨髓里的痛让潇全身颤抖，然而抬起头，却对上了一双冷锐的碧色眼睛。

"为什么？"苏摩恶狠狠地看着她，几乎要把她的肩骨捏碎，"为了一个魔鬼！在桃源郡，他是怎么对你的？又是怎么对你同族的？为什么你不惜背弃一切，也要跟随他？！"

白薇皇后吃惊地抬起眼，看着傀儡师脸上露出这般激烈的表情——到底被触动到了什么呢？一直汹涌的黑暗潮水，忽然间就克制不住地爆发出来。他是这般失望和愤怒，就因为眼前这个同族无法挣脱无形的束缚？

"何必再问我为什么……"潇挣扎着笑了起来，毫不畏惧地抬起头来，看着鲛人的海皇，"我是个天地背弃的叛徒啊……如果再不执着于这件事，还能怎样活下去？"

苏摩看着她的眼神，手下意识地微微一松。

"而且……云少将不是无情之人。"她跌落到铁笼中，抬头看着西方尽头的天空，"他很爱他姐姐……也爱他的师父——你们又怎能知道？"

她苦笑了起来："你们不会明白。"

"你说的师父，大约是空桑前任剑圣慕湮吧？"白薇皇后忽地冷笑起来——和白璎同用一个灵体，她自然也知道剑圣门下发生的变故，"可惜，她上个月已然死了。"

"死了？！"潇的脸色煞白，猛地站了起来，顿了顿，她再度拼命摇晃着铁笼，"那、那少将他……天啊，快些放我出去！快些！求求你们！"

白薇皇后却只是冷冷看着她，眼神里有锋锐的冷光："即使是最爱的人，如果做的是错事，也必须竭尽全力去阻止，哪怕以血换血。"她冷冷道，"我痛恨软弱而执迷不悟的人——没有自我，没有灵魂，和死了没区别。"

潇凝望着她，苦笑道："可惜，我不是你。"她哀求地看着笼子外的两个人："求求你们。就算可怜可怜我，放我出去吧！"

"我从不可怜人。"白薇皇后决然回答，强势而冷酷，"可怜的人是可恨的。"

潇眼里的期盼在这个千古一后的视线里凝结，最终转为绝望，颓然坐下。

"好吧。"然而此刻，苏摩却忽然开口，冷冷扬眉，"如果你告诉我为何如此执意背弃一切去追随他，我就放你走。"

潇蓦地安静下来了，苍白纤细的手抓着铁栏，死死地看着对面的海皇。许久，她忽然悲哀地冷笑起来："你们不会明白。"

苏摩从黑袍中缓缓抬起了手，指尖有隐约的蓝色光芒闪烁，蕴藏了极大的灵力。

"如果不能明白，就让我直接来'读'吧！"他冷淡地说着，手却快如闪电地伸出，瞬间扣住了潇，指尖直直地点在她眉间。蓝色的光如同一道闪电透入了鲛人女子的眉心，刹那，整个头颅都出现了诡异的透明！

苏摩扣住了潇，制止了她的挣扎，忽然间手也是微微一震。看到了……看到了！那些幻象仿佛洪流一样呼啸着冲入他的视野——那都是什么？

被绞死的尸体，如林般悬挂在墙头。

所有死人都穿着相同式样的战服，蓝色的长发如枯死的海藻纠结。

所有的眼眶都是空洞洞地睁着，因为眼珠已然被剜出。

白皙的皮肤成了深褐色，寸寸干裂——那些鲛人，是被挖出眼睛后吊在城上，活活晒死的吧？然而深刻的愤怒和痛苦却还凝固在那些尸体的脸上，虽死犹烈。那样恐怖的尸体之墙，居然沿着烽火台一直绵延了出去，绕城一周！

连苏摩也不自禁地蹙起眉头：这，是什么时候的记忆？

是二十年前鲛人复国军覆灭之时吗？

他还想知道这个女子心里更多秘密，然而潇拼命摇着头，双手死死抓着栏杆，抗拒着那种透入心底的侵蚀，试图将那只伸入脑海触摸她伤口的手一寸寸地推出去。

"不想让人看到吗……"苏摩喃喃，忽地冷笑，"可是，我很爱看呢。"

他用双手捧起了潇的头，十指上忽然有细细的引线无声蔓延，转眼透入了潇的七窍，几乎是用压倒性的力量强行侵入了她的脑海，汲取着她深藏的一切记忆。

"苏摩。"旁边的白薇皇后眼神一闪，"你会杀了她的。"

然而那个鲛人海皇根本不顾及，那一瞬间，眉心火焰的刻痕里有什么光微弱地一闪，他的神色有些异常，仿佛体内有某种无法控制的力量推动着，让他去完成这一不计后果的行为。

那扇被封闭的门一分分地打开了。他踏入了这个身负叛徒恶名的女子心中，那个尘封已久的世界——

二十年前鲛人复国军覆灭，族人被绞死的尸体如林般悬挂在叶城墙头。

那一战是毁灭性的灾难，在巫彭元帅的指挥下，镜湖大营被击破，复国军几乎被彻底摧毁，一战下来损失了上万名鲛人，已经没有成形的军队。被俘虏的鲛人战士中，职位高的被处死，剖心剜眼；剩下的则被转卖到叶城，成为奴隶。只有寥寥的幸存战士们散落于各处，极度小心地隐藏着自己的身份，相互之间也失去了联络。

海国几千年来仅剩的力量，在那一刻几近于彻底覆灭。

而只有她，在经历了那一场覆灭性的战争后却没有受丝毫的伤，穿着华服锦衣，被八抬大轿抬着，从城上施施然地走过——仿佛是来检视自己同族的死亡盛宴。

身边同行的，是一列穿着银黑两色帝国军服的军人。

那些沧流帝国平叛成功的军人与她并肩而行，态度冷酷，神情得意，指点城下那些悬挂的尸体，故意大声地夸奖："你看，这些乱党终于全灭了——潇，你干得不错！不愧巫彭元帅这般重用你！"

不是的！不是的！我不是叛徒！不是！

这些年来，她在叶城以歌舞伎的身份和那帮帝国官员周旋，只是奉了军中密令刺探情报。然而在战争开始后，这条埋着的谍报线被沧流帝国发现，和她联系的线人全部被发现，先后死去。在最后一个线人死后，一切都没了对证——她就从一个卧底间谍，变成了彻底的叛徒！

然后，沧流帝国故意把这一战的全部责任，推到了她的身上。

她落入了一个连环的阴谋。被擒后，受尽了各种侮辱和折磨，然而帝国刑部那个酷吏却有本事让她全身上下丝毫看不出伤痕。沧流帝国对外面说：潇，这个曾经身为复国军镜湖大营第六队副队长的女战士已经背离了鲛人一族，投靠了帝国，成为立下大功的女间谍。

她想叫，想喊，想分辩……然而说不出一句话来。

巫咸炼出的药是如此恶毒，她被灌下后完全无法动弹。身体仿佛已经不属于自己——喉咙已经被封住，手足也已经麻痹，只能被软禁在轿子里，施施然陪同这些帝国的屠夫们从城上走过，检阅着自己被屠杀的族人。

"潇，你协助帝国平叛有功，马上便能得到自由和荣华富贵。"那些沧流军人领着她转到了城墙尽头，故意在那些尚未完全死去的复国军战士面前大声说话。

那些濒临死亡的族人看着她，一双双深碧色的眼里充满了怨恨。

背叛者，出卖者……她知道自己已然被诬陷到了一个百口莫辩的境地！

她却不知道同样的事情在战争中经常被运用——包括那个被族人唾弃、被俘后变节的左权使。那张据说是他签署的降表，事实上同样也是被沧流帝国模仿着笔迹而写出。然后，在刑讯中全身筋络被割断却依旧不肯低头的他，被沧流帝国特意放了出来，以惑视听，不出一个月便死于复国军战士的刺杀之下。

作为惩罚，双眼一齐被挖去，留下了黑黑的空洞，一直睁着。他的心也被挖出，扔入烈火中焚尽——在海国的传说里，鲛人的心如果不能回归于水中，灵魂便无法升入天宇。

那时候，她也曾为了左权使这个大叛徒的诛灭而欢呼，然而，没有料到转瞬自己也面临着同样的命运！

在玩弄权术和心计方面，鲛人远远不会是空桑人或者冰族的对手。

加入征天军团后，有时候她也会回想起过去，微微苦笑。比起沧流帝国当权者，鲛人们也许只是一群只有热情和决心的孩童罢了，没有力量，没有武器，甚至没有权谋。也许，失去了龙神的庇佑以后，他们的命运就该是这样被残酷地统治下去。除非……

除非海皇复生！

在当歌舞伎的时候，她原本是没有性别的。被俘虏后，她承受了难以想象的屈辱，甚至被强迫着“变身”，成为了一名可以供敌军玩乐的女子。连自裁都没有机会——她知道沧流帝国为什么还要让她活着，因为复国军从来不会放过任何一个叛徒，她还有用处。

果然，在她是叛徒的消息传出去后三个月，刺杀者如附骨之蛆地到来了。一个接一个，不惜一切地要置她于死地。也许是战场上的绝望，导致了要用一切代价报复叛徒的想法，每次来的都是疯狂的、同归于尽的刺杀。

然而不出意料，一个又一个的复国军刺杀者都被严阵以待的沧流帝国军队斩杀。

那些血，都溅到了她的脚上。

她坐在丝绒的华盖底下，被软禁在高高的座椅上，成了一个死亡的诱饵，让沧流帝国可以一批接一批地引来残余的复国军力量，再将其捕杀。她被困在那里，张开口，想竭尽全力提醒那些扑火般的前仆后继的族人——但是，没有办法出声。

她只能眼睁睁地看着那些鲛人的血溅出来，洒落到脚背上！

鲛人的血是冰冷而没有温度的，不管那些决然赴死的刺杀者心里热血如沸。看到那些濒死族人眼睛里深刻的仇恨，她忽然就冷得全身发抖。

他们恨她……他们恨她！

族人都是那样纯真开朗，歌唱舞蹈，碧绿的眼睛就如开阔深邃的大海——然而，他们最后看着她的眼神，居然是那样可怕！

那一瞬间，她明白自己将毕生无法摆脱这样的诅咒。

虽然还活着，但从这一刻起，她已经死了。

……

“你看到了什么？”冷月下，白薇皇后愕然发问。

苏摩的神色在逐渐缓和下来，眉心那个火焰状的刻痕越发诡异，然而那个被控制的鲛人女子却发起抖来，泪水接二连三地从她紧闭的双眼中坠落，她脸上露出苦痛至极的神色，全身颤抖得如同一片风中的落叶。

“该停止了，”白薇皇后蹙眉道，“你强行读取她的记忆，会造成很大损害。”

苏摩却没有放开手，十指上无形的银线伸入了潇的脑中，继续触摸着那些回忆——那些仿佛是从血池里浮出的往昔。

无法洗脱，更无法解脱。于是，什么也不能做的她逐渐放纵自己，以无谓的表现消极抵抗着，甚至开始用置身事外的态度，冷冷看着一个又一个的复国军刺客血洒阶下。

反正没有人知道她的无辜，更没有人认可她的牺牲，那么，她承受那么多苦痛又是为了什么？是为了换来更多的敌意、仇恨和刺杀吗？

呵……我愚蠢的族人啊，你们都已然放弃我了。

我，又何必再求你们谅解？

她渐渐麻木，甚至和那些软禁她的沧流军人有说有笑起来。经常是一边等待下一轮刺杀，一边喝酒作乐，用一种讽刺的语气谈论那些前赴后继落入陷阱的刺客。恍惚中她甚至觉得，昔年那一腔热血都已经逐渐一点一滴地冰冷下去。

呵呵……真是讽刺啊。鲛人的血，本应该就是冷的。不是吗？

“既然如此，潇啊，你还不如干脆加入征天军团呢。”某一日，看守她的沧流军人看着颓废放浪的她，邪笑着提议，“反正你也回不去了，不如来做我的傀儡算了。”

她忽然怔了一下。

“不。”她听到自己清晰而决然地回答，“做梦！”

就算所有人都背弃了她，她也决不能放任自己成为一个真正的背叛者！

时间就这样缓慢地过去，每一日都长得如同一生。渐渐地，来刺杀的人少了下去。她心里就有钝钝的痛，因为知道必然是复国军的力量已经被消灭得越来越彻底了。

关你什么事呢？你已经被烙上“背叛”的印记，被驱除出来了。

你什么都没有做错，他们却这样对你；你做出了这样的牺牲，却没有一个人认可——既然如此，既然你的国家、你的同族已经离弃了你，你又何必再眷恋？！

她不停地在心底对自己说着，竭力让自己平静。然而，那一日，已然开始自暴自弃的她，还是被一个千里赶来的年轻刺客震惊了——

“快走！”在看到那个年轻刺客衔着利刃从水池里浮起的瞬间，她心胆欲裂，不知道从哪里来的力气，居然挣脱了药性的麻痹，脱口发出了警告，“汀！快走！这里有……”

话音未落，她的颈部受到了重重一击。

然而在倒地前的眼角余光里，她看到那个年轻的刺客已然及时发现了埋伏，在沧流军人合拢包围圈之前一个翻身重新跃入了水里，宛如一条游鱼般消失了。

在逃脱前，那个刺客回过头看了她一眼——那种爱憎交错的复杂眼神，令她永生难忘。

汀……我亲爱的妹妹啊。连你，也相信我是一个背叛者？我一手带大、相依为命的唯一亲人，今日，你是准备来亲手杀了我吗？

那一刻，早已麻木的她倒在地上，失声痛哭。

这个前来刺杀的人虽然未曾得手，却已然在一瞬间摧毁了她苦苦坚守的意志。大颗的泪珠掉落在地面上，纷纷化为明珠四散。那是她落入沧流军队手里后的第一次痛哭。痛哭中，她忽地又大笑起来——笑得如此疯狂而放肆，完全不顾那些军人因为埋伏的失败而愤怒地围拢过来，惩罚会接踵降临在身上。

那一刻，生死或者荣辱，都已经不再重要。天地之间，七海之上，九天之下，她只是一个人。

她只是一个人！

“终于，还是崩溃了吗？”忽然间她听到一个声音，冷而深。靴子声从内堂传来，屏风被移开，所有军人都肃然退下，列队致意：“元帅！”

那个脚步一直到她身侧才停住，然后有靴尖踢了踢她的脸，低叹道：“所有的俘虏里，你熬得最久——真是让人敬佩。”

是、是沧流帝国的那个巫彭？！她想挣扎着起来，扑向那个血洗了复国军的屠夫，然而她只一动，肩膀便被死死地按住了。她的脸贴着地，只能看到军靴上冷而尖的马刺铁。

她无法抬头，却忽然不顾一切地张开嘴，一口咬在他的脚背上！

“咔”。牙齿几乎碎裂，军靴的粗布底下，居然垫着软而密的坚固物体。

“身体都衰弱到这样了，还有这么深切的恨意……真是难得。”那个冷酷的沧流元帅冷笑起来，“难道你以为自己还能回到那边去吗？”

他一脚踢在她脸上，坚硬的靴子磕破她的额头，死死踩住她：“听着！现在你只有两条路，第一，留在征天军团当我的傀儡；第二，不当傀儡的话，你就得……”

“我宁可死。”不等巫彭说完，她嘶哑着嗓子回答。

这样决然的答复，反而让铁血的元帅怔了一下。他看着地下奄奄一息的鲛人战士，眼里有无法征服的愠怒。沉默许久，嘴角忽然露出一丝笑：“死？那可不是容易的事情……”

他冷冷说完了那句话：“第二，不当傀儡的话，就发配去西荒，给镇野军团当营妓！”

苏摩的十指托着潇的头颅，不停地从她脑海里阅读那些过往——然而到了这里，回忆的画面忽然开始恍惚了，仿佛接下来的那段日子流逝得模糊而迅速，并不像前面这一段那样令她刻骨铭心。

荒芜的原野，广袤的沙漠，漫天的尘土风沙，满地的辎重武器和伤员，在战壕里休息的、清一色黑色装束的军队。远处有简易的牛皮帐篷，升起缕缕炊烟，血色的夕阳正在风沙里缓缓下沉。

天，又要黑了……

在那一段记忆中最强烈存在着的，除了对荒漠干涸气候的长时间痛苦，便是对每一日夕阳跳下地平线那一瞬的恐惧——因为，那意味着又一个黑夜的到来。

那些野兽们的狂欢之夜。

“快去快去！去得晚了营里的女娘可都没了！”

“来不及啦！只怕现在去，那个鲛人美女已经让参将给抱上床了吧？”

“真该死，又让上头给独吞了，难得来一个鲛人，也不放出来让我们尝尝鲜。”

“嘘——被参将听见可不好啊！”

“我就是要骂！真是不公平——征天军团每个小队都配了一个漂亮的鲛人娘儿们来玩，凭什么我们镇野军团一个营就只分了那么一个？”

“唉，鲛人在西荒活不长嘛。你看那个鲛人来了不过半年，已经快不行了。”

“妈的，那老子岂不是再也尝不到鲜了？”

“啧啧，你也想开点——那个鲛人虽然漂亮得不像话，可好像没有魂似的。与其抱个行尸走肉的美人儿，还不如和热辣的沙蛮女人鬼混呢。”

帐外肆无忌惮的议论不停传来，然而她眼前却只是晃动着一张油腻黑亮的脸，那个魁梧的朔方城参将压在她身体上，那样的沉重，几乎要将她窒息。

然而她只是木然地看着，眼睛不知道看向哪个地方——头顶是黑沉沉的牛皮帐，风沙在呼啸，肌肤干得几乎要裂开，沙子随着呼吸进入了肺部，一点点地积存起来。她忽然咳嗽起来，感觉嘴里有什么无法压抑地涌了上来。

她甚至来不及扭过脸去，就这样直接地将咽喉里涌出的东西，呕吐在了那张正吮吸着她嘴唇的口腔中。

“臭女人！”那个参将愣了一下，很快“呸”地吐了出来，气急败坏地甩了一个耳光，“敢败坏老子的兴致！”

然而下一刻，他马上就跳了起来，抹着嘴角惊呼："血？！"

大量的血，从她咽喉内涌出，又从那个镇野军团军人的嘴里流下，狼藉恐怖。

她在昏暗的牛油蜡烛下看着满床恐怖的殷红，手缓缓伸向那一摊没有温度的鲛人之血，一贯无知无觉的眼神慢慢颤动。忽然间，她把头一扬，打破了一贯的死寂大声笑了起来，狂喜万分——终于可以死了！终于，可以死了！

笑声未毕，她就一头栽倒在床上，苍白赤裸的身体浸没在自己的血中。

真好……终于，可以结束了。

叶城的冷月下，白薇皇后惊诧地看着忽然间疯狂大笑的鲛人女子，再也忍不住地出手喝止："苏摩，快住手！你会逼疯她的！"

然而傀儡师的脸上却浮现出莫测的神情，仿佛这样还不足以完全地触摸那些回忆，反而更紧地按住潇的头颅两侧，缓缓地俯下身，将自己的额头抵在了潇的额头上，缓缓读取着最后的记忆。

片刻后，他眉心那一道火焰的刻痕里，闪过了微弱的光。

原来是这样……被沧流帝国充军的十几年后，那个当年宁死不肯低头的孤傲女战士，最后才成了不顾一切的背叛者。然而，只是保持着那样的姿态再"读"了片刻，苏摩脸上的神情慢慢变化，忽然松手放开了潇。仿佛失去了所有支撑，鲛人女子筋疲力尽地倒了下去，痛苦地用手捂着头颅，脸色苍白地低低呼号。

而苏摩只是静静地凝视着她，脸上有复杂的神情。

"她怎么了？"白薇皇后问。

"那段记忆，对她来说太过于痛苦。"苏摩缓缓开口。白薇皇后诧异地看着他——到底这个叫作潇的鲛人有过什么样的记忆，竟然能打动苏摩这样的人？

然而傀儡师低头凝视了那个昏迷的鲛人女子半天，最终轻轻吐出了一口气，抬手挑断了捆绑着潇的那两条铁索，回身静静道："我们走吧。"

"真的放过这个叛徒？"她隐隐有杀气，"让她回到云焕身旁？"

"放她走又如何。"苏摩戴上了风帽，只是冷然回答，掠了一眼夜空，"破军光芒黯淡，七日内必当陨落——以她残废之身，又如何能挽回宿命？"

白薇皇后抬起头凝视夜空：北斗已然移到了西方分野，已然是三更的天。

果然，西北角上一颗大星摇摇欲坠，发出黯淡的血色光芒，她只是一望，便已知道星宿轨道的走向所在，也知道此星的主人必然气数将尽。

“破军……”她蹙眉，心里不知为何却隐隐有些不安。

那个角落，漆黑一片的天幕下，似乎隐藏着某种汹涌而来的澎湃力量，以及无可估量的变数——她默默凝聚力量，想看穿破军背后的奥妙，然而奇怪的是，以她的灵力，居然还是一眼看不到底！到底……到底这颗三百年爆发一次的“耗星”，接下来会有怎样的变数呢?

“得走了。”苏摩侧头，仿佛倾听着黑暗里的某个声音，脸色一变。

白薇皇后手指一合，撤掉了结界，默不作声地转过身，准备结束这段旅途中的小插曲。然而刚转过身，背后却传来了哀伤的哭泣声——那些鲛人奴隶随即苏醒，个个脸上都露出了惊惧的表情，不知所措地看着地上狼藉的尸体。

是的，店主死在了这里，等明日被人发现，他们这群奴隶便要死无葬身之地！

那样的哭声仿佛是无形的羁绊，快要走出结界的苏摩默然顿住了脚步，也不回身，手指只是一划，一道白光从指尖腾起，精铁打制的牢笼“咔啦”一声拦腰折断。他并没有回头，只是站住了脚步，对笼子里那些瑟缩成一团的鲛人奴隶开口：“走吧。”

然而那些奴隶害怕地看着外面，居然没有一个人敢走出这个已经打开的笼子。

“您……是准备买走我们吗？”终于，其中一个胆子较大的鲛人孩子开口了，怯生生地挪过来，“你们……你们愿意当我的新主人吗？”

“不，”白薇皇后尽量把语气放得温和，“你们自由了，快出来吧。”

然而那个快要挪到笼子外的鲛人孩子仿佛吓了一跳，一下子又缩回去了。

“不行的！”孩子惊惧地抬头看着他们，瘦削的脸上一阵不自然，“你们如果不买我们，没有主人，我们是不能离开这里的！离开了也会被抓回来！”

“你们可以当自己的主人。”白薇皇后神情隐隐严峻起来。

“不！不……不成的。”那个奴隶孩子一边慌乱地摇着头，一边退回了铁笼的角落，“每个鲛人都要有主人！没有主人我们哪里都不能去，这是规矩——逃走的话，会被活活打死的！我、我已经看到他们打死过好几个了！”

一群奴隶瑟缩着，用又是期盼又是恐惧的眼神望着外面的世界，却没有一个人敢挪过来一步。

所谓画地为牢，也就是如此罢？

“已经连逃跑都不敢了吗？”白薇皇后止不住地愤怒，手一挥，整个铁笼被无形的力量扭曲，一瞬间如裂开的甘蔗一样向外瘫倒，成为一摊废铁。然而奇怪的是没有了笼子，那群鲛人奴隶居然还是待在原地，一动不敢动。

他们面面相觑，眼里带着茫然和恐惧。

“逃？”有奴隶嗫嚅，“又能去哪里？……我们生下来就没出过笼子。”

白薇皇后怔了一下，随即道：“你们可以去镜湖的复国军大营，那里有你们的族人。”

“复国军？”奴隶们脸上出现更加恐惧的神色，“那是乱党啊！抓到了都要杀头挖眼的！”

“那你们想怎样？”白薇皇后压住了怒气，问，“回答我——如果现在给你一个重新选择的机会，你们究竟想怎样？”

“我们……”那个奴隶害怕地抬头看了一眼他们，最终只是低头嗫嚅，“我们想求龙神保佑，早点来一个仁慈善良的主人把我们买走……”

白薇皇后终于彻底沉默了。

那，就是这些鲛人最大的愿望？！被关在囚笼里长大的一代，已然连对自由的渴求都已经消失了吗？

笼子里的奴隶大都是卖不出去的老弱病幼，然而无论是活了七八百年的，还是刚生下来不过几十年的鲛人，个个眼里都充满了对外界的恐惧，麻木不仁，让她这个千方百计想给予他们自由的旁观者都感到绝望。

“哈！”忽然间，一直沉默的苏摩冷笑起来，霍然转身，手指闪电般划下！

“你要做什么？”白薇皇后惊呼，旋即抬起手臂格挡。然而还是慢了一步，锋利的引线呼啸着卷入铁笼，毫不留情地将其中两三个奴隶的头颅平整地切了下来！

“啊啊啊——”人头骨碌碌乱滚，其余鲛人惊叫着，终于四散逃出了囚笼。

“你怎么连族人都杀！”白薇皇后变了脸色，“你疯了吗？！”

“这些不是海国人，皇后。”苏摩转过了头，抹去溅到脸上的一片血迹，眉心那一道烈焰的刻痕里隐约透出入骨的黑暗色泽，“这些不是海国人！海国没有这样的子民，我也没有这样的同族！”

他冷冷看着空桑的开国皇后：“连画地为牢都可以囚禁，这哪里是海国人？分明是你们空桑人培育出的奴隶——天生的、世袭的奴才！

“我宁可海国全死绝了，也不愿留下哪怕一个这样的奴才！”

白薇皇后默然，虚无的心中有剧烈的刺痛。

“知道什么叫作亡国吗？不，七千年前的海天之战其实并不算亡国。”苏摩的语气起了波澜，仿佛内心的黑暗潮水再度无法控制地泛起。他俯下身去，一把拉起了一具无头的鲛人尸体，扔到她面前，“看看，这才是一个民族真正的消亡！你们空桑人……你们空桑人……”

看着这个纯白色的冥灵女子，苏摩的声音渐渐低下去，最终还是沉默——你们空桑人，当年做尽了这样残忍恶毒的事，万死不足以赎其罪！

可是，为什么不让我彻底地憎恨你们呢？

“苏摩。”白薇皇后刚毅的脸上也流露出某种软弱的表情，低声叹息，“对不起。我真的……觉得很难过。”

“走吧。”仿佛不想再看到眼前的人，他转过头去。

“对不起。”白薇皇后轻轻叹息了一声，仿佛为了掩饰某种表情，同样也转过头去看着白色的巨塔，“当年，我无法及时阻止琅玕出兵海外；后来，也无力阻止他恣意暴虐。”

她抬手遥点白塔，低声道：“希望这一次，我可以将他永远、永远地封印！”

第二章

星海云庭

从海国馆的后院出来，两人并肩在黑夜里疾行。

离黎明尚有一段时间，叶城里依然灯火通明，喧闹盈耳。白薇皇后看了看夜色，沉吟道：“怎么，我们要直接去御道吗？”

苏摩却没有回答，仿佛侧耳倾听着黑夜里的声音，忽地抿唇发出了一声低低的呼啸，抬手指了指夜空——很快，空气中有轻微的扑簌声，由远及近。

仿佛梦幻般地，沿着黑暗小巷急速掠过来一条雪白的、飞翔的鱼。

那条文鳐鱼听到了信号，无声无息地从远处游来，迅速地绕了夜行者身侧一周，最终跃上了苏摩的指尖，翕动着嘴，扑扇着双鳍，发出欢喜的噗噗声。白薇皇后看着，不由得微笑——在少女时代她也曾经在璇玑列岛上生活过，知道这种通人性的文鳐鱼不但是鲛人的坐骑和伙伴，同时也经常用于传信。

文鳐鱼扑扇了一下翅膀，旋即又从苏摩指尖飞走，消失在大街的尽头。

“前面就是星海云庭。”苏摩面无表情地侧头听完了文鳐鱼的“话”，皱了皱眉头，指指大街尽头出现的一座金碧辉煌的宅院，“先去那里一下。”

“星海云庭？”白薇皇后微诧——那个方向风里传来的歌吹娇笑声，散发出糜烂甜美的气息，她微微皱起了眉头。

“叶城最出名的歌舞伎馆。”苏摩在风帽下抬起头，有些奇怪地笑了笑，“汇聚了云荒上身价最高的鲛人——不想去看看吗？”

白薇皇后默然，片刻后问：“你去那里有事？”

“嗯。”苏摩简短地应了一句，“你也可以先去御道那边等我。”

在对话之际他并没有停下脚步，径自走到了街巷的深处，避开了金碧辉煌的正门，绕到一侧的小门上，拉起镀金的兽头铜环，熟门熟路地叩了三下。

门应声而开，门后站着一个梳着水蓝色双髻的丫头，手里挑着一盏紫纱宫灯，在十月微冷的天气中发颤——显然她已经接到了文鳐鱼带回的信息，正在迫不及待地等待客人前来。门一开，她看到苏摩，便万分惊喜地“啊”了一声：“您……您来了？您便是新的海皇？”

苏摩点了点头，拉下了风帽，让丫头看到他的脸。

星光照到了他的脸上，那一瞬间，令人窒息的美让同样身为鲛人的丫鬟都说不出话来。她看着族里最高领袖的容颜，目眩神迷。

“天啊……天啊，”她喃喃，“真是做梦一样……”

“走吧。”苏摩没有理她，径自踏入了后院。

“我叫阿缳。”那个小丫鬟终于醒悟过来，连忙侧身让他进来，急急关上门，喃喃道，“海皇苏摩，真的是您？我、我前几日才听说了海皇复生的消息……龙神腾出了苍梧之渊，全天下的鲛人都看到了，真的是做梦一样啊！”

龙神……听到这两个字，苏摩稍微愣了一下。

不知道如今蛟龙是否抵达了复国军大营？而那边的战况又是如何？

如今月已中天，开镜之夜的镜湖波澜不惊，映着高空明月，宛如璀璨的琉璃镜——又有谁知道，万丈深的湖水底下，正在进行着一场异常激烈的战斗！靖海军团出动了大半军力，围攻复国军在镜湖底下的大营，来势汹汹，几乎是势在必得。不知道复国军的战士们，是否能抵抗得住沧流人的那些机械怪物。

想起半日前分道扬镳时巨龙凝视着自己的眼神，苏摩的心就往下微微沉了一沉。

是。我让你失望了，龙神。

七千年来你所期待的、或许是纯煌那样的王者：光明正大，纯正宽容，可以为了族人、为了海国牺牲一切，完全舍弃了自我——可是，我偏偏却并不是那样的人……我永远做不了纯煌那样的人，因为我并不愿舍弃自己的意愿。

这样的海皇，可能会让等待了千年的你和族人，都感到失望吧？

他有了短暂的走神，而小小的鲛人丫鬟惊喜得语无伦次，还在兴奋地不停地说着："刚刚文鳐鱼飞回来说海皇到了叶城——我还不敢相信这是真的，结果您却马上就到了……就像做梦一样啊！"

苏摩只是摇了摇手，令她暂勿关门，让身后的白薇皇后一起进来。

那个叫阿缳的少女住了口，好奇地打量了跟苏摩一起来的人，眼底立时露出警惕和敌意来——不是同族？海皇带来的人，居然是一个空桑人！

她不再滔滔不绝，咬紧了嘴角，有些不安地看着这个银发女子。

"是同伴。"苏摩短促地说了一句，然后回头对白薇皇后道："我有事过去一下。"

踏入叶城不久，他就听到了空气里传来用"潜音"发出的信号：那是有同族用本族特有的方式在呼唤，希望能联络上复国军。

"星海云庭馆主湄娘，有要紧事禀告复国军大营。"

那条传信的文鳐鱼开合着嘴巴，停在他指尖上禀告，殷切地望着他。

星海云庭？在听到这个熟悉的名字时，心里的那片黑暗之海骤然起了波澜，让他的眼神都黑了下去——没有人比他知道，这个地方究竟是怎么一回事！

这个叶城最奢华的女伎馆，百年来一直极负盛名，在叶城上百家歌姬女伎馆里都称得上是翘楚，让整个大陆、甚至远自中州的富豪都是其座上客，一掷千金，以一亲星海云庭里的花魁芳泽为荣。

然而没有人知道，这座销金窟其实是海魂川的其中一站，而馆主湄娘更是复国军里隐藏得最深的战士之一——如今她甘冒大险派出文鳐鱼四处传信，定然是遇到了极其重要的事情，必须尽快和复国军大营取得联系。

眼下复国军正在应对来犯大敌，只怕分不出手来顾上这边，既然今夜顺路，就过来看看这边的情况。

白薇皇后沉默地望着他拂袖离去，心里隐约明白他其实并不愿意待在她身侧——

"白璎，快些醒来啊……你到底在想什么？"白薇皇后站在后院剪秋萝的阴影里，将手按在心口，低低问身体里另一个灵魂。

白璎没有回答她。自从帝都上空那一场星魂血誓后，她就一直沉睡着，不想再醒来——就像百年前，因为无法直面堕天后的一切，她便选择了十年沉睡。

可笑啊……自己的这个血裔还真像个孩子，以为在抉择到来时，把头埋入沙堆里闭上眼睛，就可以逃得了一世吗？

或者说，她此刻的沉默，正是因为在做着某种艰难的决定？

白璎静默地沉睡着，然而她的灵并不是没有任何波动的——在方才的海国馆里，看到那些囚笼和笼中的奴隶时，白薇皇后能感觉到灵体内有暗流悄然涌动，每一次起伏都是微妙而激烈的，带着种种痛楚、悲哀和强烈的怜惜。

但连和她共处一体的白薇皇后，也并不明白这个血裔到底在想着一些什么。

还有一个多时辰便要到黎明了，白薇皇后望着月光下自己的影子——冥灵都是虚无的，本来根本不会在月光下留下任何影子。然而，此刻她徘徊月下，却看到了自己的剪影落在冰冷的白石铺地上，影影绰绰，介于有和无之间。

她知道，那是因为星魂血誓的原因。

在苏摩咬破舌尖、将自己的血喂入她嘴里的刹那，她所在的暗星轨道被强大的念力偏移，离开了那条通往陨落的道路，和新海皇的轨道合并，从此共享同一个命运——他将一半的生命和她分享，包括他自己的血肉和寿数。

从此，这个冥灵不再畏惧日光，也不再是无形的虚幻之体。

真是一个我行我素的海皇啊，任性地将预言打破了呢……白薇皇后凝望着地面上的影子，心里有某种悲哀涌现。可是，付出了这样大的代价，不惜打乱天宫来将她的宿命拉出轨道——究竟值得吗？

六星本来就是暗星，在无色城打开后，便应该照着宿命的轨迹运行，向着空无的黑暗中坠落。当六星归位，无色城开的时候，镜像倒转，一切烟消云散。

这，本来该是命定的结局。

而这个新海皇居然为了漫天星斗的其中一颗，付出了一半生命的巨大代价，不顾一切地伸出手打乱了天宫，干扰了整个云荒命运的起落！

他不甘心，他想要和命运角力，和洪荒的力量对抗——可这，又将会带来怎样的结局？是终究能扭转宿命，还是和白璎一起被命运的洪流所吞噬？

这，连她也不能预测啊……

白薇皇后仰头看着黑夜，九天之上有无数冰冷的眼睛同时也在凝视着她——她微微叹息，足尖一点，轻轻飘上了一棵花树，隐身在暗影里。默默地将戒指褪下，双手合十地压在手心，白薇皇后在冷月下盘膝而坐，呼唤着隐藏在戒指内的力量。

毕竟被封印了七千年，回到这个人世的她，自身也已然极其衰弱。实体早已被消灭，灵体也衰竭到无法维持，虽然寄居在白璎这个直系血脉身上，然而这个灵体也并不好用。她依然不能通过借用白璎的灵体，来自如地操控“后土”一系的力量。

日出之时两人便要联袂进京，此后步步险恶，她必须要早作打算。只希望，这个灵体的主人能早日醒来，握起自己手里的剑，不再逃避。

琅玕啊琅玕……此刻，是否你也已经从七千年的沉默中惊醒，在等待我的到来呢？被破坏神的力量侵蚀了七千年，你的本性还剩下多少？还认得我吗？我们已经那么久、那么久不曾再度拔剑相对了……

她抬起头，凝望不远处金光四射的白塔，眼神变幻，嘴角浮起了一丝冷笑。

黑夜如幕笼罩云荒大地，月渐西沉，星垂四野。

而在云荒大陆的正中，那一片波光粼粼的巨大湖面上方，伽蓝白塔顶端却有璀璨的金光四射而出，在黑夜里熠熠生辉，仿佛一只巨大的眼睛。

那是传说中的“纯金之眼”。

自从镶嵌在塔顶的纯青琉璃如意珠被拿下后，伽蓝白塔顶端便在入夜时发出了奇特的金光，仿佛一只金色的眼睛秘密地俯视着数万丈底下的云荒大地，无论从最东边的慕士塔格还是西荒尽头的空寂之山上，都能清楚地看到这种光芒。

有人说，那是至高无上的智者大人一夜之间幻化出的神迹。那只金色的眼睛是智者大人的瞳，替他俯视着整个大陆，纤毫毕现，无论谁对帝国的统治有丝毫不满、有所异动，都逃不过这只无所不在的眼睛的窥视。

然而，此刻，那只金色的眼睛所看到的一切，都呈现在了伽蓝神殿内一个水镜中。

黑暗里水镜上波纹微微荡漾，听不到呼吸声。

伸手不见五指的密闭空间内，没有人能看到水镜上显示着的情形。那些图案碎裂了又合拢，戴着“后土”神戒的女子侧影在黑暗的水中荡漾，刚毅而清丽，眼映照着星辰，额角披着明月的光辉。

那个影子在黑暗的水镜里反复地碎裂合拢，仿佛一次次拼凑出的幻影。

“嗒”，极轻极轻的一声响，仿佛空气中有无形的手再度接触了这面水镜，那个刚刚聚拢来的人影霍然又碎裂了。

是怎么也无法触摸到她了吗？

黑暗里，几乎听不见的声音在喃喃。

“来了……终于来了呀……”黑暗的重重帷幕背后，有模糊低哑的声音传出，带着难以言喻的狂喜。

宿命的轮盘啊……快些、再快一些！压倒一切地转起来吧！

外面是午夜，开镜之夜，大地上一片繁华喧嚣，而万丈高的伽蓝白塔顶上却空空荡荡，听不见丝毫人声，只有天风吹拂而过。守在玑衡前的侍女忽然吃了一惊——紧闭了近十天的门无声无息地开了，一袭白袍的圣女出现在了神殿门口！

“巫真大人！”一直忐忑不安的侍女发出了惊喜的呼声，疾步迎上去。

五日之前，圣女云烛进入神殿后就再也没有出来，连生死都成为谜题。而外面的传言一日日更烈，说是云家三姐弟都已然遭遇不幸，幼妹被逐下白塔，弟弟因失职而下狱，连最后的长姐云烛也已经获罪身亡，云家大厦将倾。

权力的席位上出现了一个空缺，立刻就引来了无数窥测的眼神。帝都十大家族里都在酝酿着新一轮的暴风雨，不知道有多少双豺狼般的眼睛紧盯着，各自布局盘算。

帝都上空，密云不雨，暗流汹涌。

然而出乎所有人意料，杳无消息那么久之后，巫真云烛居然从神殿里全身而退！

云烛膝行着退出大殿，小心翼翼地关上了第九重门，又低下头恭恭敬敬地以额触地低低祝诵了几句，才转过身努力支撑虚弱的身体想要站起。然而应该是跪得太久，她膝盖几近僵硬，居然无论如何都挣扎不起。

“巫真大人！”侍女上来扶起了她，“您没事吧？”

然而，瞬间侍女就吓了一跳，圣女的手冰冷如雪，几乎将人的血液都冻得凝结！她低下头，看见了圣女右手里握着寒光闪烁的东西——那、那是什么？

“我没事。”借着她的一扶，巫真云烛终于挣扎着站起，不敢有片刻迟疑，立刻踉跄地奔下白塔，向着白塔下的刑部大狱奔去。

那里的风中，似乎隐隐听得见受刑者低哑的呼声。

快些，再快一些啊……她不顾一切地奔跑，第一次痛恨自己为什么不会任何术法，不能第一时间去危难中解救唯一的胞弟。

夜空中，那一颗破军星摇摇欲坠，发出黯淡的血色光芒。

苏摩沿着葱茏的树荫走向别馆，微微蹙眉："湄娘呢？"一路走来不见人，他不由得有些不悦。

"奴婢也不知道什么事，"阿缳回禀，忍不住地盯着他看，移不开眼睛，"今晚是开镜之夜，湄姨忙着应付那些来寻欢的客人，外头正在举行品珠大会呢。"

叶城向来多富商，风气浮华奢靡，每一个节日都是挥霍享乐的好名头，此番也不例外。然而听得"品珠大会"四个字，风帽下的碧眼却微微变了变。苏摩也不作声，只改了方向，直奔前头花楼而去。

不用人带领，一切都是熟门熟路，甚至花径旁的白玉小兽都依然如故。

"少主？少主？"阿缳吓了一跳，连忙跟在后头，"您要去看品珠大会？那、那是个龌龊地儿，您去了……"

根本没听这个小丫头的哀求，苏摩来到了花楼后堂，伸手推开了后门。

门推开的一刹那，浓烈馥郁的香气汹涌而来。带着温热的水汽，穿过横挡在面前的越京十二景乌木屏风，迎面扑到了他脸上——那样熟悉的味道，让他一时间无法呼吸，恍如坠入了梦魇。

他太熟悉这种味道了，那是混合了龙涎香、肉豆蔻、迷迭香、九枝萝、雪域花、怀梦草等七十二味香料制成的香汤，其中甚至还放入了极其珍贵的瑶草，价值千金。

这个方子，据说是十巫中的大巫巫咸配置的，而香汤的唯一用处，只是用来……用来……仿佛有什么东西从心底直刺上来，他肩背微微一颤，手指慢慢握紧。

屏风后有无数人在欢笑，极为热闹，声音七嘴八舌地传了过来。

"哈哈哈哈……看来还是金老板技高一筹，夺了头彩！"

“这样一串二十七颗的凝碧珠，只怕帝都禁城里也找不到吧？”

“看样子，定然是前朝遗物了。听说金老板和铜宫里的盗宝者们来往甚密，果然是出手豪阔啊——只是这一串珠子不知出土多久，是否脱了阴气？”有人酸溜溜地揭老底。

“闭嘴吧，孔老二！你不服气？”

一群人在七嘴八舌地说话，语气各不相同。

最后是一个甜润的女声出来打了圆场：“恭喜金老板！金老板豪气盖世，大家都甘拜下风啊。今夜我们馆里新出的这颗宝珠，看来是要金老板来点品了！”

苏摩微微一震——那，是湄姨的声音？

这样熟悉……过了上百年了，却好像丝毫不曾有变化一样。

“这是丹书，金老板收好了——以后泠音就是您的人啦！不知是否按您的老规矩下药？”

在恍惚的刹那，屏风背后的大厅里忽然传来了雷鸣般的喝彩声，那些酒足饭饱的富豪们开始相互恭维，清脆的碰杯声交织成一片。然而，在这样的声音里，却有一丝低低的哀泣，宛如钢丝一般钻入了他的耳中，刺得他一惊……

是谁？是谁在满堂的大笑里，那样无助地哭泣？

那种哭声，仿佛钻入了他心底，可以和他的血产生共鸣。

品珠大会……这一池子昂贵的“定颜”香汤……今夜，这里难道又在举行那种仪式了？深碧色的眼睛里陡然涌上了浓烈的杀意，苏摩霍然抬手，狠狠推倒了面前的屏风！

巨大的十二扇屏风轰然向着大厅倒下，满堂的大笑陡然转成了惊呼，有许多坐在屏风前的宾客猝不及防，便被压在了底下。

“谁？这般大胆，竟敢来星海云庭闹事！”女子声音尖厉地响起，星海云庭的老鸨湄娘一手捧着金盘，一手直指后堂，“来人哪，给我……”

声音戛然而止。目光落到了那个屏风后的人身上，湄娘的话语便全冻结在了舌尖。那是谁？那是谁？那分明是……

“天啊！少……不，海、海……”一瞬间，她一连换了两个称呼，却终于生生地忍住，一时间不知道说什么才好，脸色阵红阵白，“您……您怎么……”

然而她身侧的其余人却按捺不住，厉声叫骂起来。

高敞的大厅里灯火辉煌，高朋满座。今夜是开镜之夜，也是星海云庭里一年一次的“品珠大会”。按馆里的规矩，收到品珠宝鉴的豪客都可以来馆里销魂一夜，当夜将会在调教好的所有新鲛人里，推出一名最美貌年幼的出售，价高者得。

叶城富商云集，作风奢靡。因为星海云庭在云荒青楼界的至高声望，以及鲛人一贯的高昂身价，“品珠大会”自从诞生以来便成了城中富豪们展示实力、斗富夸财的大好机会。

因此，今天在座的，全是叶城一流的富豪大贾。

此刻看到一个贸然闯入的外人居然敢打乱这个盛会，一群气焰熏天的富豪又怎能容忍？金老板戴着十个宝石戒指的手挥了挥，一直侍立在身后的随从们便腾地冲过去关上了后花园的门，将来客关在了厅内，一步步逼上围起，只等老板一声令下便动手。

“金老板，金老板……”湄娘眼看不好，忙赔着笑上来打圆场，指了指厅里那一个巨大的香汤池——池上漂着朵朵金莲，香气馥郁。奇特的是，池子里居然漂着一个巨大的贝壳，也不知里头装了什么。

湄娘堆起笑，腻声道：“金老板您看，今夜是您品珠的大好日子，美人儿等着您享用呢。打打杀杀的未免扫了兴致，不如……”

“大爷的兴致已经被打扰了！”已经炫耀过财力，金老板有意再度炫耀一下自己的武力，便不卖老鸨面子，冷笑道，“放心，我会赔偿这里造成的一切损失。来人！给我把他……”

他抬起肥硕的脸，下巴重重地耷拉下来，随着声带震动而晃荡，眼神却如刀一般飞过来，扎到那个闯入者身上，准备向众人显示自己一语杀人的力量。忽然间，他的眼神凝住了，下巴上的赘肉不停哆嗦，眼里放出狼虎一样兴奋的光来——堂里鸦雀无声，所有人的眼神是和他一样的，望向同一个方向，匪夷所思而贪婪。

这……这是一个什么样的鲛人！

几十年来都没见过的美人，叶城没有与之媲美的绝色！

大厅上吊着巨大的水晶灯盏，璀璨的光投射下来，映照着来人的脸。深蓝色的长发下，湛碧的眼睛宛如绿色的宝石。即使是毫无表情，那张鲛人的脸也是如此魅惑绝伦，仿佛发出某种光芒来，耀住了每个见多识广的富商的眼。

那个人推倒了屏风，冷冷站在那里，对着满满一大厅的商人，脸上毫无恐惧。

金老板怔怔，吐出了一声浑浊的叹息。

比起眼前这个鲛人来，他家里畜养的三十六个鲛人简直都是毫无可取之处的地摊货，甚至今夜星海云庭里拿出来高价挂牌的绝色小妞儿，也被比了下去！

“嗞……”金老板倒抽了一口气，第一个回过神来，斜眼冷笑，“湄姨，你这可不对了——有那么好的货色却藏着，专拿些不上路的货来应付我们？”

“金老板，金老板，您看您说的……”湄娘急了，平日八面玲珑的老鸨有些手足无措，“泠音可是绝色！而且，这个人啊，其实也不是我们馆里的……”

她一边周旋，一边对苏摩急急抛去眼色，示意他赶紧离去。然而那个闯入者居然丝毫不理这个暗示，也不理会无数投过来的欲望眼神，只是自顾自地走到大厅中的水池旁，低下头望着。

一池香汤，浓烈馥郁，价值千金。

而这样昂贵的香汤，唯一的作用只是……只是……他的眼神变了，仿佛记起了什么往事，从胸臆中吐出了一声叹息，抬起手去触摸那个池中浮沉着的巨大贝壳。

“啪”的一声，那个贝壳打开了。珍珠质的内核在灯下反射出晶莹纯白的光，映照着苏摩的脸，宛如皎洁的明月。

那个贝壳中，居然是一个蜷曲着身体的鲛人！

那个鲛人在灯光射入的刹那全身一哆嗦，抱着膝盖惊惶地抬起头，脸上满是泪痕。

那是一个非常年幼的鲛人，还没有分化出性别，有着极其美丽的面容，肌肤竟然是淡淡的金色。她蜷缩在贝壳内，全身不着寸缕，蓝色的长发是唯一遮挡身体的东西，水藻一样覆盖了全身。长发下露出了纤细柔白的脚踝，仿佛琉璃一样脆弱美丽。

这分明是在屠龙户那边做过分身手术没多久的鲛人，双足犹自没有完全愈合，便已被当成奇货，运送到了叶城卖给了歌舞伎馆。

那个鲛人惊惶失措地抬起头，却意外地对上了一双同样是深碧色的眼睛。

“啊……”看到打开贝壳的居然是同族人，那个鲛人紧绷的神志忽地崩溃了，大声哭了起来，伸手拉住了他，“救救我！救救我！放我回去……”

“泠音，给我闭嘴！”那边忙于应付金老板的湄娘连忙回过头，厉叱着这个调教了多日还不听话的新人，“金老板用整整一串凝碧珠把你买下了！以后你就是他的人了，还不给我乖乖地泡进香汤化生！”

泠音只望了一眼那个肥硕的老富豪，脸色便是惨白。

祈求了上天千万遍，即便是今晚不得不要卖身给一个陌生的恩客，也绝不希望会是如今这般的模样！泠音下意识地抱肩往后一缩，贝壳一倾，就无声地滑到了池子水底。

“想死了是不是？”湄娘看到她退缩，眼里立刻换上了冷光，厉叱道，“以为躲到池子里就有用了？不想褪层皮的，马上给我出来！不然明早就把你送回屠龙户那儿去！”

听到“屠龙户”三字，苏摩眼里一变，嘴角霍然抿成了一直线。

那是南海边上罗刹郡里专为鲛人破身分腿的一些渔民的称呼，也是每一个鲛人云荒噩梦的开始之处。每一个被捕捞上来的鲛人都会被送到那里进行手术，用利刃剖开身体，调整肺腑内脏的位置，将鱼尾斩去，然后分出可以直立行走的新腿。

那种痛苦，是陆上任何其他民族所不能了解的。

那样残酷血腥的手术，就如一个人被拦腰截为两断。在十个进行了破身的鲛人里，能活下来的只有一两个。而活下来的，身价便翻了十倍百倍。

“屠龙户”三个字果然是恐怖的恐吓，刚进行过破身不久的泠音一听这三个字，身体猛然一颤，脸上露出了极度恐惧的神色，终于缓缓浮了上来，赤身裸体地站到了贝壳上。

鲛人生于水中，骨骼重量远轻于人类，因此仅仅一片大贝壳也能托起一个鲛人。

无数双贪婪的眼睛望了过来。那些黏腻的视线仿佛蛛网，让泠音只觉得一阵阵的恶寒，无助地抱着双肩左顾右盼，最后祈求地停在了那个闯入的同族人身上。

然而，那个有着惊人容貌的同族毫无反应，完全没有出手相助的意思。

“涓儿，给泠音擦干身体，带去楼上等着！”湄娘见对方顺从了，冷冷扔下一句话，“反正刚才她也在香汤里泡足了时间，药性应该开始发作了。”

一个同样梳着双髻的丫头便走了上来，抖开一幅鲛绡，对同伴招呼：“泠音，上来！”

泠音迟疑着，眼里噙了泪，身子微微发抖，楚楚可怜。

“扭捏什么？既然生成了鲛人，迟早有这一天。”湄娘扬了扬眉毛，不耐烦地挥手，“你应谢谢老天，金老板可是个大主顾！”

“呵呵，湄姨啊，既然泠音不愿意，你就别勉强了嘛。”看得这样情形，金老板却意外地笑了起来，戴着宝石的小指跷了跷，指了指苏摩，“我也不是霸王硬上弓的人——你把这个换给我就成，价钱一样。”

“这……”湄娘呆了一下，心知不好，连忙顿足，“这可不是我馆子里的人呀！”

金老板哪里管她叫苦——不管是不是，既然是被他看中了，便是绝不放过手去。手下的人领了命，毫不客气地逼了过去，便要将那个鲛人抓回去做了第三十七位鲛人宠奴。

苏摩却连头也懒得回，只是望着那个贝壳里的鲛人，眼里的光闪了闪：那样熟悉的气味……多久了？那些记忆到底是过去多久了？那些隐秘的、令人发疯的记忆，已经沉淀于心底，融化进那片黑暗的潮水里，本以为可以永远地压制下去——

却不料，今夜又翻了起来。

星海云庭，是鲛人们漫漫噩梦里无可忘却的一站。在屠龙户那里破身分腿的痛苦后，幸存下来的鲛人被运送到叶城，在歌舞伎馆里进行严格调教。等学成了，就会拉出来挂牌，竞价出售给那些贵族富商。

之后，在长达数百年的一生里，那些鲛人将经历过无数次的辗转倒卖，从一个主人转手到另一个，被奴役，被践踏，被侮辱。直到年老色衰，无可玩弄，就会被送到集珠坊里，日日以毒打折辱来催泪化珠，集成一斛后送去东市出售。那些终日哭泣的鲛人很快就会瞎，然后，他们最后的一点点价值也会被毫不留情地挖掘出来：剜出了双眼，经过精细的加工，就成了云荒上富人的昂贵收藏……

在看着香汤池里那个哆嗦着的小鲛人时，苏摩眼里掠过了千万种神色。

只是一眼，仿佛就可以把眼前这个同族的命运，望到尽头。

金老板的侍从们四面包围住了苏摩，而他犹自出神。

“啪！”一声脆响，那个快要抓住苏摩的侍从大声惨叫，抱着手跳了起来。原来是另外一行侍从已经抢身上前，老实不客气地拦住了他们。

“姚老板，你这是干什么？”金老板蓦地大怒，拍着扶手怒视隔座另一位紫衣秀士，“我看中的货色，难道你想打主意？”

熙福来缎庄的姚允中也算是叶城数得着的巨富，平日为人颇内敛，一向让金老板三分。此刻乍然指使手下阻拦，倒是让金老板大出意料，继而火冒三丈。

“我说老金哪……”姚老板开合着折扇，阴阴一笑，不急不慢，“你口味也太宽泛了——你四十年来一直只好女色，何时连已经变身的男鲛人都收了？”

金老板微微一愣，掉过视线，这时才注意到那个闯入的鲛人果然已经是男子。刚才被那种慑人的光芒所眩，一时间心生歹念，居然不辨男女便起了占为己有的心。

“哼。”重重哼了一声，他横扫了那个好男风的姚老板一眼，“我改口味，还要问你？”

“非也非也，”姚老板见对方依然不肯放手，只是笑，“我怕金老板用惯了鲛人女奴，忽然换了一个男的会不习惯，到时候不免扎手扎脚扫了兴致。”

“你这只老兔子，出不起价就别在这里叽叽歪歪。”金老板怒极反笑，下巴赘肉一颤，对着手下点头示意，“反正今晚的品珠大会，我是包定了！”

“错！”姚老板霍然长身而起，一贯阴沉的眼里浮出少见的悍意，“要包下？还早呢！金老板，你没听湄姨说，这个不是她馆子里的人吗？”

他站起身，将折扇收起，在手心敲了一敲，微笑道：“既然是无主儿的，自然不能以方才品珠大会的出价来论。”

金老板看了对方一眼，冷笑道：“姚老儿，方才你只不过出了一对夜光杯，难道还想把身上的衣服抵上？”

旁边围观热闹的商人发出一阵哄笑。行内人都知，以财力而论，姚允中远非金成康对手——不知那个一贯好男风的姚兔子此时迷疯了心，又会做出什么举动来。

“衣服倒是不必，”然而姚老板并不动怒，只阴然一笑，“这里有一颗小物，还请金老板赏鉴。”

他的手探入怀中，从颈上解下一粒珠子，托于掌心。

云荒上最贵的珠宝，也不过是凝碧珠吧？还有什么别的？

周围的都探头端详，坐得远的也忍不住伸长脖子，却只听金老板的呼吸一下子停滞了，顿了顿，又发出风箱般的呼哧声，显然情绪极为激动不安，却又说不出话来。

“凝碧珠可以集成一串，但这样的紫灵石，恐怕整个云荒不出五对。”姚老板将贴身宝物解下托在掌心，展示给各方看，一贯隐忍的眼神里终于露出傲然，“大家也知道吧？紫灵石乃上古神兽狻猊的双目所化，早已绝迹世间——此乃在下家传神物，轻易不示人。”

珠子转出层层的紫色，仿佛烟雾流动，美丽不可方物。

周围发出了一迭声的赞叹，争相探头，即便在座的都是叶城一方富豪，看过紫灵石的只怕也寥寥无几。

“金老板，你以为如何？”托着紫灵石，姚允中皮笑肉不笑，“以这颗紫灵石，在下可有品珠夺冠的能力？”

叶城这里，唯有一件事是极端公平的，那就是金钱。

所有一切，都靠着财力来一决上下。

金老板黑着脸，喉头赘肉哆嗦着，不发一言。姚允中居然能拿出紫灵石来，倒是大大超出了他意料。他家的藏宝阁中也并非没有与之媲美的宝物，但此行未来得及带出，此刻说什么也是被人压了一头了。

“哈哈哈……”见金老板不答，姚老板终于笑了几声，抱拳道，“如此，承让了。”

他转头，对着池边待命的手下一挥手：“来人，替我将这位美人请回去！”

他的手下一拥而上，便要将苏摩拉走。

“不要啊！”泠音看到形势急转，自己虽然暂时脱险，却连累了这个外来的同族，不由得脱口惊叫起来。

“泠音，过来！”侍女涓儿一眼看到，厉叱着抖开了那一幅鲛绡，也不知用了什么手法，顿时便将鲛人的身体牢牢裹住。泠音挣扎了一下，却发现从香汤池里出来后全身发软，居然体内有燃烧一样的炽热，不由大吃了一惊——这、这是怎么回事？是病了吗？

在她发怔的时候，涓儿已然利落地将她包起，搀扶上楼去了。

三位打手已经抓住了苏摩，大约也知道鲛人一向柔弱，所以下手没有用太大的力气，两个一左一右按住了他的肩膀，另一个便想将他的手反扣。

“姚老板，别啊……”湄娘大惊，连忙上前阻拦。

她可不是为了苏摩担心。最近听族人的传言，这个新生海皇的脾气竟是和修罗一样，杀人如麻眼都不眨——这样闹下去，她是怕自己这个馆子里会出人命！

姚老板心满意足地看着手下抓住了那个绝世鲛人，然而他的笑容忽然冻结了。

“一群畜生。”极轻极轻地，他听到那个鲛人轻蔑地吐出了四个字，然后他的手指微微动了一动。“噗”的一声轻响后，三位打手的动作瞬间停止了。

整个身体颤了一下，松开了苏摩，手软软垂下。

“你们在干吗？”姚老板看得奇怪，不由得合了茶盏站起身厉喝，“笨蛋，叫你们拿下他！”

那些平日对他唯命是从的打手却仿佛没听见，反而撇下了苏摩，缓缓转过身来，茫然地直视着老板。旁边的富商们一直在看热闹，心里大都不愤姚允中占了头筹，此刻看到他的手下们不听指令，不由得一起发出了嗤笑。

“喂，你们聋了？”姚老板觉得在大家面前丢了面子，不由得再度厉喝，“把他拿下！”

然而那几个打手反而朝着他走过来了，脚步有些虚浮，歪歪扭扭，脸上却带着某种奇诡的表情，就这样晃荡着无声无息走过来，一直走到老板面前。

然后，做了一个很奇怪的动作，直直地抬起了双臂。

“干……干什么？”看到他们的眼神，姚老板莫名地心头一跳，说话也结巴了，“你们……你们想干什么？回头小心我打断你们的狗——啊！！”

话是说到半截中断的，因为其中一个打手猛然往前一步，手直直地卡到了老板脖子上，然后用力捏紧，将他的半声惨叫扼住。

姚老板拼命挣扎，然而另外两个打手却左右按住了他！

被自己的手下猝不及防地抓住，“咔啦”一声响，喉头软骨碎裂，姚老板白眼一翻，口鼻里血液涌出，全身抽搐，已然渐渐死去。

自始至终，那三个打手都面无表情，只是眉心有一点细微的红，仿佛针扎的伤。有一行血沿着鼻梁慢慢流下来，划出触目惊心的红。

在扼死了姚老板之后，他们的身体又是齐齐一震，脑袋忽然一起爆裂开来！

鲜血喷涌而出，三个人的脑袋如同花瓣一样开放，身体却被一只看不见的手猝然拉起，吊在了空中，手足垂落，宛如断线的木偶。血在虚空中顺着某个方向一滴滴流去，血的浸润，才让那根无形的杀人利器显露出来。

原来，有三根透明的引线穿透了那三个打手的头颅，将他们如傀儡一般地操纵！而引线的另一端，则连在那个容颜绝世的鲛人十指间的戒指上。

这个鲛人，竟然是用引线操纵了三个打手扼死了老板，然后再自爆了头颅！

“啊！”旁边的人都看得呆了，此刻才反应过来，接二连三地发出惊叫，推开桌椅，拔脚便连滚带爬地往门外跑去。

湄娘眼见大祸铸成，跺脚叫苦——这一来，星海云庭也要为此遭殃了，城主大人明日少不得便要封了这里吧？

然而，只听“啪”的一声脆响，大厅的八扇门忽然间在同时闭上！

苏摩的唇角露出一丝冷笑，左手微微动了动，引线瞬地飞出，穿过逃难的人群，在刹那间就将门闩拉下，断绝了那些巨商的退路。有几个随从听了主人的命令，大胆地试图去推开门闩，然而尚未触及，双手立刻便从手腕上断落下来，发出了惊心动魄的惨叫。

“没有人可以回去，”苏摩松开了右手，三具尸体砰然落地。他转身对着那些惊骇的人群微微冷笑，指了指大厅，“都给我坐好！”

一众养尊处优的巨商哪里见过这种惨状，一时战战兢兢，双腿哆嗦着无法挪动。

“都给我滚回去！”苏摩望着那一群肥胖的蛆，骤然发怒，引线呼啸着卷住了当先一个商人的脖子，一把将其甩到了椅子上——准头倒是很好，只可惜被锋利的引线那么一勒，掉落到座位上的人已然是无头尸体。

大家吓得连惊呼都不敢，连滚带爬地回到了原来的位置，瘫软在上面。

连旁边被裹在鲛绡里的泠音也在瑟瑟发抖，为这血腥的一幕而瘫软。涓儿抱着她，感觉到她身体温度一步步地提高，知道“化生”的药力开始发挥，不由得心下焦急。

“涓儿，你先带着泠音出去。”湄娘知道这边的情形，低声吩咐，“不要传一丝风声出去——关闭大厅的门，外头的姐妹一个也不许进来！知道吗？”

“是。”涓儿镇定地点头，便半扶半抱着发抖的泠音退了出去。

“少主，你看……现在可怎么办？”湄娘打发走了两个人，看到厅内的这种阵势，知道今日之事已难善了，不由得忧心忡忡地对着苏摩低语——虽然昔年在空桑王朝时期就认识了这个鲛人少年，可归来成为海皇的苏摩却变得如此冷酷，让她内心惴惴不安。

“总不能把他们都杀了吧？”她蹙眉低语，“但如放了出去，星海云庭难免受牵连啊。”

苏摩没有回答，眉梢微微一挑，眼光落在那个瘫软在旁边的金老板身上。他手指微微一动，无形的线瞬地飞出，绕上了金老板肥厚多肉的脖子。

“苏摩。”忽然间，虚空里又传来一声低语，“别乱杀人。”

一个白色的影子飘然而下，站在了大厅里。

“谁？”湄娘一惊，脱口问。

风帽落下来，露出了来人满头银白色的长发，直直垂落脚踝，随风飘舞。眼睛是纯黑色的，长发如雪，仿佛一个雾气凝结的精灵。

那也是个清丽的美人，而此刻那些命悬一线的巨商已然没有了欣赏的心情。

“咦？”看到了意外的来客，湄娘诧异地低呼了一声——这个……是空桑人？

苏摩在看到来人的时候，也是微微一震。然而在看清对方眼神的时候，他的神色随即恢复了平静——来的，其实还是白薇皇后。

那个等待在后面花园的人，大约是被大厅里的杀戮惊动了吧？这个传说中司掌后土“护”之力量的皇后，是不会容许杀戮发生在她眼皮底下的——跟这个女人在一起，还真是麻烦呢。

“这些家伙死有余辜。”苏摩轻蔑地看着这些富商巨贾，冷笑道，“不过，眼下还留着有用。”

他重新摊开了左手，手心里赫然已经出现了一把黑色的药丸：“不想现在死的，就过来吃下它！”

那样的话让那些巨富有死里逃生的庆幸，发出了难以控制的呻吟，忙不迭地围过来，争先恐后地抢夺，生怕晚了一步就轮不到自己。

苏摩冷然看着这些巨贾：“要解药的话，拿二十万金铢来换——没有钱的，用鲛人奴隶的丹书来抵也可以。”

那些富商们微微一怔。然而看过方才对方毫不留情的杀戮，已然明白这个杀神完全可能在下一个瞬间取走他们性命。到了这种时候已然顾不上心疼日后的钱，个个争先恐后接过药丸便吞了下去，仿佛那反而是一根救命稻草。

“我要你们把从鲛人身上剥夺来的东西，都给我吐出来！”苏摩看着那些脑满肠肥的人，碧色眼里闪过厌恶的神色，低而冷地喃喃。

金老板吞下药丸抚摩着肥肉颤动的喉咙舒了口气，摸索着端起桌上的茶喝了一口，眼睛一瞄堂上的鲛人，随即低下头去，嘴角露出一个恶毒的表情：这个如此美丽的鲛人，应该是复国军里的头目吧……先记下他的模样，回头向巫罗大人禀告，可是大功一件呢！

湄娘瞥见金老板的视线，不由得心中一惊。这些商贾都是狐狸般狡猾的人，今日放了出去，难免日后不来设法报复城中所有鲛人——那时候海皇不在，又该如何？

“下个月圆之夜准备好东西，去城南镜湖入海口向复国军交换解药，否则活不过三天。”苏摩淡淡吩咐，用眼角冷光扫了一下那些油汗满面的巨富，语气忽然变冷，“如果有人还心怀不轨、想要什么花样的话……”

他食指和拇指只是一错，轻微一个响指，金老板那颗肥而多肉的头忽然间就离开了身体，高高飞上半空！

血从腔子里冲出，而无头的尸体依旧保持着端茶的姿态，双手甚至还在继续往上抬起。直到把茶盏端到了喉头才颓然落下，砸碎在地上。头颅重重飞上了屋顶，又沉闷地落回，不偏不倚掉进那一池香汤里，染红了一片。

湄娘掩住了嘴里的一声惊呼，下意识地倒退了一步。

原来金老板方才的那个眼神，少主也看见了？

所有人被吓得说不出话来，室内一片寂静。苏摩却是好整以暇地将话说完：“这就是下场。”

他松开了线，若无其事地拍拍手，转过身去将手伸入一旁盛满了清水的花器，将手上的血迹洗去，一边对旁边的女子冷然道：“皇后，放心，我并不愿继续弄脏自己的手。”

皇后？周围富商们已然魂不附体，湄娘却是清晰地听到了这个称谓，不由得心下一怔。这个女子是谁？

那个女子冷冷看了他一眼，将手从剑上放下，一头银发在夜色中熠熠生辉。湄娘敏锐地看到了对方手上的蓝宝石银戒，心里忽然一动：这是“后土”神戒？这个女子、这个女子……难道竟是传说中的“那个人”？

可是，那个人怎么会和海皇又走到了一起？！

“是、是！”那一群被吓呆的商人里终于有人反应过来，踉跄着扑倒在地，“小的……小的一定听公子吩咐，按时交钱，不敢有半点不从！请公子……饶了小的狗命！”

湄娘看着那个拼命磕头的人，依稀觉得眼生——听口音，应该是来自东边泽之国一带的人，看来是个新客。运气可真是不好，一来就碰到了这般倒霉事。

苏摩却微微蹙眉——奇怪……这个人的脸虽然因为恐惧而扭曲，但乍然一看，却竟有几分眼熟，仿佛在哪里曾经见过一面。

“公子莫非忘了？”那个人哆嗦着抬起头，怯怯地提醒，“几个月前在天阙山脚下，小的曾有幸见过公子一面……”

“哦！”苏摩猛然想起来了，“你是那个桃源郡的……”

在翻过慕士塔格后，在天阙山脚下歇息时，他似乎在强盗们绑架的人里看到过这个中年男子。和他一起的，还有红珊的儿子慕容修。

“是、是、是，”那人点头如鸡啄米，强自露出僵硬的笑，“小的杨公泉，刚和拙荆从桃源郡搬迁到了叶城……还请公子开恩，饶了小的这一次。”

苏摩没耐心听他唠叨，将手在雪白的纺绸上擦了擦，挥了挥：“滚回去吧。”

一屋子的富商巨贾都长长舒了一口气，脸上露出逃出生天的狂喜表情，争先恐后地往外跑去，如一群肥白的蛆蜂拥挤了门口。

“湄姨，”苏摩洗完了手，低声道，“你派文鳐鱼传递紧急信息，到底是为了什么事？”

湄娘脸色一变，压低了声音：“禀海皇，前几天一队砂之国的人进了叶城，偷偷送了一个鲛人来这里，说是在荒漠里救回来的。属下仔细看了，发现竟然是我们复国军的人，她说她带了一件东西，想要呈给海皇……”

“不必说了。”直接读出了她心里的念头，新海皇回过头去做了个手势，眼里闪过了一丝光，显然也被这个消息所惊动，“我这就去。”

第三章

入城

楼上几层都是雅座和包房，迷楼般重叠曲折，住着无数位美丽的鲛人，个个身价高昂，一笑千金——随便挑出一个来，叶城的巨贾一夜挥霍在她身上的金钱，都可以让西荒那些贫寒的牧民过上一辈子。

苏摩穿过了那些莺啼燕舞珠围翠绕，踏着楼梯，一层层向上。

这座叶城最奢华的女伎馆金碧辉煌，富丽奢侈得如同天国乐园，甚至连楼梯都是用碧落海深处打捞出的沉香木做成，每一步踏上都带出喑哑的响声和细微的香气，糜烂而甜美，仿佛踏上的是销金窟的黄金路。

但是，极少有人知道其实这里是“海魂川”的最初和最后一个驿站！

多年来，复国军通过这个最隐蔽的驿站，将那些逃脱的鲛人奴隶从东西两市解救出来，送回镜湖下的大营，让那些恢复了自由的奴隶拿起武器，成为为复国而战的战士。

而他自己，当年也先是被西市里海国馆转卖给了集珠坊，又被带往西荒，辗转了数年，经历过诸多困苦，最终在星海云庭被青王无意中遇见，买了入府，成为权谋中的一颗棋子。

那一段颠沛流离的岁月中，他也曾在这里度过了相当长的一段时间。

每踏上一步，他眼里的黑暗就更深一分——这个地方就如海国馆一样，有着他再也不想回顾的昨日种种。那样的阴暗恶毒，那样的苦痛耻辱，甚至比白塔顶上那段岁月更让人不堪回首。

那是无可抹杀的、肮脏的烙印。

而他，正在一步步地走近昔年那个肮脏黑暗的自己。

根本不用人带领，他熟门熟路地走到了楼梯的最顶端，停下来看着眼前有些斑驳凹凸的墙壁，然后伸出手，轻轻敲击了一下倒数第七根扶手——扶手上本来雕刻着莲花，在那一击之下，那朵合拢的莲花盛开了，打开的木雕花瓣内，居然有一个纯金的莲心。

苏摩扭下了那个纯金莲心，按到了墙壁上某处。奇迹般地，莲心每一颗莲子的凹凸都和斑驳的墙壁纹丝密合——无声无息地，那扇秘密小门打开了。

那是海魂川的最初一站和最后一站，无数鲛人用生命缔造的自由之路。

小门背后，隐藏着大得令人吃惊的空间。巨大的密室内一片黑暗，只点着一支小小的白色蜡烛。蜡烛下，静静伏着一个人影。

那个人匍匐在黑暗最深处，露出的所有肌肤、脸颊、脖子、手脚上都缠着绷带，胸口急促起伏，发出沉闷而微弱的呼吸，深蓝色的长发如同水藻一样垂落到地上。然而她还是清醒的——在苏摩推开门的刹那，她抬起了头，眼里有震惊和戒备的神色。

在下一个瞬间，她就已经不在原地。

只余那支蜡烛滚落在地上，烛焰剧烈地摇动，挣扎着将熄未熄。

“谁？”那个全身裹着绑带的女人忽地动了，以惊人的速度抓着那个银烛台退到了暗影里，冷冷喝问。拔去了蜡烛的烛台露出尖利的刺，在火光里发出锐利的光——那个女人喘息着，眼睛里透露出杀气和敌意，仿佛一只被逼到绝境的兽类。

即便对方是和她一样的鲛人。

“你最好别动。你身上的伤，已经不足以让你再做一次这样的移动了。”苏摩只是静默地看着她，缓缓走了过去，毫不顾忌她手上的利器。那个女子试图格击，却发现自己的身体果然已经无法再次移动——赤水里的毒素，至今还在不停侵蚀着自己的身体，全身的关节都已经开始腐烂了。

她努力想抬起手腕，然而连视线都开始模糊了。

“放下吧，是湄娘通知我来看你的。”他一直走过来，俯身接触到她的手腕，“不，应该说，令你有机会可以觐见我。”

说出最后一个字的时候，他的手已经从容地从她手中拿走了那个烛台，从地上捡起那支熄灭的白蜡烛，重新插上，放到了桌上。

然后，只是轻微一吹，那熄灭的火焰便凭空再度燃起！

“湘。”他转头看着她，叫出她的名字，“我已知道你的事。”

那个女子全身剧烈地颤了一下，眼里露出不可思议的神色。他、他是谁？她用力睁开眼睛，用模糊的视线怔怔望着眼前这个同族——黯淡的烛光掩不住逼人而来的凌厉气质，神一样的容光似乎可以把这个暗室照亮。

在她审视地看向他时，对方忽然默不作声地转过身，将衣襟从肩头拉下——赤裸的背部线条优雅而强悍，然而玉石般光洁的肌肤上，却赫然有大片诡异的黑色，仿佛从骨中透出，纠缠飞扬，覆盖了整个背部，看上去隐隐竟是一条腾龙的形状，仿佛那条蛰伏在他血脉里的真龙已经破肤而出，腾上九天而去。

龙图腾！这、这个人……难道就是……就是……

湘剧烈地喘息着，那颗在腐烂身体里渐渐沉寂的心忽然疯了一样跳动起来，撑起身子来，伸手去抓他垂落的衣角。

“你是海皇？你是海皇吗？！”她仰头看着他，几乎是带了哭音——那样决绝凌厉的女子，这一刻却仿佛一个仰望着神像的小孩，狂喜而难以相信。

“是。”来人回答了一个字。

“啊……真的？”她声音颤抖，欢喜得难以言表，“海皇苏摩？”

“如你所见。”她听到那个人这样回答。

她努力地凝聚起了仅剩的力气，终于颤抖地抬起了手，一寸一寸伸向他的面颊——当指尖触到那同样没有温度的肌肤时，她终于确定了眼前所见的一切都非虚幻。

“海皇！海皇！”湘在那一刹那大笑起来，踉跄着扑倒在他脚下，亲吻着他的脚尖，那种狂喜似乎将她剩下的神志燃烧殆尽，“七千年……七千年啊，终于被我等到了！”

大笑中她忽然回过了手，毫不犹豫地戳入了自己的左眼！

尖利的手指将左眼那一颗眼珠生生挖出，滚落在手心——她用仅剩的右眼看着苏摩，衰弱不堪的眼睛里却有骇人的热切，她极力用手撑住身体，将一只手掌托起："海皇复生，龙神出世……这一颗、这一颗如意珠，请您收下……"

那一颗寸许的珠子，在她绑满了绷带的掌心闪烁，有着血污也无法掩饰的光芒。

柔静多姿，通透润泽，碧绿色的珠子里仿佛蕴藏了雨意，一脱离藏身的肉体，整个暗室立刻仿佛风云涌动，湿润得几乎要凭空落下雨滴来。

在湘从眼眶中抠出如意珠的刹那，连苏摩都禁不住地露出震惊的神色——纵然复国军战士一直以坚忍著称，然而眼前这个奄奄一息的女战士依然令人动容。从破军少将那样的人手里夺来这枚异宝，这个名叫湘的女战士又为此付出了怎样的代价！

"多谢了。"脸上露出了叹息的表情，苏摩俯身握紧了那颗至宝。

七千年后回归于海皇手心，如意珠发出了激烈的鸣动，清冷的雨意沁入骨髓。苏摩静静将宝珠按在眉心，仿佛和这灵物对话。

湘决然一笑："不必谢……任何一个鲛人都该这样做……"她空荡荡的眼窝里有泪水沁出，"不必谢我……请、请感谢那些为了如意珠牺牲的战士吧……这次去西荒的人，除了我，没有一个回来啊……"

泪水从她血肉模糊的脸上接二连三落下，化为圆润的珍珠，垂死的人喃喃道："寒洲、寒洲也死了……那个傻瓜……连尸首、尸首也找不到——海皇，请您、请您记得他们的名字，为他们祈祷。"

"一定。"苏摩轻轻颔首，伸手扶住她摇摇欲坠的身子。

湘的手臂再也没有力气，就这样靠在苏摩的臂弯里，却坚持用仅剩的右眼紧紧注视着他，欣慰而疲倦："现在我可以死了……但……但……我会在天上，和寒洲他们一起，一直看着……看着……"

她不再勉强压制自己的伤势，开始剧烈地咳嗽，眼神渐渐涣散。

"不要说话。"苏摩蓦地低下身，将手覆上她的顶心——她身体竟然是炽热的，完全不同于鲛人该有的冰冷恒温，仿佛有火在身体里静默地燃烧。

那是沧流冰族投放在赤水里的毒，一路上已经侵蚀到了她的心和肺。

"海皇……不必了。"湘却是一挣，脱离了他的掌心。

她全身被绑带裹住，露出的肌肤溃烂不堪，仅有的一只右眼也混沌不清——这个曾经在毒河里泅游百里的鲛人战士，已然将所有的美丽和健康在回程途中消耗殆尽。

她呼吸微弱，却依然带着烈烈的性情，开了口：“海皇，我知道自己要死了。能把如意珠亲手交给您，我足以瞑目……请不必再为我费心。”

她惨然一笑：“这样重的伤，就算活下来，也只是个废人。”

苏摩默然。的确，以她眼下的情形，即便要强行救回，也需要耗费极大的力量。

“你有什么愿望？”他低下了头，聆听她微弱的话语。

“我的愿望？”湘眼里露出遥远的回忆神色，喃喃道，“有两个……一个，在寒洲死的时候，已经永远终结了……而另一个……另一个……是……”

她忽然用力握紧了苏摩的手臂，独眼里露出雪亮的光，几乎恶狠狠地瞪着他，厉声道：“海皇！你应该知道另一个是什么！我、我会在天上，一直一直看着你！别让我、别让我……不能瞑目……”

苏摩垂眼看着那张被毒泉毁坏的脸，眼里露出某种复杂的表情。

“好。”终于，他轻声道。

那个字一出口，他心里微微一沉，仿佛知道这个许诺后羁绊便会再多一层。

“那就好……我没有别的愿望了……”湘喃喃道，心里一松，生命的气息也急速散去，“也许，我需要的是忏悔。那个空桑人的剑圣……她、她明明可以，咳咳，可以在最后一击里杀我……却没有……她是一个好人……”

她苦笑起来，刚刚动摇的眼里乍然闪出冷厉的光，摇头道：“不，我不忏悔！怪只怪她怎么会有这样的徒儿！”她断断续续地大笑，抓紧了苏摩的手，低声道，“海皇……海皇，我虽杀不了那个破军少将，却、却……能让他比死更难受啊……那个冷血的杀人者，他、他也会哭呢。”

“破军？”苏摩低声重复了一遍这个名字。

这个名字背后，似乎蕴含着一种强大的力量。

“海皇，您要小心破军少将，还有那些空桑人……”湘的声音渐渐轻如梦呓，“我、我该去寒洲那里了……我一生都在战斗……也、也该睡一会了。”

“睡吧。”苏摩眼里转过一线光，缓缓翻过手掌，印向她顶心，“谢谢你，湘。”

他的手心里凝聚了强烈的力量，可以在触及的一瞬间让这个鲛人毫无痛楚地解脱。

"苏摩，我们该走了。"忽然间，有一个声音传入了这个密闭的空间，清楚地透入，"半个时辰后，就是日月交替的时刻。"

苏摩蓦地一震，抬起头来。

墙壁上有一个影子慢慢凸了出来，竟然就这样穿过了铜浇铁铸的墙壁，走入了这个密室。一眼看到了倒在烛光下的鲛人女子，来人有些意外，微微愣了一下："苏摩，你在做什么？"

白光匹练般掠过，格住他下击的手腕，她脱口低呼："你要杀她？"

"你是……"躺在地下的湘抬起眼，看着这个突如其来的闯入者，陡然觉得眼熟，极力回忆，"你是空桑的……空桑的……白璎郡主？！"

她失声惊呼起来，不敢相信地望着。

百年前的种种传说，忽然间都回响在耳畔——她努力睁大了眼睛看着那个空桑女子，仿佛在暗自想着什么，忽地伸出手，用力抓紧了苏摩："海皇……海皇！您怎么还跟这个女人在一起！难道……难道您真的想和空桑人讲和？"

那只腐烂的手不停颤抖，指着白璎，厉声大骂："那些空桑人……那些空桑人全都是畜生！如果您要和他们、咳咳，他们同流合污……我、我绝不会把如意珠交给您！"

"我不是白璎郡主。"穿墙前来的女子叹了口气，走过来轻轻将手覆在她伤痕累累的躯体上，"你怎么了？我帮你看看。"

"不！"湘尖厉地叫了起来，"滚开！别……别碰我！"

那双白色的手轻抚过她的身体，接触过的地方，伤口开始奇迹般愈合。

"海皇！海皇！"湘的身体已然无法动弹，只能死死望着苏摩，独眼里露出疯狂的焦躁和酷烈，嘶哑，"别让空桑人碰我！杀了我！快杀了我……"

苏摩凝视了她一眼，那一刻视线交接，他忽然抬起了手。无形的引线卷向湘身侧，在转瞬间拉住了白薇皇后的手！

"苏摩，"白薇皇后蹙眉，"她都快要死了！"

"请不要管她。"苏摩的神色冰冷，侧过头去看着垂死的湘，"如果你是以仁慈的名义的话，就不要逼她在有生之年接受空桑人的恩惠……否则，她死了都无法解脱。”

白薇皇后怔住，看着湘在那一刹那如释重负地昏死过去。

怎么会如此？怎么会变成如今这样的局面？空桑的开国皇后远远未曾料到，在她被封印七千年后，空桑和海国之间的仇恨竟然已经积累到这般地步！

她看向苏摩，苏摩却转开了视线不想看她。

白薇皇后仿佛明白了什么，抬起手按在自己的心口上，对着身体里沉睡的那个人轻轻叹息——我的血裔，我终于开始明白你的种种苦痛了……面对着七千年划下的那一道深渊，无论是具有多大力量的人，都会觉得力不从心吧？

何况，我的血裔，你本来也并不是一个真正具有英雄气质的人。你只是一个安静而顺从的女子，却身不由己地卷入了这样的爱憎和国仇里。

这些年来，真难为了你。

那一支蜡烛终于渐渐燃尽，黑暗的密室里，只有冥灵女子身上的淡淡光芒浮动。苏摩低头看着渐渐死去的湘，手里握着那颗染血的如意珠，眼神平静。

又一个战士要回归于天上了……

自从他踏入云荒起，就不停地看到有同族死去。

为了一个缥缈虚无的复国之梦，竟有那么多鲛人不顾生死地为之搏杀——甚至，不顾一切地将他也一起拉入，用无数的羁绊将他拖入了这个牢笼，逼得他不得不与之生死与共。

门外传来轻轻的叩门声。

“海皇，”湄娘拉开了密室的门，在门外匍匐行礼，语音急切，“湘怎么样了？她本想直接从镜湖入海口游回复国军大营的，可我看她实在是无法支撑了，只能派出文鳐鱼冒险传信——幸亏遇到了您，这一下湘有救了！”

苏摩没有回答。

只要他想，还是能救的。可他为什么要耗费如此大的力量去救？

他一直是独自一人的，所有其他生命都与他无关。既然在生命最黑暗的一段里没有谁曾来救他，那么他为什么要去救任何人？

“请您救救她！”仿佛明白了海皇的沉默暗示着什么，湄娘一惊，重重叩首，“湘是为了绝密任务而弄成这样的……她为海国牺牲了一切，请您救救她！”

“没时间了。”苏摩沉默了片刻，最终只是漠然地回答。

白薇皇后一惊，穿出了墙壁去看外面的天色，随即面色一沉地回过头来：的确，天已经快要亮了——日夜交替的时刻即将到来，笼罩在帝都上空的那个九障结界也即将转入最薄弱的一刹那。他们必须在那个时候，从天地的交界处破开那个结界，才能顺利抵达帝都。

她望向那个正在逐步死亡的鲛人女战士，只是一瞬间便做出了决断：日出之前，绝无可能疗好这样的伤。

“苏摩，走吧。”白薇皇后抬起头，对同伴道，“要赶时间。”

苏摩一震。看到皇后此刻决绝的眼神，他才明白为何在七千年前她可以对深爱的丈夫、震慑六合的至尊，决然举起了反击的利剑——这个仁慈的、掌握着“生”之力量的皇后，同时也一直是冷醒的、决断得近乎无情！

他默然转身，随着她从密室内离去。

没有烛光的室内只余下湄娘一个人抱着湘，苍白着脸，绝望地看着漠然的王，无力地开口：“求求……”

“不要随便和人说‘求’这个字——哪怕是对海皇。”走到了楼梯口，苏摩忽然开口，他没有回头，只是一抬手，右手无名指上的银戒咔一声打开，里面滚落一颗小小的药丸。

“给她。”药丸落到了湄娘手里，苏摩指了指湘。

那颗药是金色的，在黯淡的室内发出耀眼的光，逼得人无法睁开眼睛——湄娘惊喜交加地握住，心知那必然是极其珍贵的东西。

“粹金丹？”白薇皇后一眼瞥见，脱口而出。

苏摩没有回答，只是往外走去，在来到了楼梯边那朵金莲花旁时，忽地又顿住脚，抬起右手并指在自己左手腕脉上一划，“唰”地齐齐割开了一道伤口。血珠从玉石般的肌肤下涌出，密集地滚落，注满了那朵金质的莲花：“用我的血，服下去。”

他不再和湄娘多话，从楼梯上飘然而下，再不回头。

走到二楼的时候，苏摩微微又停顿了一下——楼道里充斥着一个声音，几乎撕破了人的耳膜。那个尖厉的声音在不停地呻吟和哭泣，剧烈地喘息，撕心裂肺。

那是昨夜品珠大会上，那个叫泠音的小鲛人的声音！

细细听来，那个哭泣嘶喊的声音一直在变化，逐渐变得尖细和清脆，显露出女性的特质——想来，那一场“化生”，也已经开始了吧？

“她怎么了？”白薇皇后动容道。

“是化生……”苏摩喃喃道，“已经进行到一半了。”

白薇皇后愕然：“化生？”

“就是变身。”他漠然回答，“被药物强制进行的迅速变身。”

“什么？！”白薇皇后站住了脚，不可思议。

和陆地上所有种族不同，鲛人出生之时并没有性别，成年后才出现变身。而变身乃由天性决定，所需时间也极长，怎么可能一夜之间被药性强制改变？

“你们空桑人，无所不能。”苏摩并没有驻留，沿着楼梯继续往下走，冷冷地讥诮，“海国覆灭后四千三百一十七年，华熙帝命太医院研制出了‘化生’配方，将一名他宠幸的鲛人强行变成了女子——从此后，鲛人最后的自由也不复存在。”

白薇皇后却怔在了原地，脸色苍白。

“幸亏‘化生’所需药材极多极昂贵，每配成一池药汤需耗费五十万以上金铢，远超一个普通鲛人的身价，是以施用的机会也不多。”苏摩已经回到了大堂，看着那一池已经冷却的滑腻“香汤”冷冷道，“除非是，像今夜这样的品珠大会。”

他缓缓在池边俯下了身子，将手探入那一池浸泡的药水，有些苦痛地闭上了眼睛。

那样熟悉的气味……毒药一般刻骨铭心。

多少年了？多少年前，自己也曾被浸入过同样的地方？

“你知道吗？最初，青王买回我，其实并不是为了把我送到白塔上——而是为了把我献给承光帝。”

青王从星海云庭买回了他，震惊于少年鲛人罕有的容貌，于是便有了将这个绝世美人变为女子、送入后宫以博帝王欢心的打算——然而不知什么原因，在化生池里浸泡了整整三日三夜，这个鲛人少年却始终并未出现任何变身的迹象！

无计可施的青王其时并不知道，甚至那个少年鲛人自己也不曾明白，正是体内潜藏着的海皇血脉，令最昂贵的药方也失去了效果。

在暴怒之后，青王最终不得已放弃了这个计划，转而打起了另一个算盘——三个月后，一名盲人鲛童怀抱着傀儡，被引到了白塔顶上的神殿，沉默而桀骜地站到了十六岁的白族太子妃面前。

空桑的历史、甚至整个云荒的历史，也因为这个阴毒计谋的诞生而改变了前进的方向。

已经过去了多少年啊……所有和此事相关的人都化为了枯骨，他自己也已经脱胎换骨——可为什么当时那种恐惧、不安和愤怒，却仿佛火一样在心底燃烧着，不曾熄灭分毫？一闻到这种滑腻的气味，他就恨不得化身为兽吞噬掉这天地间所有的空桑人！

那一瞬，苏摩双眉微微蹙起，眉心的刻痕里有黑暗依稀蔓延。

楼上泠音的惨叫还持续地传来，尖厉而凄惨，带着痛不欲生的颤抖，仿佛有无形的利刃正在逐步剖开身体。

那苦痛的声音仿佛是某种召唤，令他不知不觉就回想起了无数往事，内心的罪恶感却再度涌现——他虽然抵抗住了残酷的“化生”，却最终还是为了一个空桑人而变身！他最终还是输了！怎能？怎会！

如果可以，他真想杀了那个软弱的自己！

苏摩怔怔站了片刻，仿佛内心的翻涌越来越激烈，终于不可忍受地抬起了手，霍地按住了眉心那个火焰状的刻痕。无形的引线一瞬间透入了自己的颅脑，仿佛要绞碎脑海里的一切。每一次，每一次，在看到这些与自己黑暗过往相关的一切时，内心那一片黑暗潮水都要剧烈地翻涌，滔天的巨浪似乎要从内而外地把他吞噬！

他极力忍受着那种分裂似的痛苦，不让自己的咽喉里流露出一丝声音——

阿诺，就此消失吧……不要再出来了！

求你不要再出来了！

叶城的黎明是静谧的，只有风在空荡荡的街巷里游荡。整个喧闹的城市仿佛在彻夜的狂欢后终于感到了疲惫，在黎明到来前沉沉睡去，只留下一地乱红狼藉。

星辰隐没，月已西沉，东方出现了微微的鱼肚白。

通向水底御道的大街上空无一人，脚步声由远而近响起，两个人结伴匆匆而来。都是一色黑色大氅，风帽遮住了眼睛，只有发梢在风中微微拂动——都是极其美丽的颜色：

一个是蓝色，一个则是银色，仿佛这个黎明的晨曦。

“还来得及。”远远地看到御道入口，白薇皇后舒了一口气，这时才有空侧头看着他，“苏摩，你没事吧？刚才……”

“我没事。”苏摩冷冷截口道，脸色苍白。

眉心那个火焰状的痕迹深不见底，细微处仿佛通向颅脑深处。这个傀儡师出身的海皇身上，始终无法摆脱某种黑暗气息，只怕终有一日会无法控制——特别是和白塔顶上那个人对决之时。

“我有点担心。”白薇皇后看着他，直言不讳。

苏摩只是面无表情地赶路：“皇后，你只需管好你自己的事情就是——我早有打算，绝对不会成为你的负担。”

早有打算？白薇皇后心里蓦地一惊，然而明白对方阴枭桀骜的个性，心知再说下去也不会有任何结果，便只有默不作声地向着水底御道入口奔去。

都是风驰电掣的速度，只是一转眼便已经到达叶城的北门。此刻城门口已经有了三三两两的人，都是准备从叶城进入帝都的。

抬头望去，城门犹自在黎明前的晨曦里紧闭着，上面结了一层薄薄的霜，在十月的晨风里散发着凛冽逼人的气息——精铁铸造的城门厚达三尺，壁立十丈，即便是用火炮近距离攻击也不能轰开，千年来一直扼守着通往帝都的唯一路径，号称伽蓝城的咽喉。

“怎么还不开？”等待的队伍里有人已经嘀咕，“平日里寅时就开门了的啊。”

“是啊，现在寅时都过了三刻了！怎么一点动静都没有？”

“奇怪了，”一个经常进出帝都的人嘀咕起来，看了看城上，“不但号角没响，连卫兵都没出来巡逻——莫非，昨天晚上帝都出了什么事？”

所有人面面相觑，忽然间打了一个寒战。

沧流帝国有着铁一样的秩序，所有一切都一丝不苟地运行着，不容许有任何的差错和改动——今日这种反常的现象无疑是一种不祥的预兆，说不定这道厚重的铁门背后，的确正在发生某种不寻常的事情！

还要不要进京呢？所有人相互看了一眼，除了有公务必须上朝禀告的，其余心里都打起了鼓。

苏摩只是冷冷听着，抬起眉梢看着这道铜墙铁壁，暗自计算着日出时分的到来。然而身侧的女子却没有看上一眼，仿佛觉察出了什么，只是自顾自地抬头看天。

“苏摩，快看！”白薇皇后忽然间低低唤了一声，眼睛看向天空，“破军！”

就在那一个瞬间，红色的光芒忽然笼罩了大地！

西北角上那一颗本已黯淡的星辰在一瞬间发出了骇人的血红色光芒，照耀了整个破晓之前的云荒大地！所有人都被这蓦然爆发的恐怖光芒耀住了眼睛，整个云荒上下到处都传来脱口发出的惊呼。

然而，在所有惊呼都未落地时，那种光芒忽然间又凭空消失了。黎明前的青灰色重新笼罩了天宇，仿佛什么事都没有发生过——

只是西北角的天幕上，已然空无一物。

只有苏摩和白薇皇后两个人看清楚了方才一瞬间发生的诡异景象——那颗本来已经逐渐“坍缩”的黯淡星辰，本应该循着轨道逐渐衰弱下去，在刚才的一刹那却仿佛注入了某种巨大的力量，瞬间爆发出了恐怖的血色光芒，照彻了天地！

然后，以更为迅速的速度坍缩，在一瞬间泯灭。

“发生了什么事？”回过神来的人们窃窃私语，却不敢大声——在沧流帝国统治下，每一处都被严密地监控着，一个言行不当便会引来极大的麻烦，莫谈国事是每个人的准则。然而，这种天象赫然是不祥的预兆，却是每个人都心知肚明的。

“耗星爆发？”低低地，苏摩吐出了一句话，眼神却复杂。

破军为北斗第七星，传说中每三百年便会爆发一次，在爆发的时刻亮度超过皓月，惊动天地。但爆发后便旋即衰竭，需要再经过三百年才能逐步恢复光芒，因此又被称为“耗星”。

如果说今夜便是三百年之期，那么方才的异象也不足为奇。

然而这一次的爆发，看起来却似乎并不是那么简单。

在拥有强大力量的海皇看来，此刻，空无一物的西北角天空里依然存在着肉眼难以看到的淡淡影子，仿佛是隐藏在时空那一边的虚无之影，诡异而不可捉摸——那……是什么？破军是彻底衰竭了，还是重新获得了新生？

苏摩默默凝聚力量，透过“心目”去观测那一颗隐藏在天幕后的虚无之星，却发现那居然超出了他能力所及的范围。

“有谁，出手干预了星辰的流转……”白薇皇后低低叹了一声。

新任海皇刚用“星魂血誓”改变了白璎冥星的轨道，接着就有人令破军提前爆发和衰竭！这漫天的星斗按照人力所不能揣测的精妙轨迹缓缓运行，支配地上的兴亡衰荣，只要被移动了一颗，便会打乱全盘的运行。而如今，居然有力量接二连三地强行闯入，改变了这天定的宿命！

那此后，天下苍生的宿命星盘被完全打乱，又该会演变成一种什么样的局面？

“走！”失神间，苏摩低呼了一声，“日出了！”

声音落地的同时，东方尽头泛白的天空冒出了万丈金光——红日一跃，跳出了慕士塔格背后，璀璨的光芒顿时笼罩了大地！

就在阴阳转换的刹那，那些聚集在城门下等待的人发出了一声惊呼。只是一眨眼，那两个披着黑色斗篷的人身上发出了淡淡的白光，仿佛电光一闪，就从所有人的眼前凭空消失了！

初升的阳光照射在冰冷厚重的城门上，涂抹上了些微的暖意。铜浇铁铸的大门犹自紧闭，然而，门上凝结的薄薄白霜上面，却赫然留下了两个掌印！

一横一纵，交错按在厚重冰冷的城门上，仿佛结出了什么诡异的手印。

就这样平白无故地消失了？那些人聚在城门下，吓得面面相觑。

“白日见鬼……白日见鬼啊！”

“姐姐，来不及了！”远处的一个街口，一个少年气喘吁吁地弯下了腰，用双手支撑着膝盖，颓然道，“他们进去了！”

另一名红衣女郎急奔而来，同样颓然止住了脚步，剧烈地喘息。来不及了……

自从昨夜在街心遇到了这两位黑衣客后，她注意到了女客手上戴着的异形戒指，认出那是空桑王室的至宝，于是，霍图部的女族长立刻就联想起：对方可能就是女巫口中所说的、在叶城会遇到的“解开封印的宿命女子”。

于是整整一夜，这群霍图部的流浪者都在叶城四处寻找。然而，一直到破晓才在城北发现了这两个人的踪迹，于是姐弟两人一路狂奔追了上去。

可是，不等他们追到城门下，那两个人却奇迹般地凭空消失了。

“那，就进去找他们！”叶赛尔平定了喘息，看着紧闭的城门喃喃道。

阿都吓了一跳：“去帝都？”

他们是被沧流帝国通缉了几十年的流亡民族，一直在云荒大地上四处漂泊、躲避追捕，如今竟然要去帝都自投罗网吗？

“不，不是我们，”叶赛尔咬着唇角，“只是我。”

“姐姐！”阿都吃惊地低呼了一声，拉住了她的衣角，“你不能一个人去！”

“没事，我们都有假造的身份谱牒，应该可以混进去的，”叶赛尔看着紧闭的城门，“等下我混进去，找到了他们就回来——你们就在叶城商会的行馆里先等一会儿吧。”

“会被抓住的。”阿都死死拽着姐姐，“我跟你一起去！”

“不行！”叶赛尔推开了弟弟，毫不客气，“你去了的话很累赘啊！”

阿都的眼眶红了一下，咬紧了牙，赌气地沉默。

然而，就在僵持的刹那，一直紧闭的城门忽然打开了——刺耳的金属摩擦声从厚重的铁门背后传来，那是重达上千斤的门闩被合力取下的声音。然后，那一扇高达十丈的精铁城门，就在悠长的响动里一分分地被推开了，深不见底的甬道展现在众人面前，前方隐隐透出水一样的深蓝色。

通往帝都的唯一路径：叶城水底御道。

“城门开了！”聚集的人群发出了惊喜的低呼，纷纷拿好了文牒准备上前。叶赛尔挣脱了阿都的手，也准备不顾安危地混进去。

“站住！”忽然间蹄声嘚嘚，却有银甲铁骑从御道内急速奔驰而出，有人厉声大呼。当先一匹马上坐着一位银甲金盔的战士，头盔上饰有金色的飞鹰——常来往叶城与帝都之间的人都认得，这，便是一年来镇守“帝都咽喉”的卫默少将——当今巫谢长房庶出的长子，才刚刚二十，便荫袭了家族的爵位。

银鞍照白马，飒沓如流星。

卫默少将一勒马头，仿佛卖弄骑术似的，骏马漂亮地一个转身，踏着花步在御道口侧身斜跑了几步，横插到了众人面前。手中长鞭呼啸击下，将几个挤到前头的人抽了回去，一手举起一面令牌，朗声道：“帝都律令：七日之内，除非持有十巫手谕，不得入内！如有逾越半步者，杀无赦，诛九族！”

军令如山，杀气凛冽，所有人被惊在了当地，眼睁睁地看着银甲军人勒马转身，御道大门一分分重新关上。

帝都里，昨夜难道真的出了什么大事？今天一大早的封城令，是不是为了阻拦片刻前刚刚联袂进入帝都的两个神秘人？

叶赛尔看着御道，发现里面早已不见那两个人的影子，不由得心下焦急。然而阿都紧紧地扯住了她的衣角，不让姐姐上前一步，生怕她会做出什么疯狂的举动来。

“等一下！”然而，一个声音还是响起来了，划破了清晨的寒气，“别关门！”

所有人悚然一惊。怎么？居然有人敢违抗帝国的军令？！

“别啊……”阿都下意识地扯住了姐姐，惊骇地抬起头来阻止，却发现那一句话竟然并不是出自叶赛尔之口——西面的街上踉跄奔来了一个女子，筋疲力尽地对着城门伸出手来：“卫默少将，等……等一下，请让我进去！”

她身上衣衫褴褛，剧烈地喘息着，一头蓝发在晨风中飞舞。

鲛人？

所有人都惊骇地看着那个从晨曦里奔来的女子，连那个已退入御道、准备关起大门的卫默少将都勒住了马，回头严厉地审视着——能一开口便叫出自己的名字和军阶，这个鲛人并非寻常。

“你是……”依稀觉得有点眼熟，他蹙眉。

“征天军团钧天部，云焕少将的鲛人傀儡，潇……”那个鲛人似是受了伤，说话断断续续，将纤细的手撑在冰冷厚重的铁门上，“今日，归队。”

“潇？”卫默少将脱口低呼，“你还活着？”

这个军团里最负盛名的傀儡、云焕少将的搭档，分明在几个月前桃源郡的战役后已经申告身亡，军团调用湘取代了她的位置——可是，今日这个已经宣布战死的傀儡，居然自己从万里外的桃源郡一路返回了？

他跳下马来，走近了几步，用鞭梢顶起了她的下颌。

潇还在剧烈地喘息，似乎方才的一路急奔已经消耗了她太多的体力——她身上衣衫褴褛，血迹斑斑，锁骨和背部都有被利器穿透的痕迹，应该是受到了残酷的囚禁和折磨，刚刚费尽了力气逃脱出来。

卫默少将审视着她，嘴角露出一丝冷笑：“真难得啊……还是第一次看到脱队后自行返回的傀儡！你不是没有服用过傀儡虫吗？怎么比那些真的傀儡更死心塌地？”

潇平定了喘息，眼里流露出急切的光：“请带我去见我的主人！”

“主人？”卫默少将忽地笑了起来，“云焕？”

带着一种几乎是快意的报复，他冷笑着将鞭子抽到了她脸上：“别做梦了！你的主人现在正在辛锥手里求生不得求死不能呢！想见他？过几天去黄泉见吧。”

潇忽然间呆住。“辛锥”这两个字仿佛是锥子一样刺到了她心里，她知道那个酷吏的名字意味着什么，忽然间不顾一切地推开了挡在前面的卫默少将，拼了命一样往御道另一端奔跑。

“啪！”鞭子从背后狠狠抽上了她的背，将衰弱的鲛人打倒在地。

潇一路支撑着急奔到城下，已然是强弩之末，如何能经得起这样的一鞭？身形猛一踉跄，立时便吐出了一口血，昏死在地上。

“卑贱的鲛人……你以为云焕还能保你？”卫默少将看着倒在地上的鲛人女子，发出了一声冷笑，翻身上马，纵蹄便往她身上踩去——他并不清楚自己内心为何有这般深刻的恶毒，只恨不得把和云焕相关的一切统统践踏成齑粉！

或许，和其余的九大门阀年轻子弟一样，他一直刻骨嫉恨着那个忽然间和十大门阀平起平坐的贱民吧？一个铁城贱民，居然一路都压在了自己头上！

“咔！”轻轻一声响，马蹄落了一个空。

凭空里仿佛有一种无形的力量忽然卷来，将昏倒在地上的鲛人傀儡卷走。

“谁？”卫默少将惊怒交加，霍然回首，却在下一秒惊呼，“二弟？”

蓝色的闪电从御道那一头掠过来，双手只是一合，一瞬间地上昏迷的鲛人便被无形的力量挪开了三尺。面如冠玉的少年贵族站在御道里，衣上映着头顶变幻的水光，身侧躺着奄奄一息的潇——面容居然和卫默少将有几分相似。

贵族少年看着他，蹙眉开口：“哥，莫要当众杀人。”

卫默少将愕然片刻，随即反应过来，立刻让下属关上了铁门，不让兄弟争执的一幕被外面那群人看到，然后跳下马来，嘟囔着反驳：“鲛人又不算人。”

虽然他是长兄，但在这个弟弟面前，他依然不敢高声说话。

沧流帝国极为重视正庶之分，卫默虽然是巫谢一族的长子，但其母却是十大门阀外的普通贵族女子，因此比他小一岁、但母亲来自巫姑家族的弟弟反而成了族长，继承了“巫谢”的称号，成为元老院里最为年轻的十巫。

巫谢自幼聪颖异常，在十大门阀中有着“神童”之称，然而这种天分却没有用在正当的途径上。他一直钟情于曲艺书画、星象占卜，不但没有如一般贵族子弟一样进入演武堂，反而跟着十巫中最博学的巫即研究起了星象和机械，整天埋首于书卷和铁城工匠作坊。

“好歹也是云少将的鲛人。”巫谢看着地上昏过去的潇，蹙眉道，“该送交军部处理。”

卫默少将从鼻子里喷出一声冷笑：“云少将？哼……落在辛锥手里，活下来也是个废人。”

巫谢的脸是冠玉一样的润泽，神色也是玉石一样温润，谈吐文雅：“怎么说云烛现在还是巫真，多少也要卖一些面子吧。何苦多树一个敌人？”

卫默悻悻。如果不是作为族长的你一贯如此怕事，巫谢一族也不至于日渐式微！但终归不愿和族长当面顶撞，他转开了话题：“怎么，今日想出城？帝都昨夜刚颁下了封城令，只怕有大事要发生呢，你还出去？”

巫谢摇了摇头，似乎对那些所谓“大事”毫不感兴趣，只是道：“我奉了老师的指令，想去叶城西市寻找合适的鲛人。”

“又是为了迦楼罗的制作？”卫默有些好笑，“上次那个又死了？”

巫谢垂下眼睛，脸上有惋惜的表情：“只差一点点了。”

因为机械过于庞大和力量过于强大，迦楼罗自从建造完毕后便一直无人可以操控，无法飞上天。而巫即老师自从在《伽蓝梦寻》记载上得出“如意珠可以感应到海国子民的心愿”这个结论后，便起了以鲛人作为引子，来引出如意珠内部力量的念头。然而，可惜的是却发现云焕拿回帝都的竟然是一颗假如意珠。

然而，即便是没有如意珠，他们的试验却还在继续。

昨夜，他们在铁城进行第十九次试验，想把鲛人“镶嵌”入迦楼罗，将她全身筋络和机械各个机簧接驳，借助那个种族惊人的灵敏度和反应速度来驾驭这个难以人力控制的庞大机器——这个工作完成后，等拿到了如意珠再安放入炼炉，这架机器便可以被完美地驾驭了。

然而，在最后接驳到心脉的时候，那个鲛人还是死掉了。

“看来，种过了傀儡虫的心脏，已经无法再次被使用了。”

巫即拈着雪白的长须，深为可惜地摇头叹息——可是，征天军团里的所有傀儡都是受到傀儡虫控制的，要找一个完全健康的正常鲛人，便只能派小谢去叶城西市重新物色了。

“种过傀儡虫的不能用，”巫谢叹了口气，“所以要去叶城买新的呢。”

在说这种话的时候，他冠玉般的脸上并无半丝不忍，只有器具不合手的遗憾——十巫中最年轻的巫谢从小是一个聪明善良的孩子，温良恭俭，即便是对铁城里的平民也是彬彬有礼。然而，因为一生下来就受到的训导和教育，和所有的冰族人一样，鲛人这个种族却并不在他慈悲的范围之内。

“买新的？没接受过军团训练的鲛人，又怎能操纵迦楼罗？”卫默少将发现了其中的悖逆之处，忍不住讥笑，“难道你要买一个新的回去，再自己从头训练？”

然而，笑到中途神色忽然一动，视线却落到了一旁的地面上。

不约而同地，巫谢仿佛也蓦地想到了什么，同时转过了眼睛——是的，潇！征天军团里，唯一没有受过傀儡虫控制的、最负盛名的傀儡！

第四章

炼狱

“啊！！”在天空中那颗“耗星”猛烈爆发的刹那，伽蓝白塔顶上的神庙里却传来了恐怖的嘶喊，只短短爆发了一声，便被九重门阻隔着，回荡在漆黑的室内。

“弟弟！”听出了那是自己胞弟的声音，跪在外面的云烛脸色“唰”地惨白，顾不得智者并未召自己入内，推开门便扑了过去，呼唤，“弟弟，你怎么了？”

弟弟是什么样的性子，她最是明白。能令他在方才脱口发出这样的呼声，必然是极其恐怖的事情！他、他到底怎么了？智者大人……不是说要救他的吗？

那一刻的恐惧，令她几乎要不顾一切地闯入那个从不允许人进入的帘幕后去了，然而，就在她要揭帘而入的刹那，在那一声忽然爆发的嘶喊后，帘幕内忽然又变得悄无声息，仿佛空气都凝滞了。

巫真云烛一瞬间有些失措，进退不得，只好僵硬着站在漆黑的神殿内。

某种奇特而肃穆的气氛弥漫在黑暗内，令她不知不觉地重新跪倒，在帘外静静等待。

昨天是开镜之夜，神游物外的智者忽然回魂了，听从了她的祈求，令她持着冰之令符去往刑部天牢中将云焕带来这里。然而，狂喜的她将重伤不能行走的云焕背上白塔神庙后，便被命令退出外面等候。

她并不知道在里面智者大人和弟弟说了什么——里面那么安静，应该是智者大人直接将“话”送入了弟弟的心底。

长久的寂静中，只听云焕忽然在黑暗里断然回答了一个字——

“好。”

然后忽然间传来帘幕拂开的声音，仿佛那个帘幕后有什么东西涌出来了。然而，接着就没有了任何声响，黑暗里只有看不到底的沉默。

直到方才那个刹那，弟弟忽然爆发出了这样惨烈的呼喊。

她不知该怎么办，只在这亘古不化的浓重黑暗里战栗。发生了什么事？到底发生了什么事？

“呃……”一个模糊的声音忽然响起来了，吐出了一声长长的叹息，“云烛，进来。”

“智者……智者大人？！”黑暗中的女子却是一震，只觉得这个平日听惯了的声音里有说不出的怪异——只是短短一瞬，智者大人的声音竟似变得陌生。她恭谨地推开了门，膝行着将脸贴在帘子上，断断续续地问：“您……您救了我弟弟吗？”

“云烛……”黑暗里那个声音带着无尽的疲惫，“把你弟弟带回去。”

带回去？

云烛一怔，不明白智者大人到底是什么意思。然而习惯了服从一切的她下意识地弯下了腰去，从帘子底下探手进去，将一动不动伏倒在地的人拉了出来。只不过一个多月，豹一样强健的弟弟忽然变得那样轻，消瘦得如同一个孩童，一动不动地靠在长姐的臂弯里，呼吸微弱得几乎无法感知。

黑暗里她看不清弟弟的脸，却知道他并没有醒转。

然而她托着他的后背，发觉他身体异常的热，仿佛骨子里有地火在运行，整个身体发出微微的颤抖，却没有丝毫的声息。她动了一下他的手臂，发现关节还是呈锐角地垂落下来，所有的肌腱和软骨全部被切断了，仿佛一个被拆散了线的木偶。

云烛全身抖得厉害，几乎说不出话来。

毁掉了……一切都毁掉了！就算智者大人将他从刑部放了出来，但他这一辈子都不能再握剑，不能再行走，不能再骑马了！他将成为一个终身与轮椅和床榻为伴的废人，连吃饭都需要别人喂！

弟弟……弟弟他怎能容忍自己这样地苟活下来啊！

“智者大人……”她惊慌地抬起头来，语音已经带着哭泣，“我弟弟他……他的伤……求求您展现神力、替他……”

“带他回去。”帘幕后那个声音道，竟然有一丝疲倦，“立刻。”

带……带回去？智者大人是说，他从此不再管弟弟的事情了？

云烛惊呆了：“您……您不是说……要赦免他的吗？！”

“赦免？”智者模糊地笑了几声，喃喃道，“何止赦免……我给了他更多……”

“可我弟弟成了一个废人了！”第一次忘了保持恭谨，圣女带着哭音冲口大呼，“他成了废人了！你不知道那个辛锥……那个辛锥把他的双手双脚都……”

从来没有一个人落入那个酷吏手里后还能活下来，而他却是个例外。

“我知道这一个月里他遭受了什么，”帘幕后的声音反而隐隐笑了一声，讥诮道，“我也知道这一个月里你做了什么。”

云烛身体忽然僵硬，一种无法忍受的厌恶感从心底腾起，她弯下腰去，几欲呕吐。

“可怜啊……”帘幕后传来了叹息，“为什么可以忍受到如此地步呢？云烛，你还能忍受多少？身体可以不要吗？灵魂可以不要吗？尊严可以不要吗？‘人’真是奇妙而脆弱的东西啊……你们的‘极限’，到底是在哪里呢？”

帘幕后的声音低低传来，弥漫在黑暗里，仿佛忽然间唤醒了什么记忆，竟开始难以抑止地自言自语起来——

“云烛，抬起头来，让我再看一眼吧……

“除了一双眼睛外，你真的是一点也不像‘她’啊……七千年了，毕竟只有一点点的血传到了你身上——你知道换了她会怎么做吗？

“她可是连自己最爱的人都会杀的啊……”

云烛感觉到怀里昏迷的人忽然动了动，立时便忘记了智者大人的吩咐，重新低下了头去看着弟弟。在黑暗中云焕仿佛轻轻吐了一口气，手指艰难地动了一下，吐出一个模糊的音节，似乎喃喃唤着什么。

然而在长时间的刑求中，他的声带也已经被炽热的铁汁毁坏。

尚未醒转的人在黑暗中开阖着嘴唇，喉头微微震动，仿佛急切地说着什么。

“智者大人……大人……”猜出了弟弟想说的是什么，云烛不自禁地颤抖起来，脱口低呼，“求您救救我弟弟吧！求求您！”

“救？”帘幕后的声音忽然冷笑起来，“谁也不能救谁，只有力量改变一切。”

帘幕后智者的声音忽然停顿了一下，仿佛骤然感知到了什么，他蓦地开口，语气肃杀：“云烛，带他回去。我没时间和你多说了……‘那个人’已经来了！”

那个人？巫真一惊——隐隐约约地，她明白智者大人所说的是谁。

那个人……那个人。智者大人从来没有说出过那个人的名字，然而她却隐约知道那是谁。沉默的她是一个极好的倾听者，曾用了十几年漫长的时间，逐步地明白了在帘幕后高高在上的圣人莫测的心里存在的那一个结。

究竟是谁……会让神一样的智者大人等待了那么久？

“去吧。”她正在思考，帘幕后却传来一股柔和的力量，一瞬间将她连着云焕托起，推出了九重门外，黑暗最深处传来喃喃，“好好珍惜这姐弟相聚的每一刻吧……我还要处理很多事情，时间已经不多了。”

“智者大人！”一瞬间被关到了门外，云烛绝望地拍打着门，“求求您，救救我弟弟！别、别让他这样活着！”她的声音已然接近呜咽，“您知道他是无法这样活下去的……您答应过我……您答应过我的！”

然而黑暗的神殿深处，却只传来森冷的回应：“不，云烛。

“他必须回去；

“他必须痛苦；

“他也必须毁灭……

“在毁灭中他将放出一生最盛大的光华。

“——此乃破军之宿命。”

“破军！”在天空中那颗“耗星”猛烈爆发的刹那，伽蓝帝都里同样有人脱口惊呼，震惊地抬头看着天空。

那是一群仙风道骨的黑袍老人，正坐在金碧辉煌的大殿内议事。

首先抬头看到异象的是巫咸，这个召集了十巫正在紧急磋商国务的首座长老有着惊人的预感能力，在星辰爆发前的刹那便抬起了头，准确地看向了西北方的分野——就在他视线锁定在那一颗破军上的刹那，“耗星”爆发了。

血红色的光芒在一瞬间笼罩了大地。

其余几位长老随即抬头，然而在抬头的刹那，那道光芒已经收敛。

破军爆发？！巫彭、巫朗、巫姑、巫罗、巫礼面面相觑，眼里流露出惊骇的光——对高高在上的十巫来说，百年来已经很少有事情能让他们如此震动。就算是这一次军队在九嶷和镜湖大营接连遭到挫败，也并不能令他们如此惊慌。

“‘耗星’爆发？”巫咸喃喃道，拈着雪白长须的双手居然有些颤抖——三百年一次的爆发，亮度超过皓月。这是多么不祥的预兆，谁都明白。在如今空桑复辟、海皇重生的情况下，破军的爆发，只怕会引发灭国之祸！

可是云焕已然被囚，奄奄一息。这种汹涌爆发的恐怖力量，又来自哪里？

“立刻派人去刑部天牢，看看云焕！”巫朗霍然站起。

“还看什么！”巫姑枯瘦的手指痉挛地抓着黑袍，尖声大呼，“杀了他！立刻！”

深陷的眼窝一直盯着空无一物的西北星野，巫姑神经质地颤抖着，尖厉地一迭声道：“‘耗星’爆发……破军现世，天下大乱！会毁灭一切的啊——杀了他，必须立刻杀了他！”

“可是……”胖胖的巫罗却有些犹豫，“巫真不会同意的。”

“那个贱女人也要一起杀了！”巫姑厉声道，“都是祸害，祸害啊！”

巫朗沉吟地看向巫咸，却发现首座长老的手抖得有点厉害，正痴痴地望着破晓的天空出神——天亮了，西北星野上已经看不到一颗星星。

“必须尽快处置云焕，哪怕得罪巫真。”终于，巫咸开口了，神色严肃，“但此事重大，我们得叫回巫即和巫谢两个人，全体一起商定，然后再去向智者大人禀告，求得同意。”

他的目光落在掌握军政大权的两个长老身上：“巫彭、巫朗，你们说呢？”

两个对峙了多年的对手相视了一眼，各自眼里有各自的沉吟，但最终却是不约而同地点了点头，表示同意。

“那么，对空桑和复国军的叛乱，应该如何反击？”一直寡言的巫礼开口了，却是看着巫彭，“元帅，我们不能再继续受挫了——虽然接连失利的消息一直对民众封锁，但军队里都已然传得沸沸扬扬。我们急需一场胜利来挽回士气。”

对这样直接的指责，巫彭脸色也变了变，沉声道：“自然会有新部署。我已经从演武堂里挑出精英秘密赶赴息风郡，去除掉高舜昭这个叛徒，安定那里的叛乱。”

其余几位长老蓦然听到这个消息，都露出吃惊的表情。

高舜昭作为沧流帝国委派去全权管理泽之国的封疆大吏，出身自然也极显赫，本为十大门阀中巫抵一族的长房长子，下一任的元老继承人。虽然如今有了背叛帝国的嫌疑，但巫彭这般不告而杀，也是大犯忌讳。

然而，由于巫抵刚刚战死在了苍梧之渊，此刻也没有人站出来反驳独断专行的元帅。

“可那个叛徒身边，似乎有剑圣西京在啊。”巫罗嘀咕着，“除奸？派出去的人能做得到吗？”

“请不要低估帝国战士的实力。”巫彭点了点头，意味深长，“要知道，除了云焕和飞廉，三军中也并非无人。”

巫罗不再说话了——反正对掌管叶城的他来说，战争这回事不是他的职责范围。而且，和巫彭这样的人辩论是多么愚蠢的事情，作为商人的他并不是不知道。首座长老巫咸点了点头，终于开口：“帝国建立百年来，从未遇到过如此之挫败——巫彭，你需尽快指派新的将领赶赴息风郡和九嶷郡，控制那里的局势，以免燎原。”

“好。”巫彭点头。

他转过头去看着巫朗，意味深长：“巫朗，眼下军情如火，正是用人之际——你和飞廉说一声，他赋闲在家的日子不会太久了。如果前方吃紧，我将会重新启用他。”

国务大臣巫朗暗自一惊，表面却不动声色：“这个自然。”

宁可启用敌方嫡系的飞廉，也不放自己培养出的云焕一条生路吗？巫彭这家伙，到底打了个什么主意？还是……只是想把飞廉拉出来做炮灰，派上战场去送死？和上一次复国军叛乱一样，他是想利用这一次的战乱做契机，来削弱朝堂上对手的实力吧？

虽然危机已然步步逼近，但大殿内最接近权力核心的几位长老沉默相对，个个心里却都有无法言明的阴影，钩心斗角，暗流汹涌。

外面已然是白日，然而刑部大牢最深处却还是一片黑暗，森森寒气逼人而来。

耳畔有不间断的声音传来，诡异而扭曲，仿佛咆哮又仿佛哭泣，似乎里面关着无数兽类。然而听得久了，才分辨出那是犯人受刑的呼号声，含混嘶哑，已经不似人声。

脸上蒙着黑纱的女子站在天字号的入口处，心烦意乱地低头看着脚下的石板。

那一包夜明珠已经托人送进去一个时辰了，那个狱吏怎么还不出来？为了走进这个禁地，她已然花了无数的财力精力去打点关节。然而，到了最关键的地方，还是被卡住了吗？她低着头，忽然浑身一颤地跳开了一步。

脚下那块石板的凹缝里血迹斑斑，赫然有着一片齐根断裂的人手指甲！

耳边那些不似人声的哀号还在不停传来，那一刹那，她有了一些拔脚就走的冲动：毕竟，自己这一次偷偷出来是大大逆了家族的意愿。偷偷来一趟也罢了，如果万一传了出去，只怕会再次沦为十大门阀里的笑柄，父亲刚费尽心思订下的婚约也会泡了汤。

而在他们十大门阀里，嫁什么样的夫婿，将决定一个女子一生的地位和命运——她输不起这一次，也丢不起这个人。如果这次出了意外，她这一生就别想再在十大门阀中抬头做人了。

然而，在她准备转身的时候，心里的另一股力量却将她牢牢扯在了原地。

不……不能走。不能就这么走了！

她用牙齿咬住了下唇，强迫自己安静下来，定定地望着那一扇紧闭的小门——不行，今天一定要见到那个人！否则……可能这一生永远都没有机会再见了。

永远都没有机会再见到了。

内心的冲突正激烈，忽然“吱呀”一声，铁制的门终于打开了。一股浓重的血腥味扑鼻而来，呛得她一时间不能呼吸。

“哟，让小姐久等了。”黑暗的门洞内，一个人施施然走了出来，嘿嘿地笑。

那扇门高不过四尺，只到普通人的肩膀，如若要进入非弯下腰不可。然而从中走出的人却只有三尺多高，绰绰有余。那个侏儒有着一颗奇怪的倒三角形大脑袋，几乎占了身高的四分之一，尖尖如锥，看起来可笑又恐怖。他从那扇通往关押天字号死囚的牢门里走出，腰间围着铁城里打铁师父才穿的犊鼻短裤，叮叮当当挂满了钥匙和各种奇怪的工具。

他一出来，就带出了一股腥风，冲鼻而来令人欲呕。看到脸罩黑纱站在门外等待的女子，他咧嘴一笑，摇了摇手里的东西，神色极为得意：“让小姐久等，真是不好意思。刚做了一件漂亮的大活，颇费了些时间。”

那个帝国头号酷吏的谈吐居然很文雅，然而这种斯文在活地狱般的牢狱内反而显得森冷恐怖。他身形矮小肥胖，举止都有些迟缓，然而一双手却纤细小巧，完全不像是长在一个侏儒身上。十指灵活而修长，可以熟练操作各类刑具。

她看着他手里那片绵软雪白的东西，喉咙仿佛被一只无形的手死死卡住，一句话也说不出来，只是看着那个侏儒，脚步下意识地往后挪动。

辛锥一出来，背后四尺高的铁门便缓缓自行合拢——然而在这打开的一刹那，里面嘶喊声再也难以阻隔地清晰传来，撕心裂肺，仿佛兽类的怒吼。

在门打开的一瞥之间，她看到了里面墙上吊着一个血红色的人。

那个人被双手分开凌空吊在刑架上，手镣钉在掌心上，铁链直接贯穿手掌钉入背后墙壁。踝上套着沉重的脚镣，将整个人拉开钉死，仿佛一个挺拔伸展开的标本。那个浑身血红的人还在微微地颤动着，却已经毫无声息。

她看着那个怪异的侏儒，感觉仿佛有一条冰冷的小蛇沿着脊背缓缓爬了上来。

墙上那个人是谁？难道竟是……

他手里……手里拎着的东西，又是什么？

“明小姐想知道这是什么吗？”仿佛明白她的心思，辛锥笑了起来，扬了扬手里的东西，“非常完整的皮呀……那个北越郡的家伙皮肤真是完美，身上居然一点点的伤痕和胎记都没有。从顶心开始剥，整整花了我一天时间呢。”

那条冰冷的蛇忽然间卷住了她的心肺，她捂着嘴，不让自己叫出声来。

北越郡……北越郡。还好，不是他……不是他。

“明小姐不必紧张，”辛锥把那块人皮收起来，将满是血迹的手在犊鼻短裤上擦了擦，笑道，“这可是好东西呢——洗干净用各色头发绣上花，可比你们从绣坊里买的东西强多了。”

她一句话也说不出，忽然间后退一步，猛地弯下腰去呕吐出来。里面还在不停地传来呵斥声和鞭打声，不知哪个角落传出一声接着一声的惨烈号叫，刺得人耳膜发痛。

“唉……”看到她这个样子，辛锥忍不住叹了口气，露出怜香惜玉的表情，“不习惯吧？明小姐贸然来这里，的确很容易受惊呢。”

他走过来，想扶起她。她仿佛被蛇咬了一口一样惊叫起来，往后跳了一步。

“你……你……别过来。”她喘息着喃喃，“别过来……”

“好。我不过来就是。”辛锥倒是很斯文，咧嘴一笑，顺势坐到了一边铺了皮质坐垫的长椅上，施施然地看着她，“明小姐方才托人送了那么大一匣子的宝贝进来，可真让在下受宠若惊——不知明小姐是想拜托一些什么呢？”

“我……”她定了定神，想说出自己此行的目的。

然而不知为何，那句话到了喉咙里却又停住了——从小受过的教导，令她实在难以将这些话一口气地说出来。

她在黑纱后沉默，手指微微发抖。

“是想要买一个死囚回去当奴隶呢，还是想来开开眼界？”辛锥咧着嘴呵呵笑，看着这个脸色苍白的贵族女子，露出洞察的表情，“别不好意思。我知道你们十大门阀平日里都无聊得很，需要更刺激一些的东西来解闷。”

侏儒摇晃着锥形的脑袋，有些得意：“来我这里绝对是没错的了——跟你说，不但巫姑大人巫罗大人他们是这里常客，连巫咸大人前段日子还特意从我这里要了十个死囚，说要拿去炼丹用呢。”

她脸色越发惨白，身形摇摇欲坠。辛锥又等了片刻，渐渐有些不耐烦起来——这个巫即一族的女子是谁？一个人抱着一匣子珠宝跑到这个地方来，到底想干吗？

“明小姐，你先慢慢想，”他站起身来，“我得先去处理这块皮了——否则要坏掉的。”

看着那个酷吏再度走向那扇小门，她终于鼓起了勇气：“他……他……还在吗？我……想见他一面。”

“他？”辛锥站住了脚，用眼睛将眼前的女子从上到下瞄了一遍，嘴角露出一丝笑意——这个女子，难不成不是来寻刺激或者买死囚的？看这般扭捏，多半是有内情……说不定，可以拿到更多一些的好处呢。

“谁？”他饶有兴趣地看着她，“这里死囚太多了，不知小姐要见哪一个？”

脸罩黑纱的女子沉默了半晌，终于艰难地开了口：“破军……破军少将。”

“呦——”侏儒牙缝里陡然发出毒蛇吐信般的声音。

辛锥倒退了一步，吸了一口气，细小的眼睛里闪过一抹雪亮的光，审视着面前这个女子，恍然：“明小姐……莫非是巫即家的明茉小姐，破军少将的前任未婚妻？”

她浑身一震，无声地默认。

“呵呵，呵呵，”陡然觉得有趣，辛锥笑起来了，“难得啊……明茉小姐居然来这里了！”他点着头，饶有兴趣地看她，“可真令人吃惊呢。我听说巫即家族已经解除了你和他的婚约，另行给你安排了一个夫婿——怎么还来这里呢？莫非是……”

明茉的脸藏在黑纱后，下颌却在微微颤抖，仿佛正在极力平定着自己的情绪，适应这个血腥地狱。看来，她也是下了极大的决心，才偷偷来到这个地方的。

莫非这个门阀之女，是真的爱那个没见过几次面的未婚夫？

“所谓的婚约，只代表家族的意志而已。”明茉深深呼吸了几口气，这一次开口，声音已然镇定了许多，“而这次来，完全是我自己的意思。”

辛锥眯起了眼睛，嘴角露出一丝不易觉察的笑。

是吗？看来，又是一只自投罗网的鸟儿呢！

“呵呵，明茉小姐已经是要另嫁高枝的人了，这时候还跑来这里，被巫朗一族知道了恐怕不好吧？婚约作废一次也罢了，第二次又泡汤，只怕小姐的终身就堪忧了。”这个侏儒有着可怕的聪明脑袋，立刻抓到了其中的关键，低低地笑，“那一匣珠宝，应该是准备好的陪嫁吧？明茉小姐还真是舍得呢。”

明茉站在那里，呼吸已经慢慢平定，渐渐显露出天性里本有的敏慧镇定来。她嫌恶地避开了视线不看他，道：“求狱吏大人高抬贵手，让我见他一面。”

如果现在不见，只怕日后就再也没有机会了。

然而一想起那个只见过几次的人，她的心里就有极深的刺痛和欣悦。怎么可以……怎么可以就这样永别？什么话都来不及说……就这样……他们本来应该是相伴终身的人啊！

“哪里，明茉小姐太客气了。”辛锥打量着这个贵族女子，语气却忽然一转，“只不过破军少将是元老院下令关押的死囚，没有巫彭元帅的手令，任何人都不得擅自进去见他——在下比任何人更知道犯了规矩会落得什么下场……”

他笑着掏出那一匣子珠宝，推了回去：“所以小姐这个请求，在下可办不到。”

这样的拒绝不啻当头一棒，明茉身子微微一晃，然而却很快恢复了镇静，冷定地回答：“如果狱吏觉得不够，我这里还有一些。”

酷吏辛锥除了折磨囚犯之外，也是个极为贪婪的人，一向有收敛金钱的嗜好——这一点，她来之前并不是没有打听过。

然而那个侏儒却笑着摇了摇头，不为所动：“钱当然是好东西。可脑袋一旦丢了，可是有再多钱也买不回来的啊，明茉小姐。”

没有料到会得到这样毫无余地的拒绝，她一时间僵在那里，不知如何是好。

里面的拷打还在继续，“刺啦”一声，有沸水泼上血肉的声音。她看到门内墙壁上那个血红的人形忽然扭曲了，一直一动不动的身体拼命挣扎，发出了非人声的剧烈嘶喊，整个刑架都仿佛被摇晃得要掉落下来。

“啊——”她脱口喊了一声，紧紧捂住了嘴巴。

“吵死了！”辛锥被那阵号叫打断了话头，大为不快，对里面厉喝，“小心点，别一下子弄死了！说好了还要活上三天，少一个时辰我就剥了你的皮！”

“是！”里面有狱卒战战兢兢的声音。

铁门“当啷”一声关上，所有的声音又在瞬间微弱下来，如同从隐隐约约的地狱深处传来。

看着密闭的铁门，明茉的心理防线却在一瞬间崩溃，几乎要冲口惊呼——他、他是不是也在这个活地狱里？他……如今怎样了？还活着吗？连一个普通的北越郡犯人都遭到了如此酷刑，何况是被十巫亲口下令囚禁的他！

“你……你想怎样？”她一开口就发现自己声音颤抖得厉害，“求求你了！”

“我想怎样？”辛锥摸着自己尖尖的脑袋，意味深长地望着她笑起来了，“除了钱，你还能给什么呢？”

脊背上那条冰冷的蛇又瞬地蹿起了，明茉战栗了一下，没有说话。

她是聪明的女子，自然知道这样的眼光意味着什么——这个侏儒的眼睛里仿佛长出了触手，恣意地对她上下触摸。她浑身的肌肤都起了战栗，想拔脚离开这个阴暗而肮脏的地方，然而脚却像钉了钉子一样无法移开。

“钱再多，也换不回掉了的脑袋。可是……”辛锥邪邪地笑起来，手探过去，一寸一寸地摸上了她的肌肤，“牡丹花下死，做鬼也风流啊！”

他的手冰冷而黏腻，仿佛一条蛇在肌肤上游动。

明茉打了个寒战，全身细细密密起了一层鸡皮疙瘩，下意识地想甩开，却被对方恶狠狠的威胁眼神震慑。

“要进去见他吗？要让我放过他吗？还是，想让他和这个北越人一样……嗯？”他的手一寸寸地探上来，游移不定，声音却带着得意，“尊贵的巫即一族的小姐啊……你想要怎样呢？嗯？”

他只有三尺多高，站起来还不到对方的胸口，却踮着脚放肆地轻薄比自己高一个头的贵族女子。

“别这样……求求你……”她不敢甩开这只手，却忍不住内心的厌恶，扯紧了衣襟，咬牙低声，“你……你只是个铁城里的平民！你敢这样做，巫即大人知道了的话，不会放过……啊！”

那只冰冷的手在她的胸口上狠狠地捏了一把，停住了。

“巫即大人？”辛锥冷笑起来，讥诮地抬头看着她，“巫即大人如果知道你跑来这里，首先不会放过的是谁呢？有胆子的话，你去说呀……看看巫即巫朗两族会是什么反应？”

她怔住了——这个侏儒的眼里，有着疯子一样的冷静和敏锐。

他真的不是人。

“呵呵……所以说，明茉小姐还是不要反抗了……”那只手又开始动起来了，恶狠狠地把她推到了那张长椅上，喘息着摸索上来，“你不是想要去见他吗？不是想让他少受些苦吗？那么……那么……你就该学学巫真大人……”

巫真？巫真云烛？

明茉全身剧烈地发抖起来，仿佛明白了什么可怕的事情——难道说……难道说……云少将的姐姐、巫真云烛，也曾……也曾在这里……

他的手已经撕开了她的衣襟，雪白的肌肤暴露在牢狱昏暗的火光下。

那是从小养尊处优的贵族才有的肌肤，白得近乎透明，散发出馥郁的香气，触手之处如同丝缎一样的顺滑。

辛锥眼里已经冒出了火光，嘟囔着将嘴凑了过去，贪婪地吮吸。

身下的人在不停地挣扎，却仿佛顾虑着什么，始终不敢真正抗拒。这样的挣扎更是引起了他心底里熊熊燃烧的火——贵族！贵族！越是出身高贵的女人，越能激起他的欲望。什么十大门阀，什么贵族，还不是照样被他这个铁城贱民压在了底下？

那一瞬间，他想起了在铁城锻造作坊里度过的童年，想起了那些耻笑和白眼——那些锦衣华服的男女策马路过，抽着响鞭，将这个侏儒平民抽得满地乱滚，如同打马球一样踢来踢去，发出惬意的大笑。

可恶……可恶啊！那群裹着绫罗绸缎的猪猡！

他恶狠狠地一口咬在裸露的香肩上，兴奋得难以自已。

“不！不！”身下的女子终于尖叫了起来，不顾一切地从椅子上挣起，一把推开了压在身上的侏儒，拉上衣襟冲了出去——她狂奔得那样急，甚至根本没有去拿回那一个匣子。

辛锥被狠狠地推倒在地上，肥胖的身子行动迟缓，一时间来不及起来，只能眼睁睁地看着明茉夺路而逃，不由得将手狠狠砸在了地上——

该死的！这个拿乔作态的女人还是跑了！

做出那么一副坚贞的样子，却其实根本不像她自己想象的那样爱那个未婚夫婿……她这种贵族小姐，就算是对人动了心，做出这种圣女一样奉献自己不顾一切的姿态，又怎能像巫真云烛那样做出真正的牺牲？这群帝国的贵族，生下来血液里就不知道“牺牲”是什么东西。

巫真云烛……一念及此，想起那个冰雪般冷定而高贵的女人，辛锥眼里就又露出了暧昧的神色，嘿嘿冷笑起来——是的，是的，那个全帝国最高贵的女子，也曾屈尊躺到了他这张长椅上！

看啊，看啊！他这个铁城贱民得到了什么？！

只可惜，昨天半夜可能是他最后一次见到她了。这个沉默的女子手持冰之令符，半夜里狂奔到了刑部大牢，居然第一次开口说出了话，提出要将她的弟弟带走。

他悻悻地看着，却不能抗拒——她手里拿着那一枚可以号令天下的令符，是比双头金翅鸟更高一等的东西，也是云荒大地上至高无上的象征。令符所到之处，甚至连十巫都要俯首听命。

他知道，一定是智者大人已经醒来了……那个居于白塔顶上的神展开了羽翼，庇佑了这一对姐弟，将她从龌龊的污泥里带出。

而云焕之所以能活到现在，却都是靠了自己姐姐的牺牲。

呵呵……辛锥从地上站了起来，喉中发出低哑的笑声。

他并不怕巫真或者明茉把这事说出去——对这些高高在上的贵族女子而言，被一个贱民所侮辱，万劫不复的只怕还是自身吧？谁会敢于说出去呢？

只可惜……那样雪白的肌肤，却是再也吃不到了呢。

他嘟囔着推开了牢门，重新走入了属于自己的那个世界。腥风扑鼻而来，惨烈的号叫撕破人的耳膜。这是一个暗无天日、血肉横飞的世界，永远与死亡、血腥、腐臭为伴，看不到一丝一毫的阳光照进来。

——那也是他这种人一辈子苟活着的地方。

——他没有别的技艺可以立足，没有别的阶层可以接纳，只能永远、永远地留在这里，踩踏着血和肉，一步步地往上爬去。

明茉从阴暗的死牢里狂奔而出，外面已然是清晨，身后那些惨号和血腥味还在纠缠着她，令她想要呕吐。她拼命地奔跑，从刑部大牢的侧门跑出，根本没有顾及自己衣衫犹自凌乱，衣襟被撕破了一大片，雪白的肌肤在寒气里战栗。

她踉踉跄跄地跑着，幸亏一路上并没有人看到她的样子。

清晨的禁城里人声稀少，连一声鸟雀的鸣叫都听不到。街道上还没有一顶轿子一辆马车，道路两侧朱门紧闭，也不见有人出来走动——居住在权力中心的那些贵族们生活奢华，有着夜夜笙歌的习惯，往往要睡到日中方起。

在奔过了两条街后，景风门已然在望，然而一个转弯，她却忽然撞入了一个人怀里。

“啊？”那个人被她撞了一个满怀，然而身形却并不见摇晃。他退开了一步，只看得她一眼就迅速地转开了头去，“怎么了？小姐有需要帮忙的地方么？”

她惊慌不安地挣扎着，想继续逃开，然而那样温和的语气却让她有些安定下来。

她抬起头来，看到了一张宁静温和的脸。那个人看着她，眉头微微蹙起，露出惊讶和关怀的神色。

“遇到歹人了吗？不要怕，现在没事了。”他的神色是这样温和，毫无冰族贵族里常见的冷漠和矜持，她只看了一眼，便松懈了挣扎的力量。

“没……没什么。”她哽咽着，知道不能让任何人知道刚才发生的事情。

那个人沉默了一下，只是道：“没事就好。”

他穿着一般帝国贵族不屑于穿的白色苎麻长袍，轻袍缓带，没有任何饰物。衣服上既没有象征军衔的金鹰标记，也没有象征门阀的家族族徽——然而，这附近是十巫才能居住的地方，能一大清晨就在这里走动的自然不会是一般的平民。

是谁……谁呢？

“飞廉公子，”在尴尬的僵持间，她听到有人唤，“药我拿来了，要去含光殿那边吗？晶晶真是不乖，非要跟我们出来……我们快些走，趁着一大早就去拜访，也免得被其他人看到……”

飞廉公子？她蓦然一惊，僵直了身子。

“哦，碧，出了一点事，”那个人转过身去，对那个捧着药囊的美丽女子开口，“我们先送这位小姐回去，再去含光殿那边吧。”

碧？她心里又是一惊，定定地看着那个水绿衣衫的绝色丽人。那是一个极美的女子，不过双十年华，肤色如雪容光照人，手里捧着一个包袱正匆匆从布政坊出来。她的眼光紧紧跟随着这个女子，落在她碧绿的眸子和深蓝色的长发上。

鲛人？这个叫作碧的鲛人女子，难道就是……就是传言中的那个……

“好的，公子。”那个鲛人看到了她衣襟碎裂的模样，仿佛明白了什么，立刻点了点头，走过来伸出手替她将碎裂的衣襟掩上，同时将身上的外袍除下递了过来：“不要紧，已经没事了，姑娘。”

“不！”在她触碰到自己的时候，明茉尖声叫了起来，往后退了一步，露出某种嫌恶的神情，“别……别碰我，鲛奴！”

那个名叫碧的女子手指僵在了半空。

“呼……”她轻轻吐出了一口气，摇了摇头，微笑道，“是呢，我都忘记了规矩——没得到许可，鲛人怎么能够随意触碰巫即一族的小姐呢？”

巫即？听得这个称呼，飞廉的神色也变了一下，视线落处，却看到了碧手指间的那个金色纹章——那一片被掩起的衣襟上，清楚地绣着一枚金色双菱形的符号。

那是十巫中巫即一族的家徽。

双菱形的旁边绣着两两成对的金星，分明表示了眼前这个女子的出身：巫即家族二房的第二个女儿。飞廉忽然说不出话来了——这，不就是前几日巫朗大人给自己看的庚帖上写着的那个女子吗？

巫即家族二房三夫人的第二个女儿：明茉小姐。

他的家族给他挑选的妻子。

“这门婚事，是你翻身的最好机会。”那一日，身为国务大臣的叔祖把大红烫金的帖子放到自己面前，语重心长地开口，“现在巫即家族长房无后，正是二房掌权的时候，娶了绝对没错——别小看人家是庶出，可明茉的母亲是一族里的长房幺女，也是最得当今巫姑大人欢心的一个……巫姑一族一向由女子继承，她母亲很有可能成为下一任巫姑！”

巫姑家族的女子……他想起了那个鸡皮鹤发的老婆子，不由得微微打了个寒战。

是不是她的后人，也是这般模样呢？

“当年我就想把明茉娶进门，可惜被巫彭那个家伙抢先定给了云焕。”说起这件事，巫朗犹自恨恨——军政两位大臣百年来钩心斗角，即便是在子孙辈的婚姻上也是处处作对你争我夺，“多亏这次把云焕给连根拔除了，你照旧可以……”

“有劳叔祖为我费心了，”他突兀地开口，对长辈行礼，“只是，我并不打算要靠一门婚事来翻身啊。”

巫朗的脸刹那间就沉了下去，露出几乎是恨铁不成钢的怒意，举起了手里的玉尺：“你说什么？”

旁边晶晶正好捧着一把各色的糖块跑进来找飞廉，一看到巫朗在，吓得半句话也不敢说，直接躲到了他身后。飞廉叹了口气，放下正在看的《游仙录》，伸出手摸了摸青族女孩柔软的头发，微笑起来：“叔祖，我刚刚过上想要的生活，真恨不得永远都这样下去——这样已经很好了，还翻什么身呢？”

“烂泥扶不上墙！”国务大臣看着这个自小被溺爱的孩子，狠狠将玉尺打到了案上，吓得晶晶猛地缩回了飞廉身后——只知道和鲛人、贱民混在一起，白白辜负了他的期望和天生的好身手！

然而飞廉还是露出一副洗耳恭听但并不介意的神色，从苍梧之渊孤身回来后，不知是受到的打击太大，还是真的身体一直未恢复，这个和云焕齐名的军团双璧之一一直过着革职后的闲散生活，赏花养鱼，听碧唱唱歌，教晶晶学学字，日子就这样悠然地过去。

巫朗简直对这个侄孙无可奈何。分明是一族里最优秀的年轻人，分明具有那样高的天赋，受过那样纯正严格的教导，有着帝国最高贵的血统——可为什么这个孩子却一而再、再而三地辜负自己的期望？反而被那个原本什么都没有的云焕，这样一步步地抢到了前头去！

巫朗终于缓缓放下了手，颓然推开了门。

“飞廉，你逃不掉的。”背对着他，国务大臣却忽然喃喃说出了一句话，“同样是失利贻误军机，云焕如今已在辛锥手里，而你却还能躺在这里看书——你应该知道是因为什么。”

飞廉悚然一惊，收敛了脸上一直悠闲的神色。

是的……他并不是不知道自己脚下的位置。如果不是有着根深蒂固的门阀背景，有着掌握帝国大权的叔祖照应，就凭他犯下的任何一个小错误，他早已该和云焕那样被放弃，被送入那个酷吏的手里了。

“如今局势越来越复杂，内忧外患，虎视眈眈。”巫朗望着城市中心那一座巨大的白塔，喃喃道，“叔祖已经老了……这棵大树，也不知能罩得这个家族到几时。”

飞廉不再微笑，静静站起了身，凝视着那个扶门而立的背影，忽然发现这个叱咤天下的族长骤然已经是如此的衰老——毕竟，也已经一百多年的明争暗斗过去了啊……为了让家族屹立不倒，巫朗大人又耗费了多少心力？

他忽然觉得有些歉疚，望着那个背影：“叔祖……”

“孩子，我知道你的心思，”巫朗摇着头，苦笑起来，“豪门逆子啊……你的心，怎么就不向着自己的家和族呢？你喜欢那个鲛人女子是吗？你同情那些贱民是吗？你是恨不得把这帝都里的三道城墙全部推翻吧？我，怎么会有这样的孩子呢？”

飞廉怔住，张开了口，却不知道该说些什么。

原来，这个平日不大和小辈说话的族长，竟然有着看透人心的能力。

“别做梦了……孩子，你逃不掉的。”巫朗低低笑了起来，轻蔑而讥诮，“只要你活在这个云荒上，你永远不可能娶一个鲛人，也永远不可能和那些贱民称兄道弟——这并不是你拒绝一次婚约就可以解决，你活在这个云荒，你逃不掉的。”

飞廉沉默下去，多年来还是第一次听到族中至高无上的长者这般说话，感觉心里有一种震动正在渐渐扩散开来——

是的，他一生下来过的就是锦衣玉食的生活，门第高贵、万人景仰，拥有健康、财富、智慧和技艺，几乎获得了整个云荒上所有人都憧憬的一切。他一直心安理得地享受着，却从未想过究竟是什么带来了这一切，又是什么保证着这一切。

就算他一直试图挣脱，试图抗拒——却不知自己正是在这样的束缚里才安全优越地成长起来的。

“有时候，我真希望云焕是我的孩子。”巫朗喃喃，仰望着白塔叹息了一声。

飞廉一震，某种刺痛针一样地扎到了心里。他看着族长，发现他握在门框上的手在微微发抖。晶晶从身后扯住了他的衣服，发出颤颤的咿哦声，这个青族的孩子虽然听不懂他们冰族的语言，却也知道此刻气氛的凝重。

他也叹息了一声，带着歉疚："只可惜，我不是云焕。"

一老一少两个人在刹那都陷入了沉默，只有帝都的风在舞动，隐隐带来硝烟的气息。过了片刻，巫朗忽然苦笑起来："我的孩子们啊……如果我倒下了，谁来继续给予你们华服美食、高官厚禄？谁能保证我的孩子们不被巫彭送入大牢、交给辛锥？谁能保证巫朗一族，不至于像前代巫真那样被覆灭？"

老人背对着房间，低声道："飞廉，你能吗？你能在顾着你的鲛人女奴和异族养女之余，为族人想一想吗？"

他被那一连串的问句击中，怔怔站在原地，手里那一卷《游仙录》无声滑落在地。

"叔祖……"他涩声开口了，身后的晶晶扯了扯他的衣襟，露出惊慌的表情，仿佛知道即将说出口的是一句不祥的话。

但他还是说出来了："容我再想想吧。"

然而，还来不及想，在帝都的清晨，他就这样猝不及防地遇到了家族为他订下的未婚妻——那个出身高贵的女子在霞光中飞奔而来，衣衫不整地撞入了他怀里，惊慌失措。

那样尴尬的开端。

他侧过头，有些不自然地点了点头："明茉小姐？"

"飞廉公子。"明茉镇定了一下，拉拢了衣襟回礼——显然也明白了对方的身份，她瞬间回过了神，显露出门阀贵族女子惯有的矜持和冷淡。

"幸会了。"飞廉继续客套了一句，然后就发现再无什么可说——那样尴尬的局面，聪明人都知道此刻对方一定想着及早脱身回去，而不是在大街上这样客套来去地端着架子说话。

"告辞了。"还是明茉率先说出了这句话，回过头去。

这般的样子，却恰恰被对方看见了，不知道会引起怎样的猜测。传出去的话，说不定，这门婚事也就此黄了吧？

她却微微苦笑了一下：订了两次婚约，却都无疾而终，从此她在十大门阀里的声誉算是完了，可能永远都不再会有人上门提亲了。不过，这样……倒也是不错呢。

在十大门阀之中，在数以百计的贵族之中，她想嫁的却只是那一个。

那一个于今再也没有可能见到的人。

她拉着衣襟，失落地往回走着。背后的两个人也已然结伴离去，隐约有低语传来："这些药，巫真大人那里不知有没有……生肌续骨的……云焕刚放出来，不知道伤到什么程度……"

她骤然站住。什么？他们说什么？云焕……云焕刚放出来？！

"等一等！"她骤然回身，追了上去，"等等，我跟你们一起去！"

第五章

破军

含光殿位于伽蓝帝都的皇城东北角，在玄武门后的东内苑旁，一贯是历代圣女居住的地方——除了在白塔上侍奉智者大人之外，每一任圣女的所有时间都在这里度过。

沧流帝国统治云荒后法令森严，一切都遵循铁一样的秩序被划分开来，冰族和其余各个种族之间更是有着不可逾越的差别。冰族人数不多，一直居住在伽蓝城内，按照种姓的不同被分开安置在不同的区域，世代从事不同的分工职业。

伽蓝帝都分三道城墙，其中外城也被称为“铁城”，里面居住着的都是从事劳动的平民；一般的贵族居住在内城，担任帝国的一些军政职位；而最后一重城墙是禁止任何人随意进入的，被称为“禁城”，里面居住着的便是把持着这个大陆秩序的十大门阀：元老院十巫。

而含光殿，就位于这一片最高贵的区域内，然而却显得分外冷清寥落。

的确，对于帝都那些门阀贵族来说，深陷绝境、内外无援的巫真家族如今已然是避之唯恐不及的不祥之人，连一手扶持他们家族的巫彭元帅都已经将其拒之门外，又怎么会有人再保持来往呢？

然而，清晨的阳光里却响起了轻轻的叩门声，居然有人造访。

“谁……谁呀？”庭院里传来了怯生生的问话。

“是我。”一个清朗的男声回答，“受巫真大人邀请而来。”

花径上传来木屐急促的声音，门“吱呀”开了一条缝，门缝里露出一双惊惶不安的湛蓝色眼睛，打量着门外的来客，仿佛一只受了惊吓的花栗鼠。

“是飞廉少将啊……”终于，门后的眼睛里流露出释然的神色，“快请进吧。”

门开了一条缝，飞廉迅速地闪身而入，对身后招了招手。

“她们……她们是谁？”来开门的少女看到紧随其后的两位女子，不由得吃了一惊——来的两人一个是冰族贵族，另一个居然是个鲛人？

“不要紧张，云焰。”飞廉安抚着少女的情绪，介绍跟随自己而来的不速之客，“这位是我的鲛人碧，还有一个是……”

他看了一眼明茉，还是决定说实话：“是巫即家的二小姐。”

然而云焰却依旧只是怔怔地听着，脸上并无半丝表情。飞廉霍然明白过来，自从被智者逐下了白塔之后，这个圣女就被灌下了药物，洗去了侍奉智者时候的一切回忆——自然，也包括了那段时间发生的任何事情，比如自己哥哥的婚约。

“巫真大人呢？”飞廉叹了口气问道，急切地看向房内，“你哥哥呢？”

一提到云焕，云焰全身就触电般颤了一下，脸上露出极恐惧的表情，瞟了一眼侧厢，喃喃道：“在里面。姐姐……姐姐今天一早把哥哥带回来了……他……他……”

她忽然间哭出声来，捂住了嘴全身发抖。

“他怎么了？”飞廉心里一冷，再也忍不住地转过身，便向着侧厢疾步走去，声音亦已经发颤，“他怎么了？”

碧和明茉紧随着他。然而，在他们刚踏上廊下台阶的时候，却被一只手拦住了。披着白色圣衣的女子悄无声息地站到了廊下，张开双手拦住了闯入者。巫真云烛——这个近日来帝都上下传言已被赐死的女子，此刻却活生生地站在了他们面前，脸色苍白而又疲倦，伸出的双手上隐隐残留着血迹。

明茉眼里骤然一亮——那样清冷秀丽的容色，那样高贵疏离的气质，那样雪似洁白的衣衫，恍若不似这个世间所有，仿佛绝顶上的残雪，洁净而沉默，与世隔绝。

她心里只觉一阵隐约的绞痛，她无法想象这样的女子，也曾经被推倒在那个污浊血腥的地板上，被那个猪狗一样的侏儒践踏。

“请留步。”巫真开口了，将三个人拦回，“他刚刚睡去。”

她逐一看过了三个人，看见明茉的时候微微露出惊讶的神色。然而她并没有说什么，只是将他们拦住：“我弟弟刚睡去，请勿喧哗。”

飞廉生生顿住了到嘴边的问话，松了口气，将脚从廊上移了下来，重新退入了花园，回头接过碧手里的药囊递上：“巫真大人，今天一早接到传信，我就带了一些家里秘制的药过来——都是外面买不到的，希望能有所帮助。”

巫真没有去接，凝视着这个军团里和云焕并称双璧的青年，眼里忽然流露出悲哀的光。“谢谢。”她开口了，极轻极冷，近乎梦呓，“不过……只怕用不着了。”

什么？仿佛一支利箭呼啸着洞穿心脏，药囊从手里沉沉落地，发出瓷器碎裂的闷响。飞廉不可思议地望着云烛，仿佛一时间还没明白她的话是什么意思：“用不着了？”

云焰在一旁再度失声哭出来，捂着嘴远远跑开。

“不可能再有药能治得好他。”巫真轻轻说着，神色似已麻木，“飞廉少将，我请你来也不是为了这个，只是……”

“他怎么？他怎么了？”然而她的话被一阵尖叫打断，明茉再也忍受不了，一把推开了挡在前面的飞廉冲了过去，“让我看看他！”

飞廉猛然拉住她，明茉踉跄着后退了三四步，几乎从廊上跌落下来。

“请你不要再吵到我弟弟了——明茉小姐。”巫真眼睛定定落在了她身上，带着几乎是无法压抑的悲哀看着她，一字一句叫出了她的名字。明茉惊住：原来，虽然只在巫彭元帅主持的订婚典礼上见过一面，她却早已认出了自己。

那个曾经和弟弟订下过婚约、却又在云焕入狱后悔婚的女子。

她是这么看自己的吧？明茉下意识地掩住了脸，微微颤抖。

“他并不想见任何人。”巫真静静道，转头看着天空，仿佛控制着心里某种情绪，“尤其是你们这些昔日认识他的人。”

“那，为什么又传信给我？”飞廉喃喃道，心里已然猛地往下一沉。

他不想见任何人……能让破军如此的，又会是怎样的打击？

“那是我自己的意思，”巫真一直抬头看着天，声音平静，下颌却在微微颤抖，“我……心很乱，想找个人商量一下。我们云家，可能到了生死关头——但除了阁下，我实在找不到一个肯在此刻来含光殿的人。”

飞廉沉默下来，发觉自己的手也在微微颤抖。

“云焕是我朋友。”他咬着牙，“无论他在哪里，我都会去看他。”

巫真终于低下了头，看着廊下的青年军官，微微一笑：“我知道。”她轻轻道，“我知道你在他入狱的时候，就曾经想方设法地去探监。”

她怎么会知道？飞廉有些诧异，叹息：“可惜最终还是没办法进去。”

“是，他们怎么会让你进去呢……”巫真淡淡地笑，不知是什么表情，“可是，你却是唯一在那段日子里还关心着我弟弟的人——所以今日我将他从牢狱中带出后，第一个想到要告诉的人……就是阁下。”

“多谢巫真大人。”飞廉低声道。

“但是，我并不是想要阁下带着新任未婚妻来这里。”巫真冷冷道，冰蓝色的眼睛看着一旁的明茉，露出难以形容的复杂神色，“虽然巫朗和巫即一族得到了门当户对的好姻缘，却也不必带来这里炫耀吧？”

飞廉脸色一变，终于知道哪里不妥，下意识地放开了拉着明茉的手：“不，我不是故意带她……”

“和他没关系！”明茉抬起了头，仿佛鼓足了勇气，大声道，“是我在路上遇到了飞廉少将，硬要跟着他来的！”

巫真转过眼睛，静静地审视着她，仿佛想从这个贵族少女身上看出端倪：“是吗？”

连巫彭元帅都已经将云家拒之门外，这个女子又怎么会想来呢？这般的举止，如果被十大门阀知道了，必然会带来非议和惩罚。

“我……我想见云焕！”明茉直视着圣女，“请您让我进去看看他！”

“为什么？”巫真冷淡地开口，“婚约已解除，小姐和我们云家已然没有任何关系——这样子忽然来拜访，会引起很多不必要的麻烦。”

“那是我母亲的意思！是我家族的意思！”明茉终于低低叫了出来，紧紧噙着眼里的泪水，身子微微发抖，“我……我不想这样！我想见他！你让我进去吧！”

巫真忽然沉默下来，手指在宽大的圣衣下绞在一起，深深吸了一口气——见惯了那些矜持高傲的敷粉贵族，还真想不出十大门阀里居然有这样的女子。

“在未婚夫面前说这样的话，是不合适的。”她静静道，看着一侧的飞廉，飞廉苦笑了一下，摇摇头拉着碧走开，避在一旁。然而巫真依然没有让她进去的意思，“明茉小姐还是请回吧，否则令尊令堂会担心的。”

明茉眼里的泪水终于滑落，霍然抬起头看着她，话里已然带了哭音：“为什么？为什么辛锥不让我进去，你也不让我进去？”

仿佛一支无形的利箭瞬间洞穿了心脏，巫真云烛的脸刹那变得惨白，猛地踉跄了一步，看着眼前衣衫不整的贵族少女——她、她说什么？辛锥？她……她这个样子，难道是刚从“那个地方”出来？！

她竟然去了刑部大牢！

只不过见了三次吧？这个锦衣玉食的贵族少女居然就把那个年轻军人当成了爱人，却不知道对方把自己当作什么。然而，她居然这样不顾一切——为了一个她根本不了解的人，一脚踏进了那样血腥龌龊的地方！

她已经付出什么样的代价，又将要付出什么样的代价？

“你……”那一瞬只觉得心痛到无以复加，云烛颤抖着将手放在了明茉肩上，说不出一句。明茉眼里的泪水簌簌而下，仿佛片刻前的恐惧一直压抑到如今才爆发出来，她哭得全身颤抖：“求求你……让我见他……母亲大人逼着我出阁，我怕我再也看不到了……”

巫真僵硬地站在那里，看着她，终于缓缓点了点头——

就让她看一眼吧。

看了，也就可以死心了。

他静静躺在黑暗里，不知道自己是活着还是死了。那些无所不在的惨号声忽然间就拉远了，身体上剧烈的疼痛也忽然全部消失——这个空间在一瞬仿佛被抽空了，除了寂静和黑暗，仿佛什么都不存在。

然而，只有他知道，那片黑暗里有一双眼睛在看着他。金色的、黯淡的，在最深最浓的黑暗里看着他——

“你在想什么？”

有个声音忽然开口问。

他想开口，却发现被毁坏的咽喉已经不能说出清晰的话；他想抬起手在地上写，手腕却呈锐角状地耷拉下来；他动了动，发现甚至连坐起都无法做到——全身所有的关节，所有的肌腱和筋络都已经被割裂了，仿佛一只被拆散的人偶。

那一瞬间他恍然明白了自己的处境：

已经毁坏了……这个身体，承载他灵魂和梦想的身体，已经全数被毁坏了！

在那个酷吏用小刀剥离他的肌肤、不留丝毫痕迹地从皮下挑断全身筋脉后，他将再也不能握剑，再也不能骑马，甚至再也不能如一个普通人那样行走和起坐。

是的……一切都完了。

他甚至可以想象出元老院里那一群高高在上的操纵者们眼里闪现的睥睨和讥诮——是的……他这样的年轻人，在那些门阀眼里始终不过是一枚棋子，是一条可以驱使的狗。在他试图冲破樊篱、走入他们那一阶层的时候，就会被毫不留情地踢回去。

他已然从攀登着的悬崖上失手下坠，落入了无尽的深渊——

不会再有人来救他了……所有人都离弃了他，甚至他曾经一度视为楷模的巫彭元帅也拒绝伸出援手。他和他的家族，即将步上一任巫真的后尘，沦入万劫不复的境地。一切都在摧枯拉朽一样地倒塌，他的师父死去了，他的同窗出卖了他，妹妹被赶下白塔，未婚妻另投怀抱，在受刑的监牢里，他甚至可以听到那个侏儒压倒在姐姐身上的喘息声……

而他什么也做不了，只能躺在这一片黑暗里，静静等待着死亡和腐烂。

不……不！不能就这样结束了！

那一刹那，巨大的愤怒、憎恨和不甘支配了他的心，他张开了口，用尽全力发出声音，去呼应黑暗里的那个声音。

“多么强烈的毁灭欲望啊……真不愧是破军。”

那个声音终于又响起来了，在空旷的大殿里回响——

“你想说什么？

“是想活下去？

“想重新握起剑？

“想站到最高处去、把一切握在手心？”

他的眼里闪过雪亮的光，努力张开口，从喉咙里发出肯定的回应声。然而那个声音一顿，却低低模糊地笑了起来："只可惜，作为一个'人'的你，这一生是永远无法做到了……你的身体已然被彻底摧毁了——野心勃勃的年轻人，你再也没有翻身的机会了。

"真是天真啊……以为靠着个人的能力，就可以一直爬到顶峰，脱去自己贱民的烙印吗？

"愚蠢的孩子……你永远无法真正走入帝都任何一个家族的大门——你只不过是一个闯入了帝国花园的小狼崽子……而你的姐妹，也只不过是一个个听话漂亮的摆设。"

他的身子剧烈地发抖，如果身体可以动，他会一剑把这个可恶的声音劈成两半！

然而，他刚一动，黑暗的最深处仿佛有风在涌出，一瞬间将他包围——那个声音忽然间近在耳畔，带着说不出的诱惑和蛊惑，低沉地开口：

"告诉我，你想获得新生吗？

"你想得到灭尽所有仇人的力量吗？

"你想颠覆天地、站到这个云荒的至高点上去吗？

"或者……还是愿意永远做一个废人，躺在这里眼睁睁地看着自己的姐妹被凌辱、族人被屠戮，一辈子被人踩踏在脚下？"

他的眼睛里闪出骇人的光，喉咙里发出愤怒的低呼，筋脉尽断的手死死敲击着地面，杀气无法掩饰地汹涌而出。

"不……"用尽了全力，他终于吐出了回答，眼神狠厉如狼。

那个黑暗里的声音微笑起来了，在耳畔低声蛊惑："不甘心，是吗？那么，如果你把身心都祭献给我，我就给予你天上地下无与伦比的力量！"

他的眼睛在黑暗里闪着狼一样的光，用尽全力举起了双臂，向着虚空发出了呼应——

"好。"

他听到自己的喉咙里清楚地吐出了这样一个字。

"那么，来吧！"浓厚的黑暗里忽然有风暴急卷而来，将他拖离了地面，巨大的力量一瞬间撕扯开了他，金色的闪电从虚空里劈落，将他身体整个地劈开！

“让破军的光照耀天地吧！”

在撕裂开的一瞬，他发出了非人的嘶喊。无数的东西涌入了体内，在刹那间将他的神志都几乎挤出体外——那、那都是什么？

在一瞬间他的神志仿佛游离了出去，在黑暗的半空里盘旋，冷冷俯视着自己痛苦挣扎的躯体——黑色的风卷起了他的肉身，仿佛活了一样地从他身上的每一寸肌肤里渗透进去。那一瞬间，仿佛记忆都被一点一滴地挤出了体外，无数往事在他心底浮现——

西荒朔方城里荒芜而贫瘠的童年；

平庸的父亲和早逝的母亲，温柔的姐姐和娇纵的妹妹；

演武堂里那一群身份高贵的同窗们；

一手将他带入军中的巫彭元帅；

觥筹交错中，那些贵族们各怀心思的脸和叵测的言谈；

以及在他生命里斩杀过的无数的人。

还有……还有……

师父。

难道这一切，都要被抹去了吗？所有一切的、关于“人”的记忆，全部都要消失了吗？如果说成为魔的代价是这样，如果说获得巨大的力量必须要用一切的一切来换取，那么……舍弃掉了这些的他，又会成为什么样的一种存在？

不！不……不！他终于嘶声挣出了那一句否定的低呼，极力让自己清醒过来。残破躯体还在做着最后无谓的挣扎，然而一道金色的闪电很快击落在了上面。

那个如拆散偶人一样的身体终于一动不动了，他瞬忽恢复了神志。

他还活着。

然而，在黑暗里，身体还是无法移动。

“看看你自己的手。”那个声音低低道。

他看着自己高举向虚空的手——左手手腕的累累旧伤上，赫然有着新增的两道金色痕迹，仿佛是闪电劈中后留下的烙印，在黑暗中透出诡异的金色光芒。

这是……什么？

“这是魔之左手的烙印。”那个声音笑了起来，带着说不出的满意，“你将是第三个祭品，破军……我终于在她来之前，完成了传承！”

传承？他惊骇地看着手腕上那一道十字交错的痕迹，却无法坐起身来。

为什么？为什么他还是无法摆脱这个残废之身？

“是。你现在还无法使用这种力量，”仿佛知道他心里的疑问，那个声音开口了，“因为你心里的憎恨和毁灭还不够。”

还不够？

“魔之左手掌握的，是足以毁灭一切的力量——但是，你却尚未具备毁灭一切的欲望。”那个声音低低道，黑暗里有一双金色的眼睛看着他，“破军，在你心里，还残留着微弱的温暖，你还有不想毁灭的东西。所以，你还无法解脱。”

不想毁灭的东西？到了如今，还有什么是他不想舍弃和毁掉的吗？姐姐？飞廉？或者是……或者是……

他想开口，然而，那一瞬间黑暗里仿佛闪出了淡淡的柔和的光，一个白色的影子就在黑暗的最深处浮凸出来了——那是个女子的剪影，坐在轮椅上静静地转头看过来，眼里带着悲悯的光，唇角露出一丝微弱的笑意。

师父……那样的眼神仿佛比方才那个霹雳更惊人，他甚至无法开口，只是在心里呻吟般叹息了一声，伸向虚空、试图抓住力量的双臂颓然垂落下来。

左手手腕上那一道旧日伤口忽然裂开了，鲜红的血迅速沁出，将金色的烙印覆盖——仿佛感知了什么，他叹息了一声：是的，是的……他的血还是红色的，还是温热的。

他是人，不是魔！不是！涌动着种种欲念的心慢慢平静下去，他望着流血的手腕，回忆起了这个伤痕的来历——

“好，我发誓，如果我再找罗诺报仇，定然死无全尸，天地不容！”

那一日在古墓中，他将手直直伸在火上，对着师父一字一句吐出誓言。烈焰无情地舔舐着他的手臂，将誓言烙入肌肤——是的，那时候，他是真心诚意地对着最敬爱的人许诺，也以为自己真的可以恪守。

然而，他终归还是背弃了那个誓言，就如他背弃了师父昔年对自己的期许。

怎么会……怎么会如此呢？在被捕的时候他就该自杀，否则如今怎么会沉沦到要和魔交换条件！

剧痛在他身体里蔓延，曾经以惊人毅力顶住了酷刑的少将再也无法忍受这种心灵上的撕裂，就这样蜷起了身子，在黑暗的地面剧烈地翻滚，发出了近乎呜咽的低吼。

血从他手腕上无止境地流下来，仿佛试图用温暖遮盖和封印住那个黑暗的象征，然而那个魔的烙印却在血污后熠熠发出光来。

不可以……不可以就这样……就这样被吞噬掉！

“师父……”他对着远处那个女子苦痛地伸出手来，“救救我！求你……快、快杀了我……快杀了我！”

如果这真的是他的末路，如果真的有最后审判，如果要清算他一生所有的罪孽——那么，他也宁愿是被师父亲手钉上刑架。他的性命，他的一切，本该就属于她。

除了她，他决不愿被别人得到自己的头颅。

仿佛听到了他的呼唤，那个剪影终于动了，白衣女子无声地站了起来，向着他走来。她手里握着一把光凝成的长剑，整个人也仿佛虚幻。她走过来，看着苦痛挣扎中的人，轻轻吐出了一声叹息：“焕儿……”

她的泪水滴落在他脸上。然而，毫不犹豫地，流着泪的人举起了光剑，对着他迎头斩落！

她，竟真的要杀他？连师父……也要杀他？！

“不——”那一瞬间，他却忽然觉得恐惧和不甘，失声大呼起来。随着呼声，手腕上的金色烙印在刹那间发出了湮没一切的盛大光芒——

光芒过后，一切都安静了。

那一袭白衣悄无声息地向着黑暗里倒了下去，头颅滚落下来，落入他的手心。黑发披了他半身，依然是带着那样淡然的微笑，最后凝望了他一眼，似是了解、又似是悲哀地吐出了两个字：“破军……”

随即永远地、永远地合上。

“不……不……”他怔住了，不可思议地看着被自己斩下的头颅，终于崩溃般地发出了绝望的呼喊，“不……”

就在那一瞬间，天空中的破军星发出了血红色的光，照彻了天与地。

“睡得很安静呢……”

光线柔和的室内帘幕低垂，站在床边的明茉喃喃，语气里有如释重负的轻松——那个令她朝思暮想的人看起来只是睡着了，没有丝毫声响地躺在柔软的被褥里，金色的乱发掩住了眼睛和笔直的鼻梁。

只是看起来瘦了一些，身上却没有丝毫的伤痕。

明茉捂住了嘴，喜极而泣。她本来是做了最坏的打算，以为会看到一个血肉模糊的人，然而眼前却是一副这样静谧得近乎温暖的景象。那个鹰一样矫健的年轻军人睡去了，收敛了全部的锋芒和爪牙，如此安静，露出了某种无辜的、近乎孩子气的表情。

那一瞬间，她胸口涌起柔软的感情，忍不住俯身去触摸他的脸颊。

“别动！”闪电般地，飞廉的手拦在了她前方。

“别碰他……”他低低道，眼睛看着看似熟睡的人，“他在梦魇。”

巫真也是一惊，然而动作远不如飞廉快，不由得感激地看了一眼。然而她却什么话也没说，只是自顾自地往香炉里添了一把香，让馥郁的香气弥漫在室内——那是帝国贵族里都罕见的、源自碧落海深处打捞上来的龙涎香，有着宁神的作用。

“梦魇？”明茉吃了一惊，看着毫无声息、静静睡去的人。

“看他的眼睛。”飞廉蹙眉，喃喃道，“还有手。”

睡去的人虽然一动不动，可闭合的眼睑却在不停地微微颤动，露在被子外面的手指也间或出现了轻微的痉挛，显然是处于一种极深的梦魇里无法解脱。

“师父……”忽然间，听到沉睡的人发出了模糊的低音，手在激烈地颤抖。

师父？飞廉微微怔了一下。这个家伙，果然是有师承来历的吗？怪不得他的剑技这样出神入化，却并非演武堂所传授。原来，是另有高人指点过。那样惊人的剑术，他只在十八岁的出科考中见过一次，却毕生不能忘——

那时候，他们都是十八岁，即将从帝国最高学府演武堂出科。

最后的出科考试里，他对决的对手是和他同级的云焕：那个从流放地回来、靠着姐姐的关系才进入演武堂的平民少年。

他们都是这一届里最优秀的战士，斗到了三百招外依然不分伯仲，都已然筋疲力尽。十巫和诸位显贵坐在高堂上俯视着战局，文武官员分成两列，分别以国务大臣巫朗和元帅巫彭为首，等待着这一届出科比武分出最后结果——这一场简单的出科比试，其实隐藏着错综复杂的权力斗争。

“飞廉，这一届演武堂出科的人里，你定要替我拔得头筹。巫彭那个家伙，别以为从西荒随便捡回一个贱民养成家犬，就可以胜过我们！”

上场前叔祖将手放在自己肩上，那样交代，眼睛里有着争夺权势的光。

他却有些无奈地叹了口气……真是的，一定要赢吗？其实以他的本性来说，是宁可做第二第三也不想去争夺第一……要这个第一来做什么呢？除了出风头和挑重担外根本毫无好处。可是，今天如果不如叔祖所愿拿下这一场比武的话……

“叮。”双剑相击的锐利响声让他从沉思中回过了神——抬头看去，一双狼一样的冰蓝色眼睛正从咫尺外掠过，狠狠地盯着他，充斥着杀气，微微地喘息。

“别走神，”他听到对手低喝，“会死的！”

他一惊。云焕这个家伙，怎么一拿起剑来就完全换了一个人？

然而他还是集中了全部精神，开始竭尽全力地应付这一场搏杀——云焕是从来不说妄语的，他说生死相搏，那么这一场比试定然不会再手下留情。

堂上十巫眼里渐渐露出诧异的光。场上两个年轻人如同矫健的白鹰一样相互搏击，身姿利落，出手迅疾——渐渐地，居然斗到了三百招开外。

“云焕的速度越来越慢了，快输了吧？”

“能接下飞廉那么多招已然是侥幸了，难道还能真的赢吗？”

“就是就是——一个流放地回来的贱民，十六岁才进了演武堂，又怎么比得上从小就习剑的飞廉公子呢？”

“那个贱民小子凭着姐姐伺候了智者大人才进了演武堂，如果让他拿了第一，岂不是丢尽了我们的脸？”

“哎，你们不知道，他的姐姐虽然名义上是圣女，其实不过是巫彭元帅包养的情妇罢了！就是凭着这一层裙带关系，这个小子才能爬到现在这个位置！”

“是啊，其实说到底，也不过是个草包而已。”

周围的窃窃私语断续传入耳中。那些观战的同窗，完全是一边倒的态度。

他不知道云焕是不是也听到了这些话——在苦斗中，他看到对手的眼睛里陡然焕发出了刀锋一样的冷芒，似是在一瞬间被激出了杀意。

然后，他看到一道白虹划过了天际！

对手忽然改变了剑路，只出了一击，就将他手里的长剑震断！以他的眼力，居然根本看不清那一剑的来路。那一剑无影无踪，如羚羊挂角浑然天成，竟无懈可击。他被那种巨大的力道逼退了三步，捧着震伤的手腕，怔怔地看着同窗。

云焕的长剑停顿在他的眉心，握剑剧烈地喘息，眼神凶狠如狼。

败了……究竟还是败了吗？他站在那里，百味杂陈，一瞬间不知是什么感觉。那家伙是想对那群无聊的旁观者证明，他并不是一个只凭裙带关系上位的草包吧？

“师父……”他还在失神中，却听到对方忽然喃喃吐出了两个字，眼神里的杀气渐渐收敛，唇角露出了一丝从未见过的笑意，低声自语，“师父，我赢了！”

师父？他微微一惊，然而抬眼看去时对方已然转过了头去，唇角紧抿，恢复了平日的冷漠平静，持剑向着场下观看比武的十巫单膝下跪，表示比试已然结束。他恢复得那样迅速，以至于他以为那个含糊不清的称呼不过是他的错觉——

一如那一刹那他看到的云焕脸上的表情。

然而，多年之后，受尽刑求的人嘴里重新吐出了这两个字。

那一刻他才确定，在这个人的生命里的确存在着一个极重要的人——可是……为什么在说到这两个字的时候，他脸上的神情却是如此痛苦？

“这种时候不能叫醒他。”飞廉叹了口气，然而看到对方的状况良好，也是心里大大安定，他扯过了柔软的羽被，想盖住对方露在外面的手——

忽然间，他的动作顿住了。从背后看去，明显地看到他整个人都忽然一僵！

“怎么？”明茉低呼。

飞廉没有回答，只是俯下身静静审视着沉睡的人，浑身渐渐发抖。

“这……这是……”他从咽喉里吐出一句断续的低呼，踉跄后退了一步，不可思议地看着沉睡中的人，忽然间觉得全身没了力气，扶着床榻缓缓跪倒，肩膀剧烈地发着抖。

“怎么啦？”明茉吓了一大跳，用更大的声音问，抢身上前。

然后，她也怔住了。飞廉缓缓松开了云焕的手，只是轻轻一握，那只手上却清晰地留下了五个凹陷的手指印！肌肉松软地塌陷下去，那样恐怖，仿佛是捏在了一团泥土上。

“怎么……怎么回事？”她脱口惊呼，“你怎么用这么大的力气？”

飞廉没有说话，只是拼命咬住了牙，仿佛极力克制着某种冲动。

“不怪飞廉少将，”巫真终于开口了，淡淡地看着他们两个人，说出了这样一句话，“我弟弟的身体，已然全部崩溃了。”

她俯下身去，小心翼翼地用双手捧着云焕的手，移回了被子里——然而，即便是如此轻柔的动作，依然在他的肌肤上留下了凹陷的印记。

他身上的肌肉，竟已然如败絮一样毫不受力！

“他……他的手筋……是不是……”显然刚才看到了什么，飞廉用手撑住膝盖，努力让自己的话语不因为激烈的情绪起伏而颤抖，“是不是……是不是已经……”

“是。”巫真静静地回答，“手筋脚筋，手肘和膝盖的肌腱，都已经全部被切断了。”

“啪。”明茉怔怔站在那里，手里药囊砰然落地。

飞廉的肩膀渐渐发抖，挣扎道：“可……可表面上，并没有伤痕……”

巫真嘴角露出了一丝冷笑：“对辛锥来说，这并不是什么难事——先剥离了表皮，用极薄极快的刀割断了筋脉，然后把皮肤盖回去。这样，表皮愈合后就没有丝毫痕迹留下。”

明茉不可思议地睁大了眼睛，呼吸都为之停顿。

“哈……”巫真的身子也出现了颤抖，忽地冷笑，喃喃道，“我弟弟是那种会隐藏痛苦的人，他什么也不会说——所以在我每次去探看他时，还以为他真的受到了关照！一直到、一直到我把他带出来时，才发现他已经……”

仿佛回忆起了什么不可承受的事情，她身子一晃，几乎昏倒。

明茉迅速抬起手扶住了她，却在一瞬间发现圣女的颈中雪白的肌肤竟有多处瘀红，新旧交叠，形状恐怖，仿佛是长时间地受到过某种虐待。聪明的贵族少女瞬间明白了什么，泪水随即涌出了她的眼眶。她紧紧地伸出手拥抱了这个冰雪一样的圣女，一连串的泪水落在对方单薄的肩头。

一直冷静淡漠的巫真在她怀里不停地颤抖，拼命咬着牙克制自己。

“是辛锥？”飞廉的手渐渐握紧，一贯温雅的眼里流露出杀意，一字一句地发出低沉的问话，“是那个家伙干的吗？”

他轻轻托起了沉睡之人的手，那只手软弱无力得有如婴儿。

那一瞬间，他想起了演武堂里的同窗岁月，想起了出科考试时那一场搏杀。记忆中，这只手是灵活而坚定的，可以挥出天地间最强的一剑，光芒闪耀如白虹贯日。然而……如今，竟然被一个恶毒的爬虫摧毁了吗？

他霍然站起身来，头也不回地朝门外走去。

“喂——你、你要干吗？”明茉被这个温文尔雅的人眼里的杀机给吓了一跳，知道将会发生什么事，下意识地试图去阻拦。然而对方只是一动手指，就把她拨到了一边。

“没你的事，明茉小姐。”飞廉头也不回地冷冷道，“你该回家去了。”

云焕，你等着——我将把那个人的头颅提来，放在你榻前，好让你醒来后第一眼就能看见！

“飞廉少将……”巫真云烛仿佛也知道他要做什么，挣扎着起身，在背后发出了微弱的劝告，“你不能就这样去刑部大牢，如果你杀了……”

就在这一刹那，她的话中止了——因为同一瞬间，床上一直沉睡的人忽然睁开了眼睛！所有人一时间都停止了举动，回头看了过来，又惊又喜。

“你醒了？！”巫真首先开了口，带着狂喜扑到床边。

“救救我……救救我……师父……”云焕根本没有看她，只是忽然间坐起，直直地看着上方，举起双手伸向了虚空，眼里带着某种狂热和绝望，喃喃呼唤，苦痛而绝望——不知为什么，在第一眼看到弟弟苏醒的刹那，她居然有一种惊心动魄的感觉，陌生的恐惧席卷而来。

他、他的眼睛，在刚睁开的一瞬，竟然是金色的？！

“弟弟，你怎么了？”她试图抓住他伸向虚空的手，轻声呼唤着。然而他充耳不闻，手腕上的那道伤痕凭空裂开，竟然流出了血来！

“杀了我……杀了我啊！”他忽然对着虚空厉声喊，嘶哑而绝望，“师父！”

“弟弟，弟弟？”她吃惊地看着他，一迭声呼唤。

云焕还是充耳不闻，只直直地望着虚空，脸上有一种恍惚，仿佛那里有什么可怕的画面在渐渐湮灭——他不作声地看着，忽然间崩溃般地往后一倒，重新陷入了铺满了羽绒的被褥里，合上了眼睛，全身不停战栗。

所有人都被他蓦然爆发的举止惊住，一时间室内静默得窒息。

“弟弟……弟弟？”巫真试探地俯身过去，低唤着。她忽然间僵住了，不可思议地望着自己的弟弟——那是什么？那是什么！是……是……泪水？

血红色的泪，不祥而惨烈，没等滑落便已经消失在空气中。

巫真怔怔看着云焕的脸。沉睡中的人眉头紧紧蹙起，带着说不出的苦痛表情，牙齿咬在一起，露出近乎狰狞的神色，仿佛咬牙伏爪忍受、等待暴起攫人的猛兽——云烛陡然间觉得陌生，伸出去的手便僵硬在了半空。

室内就陷入了这样诡异的沉默，只有手腕上的血一滴滴地落下，染红了一片。

“他……他怎么了？”终于，明茉怯生生地开口。

巫真摇了摇头，没有回答——要怎么说呢？飞廉却已然再度转身，看向刑部方向，眼里有压不住的杀气和怒意：“该死的酷吏！”

“飞廉少将！”巫真一惊，失声阻拦，“请别……”

明茉也回过了神，顾不得多想，扑过去一把拉住他的手，想夺他手里的剑：“不要去……你疯了吗？要是真的杀了那个家伙，你会被……”

“不关你的事。”飞廉失去了平日一贯的温文尔雅，冷冷回答。

“怎么不关我的事？”明茉失声，冲口回答，“你如果死了的话，我、我怎么办？我会被所有人笑话！会被母亲拉去再嫁给另一个贵族！”

飞廉怔住，看着这个贵族少女。

“你……还是准备履行这个婚约？”有些不可思议地，他开口问自己的未婚妻，“那你今日……为什么还要来这里？”

明茉脸色白了白，咬紧了嘴唇，微微颤抖。

“婚约当然是要履行的。”她低声回答，眼神在剧烈地挣扎，声音却冷静，“我们巫即一族这次和巫朗联姻是大事，不像和没有根基的巫真一族一样可以草率对待——如果这一次的结盟不能顺利完成的话，我们两族都会受到伤害吧？

“听说，我们族长巫即可能很快就要完成迦楼罗的最后制造了……如果那个可怕的机械落入了巫彭一族手里，元帅的力量就将得到大幅度的提高——这是巫朗大人所不愿意看到的吧？所以……必须要加强巫朗巫即两族之间的联系。”

她淡淡地说着，仿佛是说着和自身毫不相干的话题。

飞廉有些吃惊地看着这个贵族少女——看来，门阀里的传言没错：巫即家族的二小姐是极负盛名的女子，聪明而美貌，敢作敢为，深思有谋，谁娶了都不啻得了一个大臂助。

“就算是少将你，也无法抗拒两族的决定吧？”明茉惨然一笑，抬起头看着他，“我不信你可以拒绝巫朗大人……你可是这一代巫朗一族里的长房长子啊。难道你真的可以背弃一切，去娶一个鲛人？”

飞廉没有说话。这个女子是如此聪明，早已猜到了自己的命运走向和最终结局。然而……难道，他的结局，真的是如此吗？

他心里忽然涌上说不出的窒息感，只觉得堵得难受，恨不得拔出剑来，将层层缠绕而来的无形禁锢一剑劈个粉碎！

“说起来，我的运气还算不错了，”明茉微笑着，“飞廉少将的确和我见过的那些纨绔子弟大不一样呢。所以，日后还请少将多多关照。”

她微微敛襟，优雅地行了一个贵族女子的见面礼，看着自己的未婚夫婿，眼里却无半分羞涩，而只有苍凉的笑意：“在以后，我们要共同进退，同心协力，去应付无数复杂险恶的争斗——也请放心，今日这般地跑出来，是我婚前的最后一次任性了。”

她走过来，伸手拦住了他：“所以，请你也不要因为一时冲动去做不划算的事情——这会给两个家族带来麻烦的。”

“……”飞廉说不出话来，只是静默地看着自己的未婚妻——这些帝国里出身贵族门阀的女子，自幼都受到过严苛的管教，心里的束缚比男子们更多。那样复杂而曲折的心情，已然是让人无法琢磨。

自己，难道真的注定要和这样的女子共度一生吗？

“让他去。”牵扯不清之间，一个声音响起来了，模糊地带着低沉的冷笑和入骨的刻毒——

“反正，以他的身份……就算杀十个辛锥，也不会有罪。”

所有人齐齐一惊，瞬间回头……

“云焕？！”飞廉往门里冲了一步，却又下意识地站住——在床上缓缓睁开的那双眼睛是如此冰冷而刻毒，几乎完全陌生，完全不是他所认识的人所有的。

“弟弟，”巫真欢喜不尽，却又微微蹙眉，“飞廉是好意。”

云焕没有回答，只是低着头冷冷笑了一笑。那种冷酷的笑意令巫真云烛悚然一惊，竟然忘记了想要说出口的话——弟弟……弟弟那被烫伤的喉咙，居然可以说出话了？这、这是怎么回事，只不过昏睡了半日，就骤然间痊愈了？

只有明茉没有察觉异常，在看到对方恢复神志的一刹那惊喜交集，几步回身扑到了榻前，张口欲呼，却又觉得有些腼腆，一句话噎在咽喉里，挣得脸颊绯红。

“明茉小姐？”云焕看到了她，似乎也认出来了，只是冷笑。

他的视线落下来，那一瞬，片刻前的那种冷静和矜持都不知道跑到哪里去了，她只觉得心跳得厉害，立刻垂下了头去不敢对视。

“和飞廉一起来看我吗？真是担不起啊。”

听出了对方语气里的冷嘲，她却不知道该用什么言语来分辩，噎了半天，只用细如蚊鸣的声音道：“你……你的伤，还……还好吧？”

“还没死。”云焕淡淡道，“让你们失望了。”

“弟弟，”巫真终于开口，“不要这样说话——是我找飞廉少将来商量的。”

“商量？”仿佛对姐姐还有顾忌，他没有再反驳。

巫真脸色白了白，咬着嘴角，这个温柔沉默的女子仿佛终于做出了某个重大的决定：“事情到了这个地步，他们是绝不肯就此放过云家的了——我们不能再在帝都坐以待毙，必须尽快想办法离开这里才行！”

离开？所有人都是一惊，看向云烛。

“是，离开帝都。”巫真却是坚决地重复了一次，“一定要离开这个魔窟！否则全家人都会死在这里！”

“魔窟……”云焕却仿佛对这两个字有了反应，微微冷笑，不语。

那，岂不正是适合他的所在吗？

“你们准备去哪里？”飞廉开口问。

“回西荒去。”巫真脱口就答，显然已经过思考得出了最后的答案，“我们云家本来就是从那里来的，也只能回到那里去。”

“也好……”飞廉沉吟了一下，点了点头，“我来设法安排。”

明茉吓了一跳，看向飞廉：“什么？难道、难道你真的想送他们出去？”

“巫真大人说得有理。以如今的情况来看，云家的人走得越快越好，否则……”飞廉声音低了下去，“我也知道元老院习惯用什么手段来清除异己。”

明茉怔住了，心里不知什么滋味。真的、真的就这样走了吗？从此一辈子都看不到了……

“可这样的话……飞廉少将，你会被处罚的啊！”她终于找到了一个劝阻的理由，用力拉着飞廉的衣角，“请三思吧……说不定、说不定我们可以回去求求长老，让他们高抬贵手……反正、反正他现在也已经是这个样子了，长老们还有什么不放心呢？”

“滚吧。”一个低沉的声音忽然响起，打断了她颤抖的话。

大家都是一惊，发现出声的竟然是云焕。

云焕躺在被褥里，缓缓闭上了眼睛：“你们，立刻滚。”

飞廉和明茉回头看着床上的人。

厚重的被褥覆盖着伤痕累累的人。经过长时间的残酷拷问，曾经鹰一样矫健的战士消瘦得可怕，静静陷在被褥里，形销骨立，如此的单薄，一眼看去整张床居然是平的，看不到凸起的人形。

“把别人当狗一样来照顾。”榻上的人急促地喘息，语气已然带了杀意，“你们……以为自己是谁？”

飞廉垂下了眼睛，不敢再说话。

他并不是不清楚同窗的脾气。六年之前，这个同窗为了克服对酒的恐惧，就曾经强迫自己喝下了整整一坛烈酒，因为强烈的不适反应而呕吐了一整个晚上，却一直一声不吭，甚至不让同铺的人发觉。他是那种宁可死，也不会让自己落入被同情被照顾境地的人啊……

难道……自己如今这样的举动，反而把他逼入了死角吗？

“对不起。”他回到了榻前，屈下一条腿，平视着那个人的眼睛，“云焕，请离开帝都吧——哪怕是为了你姐姐和你妹妹考虑，请不要逞强了。算我求你，好吗？”

床上的人没有睁开眼看他，却微微吸了一口气，手指微微一震。

“要离开帝都的不是我，”云焕闭着眼睛，冷然开口，“而是你们。”

什么？房间内的几人全数怔了一下。

“给我，立刻，离开。”云焕霍然睁开了眼睛，逼视着飞廉，一个词一个词地吐出，带着说不出的杀气，“带上我姐姐——立刻离开这里！”

“弟弟！”巫真脱口低呼，握住了他的手，“你怎么了？”

然而那只手却是火热的，烫得她惊呼一声松开了手，倒退了三步，惊骇地看着床上无法动弹的残废之人——这、这是怎么一回事？弟弟的身体里……居然仿佛有烈火在燃烧！

她看到他的手，脱口恐惧地低呼了一声：那是什么？那是什么！金色的疤痕，从弟弟左手的手腕上延展开来，往着整个手臂、整个身体蔓延！

云焕一直静默地躺在那里，然而身体却在难以察觉地激烈颤抖，似乎身体里有难以形容的剧痛，连说出一个字都让他痛苦。神志一分分地恍惚，那种痛……那种仿佛地狱火焰灼烤一样的痛，正在逐步地侵蚀他的内心！

不行……不行……为什么还不能……还不能挣脱这个身体……

“你难受吗？”巫真急急地俯身，想试探他额头的温度，“我让云焰去请医生来！”

“不。”他猛然侧过头去躲开，低吼道，“快走！”

一个耳光忽然落在他脸上，云烛全身颤抖，俯身看着他，泪水簌簌落在弟弟额头：“胡说！姐姐怎么能扔下你走？我们是一家人，死也要死在一起！”

那个耳光力道不大，却似乎将他从那种痛苦中打得清醒了一些。云焕定定地看着云烛，眼里那种狂暴的神色渐渐平息，逐步地恢复了平日的模样。

“好吧……我们离开。”他从咽喉里吐出低沉的叹息，努力想坐起来——然而全身像散了架一样地疼痛，双腿已然全部麻木，连这样简单的动作都做不到了。

巫真俯身过去用双手托着他肋下，用尽全力将弟弟扶起，塞了一个枕头在他身后，让他半靠在床头。云焕平定了喘息，试着抬起自己的手——然而整条手臂毫无力气地软软垂落下来，肘关节、腕关节全部被粉碎，手指微微屈伸，却已经连握剑的力气都没有。

飞廉和明茉还是第一次清楚地看到他伤势的恐怖，不由得失声低呼，说不出话。

“呵……呵呵，”云焕低头看着自己的双手和双脚，慢慢笑起来了，抬头看着巫真，“姐姐……你是准备让我以这种模样活下去吗？”

巫真全身剧烈地发抖，仿佛极力克制着失声的冲动，伸过手去握住了弟弟孱弱颤抖的残肢：“到了西荒……我们……我们再去找医生……不要担心，你、你还记得叶赛尔他们吗？听说他们那个巫医很灵，我们可以……”

“叶赛尔？”云焕喃喃重复了一遍，回忆着极遥远的童年，神色瞬息万变，忽地冷笑起来了，“别开玩笑了！那群贱民怎么会救一个沧流帝国的少将？做梦吧……”记起了几个月前在沙漠里的遭遇，他眼里焕发出了刀锋一样的冷芒，“他们，同样想置我于死地！”

他低头看着云烛，叹息道：“姐姐，别傻了。没有人可以指望……我已经没有退路了。没有人，会像十五年前一样，再来救我。”

仿佛身体里那种痛苦再次无法抑止地燃烧起来，云焕的手发出了一阵痉挛般地颤抖，从云烛掌心垂落。血无止境地从他手腕那一道旧伤上涌出，温热而湿润，似乎试图用属于人类的热度来掩盖住其下那一道不停蔓延的金色烙印。

眼前的一切渐渐模糊了，血色遮掩了所有的视野。

那是……那是无数尸体的堆叠，无数废墟的陈列，是席卷帝都的烈火！

“你们，必须，离开这里！”他克制着全身的战栗，从牙缝里一个字一个字吐出，几乎是挣扎般地呻吟，“必须，离开……离开这里……”

不离开的话……不离开的话……会被一起毁灭掉的！

他咬着牙，沉默地忍受着那种拆骨剖心般的痛，内心有一个声音在焦急地呼唤着，呼唤着那种可怕力量从这个残破不堪的身体里诞生，让他苏醒过来，重新获得掌控一切的力量——然而，还是什么都没有发生。

为什么、为什么这个身体……还不能动？

“你的憎恨和毁灭欲望还不够。

“你心里还有微弱的温暖，还有不想毁掉的东西……

“所以，你还无法解脱。”

那个神庙顶上的声音响了起来，在黑暗的内心世界中回响，宛如神谕。

第六章

父子

“飞廉，不好了！”一个轻灵的声音从窗外传来，打破了室内短暂的沉默。

“碧？”听出了是留守在外面的鲛人，飞廉微微一惊，“怎么了？”

碧贴着窗纸，微微喘息，显然是急奔而回：“外面……外面忽然来了好多军队！含光殿……含光殿整个被包围起来了！”

“什么？”里面的人齐齐失声。

“怎么回事？”飞廉推开门去，急促地问碧，“是什么军队？”

“是钧天部的士兵！”碧紧紧抓住了他的手，神色紧张，“不知道出了什么事……我想法子去引开他们，你趁机快走，千万不能被他看到你来了这里！”

飞廉也吃了一惊：“钧天部？”

元老院已然结成了联盟，不遗余力地打压云家，甚至连巫彭元帅都已经默许。自己这样的举动，无疑是对十大门阀的叛逆。如果让人知道了，恐怕连叔祖脸上都会下不去吧。

“还有明茉小姐，”碧着急地看了一眼怔在那里的贵族女子，“你也得赶快走。”

这个门阀贵族小姐，居然背了家人私下来这里探看解除了婚约的前未婚夫。这种事，如果被十大门阀知道了那更是大大的不妙，简直可以毁掉她一生的声誉。

巫真望了外面一眼，也苍白了脸，急急看向花园一侧的小门："你们快从那里出去！"

"不！"然而那两个人却是异口同声地回答了一个字。

然后，仿佛吃惊似的，彼此对视了一眼。

飞廉定了定神，开口道："没什么——反正我也已经被解职了，还能处罚什么呢？我倒要看看，巫彭元帅还想对自己一手带出来的云家的人怎么样！"

听到那个名字，巫真的脸苍白了一下，身子微微一震。

"明茉小姐……"她转头看着同样脸色苍白的贵族女子，"你却是真的必须走了。否则，你会有一辈子难以洗脱的麻烦。"

明茉紧紧绞着手，回头看了看室内，却摇了摇头："不。"

她低下了头，脸颊上犹自有淡淡的红云："我……"

话音未落，只听外面一声惊叫，伴随着轰然巨响。

"云焰！"听出了幼妹的声音，巫真云烛大吃一惊，顾不得多想，立刻从房间内奔出，穿过廊道跑向了庭院，"云焰，你怎么了？"

"她没什么。"一个声音忽地回答，"巫真大人不必惊慌。"

白衣圣女忽然间全身僵硬，站在了原地——是他？是他的声音？

她一寸寸地抬起头来，终于看到了那一张朝思暮想的脸。

站在院门内的是一位四十许的男子，高大挺拔，剑眉星目，鬓发微霜，银黑两色的笔挺军装上饰有金色的飞鹰，象征着帝国内武将的最高阶位。他腾出一只手拎着云焰，站在含光殿的入口看着奔出来的人，气质如渊停岳峙。

他身侧站着一个个子高挑的金发美人，手里拿着一把锋利的软剑。

"我令云焰小姐开门，可惜她似乎没有听见。"巫彭放开了手，让受了惊吓的少女落到地上，"所以，我只好让兰猗丝破门而入。真是冒昧了。"

巫真云烛微微一怔，迅速低下了头去。

"是……是你？"她低声开口，然而只说得两个字，语音已然颤抖得无法自持。

"是的。"帝国元帅淡淡地开口，"你还好吧，云烛？"

那样简单的一句问话，却让多日来一直顽强地保持着平静的巫真瞬间崩溃——她抬起手捂住脸，陡然发出了一声啜泣，接二连三的哭声随即止也止不住地从指缝里发出。

巫彭看着她，眼神也变得有些特别，回手一挥，含光殿大门轰然闭合，将包围得铁桶似的军队关在外面，只留下那个随侍的金发女子留在身侧。

“我知道你在过去一个月里找过我很多次，”他看着她，吐出了叹息，“可惜，我不能见你——因为我知道你提出的请求我定然无法答应。”他走过来，轻轻把手放在女子不停颤抖的肩上，低下头，“云烛，你怨恨我吗？”

巫真用力咬着牙，双手握拳微微发抖，却始终无法说出一个字来。

“我甚至知道你转而去找了辛锥，”巫彭低声道，“云烛，你怨恨我吗？”

她霍然抬起头看着他，泪流满面——怨恨？要怎么怨恨一个造就了她、造就了云家的人呢？

是这个人，把十四岁的她从朔方城那个荒芜贫瘠的地方带出；是这个人，在军务繁忙之余，依然尽心尽力地教给了她许多东西；是这个人，将她送到了选圣女的大典上，从而成为离神最近的幸运儿；是这个人，将自己的一家人从西荒接回帝都，让她的弟弟进入了军队，让她妹妹成为了新一任圣女，过上了锦衣玉食的生活……

他给予了她一切，也给予了云家一切。

所以，她又要怎样去怨恨他在这一次劫难中的袖手旁观？本来他们的一切，就出自于他的恩赐——可是，如果是从未曾赐予也罢了，却为什么要在给予后又突然决绝地夺回？他们将他当作慈父，而他……究竟是为了什么，却放弃了他们？

十几年了，她已然从一个少女渐渐老去，他却仿佛一直不曾改变，一直站在她遥不可及的地方。

她失声痛哭起来，不再勉强压制自己的情绪，在他面前彻底地崩溃。

“唉……”巫彭将手放在她肩膀上，平定着她全身的颤抖，低下眼睛看着这个白衣的圣女，仿佛是看着一个小女孩儿，“我知道你受委屈了，云烛……”

他慈爱地低下头，用粗糙的大手擦拭她脸上的泪水：“我的小女孩儿，别哭。”

兰绮丝静静地站在院子门口看着，脸上没有表情。

反而是从房中追出的两个人，看到了这一幕，个个脸上都露出吃惊的表情——不可能！帝国元帅和巫真大人，他们两个人怎么会……怎么会……

“飞廉？”骤然看到了廊下的年轻人，帝国元帅吃了一惊，“你怎么在这里？”

话音未落他又看到了一旁的贵族少女，露出更加吃惊的表情。

他推开了云烛，缓步走过去，马靴在卵石小径上踏出冷冷的声音，饶有兴趣地审视着：“哦……想不到含光殿到了现在，居然还有来拜访的客人——云烛，看来你们姐弟的吸引力还是出乎我的意料呢。”

他看向明茉，眼神隐隐藏着锋利的光：“想不到巫即家的二小姐如此长情，竟然还私下来这里探望前任未婚夫。”

明茉仿佛惧怕他那种眼光，下意识地往后退了一步。

“元帅看来是误会了，”飞廉却是踏上了一步，让明茉退到自己背后，从容地一笑，“明茉小姐今日本来就和在下有约，而云少将和在下有同窗之情，今日一起顺路过来看看而已——于情于理，也并无不可对人言。”

巫彭沉默了一下——飞廉如今是明茉的未婚夫，两个人相会自然也是无可指责。既然飞廉将此事全揽到自己身上，倒还真无法追究什么了。只是……从什么时候开始，这个凡事不管的公子哥儿开始喜欢替人出头了呢？

“那请两位速速离开，”帝国元帅冷然开口，挥手一指门外，“从今日开始，含光殿将被封锁，任何闲杂人等均不许再出入！”

飞廉一惊：“元帅想怎样？释放云少将乃是智者大人的旨意！”

“我知道，”巫彭淡淡道，“我并无意要进一步处分他，只是怕……”他的眼睛落到了云烛身上，开口道，“只是怕云家会有潜逃的异心。”

巫真悚然一惊，吃惊地抬头——她根本不曾学会如何掩饰自己的情绪。

“呵呵……”巫彭笑起来了，抬起金属打造的左手捧着她的脸，慈爱地低声道，“我的小女孩儿……我一手把你带大，又怎么会不清楚你的心思呢？”他回头，看着飞廉和明茉，语音平静却隐含威胁：“两位，如果你们不想让云焕再次陷入困境的话，就请老实地离开——你们能为他做的，只有这些。”

“我……”明茉不舍，冲口想要说什么，却被飞廉拉住。

“走吧。”他静静地回答，仿佛怕她说出什么来，紧紧地拉着她的手，迅速转身离去。碧站在廊下看着两个人的背影，怔了片刻，忽地醒悟过来一样追了上去——飞廉这一次走，居然没有叫上她！

两个人离去后，巫彭脚步却没有停，径自朝着厢房走去。

“唰！”一只手伸过来，拦在了他面前。巫真云烛不停地喘息，极力克制着自己的情绪，坚定地拦在了他前面，盯着他：“你……你要对我弟弟做什么？”

“不做什么，”巫彭淡淡道，“我不会杀他。我只是有话要和他说。”

“他不会想和你说话的！”云烛嘶声喊，泪水盈眶，肩背因为激动而颤抖，“我弟弟他、他那样地崇拜你——他自小没有父亲，就把你当作父亲一样地看待！可你却在那个时候丢弃了他……你既然在那时候已经放弃了我们，为什么还要来这里？”

巫彭的脚步微微顿了一下，侧头看着巫真，忽地叹了口气。

“都十几年了，为什么你还是那样天真呢，我的小女孩儿？”他摇了摇头，轻声道，“不，不是你所想的那样，云烛——我并没有丢弃你弟弟，而是你弟弟他丢弃了一切。”

丢弃了一切？巫真怔怔地看着巫彭，不明白他的意思。

巫彭低声叹息了一句：“自从杀了师父之后，他已然是一把无鞘无柄的杀人之剑，谁都无法再掌握了。”

“住口！”门内陡然爆发出了一声厉呼，“我没有杀师父！”

“你看……”巫彭嘴角露出了一丝微笑，“你弟弟，分明有很多话想和我说呢。”

门关上后，这个室内便一片静谧。巫彭站在门内，饶有兴趣地审视着床上躺着的人，而那人也紧紧地盯着他。

“比我想象中要好很多嘛。”巫彭看着云焕的眼睛，微微一笑，“虽然听辛锥汇报说你的身体已经全废了，可没想到眼神还是那么锋利……和狼崽子一模一样呢。真应该让他把你的眼睛也给挖了的。”

云焕没有开口，只是死死地看着自己的上司。

“不过，就算你还有斗志，就算你心高气傲……”巫彭缓步走过来，眼里有残忍的笑意，“以后恐怕只能像个婴儿一样趴在床榻上，让别人养狗一样地照顾一辈子。”

军人的靴子在空阔的室内敲击出冷然的声响，一声一声地走近。

“为什么？”云焕看着他，终于开口了，声音有略微的嘶哑，“为什么？”

他的手颤抖得厉害，却无法动弹一下。他无法起身，无法回避，只能瘫倒在床上看着这个人一步步走近，眼里涌起了无法形容的种种复杂感情。

“你问我为什么不救你，是吗？”巫彭在他的榻前站住了脚，俯身看着他，“在桃源郡追杀‘皇天’失手那次我救了你，为什么在这一次却袖手旁观——是不是？”

他蹙眉，冷冷开口：“你捅了那么大的娄子，我如果要救你，就得和元老院里近一半的人闹僵。云焰已经被逐，云烛也渐渐失宠，我何苦再为了保你付出那么大代价？我尽可再提携一个人上来，取代你的位置——狼朗能力不低，却比你听话得多。”

云焕深深吸了一口气，没有回答，眼底却闪过一丝冷芒。

巫彭仿佛是注意到了，忽地一笑，语气转为讥讽：“何况，我为什么要救？你狼子野心，连师父都可以杀，我救了你，难保将来你不杀我。”

“住口！”云焕蓦然爆发了，厉声大喝，“我没有杀我师父！没有！”

巫彭嘴角露出一丝冷笑，冷冷看着他。

云焕忽地停住了，定定看了巫彭很久：“你……知道我的师承？”

“是的。”巫彭微笑，声音平静，“从你十五岁进入帝都，我就已经派人查过了你的来历。何况出科比试那天，你居然还敢在我面前施展了九问！这一剑，我是毕生都不会忘记的。”他抬起右手，轻轻抚摩自己残缺的左臂，叹息道，“不过，事实上也并不是只为了你。在遇到你之前，我早已布置了人手监视古墓里的那个人了。”

“空桑剑圣慕湮。”帝国元帅喃喃念出这个名字，眼神复杂，“我不会忘记那个女人……她是我在这个云荒上遇到的唯一令我敬佩的对手。她远离人世，我原本也用不着对付她的……可惜，你却杀了她。”

“不是我杀的！”云焕抗辩，似在做最后的挣扎，“是湘！是复国军！”

巫彭冷笑起来：“复国军？复国军为什么要杀一个隐居古墓的人？呵……连我在五十年中都不曾去打扰她，她本该是超越于这个尘世之外的——她又为什么会死？还不是因为你吗？！”

云焕终于无话可说，只是茫然抬起头看着窗外西方尽头的天空，颓然躺下。

“我为什么要救你？你是一头狼崽子……原本你还有一个束缚，我也以为暗中掌控了这个软肋就可以牵制你——可是，你毕竟是破军，居然连最后的牵绊都毁去了。”巫彭似也有感慨，摇头叹息，“谁还敢用一把无鞘无柄的剑？又有谁会为了这样一柄剑，去对抗元老院那么大的压力？”

帝国元帅看向病榻上的年轻人，冷冷道：“所以，我只有在你失控之前，毁了你。”

云焕没有再说话，只是侧头望着窗外的天空。外面已近正午，秋日天高气爽，白色的云在高空里翻涌。那一瞬间，躺在阳光里，他却感觉心里有无数记忆翻涌而起。

第一次遇到帝国元帅是七岁，那时候他看着马上的人，仿佛是仰望着神祇；追随这个神的时候是十五岁，那时候他被元帅接到了帝都，进入了贵族的阶层。

他本来只是诞生于朔方城的一个贱民，由于血统的关系一生都被驱逐在外，无法靠近权力的核心一步。然而，是这个人改变了他的命运。

就如昔年师父曾改变了他的命运一样。

他从小失去了母亲，父亲续弦后生了一个妹妹，他和姐姐就被疏远。在他的人生里，缺乏对血缘父母的认知。但是他依然长大了，他寻找到了另外的东西来填补这个缺失——如果说师父是他精神上的母亲，是一切女性的化身，象征着慈爱、宽容和守护，那么元帅就担当了与之对应的父亲的角色——他以一个帝国军人的姿态出现在他生命里，强势而有力，带着横扫一切征服一切的魄力，告诉他什么是权力、什么是命令、什么又是征服。

这种铁血的教育激发了他天性中的野心和权欲，令他建立起了牢固而冰冷的信念，并沿着这一条路一直走了下去。

如果说，是师父教给了他如何用剑，那么，元帅教给他的就是如何做人。多么可笑的事情……他竟从一个仁者身上学习杀戮，却从一个杀戮者身上学习做人！

他有着颠倒的人生。

“元帅，”他嘴角露出了一丝讥诮的笑意，忽然喃喃说了一句，“你知道吗？我曾一度视你如父。”

巫彭沉默下去，一时间似乎也有些震动。那一刻他应该也是想起了这些年来的种种往事。想起了自己是怎样遇到那个眼神明亮野性的少年，是怎样将他带回帝都，一路手把手地教给他诸多东西，怎样看着这个聪明的孩子从一个流放的贱民成长为帝国的一代青年才俊……在这个孩子击败飞廉获得第一的时候，他甚至感到了由衷的激动和自豪。

亲手磨出的剑，总是令人有所留恋吧？

“其实我也经常在想……”巫彭有些艰难地开口，“如果你是我的孩子……那该多好。”

云焕看着他，眼神微微变了一下，沉默了一瞬，忽然大笑起来。

“不，不，没用的，”他看着帝国元帅，大笑着回答，“你一样还是会杀我。”

他笑了片刻，忽地又收住了声音，以冷酷的语调静静开口：“不过，十五岁那年……在你将我接到这里的时候，我就知道终有一天你会毁了我。”

他微微一笑，眼神冷酷：“因为我知道，终有一天我会强过你！”

“你！”不防对方忽然说出如此锋利的话，巫彭一怔，眉间迅速聚集起了杀气。两个男人冷冷地对视，目光仿佛是两柄利剑相击，迸射出四溅的火星来。

“可笑！”巫彭终于回过神来，冷笑道，“你强过我？”

他大步走到了榻前，只用了一只手就将病床上的人拎了起来：“强过我，你会连续两次在执行任务中失手？强过我，你会落在辛锥手里？强过我，你会眼看着自己姐姐被人糟蹋？哈！”

仿佛被那句话刺痛，元帅眼里露出了恶毒的杀意：“告诉你，小狼崽子！你完蛋了！不要再想着要爬起来，就给我好好地一辈子趴在那里等死吧！要是你再想折腾什么，死的就是你一家！”

云焕被他单手就拎了起来，如一片枯叶一样被摇晃着，却一声不吭。

手臂忽然一阵颤抖，感觉那火热黑暗的吞噬感在急遽扩散，似乎要将他的整个身心都吞没！他难以克制地发出了低呼，身体一震。

“咦？”仿佛也发现了异常，巫彭停住了手，“这是……”

他一把握住了云焕已然残废的手臂，只看了一眼，神色忽然变得极度奇特：“这、这难道是……”他毫不犹豫地“刺啦”一声，撕下了病人的整只衣袖，眼神霍然大变。

整条手臂连着肩膀，都密密麻麻地被一种诡异的金色烙印缠绕！

“这是什么？”十巫之一的元帅失声，想起了黎明时那一刻的异常天象，脸色苍白地喃喃，“难道……已经出现了预兆？”

他将云焕扔回了榻上，长剑铮然出鞘，抵住了对方的咽喉！

“你是个祸害，”元帅冷冷开口，“必须要除去！”

然而这一剑没有刺下去，迟疑了一下，下一个瞬间，他却收回了剑，直起身冷漠地看着对方：“不，现在还不能杀你——你已经被智者大人赦免了，我可不想一个人担起这个责任……还是等十巫聚集，让元老院出面请示智者大人下令，再名正言顺地除掉你吧！”

云焕瘫软在榻上，身子根本无法移动，却看着他冷冷地笑了起来——是什么让利剑在手、权势无双的元帅居然不敢杀一个残废的人？

是名利的束缚，是权力的制衡！

不过……呵呵，现在你不敢杀我，将来，你一定会非常悔恨这一刻的迟疑吧？

“对了，”走到了门口，巫彭却忽然想起了什么，停住脚转过头来，“你还记得你以前的那个鲛人傀儡吧？潇——她居然没有死，今日一早已经归队了。”

云焕猛地一怔，脸上流露出难以置信的表情来。

“是啊，真令人吃惊呢……在桃源郡一战后，居然从苏摩的手里逃了性命回来，”巫彭喃喃道，也似不可理解，“没有逃回碧落海，反而一路找回了帝都来。看来，没有用过傀儡虫的鲛人，反而比一般的傀儡都更忠心耿耿呢！还是……”

元帅侧头看了云焕一眼，讥诮地笑了："还是云少将你，对鲛人特别有吸引力呢？"

"潇回帝都了？"云焕低沉地问了一句，眼神复杂。

为什么？为什么要在这个时候回来？潇……为什么你还要回来！回来的话……回来的话……会被那一片血色所湮没的！

我早就已经将你丢弃了，一如巫彭丢弃了我一样。既然上天令你逃过了死亡，为什么还要回来？！你难道不知道只有离开我，离开这个云荒，回到那片蔚蓝之中，才会有你一生意义的所在吗？

"是啊。"巫彭冷冷地笑了，眼里有冷酷的光，"不过，非常可惜，她不能归队了——在城门口她就遇到了巫谢，直接被抓去充任了迦楼罗新的试验品。"

"什么？！"云焕蓦然睁开了眼睛，一瞬间里面的神色极为可怕。

"哟，愤怒了？"巫彭看到这样的眼神反而笑起来了，"看来你是真的在意那个鲛人啊。"帝国元帅施施然转身走了出去，"只可惜，现在的你连自身都难保了——又能做什么呢？"

巫真云烛站在廊下，看着元帅从弟弟房间里返身而出，径自走向院门。她张了张口，却最终没有说出话来，手颓然地垂落。那个名叫兰猗丝的冰族女子静默地随着巫彭转身，面无表情地离去。

"非常时期，请务必不要离开含光殿半步。"合上门的时候，她听到巫彭说了最后一句话，声音已然是兵刀般森冷无情，"踏出一步，刀剑无眼。"

含光殿的门轰然合上，乍开的门缝里可以看到外面一片铁甲的寒光。

巫真的身子无力地往后一倾，倚在廊下金丝楠木的柱子上，感觉从内心底下透出的无助和寒冷。云焰那个孩子受了方才一场惊吓，不知兰绮丝是怎样抚慰她的，至今还躲在自己的房间内呜呜咽咽地哭，令她一贯清明如水的心也开始感到了烦乱。

怎么办……怎么办？

事到如今，他们一家就像是被关在笼子里的鸟，插翅也难飞出这个帝都了——元老院甚至断绝了她再去向智者大人求助的唯一途径。巫真靠在廊下，怔怔地抬头看着高耸入云的白塔，第一次感觉那是极遥远的地方。

她忽然苦涩地笑了起来。一度跻身于十大门阀的姐弟，看来是要从最高处直接摔下来了吧？这些年的荣华仿佛是一场梦，骤然而来又骤然而去，最终如梦幻泡影——如果一早就知道会是这样的结局，当年自己还会不会离开朔方城，跟巫彭大人来到这里呢？

可笑那个时候，她还以为这会是他们家族翻身的最好时机。殊不知，踏入的却是一个地狱般恐怖的斗兽场。

房间内忽然传来沉重的撞击声，仿佛有什么落到了地上。

“弟弟！”她从沉思中惊醒过来，脱口惊呼，踉跄着冲入了房间，转瞬又呆住——地上一片狼藉，床头柜、茶几、箱笼，一个个地被打开了，凌乱不堪。而在这一片混乱里，她看到自己的弟弟正在极力地拖着身子爬行，从窗边一点点挪动到墙角，一路打翻室内所有东西。

她捂住了嘴，不让自己脱口惊呼——她从来没有想过那个骄傲的弟弟做出这样的举动。他在做什么？

全身的肌肉已经溃朽，手足的关节也已经不能动，然而他却用肩膀顶着地面，死死将脸颊贴在地面上，用唯一可以活动的颈部和肩膀使力，就这样无声地一寸一寸慢慢挪了过来——然后，用牙齿咬住箱笼的把手，用力地一个个打开。

巫真全身颤抖，用力捂住了嘴，不让自己的惊呼划破室内的寂静。她知道在这种情况下，自己的失态将会加速弟弟的崩溃。

“你……你在找什么？”终于，她勉强平静地迫使自己吐出了这么一句话。

地上那个人停顿了，霍然抬起头看着她，眼神里充满了狂热和绝望——

“我的剑呢？”她听到弟弟那样嘶哑着问，带着不顾一切的神色，用牙齿一个一个地咬开那些合上的橱柜和箱笼，急切地寻找着，断断续续地问——

“光剑！我的光剑去了哪里？”

巫真终于明白他要的是什么，几步冲到了那个隐藏的暗格前，取出了那一把银白色的光剑——那，还是云焕因假如意珠之事被刑部下狱时，被她偷偷藏起来的。虽然弟弟几乎从未公开佩戴过它，但她知道这把剑对他来说意义定然非凡。

她走到弟弟面前，俯身将光剑放在他的掌心。

铸成已经十几年了，但由于主人精心的养护，这把光剑却一直保存得很好。银白色的圆筒上，那一个清秀遒劲的“焕”字仿如刚刚刻上去那般清晰。

云焕咽喉里发出了模糊的声音，眼里放出了光，急切地想握紧这把剑。

然而，所有的努力都是无用的——他的手指动了动，却根本无法握紧那把光剑，银白色的圆筒从他手心里滚落，在地上敲击出清脆的响声。

他眼睁睁地看着光剑从手上掉下去，眼神一下子空了。

“弟弟，弟弟。”看到云焕的神色，巫真再也忍不住地担心，颤声低唤着，伸手到他肋下，想将他从地上扶回榻上休息。然而云焕却猛地一挣，脱开了她的扶持，身子重重地跌倒在地面上。

他用尽力气伸出双臂，用两只手腕艰难地夹住了那把光剑。左手手腕上那一道烫伤的疤又裂开了，血沁了出来。然而血下，那两道十字形交叉的金色烙印却赫然在目。

“哈……哈。”他侧过头去，将脸贴在那柄冰冷的剑上，低低笑了起来。

师父，你就是这样惩罚我的吗？

我本只是一个平常人，或许早就该死在荒漠的地窖里。是你将我从死境里带出，造就了我，给予我一切。然而你的焕儿却是个如此不堪的人，竟以利用和死亡回报了你——所以，今日借了上天的手，你终于还是将赐予我的东西，全部都收了回去吗？

健康，快乐和自由。

你曾期许我的三件东西，如今完全都化成了齑粉。

那么……师父，你可否告诉我，以后我又该怎样地活着？

在转过几条街，远离重兵把守的含光殿后，飞廉才放开了明茉。后者恨恨地瞪着他，然而情绪也已经缓缓平静下来。

她下意识地将身子侧过，拉起身上凌乱的衣衫，躲避着路人的好奇目光——虽然已经是订了婚约的人，但在矜持而贵族气的帝都里，这般年轻男女双双拉着手在街上公然出现，女方还衣衫不整，也难免令人侧目。

飞廉也感觉出了不妥，立刻上前一步挡在她面前，低声道：“整理一下衣服。”

明茉脸一红，躲到了他身后，迅速地将被撕裂的衣襟掖好。

“哟，”忽然街角有人笑着打了一声招呼，“飞廉，你们提前度蜜月呢？”

飞廉脸色一变，霍地抬头，正待发作时却看清了来人，一腔怒气便发不出来——那个停下马咬着牙签斜觑着自己偷笑的，是一个同龄的年轻军官，银黑色的军服上同样绣着金色的飞鹰，满脸善意的笑谑。

“给我闭嘴，青铬。”认出了是钧天部的副将、昔日演武堂里的好友，飞廉松了口气，却还是没好气，“少说一句会死啊！”

“咦？”青铬跳下马来，笑道，“现在不是军中，你可没权命令我闭嘴了。”

他看了看躲在飞廉后面的女子：“明茉小姐？真是名不虚传的美女啊……”

他伸出手，用力捶了飞廉一拳：“你这小子，果然从小到大都走狗屎运！”

明茉脸上绯红，虽是平日聪敏干练，此刻也说不出一句话。飞廉的脸上也有点挂不住了，低声怒斥：“收声！不是你想的那回事！”

“好吧好吧。”青铬见好就收，撇了撇嘴重新跳上马，白了他一眼，“不和你这个走狗屎运的小子啰唆，我还得去紫宸殿呢——今日一早就接到元帅命令，居然要军团里九天全部集合，真是见鬼啊！”

“是元帅的命令？”飞廉心里一惊——居然要惊动征天军团全部九天人马，看来元老院方面，是绝不会轻易放过云焕了。

“嗯，”青铬点了点头，却道，“可能要被派出去平叛了。听说东边和北边同时都燃起了狼烟，驻地的镇野军团已经无法控制局势，巫彭元帅下了命令，重新调配兵力，征天军团可能要全军出动了。”

原来并不是为了对付云焕。飞廉暗自松了口气，却又忍不住蹙了蹙眉头——全军出动？连平日镇守帝都的钧天部都要被派出去了吗？这些日子来他解甲休息，两耳不闻，不知道战况已经如此吃紧。他有些担忧地抬起头：“小心些。对手很强。”

“知道。听说泽之国那边的主帅是前朝空桑的名将剑圣西京呢！”青铬笑了笑，还是那样笑谑，毫无对生死的忧戚，“所以说你小子走狗屎运啊！这种时候你居然偏偏被解职回家了，不用再被派出去当炮灰。”

飞廉脸上却无笑容，心事重重地拍了拍马脖子：“走吧。”

青辂勒转马头，忽地回身，低声道：“你什么时候回来？大家都很念着你呢。如果你还想回来，我们可以联名给元帅上书，请求他赦免你。”

两年前，在还没有调任玄天部少将前，他们曾经是南方炎天部的同僚。他是裨将，而飞廉当时是副将，两人曾经合作无间地过了两年的军旅生活，然后各自被调到不同的队里，提升为不同的职位。

不像桀骜冷漠的云焕少将，出身门阀贵族的飞廉优雅而温和，一贯拥有良好的人际关系，在他五年驻守过的三个部队里，几乎所有的下属都成了他的朋友，青辂自然也不例外。然而帝国军规严苛，在这种情况下青辂能说出这样的话来，还是令人感动。

飞廉笑了笑：“不了，你还是让我多休息一阵子吧。”

青辂眼底掠过一丝失望，却笑了起来：“也是，你一贯是个懒人啊，何况如今又走了桃花运……”他回头看了一眼听得出神的明茉，策马扬长而去：“度你的蜜月去吧！”

马蹄嘚嘚而去，明茉这才从飞廉背后走了出来，脸上犹自有红晕。

“走吧，”飞廉有点心不在焉，似乎急于结束这件事，“先送你回府上——如果有人问起来，你就说昨天晚上是出来找我的，结果我去了含光殿，所以你也只有跟去。”

“嗯。”明白对方显然是在为自己开脱，明茉低下头去，“谢谢。”

“不必。”飞廉态度客气地点头，然而说得却是毫不客气，“放心，云焕是我朋友，他的事我一定会尽力帮忙。不过小姐还是不要再插手了——这种事你非但帮不上什么忙，反而很容易给自己惹麻烦。”

明茉红了脸，眼里陡然露出了不平，盯着飞廉。

“别看不起人！”她终于挣出了一句话，“我自己知道怎么做！”

她愤然转身，再也不理会自己的未婚夫，就直直地冲着街道那头的巫即府邸走了过去——飞廉也没有再追上去，只是看着未婚妻的背影，嘴角露出一丝苦笑：怎么？原来说巫即家二小姐有头脑的传言，是假的吗？或者说，所有女人一旦陷入了旋涡，都会变得愚不可及？原来自己要娶的，是这么一个女子呢……可真和以前的想象有点不一样。

他想了一会儿，等回过神的时候，却看到了街角里静静等待着他的绿衣女子——碧不知道已经在那里站了多久，却并没有出声打断他的走神，就那么静静站着，一直到他注意到她的存在。

“碧，”他唤了她一声，“我们回去吧。”

“回府吗？”碧脸上看不出表情，只是静静地问。

“不……”飞廉没有注意到她的神色，只是心事重重地沉吟，“我想先去看看小谢。”

元老院十巫里最年轻的十巫巫谢，也是和他私交甚好的同龄人。以前两个人都是十大门阀里出名的贵公子，门第相当，同样才华横溢，琴棋书画样样精通，在每一次的宴会上都不分轩轾，到了最后两个人都息了争胜之心，反而有点惺惺相惜起来。

云焕的事，在十巫里，也只有这个最年轻的长老可能帮上一点忙了。

他一边沉吟，一边转身向着禁城外铁城走去——这些日子巫谢一直和他的师父巫即一起待在铁城，进行迦楼罗金翅鸟的研究，看来要找他们也必须去那个平民之城了。

然而他刚走几步，却听到身后微弱的咳嗽声。

“碧，怎么了？”飞廉微微一惊，回头看着脸色有些苍白的鲛人女子。

“我……有些不舒服。”碧低声道，“可能一大早出来着了凉。”

飞廉连忙走回去，自责道：“该死，我怎么忘了鲛人是特别容易怕冷的。还让你冒着寒气跟我出门！”

“没、没事。”碧勉强笑了笑，“稍微歇歇就好了。”

“先送你回家休息。”飞廉领着她回身，“让晶晶给你泡一杯绿藻暖暖身子。”

“不用了，”碧摇了摇头，“我自己回去就行，你赶快去吧。云少将的事要紧。”

飞廉想了想，最终点点头，脱下自己的外袍披到她肩头：“你快回去休息。”

“嗯。”碧答应着，看着他转身离去，眼睛里忽然又涌起了无法描述的复杂神色——从含光殿到禁城大门，不过只有三个街口的距离，然而她站在那里看着飞廉一步一步走远，却恍然觉得他离自己越来越远、越来越远……远到，仿佛是走入了另一个世界。

肩上的外袍还带着温热的暖意，那种陆上人类特有的体温缓缓渗入她冰冷的肌肤，却只是让她的心更加寒冷。

鲛人，本该就是冷血的吗？

她怔怔站了片刻，直到飞廉的背影完全消失在禁城下，才转过了身。

“咦？”拨开肥大的蕉叶，晶晶抱着捡回来的球钻出草丛，然而一抬头，听到了细微的淙淙水声，却忍不住发出了诧异的声音，张大了嘴巴。

一个不过一丈方圆的小池塘掩映在碧绿的草下，发出幽幽的水光，上面居然没有一只蚊蚋停留，一尘不染，仿佛一面藏在妆匣里的古镜。

这个偏僻的别院里长着浓密的美人蕉，飞燕草长得很高，到处都是飞虫和蛛网，由于主人的懒散，一直也无人清理，只是将此地一封了事。因此晶晶来到了这里好些日子，也不曾注意到这里居然有个小小的水池。

她好奇地抱着球走过去，俯身看着水面——碧绿的水荡漾着，神光离合，仿佛一只幽深的眼睛静谧地和她对望。

那碧绿色的水深处，忽然掠过了一道白光。

“咦？”晶晶忽地从水里看到了一个奇怪的东西，吃了一惊，正待低头看个仔细，忽然间却被拎了起来，全身动弹不得。

一只冰冷的手，从背后悄无声息地伸了过来，捏住了颈椎将她提了起来。

女童拼命挣扎，当空舞动着手脚，却够不到那个从背后捏住了她的人，甚至也无法转过头来——是谁？是谁？在这样荒僻的地方……是、是鬼出来了吗？这个荒僻的院子里，原来是有鬼的吗？

飞廉哥哥！碧姐姐！救命……救命啊！晶晶吓得脸色苍白，然而咽喉的残疾令她无法出声求救，只能拼命地舞动手足。

背后却一直没有声息，只有一只手缓缓探了过来，一寸一寸地，从她咽喉摸索着探到了她的嘴上，静静地、然而却是毫不留情地死死捂住。

“呜——”晶晶无法呼吸，发出了痛苦的声音，小小的身体起了一阵痉挛。

要……要死了吗？在失去知觉前的一瞬，这个青族的小女孩想起了很多——死去的父亲，恶毒的母亲和弟弟……以及温柔而大方的姐姐。

闪闪姐姐一定还在九嶷郡的村庄里焦急地打听着自己的下落吧？会循着青水一路呼唤自己的名字，以为妹妹又玩得迷路了吧？那时候村子里一片兵荒马乱，她根本找不到姐姐的影子，又无法开口说话，于是就这样被这个来自帝都的年轻贵族带上了风隼，从九嶷郡瞬忽飞去了万里之外的帝都。

说实话，她心里一直对那个遥不可及的帝都怀有巨大的好奇，所以才会忍不住，点头同意跟着飞廉去到那一座万仞白塔所在的城市。然而只待了那么短的时间，却居然……就要死在这里了吗？早知道……早知道这样的话……

她没来得及想下去，就这样彻底失去了知觉。

“啪。”小小的瘫软的身体被扔到了草叶上，毫无生气地缩成了一团，小脸苍白。青衣女子毫无表情地松开了手，看着躺在地上的晶晶，指尖上犹自有一丝血迹。

“别怪我，”她低低说了一句，“是你不该乱跑。”

她处理好了晶晶，再细心查看了一圈四周，终于俯身向水面，轻轻吐出了一声低吟。

那是鲛人一族特有的“潜音”。

水面“哗啦”一声碎裂，一道白光从幽深的水底应声而起，闪电一样分波而出，停在了她的肩头——那竟是一条雪白的、会飞的鱼！

那条鱼停在碧的肩头，急促地拍打着双鳍，鼓鼓的眼睛盯着碧。

“文鳐，有一个紧急的情报，请你立刻传给大营那边。”碧用潜音轻声和它说话，神色凝重，“十巫已经开始大规模布置反击，征天军团全数被派遣出去平叛，连镇守帝都的钧天部都不例外——此刻帝都守备空虚，正是行动的大好时机。”

文鳐鱼细心地听着她的潜音，腮帮子不停鼓动，似乎同时也在传达着什么讯息。

碧只听了一会儿，脸上就已经喜形于色：“什么？！文鳐，你说……新的海皇已经来到了帝都？是真的？”

文鳐鱼拍打着鳍，用力鼓了鼓腮帮子表示肯定。

“他是来做什么？难道海皇真的是灵力广大，早就预料到了如今的情况？”碧只觉意外，一把抓住了那条负责通信的鱼，连声道，“我在帝都苟且偷生那么久了，终于可以做一点事了！我能为海皇做什么？”

“咕。”文鳐鱼被她抓得翻起了白眼，恶狠狠地扑打尾鳍。

碧连忙松开了手，文鳐鱼似乎怕了她，从她肩膀上“扑哧”一声跃下，如一柄利刃一样无声无息破开了水，尾巴一摆，将头探出水面发出了咕噜声，随即一头扎入水底，从深不见底的小池塘中彻底地消失。

“原来是这样……”碧却是怔怔站在池边，若有所思地抬头看向天空。

伽蓝白塔伫立在蓝天之下，如此巍峨又如此洁白，气势逼人，沉静默然，仿佛超脱于这个尘世之外——塔顶上的神庙散放着金光，仿佛一只黄金之眼俯视着整个云荒。碧下意识地转过头去，竟不敢与之对视，就像那背后真的有人在窥视自己的心灵。

天空碧蓝如洗。然而凡人的肉眼又怎能看得见虚空里密布的重重结界？那些用强大幻力凝结出的“界”笼罩了帝都上空，普通人并不能感知到它的存在，却只对同样怀有高深术法的人起作用。

海皇这一次的到来，看来也是已经被那只凌驾于苍生之上的眼睛看到了么？

她站在别院的幽泉旁怔怔地低头沉思，想着方才文鳐鱼传达的信息，双手渐渐握紧，仿佛做出了一个决定——是的，她已经在敌人的后方苟且偷生了多年，眼看着一个个同伴在前方浴血奋战，前仆后继，自己却必须保持毫无表情。

这一次，就算豁出了性命去，也要帮海皇达成心愿！

可是……她瞟了一眼地上缩成一团的小小身体，眉头微皱。这个无意中撞破了自己秘密的青族小孩，又该怎么处理呢？怎样才能保证她不把这里的秘密泄露出去？

她俯下身去，尖尖的指甲轻轻地触着晶晶粉嫩的面颊，眼神剧烈地变幻。

第七章

迦楼罗

在踏入铁城最大的一个作坊时，飞廉忍不住倒吸了一口冷气——头顶的光骤然消失了，仿佛有巨大的乌云当头笼罩下来，天地骤然失色。抬起眼，看不到天，一座山扑入眼帘中来，让人第一眼看见几乎以为是堕入了梦境。

迦楼罗金翅鸟。

那架只能在梦境中才会出现的、前所未有的巨大机械，正静静地停栖在断金坊十箭之宽的石坪上，在午后的阳光下发出耀眼的金色光芒。

数以千计的人正忙忙碌碌地沿着云梯上下，将那些各种各样奇形怪状的零件扛上去，组装到机械里，叮当的敲击声不绝于耳——断金坊是铁城七十二坊中最负盛名的匠作坊，帝国最好的能工巧匠云集于此，近百年来一直在巫即大人的带领下不断地进行试验和制作，沧流帝国的第一架风隼、第一架比翼鸟均诞生于此。

而迦楼罗金翅鸟的母胎，也同样在此地。

“迦楼罗金翅鸟，以龙为食，展开两翼宽达三百三十六万里，头上有大瘤，内蕴如意珠。据说其鸣声悲苦，由于终生以毒龙为食，积聚毒气极多，临死时毒发而自焚，肉身焚去，只余一颗纯青琉璃色的心。”

这，就是他曾在帝都藏书阁里翻阅到的关于迦楼罗的资料。

而眼前这个庞大的机械的确有着类似于鸟类的外形，金翅鲲头，星睛豹眼，展开的两翼宽达一百丈，衬托得围绕着它施工的匠作们微小如蝼蚁。

智者大人只写了三分之二卷的《营造法式》，那一卷书授予了沧流冰族诸多人世未见的智慧，使他们一跃成为最强的民族。然而，那一卷宝典，却戛然中止于《征天篇·迦楼罗秘制》。

没有人知道智者大人为何在那一刻收住了笔，不肯将这个最大的秘密告诉冰族——或许，是因为这个机械的力量太过可怕，智者担心一旦传授给陆上人类会引发不可预知的后果；或许，只是他写到那里的时候，忽然兴致已尽。

没有人知道智者大人的心思，即便是随身侍奉他的历代圣女。智者大人是超出了他们这些冰族凡人的存在，他只能被仰望，却不需被理解。

就如神祇一样。

然而，即使智者大人闭口不言，上百年来帝国却没有放弃，不断地投入力量研制，试图凭着这残缺的半章，制造出完整的迦楼罗。五十年来，前后已有数十位将军因此阵亡，亿万计的金钱因此耗费。

飞廉定定地站在那里，一时间不由得有些目眩神迷——又变样了吗？上一次看到迦楼罗的时候还是五年多前。

那时候，自己刚刚从演武堂出科，按照帝国的军规，那一届前十名的子弟被允许一睹帝国最高机密：迦楼罗金翅鸟的真容。他按捺着心里的激动，来到从未踏足过的外围铁城。和所有人一样，在第一眼看到这个巨大机械时为之震惊。

他们站在大地上，定定地仰望这个奇迹。

那是怎样的一项超越人类力量极限的创造！

大鹏一日同风起，扶摇直上九万里。这一架机械如果某日真的能振翅飞入九霄，大地上的一切，都将会在它的俯瞰之下吧？

然而，旁边的云焕却发出了一声低语——

“得到它的人，也将会得到控制天下的力量吧？”

那样的语气令他悚然心惊。那一瞬，他甚至可以看到那个年轻同僚内心涌起的黑色波澜。冥冥中他忽然有一种直觉，如果真的让身边这个人得到了迦楼罗，那和大鹏同风而起的必然会是腥风血雨吧？

多年之后，重新踏入断金坊的他，依旧为这个奇迹而失神。

五年前的那架迦楼罗，高不过十丈，宽不过百尺，只是普通风隼的三倍大小。而眼前这个机械的尺寸却远超于此，腹内甚至可以起降两三架风隼，翼下和头部更是安装了诸多前所未见的设施——显然这几年里经过无数次的试飞，迦楼罗已经有了脱胎换骨的改进。

“飞廉公子，请出示令牌。”看守的军队里有人拦住了他。

飞廉回过神来，有些尴尬地一笑：“不，我不进去，只是来找巫谢大人。”

“巫谢大人？”队长记得那个最年轻的长老和飞廉是好友，语气更是客气了几分，“巫即大人接到命令刚走，巫谢大人却应该还在——我帮公子去找找。”

飞廉颔首称谢，队长便回头走向了宽不见头的石坪。

石坪上支架林立，每一根都粗达合抱，均为采自东泽南迦密林中的金丝巨竹。密密麻麻的支架中，新的机械已经初露雏形，金色的机首和双翼在日光下熠熠生辉。那个队长走入了川流不息的匠人队伍中，很快便已找不到影子。

飞廉等了片刻，渐渐有些焦急。

“飞廉！”忽然间，他听到有人喊了自己一声，抬起头身侧却无一人。

“过来吧！”那个声音近在耳畔，竟然是用念力传来，凝成一线，“我在舱室里忙着呢，就不下来接你了。”

是小谢？他有些迟疑——迦楼罗金翅鸟是帝国的最高秘密，一直只是由巫即和巫谢师徒负责制作，他身为巫朗一族的继承人，这样贸贸然地进去，是否会犯了忌讳？

“没事，我师父不在。”仿佛知道他的犹豫，巫谢再催促了一句，语气里带着掩饰不住的激动和兴奋，“让你看个好东西，快过来！”

他无法，只好硬着头皮走了过去。

那是他第一次这样近距离地看到迦楼罗金翅鸟的真容。

那样巨大的机械，甚至从地面攀升至内舱都需要半个时辰的时间。他一步步地沿着脚手架登上去，一路观察这个机械的一切细节，看到不可思议之处，忍不住伸出手触摸那精致坚固的金色外壳。

西荒出产的赤金混合了北越郡特有的火玉，在炼炉里化成金水，三沸三冷之后，再由铁匠用手工打造成薄片，一片一片地在机械上拼合，形成巨大的金色翅膀。合金极轻，延展性却极好，纸般薄的一片却如同玄铁一样坚硬。

在金翅鸟巨大的翼下，他甚至看见了黑黝黝的炮口。

如今这架机械，内外都已经臻于完美。

飞廉曾经看到过巫谢拿着画满了曲线和干支计数的稿子沉思，上面凌乱的数据堆叠，可以想见是在进行极为复杂的推算。巫谢从纸堆里抬起头看着来访的好友，眼睛却是一片空洞，似是停留在太深的幽界无法返回，又似疲惫得已然失去了光彩。

从十六岁束发拜在巫即大人门下起，那个自幼有神童之称、年纪轻轻就登上最高权位的贵族少年不再热衷琴棋书画，也不再和同龄人游冶饮乐，抛弃了一切豪门子弟的享受，将所有一切聪明才智献给了格致物理，俨然成了一个学究。

每一次飞廉去探望他的时候，都看见案上放着已然冰冷的饭菜，纹丝未动，而巫谢照样在书卷和算筹之中埋头苦读，对身外一切、自己身体上的一切毫无反应。只有谈到迦楼罗时，他的眼里才会焕发出激动的光芒："你知道吗？迦楼罗的速度比光还快，几乎是比翼鸟的一百倍。而它的力量，则超过整个征天军团的总和！它将会是凡人创造的最接近'神'之领域的东西——甚至比这座六万四千尺高的伽蓝白塔更接近！"

他记得巫谢收拢了散落一地的纸，满怀骄傲地对自己说了这样一席话。

然而，就是那番雄心勃勃的话让他心生寒意，宛如刀兵过体——五年后，当他亲身接近这个庞大的机械时，那种寒意再度逼来，带着难以言喻的压迫力。

超过整个征天军团力量的总和！

那么，当这只金翅鸟振翅飞上九天时，只要一瞥，便足以毁灭一切吧？这……这哪里是神谕，这些人，简直是在建造毁灭一切的恶魔！他怔怔站在云梯上，望着迦楼罗，眼里露出极为复杂的神色，扶着云梯的双手居然有难以觉察的颤抖。

"飞廉，怎么样，壮观吧？"出神的刹那，却又听到了巫谢的声音。

这一次不是念力，而是切切实实响起在耳边的。他抬起头，就看见三丈上方探出了一个脑袋，巫谢对自己朗朗而笑，脸上带着说不出的自豪和兴奋，挥舞着手臂："快进来，快进来！给你看一个东西！"

飞廉叹气。这个家伙虽然已经是元老院的一员，可依然还是脱不了孩子气啊。

手在舷上一使力，整个身子顿时离开了云梯往上掠起，半空中微微借力，瞬间便一个翻身落入了舱内。里面只有巫谢一人，束发窄袖，穿着利落的短靠，手上拿着奇怪的工具，正在忙碌地进行着什么。

“咳咳！咳咳！”然而，甫一落地就被一种奇怪的味道呛住，飞廉说不出话来，忙用袖子掩住口鼻，“这……这是什么？”

“啊呀，我忘了！”巫谢一拍脑袋，忙从兜里摸出了两颗东西，二话不说地塞到了飞廉的鼻下。飞廉措手不及，呼吸一下子被塞住，感觉一线细细的辛辣从鼻腔中透来，顿时将充斥于舱中的奇怪味道冲淡。

“咦？这是……”他回手摸了摸鼻子，抬眼看到对面巫谢鼻孔里同样塞着的两粒赤豆状东西，好好一张冠玉般的俊脸变成了冲天猪笼鼻，忍不住笑出声来。

“笑什么？”巫谢没好气，“龙骨胶有毒，不拿这个塞着，进舱没站稳就该晕了。”

“龙骨胶？”飞廉诧异，却看到舱内一片凌乱，到处放置着奇特的针，他拿去一支看了一眼，发现上面赫然还有干了没多久的血迹，不由失惊，“你在做什么？”

“喏，”巫谢歪了歪嘴，示意他去看机舱的最深处，“旷世杰作啊！”

旷世杰作？飞廉抬起眼，忽然间手里的针就直落下去，发出了低低的惊呼——天啊……这、这是什么？

光线黯淡的舱室深处有一块浓重的阴影，阴影里隐约露出一个人形。那个“人”坐在一张嵌入舱壁的合金椅子上，低低地垂着头，双手安静地分开放在扶手上，仿佛只是睡去了，一动也不动。

金色的椅子非常华丽，每一处细节都精雕细刻，椅背最上方甚至还垂落了一个金线编织的冠冕，正正虚扣在头顶，令坐在上面的人看上去高贵如王者。

然而，飞廉却清楚地看到，座椅上竟探出了无数的针，探入了那人体内！

走近仔细看，却发现那不啻一个残酷的黄金牢笼，两边扶手上各有一道细细的金环，将一双纤细的手牢牢固定在上面，金环下伸出无数细长的针，刺入了身体，隐约在肌肤下顺着血脉蔓延出去很远。而那个金冠更是一个头箍，将整个头颅都套入，无数引针从金冠里探出，以各个不同角度刺入颅脑。额环正中有一根黑色的刺对准了眉心，刺破肌肤，堪堪停在那里——将金针牢牢固定在肌体上的，便是无色而剧毒的龙骨胶。

飞廉陡然觉得心惊，止不住倒退了两步。

“潇？”一眼看到金冠下垂落的蓝色秀发，他喃喃开口，掩不住震惊——云焕以前那个鲛人傀儡，不是已经战死在桃源郡了吗？怎么还会在这里看到？

“是啊，我在御道入口捡到了这个鲛人，真是天赐的宝藏！”巫谢难耐语气中的兴奋，“她是唯一没有被傀儡虫控制心脏的鲛人，而且接受过军团的训练！很完美，任何一处的对接都非常成功，只剩下心脑两处，很快她就要和迦楼罗完成最后的‘合体’了！”

飞廉转过头看着好友，眼神陌生：“你……叫我上来，就为了看这个？”

巫谢却对骤然而起的愤怒毫无觉察，看着那个鲛人，眼神欢喜得几近痴迷，仿佛一个雕刻家看着自己最完美的作品：“是啊！我们这几年来试验了上百名的鲛人，大都在完成膝盖以下的接驳后死去了，只有这个完全符合要求……简直太完美了！”

“疯子。”不等对方说完，飞廉骤然吐出了两个字，愤怒而不屑。

气氛陡然从狂热降低到了冰点。巫谢看着好友，眼神里有惊讶、迷惑和委屈，仿佛一个刚夺了头名的孩子兴冲冲地归来向人炫耀，却被当头泼了一盆冷水。

“你说什么？！”他嘟囔着，声音里带着委屈，“连师父都夸我是天才呢。”

“真令人恶心。”飞廉拂袖，神色里透出无法掩饰的厌恶，“小谢，想不到昔日文采风流的你竟然变得比那些屠龙户都不如！”

“屠龙户？”贵族少年陡然皱眉，“怎么能比？那群下贱的家伙！”

“你们做的事，不都是一模一样吗？”飞廉冷笑。

“当然不一样！”巫谢厉喝，“我在做的是接近于神的事！”

“一样的。”飞廉眉间漫起冷笑，“你们都轻贱生命，做的都是魔鬼的事。”

“生命？”巫谢一怔，随后轻轻笑了起来，摇头道，“飞廉，你又来这一套了……鲛人又不是人，我只是把最好的东西用到了最合适的地方而已——你不会明白。”

“但愿我永远不要明白你们这些人。”飞廉冷然回答。

天才少年摇了摇头，只是有些无奈地苦笑：“好了，既然你也是一个蠢人，我也就不和你浪费口舌了——得了，和你一起下去吧。我也得回白塔顶上议事了。”

此刻，身后的舱门忽地打开，从舱底的铁梯上攀缘而上一个穿着短靠的工匠，束发修眉，目若寒星。那人将手里带着油污的齿轮一个个地放好，一声不响地帮忙开始收拾。飞廉不由得暗自吃了一惊，方才他们两个人争论，难道被人在旁听到了？

“冶胄，这里就交给你了。”巫谢却仿佛和此人极熟，也不多问，只是将桌上的种种工具一推，然后指了指那个鲛人，“这个鲛人再过十二个时辰就该醒来了，到时候再来完成最后的接驳。好好替我看着她，注意她脉搏和心跳是否稳定。一旦有不妥，立刻通知我。”

“是！”那个工匠点头领命，脸上没有表情。

“冶胄是我的副手，”巫谢这才回头对好友解释，挑起了拇指，“铁城里最好的工匠！”

冶胄……飞廉心里蓦地一跳。这个名字似乎有些熟悉，仿佛在哪里听到过。他转头看了那个工匠一眼，然而对方全神贯注地整理着一排锋利的针，根本没有看向这边的两个贵族。断金坊，姓冶的人家……好像昔年演武堂里有过一个少年？

他正陷入沉思，巫谢已经洗完了手，开口：“对了，今天你来找我，又为何事？”

飞廉一怔，这才想起了此行的目的，虽然一时间心思复杂，但依然不得不沉下气来，委婉地开口：“小谢，我这次来，其实是为了破军少将的事。”

“叮当”一声响，一边整理东西的冶胄忽然顿住了手，背对着他们，陷入沉默。

“云焕？”巫谢一惊，飞快地看了他一眼，“你想怎样？”

飞廉直截了当：“我想救他。”

巫谢一震，脱口：“这不可能。他死定了！”

“那至少保住他的命！”飞廉只觉心里的怒火再也无法压制，几乎要拍案而起，“他都已成那样了，你们还想如何？是不是还想对云家赶尽杀绝？就像对十几年前的前代巫真一样？！”

两个人的对话越来越激烈，冶肯却只是重新开始整理那一堆机械，动作缓慢而镇定。冶肯将最后一套针收起，然后细心地用龙骨胶再次涂抹了一遍鲛人身上各处关节，令身上那些已经接驳好的地方保持完整，然而他的手却在不易觉察地发抖。

“不是我想，我和他又无冤无仇。”巫谢叹了口气，“而是元老院想。”

飞廉急道：“那你可以说服元老院改主意啊！”

巫谢叹道：“飞廉，我劝你不要再费心——云焕他非死不可。”

“为什么？”飞廉失声道，“只是没有完成军令而已，犯得着这样赶尽杀绝么？”

“呵……只是没有完成军令而已？”巫谢看了他一眼，笑了笑，若有深意，“你既然什么都不知道，还是不要强出头了。”他负手望着舱外，年轻的脸上居然也浮现出了那些长老才有的高深莫测表情，“非除不可啊……破军！飞廉，你其实并不了解你的朋友。”

是吗？飞廉一时无语。

“飞廉，”已经走出了舱门，年轻的长老回头看着他，“我劝你还是不要插手这件事。此事关系重大，已然不是任何人独力可以挽回——我也即将去往神殿和其余长老会合。今晚，我们就要去神庙请示智者大人，请他赐下圣谕，将云家灭族！”

“什么？”飞廉变了脸色，追了下去，“灭族？！”

在两个帝国贵族青年离开后，冶肯才停下了不停翻检器具的手，双肩微微发抖——手指上被针尖刺破的地方，缓缓沁出了一颗殷红的血珠。

“云焕！”他低低吐出了一个名字，仿佛有无形的力量扼住了咽喉，嘶哑而激烈。然后，又是一个名字，“云烛……”

然而这一次他的声音里却出现了微妙的变化，交织着种种说不出的复杂情愫。

那个名叫冶胄的名匠闭上了眼睛，极力压制着自己的情绪——然而一闭上眼睛，昔年的种种就更加清晰地从眼前浮现出来：铁城，断金坊，素衣的女子，从流放地归来的贫寒的弟妹，被排斥和孤立的三个人……

三姐弟都从西荒流放地归来，被赦回到帝都后都在外围铁城里暂住了一段时期。

而那一段时间，是他永生难以忘记的回忆。

在云家姐弟初来乍到、在帝都处处被排挤和孤立时，他和弟弟冶戈成了他们的朋友。甚至有一度，他曾经幻想过两家人能成为亲密的一家。

然而，很快她却被巨大的权力之手攫取而去，被放置到整个云荒的最高点。她成了圣女，接着，又成了十巫中的巫真——她出身贫寒的弟妹也由此青云直上，拜将封圣，一跃成为这个庞大帝国权力核心中炙手可热的家族。

在被巫彭元帅带入帝都时，她曾经来向他们一家人告别，说一定会回来看他们。

然而，她并没有回来。半年后，她的弟弟也被从铁城里接走——他们成了被神选中的人，飞越了那两道高高的森冷城墙，一跃进入了帝国的权力核心。

十几年了，他再也没有见过那个名叫云烛的女子。

他也渐渐有了自己的人生。

从年少时开始，冶家就以精湛的技艺闻名于铁城数千名匠作之间，在铸造武器上更是无人能出其右，成为巫即大人研究军械的左膀右臂——虽然还是没能跻身于新的阶层，但他获得的金钱和声名也已让无数铁城的冰族平民羡慕。

已经那么多年过去了，优越的物质享受和周而复始的生活，却并未消磨掉心中残留的那个影像——他无数次回想起那短短的一瞬：他在铁匠铺子里挥汗如雨，而那个素衣女子汲水而来，微笑着递给他一方手帕。

熊熊炉火映红了那一张魂牵梦萦的脸。

然而，记忆的火焰很快熄灭了，那张秀雅的脸消失在森冷的禁城背后。她变得如此遥远，如同一个虚幻剪影，仿佛并不曾在他生命里真的存在过。她终究只是他生命中的过客，漂萍般相逢后，便各奔东西永不相逢。

她或许早已把他忘记。然而，他却始终不能将她遗忘。

这十几年来，身在铁城的他无时无刻不在关心着她的一切，仰望着九天之上云家的一切变迁。从初露峥嵘到青云直上，从炙手可热到兵败如山倒……他从来往于匠作坊的帝国军人口中打听着那高墙里的一切，为云家的每一个变动而担心。

而几个月前风云突变，从云焕在桃源郡折翼归来开始，云家的命运便急转直下。

“嗒。”轻轻一声响，尖利的针在手里折断，冶胄看着粗粝掌心里沁出的血珠，渐渐发抖——他能做什么？他只是一个平民，甚至不被允许进入皇城和禁城。他只能仰着头，眼睁睁地看着那一只翱翔九天的鹰坠落下来，眼睁睁地看着那个圣洁的女子被推上火坛！

这是个什么样的世界？这是个什么样的国家？这个帝都就像是张开了巨口的魔鬼，把一个个年轻鲜活的生命吞噬下去！该死的，该死的！

冶胄站在那里发抖，听到自己强制压抑的喘息声回荡在机舱里。

为什么？他为什么还要给帝都里那一群吃人不吐骨头的魔鬼制造武器？那一瞬间，他心里充满了疯狂的、想要摧毁一切的念头。他用可怕的眼神盯着即将完工的迦楼罗，梦游一样地伸出手去，握住了那个垂落在金色椅子上的冠冕，这是连接迦楼罗和驾驭者之间的纽带。

只有他知道，这正是整个机械最脆弱的地方。

只要……只要把这里折断，就能……

这个庞大无比的机械非常精准灵敏，无法靠着人类的身体反应来控制，甚至连以灵巧著称的鲛人也无法跟上机械的速度。所以，经过了无数次失败的探索，巫即大人终于发现唯一的解决方法：只有彻底将鲛人“植入”机械内，将全身的筋络和机械进行高密度的接驳，才能通过心和脑产生的反应控制迦楼罗。

因为唯有心念，才能比闪电更快！

他知道巫即和巫谢为了寻找这个完美的“迦楼罗之魂”，已经失败了许多次、耗费了许多年——如今，只要把这个纤细的金冠扭断，让这个费尽心力寻来的鲛人死去，就能……

“云……云……”然而，在他用颤抖的手握住那个冰冷的冠冕时，耳畔忽然听到了模糊的呼声。他的手触电般一震，从金色的头盔上滑落。

不可思议地，他看到了有一滴泪水正从那个面无表情的傀儡眼角缓缓滑落，划出一道晶亮的痕迹，慢慢凝结成珍珠，然后，落在地上，发出铮然的响声。

醒了？怎么可能！为了进行全身八大脉的接驳，这个鲛人在三天前接受了重度的麻醉，无论如何不可能这么早就醒转！

“云……少将……”终于，他听到她说出了下面的话，带着惨烈的挣扎痕迹。

云焕？这个鲛人，在呼唤云焕的名字？

“你，还能思考？”他屈膝，俯身平视着这个全身接满了金针的鲛人，带着一丝震惊，“你还活着吗？”

“请……”潇无法睁开眼睛，声音微弱而模糊，“请……救救他……”

冶胄倒吸了一口冷气，露出不敢相信的表情——鲛人的身体远比人类脆弱，而这个鲛人，到了此刻这种情况，居然还能清晰地说出话来！

冶胄忽然间明白了过来：“你是云焕以前的傀儡？”

“是……”显然是已经听到了片刻前飞廉和巫谢的对话，潇极力挣扎着想要睁开眼睛，却始终无法动弹，痛苦地低语，“请……救救他……救救他……”

泪水接二连三地从她颊边落下，在寂静的机舱里发出短促的声音。

冶胄站在那里，怔怔地看着这个已经濒临死亡的鲛人，心中有惊涛骇浪渐渐翻涌——还能怎么办？元老院已经下了斩草除根的决心，屠刀已经血淋淋地举起，二十年前前任巫真一族的惨剧即将重演。她在向他求救，可一个铁城里的小小匠作，螳臂当车，又怎能拦住这滚滚而来的巨轮？

“救救他……”潇喃喃低语，“救救……”

虽然身体被禁锢，但由于情绪的极度激动，她身体各处的金针都起了一阵战栗——冶胄忽然只觉脚下一个不稳，惊骇地抬起头，发现庞大机械竟然发出了与之呼应的震动！

成功了吗？这一瞬间，这个机械已经和鲛人同步！

那一瞬间，突破禁域的狂喜席卷而来，掩盖了片刻前种种忧心。冶胄冲上前去，想查看那个傀儡的情况，然而整个迦楼罗忽然由内而外地发出了一阵阵颤抖，仿佛一颗心脏在反复地缩紧，震得他在内舱几乎不能立足。

“救救他……救救他啊……”不知道哪里来的声音充斥了机舱，低而哀，仿如耳语，“有谁……来救救他……”

这个呼救声是……冶胄惊骇地抬起头，却发现那个鲛人的嘴唇并没有动——机舱里，那个声音还在远远近近地徘徊，苦苦哀求着他，然而奇怪的是外面施工的工匠们居然毫无感觉。只有机舱内核在不停地颤抖，显示着迦楼罗在凝聚着能量。

刹那间，他明白了：这一架迦楼罗，终于拥有了灵魂！

可是，即使自己的身体已经死去，被同化的魂魄却并未湮灭，还在执着地想着拯救主人！云焕那个小子……怎么会有这样的傀儡呢？

“好。我一定会设法救他！”沉默了许久，终于，冶胄吐出一口气来，一步一步稳稳地走到了那个金色的椅子前，俯下身端详那张沉睡似的美丽的脸，眼神温和，语气却刚毅。

“我不会连一个鲛人都不如。”

明茉刚换了衣服出来，就在廊下碰到了被侍女簇拥而来的母亲。

虽然已经年近四十，母亲依然保持着韶华鼎盛时的容貌，衣袂飘飘秀发如瀑，乍一看，居然像是明茉的姐姐——“罗袖夫人”，整个家族都那样称呼这个来自巫姑一族的女人，带着某种恭谨和讨好的意味。

巫姑一族以女子为尊，历代族长皆为女子。罗袖夫人身为巫姑最宠爱的幼女，一直握有族里的实权。而随着巫姑的衰老重病，她迟早会成为下一任的族长，进入元老院，正式凌驾于所有贵族之上。

迎面遇上，要再退回房中是来不及了。明茉闻见了母亲身上那种奢靡馥郁的香气，忍不住退了一步——罗袖夫人虽嫁给了巫即一族，却依然一直居住在娘家，连生下的孩子也不曾亲自抚养，全数交给了用人乳母。也许是自幼不曾亲近，明茉虽然是罗袖夫人唯一的女儿，也对母亲保持着某种畏惧的距离。

“怎么，大清早就出去了？”罗袖夫人停下了脚步，饶有深意地看着女儿。她的手搭在一个俊美的鲛人侍从肩头，软若无骨，声音里也带着某种慵懒销魂的味道。

明茉无言地点了一下头。她知道母亲虽不居住在巫即府邸，但府中上下却布满了她的眼线，什么事都了如指掌。

"听说是飞廉送你回来的，是吗？"罗袖夫人看着低头扭捏的女儿，纤纤玉指逗弄着身边那个美少年蓝色的长发，唇角泛起一丝奇特的笑意，"真难得哟……我还以为大小姐你会和我拧到底呢！终于还是想通了吗？"

明茉不知如何辩解，最终明智地选择了沉默。

然而这种沉默显然被当成了默认，罗袖夫人掩嘴一笑，将女儿揽在身侧，低声道："飞廉比云焕好很多吧？娘可不会害你。可恨你父亲是庶出，生生累得你也低人一等——只要嫁给了飞廉，在十大门阀中就没有任何一家敢看不起你了……"

罗袖夫人亲密地对女儿私语，忽地掩口笑了一笑："我知道你心里不大乐意。傻瓜，别舍不得那个破军少将——他这一次可是死定了。别死心眼，等将来娘继承了巫姑的位置，整个云荒你要什么样的男人没有呢？"

明茉的脸骤然红了。母亲长年在娘家居住，然而关于她的种种传闻却依然传到了女儿的耳里：她养了许多年面首；她每年必去叶城西市挑选最合心意的奴隶；她是一个妖精，靠着那些年轻男子的精血来维持美丽不衰的容貌……

她的母亲是皇城里最引人注目的女子，关于她的传言满城皆是。母亲生性放浪不羁，自从掌权后更是肆无忌惮——但整个帝都却没有人敢当面说一个字。

虽然门阀里对于女子操行要求严苛，但那些三纲五常都是纸做的枷锁，只能约束那些尚未得到权柄的小辈们——而对那些站在权力顶峰的人来说，耽于欲望的游戏和耽于权力的角逐一样，都是理所当然肆无忌惮的。

于是，这个美艳的夫人公然带着不同的美男子出入皇城，派人在云荒各地物色面首，近年来更是宠爱起了一个鲛人奴隶，一力抬举，出入不离左右，引得门阀贵族纷纷议论。

这个强悍而高贵的夫人我行我素，从来懒得对自己的欲望做任何掩饰——可是，天知道她的女儿又为此忍受了多少难堪和羞辱。

那个放荡的母亲在说完了那种没有廉耻的话后，语音一转，却立时换上了一副严肃的神色："不过，茉儿，没成亲之前切记不要和飞廉来往过密！一日不成婚，一日有变数，说不定巫朗家族和巫真一样，说败就败了！女人不能指望男人一辈子，只能偶尔借来当当踏板——得为自己留一条后路，知道吗？"

这样的教导只听得明茉全身一震，低声道："是。"

"真乖。"罗袖夫人露出满意的神色。

"半个月后就该办婚礼了。好好准备准备吧，"罗袖夫人笑了笑，"你会成为整个皇城里最受羡慕的新娘！"

明茉微微苦笑起来。被迫离开自己所爱的人，去嫁给另一个不爱的人——这样的婚礼，怎么还能被称之为令人羡慕呢？

注意到了女儿落寞的神色，罗袖夫人想了想，从袖子里摸出了一把金色的钥匙。

"也该送你一件礼物了。"仿佛是有意逗女儿重新开心起来，罗袖夫人显宝一样将金钥匙放到明茉手里，指了指院子最深处那扇紧闭的朱门，"这是巫即家族宝库的钥匙，向来是当家的女主才能执掌——今天，娘特许你进去挑一件陪嫁，无论看上了什么都可以带走！"

明茉一惊，眼里放出了光，紧紧将金钥匙握在手心里。

"谢谢母亲大人……"她低下头，恭谨而又低微地回答了一句。

"呵呵……总算是叫了一声母亲！"罗袖夫人掩口笑了起来，软如无骨地靠着那个美少年肩头，施施然走开，"我的茉儿啊，你慢慢去挑吧……不过总有一天你会知道，这世上什么都是假的，无论是权势还是金钱——对女人来说，最好的东西无过于男人。"

明茉站在廊里，低下头躬身送走母亲，脸颊滚烫。

俯身行礼的女儿，并没有看到美艳的母亲回身时眼角轻轻扫过了廊下，嘴唇微微动了动，似乎想说什么，最终却只是发出了一声微弱的叹息。馥郁的香气和窸窣的绸缎拂动声都渐渐远去。明茉知道，又将会很久见不到母亲了。

"他妈的……真是个贱人！"忽然间，一声含混不清的咒骂从隔间的门内传出，伴随着酒瓶破裂的声音，和美人嘤嘤的劝解声——她无声叹了口气，转过脸来不想看见那人。

不用回头，她也知道那是酗酒的父亲在发泄不满。

据说父亲景弘年轻时虽然是庶出，却是族里年轻一辈中的佼佼者，前途不可限量，母亲不计较他的出身而下嫁，也曾出双入对感情融洽。然而婚后不久，巫即和巫姑两个家族之间旋即发生了暗斗，刚嫁入巫即家族的母亲在短时间的彷徨后，毅然倒向了娘家。

在母亲的里应外合下，巫姑一族在争斗中占了上风，巫即长老最终被夺去了实权，对政局心灰意懒，从此皓首穷经一心钻研机械之道，这一族的力量也由此削弱。

从此后，父亲和母亲中间就有了不可弥补的裂痕。

因为没有及早发觉和阻止妻子的行为，父亲失去了族里长辈的信任和看重，从此失意潦倒——而母亲在对夫家拔刀相向后，连夜归宁娘家以避不测。但出乎意料的是几个月过后，巫即一族却并没有休掉她。

其中的原因错综复杂。有人说，是失势的巫即一族不想彻底和巫姑撕破脸；有人说，不解除婚姻是对那个女人的惩罚；也有人说，只是因为那个还在襁褓里的女儿明茉。

种种传言尘嚣欲上，然而没有人知道真和假。

对她而言，这些都是远在她的记忆诞生之前的事了——自从她记事开始，就没见过父母和颜悦色坐下来吃过一顿饭。而她，从来也不曾拥有他们中的任何一个。

她忽然觉得悲从中来。帝都里的婚姻大都如此，父母的一生，不过是门阀贵族中年轻男女的缩影罢了。

难道，自己也会那样度过一生吗？

明茉双手微微发抖，打开宝库的金钥匙从指缝间铮然落地——有什么用？有什么用呢！这一把无数人梦寐以求的金钥匙，却依然无法打开那一道锁在她身上的无形锁链。

巫姑一族居住在皇城西南角的永宁宫，和巫即一族的广明宫相去不过一箭之遥。罗袖夫人在府前下轿的时候忽然听到一阵喧哗，转过头，瞥见了一个金色的影子从朱雀大街上闪电般掠去——那是八匹金色骏马拉着的乌金之车，所到之处所有人纷纷回避。

帝国制度森严，除了十巫外无人能在皇城之内跑马——哪怕握有实权如她。

“是巫谢。”旁边有人低声道，伸过手扶她下车。

罗袖夫人嘉许地看着那个俊秀少年：“凌，你的眼睛还是一贯的敏锐啊。”

“那也是夫人的恩赐。”有着水蓝色长发的鲛人笑了一笑，恭谨地躬身托着贵妇的手，将她从车上扶下，稳稳地踏上锦墩。

“去凌波馆吗？属下服侍夫人休息一下？”那个叫作凌的少年低声问，声音里带着某种隐秘的诱惑。他有着鲛人一族特有的水蓝长发和深碧眼睛，容貌俊美，谈吐清雅，却是叶城那些浓艳的鲛人歌姬难以企及的清秀俊朗。然而，在他说出这句耳语时，语气突转暧昧，午后的日光仿佛都随之变得昏昏然。

看着施魅的男宠，罗袖夫人“哧”地轻笑，眼波流转：“还早呢，急什么？先去一下退思阁，账本还没看完呢。”

“是。”凌眼里妖魅的光一闪即逝，只是恭谨地扶着她往侧院走去。

“上月那群老家伙去畔临湖的离宫消暑，也不知道到底花费了多少？”罗袖夫人蹙起了罗黛双蛾，语气里有一种无可奈何的埋怨，“养着那群人，简直像养着一群吸血的饕餮呢……族里的金库，年年都剩不下些什么。”

“让夫人费心了。”凌并未多答，只是低声安慰了一句。十大门阀高高在上，然而风光背后却也有种种难处，但他也早已知道这些事非自己可以置喙。

罗袖夫人扶着凌，一步步踏上高台，一路喃喃。

“族长早已不管这些杂事，也不知道养那群老女人有多难……年年入不敷出，可一旦短了她们挥霍，就会立刻闹个天翻地覆！”罗袖夫人满脸愁容，平日那种精明利落全不见了，“唉……也幸亏茉儿即将出嫁，巫朗早早送来了重金作聘礼，多少能解一下燃眉之急。”

她停住了脚步，笑了起来：“凌，别看这一族外边风光，我可是在卖女儿呢。”

凌的嘴角往上扬起，似是有什么感触，喃喃道：“那么说来……无上尊贵的明茉小姐，其实和凌也是一样的了？”

下一个瞬间，一个耳光随即落到了他脸上！

“大胆！”罗袖夫人忽地变了脸色，冷笑道。

“凌失言了。”凌随即俯身，单膝跪倒，“请夫人责罚！”

罗袖夫人视线停留在那一头水蓝色的长发上，眼神复杂地转换，冷冷道：“凌，我看你是得宠太久，得意忘形了。你是什么东西？居然敢和我心爱的女儿相提并论？别忘了你是怎么来到这里的！如果不是我，你早就已经……”

“凌不敢忘。”凌一震，急急抬起头，抱住了贵妇的裙子，“求夫人宽恕！”

“哼。”罗袖夫人冷笑起来，垂下纤纤玉手，捏住了鲛人的下颌，凝视着他碧绿的眼睛，“没有第二次了——否则我就把你送回叶城原来的主人那里去！”

原来的主人……那双抱着裙摆的手忽地僵硬，凌眼里露出了难以掩饰的恐惧，脸色瞬地苍白。在罗袖夫人以为他会说出求饶或哀怜的话时，却见这个鲛人忽地松手跳起，退开了一步，靠上了白玉栏杆，定定看着她——那种眼神，让高高在上惯了的贵妇都暗自一惊。

“如果……如果你要把我送走，”显然乱了心神，凌根本顾不上使用平日的敬称，只是看着罗袖夫人，苍白着脸涩声开口，“就把我的尸体送回去吧！”

“凌！”看着他一步步退向高台边缘，罗袖夫人变了脸色，“停下！”

“如果你还是要把我送回去……不如先替我收尸吧……”凌喃喃自语，眼里有绝望的光，朝着高台外退去，“反正……反正对你们而言……”

“停下！”罗袖夫人失声惊呼，眼睁睁地看着他一步迈出，“凌！”

养尊处优多年的贵妇人脸上煞白，顾不得仪态风度，疾步抢上前，却看到凌一边绝望地喃喃，一边迈出了最后一步:“对你们而言，一个鲛人……”

语音未毕，一脚踏空，那个鲛人从高台边缘跌落，瞬间消失在她的视线里。

“凌！”罗袖夫人怔住了，仿佛不能相信自己的眼睛。

她下意识地按住心口，脸上起了某种隐秘的变化，似乎有什么激烈的情绪在刹那间强行突破了胸臆里钢铁的牢笼——她甚至没有注意到台下瞬间溅起的水声，只是踉跄地向着高台边冲过去，凄厉地呼喊着那个奴隶的名字。

“姑母，小心。”在高台边，一只手及时地伸过来，挽住了她。

“凌跳下去了！”罗袖夫人低呼，急促地喘息，“季航！快、快叫人下去！”

“姑母不必惊慌，”那个叫季航的冰族青年伸过手，架住了浑身无力的贵妇人，从容地开口，“下面是碧波池，凌不会有事。”

罗袖夫人微微一怔，这才缓过气来，在搀扶下探头看了看——十丈高台下，一池碧水还在荡漾，有一个影子在里面沉浮不定。

“谢天谢地……”她终于吐出一口气来，感觉膝盖发软，“幸亏底下是水。”

季航微微一笑：“是啊。凌又怎会无端端地任性呢？”

然而罗袖夫人没有听出他话里的深意，定了定神，便想下高台去查看——季航也没有阻拦，扶着她起身，却开口：“半个时辰前，巫姑大人蒙召前往塔顶神殿。”

罗袖夫人一惊，顿住了脚步：“神殿？”

季航按剑俯身：“听说是元老院在召集十巫，要面见智者大人——今日清晨星象异常，恐怕是大凶之兆，大约元老院为了此事而兴师动众。”

“难怪……”想起了刚刚在朱雀大街上看到匆匆而去的巫谢，罗袖夫人喃喃道。毕竟是执掌权力惯了的人，片刻的惊惶过去后便恢复了平日的精明冷静，她按捺住了心神，不再去想凌的事情，沉吟着点头，“看来，又要有大事发生了……不知道巫姑大人这一去，会不会平安回来。”

季航眼里有深意：“但愿巫姑大人平安。”

是啊，巫姑大人也已经活了太久了……久到连她最心爱的孩子都已经等不及了——等巫姑大人一个“不平安”，罗袖夫人便会登上族长的宝座了吧？

“我们得早做准备，恐怕不出这几日，皇城便要有一场暴风雨。”罗袖夫人站起身，朝着退思阁走去，“替我召集府上的子弟，前来大厅里听训，有些事不早点吩咐不行。”

“是。”季航点头领命。

“你也要更加小心。”罗袖夫人看着这个一族里最有出息的晚辈，吩咐道，“你是皇城里的侍卫队长，责任重大——这几日若出了一点纰漏，便会引祸上身，千万大意不得。你须留心局势，特别是巫朗和巫彭两族府上的动向。”

“多谢姑母提醒。”他恭敬地俯身。

“好，快去吧。”罗袖夫人拍了拍他的肩，吩咐道，“对了，替我去看着明茉，可别让这个孩子做出什么傻事来。”

“是！”季航挺拔的背影从高台上匆匆而下，她不出声地叹了口气，抬头看向近在咫尺的伽蓝白塔——巨大的白塔壁立万仞，即便是极力抬起头，也无法看到耸入云端的塔顶。天意从来高难问啊……她只看到高空劲风呼啸，四方云动，都朝着帝都上空急卷而来，仿佛形成了一个巨大的旋涡，要把所有一切都吸入其中！

罗袖夫人抬头看了许久，忽然觉得眼晕，连忙低下头揉着额角。无数的时事政局掠过心头，最后定格的却只是一个母亲对子女的私心忧虑——

唉，又有变故……难道说，这回茉儿的婚事又不能顺利完成了？

季航走下高台的时候，正看到仆人们惊慌地将凌从水中托上岸来。

“你们瞎闹腾什么？”走过那一群人身侧时，他忍不住笑了起来，讥诮地看着浑身湿透的凌，“一个鲛人，又怎么会被淹死在水里呢？”

凌瞬地抬起眼睛，看了他一眼——那种眼神冷厉而憎恨，和在罗袖夫人面前时完全不同。夫人竟然没有下来看他的伤势……难道，又是因为这个人的阻挠？

季航称罗袖夫人为姑母，然而实际上两个人的血缘关系却极其淡薄——据说他的母亲出身于巫姑一族的远房分支，嫁给了十大门阀之外的一个冰族普通军官。她的丈夫在二十年前鲛人复国军起义里阵亡，孤儿寡母在帝都从此飘摇无依，甚至一度沦落到搬入铁城和匠作们为伍的地步。

刚刚当家的罗袖夫人听说了他们的境况，为了笼络人心树立威望，便派人将这一对母子从铁城接了回来，延医给他母亲治病，又将那个少年送入了贵族子弟就读的演武堂。

季航也算争气，一路成绩均胜过那些出身望族的同辈，二十一岁出科后便留在了帝都，五年后升任侍卫队副队长，和巫谢家族的卫默一同维持着皇城内的秩序，也算是这一辈门阀子弟里的佼佼者了。

大约也知道自己有今日全是得自于罗袖夫人的提携，这个远房晚辈便认了夫人为姑母，来往殷勤，不敢有丝毫怠慢。

然而由于罗袖夫人在贵族阶层里的狼藉声名，这个频繁出入于她宫闱的年轻子弟不可避免地被谣传为她的面首之一，特别是对夫人心怀不满的那些人，甚至嘲笑说这个侍卫队长是靠着做足了床笫功夫才在族里出人头地的。

有一度，罗袖夫人也试图堵住那些不伦的谣言，给季航指定了婚事，并在三个月内匆匆完婚。然而季航并未因此却步于门外，照样早晚请安，出入不避忌——因为他早已明白自己的成败只系于夫人一念之间，而外头那些谣言对他来说根本无所谓。

凌吐出了胸臆里的水，看着这个金发的冰族青年，忽地冷笑起来，低头说了一句什么。

“你说什么？”季航本已转过了头，此刻忽地回身。

“我说，”凌低低冷笑，眼里有刻毒的光，“堂堂一个冰族贵族，竟也来和鲛奴争宠……真是可笑啊……”

“啪！”马鞭狠狠抽了上来，将他下半句话打了回去。

仿佛被戳中了痛处，季航眼里一瞬间放出盛怒的光，愤怒得难以自持，扬起马鞭劈头向那个鲛人奴隶抽去：“下贱的奴才，居然敢这样说话！”

鞭子接二连三落到身上，凌冷笑着，任凭他抽打，只是抬头四顾，仿佛寻到了什么，眼神骤然一变。“夫人救我！”他向着高台上某一处颤声唤，眼神里的那种刻毒瞬间变成了哀怜。

“季航，怎么还不去办事？！”高台上，凭栏的贵妇探头，微怒地低喝。

季航僵住了手臂，那一鞭颓然垂落——他清楚地看到了凌眼里讥讽和胜利的炫耀，令他恨不得将这个卑贱的鲛奴撕裂成两半。

“是。属下就去。”然而，最终他只能低声领命，然后转身离去。

暮色降临的时候，退思阁灯火通明。罗袖夫人安排完了族里的事务，令各房退下，这才得了空儿开始翻看账本。

“……碧玉十匣，菡萏香一百盒，瑶草十二株，共计——共计五十七万金铢？！”念到了末尾，她不知不觉提高了语声，不敢相信地看着，愤愤然将账本扔到案上，“一群饕餮！去一趟畔临湖离宫避暑，居然要花费五十七万金铢！”

她来回走了几趟，霍地站住了身：“那群老女人，难道当我是聚宝盆么？”

“夫人息怒，”凌轻声上前，“先喝一口参茶定定神。”

罗袖夫人就着他手里喝了一口茶，握紧胸口衣襟吐出一口气，坐回了软榻上——罢了……族里那些老人，无论如何也是不能得罪的，毕竟继任之事还全凭她们的举荐。然而，这般的挥霍，眼见也是无法支撑下去了。

“唉……实在不行，就把明璃那个丫头也嫁了吧。”她喃喃道，想起了嫡系长房里还有一个未出嫁的小姐，从一堆文牒里翻出了一页大红的婚书来，“巫罗家来人说了好几次了，开出五百万金铢的聘礼单子，不如就答应了吧。”

凌没有答话——他知道这种时候夫人只是在自语，根本不需要旁人的意见。

只是……他眼里泛起了微微的讥讽。只是巫罗家的四公子据说是个和父亲一般好色的人，脾气暴虐，经常听说有下人被鞭挞至死。加上又是庶出，所以尽管是巨富之家，捧着大把金钱，却还是难觅门户高贵的女子为妻。

“眼见一个个孩子都被卖尽了，希望那群饕餮的胃口不要再大了……”罗袖夫人写了回函，苦笑道，“否则我只有把自己也卖了。”她忽地笑了起来，有些怪异，“巫罗那个好色的老头儿，早就对我垂涎三尺了。”

听到“巫罗”两个字，凌浑身一震，却还是咬紧了牙不回答——这种时候，答错了一个字就是死罪了。

罗袖夫人将笔一扔，疲倦至极地将身子靠入了男宠怀里，回手揽住了他的脖子：“所以啊……凌，你就不要再给我添乱了。我实在没有太多耐心。”

“是。”凌低下了头，“凌再也不敢了。”

贵妇低低一笑，手指掠过少年清秀的眉，抚摩着他的脸颊：“今天可真吓了我一跳。你怎么惹了季航呢？还痛吗？”

“不痛了。”凌低声道，轻吻那只戴着宝石指环的手，“痛的，也不是这里。”

“是这里吗？”罗袖夫人吃吃地笑，将手按在他心口上，“好吧……日里的话，我是说重了。我不该说要把你送回去。不过你也真是，干吗和季航赌气呢？这一族里全是老女人和娇小姐，没一个男子来支撑，我不用他还能用谁呢？”

“嗯……”很有些吃惊夫人居然会对他解释这个，凌眼里露出一种微妙的光来。

“不过，你也要知道分寸，不要再和我来这一套了。”她凑过去在凌唇上吻了一下，眼神却严肃，“凌啊，不要再做今天这样的事了……不要再和我玩心机手段。别以为我不是巫罗那个老变态，你就可以忘了自己的身份！”

唇上忽然有咸味。罗袖夫人抬起头，看到一行殷红的血从唇齿间沁出。凌脸色又转为苍白，紧紧咬着牙，似乎极力克制着内心的起伏，竟然咬破了嘴唇。

罗袖夫人微微叹了口气，伸过手去揽住了他的头，拉入自己怀里，轻轻抚摩着水蓝色的长发：“好啦……不说了，不说了。放心，我不会把你送回去的。”

她知道这个鲛人将永生难忘在叶城遭遇的噩梦。

第一次看到他时，她正领了巫姑的命令，以一族新当家的身份来叶城拜访巫罗。

巫罗一族世代执掌云荒最富庶的城市，百年来不仅敛聚了巨大的财富，同时也控制了整个大陆的鲛人奴隶交易。富可敌国的巫罗有意在美艳的晚辈面前炫耀实力，一连在府邸里开了十天的宴席，召集最富有的巨贾和最美丽的奴隶来作陪，一时全城为之轰动。

然而在席间，她却听到楼上隐隐有惨厉的呼号，抬头看时，就见到一个血人从楼梯上滚落下来，一直滚到了她的脚边，还在挣扎着往外跑。楼上有家奴跑下来，连连道歉，迅速抓起那人的头发往回便拖。

一切发生在片刻之间，她甚至没看清那个人的脸。

她脸色不动，只是低着头，看着百蝶穿花裙上那一个血手印——巫罗的穷奢极欲，待下刻毒，她也是有所耳闻的，却没想到肆无忌惮到这个地步——楼下正在歌舞升平，楼上却在对奴隶用酷刑。

第二次看到他，是在后花园。

仿佛是为了弥补前日对贵客的失礼，巫罗府上的大管家引着她来到后院，示意她去池边观看。她看了一眼便露出吃惊的表情。一个鲛人被沉重的石锁锁住了手足，沉在花园的水底，无法游动也无法站起，全身肌肤溃烂不堪，伏在水草里一动不动，身侧一群以腐肉为食的血鲢在虎视眈眈地游弋，等他咽下最后一口气。

“这个奴隶昨天冲撞了夫人，巫罗大人吩咐要他慢慢地死。”

巫罗向来是个好色又暴虐的人，落入他手里的鲛人往往不堪折磨，很快便死去。

然而，凌却意外地活了下来。

那一日下午，罗袖夫人和巫罗大人在水榭中下璇玑棋，侥幸胜了一盘，便笑着开口，要向巫罗讨这个鲛人作为彩头。巫罗怫然不悦，然而因为对弈前许下过诺言，不好为了区区一个奴隶翻悔，只好卖了新当家一个面子，令仆人从水底捞出奄奄一息的鲛人，送到了巫姑府上。

然后，那个名叫凌的鲛人，便成了这个以放荡出名的贵妇的新宠。

“不过，话说回来……当时只是想杀杀巫罗那老头子的气焰罢了……”阁里灯火昏暗，暧昧潮湿的气氛四处弥漫开来，罗袖夫人低低笑着，“说实话……那时候，我还不知道救下来的这个鲛人是男是女呢……”

“如果是女的……夫人会失望吧？”凌轻轻笑了一声，开始亲吻她的耳垂，修长的手指缓缓抚摩过她丰腴的身体，动作舒缓而熟练，带着明显的挑逗意味。他的手迫切地搜寻着她的，十指迅速纠缠相扣。

“嗯……”罗袖夫人低低呻吟了一声，展开了身体去承接他压下来的重量。

夜成了欲望的温床。那一刻，所有令人烦恼的内政外务、钩心斗角都暂时远去，赤身交缠的两个人只听从最原始的欲望，没有一句话，只有急促的喘息和战栗躯体在真实地诉说着这一刻的快乐——那是一种向下沉溺的窒息和甜蜜，看不见底。

“凌……”罗袖夫人仰起头急促地呼吸着，看着暗夜里闪着华彩的帷幕，眼神涣散而迷惘，呻吟般喃喃，“凌……”

是的，这个帝都里有着太多的龌龊黑暗、太多的阴谋争夺。巍峨的高墙后，华丽的殿堂上，所有一切都面目可憎，夫妻无情，子女无孝，朋友无义……森森冷意早已逼得人无法呼吸。也只剩了这床笫间还残留着一点乐趣和温暖罢了……

所以，趁着还活着，不妨放纵地享受一下这生存的微弱快乐吧！

罗幕旖旎地垂落下来，掩盖住了一切。

第八章

血十字

暮色初起的时候，巫朗府邸的一个院落里却起了动荡。

“还没找到？”飞廉看着满头大汗的仆人，忍不住提高了声音，“怎么可能？我只不过出去了一趟，好好的人怎么会忽然丢了？给我再去找！每个地方都不能漏过！找不到晶晶，也别回来见我了！”

仆人们噤若寒蝉——温雅的公子从来很少发火，但每次发火却必然会有严厉的责罚。一行人连忙又告退，飞廉按捺不住心里的烦躁，干脆起身自己动手在房里一处处翻找起来。

“晶晶，出来！”他一边打开那些巨大的楠木箱笼，一边呼唤，“别躲着了！”

碧掌着灯跟在他身后，替他照亮那些阴暗的死角。看着这一片动乱的景象，她的眼神没有一丝波动，只是温柔地安慰：“公子不要急，说不定晶晶不懂事，想念姐姐，偷偷跑回家去了……”

“怎么可能？”飞廉低吼，一掌拍在柜子上，“帝都的城门早上就关了！她还不大会说话，怎么可能一个人跑回九嶷那边？”

“是啊，所以晶晶肯定不会跑出城去的，”碧轻轻道，“别担心，她一定还在帝都——我想过不了几天，她就会自己找回来的。”

飞廉叹了一口气，终于感觉到疲惫，缓缓坐下。

“为什么在这当儿上，晶晶又失踪了？”他将额头放入手掌里，喃喃道，“事情已经是一团乱麻了……”

碧将烛台放到一边，端了一杯茶过来，不露痕迹地将话题引开：“很累吧？你在外面跑了一天了，破军少将的事，有眉目了吗？”

“越来越糟了。”飞廉喝了一口茶，摇头喃喃，“巫谢说，今晚十巫就要联袂觐见智者大人——为了阻止那个破军爆发的谣言，他们竟想要灭了云家！”

“灭族？”碧也忍不住惊呼了一声，但神色却是复杂的。

“我赶回来见叔祖，想和他再谈谈——可是，他也已经离府去往塔顶了。”飞廉将额头沉入手掌，忧虑地低声，“碧……现在，该怎么办呢？”

碧安慰地揉着他的肩膀，感觉公子一贯放松舒缓的肩背紧紧绷着，显然身体里压制着前所未有的紧张和焦虑。为什么？就为了那个冷血的同僚吗？

她眼里闪过一丝冷意，嘴里却是温柔地劝告：“公子，今日也晚了，不如先休息吧，等明日有了新消息再来想对策——巫朗大人一贯看重公子，一定不会对公子的请求置之不理的。何况有巫真云烛在，智者大人那样宠幸她，多半不会那么容易被元老院说服呢。”

这一番话说得温柔熨帖，飞廉点了点头，疲倦地看着美丽的女子在灯下铺开寝具。碧虽然只是一名歌姬，但她的温柔聪慧却是帝都里那些望族小姐望尘莫及的。自从四年前将她从叶城的星海云庭带回之后，自己渐渐愈来愈倚赖她。

当然，一直以来他也承受着极大的压力——养几个鲛人奴隶是贵族常做的事，然而一旦对奴隶流露出过分的宠爱，则必然会引起整个阶层的耻笑。而他却因为这个鲛人迟迟未娶，显然早已违背了这一条规则。

整个家族，特别是对他寄予厚望的叔祖，一直试图将这个鲛人从他身边除去，让他可以和其他门阀子弟一样和门当户对的望族联姻——而这次，更是完全不理会他的反对，替他做主订下了和巫即一族的婚事。

飞廉看着她在灯下忙碌，忽地伸过手拉住了她，看着她的眼睛。

“别担心，碧，”他眼里有平静而坚定的光，“我不会娶明茉小姐的。”

碧微微抖了一下，却只是不作声地将天蚕丝褥铺好：“先歇歇吧。”

飞廉将手停在她腰间，感觉到了她纤细身体上那一瞬的颤抖，眼里不由得露出更多的抱歉和安慰来。他放下茶盏站起身来，从背后轻轻抱住了她，低声耳语："不要担心……我不会让任何人支配我的人生。在苍梧之渊上时，我已经知道自己要的是什么——你知道吗？那时候，我想过要逃跑。我不想死在那里——如果我战死在那里，你又该怎么办呢？那时候，我想过舍弃军人的尊严，当一个逃兵。

"对一个战士而言，面朝敌人倒下当然是最适合的死亡，但……我要的根本不是这些。或许我生错了地方，生在这个家庭的应该是云焕。"

碧沉默着，眼神剧烈变幻，有晶莹的泪水涌现。

这是那么久以来，他第一次对她如此坦白地说出心里的话。

然而，背后飞廉的话题却转移了："比起云焕，我经常觉得上苍对我过于优待——这让我对他心怀歉意。所有人都认为他狼子野心、为人冷酷，不择手段，都奇怪我为什么把他当朋友——无论从哪个方面看起来，我们两个人都应该是死对头……

"可他们不知道，在第一次去曼尔戈部落执行任务，当我因为那个被活埋的小女孩而失控时，却是他从背后将我打倒在地，阻拦了我继续做出疯狂的举动！如果不是他，那时候如此冲动的我，一定会犯下以下犯上的大罪吧？

"我一直不明白那一刻他为何要阻拦我，因为那之前，我也以为我们该是天生的对头。何况，演武堂里我对他几度示好，他却一直摆出一副臭脸拒人于千里之外。

"后来我渐渐明白，他心里应该有着某种痛苦……虽然他从未向我说出来过，可我还是能隐约感觉到——特别这一次他从西荒归来，我觉得他简直是被某种痛苦由内而外地毁掉了。可到底在那里发生了什么，他却从未对我吐露一个字。

"我经常想，如果他出生在我的位置上，可能这种痛苦就不会有了吧？

"每次想起他，我都会觉得歉疚。

"因为我帮不了他，却又过得比他幸福。"

碧没有说话，只是听着他在耳畔自语，眼神复杂地变换——五年了，飞廉一直对她无话不谈，然而仿佛避忌什么，却从未谈起过云焕。所以直到此刻，她也还是第一次明白，为何他对于这个同僚的生死如此挂怀。那是她所不能明白的、男人间的情义。

飞廉眉间露出淡淡倦意："碧，我只是个平凡的人，我从来不认为自己可以做出什么丰功伟绩，很满足于现状，因为我所要的已经全部得到了——所以说……我不会愚蠢到失去这一切。"

碧闭起了眼睛，将头靠在他肩膀上，过了许久才道："谢谢你。"

她的语气让飞廉感到诧异，然而不等他询问，她已经将被褥铺好，回头温婉地对他一笑："休息吧……你也累了一天了。"

飞廉在榻边坐下，一只手拉着她，还想开口说什么，却发现果然已经倦意浓浓，一沾到床铺就困顿得睁不开眼睛。

替他解了外袍，掖好了被角，碧站在榻前静静凝视了他许久。

她俯下身，在摇曳的烛光下注视着他的脸，指尖轻轻沿着他的眉弓一寸寸划过，仿佛要将他的面容深深刻入心里。这个男子是她在帝都里所遇到的唯一不染尘埃的人——在所有人都在名利的泥泞里打滚撕扯时，只有他的羽翼是洁白的。

这样的人，怎么会活在这个帝都里呢？

和他在一起生活的这五年，是她漫长一生里最美丽最宁静的时光——宁静到她都几乎忘了自己是一个鲛人，忘了自己肩上的责任，只想永远在这个好梦里沉睡下去。

然而，好梦毕竟不能做一辈子。

"谢谢你。"她再度低声，泪水忽然间就溅落在熟睡人的脸上。

不同于陪都叶城的奢靡喧哗，帝都的夜是森冷而内媚的。入夜后街上空无一人，两侧朱门紧闭，高墙壁立，将那些彻夜不休的歌吹锁在了里面。只有巡逻队的脚步不时划破寂静，从皇城的东侧传到西侧，整齐划一而又机械单调。

一道碧影从巫朗府邸的暗角掠出，几个起落便消失在夜色里。

"咦？刚才……是不是有什么东西飞过去了？"巡逻的士兵里有人正不经意地抬头，看到一角青色的衣袂消失在巫姑府邸的高墙后，不由得喃喃。

"看错了吧？哪里有？"同伴定睛看去，却是空无一物。

"这……"士兵也是茫然地揉了揉眼睛。已经快三更了，是换岗的时间——可能是太累了，需要休息了吧，毕竟之后连着几天都要巡逻，恐怕会把人累趴下。

“不过这几天又要封城又要宵禁，只怕是有大事发生。”他喃喃开口，对同伴道，“我们还是都小心些吧……”

然而，就在对话的刹那，黑夜里金光忽地一闪，闪电般照得人须发皆见！

巡夜的士兵惊骇地抬起头，看到了高耸入云的白塔顶端重新沉默在夜色里，那只纯金之眼仿佛看到了什么，一开即闭。

天……难道，真的要发生大事了不成?

影子掠过了森冷的高墙，悄无声息地落到了花园里，贴着树荫急速潜行，很快便避开了园里值夜的仆人，到达了约定的地方——然而，高台上空无一人。

没来？来人的眼色变了变，身形旋即重新隐没在阴影里，向着退思阁掠去。无声无息地落到了墙下，仔细听了听里面的情况，伸出手指按照约定的暗号轻叩窗棂。

过了片刻，侧门才“吱呀”一声开了。

里面馥郁的香气随之涌出，带着某种淫靡腐烂的气息。

“怎么没来？”来人低声问，却是碧。然而话音未落，她随即转过脸去避开——阁里出来的人并未穿好衣服，只是随便披了一件袍子，散开的衣襟下肌肤坚实如玉。

“没办法，今晚不巧正好要陪那个老女人。”来人懒散地开口，敞着衣襟，以一种无可奈何的语调道，“她今天兴致好，一直伺候到二更，真是吃不消——睡过头了，就忘记了。”

月光透过门扉，斜斜地映在他身上，鲛人男子身上散发出某种妖异的魅力。碧转开脸不敢直视，低声抱怨：“可你也该预先通知一声！万一耽误大事了怎么办？”

“哼。大事？”凌冷笑，薄唇扬起一个弧度，“我还正想和你说，以后你们还是别来找我了——我对你们所谓的大事已经没什么兴趣了。”

“凌，”碧吃了一惊，顾不得避忌，抬头看着他，“你说什么？”

“我说，”凌斜觑着门里，仿佛时刻留意里面的人是否睡醒，口里却道，“我受够了这种提心吊胆的日子，我不会说出你的秘密，你们也别来找我了。”

碧脸色苍白：“你……要背叛组织？”

“背叛？呵，复国军又何曾当我是自己人？”凌冷笑起来，细长的眼里有讥诮的光，“当年，你还是第一队的队长，派我去巫罗府里窃取令符，结果他们抓住了我，折磨得死去活来——那个时候，谁来救过我？复国军？”

他的语声半途停顿，呼吸再度急促起来——无论过去了多久，每次一想起在巫罗府邸里受到的秘密刑讯，他的血液都禁不住要凝结。

“那一次巫罗防范得很严，我们一时不好派人……”碧苍白着脸，低声辩解。

“好了，先不说那次，”凌冷笑，眼里闪出锋芒，“被送到了这里后，我向你们求救，你们又是怎么说的？居然要我当这个老女人的面首！”

“这是长老们商讨后的决定，”碧低声道，声音微微发抖，“罗袖夫人身居要位，你如果能在她身边潜伏下来，应该能获得很多重要情报……”

“哈，”凌短促地笑了一声，眼神透出无尽的悲凉，“是啊，反正那时候，我的琵琶骨也已经在刑求中被挑断了，再也无法战斗——所以你们就扔下我不管，逼得我为了活下去，不得不用尽一切手段取悦那个老女人！”

他声音里透出锋利的刺：“你们把我当什么了？到底是战士还是娼妓？”

碧说不出一句话，怔怔看着这个多年的同僚——他站在月光里，薄唇上带着冷笑，脸和身体散发出一种妖异的魅力，颓废的华丽和甜美的糜烂，几乎有一种让人一眼看去就被吸入其中的力量。

她恍然觉得陌生。这，还是当年那个和她并肩作战、执剑跃于碧波中的战士吗？五年的帝都生活，竟仿佛由内而外地完全侵蚀了他的心！

“凌，我们必须忍耐。”她悲哀地看着他，“有很多复国军战士，也都是这样活着的。”

“比如你？”凌冷笑起来，笑容里却带了某种复杂的意味，缓缓摇头，“不，不一样的——飞廉对你如何，你自己心里知道。”

碧身子猛然一颤，沉默下去。

“回去吧，我不管你有什么‘大事’——这已经与我无关了。”凌笑了笑，在月下扯了扯滑落到肩头的长袍，“我不再是复国军一员，我的死活也不再需要向任何人交代——你快走吧，趁着没有惊动旁人。从此不必再来找我。”

“凌！”碧无可奈何地看着他，“你真的要叛离组织，跟了那个老女人？”

“比起组织来，那个老女人未必不好。”凌冷笑，眼里一瞬掠过复杂的情绪，“至少，她救了我的命——五年来，她给了我醉生梦死的生活。无论白天如何，但每到晚上，跟她在一起，我就可以忘了以前的一切。”

他忽地笑起来，笑得暧昧：“知道吗？罗袖夫人，是一个真正的女人。”他俯过身，几乎是耳语般在她耳畔开口，“碧，你比起她来，还差得太多。”

这种恶意的挑衅，终于让碧忍无可忍地蹙起了眉头，往后退了一步。她转开头去不想看见眼前的人，喃喃道：“凌，你简直无药可救！”

“是吗？”凌低低笑了起来，“很肮脏，是不是？”

他忽然转了语气，厉声道：“可是，你有什么资格指责我？我又为什么会变成这样！”

似乎被逼到了绝路，碧后退了一步，脸色苍白，却断然从袖中拔出了一柄短剑，抬起头来看着他：“好！凌，既然你决意叛离，就该知道复国军里对叛徒的裁决！”

她扬起了头，眼里露出苦痛却决断的光，手里的剑如同闪电刺向凌的心口。剑风袭来，肩头那一袭长袍被猎猎剑气逼得飞起，凌却只是站在那里，没有回避也没有呼救，看着那终结一切的一剑，唇角反而露出某种讥诮和解脱的笑意来。

是的，激怒她，死在她剑下，这样的结果……也很好吧？

“啪！”就在剑抵住他胸口的一瞬，一物从窗内急掷而出，撞上了剑锋。

“来人！快来人！有刺客！”房内忽然传出了惊呼，罗袖夫人在这一刻扔出了一个香炉，随即大声疾呼，拉动了室内警讯用的响铃。整个花园顿时惊动，灯笼火把纷纷燃起，四处都有人奔来的脚步声。

“不好！”碧低呼了一声，眼看就要被包围，也顾不得凌，一回身闪电般掠了出去。

凌站在月色里，长衣当风，却仿佛怔住了。

“夫人、夫人！你没事吧？”只是短短一瞬，侍从们便已经赶到，伏在门外气喘吁吁地请命，“刺客在哪里？”

凌微微一震，手指下意识地握紧，却听室内夫人缓缓叹了口气：“没事，只是方才梦魇了而已。”

“啊？”外面劳师动众赶来的侍从面面相觑，松了口气纷纷退下。但总管感觉房子周围有外人来过的迹象，心里不安，还是吩咐一干人等围绕在高台下严密防卫，以备不测。

所有人都退去后，退思阁又恢复了一片寂静。

风有些冷，月光斜斜地洒入，令昏暗甜糜的室内都平添了一分清朗之意。凌站在那里，却一动也没动，扶着门框，仿佛垂首想着什么。

“哈，哈……”他的脸色渐渐变幻，忽地低声笑了起来，“你听到了？还是你一早就知道？你把我带回帝都的时候，就知道我是复国军，是不是？”

室内没有回答，垂落的重重帷幕里一片昏暗，透出腐败的甜香。

凌霍然回头：“为什么？为什么刚才不让他们把我抓起来？还是……”

他冷笑起来：“还是，准备把我送回巫罗那边去？”

“嚓”，轻轻一声响，一道亮光从帷幕里划过。烛影摇红，映照出一张雪白的贵妇的脸，罗袖夫人点燃了床头的银烛台，又将它放回了床头，让烛光笼罩自己的脸。

她还是平日那般神色，躺在巨大而柔软的靠枕上，长发如同水藻一样披拂在丰腴的肩臂上，脸上有纵情声色后的疲惫。她抬起手去剔亮烛芯，根本没看站在门口的凌，只是淡淡道：“外面风大，关了门进来吧。”

凌诧异地看了她一眼，却不知道她心里到底想着什么。

他并没有关上门，只是虚掩上，然后回身走回到榻前一丈之处站定，定定地看着她——他不知道该说什么，也不知道她会说什么。

“凌，你知道我最恨别人说我是老女人。”罗袖夫人伸手拿了一杯搁在案上的残酒，静静地开口，脸上喜怒莫测，“其实论年纪，你可比我多活了上百年呢。“

他沉默着。

“一口一个老女人，你很厌恶和我在一起吗？”罗袖夫人躺回了榻上，拉动警铃的绳索就在手边摇摆，讥诮道，“我还一直以为，你也是很享受的呢——呵，你真该去演戏。”

他还是没有回答，想象着她如何拉下警铃，让蜂拥而入的侍从将他拿下。她权倾一时，角逐欲望只不过是弥补空虚的一个游戏，她有的是年轻英俊的奴隶，有的是愿意拜倒在石榴裙下以求出人头地的面首——在之前、之后，他都不会是获得特权的一个。

然而，她只是逗弄着那根绳索，并未有丝毫愤怒之意。

沉默的对峙在继续——她到底要怎样？

“你到底想怎样？”然而，率先问出这句话的却是她。仿佛是再也无法保持表面上的平静，罗袖夫人忽地坐起，冷冷地盯着自己的男宠，眼里发出一种恨恨的光来，几乎是咬着牙，“说啊！你到底想怎样！你说不想回到复国军那里去，但在那时候却又不躲闪！你是故意激怒那个女的，想死在她手里的吧？你昔年是为谁变的身？”

凌看着这个如母狮子一样的愤怒女人，眼里渐渐有惊讶的神色——她竟然是明白他的，这让他感到前所未有的诧异和隐隐的恐惧。

她实在是一个聪明的女人。

然而，这一场对峙里，终究还是她先输了。

“你到底想怎样？”一种说不出的愤恨和嫉妒涌上心头，罗袖夫人终于克制不住内心的波动——这种崩溃般的情绪，在白日里看到他从高台上跌落时已经有过一次。仿佛是承认了自己的失败，她用力将酒杯对着那个一直沉默的人砸了过去，声音起了颤抖：“说话！你到底想……”

他用行动代替了回答。

烛影剧烈地摇晃，黑暗里，凌忽地向帷幕里俯下身，低头吻住了她，用力地将她压在了重重叠叠的绫罗锦绣里。

她下意识地挣扎了一下，随即叹出一口气，闭上了眼睛，深深地回应了他——这让她自己都有些诧异。她几乎记不起初婚之后，自己还曾这样闭着眼睛吻过别人了。

酒的甜味和醉意弥漫在两个人舌尖。这次的吻，似乎和他们以往经历的都有所不同，那不再仅仅是一种占有和狂欢，而是带着某种痛楚的尖锐，长得令彼此窒息。

“我……想留下来。”凌直接将话语含混地吐入她的唇齿之间，“一直……这样下去。”

一直这样下去吧……一个像他这样的鲛人，还能怎样？

最好的结局，无过于此吧。

深夜的白塔顶上一片冷寂，冷月照耀着匍匐一地的黑色长袍。一共八位。除了战死的巫抵和被软禁的巫真，元老院十巫尽数聚集于此，静静匍匐在神庙外，等待着九重门里的最终答复。

毕竟年纪大了，只跪了一个时辰，领头的巫咸便感到膝盖割裂一样的痛——建立帝国一百年了，养尊处优的他还没有受到过今日这般的折磨。而在后面的军政两大臣——巫彭和巫朗也是同样僵硬着身体，额头有冷汗凝聚。

没有了传话的圣女，他们只能静静等待那一个神秘的声音直接响起在心底，宣告最后的结果。然而，谁都不知道听了他们的禀告，那个黑暗里的神秘智者又会做出怎样的回应。

“破军现世，天下大乱，须尽快族灭云家。”——他们是这样禀告的。

当然，他们也提出了单独赦免云烛——他们没有愚蠢到要把智者大人最宠爱的圣女也拉下水的地步。然而，智者大人刚刚在几天前赦免了云焕，这么快就请求他改变决定，显然也是对权威的一种冒犯。

凌驾于云荒之上的元老们，此刻都在寒冷的月下忐忑不安地等待着最后的宣判。

终于，浓重的黑暗里，那个凌驾一切之上的声音响起来了，直接透入在座每一位长老心底——

“……特许尔等……族灭……破军。”

“杀，无赦！”

十巫都退去后，白塔顶上又恢复了惯有的寂静。

天风从空荡荡的广场上掠过，神庙顶上的檐铃发出冷寂的声音。自从两代圣女先后被逐下白塔后，这个万仞高的白塔顶上便再也没有了人的气息。

黑暗的神殿里，水镜微微荡漾。

一双金色的眼睛忽然间映照在黑暗的水上，一瞬不瞬——与此同时，塔顶的最尖端盛放出了巨大的金光，刹那照彻了整个帝都！

“来了……就要来了呀……”

凝视着水镜里的景象，模糊的声音在黑暗里响起，带着说不出的狂喜。

黑暗里，波光离合的水上，隐约映出一对披着黑色斗篷的夜行者，正沿着长得看不到头的道路、穿过重重寒气和雾气向着水镜外走来。

金光大盛的刹那，帝都的最外城里有一对夜行者仰起了头。

“奇怪的感觉……”那个蓝发的男子喃喃低语，审视着重新隐没在夜色里的白塔，“刚才，似乎是有谁在看我们……已经被发现了吗？”

旁边的同伴没有说话，只是在风帽底下笑了笑。她有着一头雪白的长发，长及脚踝，在夜风里微微飞扬。

“走吧，苏摩。”她静静地笑，转身，“他等不及了呢。”

帝都伽蓝城的格局是方正的，七千年前星尊帝和白薇皇后在平定天下时，就令当时最著名的匠作大师仰厦堪舆风水，界定南北，以求在镜湖中心建造新的帝都。仰厦不负厚望，历时三年，遍阅典籍和水文资料，完成了伽蓝城的设计，再经过七十万民夫的五年劳作，终于在这样一个孤岛上建起了一座前所未有的恢宏城市。

这座闪耀在云荒心脏位置上的巨大城市，见证了整个大陆七千年来的风云变幻，空桑人在《六合书·考工记》里是这样描绘的——

> 匠人营国，方九里，旁三门。国有三城，九经九纬，经涂九轨。左祖右社，面朝后市。日市一夫。前塔后殿，塔高六万四千尺。王居其上，俯瞰天下。

按照这样的设计，帝都伽蓝城九里见方，每边设置三门，城中设有三道城墙（即铁城、皇城和禁城），纵横各九条道路，南北主干道宽度为九条车轨。东面为祖庙，西面为社稷坛，前面是朝廷宫室，后面是市场和居民区。朝廷宫室市场占地一百亩。禁城中的格局是白塔在前宫殿在后，塔高六万四千尺，皇帝居住在塔顶，俯瞰着云荒大陆。

帝都内阡陌交错，街道井然有序。朱雀大街是贯穿帝都三城的中轴，从铁城的南正门明德门开始，穿过皇城直抵禁城的承天门，一共和九条东西走向的街道相交，其中包括了另一条横向贯穿帝都的玄武大街。

铁城里寂无人声，每个街坊都紧闭着门，沉沉的仿佛是一个空城——帝国制度严苛，外围铁城在入夜后便要宵禁，集市不再开放，街上不许行人，百姓早已入睡。

而此刻，这两位夜行者就站在朱雀大街的第一个十字路口。

他们在极慢极慢地前行，脸色凝重，似乎将全身的力量都凝聚在脚底，每一步踏出都非常费力，仿佛夜色里有看不见的丝线浮动在空气里，千丝万缕地扯住了那两个人。他们每前进一步，都仿佛是在用了极大的力量扯断那些线，空气中发出若有若无的撕裂声。

到那个十字路口不过几十丈的距离，他们却用了半夜的时间。

“很棘手呢……”白薇皇后喃喃道，抬头看了一眼夜色中的白塔，“真想不到，过去七千年了，他居然还有力量布下这样强大的封印结界。”

“是九障吗？”苏摩低声问，靴子踏出，已然站到了第一个十字路口的中心点。

他忽然间凭空侧身，单手探出，按上了地面——他的指尖有无形的光激射而出，瞬间透入了朱雀大街和延平巷交叉的中心点。苏摩的手指迅速地在地上画出一道弧线，将中心点圈入其中，倒转手掌平拍其上，低喝：“破！”

在他手掌拍上地面的刹那，整条朱雀大街忽然间发出了暗红色的光！

有细细的红光从地底透出，仿佛有什么被骤然触动了。那条骤然燃起的血色之河一直通向紧闭的皇城城门，然后朝着白塔的方向无尽延伸。

在苏摩破解开第一个屏障的瞬间，仿佛白塔底下有什么被封印的力量涌出来了，那种红色在力量的推动下再度翻涌起来，从塔的方向向他们汹涌而来。暗红色的光化成了一支利箭从地底射出，直扑第一个十字路口上的两个人！

“好！”白薇皇后低低喝彩，抢身上前。

在地底红光扑来的瞬间，白薇皇后双手虚合胸口，然后忽然展开。手心里画出了一枚六芒星的符，符中焕发出耀眼的亮光，白发的女子忽然化成了一团白光，形体迅速湮没。那地底的暗红血色之箭迅速刺到，却在白光中无声无息消失，如冰雪一样消融——然而，仿佛同时承受了极大的力量，白光苦痛地一颤，陡然也消失了。

“噗”，白光消失后，白薇皇后猛然往前冲出一步，单膝跪倒在街心，抬起手捂住了心口，身体在月光下微微颤抖。

苏摩眼神变了变，最终还是俯下身去将手放到了她面前。然而白薇皇后并没有站起，只努力平定着喘息，忽地抬起了右手，按在了眉心，闭上眼睛，咽喉里吐出一种奇妙的吟唱。

苏摩眼神霍然一变：这是……

白薇皇后一直寄居在白璎的身体里，对于操控这个身体却并非游刃有余。然而，自从她吐出第一个音开始，她仿佛完全成了这个躯体的主人——微微开合的嘴唇里吐出上古久已失传的歌谣，召唤着天地间某种神圣力量，按在眉心上的右手发出奇异的光华，几乎夺走了月的光彩。

那，是戴在右手无名指上的“后土”神戒！

无名指上的血脉通向人的心脏，而将心和脑联结起来，全身的灵力便能凝聚在一点。在“后土”神戒上的光芒最盛的刹那，白薇皇后低低喝了一声，手指离开了眉心，迅速在虚空中画出了一个十字星的光之符咒——“封！”

她跪在地上，双手同时下压，交错着按在街心。

“咔啦啦……”一声悠远的裂响，仿佛地底下有某种力量被暂时击退了。那一道红光被“后土”神戒上的白芒所压，仿佛一条蠕动的血蛇，一寸一寸地往后退去，渐渐重新蛰伏回地底，街道的裂缝也随之缓缓封闭。

最终，光芒消失在街道的尽头，一切终于安静了。

“好了……”白薇皇后用手支撑着身体，看着渐渐消失在指间的白光，喃喃道，“居然、居然动用了塔底下的‘那种力量’啊……看来，他自身的力量的确已经衰竭到一定程度了呢……”

然而，她的精神力似乎也出现了短暂的衰竭，她恍惚地盯着地面，长时间地一动不动。有什么东西……有什么东西，正在黑暗的最深处苏醒过来……

她身形忽然间有了短暂的颤抖——那种颤抖是由内而外的，似乎心底有一块柔软的地方忽然被重新触动，引发了微微的、依稀的痛意。

苏摩在一旁冷冷看着她。这个女人在月下战斗，以最熟悉的面貌出现在他面前，这种感觉实在是太诡异了……很多时候，他都会有一种奇妙的憎恨。

“这个身体……太难用了。”片刻，白薇皇后回过了神，低低地喘息，看着锁骨上那一处流血的伤口——刚才，在地底红光射出的瞬间，她已经展开结界，然而这个身体却不听指挥，脑中的想法传到肢体上时，动作已然慢了一拍。若不是“后土”神戒保护着主人，她恐怕已经被九障重伤。

“本来也就不是你的。”苏摩淡淡道。

“呵，”白薇皇后看着肩膀上流下来的血，脸上露出复杂的神色，“现在就算让白璎她自己来，也恐怕不能适应吧？这个身体，已经变了。”

她在月下伸出手来，那只手影影绰绰投射在地上，居然是介于有和无之间。

“苏摩，是你用星魂血誓改变了六星的轨迹，改变了她。”白薇皇后回手止住血，感受着千年未曾感受到的人血的温暖，回望此刻身侧的同伴，眼神复杂——这个疯狂的傀儡师用“一半”的生命作为交换，让星宿脱离了冥星的星域，以他自己的血注入她体内，凝聚出了新的身体。然而，这个身体却也是介于生和死之间，只得“一半”。

白薇皇后抬头看着帝都的夜空，漆黑的夜幕里悬挂着亘古不变的皓月，一如七千年她最后闭上眼睛的一刻——然而，星辰的流转，却早已不同。

她能看到碧海上的那颗海王星。那是属于海皇，象征着“自由”的星辰。然而，这颗星的力量，却是在七千年后才达到了光芒的顶峰！挣脱奴役，挣脱禁锢，挣脱力量的极限……到最后，竟然挣脱了宿命的束缚。

那一瞬间，皇后微笑起来了：“苏摩，你具有纯煌没有的非凡勇气——所有一切的预言和宿命，都将因你而打破！”

那是她第一次对这个新海皇流露出如此赞许的神色。空桑的开国皇后伸出手来，手指上的“后土”神戒在月下熠熠生辉——然而，她的手触碰到了苏摩眉心的那个火焰状刻痕，然后触电般弹开。

她眼里神光流转，微微叹了一口气：“果然……不可知的变数还在蛰伏。本来我可以看到你的宿命，你的命运本该是那样终结，而白璎的命运也有定数——可是，狂妄悖逆的海皇啊，你打乱了天宫，所有的预言都在那一刻化为了灰烬。”

化为了灰烬吗？苏摩微微侧过头，想起了雪山上那个苗人少女给他的占卜。

他的过去、现在，以及未来。

那样精准洞彻的判词，于今，都已经化为了灰烬。

“只希望，我的血裔能有你一半的勇气……”白薇皇后叹息着，反手压在心口，似是在对身体里的某个人喃喃自语，“为什么还不醒来？还没有做出最后的决定吗？”

苏摩没有回答，只是回身望了那座白塔许久。

“不要催她，在命运转折时，她会做出自己的选择……”他忽然开口，语气淡漠，“你并不了解你的血裔……她一直都很有主见，并会不顾生死地去维护。”

白薇皇后愕然。那，还是她第一次从这个傀儡师嘴里听到对那个人的评价。

他不再停留，而只是在夜色里朝着第二个十字路口走去。

空气里布满了无形的结界，封阻着他的脚步——这种封印的“屏障”的力量是如此强大，以致令他和白薇皇后这样的不世高手都不得不用尽了全力才能向前。第一个“障”已经破得如此费力，那接下来的八个结界，想必会越来越难吧？

他抬起头看着白塔，却仿佛在看着遥远得不能再回去的往日。

即便是九障坚不可摧，依然还有一重重突破的机会——而那些人，那些事，那些孤寂而平淡的日子，他生命里唯一一段接近阳光的岁月，一旦过去，便是再也、再也无法回来了。

再回首已是百年身。

三更，断金坊里走出了一条人影，悄无声息地没入黑夜。

傍晚收工后，冶胄一个人私自留在了迦楼罗舱室里，躲开了检查的人，一直待到了半夜才偷偷地出来。回来的路上一路无人，然而在从延平巷走出时，他吃了一惊——那样深的夜里，寂无一人的大街上居然走过来两个披着黑色斗篷的陌生人！

帝国刑法严苛，铁城一直有宵禁令，入夜之后街上不许百姓行走。这两个人不是巡逻的士兵，也不是紧急入城报信的，那……到底是谁？冶胄只觉得全身沁出冷汗，下意识地贴墙倒退了一步，迅速躲回了阴影中。

今日这样的行为，如果被帝国发现了，便是死罪！

冶胄躲在街角的阴影里，看着那两个人脚步缓慢地穿过了十字路口——他们一先一后，走得极其缓慢，冶胄原本有足够的时间逃走。然而他一动不能动，只是目瞪口呆地看着那两个人的动作，看到一道又一道光在暗夜里燃起又熄灭。

这……这是什么东西？是最新的武器吗？

这两个人，居然能赤手就发出火焰和光束来！

"嗯？"其中一人忽然停住了脚步，头也不转地低哼了一声——冶胄的心跳得厉害，然而脚步却无法挪动。不可能……那么远又那么黑，他怎么能看到自己呢？

"杀了吧。"那个蓝发的夜行者喃喃道，竖起了手掌，一道极细的光忽然间割破了黑夜！

"唰"的一声，冶胄只觉得呼吸一窒，眼前忽然一片空白，整个人失去了重量。

"叮"，轻轻一声响，他重重跌落在地上，呼吸又重新开始继续。

"苏摩，住手。"那个银发的女子在千钧一发之时挥剑斩断了那一根细细的光线，轻声劝阻，"这不是沧流的士兵。"

"可他看到了我们。"苏摩冷冷道。

"那就消了他的记忆，"白薇皇后反驳，"或许，我们早该使用隐身术。"

苏摩眉间已经凝聚起了怒意："开什么玩笑！和这个该死的九障抗衡之余，还有力量同时使用别的？"

"所以说，我们只有在夜里避开人上路。"白薇皇后坚持，"可他只是个普通匠人，消除他的记忆即可，何必杀人。"

她俯下身，将手按在了冶胄的眉心。

她的手是如此的冰冷，让冶胄不自禁地打了一个寒战，惊惧地往后退缩。然而看着近在咫尺的女子，他忽然间便有一种恍惚感——这、这是谁？真是像啊……这种气质，这种感觉，为什么竟有些像他深心里倾慕了多年的那个人呢？

云烛……那两个字仿佛迅速安定了他的心，他在昏迷前的一瞬失去了恐惧。

“这个人，似乎认得我？”在接触的瞬间感觉出了对方的情绪变化，白薇皇后略微吃惊地喃喃，他在说“云烛”——是巫真云烛么？她心里忽然有一种异样的感觉，抬起头望着暗夜里的白塔，眼神微微变了变。

白薇皇后直起身，忽地看到了对方手里的一卷东西，脸色一变：“营造法式？”

苏摩似乎也注意到了这个工匠手里的东西，用引线遥遥翻页，冷笑起来：“普通匠人？普通匠人会带着迦楼罗的制造秘籍吗？”

不过他并未再度流露出杀气，只是翻了翻，便将那本书扔了回去，嘴角露出一丝冷笑：“走吧，让他们去折腾好了——没有了如意珠作为力量的来源，迦楼罗是无论如何也飞不起来的，我倒想知道他们用什么作为力量之源来驾驭那个机械。”

他从袖中摸出了那一颗宝珠，纯青色的光华在手中流动，帝都夜风一瞬都变得湿润起来。将灵珠握在手里，苏摩仿佛闭目感知着什么，神色沉静。

龙……现在，你在做什么呢？

镜湖底下那一场大战，是否已经结束？

在海皇握紧如意珠的刹那，镜湖底下发出了一声悠远的龙吟。

战后的废墟上，无数鲛人正在清理着战场，忙碌而有序。巨大的龙逡巡于子民的头顶，却显得心神不安，不时地仰头看向水面——有某种预感，水面上那座城市里正在发生某种不祥的事情。

那种预感仿佛继七千年前星尊帝发动血战后，那种杀戮的力量又一次重新觉醒！

海皇……你不顾一切地去了那个帝都，此刻，又在做什么？如意珠是连接龙神和海皇的纽带。地面上的黑夜里，海皇将灵珠握入手心的那一刹那，仿佛有了某种沟通，盘旋在大营上空的龙神忽地抬起头，望着水面吐出了一声叹息。

不好！这种预感……那个在暗夜里前行于帝都的人，只怕是……

龙吟令所有鲛人战士都一惊，单膝下跪。复国军的统领炎汐和长老们从帐篷里走出，恭谨地俯身在高台上，等待着神的旨意。然而，龙神只是看了头顶一眼，复又沉默下来，片刻后仿佛做出了一个决定，巨大的金色尾巴一摆，旋即消失在镜湖深处。

“我必须离开……这里就交给左权使了。”龙吟消失在水里。

“龙神！”长老们失声惊呼，眼看着骤然降临的神祇又骤然离去。

日前沧流帝国的靖海军团围攻镜湖大营，那一役声势之大，兵力之猛，简直前所未有。一战后复国军伤亡惨重，如果不是得到空桑人的支援，可能已然全军覆没。那一场大战接近尾声的时候，龙神忽然从天而降，咆哮着操纵水的力量，在瞬间形成了类似“天眼”的巨大旋涡，将残余顽抗的沧流军队一刹那击溃。

无数的鲛人战士看到了这梦幻般的一幕，纷纷俯身在地，仰视着头顶盘旋的金色巨龙，发出了千年期待后的惊喜呼声。

然而，微微令人失望的是，海皇并未随着龙神一起返回。

他们的王……在这个时候，又去了哪里？

那个黑衣的傀儡师，有着无比强大力量和无比黑暗心灵的王，为何总是独断独行，从不顾及子民和族类？

镜湖的中心，却是没有一滴水的，那是无色城的领地。

奇异的光笼罩着水底，虚幻的结界下浮动着一个虚幻的城市，恢宏而广大。城墙、城门、街巷、宫殿历历可见，和地面上的伽蓝帝都宛如孪生，如雾气一样隐约可见却不可触摸。

“啊……太无聊了！”城门口抱膝坐着一个少女，喃喃地自语。

“太无聊了太无聊了太无聊了！”她终于大叫起来，“臭手！你到底好了没有？”

无数的鱼类在她身边游弋，看她半天不动，小心翼翼地靠近，用小小的嘴巴在她的肌肤上啜来啜去，弄得她咯咯直笑。然而忽然间爆发的这一喊，让一群鱼刷拉一声游开。

“那笙姑娘，不要心急。”忽然间水流有了异常，有人轻声安慰。那笙不抬头也知道，是那位美丽的赤王又过来看她了——这些日子以来，除了炎汐会从远处的镜湖大营偷偷来陪她一会儿，也就只有红鸾才会来理睬她。

“那个臭手，到底什么时候可以把身体拼回去啊？”她不耐烦地抬头，问红鸾，“我在这里坐得屁股都痛了！无聊死了……水底除了鱼什么都没有，你们的那座城市我又进不去！我想早点去叶城，不想再呆坐着了！”

“皇太子殿下还在恢复中。”红衣的女子低头笑着回答，好声好气，“那笙姑娘，稍微耐心等一下吧——也不知道为什么，殿下这次只是出了一剑，却衰竭得厉害。”

想起了那一日真岚那一剑，那笙颤了一下：“嗯，那一剑实在吓人……”

她郁闷地伏下了身，抱着膝盖，无聊地摇晃着身体：“我……我总是觉得害怕啊！那个时候的臭手……变得不像他了……反而像……像……”

她努力回忆着，忽地抬头：“像我在那面镜子上看到的东西！”

“那面镜子？”赤王吃惊地反问。

“嗯！”那笙不再摇晃身体，全身紧绷，睁大了眼睛，“你不知道，在星尊帝地宫的寝陵里有一面镜子！我……我在那个镜子上……看到了……看到了……”

她迟疑了许久，最终叹了口气，身体软了下去：“我不知道怎么跟你说。”

赤王诧异地看着这个佩戴着“皇天”的少女。一直以来，她都不知道为何只能和帝王之血呼应的“皇天”神戒，居然会接纳了这样一个异族少女。看来，这两者之间，的确也是有着深厚的宿缘吧？就如她居然可以进入星尊帝的寝陵，看到一切一样。

那笙继续喃喃道：“不过那个时候，臭手一定也看见了吧……所以脸色才会变得那么难看。我从来没见过他这样拉下脸来。”

真岚皇太子也变了脸色？赤王一惊，隐约觉得不安。

“没事，再过几天皇太子应该就可以恢复了，”她只好这样安慰那笙，轻轻抚摩她的肩膀，“很快就能带你去叶城，解开下一个封印了。”

“叶城！”那笙眼里露出了兴奋的光——那是云荒最繁荣的城市，她在中州时候就已经听说过，早已神往了多年。那里，不仅有她需要解开的第四个封印，更有无数新奇热闹的东西。

“哎呀！让臭手快点好起来吧！”她跳了起来，急不可待，“我等不及啦，三天后他如果还不能走，我来把他打包带上路也行！”

“呃……”听到堂堂的皇太子被如此轻视，赤王也是有些尴尬。

然而，话音未落，水流忽然起了变动，仿佛有什么在水底潜行而来。那笙立刻扔下了红鸾，欢喜地跳了起来，迎上去：“炎汐，是你来了吗？”

这几日她待在镜湖水底，虽然无法进入无色城也无法留在复国军大营，但每日里炎汐总是会抽出时间来看她，以免这个天性活泼的少女无聊。

然而，那急遽卷来的水流却是出乎意料的强大，在一瞬间就把那笙掀翻在地！红鸾也是好容易才稳住了身形，抬起头，忽然就愣住了，两个人同时脱口而出：“龙！”

镜湖的水忽然变得诡异，急速地涌动，绕成了一个无形的旋涡，仿佛龙卷风一样从远处席卷而来。那个旋涡在她们面前停下，那笙惊骇地抬头——身周的鱼群早已远远避开，头顶的水里浮动着一条巨大的金色的龙，目光炯炯地凝视着她们，微微摆了摆尾巴致意。

那笙看着这条在苍梧之渊见过一次的庞然大物，吃惊道：“咦，你……你来这里做什么？”

不会是来找空桑人麻烦的吧？然而，龙神没有回答她，只是看着红鸾，低沉的语音回荡在万丈水下：“赤王殿下，我想见你们的皇太子真岚。”

虚无的城市里一片寂静。

从鲛人镜湖大营回来的冥灵战士一回到城市，就重新分解为虚幻的灵，纷纷归入了一望无际的白石棺中，积聚灵力准备进行下一轮的战争。诸王纷纷安静退避，不敢惊扰疲倦归来的皇太子，连一贯喜欢训导皇太子的大司命都捧着辟天长剑离开。

断臂支着腮，头颅正在金盘里小憩，眉间有极疲倦的神色——不只是因为那一剑带来的力竭，更因为心力的交瘁。几日之前，他刚刚做出了那样的选择，让海皇跟随妻子而去，自己带领军队前去支援复国军镜湖大营，击退来犯的靖海军团……将所有该做的都做完后，随着那一剑的挥落，他只觉全身的力量也随之消失。

如果能一直这样睡下去就好了……真希望就一直这样睡着，什么事也不去想，不要再去面对那数不尽的国仇家恨、社稷苍生。

那些东西，其实和他又有什么关系呢？他不过是西荒的一个牧民少年。

“快逃！”睡梦里，忽然有一个声音响起，恐惧而惊慌，“快逃啊！”

是谁……是谁呢？那样的遥远而熟悉。

“真岚，快逃！快逃！”那个女子的声音在耳畔，居然是在呼唤他的名字，绝望而恐惧，“帝都里的那些人来了！不快逃的话……不快逃的话……”

话音戛然而止，他看到一条白绫勒住了那柔白的咽喉！

“母亲！”他终于看清了那张因为痛苦而扭曲的脸，失声惊呼，返身狂奔——垂死的人却张开了手掌，拼命摇晃，面目扭曲：“快、快逃啊！真岚！如果被抓回去……如果被抓回去的话，你、你就会被……永永远远地……锁在上面……”

那只手终于无力地垂落，母亲的眼睛永远合上。

少年的他在西荒的黄沙瀚海里狂奔，恐惧、愤怒、悲哀、绝望，一重重地逼来，和身后追兵的马蹄声一样近在耳畔。不行，一定要逃，一定要逃！不然的话……就会被抓住，就会被永永远远地……锁住。

然而，不等他逃离，一条锁链从天而降，死死将他扣住，拖向了那些追来的魔鬼——他极力挣扎，却丝毫无法撼动那条黄金打造的锁链。

终于，还是逃不了吗？

那一刹那，他绝望地想：逃不了的话，那就做一个无知无觉的活死人吧！

然而，时空在瞬间变幻，他已然置身万丈白塔的顶端，奢华盛大的婚礼正在举行——那一瞬，他看到了那条黄金锁链另一端系住的人，那个和他拥有共同命运的贵族少女。她静静地低垂着头，珍珠面幕罩住了眉眼，宿命的黄金锁链沉重地缠绕着她，她并没有挣扎，被一寸寸地拖着，来到他面前，看起来如此柔弱又如此宁静。

他看着自己命定的妻子，忽然冷笑起来：原来，你也和我一样，是逃不了的吗？

那个瞬间，他却看到她霍然抬起了头——她的眼眸在面罩后亮如星辰，决绝而果断，全无他想象中的那种柔弱。

“我要先走了。”她对他微微一笑，毫无预兆地，她一仰身，轻飘飘地飞出了塔顶汉白玉的栏杆，在万众惊呼里向着大地坠落！

“不！”他失声惊呼起来，不顾一切地扑了过去，试图拉住那个堕天之人——然而，衣袖从他指尖断裂，她飞速地坠落下去，嘴角犹自噙着一丝微微的笑意。

“不！”他嘶声低呼，死寂的眼眸因为震惊而雪亮。他眼睁睁地看着黄金锁链那一端的人坠落向万丈大地，宿命坚不可摧的锁链在瞬间铮然断裂！

千重云气萦绕着她，凛冽的天风吹着她的衣袖，猎猎飞扬，让她看起来仿佛一只展翅飞去的白鹤——她、她居然……居然挣脱了？居然逃掉了！

原来……她和他，毕竟不一样！

梦里的景象开始紊乱，无数记忆的碎片开始不受控制地涌出，排列成难以解读的种种方式——百年前，她高高举起他的头颅，在即将沦陷的帝都城头对着子民高呼；九十年前，赴死的前夜，她在紫宸殿与他告别；几十年来，在这个虚无的城市里，她和自己说着一些开心或者平淡的话，宁静的时光就如头顶的流水一样无声无息地过去……最后，定格的景象是前日诀别那一刻，她俯下身亲吻他的额头，然后离开，没有回头。

那一刻，他可以看到那条巨大而沉重的黄金锁链重新垂落，将她缠绕起来，一步一步将她拖向毁灭的深渊！

“逃啊……快逃啊！”梦里，他终于喊出了现实里身为王者不能说的话，“白璎！别去帝都，什么都别管了——快逃，快逃啊！”

不逃的话……会被宿命压垮的！

真是愚蠢啊！百年之前，堕天的你既然已经毅然决然地挣脱了那条锁链，为何在苏醒后还要回到这个罗网中来？国家、民族、责任、道义……正是这些东西，共同铸成了那条黄金的锁链，将你我的一生捆绑，你既然已经挣脱，又为何回来？！

少年时，他亲眼看到父亲派来的使者用白绫缢杀了母亲——后来，他知道这是空桑王室常用的手段：如果太子的生母不是白族的皇后，为了保证世代守护空桑的“双戒”力量的纯粹，那个生下太子的妃嫔就必须被赐死，以免她的那一族成为最大的外戚，威胁到白族与帝王之血共掌天下的局面。

虽然明白父王做出这个选择的必然性，但，那时候起，他就对空桑这个民族消失了感情——尽管那“一半”的帝王之血还在他的身体里流淌。

亡国前的时间里，梦华王朝末期，他基本是消极地怠政，毫无作为，眼睁睁地看着帝国腐烂下去。直到百年后，他才重新激起了为空桑而战的信念。

白璎，我坐到了这个位置上，成为这个云荒的主宰、命运的囚徒，已然不抱有逃脱的奢望——但至少，我希望你能够挣脱这一切自由地飞翔，一如百年之前。所以……既然无法亲手替你斩断这条黄金的锁链，那么，就拜托另外一双手吧！

也只有那个来自蔚蓝大海的人，能带着她离开这个罗网，让她如同百年前那一刻那样自由飞翔。从此后，可以在蓝天碧海之下幸福地生活，远离一切战争混乱，在珊瑚的宫殿里终老，子孙绕膝，直到死亡将他们分开……

那，也是在定下空海之盟那一日，他亲口对她许下的诺言。

“白璎，逃啊！快逃啊……”睡梦中，金盘上的头颅喃喃道。

赤王红鸢怔怔地看着沉睡中的皇太子，忽然间有无法压制的悲哀涌上心头，侧过脸去不愿再看，低声道：“龙神，请你和真岚殿下慢慢交谈吧！”

巨大的龙盘绕在虚幻的光之塔下，俯视着金盘上散落的“人”形，双眼里露出了深远的叹息，低下头去，缓缓将气息吐在沉睡的头颅上，将他唤醒。

真岚睁开眼睛的时候，映入眼帘的是压顶而来的巨大的龙，到处是一片耀眼的金色——还没睡醒的人霍然一惊，感觉到那是一种外来的力量，断臂下意识地一跃而起，便握住了另一边金盘里的长剑。

然而，当举起辟天长剑对准了眼前的巨龙时，他终于清醒过来了——那是龙神……是七千年后，腾出了苍梧之渊的海国之神！而他，星尊帝的血裔，手里拿着新一代海皇赠予他的长剑，居然在七千年后又站到了龙神的面前！

那一瞬，他忽然有一种恍惚的失措，有些茫然地垂下了剑尖。

“空桑的新帝王啊……不必紧张。”龙神却没有丝毫的惊讶，只是凝视着他的眼睛，吐出了长吟，“七千年后，我来到这里，并不是来寻求仇恨的。”

蛟龙在镜湖底的无色城上空盘旋，巨大的身体渐渐缩小，最后幻化为手臂粗细，看着金盘上的头颅：“方才，我听到了你在梦里呼唤着一个名字——而你在意的那个人和我所关心的人，他们在帝都很可能会遇到前所未有的危险……

所以我来到了这里。”

前所未有的危险？真岚霍然抬头，眼神带着惊讶和疑虑。它……竟知道魔之左手的所在，并得知苏摩和白璎正是为之而去？它又预见到了什么？

“会发生非常不好的事。”龙神低吟，眼神忧虑，“出乎预料之外的不祥，可能会带来灾难——皇太子殿下，我们必须立刻赶去！”

真岚微微蹙眉，审视着龙神，似乎心里在定夺。

“帝都上空密布着强大的结界，而我失去了如意珠，你又尚自衰竭，都不能拥有足够的力量去阻止这一场灾难……”龙目光炯炯地看着他，吐出下面的话，“按照缔结的空海之盟，我希望你能和我一起前去。”

真岚霍地抬头。什么？龙神来到无色城，难道就是为了这个？它想要去助海皇一臂之力吗？难道说，伽蓝帝都的那两个人如今真的遇到了预想之外的绝大困境？

真岚没有立刻回答，金盘上的头颅合起了双目，沉思。

“如你所见，眼下以我的状况，还不能出去。”只是沉吟了片刻，他淡淡开口，不动声色地拒绝，“我相信以白璎加上海皇的力量，应能遏制住帝都的‘那个人’——不必太担心。我懂得力量的法则，这是有胜算的对局。”

“那个人？”龙神忽地从鼻孔里喷出一道冷笑，“你以为我所说的‘灾难’仅仅是指帝都里的那个人吗？你以为，我是为了这件事才冒昧前来请求一个世仇吗？”

“怎么？”真岚蓦地觉得心惊——不是为了那个智者？

“真正的灾难，并不是敌人的力量有多强，”龙吐出了低吟，眼神转为悲凉，“人所要面对的，说到底唯有自身——空桑的新王啊，你应该比谁都明白这一点。”

真岚霍然抬头，眼神雪亮：“难道……难道你说的是……”

龙颔首：“不错。但是，即便仅仅是‘那个人’的力量，也会出乎你我最初的预料——你看到那个‘血十字’了吗？”

仿佛明白了什么，真岚脸色迅速变了，抬头望向光之塔，凝聚了全部的幻力遥感着，想透过虚幻的无色城一直看到上方那座真实的帝都里去——只是一瞬的凝视，空桑的皇太子似乎就洞察了某种可怕的前景，空洞的心脏仿佛陡然缩紧。

怎么、怎么会出现这样的预感？

血十字……云荒大地上，竟然真的出现了一个巨大的血红色十字！东方桃源郡、西方苏萨哈鲁、北方九嶷，以及最近的叶城，接二连三地发生动乱。这数月来陆续发生的看似毫无关联的血案在一瞬间被连接起来了，东、西、南、北，依次流出无数的鲜血——仿佛一只无形的手，以整个云荒大陆为纸，用一处处盛大的死亡画下了一个巨大的十字符咒！

真岚变了脸色，用幻力望去，水面上的帝都一片血红，不见天日，而半空中纷纷坠落的，居然是……居然是……这简直是末日的景象！

这种力量，几乎是灭世般恐怖。

那个人，到底是想完成什么？帝都里，到底会发生什么样可怕的灾难？他是否应该听从龙神的话，亲自去往伽蓝城一趟？

短暂的沉默中，辟天长剑仿佛率先明白了主人的心意，应和出了低低的长吟，忽地从身侧的剑鞘中一跃而出，自动跳入了那只断裂的右手上。

“龙！我跟你去。”金盘上的头颅低喝了一声——散落的四肢在一瞬间震动起来，自动跃向头颅方向，瞬间拼合出了人体的形状！

“皇太子，不可以！”大司命惊而上前，阻拦道，“帝都今夜将有巨变，太子如今尚未复原，绝不可孤身蹈险！”

“那么，传我命令——六部战士重新集合，连夜随我去往帝都！”斗篷下的人形犹自虚弱，却努力拄着剑站起，低沉地喝令，“封印破坏神事关空桑国运，白王如今身陷危境，空桑绝不可坐视！”

大司命怔住，一时不知如何回答。

前日为了支援镜湖大营，皇太子就已经和诸王发生了分歧，费尽力气才说服持反对意见的玄王和紫王。而此刻，竟然又要联合龙神，连夜动兵吗？

然而，不等他说话，辟天长剑已然缓缓举起。光之塔下，真岚执剑而立，脸色严肃，隐约间带着某种不可仰视的威严和决断，一字一句地开口：“大司命，我以至高无上的帝王之血命令你，立刻传令，集合六部！违令者，开棺戮其尸，散其魂——虽王者亦无赦！”

大司命悚然一惊，不由自主地单膝跪下：“是！”

第九章

圣女

破晓，太阳从慕士塔格背后升起，整个大地光彩重生。帝都伽蓝也沐浴在一片金色的霞光里，无数的宫殿发出璀璨的光，辉煌宏大，端正庄严，看不出一丝一毫的阴暗晦涩。

这个夜里发生过无数的事，然而随着光明的到来，一切都无声无息地消弭了。

退思阁里帘幕低垂，馥郁的香气不曾随着日光的射入而消散，依旧萦绕在绫罗中沉睡的两个人身上，暧昧而妩媚。

没有下人来叫醒，卯时三刻罗袖夫人准时睁开了眼睛。

不同于帝都种种妖魔化的传闻，被传说成生活糜烂的她，其实并不如别人想象中那样日日春宵苦短日中方起，而一贯有着良好的作息习惯。每夜亥时入定后准时就寝，卯时日出时便自觉地醒转，开始在庭院里静坐沉思。辰时进食，巳时开始处理族里各种日常事务……一日的生活井井有条，安排得紧凑而饱满，不同于大部分门阀贵族的骄奢淫逸。

然而今日她睁开了眼睛，却并未如平常那样及时地起身。

她躺在华丽的大红西番莲鲛绡被里，怔怔地看着垂落的织金落幕，眼神里露出一种奇特的表情来。显然是昨夜那一场狂欢令两个人都筋疲力尽，枕边俊美的少年还在沉睡，呼吸均匀而悠长。他的手臂横在枕上，搂着她的肩膀——

那是一种从未有过的姿势。

罗袖夫人出了一会儿神，仿佛慢慢回忆起了昨夜发生的一切，伸手从榻边案上拿了一杯酒，靠在床头喝了一口，垂下了眼帘。

她静静侧过头，看着身边熟睡的男宠，眼里不知道是什么样的表情。

他在日光里沉睡，睫毛微微地颤动。虽然活了两百年，但容貌依旧清秀如少年，水蓝色的长发零落地披散在玉石一样的肌肤上，身上留着昨夜狂欢后的痕迹，也夹杂着昔年受伤后留下的疤痕，散发出一种纯澈而妖异的美。

“凌。”她低低唤了一声，忍不住抬起手轻抚他的眉，眼神复杂。

凌动了一动，轻轻吐出一口气来。

罗袖夫人抬起眼，就看到了对面铜镜里自己的模样——晨妆未上的女人韶华已逝，蓬乱的头发下是苍白的脸，眼有些浮肿，多年来劳心和纵欲的痕迹布满了眼角眉梢，体态已经略微显出了丰腴。多年来放纵的生活，令她渐渐由内而外地被侵蚀。

老了……这么久以来，这是她第一次如此清晰地想起了自己的年龄。

三十八岁。对于冰族而言，这个年纪已然不再年轻，连她的女儿都到了出嫁的年龄——这种放纵荒唐的日子，又还能过上多久呢？而他，却有着千年的生命。

她叹了口气，将杯中的酒一饮而尽，同时放下了抚摩着凌的手。

然而沉睡中的人已经悄然醒转，半梦半醒中，凌如平日一样捉住了她的手，凑到了唇边，一根一根地亲吻她的手指——罗袖夫人一怔，下意识地将手往回收。

这种与往常不同的失态，令凌彻底地醒了过来。他睁开眼睛看着她，眼神一清，仿佛忽然间也回忆起了昨夜的种种。

对视的瞬间，两个人之间居然有一种微妙的尴尬感觉，匆匆一眼后就各自移开了视线，感觉脸颊微热——这种前所未有的沉默，昭告着两个人之间关系的微妙改变。

罗袖夫人从榻上坐起，从衣架上扯了一件睡袍裹住了身子，缓缓走到了窗前。凌看着她的背影，也没有说话。他并不知道该如何面对她。一直佩戴着的面具已然在昨夜碎裂，他不能再扮演那个妖魅刻毒的男宠角色。他在那一刻做出了选择，然而，却不知道在这样的一个夜晚之后，自己又该如何面对她。

或许，连她自己……也不知道吧？

罗袖夫人推开窗，默默看着朝阳中的花园，让清晨的风吹上自己滚热的脸。许久许久，她终于开口，静静地说出了一句话——

“凌……把昨天晚上的事忘掉吧。”

他微微一怔，然后松了一口气，忽然间笑了起来，低声：“是的，夫人。”

那一笑之间，露出如此妖异和无所谓的神情，仿佛昔日那个魅惑众生的男宠又回来了——不错，这才是最好的解决方法。他所要求的，只不过是“一直这样下去”——那么，也只有忘记昨夜的种种，才能让一切和原来一样吧？

她果然是一个聪明而又决断的女人。

“我要出去办事了，”罗袖夫人关上窗，回头对他说了一句，“你再睡一会儿吧。”

门合上，他重重地倒入了柔软的被褥，华丽的锦缎犹如海洋一样将他湮没。

同一个清晨。

飞廉醒来的时候，外面已经晨曦初露。帘影下，身侧的人还在沉睡，鼻息细而绵长。他忍不住伸过手，轻轻抚摩她散乱发丝下美丽的脸。

每次睁开眼睛看到碧，他心里都会有一种宁静的幸福感，觉得自己得到的远比想象的多得多——特别是心情烦乱的时候，看到碧的脸，他也会觉得心里忽然安静起来。

仿佛是昨天累了，碧尚未睡醒，静静将头靠在他肩膀上。飞廉沉迷地凝视着她沉睡的脸，忽然有一些诧异，触摸了一下她的脸，发现有湿润的感觉，于是伸出手在枕畔摸索——果然有几粒珠子散落在衾枕之间，仿佛泪水一样明亮。

“碧……碧，你怎么了？”他吃惊地看着身畔沉睡的女子，低声喃喃。

“唉……”碧轻轻叹了口气，在睡梦中转了个身，“凌啊……”

他看不到她的脸，却听见了泪水落下的声音。

凌？那是一个陌生的名字——飞廉不知道该不该叫醒她，心里陡然有了一种从未有过的迷惘。原来，即便是衾枕相伴多年，他们心里依然有彼此不曾到达的地方。然而就在这刹那，他听到了门外下人们凌乱的脚步声，一路逼近过来，伴随着惊惶的劝阻声：“公子还在休息！请小姐留步！”

不过显然对方身份显赫，那些下人们只是一味劝阻，却拦不住闯入的人。

“飞廉！”来人急匆匆地过来，一路高声，“你在哪里？快出来！”

一听那个声音，他的睡意就去了大半，一骨碌地翻身坐起，吃惊地睁大了眼睛——天，是明茉小姐？她、她疯了吗？居然闯到府里来了？！

“飞廉，出来！”仿佛不知道他在哪一间房，她只得在庭院里扯了嗓子喊，声音里带了微微的颤抖，已经顾不得羞怯和矜持，“有急事！你……你快出来啊！”

“明茉小姐！”他匆匆披了一件长衫开门出去，“怎么了？”

明茉正站在庭院里，焦急地四顾喊着他的名字，完全不顾周围那群无措而好奇的家丁。飞廉看到她也是蓬头乱发素面朝天，显然同样未曾梳洗就直接闯了过来。这个丫头，难道疯了吗？碧还在里面沉睡——那一瞬，他心里有略微的怒气。

她脸上一直带着某种强自克制的惊惶，此刻一看到飞廉，忽然间就哭了出来。

“怎么了？”飞廉又是吃惊又是尴尬，连忙走过去。

“我……我昨夜已经听说了……他……他被……”明茉身子颤得厉害，哽咽着抓住他的袖子，仿佛按捺着心里极大的惊慌和恐惧，“怎么办？怎么办？”

飞廉骤然明白过来，脸色也是“唰”地苍白，抬头对着旁边仆人们厉叱：“都给我下去做事！待在这里做什么？”

“是……是！”仆人们吃惊于公子近日的暴躁脾气，连忙告退。然而每个人眼里依然露出好奇和暧昧的神色，一路频频回顾——看来，公子也是个表里不一的人呢！虽然嘴里一再说死也不结亲，可暗地里早就和巫即家的小姐好上了！不过也是……明茉小姐的母亲是出了名的风骚，女儿放肆一点也不奇怪吧？

飞廉斥退了下人，一把将明茉拉到了房间里，低声道：“云焕出事了？”

明茉咬着牙，仿佛用了极大的力量才把哭声逼了回去，默默点了点头。

“以失职罪处死？”飞廉咬了牙，低声道，“怎么可能，元老院说服了智者大人？”

“不，不是处死……”明茉终于开口了，声音还是控制不住的颤抖，“今早季航偷偷对我说……是、是……灭族！”

“灭族！”飞廉霍然站起，失声惊呼。

“云家，灭族。”明茉终于忍不住哭出声音来，只觉得全身都没有了力量。飞廉脸色瞬间变得苍白，他扶着明茉，没有说话，脸色沉郁而复杂，显然有极其激烈的情绪在内心交错起伏。他必须极力克制着自己，才能不像眼前这个女子一样失去控制。

“命令已经下达了吗？”他低声问。

“嗯。”明茉极力忍住哭泣，说话渐渐恢复了条理，“季航说，今天一大早巫彭元帅就带着军队过去了……所有巫真一族的都被逮捕，包括云家三姐弟……”

“那群混蛋！”终于忍不住，飞廉狠狠往墙上捶了一拳。石屑纷飞中，墙上赫然出现一个大洞，他只觉得手颤抖得无法控制。

“怎么了？”后堂传来碧吃惊的低呼，“飞廉……外面怎么了？”

脚步声从后面转出，然后蓦地停住。碧穿着睡袍揉着眼睛走出来，喃喃地问，乍然一看到靠在飞廉肩头的明茉，顿住了脚，露出了惊诧的表情。然而此刻飞廉顾不上她复杂的表情，只是抓着明茉的肩，连声问："那含光殿呢？”

“不知道……”明茉声音低了下去，显然筋疲力尽，眼眶红肿，“我出来的时候，还没看到有军队冲进含光殿……不过，也是迟早的事了。”

飞廉沉默下去，双手慢慢开始发抖。

“怎么办，飞廉公子？”明茉绝望地抬起眼，声音发抖，“智者大人的命令，谁都无法更改……他们、他们要把云家全部杀光！”

飞廉眼里闪过雪亮的光："虽然外面很危险，可是……你能带我去看看吗？”

“当然。我带你去！”明茉断然回答，毫不犹豫。飞廉对着她赞许地笑了一笑，立刻冲到内堂，迅速地开始换上衣服。他沉声道：“碧，我出去看看。你留在家里，帮我好好地找晶晶的下落。”

“别去！”鲛人女子一直在旁听，此刻不由得脱口惊呼，试图拦住他——因为她注意到他换上的，竟然是多日未曾穿过的戎装！他、他想去做什么？

“必须去。”飞廉甩开了她的手往外走，“我不能让他们就这样杀了云焕！”

“可如果你去了，他们会杀了你！”碧厉声阻拦，“别去！”

飞廉在门口站住了脚步，冷笑起来，那种笑容里有着某种自厌的苦涩：“放心，不会的……我是巫朗大人的孩子，他们可不敢像杀云焕那样杀我。”

“可你不值得为那种人去冒险！”碧失声道，掩饰不住对那个冷血少将的厌恶——这些年来，多少同族死在了那个破军手上？如今帝国内部相互倾轧，自相残杀，能顺便把那个满手鲜血的屠夫处死那是最好了，飞廉为何却非要卷进去阻拦这件事？

听得那句话，飞廉忽地一震，站住了脚看着她，声音转为从未有过的严厉：“碧，你知道的，云焕是我朋友——他和你一样，都是我最重要的人。为了你，我可以苟且偷生逃离战场；但为了他，我同样可以反过来！”

碧怔怔地看着他，飞廉推开了她，头也不回地走出去。明茉等在庭中，两个人短促地说了几句什么，就迅速并肩走了出去，如此默契又如此和谐——那个轻袍缓带的贵公子换上了久已不穿的戎装，整个人就完全变了，仿佛从一块温润的美玉骤然变成了寒意逼人的利剑。

她忽然觉得陌生。这样杀气凛凛的飞廉，从未在她面前出现过。

碧低下了头，深深将脸埋入了手掌——她从来没有如此深切地感受到两个人之间那不可逾越的鸿沟。他有他的坚持、他的信念，他为之不顾生死的一切。

然而，他脚下所站的土地，却是和她的完全不同！

看来，到了必须做出取舍的时候了。

不顾别人惊诧猜疑的目光，飞廉拖着明茉在街上飞奔。

巫真一族族人居住的益阳坊已经被军队封锁了，里面传出纷乱的哭喊声，不停地有一户户的贵族被押出来，推入一边的囚笼，每个人都是绝望而疯狂的——那些，都是云家发迹后，一同鸡犬升天的亲族。

云家本来和亲戚关系就淡漠，到了这一辈更是少有走动，几乎是三个孤儿相依为命。然而，一夜之间青云直上的人总不会缺少四处冒出来的远亲旧友，源源不断地有人不远千里从云荒各个地方过来认亲投奔——于是，新任巫真居然在短短几年之中拥有了上千的“族人”。

那些鸡犬，享过升天的福气，却不料还有一日从云端跌下的惨祸。

然而飞廉顾不上这些人，他拉着上气不接下气的明茉飞奔，在她的指点下绕开了一个个军队的卡哨奔向含光殿。令他欣慰的是大门尚自紧闭，显然军队还未闯入圣女的住所。

“别、别从正门走……”在十字路口，明茉用力地拉住他的手，断断续续地喘息，“门口……门口被巫彭元帅的亲兵把守着……走西边小巷上的长乐门……”明茉弯下腰，撑住膝盖喘息，“季航……季航表哥带兵看着那里……说不定可以……”

“好！”飞廉明白过来，点了点头，“你先留在这里。”

“为什么不带我去？”明茉眼里放出了光，狠狠道，“带我去！”

飞廉苦笑道：“明茉小姐，到此为止吧，还是不要再为了云焕卷入这件事了——你是女子，须顾及自身的声名和家族的声誉。而我最多被人指为不肖逆子，终身不被重用罢了。”

“你怕我的名声坏了？”明茉冷笑起来，“没事，我也未必非要嫁你。”

飞廉怔住，直到这时才陡然想起面前这个女子正是自己的未婚妻，一惊之下连忙分辩：“不，明茉小姐，我不是这个意思……”

“哦，那你是不介意了？”明茉却狡黠地笑了，“那我就更不用怕什么了。”

她提起裙裾跑了出去，回头一笑：“何况，有这样一个母亲，还谈什么家族声誉呢？我无论怎么做，也不会比她更荒唐吧？”

那个名门贵族小姐小鹿一样跑了出去，轻捷而决断。飞廉无可奈何地看着她。这个明茉小姐，和帝都其他的门阀小姐还真的大不一样啊。

他追上去的时候，她已经跑到了长乐门口，冲过了重重把守，和居中一个甲胄鲜明的军人急促地低声交谈着什么，那个军人一边和她说话一边抬头看了他几眼。

“飞廉！”她对着他招呼了一句。

他走了过去，明茉上前拉住了他的手向对方介绍：“季航，这就是飞廉。”

他微微觉得诧异，下意识地缩手，却被她瞪了一眼：“飞廉，这是我的表哥季航——我和表哥说了，你是云少将的同窗，特地来劝说云家姐弟不要心怀抵触，好好地开门出来听从帝国发落。”

“哦……”飞廉陡然明白过来，点了点头，“是的，是的！”

季航微笑起来，伸过手：“飞廉少将，久闻大名。”

他的笑容里有某种迎合之意，显然知道面前这位年轻人是明茉的未婚夫、国务大臣巫朗最宠爱的孩子——季航一贯是个识时务的人，否则也不会从一介没落贵族攀上高枝，成就了今日的地位。

飞廉按捺住了焦虑：“季兄，在下想进去劝一劝云焕，希望行个方便。”

“这个啊……”季航露出为难的表情。

“季兄若高抬贵手，在下容后必报。”飞廉一边温文地开口，一边却暗中伸手握住了剑柄——若是看守的军队不能放行，那无论如何，就是硬闯也是要进去的了！

明茉也有些焦急，从小这个远房表哥就对自己百依百顺，还从未有过拒绝的时候，此刻却如此拖拉，显然是顾虑颇多。

“表哥，”她上去拉住了季航的袖子，央求地看着他，“让我们进去吧，就半个时辰！表哥最好了……我一直都对娘说表哥很能干，又很疼我。”

季航一直依附于母亲，她心里也是明镜似的。

然而，尽管他们两个人如此恳求，季航依然是摇了摇头，低声道：“不是我不让你们进去，只是……”他转头看了一眼紧闭的含光殿，苦笑起来，“你以为巫彭元帅不想早点进去？只是进不去啊！”

进不去？两个人齐齐一惊。

“怎么？”飞廉诧异。云焕已然残废，云家三姐弟居于此处，随便一个军人都可以闯进去，又怎会让大军压境都无法进入？

“你去试试。”季航指了指那扇紧闭的侧门，“有奇怪的力量封住了门。”

不等飞廉转身，明茉已经好奇地靠了上去，抬起手指去戳那一扇门：“没什么异常啊……你看——哎呀！”

话音未落，她的手指和门之间陡然闪现出剧烈的光，她整个人惊叫着向后飞出！

“明茉小姐！”飞廉一点足，飞身上去将她拦腰抱住。巨大的冲击力迎面而来，他向后退出了一丈，才堪堪立住了脚，惊疑不定地看着那扇门。

“那个门上有东西！”明茉在他怀里惊叫，“一碰就……”

“是的。”季航叹息，“一早包围含光殿后，我们已经试过了很多次。”

飞廉放下了明茉，按剑上前，离了一丈的距离站住，然后凝气骤然挥出一剑。铮然巨响中，门上赫然出现了一道伤痕，然而他也倒退了三步——不错，这个门上……附上了某种奇特的力量！

“连巫彭元帅也进不去，”季航眼里有敬畏的神色，“元帅亲自试了一次，同样被击退——于是便什么话也没说地回去了，只是令我们严守着，不许里面人出来。”

飞廉和明茉交换了一下眼神，均有惊喜交集的表情：连帝国的军神，巫彭元帅也无法打开？神殿里的云家姐弟，到底用了什么样的方法建起了如此神奇的屏障？

“可能是巫真从智者那里得到了某种神奇的力量吧……”季航喃喃道，若有所思，“这回的事情，可有点麻烦啊。”

“啊……那就太好了！”不由自主地，明茉脱口低呼了一句。

季航顿住口，似笑非笑地看过来：“明茉，你可以放心回去了吧？你这样地跑出来，姑母大人一定会很担心呢。”

明茉骤然红了脸。原来，即便她拉着飞廉做幌子，表哥也早已看穿了一切。

季航对着飞廉微微一抱拳：“飞廉兄，今日一晤，深感荣幸，希望日后多多亲近——在下军务在身不便多言，两位还请自便了。”

“季兄请便。”飞廉回礼，知道再待下去也已然无意义。

他拉着明茉从军队里走出，后者还是恋恋不舍地看着那扇紧闭的门，猜测着含光殿里姐弟三人如今的情况，禁不住地担忧。

“好了，我先送你回去。”飞廉在人群外站住了脚，“你这样头也不梳脸也不洗地跑出来，你家里人一定着急了。”

明茉一怔，脸便是红了红。一早听了消息心急如焚，顾不上梳洗便冲出去找他，如今头发蓬乱脂粉未施地在街上乱跑，看上去定然十足的狼狈吧？

“很丑？”毕竟还是爱美的女孩子，她急急掩面。

“不。”飞廉微笑起来，安慰道，“很美——帝都小姐里没一个能比得上。”

明茉双眉一蹙，怒道：“你笑话我！”

“没有。”飞廉正了脸色，“明茉小姐善良勇敢，和我原先想象的很不一样。”

明茉眼睛一亮，显然也是很高兴听到未婚夫的夸奖，脱口而出：“彼此彼此，你也和我原先想象的很不一样呢！原来我还以为你只是个纨绔子弟酒囊饭袋而已。”

飞廉看着笑靥如花的少女，微笑着接受赞扬，感觉多日紧绷阴霾的心情稍微好了一些。

“所以啊，”快到了府邸门口，明茉停了下来，眨眼一笑，“说不定我们成亲后，还真的可以好好相处呢。”

成亲？飞廉忽然就愣了一下——对了，他居然忘记了这个女子从未否定过这门婚事！她显然比自己更清醒，就算一路在为云焕奔波，却也明确地知道这一门婚事事关重大，不是她一个人可以任性地去决定是否接受。她并未打算背离家族来争取自己的自由和幸福——然而，他呢？他却是下过了决心，不再接受这门婚事！

可是……如果遭到第二次退婚的话，对这个女孩来说，也实在太残忍了一些吧？

“明茉小姐，你是个非常了不起的女子……能遇到你是我的福气。可是，对不起，我……”飞廉抬起头，迟疑地开口，“已经有了碧……所以对于这一门婚约，我其实并不打算……”

他尽量把话说得委婉，然而明茉站在台阶上怔怔看着他的身后，仿佛已经明白了什么，一边听着，一边脸色已然开始变化。

“不用再说——我知道你的意思了！”她的脸上隐隐有怒气聚集，忽地冲口而出，截断了他的话，“你跟我说有什么用？这又不是我能决定的事！你自己去和你叔祖我母亲说个清楚！早断早好，拖拖拉拉算什么男子汉？”

飞廉被她忽然爆发的怒气惊住。少女怒气冲冲转过身去，拉开了门，脸上难以自禁地流露出一种受辱后的愤怒，顿住脚，留下最后一句话——

“反正，我也不想和一个鲛奴争宠！”

重重关上门，她靠在门上，急促地喘息，感觉心里的厌恶和愤怒层层涌上来——是报应吗？高贵而放荡的母亲被鲛人所迷惑，离弃了他们父女，给整个家族蒙上如此羞辱；而多年后，她的女儿却被一个鲛人抢去了未婚夫！

真肮脏……真肮脏！

她就是一生不嫁，也不会让自己沦落到要和鲛奴分享一个丈夫！

门在眼前重重合上，飞廉回过头，就看到了站在不远处的绿衫女子。

“碧。”他微微地笑了起来，有一种如释重负的轻松，“你都听见了？”

碧却侧过脸去，身子微微发抖，似在极力掩饰内心翻涌的感情——她本是担心他的安危，随后跟了出来查看，却不料听到了这样一番话。

“你看，”飞廉微笑着走下台阶，将手放在她肩膀上，低下头看着她，温柔地低声，“现在，你不必再担心什么了。”

碧低着头没有看他，肩膀微微发抖。忽然，泪水就簌簌落到了尘土里。

四门紧闭，含光殿里，是死一样的寂静。

殿里帘幕低垂，供奉着的神像下烛光如海，以一种奇特的方式，组成了一个光芒四射的六芒星形状。超出一般火焰该有亮度的光从那些供奉神的烛阵中射出，弥漫在室内，仿佛在吟唱中凝成了有形有质的东西。

这些凝固的光是血红色的，分成四束从四面窗中穿射而出，牢牢地抵住了庭院四边的四扇门，无论外面如何推撞，犹自岿然不动。然而每经受一次剧烈的撞击，神殿里那些烛火就会应声发出奇异的抖动。

一袭白衣在烛海中翩跹旋转，宛如一羽白鹤。

云烛闭着眼睛，手心结印，嘴里吐出奇异的吟唱，整个身体居然虚浮在半空，凌驾于那个光之阵上空。随着不停止的吟唱，手指风一样点过那些烛盏，手扬处，那些微弱下来的烛光便再度亮起。

三个时辰之后，外面的撞击声终于停止了，应该是奉命攻入的军队暂时偃旗息鼓。就在这一瞬间，云烛身形一顿，颓然坠向无数的火焰！

“姐姐！”云焰终于忍不住惊呼出来，扑上去抱住了姐姐。她已经心惊胆战地看了半日，此刻再也无法克制内心的紧张和恐惧，抱着失去知觉的云烛嘤嘤哭泣起来，全身发抖。

云烛脸色雪一样白，手无力地垂落，洁白的广袖上有血迹慢慢渗出。云焰连忙解下衣带，替她包扎手上的伤口，却发现那些伤口极小极深，位于十指的尖端，仿佛有锋利的长针从指尖瞬地扎入，直抵血脉。

“姐姐……”云焰怔怔地看着，明白过来，忽地侧首看向那些如海的烛光——血红色的烛光下，银质的烛盏内，盈盈盛着的却是殷红的血！姐姐……姐姐是在用自己的血，施行可怕的术法，以阻挡外面那些冲进来的军队？！

云焰惊骇地看着，手剧烈地发起抖来，止不住从唇角吐出了一声尖叫。

“云焰……我没事。”被那一声尖叫惊醒，云烛悠悠醒转，支撑着坐起，将幼妹揽在怀里，“我跟了智者大人十几年……咳咳，不是白跟的……有智者大人亲自传授的术法，他们、他们没那么容易进来的。”

“嗯……”她怯怯点头。

外面又传来了军队急速的跑动声，似乎在上一轮闯入不成后，又有新的策略出来。云烛却是出乎意料的冷静。走到神殿的门边，侧过头，静静地听着外面的每一种声音。风里有奇特的鸣动，仿佛有巨大的鸟类在空气中穿行，逐渐地逼近。这、这难道是……

“御前侍卫队散开！协助钧天部，进行上方降落！”有熟悉的声音在门外响起，决断而凌厉，带着多年来挥斥方遒指挥若定的气势。

巫彭大人？云烛怔了怔，忽然无声地笑了起来，笑容里有悲哀也有骄傲。

“姐姐？”云焰吃惊地看着她。

“居然逼得那个人出动了征天军团呢……看来，我给他带来了很大困扰吧？”云烛喃喃道，在烛光中仰起了脸，极力抑制住眼里渐渐充盈的泪水，“真是想不到啊……我这一生，居然还可以和堂堂一国元帅对阵！”

云焰惊讶地抬头看着，发现长姐眼睛里居然有从未见过的表情——那一瞬间，这个温柔沉静白衣如雪的圣女，仿佛焕发出了战士才有的光芒！

头顶的嗡嗡声越发密集，整个含光殿都在微微地震动，噗的一声，大殿猛地一震，似有什么东西凌空射中了屋顶——云烛知道，那是风隼发射出了长索钉住了目标，片刻后，便会有一整队的帝国战士足踏飞索从天而降。

她没有惊惶失措，只是收住了笑，抚摩着云焰的头，怜爱地看着这个年方十八岁的幼妹，低声道：“小焰，你回内堂去把熬好的药端给二弟，嗯？”

“噢……”云焰怯怯地应了一句，心不甘情不愿地转回了内堂。

看着幼妹离去，云烛甩掉了刚刚包上的绑带，将纤细苍白的手举到了面前，用微弱的声音再度吐出了低缓的吟唱——随着那奇异的咒语，手指尖端再度有血沁出，慢慢地凝成一滴。云烛眼里陡然焕发出冷光，以肩为轴挥动手臂，瞬地将血在地上抹开！迅速画出一个圆，双手结印，按在那个人血画成的阵内，念动了禁咒——

“临兵斗者，皆阵列前行！”

在咒语吐出的瞬间，地上血绘的六芒星里陡然发出了巨大的红光！

红光从地面凸起，呈半球状迅速扩散，转瞬就将整个含光殿笼罩在结界内。屋顶上发出“咔啦”的断裂声，那些已经钉住的银索在光线中如熔化般纷纷断裂！已经掠低俯冲而来的风隼在一瞬间重新拉起，擦着结界呼啸而去。而那些来不及躲开的，就在遇到红光的刹那间被粉碎！

“那是什么东西？”风隼上传来帝国战士的惊呼。

含光殿外，华盖下的指挥者望着骤然腾起的红光，眼神变了变，喃喃道：“九字大禁咒？圣女独有的术法啊……这个孩子，看起来是拼了命要守住弟弟呢。”

“禀元帅大人，风隼着陆失败！”有下属匆匆上来禀告，“请求下一步指示！”

“下一步吗？”巫彭望着那一道血红色的光，眉头微微蹙起，“这是连我都要退避三舍的禁咒之术啊……还能如何呢？严加防守，暂时不要采取任何行动。”

“是！”下属领命退下。

旁边的女侍从眼里露出担忧的光：“大人，这样行吗？”

“没事，兰绮丝——以她的灵力，这种燃血之咒，支持不过三天。”巫彭冷冷开口，拂袖而去，“好歹一场相识，这次，就让那个孩子尽情地去做最后一件事吧！等她血尽灯枯，就再也不能和我作对了！”

含光殿的后堂里透入淡淡的光线，垂落的帘幕忽然红了红。

“这是什么？！”一直死去一样的人忽然动了，冲口而出。

“啪”，云焰本来就是战战兢兢，陡然听到这句话，不自禁地一惊，手里的药盏洒落在病人的身上，滚烫的药汁瞬间浸透了绑带。

“对不起，对不起！”她不敢抬头去看哥哥的表情，只是连声道歉，不停地去擦。

由于是不同母亲所生，在童年时她一直受宠，而早早失去了母亲的大姐和二哥却没有同样美好的童年——因为父亲长年驻守在外顾不上家里的事，所以母亲就对两个拖油瓶的姐弟肆无忌惮地刁难。

在一个冬天的夜里，母亲将从五十多里外汲水归来的两个孩子关在了门外，一任拍门声回响在砂之国半夜令人血液冻结的寒气里。

“这一对小杂种身上，流着来自他们母亲的不洁之血呢！如果不是为了‘那种血’的缘故，我们全族也不会被流放在外上百年！”听着一对儿女在门外寒风里嘶哑地喊，母亲咬着牙，恨恨地低语。然而，话音未落，大门就轰然碎裂了——木屑纷飞中，她惊恐地看到哥哥站在了门口，手里拿着柴房里寒光闪烁的利斧，就这样生生劈开了门，冷冷看着她们两个人，眼神可怕。

云焕看着安然坐在温暖炉火旁的母亲，一言不发地提着利斧，一步一步走过来。那一瞬间，她恐惧地尖叫起来——她第一次感知到：哥哥想杀她！

那一夜，幸亏云烛及时地阻拦了逼近继母的弟弟。然而从此以后，母亲仿佛也心怀畏惧，不再敢过度地逼迫这一对姐弟，只是对他们采取了置之不理的态度，一任年幼的姐弟饥寒交迫，在外面流离失所。甚至在几年后曼尔戈部发生动乱、云焕被掳为人质的时候，母亲不但没有设法营救，反而是舒了一口气。

然而在她六岁那年，长姐出乎意料地当选为圣女，于是一切全都改变了。

这一对姐弟变成了全族的中心，光芒夺目，高高在上，一跃成为大陆上拥有最高权势的人。所有族人，包括母亲在内，都恭敬而讨好地匍匐在他们脚下，不惜用尽种种奴颜媚骨的手段，来换取从流放地回归帝都的特赦。

经过母亲的苦苦哀求，她也被接回了帝都，来到了姐姐和哥哥身边。然而地位的骤然转换，让她一直下意识地感到恐惧，尤其怕这个寡言的二哥——她知道，哥哥不会轻易地忘记早年受过的折磨和侮辱……即便是有血缘的牵绊，即便是过了十几年，即便是他已然脱胎换骨，他看向唯一妹妹的眼神，依然包含着刻骨的敌意和冷漠！

那是猛兽一样嗜血的眼神。

如果不是有姐姐在……可能哥哥早就会把自己和母亲给杀了吧？

一直以来她都怕这个哥哥，一到了他面前就下意识地涌出恐惧和厌憎来，恨不得立刻转身逃开——即便如今他已成废人，同样也带着说不出的凌厉气息，令她恐惧。

“不用擦，”云焕不耐地皱眉，“愚蠢，我的身体现在根本没感觉了！”

她停住了手，不知所措地颤抖，一直不敢抬起头看哥哥的眼睛，死死忍住了转身就逃的冲动——为什么？她本来就该是最受宠的！为什么要轮到她来伺候他？

“我问你外面怎么了！”云焕瞬地睁开了眼睛，死死盯着她，“云烛呢？”

“姐姐她……她……”云焰低了头，不停地颤抖，却不敢说出看到的恐怖景象，“她在……挡着那些想闯进来的人……”

“什么？！”云焕蓦地一震，喃喃道，“怎么可能挡得住……难道她，她是在用……”

红光继续大盛，映得帷幕一片血红。

“不！”他猛然大喊了一声，挣扎着从病榻上坐起了身，“停手！”

然而身体根本没有力量，只是坐起到一半，便无力地往后倒去，跌靠在了软枕上。云焕剧烈地喘息着，眼里露出疯狂的光芒，伸手想去拿起枕边的光剑，然而筋脉尽断的手指根本无法握紧剑柄，只是微微一动，那个银色的圆筒就“咔嗒”一声滚落在地上。

云焰惊骇地倒退，避在一旁，看着哥哥挣扎着滚落在地上，拼命去够那把剑。

红光透过帷幕映照在他脸上，衬得他看上去仿佛是一个地狱里浴血归来的修罗。他抬起的手腕无力垂落，手腕上的伤痕仿佛忽然又裂开了，鲜血一滴滴落下。而绑带之下，有金色的光仿佛活了一样在蔓延，渐渐从肩膀的位置向着心脏侵蚀。

云焕剧烈地喘息，仿佛强行克制着体内渐渐失去控制的某种力量——他的眼神极其恐怖，隐约之间竟然闪出金色的光芒来。

这、这是什么？真可怕……真可怕！

她的哥哥不是人，简直是个怪物！

她再也无法待下去，尖叫了一声，踉跄倒退到了门边，返身就冲了出去。

“红色的光……那是什么？”帝都东北角的府邸中，飞廉望着天空喃喃道。他已经被碧半请求半强迫地换下了一身戎装，恢复了平日轻袍缓带的贵公子模样，然而眼神却还是紧绷着的，无法放下对朋友安危的担忧。

“好厉害的结界。”碧轻轻开口，神色复杂。

“留在智者大人身侧那么多年，总不是白留的。”飞廉吐出了一口气，如释重负——没想到圣女云烛居然这么厉害……不可思议，智者大人到底有什么样的力量啊？！

“那你现在可以放心一些了吧？”碧微笑着拍了拍他的肩膀，柔声安慰。

“嗯。现在最重要的事情就是先把晶晶给找回来。”飞廉点了点头，回过身，“碧，你早上有带人再去找过吗？”

碧微微一惊，迅疾地掩住了眼里的表情，镇定地回答：“有啊！府里上下翻遍了，还是找不到——倒是有人说，似乎在铁城看到过这样一个孩子。”

“铁城！”飞廉冲口而出，失惊道，“难道她真的想出城回家去？”

“可能是。”碧叹息，款款地分析，“她年纪小，又听不懂冰族的话，这几天你一直没空陪她，她出来得久了，可能觉得寂寞了吧？你本来也不该把她从父母身边带走的。”

“晶晶她救了我的命，”飞廉喃喃道，“所以，我觉得可以给她更好一些的生活。”

更好一些的生活？碧眼里闪过不易觉察的冷笑——将一个毫无保护自己力量的孩子从父母和家乡带走，带入到肮脏冰冷的权力之都，用珠宝装饰她，用美食哄骗她，予取予求地娇惯她……这，就是他这个阶层的人，所能想到的“报答”吗？

这只是把那个无辜的孩子拖入了一个黑暗的旋涡而已！

“我去铁城看看。”飞廉却急着往外走，“你跟我去吗？”

碧迟疑了一下，最终转过了头：“不，我有些不舒服。”

“嗯……好好休息。”飞廉低声嘱咐，转身轻轻抱了她一下，“我先走了。”

碧看着他匆匆离去的背影，眼神黯淡了下去，身子晃了一下，连忙扶住了身侧的案几。不，不能再犹豫了！大事临头，她必须尽快行动起来！

今日，文鳐鱼传来了信息：隔了七千年，海皇终于抵达了帝都！

飞廉带了府上的仆人来到了铁城，分派了人手拿着晶晶的画像沿着各条街询问。帝国等级森严，阶层对立。铁城街头甚少看到有来自禁城的人，所以在飞廉拿着画像过来询问的时候，那些百姓竟然个个露出畏惧的表情，躲躲闪闪不肯多说。

飞廉暗自心急，然而耳畔马蹄声迅疾而来，行人连忙纷纷躲避。

他诧然抬头，竟然在街头再度看到了青铬——后者正匆忙地带领队伍往城外赶去，行色匆匆，和他并肩而行的是卫默少将。青铬看到飞廉也是微微一惊，勒住马在他身侧停了一下：“你来铁城做什么？”

“怎么？”很诧异还能在帝都看到他，飞廉顿住了脚步，“你还没出征？”

“现在不就在出征吗？”青铬不耐烦，“可没你这个赋闲的轻松。”

“你出征怎么还骑马？你是征天军团的，应该是驾驶风隼或者比翼鸟才对啊。”飞廉打量着一身戎装、坐在马上的青铬，吃惊道，“难道……你被贬往镇野军团了？”

“呸呸，乌鸦嘴！”青铬气急败坏，虚空抽了他一鞭子，“去叶城要风隼干吗？”

“叶城？”飞廉吃了一惊，“叶城怎么了？”

“发现了复国军的踪迹。”青铬压低了声音，蹙眉道，“听说有人告了密，揭发出星海云庭和复国军有联系的情报，然后整个城都动荡起来——巫罗大人还在帝都议政，就先派我和卫默过去镇压。真是很麻烦啊……怎么到处都是动乱！”

“星海云庭……怎么会？”飞廉记起了，那是叶城最出名的歌舞伎馆。

“天知道。反正啊，这些鲛人没一个安分的！”青铬直起了腰，策马，“这次非要去把他们一个个套上铁圈不可！”

他策马冲出了几步，忽地又回身，附耳道：“不过，你那个朋友，破军少将，运气可真不错呢——巫真的那个结界连元帅都破不了，居然让他多活了三天。”

“三天？”飞廉脱口反问，脸色却变了——他没有想到云烛的结界，居然只能维持那么短的时间。

“嗯，三天后，巫真的力量就要衰竭了。”青铬点了点头，忽地附耳低声，“所以……如果你还想救他，就要趁这三天！”

不等飞廉再问什么，青铬重新直起了身，喃喃道：“你就当我没和你说过这些。”

再也不答话，他返身策马离去，跟上了向着水底御道进发的部队，将一个铠甲鲜明的背影留给了怔怔出神的飞廉。

为什么要和他说这些废话呢？难道……自己也希望飞廉能把“那个人”救出来吗？那个破军，可实在和自己没有半点的情谊呢。或者，他只是想知道：在这个帝都里，究竟还有没有真正的朋友和兄弟？究竟还有没有一个人可以真正蔑视和破坏那些铁一样的规则？

那是生于门阀长于门阀里的他，心底里一直好奇想知道的答案。

然而，策马而去的青铬却并未想到，自己这一时间的念头竟会引发出日后如此惨烈的结果！

铁城是一个方整简洁的城市，按里坊制度将城区严格地划分为诸多小块，共设一百零八个坊，居住的均为冰族平民，大都以铸造武器为业，由帝国统一管理和发给薪饷。各坊各有名称，均为正方形，四周筑围墙，每边长三百步，即一里。三条经纬大街穿过铁城，大街上都是酒肆、客栈、集市等建筑，而每个坊里面亦有井字街。

“请问，阁下有没有见过这样一个小女孩来过这里？”飞廉沿路问下去，在一家铁铺里截住了一个匆匆往外走的人。

“没有。”那个人有些不耐烦，简短回答了两个字便准备往外走——然而瞬地看到了飞廉的脸，忽地怔了怔，“飞廉少将？”

不想在铁城还有平民认得自己，飞廉吃了一惊：“阁下是……”

眼前的男子不过三十上下，剑眉星目，精壮轩昂，穿着一般铁城匠作的装束，敞着襟怀，露出古铜色的肌肤来，手里提着一个沉重的皮革大囊，装了诸般工具，仿佛正急着出门。

帝国律令严苛，等级森严，大都铁城的平民终其一生也不能进入皇城和禁城一步——这个人，如何会认得居于禁城的自己呢？

“在下在迦楼罗机舱里见过少将，少将不记得了吧？”铁匠低声道。

“哦！是你？”飞廉一惊，想起了迦楼罗里看到过的巫谢副手，迟疑地开口，“你……你就是巫谢说过的那个铁城第一的工匠吧？那个叫作……的……”

然而当初匆匆一面，他全副心神都集中在请求巫谢出面搭救云焕上，竟是记不得这个冰族工匠的名字，不由得略微尴尬。

“在下冶胄，”铁匠恭谨地俯身，“拜见飞廉少将。”

飞廉连忙扶起他：“不必多礼。”

然而冶胄却没有起来，只是抬起眼，直直地看着他，神色复杂，似乎欲言又止：“飞廉少将此次来铁城，是为了……”

“为了找这个孩子，喏，”飞廉再度把画像拿出来，“她昨日一早就走丢了。”

冶胄没有去看画像，仿佛一瞬间极其失望，吐出一口气来：“原来是为了一个小孩子。我还以为是为了云焕……那，看来还是算了吧。”他站起，提着工具往外走，喃喃道，“看来，那小子真的是没救了吗？”

然而他的脚步刚踏出，肩膀骤然一紧，已经被人牢牢地扳住。

“你说什么？”飞廉变了脸色，死死地看着这个铁城平民，压低了声音，“你……认识破军少将？你究竟是谁？”

冶胄坦然回头看着这个贵公子：“我是云家的朋友。”

飞廉忽然间觉得自己心口仿佛被人迎面击中一拳，身子猛然一个摇晃——朋友！在这个帝都里，居然还有人敢在这种时候，自称是那置于火山口上一族的朋友！就算巫真一族曾经获得过多少奉承和谄媚，曾经让多少归附的人获得过好处，如今兵败如山倒，所有人几乎是恨不得不曾认识过他们。皇城里、禁城里，早已没有一个朋友——不想，最后唯一的“朋友”，却是铁城里一个出身寒微的铁匠！

飞廉忽地深吸了一口气，一字一字低声道："我也是云焕的朋友。"

冶胄看着他，极缓极缓地点头，仿佛确认着什么："我知道。在那一日，你来到舱室，恳求巫谢大人出手帮忙救他开始，我就知道你是他真正的朋友——我真高兴他居然还有你这样的朋友。"

飞廉颓然松开手："可是……我救不了他。"

"我知道，这几日我一直在打听禁城里的消息……"冶胄低声叹息，"十大门阀已然联手要置云家于死地！"

飞廉苦笑。是啊，十大门阀，其中，也包括了他的家族吧？平生第一次，他痛恨自己为何如此没出息，从小没有在名利一途上多求上进——如果努力一些，早点成了元老院一员，今日也能掌握足够的力量去维护想要维护的东西吧？

"你……"冶胄一直看着他的表情，仿佛揣测着他的想法，"想救他吗？"

"当然。"飞廉毫不犹豫地回答。

冶胄低声道："可那样，你就会和整个家族甚至整个阶层决裂！"

飞廉沉默下去。铁铺里的炉火明灭映着他的脸，轻袍缓带的贵公子默默抬首，仰视着高耸入云的伽蓝白塔——金色之眼还在闪烁，仿佛看见了他这一刻的挣扎和取舍。是谁……又在塔顶，俯视着大陆上的芸芸众生？

天意从来高难问，况人情易老悲难诉。

"呵，那又怎么样？"他终于低声笑了起来，"反正，我早就是一个不肖的子孙了！"

那一瞬间，有力的臂膀狠狠拍在了他肩上，冶胄的眼睛闪亮如星辰。

"好！"铁城的铁匠用力握紧了贵公子的肩膀，看着他的眼睛，一字一句地低声吐出慎重的嘱咐，"如果你真的想救他，我可以帮你……今晚子时，来铁城断金坊找我！"

飞廉吃惊地看着他，不明白这个卑微的铁匠为何在忽然间爆发出了如此的力量。然而，那一双眼睛里燃烧着熊熊的火，决断、坚定而义无反顾——那是赴汤蹈火的眼神，让他一瞬间就相信了这个平民。

"记住，一个人来。"

第十章

拯救

“很奇怪的力量。”站在客栈的窗前，遥望皇城方向，白薇皇后静静开口。

皇城的东北角上笼罩着的红色结界，让所有试图降落的风隼都纷纷逃避，那种奇异的红光带着某种不祥的血腥气息，然而却又如此纯洁无瑕。白薇皇后在血色的光里看到了某种悲哀却坚定的力量——奇怪……这种熟悉的感觉是什么？

“冰族在这个时候起了内乱吗？”坐在黑暗角落里的同伴淡淡开口，唇角浮出一闪即逝的冷笑，“那倒是方便了……”

“苏摩，别大意，”白薇皇后却开口，“我们应该已经被发觉了。”

黑暗里的人微微一怔，抬起头，瞬地看向窗外耸立云端的白塔——白云离合之处，那一道金黄色的光藏在云后，仿佛一只窥探的眼睛俯视着大地。

难道……塔上面的那个人，已经发觉了他们的踪迹？

“可为什么他没有让十巫来阻止我们呢？”白薇皇后喃喃道，同样不解，“难道他是想以个人的力量来解决一切，一对一地来进行最后一战？不，他应该不是逞匹夫之勇的人……或者，他另有打算？”

她沉吟了许久，终于还是长长叹息了一声：“七千年前我不懂得他，七千年后，我更加不知道他到底在想什么……”

然而她的同伴只是看着虚空里肉眼看不到的连绵结界，冷冷道：“我只是想知道，再按这样的速度往前走，一道一道破除屏障，要多久才能抵达白塔？我已经等不及了。”

等不及了……一进入叶城，种种早年的记忆便被唤醒了。一路朝着帝都走去，一路便有更多的黑暗记忆苏醒过来——内心的浪潮越来越汹涌，那片黑暗的大海在呼啸，几乎要把他兜头湮没。他只能极力在其中挣扎，不让那些黑暗的回忆将自己吞噬。

这里的一切都让他窒息。

每一处都镌刻着昔日肮脏的、苦痛的回忆。这些街道，这些建筑，这些人的脸……那是百年以来，在他噩梦里反复出现过无数次的景象。如果不是迫不得已，就是杀了他，他也不愿意再踏入这个地方一步！

这个肮脏的、该遭天谴的沉沦之都！

身体里一直有个声音在呼喊，要挣脱他的束缚，跳出来挥动锋利的引线，把这个肮脏帝都的一切搅得粉碎。那个杀戮欲望是如此强烈，几乎要压倒他的理智。毁掉它……毁掉它！毁掉那些肮脏的东西，毁掉那禽兽不如的一族！

这、这是什么？是谁的声音？难道是阿诺那个家伙，他还活着吗？！

他紧紧地握着手心的如意珠，青色的灵珠在他掌心里闪烁，微凉的湿意仿佛沁入了他的骨髓，安抚着他狂暴的情绪。白薇皇后惊讶地看着他，眼里流露出担忧的光。然而，此刻周围街坊里忽然发出了错落的惊呼——

“看，快看！湖上起浪了！”

“没有风怎么忽然起了浪？这、这……不是做梦吧？”

“好大的浪！天啊……”

她扑到了窗口看出去，脸色也是一变：方才日中的天色骤然暗了下来，镜湖上无风起浪，汹涌起伏——那些浪是暗黑色的，平地而起，高达三丈，呼啸着向伽蓝帝都卷来，仿佛一排排巨大的水底怪兽争先恐后地奔跑过来！

开镜之夜已过，难道是湖底的蜃怪又再度作乱了？

不！不可能。这些水，仿佛被某种力量召唤着向帝都奔腾而来！能控制天地间“水”之力量的，唯有……她霍然回头，看着按着眉心露出苦痛表情的新海皇。

怎么回事？苏摩身上的灵力忽然起了极大的波动，身体里透出一种看不见的黑色的光来！那些光在不停地起伏挣扎，似乎要挣脱躯体的束缚，从他的眉心里透射出来！

这个鲛人之王的身体里……到底、到底还藏着什么样的东西？

“苏摩！”她低低惊呼了一声，“你怎么了？”

苏摩紧紧抱着额头，十指之间凝结出了淡淡的光。那些光之线，居然一寸寸地消失在他的颅脑中！引线透入颅脑，急速地绞动，仿佛想把整个头颅搅碎——那种痛苦让苏摩一时间无法再说出话来，然而他却一声不响，并没有停止这种骇人听闻的自残。这样的狠毒，仿佛是要绞杀某个蛰伏在颅脑中的东西！

白薇皇后变了脸色——到底是什么东西一直蛰伏在他的心里？

看着对方那种痛苦挣扎的样子，她忽然感觉到心里有微妙的起伏，仿佛有一个声音苏醒过来了，急切地催促着她，想要上前查看那个人的情况。

白薇皇后反而站在原地，一动不动，眼里露出隐秘的笑——白璎，我的血裔……终于，你还是按捺不住了吗？如果你真的如此焦急，如此担心他，为何却要借助我的手呢？你该醒来了。

一念未毕，身子忽然一震。白薇皇后张了张口，胸臆中有什么东西硬生生地冲出来了，刹那间这个身体已经不由自己控制——

身心转换在一瞬间完成。

“苏摩！苏摩！”在意识消退的刹那，她听到自己开口发出了惊呼——那已经是白璎的声音。在那一刹那，那个优柔的血裔终于如此强烈地凸现了自身的意志，夺回了这个身体的控制权。

“苏摩……”白璎从长久的沉睡里醒来，掠到了黑暗角落，将手放在那个苦痛挣扎的人的额头上，急急低呼着他的名字。“后土”神戒发出了纯白色的光，笼罩在海皇身上，水流一样进入了脑部，以“护”之力量催合着受到损伤的一切。

“不……”他却是极力地抗拒，想从这种光里挣脱。“后土”的光如影随形地笼罩下来，柔美纯白，一分一分将他眉心溢出的黑暗之色压制。

外面湖上的黑色波浪在消退，镜湖之水仿佛被某种无形力量重新压制，渐渐平静。

房内寂静如死，只有急促的喘息。

在半个时辰的痛苦绞杀之后，苏摩终于放开自己的手，一声不响地沉入了黑暗的最深处，闭上眼睛。每一次自残之后，他都需要以极快的速度来弥合伤口。

“苏摩，苏摩。”沉默中，他听到有人在急促叫着他的名字，有一双手伸过来，托住了他向下沉的身子，紧紧抱住了他，仿佛想分担他体内分裂的痛苦。

谁？放……放开手……不要碰我……神思有些恍惚，苏摩睁开眼看着面前的人，眼神却忽然变了——有泪水坠落在他的脸上，温热而湿润。

他定定看着面前俯下的脸——不、不是白薇皇后！

“请……请不要再做这样的事了，苏摩。”那张脸在咫尺外的上方，悲哀地凝视着他，轻轻开口，语气宛如梦幻——是做梦吗？一百年了，他曾经在无数个梦境里看到过一模一样的脸；每一次，那个幻象都消失在他将要触摸到她的一瞬……这一次，还是在做梦吗？

可是，却为何比以往任何一次梦境都要清晰——

清晰到，能感觉出泪水的温度。

“白璎。”他终于清楚地吐出了这个名字，抬起了手，一寸寸触及她的脸。

她的脸苍白如雪，仿佛是冰做的肌肤玉做的骨。唯有泪水是温热的，顺着他指尖一滴滴滑落，证明了眼前这个人存在的真实——是真的……是真的！这不再是遥远的回忆，也不再是无法触摸到的影子。

这一次……终于是真的了！

他忽然如释重负地微笑起来，一切都是值得的。付出了那样巨大的代价，不惜舍弃了族人，扭转了星辰，悖逆了天地——他的手，终于能穿越时空和宿命，触到了她的脸。

她在他的掌心无声哭泣，眉目静好，一如百年之前。

苏摩定定地看着她，心里有前所未有的平静——种种与生俱来的黑暗和憎恨都悄然隐去了，他仿佛回到了无限久远的从前，前世的记忆和此刻重叠。白璎……白璎。这两个字在百年后依然保持着那种魔力，当他在白塔顶上的黑暗里苦苦挣扎取舍，当他在慕士塔格的冰雪里完成了身心的蜕变，当他无数次在流浪的路途上濒临死亡……无数个黑暗的长夜里，这两个字，曾无数次浮现在心底。

无数的声音在心底里呼啸，排山倒海而来，仿佛要突破胸臆里钢铁的牢笼，逼着他对眼前的人冲口说出埋藏已久的那两句话——那两句话……都只有三个字。

然而，那寥寥几个字却仿佛最严酷的封印，需要无限的力量去开启。

长久的沉默中，外面的天色却缓缓暗了。

黑暗的角落逐渐扩大，最终将整个室内都笼罩在一片昏暗中——仿佛宿命和回忆的影子在这一刻追了上来，将好不容易得到安静相处机会的两人重新笼罩。在那样的重压下，谁都没有说话，只是静静地相对，仿佛体味着种种悲凉和怅然。

“苏摩……”最终，白璎先平静了下来，“你为何也会来帝都？”

苏摩眉头微微蹙了一下，简短地回答：“和你的目的一样。”

白璎手指微微一震——和她的目的一样？难道他也知道了魔的力量所在，所以特意前来一同封印那个破坏神吗？不可能……他又怎会知道？这本是空桑人的秘密，只有双戒的持有人才能确定的事！

她有些诧异：“你怎么知道我要来这里？难道是……”

“是真岚告诉我的。”苏摩没有隐讳什么，直截了当地说了出来。

白璎怔住，忽然陷入了长久的沉默——是真岚？在诀别的那一刻，她一直以为她的丈夫并无知觉，或者说，即便是知道她要去做什么，他也没有什么立场来表示反对。因为他是空桑人的王，又如何能阻拦这一场事关国运的魔神决战？

真岚……你知道自己无法前来，竟不惜借助了苏摩的力量吗？

身为空桑的皇太子妃，最后一任白族的王，“后土”神戒的持有者——我早已抱定了为空桑而死的信念，无悔亦无憾。但，你却并不愿意我就此以身相殉，而希望我以别的方式继续活下去？

可是，尽管如此……你又怎能做到如此的地步？此刻在无色城里无法走出一步，只能仰望伽蓝帝都里种种巨变的你啊……在做出那个决定的时候，可曾有过一丝一毫的不甘心？

她一直沉默着，感觉内心种种思绪纷乱如麻，指尖微微发抖。

在暮色里，苏摩从她眼睛里看出了什么，忽地开口：“你在想什么？”

她终于开了口，迟疑着：“苏摩……”

“我知道你要说什么。”然而，黑暗里的人却更快地截断了她的话，语气在一瞬间重新变得漠然，看着窗外的暮色，声音洞彻而冰冷，“既然你重新醒了过来，那便表示，你已然做出了某种决定。”

“是。”白璎微微叹息，低头看着手上的“后土”神戒。

“我知道你的决定。”他的眼神毫无变化，似只在漠然地说着一个事实，“你将作为空桑的皇太子妃活着或死去，不会再有别的——是吗？”

白璎默然，并没有否认。

神戒的辉光映照着她的脸，柔和而又宁静。如今的空桑皇太子妃，已然不再是百年前那个羞涩苍白的贵族少女。她心里有着自己的选择和决定，即便是多么艰难和痛苦，也不会再如百年前那样以一死来逃避。

白璎沉吟着，缓缓开口，似斟酌着用词：“你知道，我有必须要去做的事情——我……我不能再像很多年前那样任性了。”

“嗯。”他淡淡地应了一声，面无表情。

“我已经不再是白璎，而只是空桑人的太子妃。”她极力克制自己的情绪，低声道，“非常感谢你给了我新的生命，让我有了一个赎罪的机会，可以再度为空桑而献上生命，而不是如同百年前那样无谓地死去。”

“无谓？”苏摩忽地冷笑，只是合起了眼睛，许久，才开口一字一字回答，“不必谢我——这条命，是我欠你的。

“而现在，两清了。”

白璎猛地一震，定定地看着他，眼里渐渐涌上了泪光——百年之后，他第一次承认曾经亏欠于她。她明白，这样的说法，已然是这个生性孤僻高傲的人最委婉的道歉方式。

黑暗里浮现出绝美的轮廓，高傲而冷清。就算是过去了上百年，沧桑变幻，风霜满面，她却依然可以从这个人的侧脸中看到昔日那个少年的模样，提醒她曾那样爱过这个人。

那一瞬，她几乎无法克制住内心乍然涌现的悲哀，就要屈服在这样突如其来的软弱之下——她向着他伸出手去，指尖颤抖，无数悲喜在心中呼啸。然而就在此刻，苏摩却蓦地睁开了眼睛，漠然地开口：“如今一切都过去了。”

都过去了……都过去了。

他空荡的语音在黑暗的房间内回荡，仿佛命运无声的宣判，令她如坠冰窟。是的，她已经不再是昔年懵懂纯真的小郡主，束缚着她的也不再是种种王室的繁文缛节，而是更加强大的信念和使命——如同他现在也有全新的身份和责任。

他们两个人，再也不是昔年白塔顶上那一对绮年玉貌的懵懂少年。

太晚了……太晚了啊！当一开始他背负着那个肮脏秘密来到她面前时便已经太晚；当结束时她从白塔顶上一跃而下时便已经太晚——在宿命的交叉口上，他们在百年前便已经生生地错过。即便如今能再度相逢，即使他背天逆命地试图改变星辰轨道，一切也已经无法挽回。

人的一生里，绝不可能两次踏入同一条河流。

暮色初起的时候，碧悄无声息地掠入窗口，惊讶于室内居然如此安静——难道文鳐鱼传错了话，海皇不是在这里吗？

她正感诧异，忽然间觉得喉间剧痛，有无形的引线割破了她的肌肤。在血流下来之前，她紧急顿住脚步，不敢再动一步："海……海皇？"

黑暗里，她隐约看到一个优雅绝伦的侧影。当先引路的文鳐鱼停在他肩头，摇头摆尾地喃喃说着什么，黑暗里的人在侧头凝神倾听，青碧色的珠光笼罩着他——碧蓦地一惊，忍不住激动得全身发抖。这、这是如意珠！那么，眼前这个人，确实就是传说中新任的海皇了？！

"你是……"终于，那个人开口了，松开了引线，"碧？"

碧低下了头，单膝向着黑暗里跪下，声音里带着极力压抑的激动："是！复国军暗部队长碧，特来参见海皇。"

"暗部……"那个人微微沉吟，开口道，"为什么今天才来？"

"属下本来昨日得了文鳐鱼传信，当晚就想赶来——只是……"碧顿了一下，终于开口，"只是部中有同僚背叛，事发突然，所以耽误了一夜。还请海皇见谅。"

"背叛……"海皇喃喃念着这两个字，语气却有些奇特，"复国军里，也有叛徒吗？"

苏摩笑了笑，但却并未流露出什么，只是顿了顿，继续话题："碧，我听如意夫人说，你是复国军里级别最高的间谍，立下过很多大功——包括前几日靖海军团围攻大营，也多亏事先得了你的情报，才不至于全军覆没。”

“是。”碧没有多说什么，只是承认。

“那么，这一次，需要你帮我做一件事。”苏摩的声音终于从黑暗里移动过来了，走到她面前来，那一瞬，碧看到了他的脸，忍不住地发出了低低的惊呼——那样的容貌如闪电一样照亮了昏暗的室内，宛如天神降临。

这，就是传说中的海皇血脉？

她还没来得及从惊讶中回过神，苏摩已经走到了她面前，伸出手，将一串东西垂落在她眼前——那是一串十枚戒指，款式奇特，每一个上面都系着一条引线，相互交击着发出轻响，在昏暗的室内折射出美丽而鬼魅的光华来。

他伸出手，吩咐道：“帮我把这些东西，镶嵌入指定的地点。”

“是。”碧并没有好奇，只是接受了这个命令。

“从铁城南边的正门明德门开始，穿过皇城直抵禁城的承天门，沿着朱雀大道，每一个十字路口的中心位置埋下一个，”苏摩低下眼睛，静静地吩咐，“今晚子夜之前，必须全部完成。”

“是。”碧微微弯了一下腰，领命。

“去吧。”海皇松开了手，戒指掉落在碧的手心——有一丝若有若无的引线垂落在戒指后面，拖出丝丝缕缕的光。

碧没有多话，只是用双手捧起银戒，往后退了一步：“属下告退。”

她走到了门边，忽然听到海皇在后面问了一句：“碧，我看到帝都的东北角上有血红色的结界——那里发生了什么事？”

碧站住了身，恭谨地回答：“禀海皇，东北角是圣女云烛居住的含光殿。大约是因为元老院想要诛灭巫真一族，从而遭到了云家抵抗。”

“云家……”苏摩在黑暗中沉吟——是桃源郡里曾经交手过的云焕吗？帝国军队里唯一一个可以和他一战的少将……海皇不由得微微冷笑起来：沧流帝国真的是国运将尽了吧？动乱将起的时候，居然还要将难得一见的精英诛灭！

“为何族灭云家？”然而，却是另一个声音终于按捺不住，蓦然开口。

碧大吃一惊。进来的时候她已经小心翼翼地查看过周围，但没有发现这个黑暗的房间里居然还有第三个人！这个人……居然消弭了存在感，让她毫无知觉，是谁？

她不知道该不该回答这个问题，抬起眼请求海皇的指示。苏摩望向黑暗里，似乎也在诧异为何对方会忽然开口，但终于是点了点头，示意碧如实回答。

“因为前几日星象有异，元老院担心破军会带来极大灾难，故此先开了杀戒——”碧低声回禀，看到黑暗里居然还有一个白衣的女子，正在倾听着她的回答，“当然，这也只是一个借口。十巫相互倾轧已有多年，其中有人想找机会灭了新兴的巫真一族。”

“是吗？”那个声音微微一颤，喃喃自语，“云焕……被倾轧了么？”

“是的。”碧低声回答，“云焕少将回来后受到了军法处分，下狱拷问后已成废人，但元老院不放心，还想斩草除根——所以，眼下巫真云烛正在极力阻拦军队冲入府邸。”

苏摩点了点头，看着窗外的红光：“巫真具有如此大的灵力，也是罕见。”

“应该是出自于智者的传授。”碧低头回答。

“智者……”苏摩眼神微微一变，抬头看着暮色中高耸入云的白塔——那是这个帝国的主宰，也就是他们此行的最终目标！巫真如今展露的术法已然如此高深，那么，白塔顶上的那个人，又该具有怎样的力量？

“去吧。”他没有再问什么，挥了挥手，“子夜时分，等你的消息。”

“是！”碧退了出去。

在她退出后，房间内又陷入了沉默。苏摩看着夕照中的白塔，仿佛回忆着什么。而他身后的黑暗里缓缓浮出了一个白色的影子，那个纯白色的女子锁着眉，仿佛有某种忧虑，定定望着含光殿方向。

“云焕，是我同门师弟。”终于，白璎开口了。

“但他也是沧流帝国的军人。”苏摩冷冷回答，“你莫非也动了恻隐之心？”

白璎不再说话，只是低下头看着手里的光剑——银白色的剑柄上刻着剑圣一门的标记，小小的星辰正在闪着光，标示着她当代剑圣的身份。剑圣门下千百年来同气连枝，守望相助。而如今，她却要眼睁睁地看着同门陷入绝境？

“碧说他已成废人，”白璎低声道，语音有些微的颤抖，“他是慕湮师父的爱徒，如果师父在天之灵知道了……”

苏摩转过眼看着她，冷诮道：“你不会想去救他吧？”

白璎低头，默不作声。她和那个同门师弟只是陌路，百年来也只在师父灵前有一面之缘，此外的所有时间里，他们便是为了各自国家而战的对手了——然而一想起在古墓中那个冷酷军人埋首水中无声恸哭的模样，想起他是用怎样的眼神仰望着死去的师父，她只觉心底有波涛翻涌。

那样深藏隐忍的感情，几乎可以洞穿大地般坚厚的岩石，如此炽热却又是如此无望——因为不知道如何表达，所以从不开口；也从未真正地明白，到底自己在奢望着怎样一个结局。

于是，就在寂静的暗涌中，隐忍了一生。

从某种意义上说，她是如此深切地理解了自己这个同门师弟。难道此刻，她却要在咫尺的距离内，眼睁睁地看着那羽白鹰折翅而坠？

“不。我不能去救他，”然而沉默许久，她终于还是挣扎着做出了最后的回答，声音冷定——“我必须，先去做完我要做的事情。”

暮色初起的时分，飞廉回到了府邸上，看到碧已经准备好了晚餐。

“饿了吗？”她没有问他白日去了哪里，只是温柔地递过了筷子，“吃吧。”

“好丰盛啊，今天怎么有时间大展手艺了？”他坐在桌前，有些吃惊地看着眼前十八道菜肴，失笑道，“今天难道是什么节日不成？”

碧微微笑了笑：“不是。只是想着你这几日太过劳顿，想给你补补身子。”

她的笑容里隐约带着某种凄凉，然而坐在身侧的人没有发觉。飞廉满心喜悦地举筷，一边吃一边夸奖。吃了几筷，忽地感觉席间冷清许多，想起少了一个人，他不由得隐约有些不安：“碧，我今天出去找了一天，还是没有晶晶的消息……我怕是……”

“不会有事。”碧微笑着，夹了一筷子翡翠鱼到他碗里，柔声安慰，“那么一个小孩子，与世无争的，又不比云家姐弟——谁会把她怎样呢？”

她巧妙地把话题带开，飞廉果然就忧心忡忡地抬头看了看含光殿方向，担忧起另一件事来：“是啊……含光殿那边，看来也支撑不了多久了。唉，如果再不找出一个方法来救他，云家就真的死定了啊……”

碧无语，只是沉默地替他倒了一杯酒——对于云家，她向来甚少有好感，此刻也不想勉强自己说什么。飞廉没有喝，只是看着满桌佳肴，出了一会儿神。

“碧，我出去有点事，”他霍然长身而起，“你自己吃吧。”

“嗯？”碧有些吃惊——难道，又是要去找人商量如何营救云焕吗？她想劝阻，却不知从何开口。飞廉走到门边，顿住了脚步：“对了……今晚我可能不回来了，你先休息吧。”

碧看着他，仿佛想看出这个和自己朝夕相处的贵公子到底做了一个什么决定，然而飞廉并未再解释一句话，抓起披风和佩剑，冲进了夜色，随即消失。

她松了一口气，颓然坐下，看着琳琅满目的菜肴出神。

居然……连最后的一餐，都无法在一起好好地吃完吗？

她的手茫然地垂下，袖子里，十只银戒发出细小的声音，冰冷而微弱。是了……今夜，她也要去做一件大事——幸亏飞廉有事走开了，否则，还要如往日那样在他酒里下药，令他一觉睡到天亮，不至于半夜醒来拆穿她的身份。

今夜，必须要开始行动了……

飞廉，我们之间的缘分，终于是到头了。

在城门关闭前，飞廉终于赶到了铁城。太阳已经完全落下去了，整个帝都笼罩在深秋的寒气里，大街上寂无人声。他怕引起值夜之人的注意，便绕到了僻静的小巷里，站在断金坊后门的阴影里等待。

叮咚的打铁声还在不断传来。想来匠作们还在劳作，冶胄一时间还脱不得身。如今云荒全境战云笼罩，各处不停有骚乱和起义，帝国需要出动大量的军队，所以，连铁城的匠作们也不得休息，每日埋头加班加点地打造武器吧？

一直等了一个时辰，直到新月升上了天际，他才听到门悄悄打开的声音。

“飞廉少将，”门后有人压低了声音，惊喜异常，“是你来了吗？”

冶胄疲惫地开门出来，一眼看到了月下等候已久的人，不由得惊喜万分：“我还以为你不会来了呢！云焕那家伙，居然真的还有你这样的朋友？”

飞廉苦笑：“说吧，到底还有什么法子可以救他？”

帝都的夜降临了，匠作们结束了一天的工作，铁城寂无人声，只有迦楼罗静静停栖在一望无际的石坪上，金色的双翅上披着月光，寒冷而孤寂。舱室里伸手不见五指，没有一丝一毫的人声，只有什么东西簌簌落下的声音。

“云、云少将……”空无一人的舱室内，有模糊的低语响起，宛如一个孤魂在夜里游荡，发出不甘的低吟，凄楚而绝望，“谁……谁来……救救他——帮我、帮我……救救他……只要能救他……无论怎样都……”

无数的珍珠在黑暗里滚落地面，一粒一粒如同星辰般闪烁。

随着舱室内金座上那个人的低语，整个迦楼罗发出了一阵阵的颤抖，仿佛一颗心脏反复地抽紧。在那样强烈的念力之下，巨大的翅膀发出了震动，仿佛是躯壳想回应灵魂里的这种请求，挣扎着想冲上九霄。

然而，无论如何挣扎，迦楼罗还是停在那里一动不能动——没有如意珠作为力量的来源，光靠着傀儡一个人微弱的念力，根本无法让这个可怕的机械真正飞起来！

“谁来……谁来帮帮我……”无助而绝望的声音在黑暗里蔓延，渐渐嘶哑——“帮帮我……否则……他会死……少将和他的姐姐，都会死在那个铜墙铁壁后的禁城里！”

颅脑里密密麻麻插入了金针，潇发出激烈的喘息，感觉自己的所有思维都被钉死。然而，她还是极力地挣扎，不想舍弃那些脑海里固有的记忆，成为彻头彻尾的杀人工具。不能忘……不能忘！即便是那样痛苦，也不能就此忘记……因为在其中，也依稀夹杂着微弱的暖意。

多少年前的回忆，忽然在那一刹席卷而来。

“潇，在面对敌人的时候，我是无法再回头看的——所以，我要你在我背后。”将没有接受过傀儡虫控制的她带入征天军团时，他那样对自己说，睥睨着那一群窃窃私语的同僚——那群蠢材一定又在议论纷纷吧？因为他竟然选择没有受傀儡虫控制的鲛人当搭档，何况这个鲛人又身负着屡次背叛的恶名。

征天军团建立后的七十多年来，还从未有过这样的先例。

“是。”她静默地跪了下去。

“我允许你保留自己的意志，所以，作为‘活的兵器’，你可以自由地选择自己的战斗方式。”他低声对她说——那是一个契约的建立。

那一天，他对她提出了三个要求——

“潇，我希望你能证明你的能力。你必须要远远胜过那些没有思想的傀儡——只有这样，站在这里的蠢材们才会住嘴，知道吗？”

“是。”她斩钉截铁地回答。

“很好。”身穿银黑两色军服的少将露出了赞许的神色，微微点头。

“不过，我并不需要你证明你的忠诚。”他忽地转了语气，薄唇边露出冷冷的笑，提出第二个要求，“既然我允许你保留了自己的意志，自然同样允许你保留‘背叛’的权利——潇，如果不能忍受的话，尽管背叛我。”

“不。”她紧闭嘴唇，吐出了一个字。

他顿了一顿，审视似的看着她的表情，似乎在思索她是否言不由衷。

“如果，某一日我遇到了更强的对手，战死了的话——你就自己逃吧！”沉默片刻，他又开口，这一次唇边没有讥诮的笑，严肃而冷漠，“别学那些没脑子的傀儡，非要和那些机器共存亡——那样不值得。”

“不！”她霍然抬起了头，深绿的眼睛里闪过了光芒，陡然提高了声音——这个字清晰地传入了大堂上的每一个军官之耳，引得无数目光好奇地投射过来。

“这是命令！”他蹙眉低喝。

“您说过我可以保留自己的意志，”她抬头看着他，决然反驳着“主人”的命令，“那么，潇自然可以选择听或者不听，不是吗？”

“……”他瞬间沉默了下去。

周围传来窃窃的笑声和交头接耳的议论：“看哪，第一天就敢对主人说‘不’呢！”

“云焕那小子那么嚣张，将来一定会死在这个鲛人手上……走着瞧吧！”

“听说这个鲛人之前只不过是镇野军团的营妓，还谈什么驾驭风隼？云焕看上她，不至于是为了独食吧？哈哈！”

然而在那一片耻笑中，他却只是深深地看着她，仿佛想明白这个鲛人内心到底是想着什么。忽然之间，他薄唇扬起，露出一个锋锐的笑，提高了语声：“好！既然如此，我一定不会让自己死在沙场上——潇，我为能拥有你这样的部下而骄傲。”

他俯下身，将象征着军团傀儡标志的银色臂环套上她的脖子，咔嗒一声合拢——钢铁打造的环上镌刻着密密麻麻的记号：她的姓名、年龄和所属部队名称，以及主人的名字。

一旦戴上，除非战死永难除下。

“遵命，”在命运的枷锁合拢的刹那，她第一次顺从地低下头，臣服于那个英挺冷酷的帝国少将，缓缓吐出了两个字，“主人。”

是的，她和那些没有思想的傀儡不同，她始终保持着独立的意志。作为军团中唯一不曾服用傀儡虫的鲛人，她却比任何一个傀儡都更加忠诚——因为，是她自己在当日选择了成为他的傀儡，所以无论遇到什么样的情况，即便是赴汤蹈火，也是百死而不悔。

人心向背的力量，又岂是区区虫豸可以相比？

那之后，他们一起度过了三年。

三年里他们共同驾驭着风隼，从云荒大陆的一头飞到另一头，每日里不是飞出去巡行，便是飞赴某地平息小规模的骚乱，生活平静而又紧凑。

她表现得很好，在每一年的军中比武里都能拿到第一，从未令他失望。整个军团中唯一能和她一较高下的，只有飞廉少将的鲛人傀儡湘——然而对方是受傀儡虫控制的鲛人，论灵活应变，则远远无法和她相提并论了。

她为他赢得了很多荣耀，辅助他在沙场上百战百胜，成为巫彭元帅称许的“破军”。然而平日里，他们之间却很少有交流。

他的话不算多，如果她不主动开口的话，他也一定是静静地坐着出神，肩背挺拔军容严整，薄唇紧紧抿成一条直线——那种无意间流露的孤独感往往令她突然感到心脏缩紧，因为她清楚地感觉到他的不快乐，压抑着太多孤独和不甘。

她不知道那种异常的孤独和不甘是不是与生俱来的。因为她记得：在他只有七八岁的时候，眼里就已经有了这样的表情。

他不会记得她，因为那时候他还太小，而夜又太黑。然而，她却不能忘记十几年前那一对汲水而来的姐弟。

那样寒冷的黑夜里，吐着血的她被从营帐里拖出，床上一片狼藉。那个副将不停地擦着嘴，喃喃地骂娘，指挥下属将奄奄一息的鲛人扔到了营外，醉醺醺地扬长而去，摸向另一个营妓的帐篷。

她匍匐在冰冷的沙石地上，感觉身体里的血液已然被一口口地吐尽。

真好啊……终于是可以死了吗？

她活了两百多年，已然太长——长到，她已经无法再背负这样深重的憎恨和绝望了。她希望有人来杀了她，可是，连这个奢望都没有人满足她了。她早已被所有的人抛弃。

生命的最后一刻，她无声地笑了起来，抬头看着漆黑的夜空：没有星星，没有月亮，朔方城十一月的夜冰冷彻骨，沙风呼啸，干燥而暴烈。

夜很静，冻僵的手足上，几乎可以听到肌肤一寸一寸开裂的声音。她不甘地抬头看着夜空：在海国的传说里，每一个鲛人在死后都会升到天空中，变成一颗闪耀的星辰——可为什么在她临死之前，还无法看到那些星星呢？那样……至少可以让她在族人平静善意的注视里死去，无论她的灵魂能否升到天空上。

那一夜，如果不是那一对姐弟，她一定会在西荒干燥冷酷的风沙里死去。

然而醒来的时候，却是在一个大木桶里，有温热的水浸泡着她干裂的肌肤，还有一只手拿着布巾，不停地温柔擦拭着她嘴角沁出的血。

"啊，你终于醒了？"在她睁开眼的刹那，一个少女惊喜地说。

篝火一明一灭，映照着少女秀丽的侧脸，宁静而温暖。

她迟疑地看着那个孩子，还以为是幻觉——那个才十三四岁的少女有着雪白的肌肤和纯金色的长发，显然是沧流冰族的子民。然而奇怪的是，她的眼睛却不是冰族该有的湛蓝色，而是透出隐约的黑色来，美丽不可方物。

应该是混血的贱民吧？所以，被赶到这个苦寒之地居住？

"弟弟，快把烧好的水拿过来，桶里的水又开始冰了！"西荒的夜里风非常冷，少女试了一下水温，侧过头，对着另一边焦急地呼唤，"快一些呀！"

她浮在桶里，微微一惊：在西荒，水是极其珍贵的，一个家庭需要有专门的壮劳力每日往返上百里，才能背回足够的水——而他们，居然是将背回的水全数给了她？

"不行……"她微弱地推脱，"你们的水……"

"没关系，最多再连夜去背一趟。"那个少女柔和却不容反驳地开口，按住了她的肩膀，"你是一个鲛人吧？如果不泡到温水里，是会没命的呢！"

她怔怔凝望着那一张美丽的少女的脸——没有星月的夜色下，那双眼睛是如此洁净无邪，与她前半生看到的所有充满了欲望的眼睛截然不同，宛若圣女。

篝火旁的男孩子拿下了瓦罐里滚烫的水，走了过来。他提起瓦罐，将热水沿着桶壁小心地倒入。一边倒，他的姐姐一边试探着水的温度，直到认为足够温暖才让他放下了手。

“那些家伙真是一群畜生。”他忽然开口，冷冷道，“连继母都没这么对我们过。”

她惊住，抬头看着那个孩子的眼睛——和姐姐不同，那个男孩的眼睛是冰蓝色的，有着一切沧流冰族该有的特征。然而，他的眼睛完全不像是一个孩子……她无法描述那一种感受。在那一刹那，她仿佛是看到了一只被关在笼子里长大的兽。

那才是他们的第一次相遇。

那时候，他才只有七岁；而她，已经活了两百多年。那是她第一次被人所救……而那之前，所有的人——无论是同族还是冰族，战友还是敌人，无一不对她投以冰冷憎恨的眼神。

唯有那一夜是温暖的。那种浸没了全身的暖意浸透了骨髓，多年后犹自残留在身体里。

从砂之国活下来后，她曾经发誓要找到那一对姐弟，报答那一夜的滴水之恩——或许，那并不是为了报恩，而仅仅只是需要一个活下来的理由……她尚被某些人需要，尚被某些人关爱，并不是没有丝毫的存在价值。

而上天终于成全了她一次，让她在帝都重逢了那一对姐弟。

十几年过去，那个寒夜里汲水的孩子如今已然是英姿风发的帝国少将；而她，却还是当时那般的模样——生命和时间对两个不同的民族来说，原来是如此不对等的东西。

她在那个少将面前低下了一直昂着的头，恭谨地称他为主人，任他俯身将钢铁的臂环锁上纤细的脖子。那一刻，她竟没有丝毫背叛民族和国家的耻辱，只觉得有断绝一切后路的轻松。

而那一道禁锢，反而给她带来了前所未有的踏实感觉。从此，她只属于一个人，那些家国荣辱全部化成了灰烬，他就是她存在的理由。她甚至感到某种欣慰。过了那样长时间暗无天日的岁月，直到如今，终于有机会做一点什么，令自己的生命焕发出新的光彩来。

她终于是活过来了！

……

那之后，她追随着他南征北战，度过了三年。

她是聪明而顺从的，没有一句多余的话，更没有任何多余的举动。只是那样沉默着，做好了一个优秀傀儡的本分，眼看着他一步步地血战前行，用剑在森冷严酷的帝都里杀出一条血路，青云直上步步高升。

他很幸运，除了拥有出众的天赋之外，还有着一个受到智者大人宠爱的姐姐以及一个不遗余力教导他、提携他的上司。

很多人都私下议论，说他会是巫彭元帅的接班人，下一任帝国的战神。更多的人争先恐后地投靠到门下——本来人丁寥落的云家忽然间就有了上千的“远亲”，门庭若市，歌舞升平，一扫在西荒时的冷落。

她想，这一回，他应该不再感到落寞了吧？毕竟，如今的一切对一个西荒的贱民孩子来说，简直就是梦幻一样的景象，几生几世都无法触及。

然而，他依然还是那样沉默，依然还是经常一个人出神，依然还是透露出那样的眼神，依然还是……孤独而不甘。

她在一旁静静地看着，心还是忍不住再度缩紧。他到底要什么？要怎样才能快乐呢？站到最高点上可以吗？获得人所未有的力量可以吗？除了那个已然不属于他的姐姐之外，还有没有什么人或事，可以让他暂时展开一下眉头？

他……可曾真正地懂得怎样去爱一个人？

她不知道。她只知道在少将的眼里她是以何种方式存在——她不是一个人，只是他不可或缺的武器、战斗中的左右手。而他是一个好的主人，知道如何将一件武器发挥到最大效用，平日也懂得如何去爱护。

只是，那种爱护是无情的——在必要的时候，他依然会毫不犹豫地拿她挡住刺过来的剑——犹如在桃源郡遇到苏摩时一样。

然而，她心里却没有丝毫的怨恨——

“如果无法忍受，你也可以背叛或者逃走。”

最初立下契约的一刻，他就那样明确地对她说过，却被她毫不犹豫地拒绝了——那是她自己的选择。她本就是一个天地背弃的人，她所有的愿望，也仅仅是成为一件最好的武器，能够陪伴他一路血战，直到登上最高点。

可是……可是……难道时至今日，就要终止在这里了吗？不！绝不能就此罢休！不甘心……如果是这样的话，死都不甘心啊！

有谁、有谁来……帮帮我……

黑暗的迦楼罗舱室里，她无声地呐喊，无数的珍珠滚落在冰冷的地面。

月至中天，清冷的光辉洒落在迦楼罗的双翅上，淡淡的金光在攀缘而上的人脸颊边浮动，衬得两个人仿佛是在金色的波浪中无声无息上升。

冶胄领着飞廉来到了空无一人的断金坊石坪上，从云梯一步一步地攀向紧闭的舱室。

一路上，冶胄没说一句话，他不便多问，心里忐忑。飞廉一直在猜测这个铁城名匠半夜带他来这里的原因，却怎么也想不出这么做会有什么帮助。他的内心甚至有了短暂的动摇，觉得自己可能是踏入了某个圈套。

然而，不等他将眼下诡异的情形整理出个头绪来，脚下忽地一震。

“这是怎么了？”感受到脚下这个巨大机械居然在战栗，飞廉忍不住低声发问。他将手指放在机械金色的外壳上，清楚地感觉到那薄薄的金属上一阵阵传来由内而外的颤抖，仿佛有一颗微小的心在巨大的壳子里反复地缩紧。

“迦楼罗……是在哭吧？”冶胄轻抚着机械外壳，低声叹息。

“哭？”飞廉诧异。

“进来吧。”冶胄已经打开了舱室上的锁，回头低声道。

冷月下，舱室打开了一半的门犹如一只半开半阖的眼睛，幽黑得深不见底。飞廉略略迟疑了一下，仿佛是在猜测舱室里到底是藏着死神还是救世主，然而只是一刹那的迟疑，便毫不犹豫地抬足，踏出了最后一步。

无论如何，事到如今已经是无路可退了！

“啪。”乌金的舱门在身后关上，整个舱室内一瞬变得不见五指。然而，在墨一样的黑暗里却闪烁着无数的星星。飞廉在踏入舱室的刹那惊住，怔怔地看着这梦幻一样的景象——

无数的明珠铺满了冰冷的地板，闪着幽幽的光，宛如黑暗里浮出了无数的星星。那些星星在地上时隐时现，一粒一粒疏疏朗朗，仔细看去，竟然是呈同心圆分布。

在这个明珠之海的中心，静静地放置着一把闪着冷光的金色椅子。椅子上那个鲛人睡去了一样坐在那里，一头深蓝色的长发水一样流淌下来，一直铺到了地面——然而，却有一粒粒的珍珠从低垂的睫毛下接二连三滚落，滴答滴答，轻轻在地板上跳跃。宛如梦幻。

“谁来……救救他啊……”模糊的低语响彻了舱室，时远时近。

飞廉怔在当地，一直到听到这句话才回过神来——这、这声音……从哪里传来？这分明是潇的声音，可是，被固定在椅子上的鲛人却根本没有开阖嘴唇！这是怎么回事？这个鲛人居然可以将心里的话直接传送到他耳畔？

这是念力，还是别的什么？

他惊骇地往前踏出了一步，却听到了那个鲛人说出了云焕的名字：“云少将……谁……谁来……救救他……”

他忽地呆住了，隐约明白了什么，回头看着冶胄，对方也正意味深长地看着自己。

“如你所见，迦楼罗已经研制成功。”冶胄终于开口了，走过去将手放在金色的头盔上，“不过，也出现了超出我们预计的异常。虽然这个鲛人已经被融入了这个机械，成为‘迦楼罗之魂’，但她却依然保持着强烈的个人意志！”

飞廉一惊，看向那个已然被钉死在金座上的鲛人——那里，无数引针密密麻麻地插入了鲛人的颅脑，将她的整个身体和机械融为一体。潇的身体在颤抖，于是整个迦楼罗也由内而外地发出了一模一样的战栗！

飞廉定定地看着潇，然而和机械融为一体的鲛人看上去毫无生气。

是死亡了，还是以另一种方式生存着？

“不，她还活着，但只是以迦楼罗的形体而存在——武器被赋予了生命……我们，终于达到了神的领域！”铁城名匠轻轻抚摩自己的杰作，眼中露出了骄傲之色，叹息道。然后忽地抬眼看他，低声道，“你听到她的请求了吗，飞廉少将？”

“谁来、谁来帮帮我……救救、救救……云少将……”

那个声音回荡在舱室里，仿佛一个孤魂在不甘而绝望地挣扎，对着他拼命伸出手来。

“去，回应她吧！”冶胄看了飞廉一眼，“看看她能为你做什么！”

飞廉骤然明白了过来，心里一沉。

“潇，我想救云焕，”毫不犹豫地，飞廉走了上去，在那个没有知觉的鲛人面前俯下了身，看着她紧闭的眼睛，一字一句，“可是……你告诉我——要怎样才能把他救出来？”

机舱的战栗在一瞬间停顿，仿佛不敢相信这个深夜前来的军人会做出如此许诺，整个迦楼罗陷入了极度的寂静。然后，又仿佛狂喜一样剧烈震颤起来——无数的金属在共振，那些薄片发出了尖利的低啸，在密闭的舱室内如同海啸涌来。飞廉一瞬间仿佛失去了听觉，只是看到无数明珠迅速从鲛人眼角沁出，滚过深蓝色的长发，落到了地上。

“是吗……是吗？你……你愿意……和我一起，去救他？”

潇的声音响彻了舱室，狂喜着。

“是。”飞廉点头，“我不能眼看着他死。你会帮我吗？”

“会！当然会！”潇的声音狂喜，整个迦楼罗都在战栗，“可是……可是……我不能动……该怎么办？”

该怎么办？飞廉也被问住了，只能抬起头看了看一旁带他来到这里的名匠。冶胄嘴角露出了一丝笑意，点了点头，忽地一把按下了某个机簧：“既然你们两个人都那么想救他，那么，就请坐到这个位置上来！”

“咔嚓”一声响，金属的地板忽然滑开！

一块金色的板从舱室腹下无声无息升起，一边升起一边迅速变幻着形状，一层层地展开，在短短片刻内化成了一把巨大的金色椅子，静静与潇的金座背向而立，宛如孪生的镜像。

有一个同样的金色头盔，从舱顶的暗门中落下，垂吊在了金座的上方。

飞廉惊骇地看着这一变化——这是什么……巫谢他们在几十年来，居然做出了如此了不起的东西！那、真的是接近“神”的创造吧？

“这才是迦楼罗的主座，”冶胄低声解释，“也就是主宰者的位置！”

“什么？”飞廉一惊，然而迅速地明白过来了，“你让我操纵迦楼罗，去把云焕……”

“对！”冶胄眼里闪过雪亮的光，击掌道，“就是这样！”

飞廉惊住，一时间有些无措，看着巨大舱室内那两把金色的椅子：一把巨大而简洁，另一把却纤细而精致，两者背向而立，仿佛镜中倒影，一株藤上生长而出的两颗果实——他知道无论谁一坐上那个位置，便将拥有难以想象的巨大力量！

“请……救救他……救救他……”那个鲛人傀儡的声音在不断地回响，带着哀求和绝望，“救救……我的主人……”

他看着空空的主座，低下了头，迟疑片刻——真的是没有别的办法了吗？

“如果我有驾驭机械的本领，就绝不会麻烦少将。”仿佛看出了他的犹豫，冶胄眼里慢慢变成一种铁灰色，低声道，“可是……不是每一个铁城贱民都可以进入演武堂和征天军团接受这方面训练的。”

飞廉一怔，迟疑道：“真的可以？现在我们没有如意珠……”

“没有如意珠，可以尝试别的方法——这个我来想办法，你只要选择是否和我一起去救他！”冶胄厉声打断了他的话，“不能再等了，再下去整个云家会全族被灭！”

冶胄抬头看着他，声音冷酷：“如今，潇愿意为云焕而战，我愿意为云焕而死。少将，你说你是云焕的朋友——那么，你是否愿意为他坐上这个位置？！”

飞廉咬紧了牙，双手微微发抖。他当然明白这意味着什么。背弃家族，舍弃荣华，这对他来说并不是无法承受的事，事实上这正是他多年来一直想挣脱的锁链；他怕的却是自己一旦走出了这一步，整个巫朗一族就会被连累！

“不用担心。到时候你戴着这个头盔，没人会认得出。”仿佛看出了对方的顾虑，冶胄开了口，显然已经经过深思熟虑，“迦楼罗的力量巨大，可以轻而易举地达到我们的目的——只要将云家姐弟送到安全的地方，你就可以返回。”

他说着，举起了一只手：“我发誓此事只有你我二人知晓——事毕，你照旧可以过原来的生活。”

飞廉眼神剧烈地变化着，他知道这一步踏出，前方便是不可预知的深渊，此后将会发生什么他无法知道，也不会再由他控制。

“求……求你……帮帮我……”那个声音却再度响起来了，充斥了黑暗的舱内，远远近近，如泣如诉，“救救、救救……云少将……”

黑暗中，飞廉终于缓缓抬起手，无声地握紧了金座冰冷的扶手。

他霍然转身，坐入了巨大的金色椅子，将双手放在了两侧扶手上，肩背挺直地靠着椅背，闭了闭眼睛，看着冶胄，眼神克制而平静：“开始吧！”

“咔嚓。”轻轻一声响，金色的面具滑落下来，遮住了他的脸。

“好！”冶胄眼里放出了激动的光，语声都有些颤抖，“那么，趁着巫即巫谢他们都去了禁城，从今天开始我就教你如何控制这台机器！”

“要多久？”飞廉低声问。

“和风隼、比翼鸟的操作相似，”冶胄低声道，“以少将的领悟力，应该不难。”

飞廉沉默了一下，仿佛在那个黄金的头盔里感到窒息。

“好，”他低声道，“我会尽力。”

“必须在两天内学会！”冶胄的声音带了几分焦急，“否则，时间就来不及了！”

第十一章

背离

一直到晨曦初露，城门重新打开，飞廉才悄然返回了府邸。下人们都还在沉睡，他独自静悄悄地回到了后堂卧室，并未惊醒一个人，准备重新就寝。

然而，令他惊讶的是，碧竟然不在房里。

这么一大早，怎么人就出去了？

诧异地找遍了整个院子，依然没有发现她的影子，他有些担心起来，敲门叫起了几个下人询问，却都睡眼蒙眬地说没看到过碧小姐出去。飞廉越发觉得不安，也顾不得自己一夜未睡，叫起了全府里的下人，吩咐他们出去内外地找。

真是一团糟——那么多棘手的事情没有解决，碧居然又失踪了？

仆人们没有找到碧，却在翻天覆地的搜索后送上了一件东西。飞廉只看了一眼，便变了脸色——那是一个五色丝线捆扎的球，一直是晶晶手里拿的东西！

“哪里找到的？”他失声低呼。

“禀公子，是在后院的一个角落里找到的。”侍从回答，“奴才无意钻进去，发现那里居然有一个奇怪的小池子——这个球，就在水面上浮着呢。”

他捏紧了那个湿漉漉的球，只觉捏住的是自己的心脏。难道说……晶晶、晶晶是贪玩失足，落到了水里？

“带我去看看！”他脱口而出，情不自禁地长身而起，“快！”

谁都不曾知道，那个荒芜多日的后院里居然还有这样一个池塘。那池塘如一面古镜，静静地藏在草叶的最深处——四周都是浓密的美人蕉，几乎要人弯下腰钻进来才能看到这深藏的小小天地。

飞燕草长得有半人高，拨开草丛，才能看到躲藏在院子最角落里的幽幽水池。不同于四周茂密的浓绿，这个小小的池塘上没有一片浮萍，甚至连蚊蚋都不曾停栖，泛着幽蓝色的光，深不见底。

真奇怪……他在这个大宅子里长大，为何记忆中从不记得后院有这么一个池子？

记得三岁时，族里有一名嫡出的小姐恋上了铁城里的一个贱民，巫朗族长一怒之下下令将那个贱民扔入火堆活活地烧死。当天晚上，那个同族女子便留下了满腔怨毒的遗书，决然在后院里投了井。待发现时，尸首已然浮肿得可怕。

自从那个女子死后，这个后院里就开始出现种种诡异的传言，据说有不止一个下人看到水井中半夜浮出白衣的女子，对着月亮流泪不止。于是，巫朗大人下令填平了后院的所有水井水池，以杜绝府邸里的传言——在他长大的十几年里，从未记得后院里居然还有这样的一个小池子。

难道是谁挖出来的？还是怪力乱神的产物？

“禀公子，还是什么都没有捞到！”有下人来禀，手里拿着长长的竹竿，满头汗水。他从沉思里抬起头，一怔。水底没有东西？这么说来，晶晶大约不会是掉落到里面去了——可是，她的绣球又怎么会掉落在这个池子里？

飞廉忽地站起，从左右仆人的手里拿过一卷绳索，走了过去。

在长索的一端吊上石块，一分分地垂入水底——然而，一卷三十丈的长索放完，石块却根本没有落到底。于是，再接上一卷绳索，再继续往下探——一直到带来的十卷绳索全部用完，那个小小的池塘还是没有探到底！

周围下人面面相觑。这个凭空冒出的池子，到底是通向何处？有些年纪大些的仆人想起了二十几年前的旧事，眼里不自禁地流露出惊疑恐惧的表情来。

就在这一刻，大家都清楚地看到水底忽然有白影一闪而过，转瞬消失！

此刻天色尚未透亮，风从院外吹来，满院的草木簌簌响动，所有人屏息不动，定定看着方才鬼影浮动的深潭，谁都不敢发出一丝声音——飞廉的脸色也是瞬地苍白，手一松，那上百丈的长索随即无声无息地直直没入了水中。

这一群人里，只有他看清楚了那个东西是什么。

“大家都先回去休息吧。”寂静中，飞廉忽然开口了，“让我一个人在这里安静一下。”

仆从们虽然巴不得早点从这个鬼地方离开，却也有些担忧，劝告飞廉道：“公子也回去吧！这里看起来太不吉利了，一个人待着的话……”

“没事。”飞廉头也不抬，“都下去，别烦我！”

很少看见温文尔雅的公子用这种语气说话，所有人噤若寒蝉，立刻退了下去。

飞廉颓然坐倒在茂密的飞燕草中，怔怔地看着眼前那个深不见底的水池，眼神也渐渐变得深不见底——他一直一直地看着幽暗的水底，眼神复杂地变换，手指渐渐握紧，手心里那个小小的绣球被他捏得几乎扁平。

他屏声静气地看着水面，仿佛在等待什么，一直坐了一个多时辰。

破晓已经来临，光线穿过了茂密的蕉叶，投射在清凌凌的水面上。

“哗啦”，仿佛确认了外面已经安全，水面终于破裂了，一个白色影子如游鱼一样从最深处浮出，瞬地跃出水面，凌空甩了甩一头深蓝色的长发——然而，鲛人女子还没上岸，就看到了静静坐在水池旁的贵公子，立刻就怔住了。

碧！从这个深不见底水池里跃出的，果然是碧！

四目相对。就在那一刻，飞廉感觉有一把利剑从心窝里直刺而入，痛得他不由自主地弯下腰去。他抬手指向她，张了张口，似乎想说什么，然而却已然失去了发声的力量。

碧落回了水里，静静浮沉着，身上穿着复国军战士才用的夜行衣，手里握着分水峨嵋刺——此刻的她是如此英姿飒爽、明艳照人，和平日的温婉沉静完全不同！似乎也是没有料到他还会守在此处，碧怔在了水中，同样说不出话。

“你……”当日光穿透了密林，飞廉终于说出话来，声音低哑，“是复国军？”

他定定地看着多年来的恋人，似乎想听到她吐出否认的话——然而碧看了他许久，最终却只是深深、缓缓地点了点头，神色决绝，霍然将雪亮的峨嵋刺挡在了身前，做出了准备迎战的姿态，脸色平静：“来吧！”

飞廉没有动手，看着她，语音渐渐发抖：“这个池子，是你用来和外界联络的秘道吧？五年来……你留在我这里，难道只是为了……”

“是，只是为了获取情报。”碧开口，面无表情，“感谢你对我从无保留。”

他定定看着她，仿佛想从面前这个女间谍身上看出一丝一毫熟悉的痕迹来——然而复国军女战士只是冷静地看着他，保持着随时准备战斗的姿态，警惕而干练，完全看不到昔日那个红袖添香的温柔侍女模样。

原来，和他多年衾枕相伴的，竟是这样一个双面人？

“五年来，我可有半点对你不好？”剧痛几乎令人崩溃，他低声道，声音还是有些发抖，“你为何……”

“不，很好，好到都让我怀疑你是不是冰族人。”碧淡淡开口，眼里虽有波动，语气却没有丝毫起伏，“不过，当你决意去救云焕那个刽子手时，我终于明白你毕竟是我的敌人——我们之间的矛盾，终究还是无可调和的！”

她抬起眼眸，发出冷冷的嘲笑：“飞廉，我不幸生为鲛人，却有幸能成为一个战士，为海国而战——而你呢？以战士的身份，却耽于私情不能自拔！所以说，你迟早要得到一个教训……”

“住口！”飞廉厉叱道。“咔”的一声响，那个小小的绣球终于在他手心瘪了下去！

“那么，晶晶呢？发现了你的秘密后，你把晶晶怎么了？”飞廉终于压抑不住自己的情绪，厉声问，同时将手里的绣球狠狠扔过去，“她的球掉落在这里！她的人呢？人在哪里？你、你把她怎么了？”

雪亮的峨嵋刺轻巧地一划，那只投过来的小球被居中剖开，无声滑落水底。碧抬眼看了看他，轻轻冷哼：“自然是处理掉了。”

“你杀了她灭口？”飞廉的眼神终于露出愤怒，宛如被点燃的火，“你这个恶毒的女人！你竟然杀了她灭口？她才几岁？你和她在一起那么久……”

然而，在他拔出剑的瞬间，她轻轻一折身滑入了水底，宛如游鱼一样向着深渊潜行，似乎完全不想和他来一场正面交锋。

“飞廉，记住，”鲛人用潜音送来最后一句话，“我们誓不两立。”

他的剑只斩断了池水，便颓然坠入了水池深处，悄然向着不见底的黑暗里悠悠坠落。

碧转身离去，在不见天日的水底潜行，黑暗的水里只有断断续续的珠光照亮她无声哭泣的脸——为什么？为什么今日还要回来呢？本来昨夜那一餐，便应该是她和他最后的诀别……为何她还忍不住地要冒险回来？

如果就那样悄然消失，说不定能保留一个仁慈的结局吧？

很多年以后，当他面目苍老、儿孙满堂，她还能偷偷回来看他，说不定还会听到他念及少年时爱过的那个名字……可昨夜和同伴一起完成了海皇交代的任务后，她却侥幸地以为即便是一夜不归，飞廉也不会那么快识破她的身份，居然还想再冒险回来看他一次——却不知，就是这不该回首的一回首，葬送了他们之间的所有！

碧在水底潜行，不停坠落的泪水化为珍珠，在水底幽幽暗暗地洒落一路。

永别了……飞廉。

在碧离去后，飞廉命仆人架起乌金网，借口此处易令人失足落水，封住了那一口深不见底的池塘，仿佛要将所有往昔都永远封印。然后，就再也不管别的事，一个人在内室里关着，一次又一次地要下人送酒进来，一整天没有出来一步。

外面喧闹纷扰，不停有军队来去，仿佛是含光殿那边又有了新情况。然而，他脑子里却一片空白。直到有急促的脚步声长驱直入，一路叫喊着他的名字，焦急而惊慌。

声音依稀耳熟……是谁？他模模糊糊地想着，那个脚步在冲入了内室后顿住，似乎是愣在了那里，急促的喘息近在耳畔。

他极力想抬起头看看来人，但是头竟然如有万斤重，只是勉力撑起了身子，随即脚下一软，又伏倒在桌上的酒污里。

“你这是在干什么啊？”那个人终于回过神来了，惊呼，“飞廉！”

他被用力地推搡着，视线剧烈地摇晃，终于看到了揪着他衣领的女子——那个衣衫华丽的贵族少女满脸都是惊惶，顾不得丝毫风度，拼命地摇晃着他，出手之重简直和男人别无两样。

是……是她？他终于认出来那是自己的未婚妻，嘴角浮出了一丝苦笑。

“醒来啊，飞廉！”她在他耳边大叫，“云焕快要死了！醒来啊！”

他蓦然一惊，喃喃道：“你说什、什么？”

“征天军团已经攻破含光殿了！”明茉语音里带了哭音，绝望地摇晃着他，“今天日落时，已经有军队突破结界了！他们、他们就快要抓走云焕了，你还在这里喝酒！你……你怎么还在这里喝酒……”

“什么？”飞廉摇摇晃晃地撑住桌子站了起来，神志渐渐清明，“快、快带我去看看……”

“好！”看到他还能说话，明茉心里稍微定了定。她转身出门，然而大醉方醒的人脚下虚软，竟然连走路都已经不稳，走了没几步居然就是一个踉跄。

她在一旁担忧地看着，隐隐觉得不安。飞廉在门阀中素以儒雅温文著称，还从没听说过这个名门公子有白日酗酒的习惯。如今他这样，到底发生什么事了？

“剑……我的剑呢？”飞廉摸了摸腰畔，下意识地问，“碧，我的……”

语音戛然而止，他只觉内心发出清晰的一声裂响，仿佛有什么东西再也无法承受地蓦然断裂。难以形容的绞痛从深心里直冲上来，他往前踉跄了一步，伸臂撑住了窗棂，血气直冲到喉头，忽地开口，一口血疾冲而出！

“啊！”明茉失声惊呼，掩住了嘴看着那一摊殷红。怎么了？到底是怎么了？他为什么这个样子？还有……那个和他形影不离的鲛人，怎么不见了？

她低声道：“我替你去叫碧过来。”

“不用。”飞廉忽地抬手阻止了她，低声苦笑，“她走了。”

走了？明茉站在那里，一时有点发怔，心里不知道是什么滋味——作为名义上的未婚妻，她实在不知道自己该对这件突发的事作怎样的表态。

“那么，我替你叫大夫过来。”最终，她只低声说了一句，“你喝得太多了……”

“呵……不用，”他剧烈地喘息，平定着胸臆里翻涌的血气，断断续续地开口，“明茉小姐，麻烦你……把那边桌上的花瓶拿过来……”

“嗯。”她一怔，忙忙地过去搬了那个两尺高的大花瓶过来。

“拿、拿水泼我。”飞廉撑住身子，感觉大醉后头痛欲裂，“快。”

明茉愣了一下，然而毕竟是有胆气的女子，也不再啰唆，拔掉了里面插着的花，端起花瓶，干脆利落地将里面的水“哗啦”一声当头泼下！

“哈……”冷水当头泼下，血气顿时反冲回心脉，酒气也被压住，飞廉深深吸了一口气，感觉颅脑为之一清，脱口而出：“痛快！”

他抹了一把脸，转身便抓了架上的长衣和佩剑，疾步而出。到了门口，仿佛想起什么，顿足回顾，神色慎重：“明茉小姐，这事我一定不会袖手旁观——至于你，还是快回家去吧！这是男人之间的事情，不是女流可以多管的闲事！”

明茉看着那个落汤鸡一样的贵公子夺门而去，一时回不过神来。

她从未想过她的未婚夫婿、凤凰一样高贵从容的飞廉公子，竟然还有这样落魄狼狈的时候——然而，这种狼狈的样子，却比帝都里任何王孙贵族都高贵出众。

最终，她一跺脚追了上去：“笨蛋，你才是那个多管闲事的人呢！”

炮声隆隆，震耳欲聋。每一炮发，整个地面都在颤抖。

硝烟的味道弥漫在空气里，让飞廉恍然觉得是在做梦——怎么可能？在帝都里，居然还会闻到这种战场上才有的味道！这个国家，难道已经混乱到这个地步了吗？

炮声震耳，他只觉得心也震了起来。那样巨大的威力……一定是红衣大炮！

出自智者大人传下的《营造法式·镇野篇》，和螺舟、风隼并称三大利器，镇野军团的杀手锏，威力绝伦，震骇四方。据说仅仅一门便可以洞穿厚达三丈的铁壁，在建国之初扫并云荒的攻城略地里立下过汗马功劳。

难道说，为了区区一个含光殿，巫彭元帅居然动用了战争里才用的一切手段？

飞廉在朱雀大道上飞奔，逆着那些被疏散的人流，心急如焚。那些居住在禁城东北角的贵族们匆匆而出，略带惊慌地相互交头接耳，交换着信息——

“含光殿那边到底怎么了？怎么忽然增加了那么多军队？”

“听说是圣女云烛护着弟妹负隅顽抗，不肯从命呢！”

“什么？她居然敢违抗智者大人和元老院的旨意？”

“是啊，你没看军队都包围了含光殿快两天了吗？圣女云烛也真的有点本事——连征天军团和红衣大炮都调过来了，却才刚刚打开一个口子。”

飞廉站在街上，望了远处的含光殿一眼。门口簇拥着密密麻麻的军队，一门红衣大炮赫然正对着大殿正门，吐出骇人的红光。硝烟味在弥漫，殿上那种血红色的光已经淡下去了，显然那个结界的力量已然在重创下逐渐削弱。

他只觉得全身的血都冷了下去。迟了吗？难道帝国军队已然抢先攻破了含光殿？

“谁负责诛灭巫真一族的事？”

“你猜猜？呵呵……想不到吧？是巫彭元帅！”

“巫彭元帅？是他啊！”

瞬间，数人同时发出了会心的笑，低声道，“哎呀，元帅可真是识时务得很呢，不愧是一代俊杰……呵呵！”

“当年一手捧起云家的也是元帅吧？云焕那小子我一直看着碍眼，死了也活该——但云烛和云焰姊妹可是两朵鲜花啊，啧啧，可惜啊可惜……”

那些仓皇出奔的帝都贵族交头接耳，说得越发下作。

飞廉只觉得心底的怒火直烧上来，回头对那一群人怒目而视。然而就在这一刹那，前方发出了轰然一声裂响，似是红衣大炮发出了最强烈的一击！

眼看大殿上方的结界再也无法支持，就要支离破碎，一股极其凌厉的力量却汹涌而出，半空光华大盛。包围着含光殿的军队发出了一声喊，仿佛浪潮一样齐齐倒退！

怎么了？！他一惊抬头，却看到了毕生不能忘的景象——含光殿的正门在炮火下轰然碎裂，就在这个碎裂的结界里，忽地奔出了一个白衣女子！

“巫真！”无数人发出了低低的惊呼。

巫真云烛显然已是极为虚弱，连脚步都是踉跄的。她白衣染血，勉力奔到缺口上来，张开双手试图阻拦那些汹涌而入的军队——然而，在军团战士的指挥下，红衣大炮向后挫了一挫，重新填充了火药，做好了新发一击的准备。

“不！”飞廉脱口低呼了一句，不顾一切地拨开众人，抢身奔去——以云烛现在如此衰弱的状态，怎能和红衣大炮正面对抗！

然而，炮火尚未从膛中发出，那个白衣圣女已经冲到了红衣大炮面前，想要把大炮推开。然而力量已经衰竭，她再也无法把即将发射的炮口推得转向，眼看火药即将爆发——就在那一个瞬间，她毫不犹豫地扑倒在炮口上，转过手腕，一剑刺穿了自己的胸膛！

血从身体里急速汹涌而出，迅速地涌入了炮膛。炽热的血液倒灌而入，一瞬间就将炮膛内填充着的火药全部濡湿。引线烧尽，那一发炮火刚要爆发，却只是喑哑地响了一声，随即沉默。

所有战士都在一瞬间愣住，定定地看着那一袭染血的白衣。

“还有谁？还有谁敢过来一步？”巫真云烛从炮口上缓缓撑起了身子，举目四顾，一个字一个字地开口，胸口正中插着一把短剑，雪亮夺目，“谁……还敢过来？”

周围士兵被那样夺人的气势逼住，下意识地齐齐倒退了一步。

“云烛！”军队里忽然有人低呼了一声，巫彭元帅抢步而出，脸色苍白地看着这个女子，“你这又是何苦？快放下剑——你难道想和我对抗到底么？！”

圣女看到了来人，眼神骤然一变：“元帅……哈！”

她低笑起来，忽然反手一拔，将贯穿胸口的短剑血淋淋地拔出，直指向他：“站住！不许过来一步！不错，我就是要和你对抗到底！多可笑……竟还以为你终究会来救我们……”

那个温柔沉静的女子，毕生也从未如此激烈放肆过，对着帝国元帅侃侃而谈，神色决绝。从她心口拔出的长剑上，滴落串串鲜血。

“巫彭元帅，我自幼景仰你，敬慕你，视你如师如父——你要我去侍奉智者，于是我就在白塔上待了十几年，无怨无悔。哈……”她的语音越来越低，低低笑了起来，“可是、可是，你最终却抛弃了我们！可笑我一直还奢望你会在最后一刻救我们。哈……一直到现在，我终于把你看明白了——

“堂堂的帝国元帅啊，你……其实是一个懦夫！”

她大笑起来，神色狂烈而决然。巫彭一直默不作声，但听到最后一句，眼神里闪过一丝不易觉察的愤怒，声音依然冷如磐石：“巫真，何必负隅顽抗？你本不是该拿剑的人——如果放下剑，尚有一线生机。”

“哈，你以为我还会相信吗？”云烛冷笑，血染红了大半个身子，“巫彭……我再也不会指望你什么——也不许……不许你再来伤害我们姐弟了……”

她缓缓说着，身子却是开始无法控制地摇晃起来，每一次晃动，都从身体里落下大串的血珠！

“你不但灵力耗尽，连生命也即将枯竭。”巫彭语音急促，“快放下剑！”

“不！”云烛忽地用尽全力嘶声回答，“绝不！”

她忽地一笑，眼神烈烈如火：“巫彭元帅，你错误的是……经常过高估计了权势和名利的羁绊，却低估了‘人’的力量——看着吧！”

云烛说话的语气越来越连贯，越来越响亮，竟然完全不似一个垂死的人。伤口上的血泉水一样喷涌而出，然而她浑然不觉得疼痛，举起剑，却是再度向着自己身体刺去！

那是极度决绝惨烈的两剑。雪亮的短剑迅捷地剖开了白袍下的身躯，先是竖直沿着咽喉剖到小腹，然后是横向一剑剖开胸膛！

巨大的血十字在白袍上绽放开来，伴随着最后吐出的咒语。

然后，巫真云烛抬起手，将短剑高高地抛上了半空，面色宁静地仰首看着那把凌空落下的剑，吐出一个字：“祭！”

“不好！”巫彭脸色大变，再也顾不得什么，急速抢身而上。云烛却是站在那里，不避不闪，看着那把坠落的剑，脸上陡然浮出宁静淡定的微笑——那种笑容仿佛是由内而外发出的光芒，令这个圣女显得高高在上不可直视。

剑被抛上高空，垂直向下急速落下，宛如一道闪电。

“不！”飞廉失声惊呼，拨开人群往前冲。

然而就在那一瞬间，那把短剑从天而落，正正地插入云烛的头颅顶心！

“灭！”她在最后一刻，用尽全力吐出了最后一个咒，面色平静而自持，甚至带着一丝微笑。那把利剑从她头顶天灵穴上直刺而入，贯穿整个颅脑；剑上的光芒从头顶透入，再从七窍中四射而出，在一刹那将白衣圣女化为了齑粉！

云烛的身影在瞬间消失，神形俱灭，然而，笼罩在含光殿上空的血红色光芒却在刹那大盛！

被红衣大炮击溃的破口迅速弥合，红光往外迅速扩张，重新将正门笼罩在结界内——站得近的帝国战士发出了惊骇的大叫，波浪一样后退，有些退得稍微慢一些的已然被炽热得可怕的光芒灼伤了手足。

“快退！快退！”副将季航急忙大呼，指挥部队往后暂退。

然而巫彭元帅却没有动，只怔怔站在如潮而退的战士中，望着重新笼罩在含光殿上方的血红色光芒，仿佛失了神——云烛那个傻孩子，竟然用所有的生命来交换了最后的力量，保护想要保护的人吗？太傻了，真的太傻了啊。

巫彭元帅站在那里，凝望着那生命凝结成的屏障，对着急速扩展而来的红光茫茫然抬起了手，仿佛想去触摸那一重虚幻的影子。

“巫彭大人！”然而，身侧却传来惊呼，一个人冲过来，用力将他拉退了一步。

“兰绮丝……”认出了那是跟随自己多年的侍女，帝国元帅回过了神，“我没事。”

金发女子气息急促，紧紧拉着他的手，眼神惊惶如小鹿。

他忽然叹息了一声，抬手抚摩她金子一样的长发，仅剩的右手却在难以觉察地颤抖——云烛，我的孩子……如果你听我的话，放弃抵抗，放弃你那个弟弟的话，或许我可以设法把你救出，留在自己身边。

就如二十多年前我从前代巫真一族里，救下了兰绮丝一样。

原本，你可以获得和她同样的命运，在我身侧安静终老。可是，你却宁死也不退一步，选择了这样惨烈的结束！我温柔沉默的孩子啊……从何时起，你拥有了这样的烈烈血性？

还是说，和你的弟弟一样，血液里也有着同样骇人的力量？用毕生力量放手一搏，只为换取一瞬盛放出的盛大光芒？

巫彭站在那里，看着一寸一寸慢慢加强的屏障，一时间有些出神，甚至没有发觉身边站着的就是从府邸里冲到此处的飞廉少将。

飞廉狂奔而来，急促地喘息，不敢相信地看着虚空——那一把雪亮的剑和那一袭圣洁的白衣都已经凭空消失了，只留下红色的结界笼罩着含光殿，血一样的颜色，不祥而惨烈。他在狂奔脱力后颓然止步，撑着自己的膝盖，剧烈地喘息，仿佛有什么刺痛着内心，痛得让他弯下腰去，说不出一句话。

就这样……就这样结束了吗？

巫真云烛，那个宁静淡泊、不问世事的白衣圣女，居然就这样在众目睽睽之下举剑自尽，用血肉、生命、灵魂……用所有的一切，化作了一道保护至爱之人的屏障！

他死死望着含光殿，却看不见里面的丝毫动静。

云焕呢？云焕呢！那个家伙，此刻又是怎样？他根本无法想象那个人眼睁睁地看到这一切后，又会变成怎样！

“云烛！云烛！”还不等他想出下一步该如何，却看到身侧一个女子从人群里挤了过来，惊呼着冲向笼罩了红光的含光殿。

明茉？飞廉霍然一惊，来不及多想手便已探出，一把将她拉了回来。

她拼命地挣扎，根本没看拉住自己的是谁，便伸手厮打。飞廉本也是心里乱成一团，然而此刻看到状若疯狂的明茉，反而一下子冷静下来了。他死死拉住明茉，不让她再冲上去一步，回头对着已然被惊动的巫彭元帅点了点头：“抱歉。”

巫彭只看了他们两个人一眼，仿佛也回过了神，冷然开口：“飞廉少将，看好你的未婚妻——现在是非常时期，律令从严，不要出什么岔子才好。”

“是。”飞廉低下了头，不去和他的目光对视，暗自咬紧了牙。

他双手用力反扣着明茉的双臂，拖着她往回走，不在意是否弄痛了她。明茉一路上拼命地挣扎，根本顾不上什么名门闺秀的风度，连声大叫着云家姐弟的名字。

“走！”飞廉低喝，眼神凶狠，“闭上嘴！”

“云焕！他们要把云焕……”明茉嘶声喊，拼命伸手向着含光殿方向。一个手刀毫不犹豫地落到了她的颈椎上，将歇斯底里的女子瞬间击昏——路旁那些帝都里的权贵纷纷用奇怪的眼神看着这一对未婚夫妻。飞廉沉着脸，一言不发地将未婚妻背了起来，朝着和含光殿相反的方向离开。

这个时候，他不需要一个失去理智的疯女人。

铁城。断金坊。

冶胄心神不定地在坊里走进走出，监督着工匠们——巫即和巫谢两位长老前日便已蒙召入宫，至今未回，所以断金坊里的一切就暂时由他这个副手来负责。

然而，他却是前所未有的心不在焉。

一边工作，他一边时不时地抬起眼看着停栖在广场上的巨大金色飞鸟，眼神焦虑——含光殿被围已然是第二日了，也不知道禁城里的云家有没有出事。为何今日一早，眼皮就跳个不停？难道是……

"叮！"恍惚中，一锤砸偏，溅起了巨大的火星，他瞬地回过神来，面对着同僚们诧异的目光惭愧一笑，然后放下工具转身出门，准备透透气——不，不能再在这里坐以待毙了！他得设法让这台机械飞起来才行！

冶胄颓然地坐到了地上，看着眼前蜿蜒流出炼炉的赤金熔液，眼神恍惚。可是，驱动迦楼罗需要极大的力量，原本机舱内核里安装了如意珠作为力量的源泉，可如今，又有什么能取代如意珠，让迦楼罗再度飞起来？这个世上可以和如意珠相比的力量实在太少了……即便是有，也不是他这种普通人可以拿得到的。

铁城第一名匠坐在炼炉前，怔怔地看着火焰，心绪烦乱无比。

"冶胄。"忽然间，他听到有人低声叫他，侧过头去就吃了一惊。

"飞廉公子？"他直直跳了起来，看着站在后门阴影里对他招手的贵公子——昨天他教授飞廉如何操控迦楼罗，一直到天色发白这个人才赶回禁城的府邸里休息。没想到现在对方居然又来到这里找他。

他连忙引飞廉到了一个僻静的库房，才发现对方还背着一个人。飞廉放下了背上的人，气息急促，额头微微见汗，显然是一路急奔而来。

当冶胄看清楚他背着的是一个装束华美的少女时，不自禁地吃了一惊："这是……"

"巫即家的明茉小姐。"飞廉简短地回答。

冶胄却更加吃惊，脱口："明茉小姐？云焕的未婚妻？"

"……"飞廉沉默了一瞬，抬头看了他一眼，"我的。"

冶胄倒吸一口气，知道自己说错了话，便沉默下来。飞廉将那个昏迷的女子放倒在地上，蹙了蹙眉，吐出了一口气："真麻烦啊……得把她关起来，否则这个疯丫头一定又会不顾一切跑去含光殿。"

不顾一切跑去含光殿？冶胄怔了怔，看了一眼昏迷的贵族少女。

她仿佛快要醒来了，眼睑微微翕动，喃喃低唤着云焕的名字，昏迷中两颊犹自有泪痕，清丽而高贵，仿佛一株凌波盛开的水仙。

冶胄心里一震。难道说这个门阀小姐，是真的喜欢云焕吗？真奇怪，云焕那个家伙，似乎在那个号称严酷的帝都里结识了很多有意思的人呢。

"时间不多了，事情很紧急！"然而飞廉却打断了他的思路，声音焦虑，

“冶胄，你能不能让迦楼罗尽快飞起来？昨天学了一整夜，单从操控而论，我已经有六成把握胜任。我们能不能尽快去禁城里把云焕带出来？”

冶胄诧异地看着他。只不过学了一个晚上，这个贵公子居然就掌握了技巧？然而，他只是颓然地垂下头去：“不……还不行，我还没找出解决驱动力的途径。”

飞廉愣住，满腔焦急顿时化作了冰冷。他在炉前站了片刻，喃喃道：“一定要如意珠才行吗？没有了如意珠，就无法飞起来？可真是一个棘手的事情。”

“未必一定是如意珠，”冶胄闷闷地回答，“只要力量够强大。”

飞廉蹙眉沉吟，努力思考着——必须要非常强大的力量作为驱动？按照最初的设计，如意珠自然是可以的……可是能和如意珠的灵力媲美的，整个帝都也寥寥可数。除非是，白塔顶上那个神秘的智者大人！

他摇了摇头，苦笑起来：智者大人既然同意了族灭巫真的建议，显然也不会再顾惜云家姐弟的性命——要指望那个人来援手，根本是痴人说梦。那么……难道说，根本无法找到可以提供如此巨大力量的宝物了？

“镇魂石——那个东西……可以吗？”忽然间，一个细细的声音打破了室内的沉默，怯生生而急切地开口，“用那个可以吗？我……我可以拿到镇魂石！”

“明茉小姐！”冥思苦想的两个男子惊起，看着不知何时已经睁开眼睛的少女。

“镇魂石可以吗？”明茉却是翻身坐了起来，急切地拉住冶胄的衣袂，“我知道爷爷曾经试过把那个东西用在迦楼罗上！”

冶胄被她吓了一跳，下意识地喃喃：“镇魂石？恐怕……也很勉强……”

“是吗？”明茉眼神瞬间转为极度失望。

智者大人带领冰族征服云荒时，为了防止那些死去的空桑人的灵魂凝结成怨气，而在空寂之山的陵墓上施加了凌厉的符咒，用咒术将其凝为了镇魂石——小小一粒石头上往往凝聚了千万的魂魄，因此具有极大的念力——就连这个也不行吗？

冶胄看到她失望的表情，解释道：“是的，巫即长老的确在一开始尝试过镇魂石——但是那个东西的力量过于邪异，完全无法控制，导致迦楼罗无法进行稳定的飞行。在连续五次失败后，巫即长老终于决定弃用镇魂石，改用力量更稳定的如意珠。”

明茉渐渐垂下头去，捏着手心里的一枚纯金钥匙，发出了一声啜泣。还是不行吗？她豁出了一生的幸福，换来了手里这枚金钥匙。然而即便是握着家族宝库的钥匙，却还是救不回最重要的人！

飞廉安慰地拍了拍她的肩膀，仿佛下定决心一样，对冶胄沉声开口：“不——我想，事到如今，也只能试试用镇魂石了！”

“什么？”冶胄失声道，“用镇魂石试飞，坠毁概率极高，绝不可以！”

“等不及了！”飞廉霍然抬起手，一拳击在了墙壁上，震得梁上尘土簌簌而落，厉喝道，“决不能再等了！云烛已经被他们逼死了，再下去马上就轮到云焕！我们不能再在这里瞻前顾后！必须……”

然而，那一番声色俱厉的话说到一半戛然而止，飞廉吃惊地看着面前的冶胄——那个铁城第一名匠仿佛挨了无形的巨锤，一瞬间脸色惨白得可怕，直直地盯着他，身子开始晃动，梦呓般地喃喃：“你……你说什么？云烛……云烛死了？”

一瞬间，飞廉明白自己可能做了一件错事，一惊住口。

“你胡说！”冶胄的眼神却从恍惚忽然转为暴怒，一把伸过手，将他推搡到了墙角，“她、她是圣女，怎么可能死？你胡说什么？你胡说什么！”

飞廉一言不发地任凭他推搡着，退到了墙角，面色沉痛。冶胄急促地反问着，仿佛想用强烈的语气来冲淡内心的绝望——然而说着说着，他的声音也逐渐低了下来，从激愤慢慢变为战栗。

“你说话呀！快说刚才是在胡说八道！快说！”冶胄用力顶住飞廉的肩膀，将他按在墙上，怒视道。飞廉不敢看他的眼睛，侧过了头，炉火明灭映着他的侧脸。

终于，他说出了一句话：“节哀。”

冶胄浑身一震，仿佛被无形的利刃刺中，不敢相信似的松开了手，退开两步，看着靠在墙角的帝都贵公子，喃喃道：“你……你说真的？你是说真的？”

飞廉沉默，一时间室内只有木炭燃烧的声音

“呜……”片刻后，反而是明茉再也无法忍耐地哭出了声。

“死了吗？”在女子的哭声里，那个铁一样的身影晃了晃，掩着面跪倒在炉火前，崩溃般地将手捶在石地上，一下又一下，发出沉闷的钝响——双手很快血肉模糊，然而冶胄却始终没有发出声音，只是狂烈地颓然捶着地面，宽阔的肩背剧烈发抖。

那个铁塔一样的大汉颤抖得如同风中枯叶，飞廉侧过头不愿再看——这种崩溃一样的痛苦，在不到一日之前自己也曾经尝到过。那是失去至爱之后，瞬间荒凉如死的感觉。

两个男子相对无语，沉默而压抑的痛苦弥漫在这一间冷僻的库房内。这种气氛是如此凝重，明茉啜泣着，忽然感到了某种畏惧和不安，于是渐渐收住了哭泣。

外面的天色已然渐渐黯淡，又是日落时分。

暮色里，整个帝都全笼罩了一层淡淡的血红色光芒，不祥而惨烈——那，是含光殿方向射出的血红色结界，那个圣女用血肉凝成的最后屏障。

“你……现在还想去救云焕吗？”长时间的沉默后，飞廉终于开口轻问——很显然，这个铁城工匠怀有深厚感情的对象是云烛而并非云焕，如今巫真已然死去，不知道他是否还愿意为云焕冒这样大的风险。

“如果你不愿意去，”他低声道，“那么我……”

“我去！”冶胄却忽然爆出了一声厉喝，喉咙暗哑，“我当然去！”

他抬起了头，赤红色的双眼里放出可怕的光，直直看着飞廉，嘶声道：“当然要去！死也要去！如果……如果云焕死了，云烛在天之灵都不会安息！”

飞廉一震，长长吐出一口气，抬手拍了拍他的肩膀，无言点头。

“明茉小姐，”他转头看着未婚妻，“拜托你一件事……”

“放心，我这就去把镇魂石拿来！”明茉立刻明白，从地上一跃而起，然而刚到门口却被拦住。飞廉伸臂挡在前方，看着她，眼神凝重，缓缓道：“你……想清楚了？真的要插手这件事？”

“嗯！”明茉重重点头，有些不耐——从一开始她就为此极力奔走，连他也是被自己拉来的，为何到现在还来啰唆地问这个问题？

“一旦开始，就没有回头路。”飞廉一字一句，声音冷肃，“此事如不成，固然难逃一死；但如果做成了，也不是高枕无忧。万一留下什么把柄被元老院发现，到那个时候，整个云荒也没有你的立足之处！”

明茉怔了怔。她只是个女子，想不惜一切地救所爱的人出来，但这些长远的事情，却是从未考虑得如此详细。

“把钥匙给我，我去拿镇魂石，”飞廉对着她伸出手，低声道，“万一事发，你就说是我强夺了你的钥匙，盗走巫即一族里的宝物——你要把这件事从头到尾地撇清，才能保住自己。”

明茉怔怔看着他，仿佛不能理解他这些话里的意思。

“飞廉公子说得对，”冶胄也冷静了下来，出声赞同，“明茉小姐，这不是大家闺秀该做的事。你把钥匙留下，剩下的我们来做就可以了。”

飞廉伸手去拿她手心里的金钥匙，然而刚刚触及她的手，明茉就如烫着一样跳了开去，死死地看着他，大喊一声：“你……你胡说什么！”

两个人齐齐吃了一惊，望着忽然发飙的少女，想不出这样纤细的身体里居然能爆发出如此惊人的声音。

明茉紧紧攥着钥匙，看着他：“要我撇清？开什么玩笑！从头到尾我们都是同谋者！是我硬拉你下水的！是我！这个时候你们却想踢我出局？做梦！”

飞廉看着暴怒的少女，愕然：“明茉小姐，我只是……”

“闭嘴！”明茉愤怒地厉喝，盯着自己的未婚夫，“我知道！你看不起我，是不是？你觉得女人做不了这种事，就该一辈子在家安分守己嫁人生子，是不是？！”

她的声音因为愤怒而颤抖，眼里噙着泪水：“反正……反正没了云焕我可以嫁给你，没了你我还可以照样嫁别人！嫁给谁都没区别，嫁给谁都是一样的荣华富贵，根本不值得为这件事冒险——是不是？！”

飞廉忽地觉得心虚，不敢看她熊熊燃烧的双眸，侧过头去。

“明茉小姐……其实所谓的‘爱’，不过是人自己造出来骗自己的梦罢了，你将来会明白。”他低声回答，语音里也起了无法控制的颤抖，“我孑然一身，已无所留恋——可是你……”

“我也是一样！”明茉却再度粗暴地打断了他，举起了手里的钥匙，发出了最后的通牒，“告诉你，如果你们想撇下我，那永远拿不到镇魂石！”

飞廉说不出话来，只是怔怔地看着她。明茉毫不示弱地和他对视。

“好吧……”最终他叹息了一声，松开了拦着的手臂，“你去拿，记得要小心一些。”

明茉闪电般侧头看了他一眼，提起裙裾奔入了暮色：“你等着我！”

看着那一袭华丽的裙裾消失在暮色里，飞廉扶着门框失神了片刻，只觉得心里无数事情翻腾来去，如一团乱麻，竟理不出半分头绪。

“她……是为了保护弟妹而死去的，是吗？”身后忽然传来低哑的问话，回头却看到炉火前一个孤寂的背影，肩背剧烈颤抖，冶胄将头埋在手里，喃喃道，“我就知道她是这样的女人……我知道……”

飞廉说不出话来。他对巫真云烛其实并无太多印象，这个女子是如此的寡淡，就算是坐在人群里也很容易被忽视。所以虽然认识云家姐弟有近十年的时间，但在他的记忆里，她不过是个苍白的影子罢了。谁也没有想到，在死亡的瞬间，她却放出了如此盛大的光芒，令天地失色！

冶胄不停地喃喃，语气恍惚而低柔，让人几乎无法相信这样一个彪形大汉嘴里会吐出这样的语句：“她总是不说话，总是不说话……我经常想，她的一生里，究竟有没有为自己活过一日？她……究竟有没有，感到过哪怕一日真正的欢喜？如果能让我和她在一起哪怕一日，那也就够了。”

黯淡的炉火明灭映照着侧脸，飞廉转过身静默地凝视着同伴。

“云烛。”那个钢铁一样的汉子望着火焰，宛如刀削的脸上有一道清亮的痕迹，“云烛。”

第十二章

魔诞

暮色笼罩着云荒大陆正中的城市，从万丈高空看下去，整个城市浮现出一种诡异惨厉的红色，仿佛夕阳坠落到了含光殿上空。

白塔上，几位黑袍的长老围坐在玑衡旁，俯视着脚底的大地。

“想不到，巫真最后还有这一手！”看着含光殿上方的结界，巫姑怪笑起来，眼神有说不出的恶毒欢喜，“巫彭，你一手带出来的这个女人，如今让你很头痛吧？”

巫彭铁青着脸，未发一词。

同为十巫里仅有的女性，或许出于同性之间的相妒，年老的巫姑一直对年轻美丽的巫真怀有奇特的恶意，时时刻刻与之作对，多年后终于成功地置其于死地。

“也并非没有一个好消息，”终于，帝国元帅开口了，声音低沉，“你们看这个。”

他挥了挥手，远在观星台下侍立的侍女兰绮丝立刻上前，恭恭敬敬地捧上了一个尺许高的黑色匣子，然后迅疾地退下。巫彭将匣子放在元老围坐的中心，然后俯身缓缓打开。

“啊？”在匣子打开的瞬间，云荒最高的掌权者们都情不自禁地变了脸色，纷纷动容侧目——匣子里，赫然是一颗面目如生的人头！

巫彭将匣子打开，放在中间，然后退回了自己的席位，脸色郑重："泽之国发生大规模叛乱，高舜昭总督公然使用双头金翅鸟令符，号令当地驻军反抗帝国——我日前派出军中精英秘密潜入了息风郡首府，取来了这个叛贼的头颅。"

元老院里众人一时沉默下去，交换着各种眼神。

传说中高舜昭的背叛是因为鲛人复国军的引诱，而息风郡首府里还有空桑剑圣西京坐镇守卫。在这样的情况下，巫彭居然还能如此迅速地取来叛徒首级，的确让人意外。

"立下此功的，是原西荒空寂大营第三队的队长狼朗。"巫彭开口，说出了自己的打算，"我决定提拔他。"

"哦，想取代那个破军少将吗？"巫姑低哑地一笑，眼里却露出讥讽的表情，"元帅打的好算盘——只希望这个'狼朗'，可别再是头入室的狼才好！"

巫彭终于按捺不住内心的火气，霍地抬头看了巫姑一眼，眼神锋利。

"好了，别吵了！"首座长老巫咸终于开口，进行调停，"族灭巫真一事已经交由巫彭负责，相信他可以处理好——今天叫大家来，是有别的要事。"

别的要事？在座长老微微动容，一齐看向了巫咸。

巫咸俯视着大地，蹙起花白的长眉，缓缓道："前日里，叶城发生了动乱。经过密报，城中军队发现了复国军的踪迹，因为最近全境情况吃紧，于是驻军立刻封城搜索，展开了大清扫……"

"哦，怪不得，"巫姑冷笑起来，"我说怎么巫罗那家伙一早就不见了——原来是叶城也出了事，赶着回去救火？"

"复国军的出没并不足为奇，奇怪的是却有一行人暗中相助，让那些鲛人走脱了大半。"巫咸长老抚着长须，眼里露出了冷光，"据青辂回禀：那些半途出来帮手的人很可能是霍图部的余孽。"

霍图部！这三个字落入耳中，所有长老齐齐一惊。

那五十年前悖逆帝国、五十年来成为禁忌的一族，居然并不曾在时间的流逝和无尽的追杀里无声无息地消亡，反而竟敢逼近了帝都？

"那可真是大事。"巫姑扬起了尖尖的下颌，露出冷然的杀气，"肆无忌惮啊，那群贱民！以为现在可以变天了吗？哈！”

“巫罗已然回去弹压此事，”巫咸沉声道，“我去请示过智者大人，可神殿里并无回音。”

元老院诸长老面面相觑。智者大人一贯神龙见首不见尾，对帝国上下的事情他极少管束，而失去了侍奉的圣女，他们更加不能和那个神秘人建立起对话了。

只有最年轻的长老巫谢在走神，蹙起了眉，细细闻着高空里吹来的风——风从南来，带来血的味道。

继东方桃源郡、西方苏萨哈鲁、北方九嶷郡之后，竟然连云荒最富庶奢华的南方叶城，也已然笼罩了战乱的阴影？沧流帝国统治云荒百年，治下无不严整有序，从未出现过如此牵连全境的大规模动荡——可是，如今不过短短几个月，整个大陆却此起彼伏地发生了如此之多的动乱！

这几个月里流出的血、死去的人，比过去几十年加起来都多吧？真希望迦楼罗金翅鸟能早日研制完成，这样，帝国上下就不会再发生这种事了吧？战士就不用再舍生忘死地拼杀，埋骨荒野；门阀也不用再为此忧心忡忡，日夜悬心。

年轻的巫谢蹙眉沉默，心急如焚地想要摆脱冗长的议事，回到断金坊重新工作。然而，耳边却传来了巫咸长老一锤定音的话：“在此非常时期，我希望在座各位能够暂时放下私事，留驻白塔上的紫宸殿，以便集中商议，应付突发之事。”

“是！”所有长老纷纷俯首，他也只有茫然地跟从。

议事结束，诸人散去。巫谢站起身来，在万丈高空俯视脚下白云离合的大地，在玑衡之前彷徨，心潮暗涌。

“小谢，为何不去？”身侧忽然传来熟悉的声音。

“巫即老师，”他恭谨地低首，“弟子在想一件事。”

“何事？”巫即走上观天台，天风吹动他苍白的须发，宛如乘风飞去。

年轻的长老抬起眼睛，望着薄暮中的天空——那些星辰此刻是看不见的，躲藏在极高的云层背后，仿佛隐蔽于深海中的鱼，漂移而不可捉摸。

“老师，我记得几个月前在这个地方，你曾经对我说这样的话——‘乱离将起，天下动荡’，”巫谢一字一字重复着当时的话，眼神渐渐露出恐惧之意，“你说，‘最大的灾祸不在四境，而将发生于帝都’！”

巫即一震，仿佛没料到弟子还记着那段话，一时间沉默下去。

“你说过，昭明将笼罩整个帝都，是不是？”巫谢霍然回首，看着老师。

巫即终于长长叹出一口气来，负手道：“是的——所以我跟你说过，千万不要卷入帝都内的任何争斗。会有无数的血流淌下来啊……这是冰族宿命的劫数，无可改变。即便是窥知了一二，又能做什么？”

“无可改变？”巫谢失声道。

“是的，‘血十字’已经完成了……”巫即低头，发出了短促的苦笑，“那个人在云荒大陆上画下了如此强大的符咒，天上地下，又有谁能阻挡命运脚步的逼近呢？”

“最可笑的是我们这种占星者——就算看见了宿命，又能如何呢？”

“逃不掉的，小谢……我们只能眼睁睁地看着那张网落下来！”

在十巫离去后，白塔顶端又恢复了一贯的清冷空旷。九重门紧闭，将所有一切秘密都锁在了黑暗的最深处。

没有一丝光的“纯黑”里，水镜微微荡漾，映照出破碎离合的景象。

雪亮的短剑如同一道闪电从天而降，贯穿了头颅；红色的十字从洁白的圣衣上绽放开来，那个美丽的圣女瞬间化为齑粉——血红色的结界重新笼罩了含光殿的上空，将所有试图冲入的人阻拦在外。

“唉……”黑暗里传来了一声若有若无的叹息，“云烛。”

水面仿佛被无形的手触碰，瞬间破裂了，一波一波漾了开来，模糊了一切景象——只留下一池的血红色，不祥而凄厉。果然，到了最后还是得来这样的结果吗？真是像……还真是像啊！

即便是传承了七千年，即便是“那种血”到你这一代身上已然极为单薄——可是，到了最后一刻，你却做出了和七千年前那个人几乎一模一样的举动！不惜付出所有一切，不惜和所有昔日珍视的决裂，也要守护所在意的东西！

那就是“护”的力量吗？

那么，和你流着同样血的那个弟弟，暴戾孤独的灵魂中是否也深藏着同样的特质？

水镜重新平静，然而，水面上浮出的却是另一重画面——血红色笼罩结界内，一双筋脉尽断的手伸向了虚空，剧烈地喘息，对着血红色的虚空睁大了眼睛。

“不——不！”绝望而疯狂的声音仿佛穿越了水镜，传到了黑暗最深处的神殿，震得灵魂都颤抖，“姐姐！”

“绝望了吗？愤怒了吗？醒来吧！”注视着水镜，黑暗里忽然回荡起了低沉的笑声，“哈哈哈……快了，就快了！”

魔之左手，灭世的力量——要得到这些，又怎能不逐一割舍掉所有可以留恋的东西！破军啊，你身上流着“护”的血脉，在成长中又被另一个人播下过“善”的种子，那两种力量同时守护着你心灵，封印住了那把灭世之剑。所以，即便你的宿命被象征杀戮的星辰所主宰，却一直不能放出应有的盛大光华。

要完全唤起你的杀戮本性、继承灭世的力量，条件只怕比前两个祭品更严苛。所以，只有当生无可恋的时候，你才会化身为魔吧？

黑暗中，平静的水镜忽然起了无声的波澜，仿佛有一只无形的手忽然从水面上划过，拉出了一条直直的水线——东、西、北、南，依次划过，一个十字星形状的波纹诡异地呈现在水镜上，然后水波居然就此凝固。

三个月前的东方：桃源郡；

两个月前的西方：苏萨哈鲁；

一个月前的北方：九嶷郡；

以及数天前的南方：叶城。

那是近日来，一场接一场杀戮出现的方位！

随着波纹的出现和扩展，在无形之手点到的每一处，都流出了成千上万人的血，都凝聚了大量的灵力和怨恨——最后，在十字的交点上，那只无形的手指骤然点下，一圈圈波纹骤然而起，扩散到了整个水镜！

帝都！这个十字血咒的最后一点，就是在这个帝都！

呵呵……阿薇，我以这个云荒为纸，以成千上万人的血为墨，画下了空前绝后的符咒，迎接你的归来——当这个血十字完成的时候，也就是我们数千年来恩怨的终结。

快了……就快到了——

千年后，这星宿相逢的时刻！

夜色降临的时候，明茉穿过长廊，向着广明宫的后门急急而去。

耳畔传来低哑急促的喘息，伴随着浓烈的酒气——是……是父亲的房间吗？她一瞬间失了神，不由自主地停顿了一下脚步，看了一下半开的门内。

摇曳的烛火之下，只看到满地的酒瓮和滚在酒渍里的两个人，不堪入目。

“老爷，老爷……别这样，”侍女娇声娇气地求饶，“门还没关好呢。”

“别打岔！”男人粗暴地打断了她，一把扯住发髻令她的头往后仰起，露出雪白颈子来。他俯下脸去一口口啃咬，弄得侍女一边呼痛一边又忍不住哧哧地笑起来，在满地的酒瓮中不停扭动身体，求饶道：“老爷、老爷……别……”

明茉站在门外，默然地转开了脸，握紧了手心的东西，感觉心如刀绞。她就要走了……此次这一走，就未必能再回到这个家里。然而她走了之后，帝都里这些人，包括她的父亲，难道就这样活一辈子吗？

她正在出神，却冷不防室内的人踉跄而起，已然到了门边。

“叫什么……还非得关门？你这个臭婊子……”男人骂骂咧咧地走过来准备关门，忽然愣住了，充满了醉意和情欲的脸上一刹那忽然清醒了，“茉、茉儿？”

他看到女儿站在门外，仿佛失神一样看着房内的一地狼藉——那双纯净眼睛里露出的表情，在一瞬间刺痛了他的心。

从小到大，他从未亲近过这个女儿，而自从明茉及笄之后，他更是连看都不愿意看到她。或许，只是因为她越长大就越像那个该死的女人。

“你在这里干什么？”景弘忽然烦乱起来，粗暴地关上门，“滚吧，去你娘那里！”

然而，那个乖巧的女儿却出乎意料地没有听从，抬起手撑住了门。

“父亲。”廊下风灯明灭，明茉看着门里满身酒气的男人，眼里隐隐有泪光，“您……您要保重身体，别再放纵自已酗酒作乐了——听女儿一次，您就把娘给休了吧！一刀两断，别再相互拖累下去了……求你了！”

景弘怔住，仿佛有点不敢相信女儿嘴里竟然会吐出这样的话。她、她说什么？她求他休了罗袖？连这个孩子，都已经无法继续忍受这样的婚姻了吗？

他看着那张和妻子酷似的脸，忽然低低笑了起来，仿佛一头被困住的兽，露出绝望的獠牙来。酒醉的人喃喃道：“闭嘴吧，明茉……你知道什么？如果我休了你娘，以我现在在族里的地位，你还能在这个家族里待下去？还能嫁到好人家？呵呵，不知好歹的蠢丫头……”

明茉忽地愣住，不敢相信地看着自己的父亲——那个颓废窝囊的男人嘴里，居然吐出了这样的话！

他说，之所以还要保持这种不堪的婚姻，竟是为了她？

“何况，我又怎么能轻易放那个贱人走，让她自由自在寻欢作乐？”景弘摇摇晃晃地去关门，把她往外推了一把，满嘴酒气，“你就给我乖乖地待着吧！你就快要嫁人了，可别学那个贱人才好……呃……”

明茉怔在那里，看着门在眼前“砰”的一声合上，随即传出女人的尖叫和娇笑。

那，还是作为“父亲”的那个人，十几年来对自己说过的最多的一次话——父亲……那个多年来不曾抱过她一次的父亲，其实在心底还残留着对妻女的爱。

可是……为什么就没人问过她的感受？！

对身为女儿的她来说，宁可出身寒微艰苦度日，也胜过这种豪门里冷酷的生活；宁可父母离异，彼此解脱获得新生活，也不愿眼睁睁看着他们十几年如一日地相互折磨下去！可是，他们两个大人自顾自地活着，自顾自地斗气，为什么从不听听她的感受？！

明茉忽然觉得刺骨的悲凉，忍不住将头埋入了手掌，在空空的廊上低声痛哭起来。掌心里那颗镇魂珠硌痛了她的脸，而门后男女欢好的声音还在断断续续传来，不堪入耳。

这一切荒唐而混乱，仿佛她成长中一直面对着的世界。

明茉缓缓在门外跪下，对着紧闭的门深深叩首，然后，将那枚纯金的钥匙塞入了门缝底下——敛襟站起，头也不回地沿着空空的走廊奔去，踏出了后花园的门。

在那一步踏出的瞬间，空气中有轻轻一声响，仿佛有什么无形的牢笼碎裂了一地。

不！爹，娘，我的这一生，绝不能像你们这样度过！

“茉儿，你要去哪里？”然而，刚准备离开，身后就传来了一句低沉的问话。明茉忽然全身僵硬，竟不敢回头去看背后的人：“母亲？”

她、她怎么来了？那个奢华放纵的母亲，此刻不应该在凌波馆里拥着男宠寻欢吗？怎么会突然来到了这里？

“这么晚了，你还要去哪里？是去云焕那里？你手里拿着什么？”罗袖夫人扶着凌匆匆赶来，看着想要暗地出奔的女儿，手里捏着那枚她刚放下的黄金钥匙，嘴角露出一丝冷笑，“茉儿，我猜你一定会坐不住——幸亏我赶来得及时，你还没做出傻事。”

明茉身子开始渐渐发抖，忽地长身跪了下来：“母亲大人，求求您，让我走！”

“鬼迷心窍的丫头！你疯了？”罗袖夫人看了独生爱女片刻，双眉蹙起，忽然间一扬手，狠狠一个巴掌打过去！

“你想死尽管去，我就当没生过你！可是，别想拉上巫即巫姑两族垫背！”她怒斥着，恨不得把唯一的女儿打醒，“告诉你，我虽然只有你这么一个女儿，可是，如果你敢犯下连坐灭族的大罪，我也只有先把你给杀了！”

明茉被打得一个踉跄，然而听得这句话，身子也是猛然一颤。

灭族……是的。她并不是没想过自己要犯下的是何种大罪，但，却是顾不得了。然而作为族里当家人的母亲，又怎能容许自己任意妄为。

“给我把她捆起来，扔到密室里去！”

在被强行拖走的时候，她拼命地挣扎，对着那一角血红色的天空伸出手去，嘶声唤着一个名字——云焕……云焕！

在巫即一族小姐在夜色里奔走的时候，另一个影子也悄无声息地潜入了铁城的一家客栈，轻盈地落地。

房内没有点灯，却浮动着一种纯白色的光。那种光来自那位清丽如雪的白衣女子，宛如暗夜飘雪，衬得她宁静而高洁，宛如不真实。而她身侧的那个男子却是一身黑衣，一直藏身于黑暗，和她远远地相对而坐，不发一言。

他们两人不知道沉默地相对了多久，却谁也没有说一句话。整个房间内只听到镜湖上远远的水声，和庭外白芷花盛开的芳香。

“禀海皇，”青衣女子的到来打破了这一刻的寂静，“昨日吩咐之事，碧已全部办妥。”

黑暗里，深碧色的眼睛霍然睁开。

“是吗？”苏摩吐出了两个字，双手抬起，往虚空里只是一伸一握，双手里便出现了十根细细的引线——那些介于“有”和“无”之间的引线闪着微弱的光，穿过窗外通往夜色，消失于不知何处的彼端。

“已然全数办妥。”碧回答，“最后一枚，埋在了伽蓝白塔底下。”

只是一握，仿佛便已知道一切，苏摩低低吐出了一口气，长身而起：“好。”

“我们可以走了？”白璎抬头，看向夜色里的白塔。

苏摩无言颔首，两人便一前一后地踏出了日间歇息的客栈。碧随之跟上，低声道：“海皇，帝都里尚有一些复国军战士——此去是否要召集人手跟随？”

苏摩站住了身，声音冷淡：“不必。”

他看了看帝都上空的那座白色巨塔，仿佛心里也在定夺着一件事，沉吟片刻，忽然回过身：“不过，碧，有一件要事需吩咐你——此事事关重大，你给我好好记下。”

“是。”碧屈膝垂首，“请赐口谕。”

知道这是海国里的机密，自己身为空桑人不便多听，白璎转身离开，走到了院外。然而出乎意料地，虽然她有意避开了，庭院里的双方却依然改用鲛人独有的“潜音”交谈——空气里只听到微弱的震动，没有丝毫人耳可辨的声音。

她不由得微微色变。这般地提防……难道，他有什么连她也要隐瞒的事情？

听完了口谕，看着海皇将一件东西放入自己的手心，碧全身一震，脸色忽然苍白，抬起头有些不可思议地看着海皇，眼里交错闪过了震惊和恐惧，迟迟不能开口。这、这个命令，难道是说……是说……

“记住了吗？”苏摩低声问，眼里有难得一见的严肃神情。

“是，记住了。白塔地宫的事我一定办妥，”碧的手握紧，忽地抬起头来，急切道，“但是，海皇，无论如何请允许碧跟随你前去！”

苏摩摇了摇头：“不必，你若能做好我交代的事情，便已是足够。”

他回身走出，对着外院等待的白衣女子微微颔首示意，两人转瞬双双消失在帝都的夜色里，只留下满庭白芷花的芳香，宛如一梦。

碧怔怔地跪在地上，垂首看着掌心，双肩渐渐发抖——手心里，一颗纯青色的珠子散发着湿润的光泽，流转出万道光芒。

她的耳边，回响着海皇最后的嘱托：

“替我将如意珠还给龙神——很抱歉，我并不是它所期待的海皇。”

入夜，宵禁的铁城里空无一人。

苏摩站在朱雀大道上，静静凝望着那一条贯穿了整个帝都的中轴线，手心里的引线闪动着若有若无的光——那些引线顺着朱雀大道的方向，伸向黑暗的夜色，穿越了密布在帝都上空的重重结界，消失在三重城门外。

苏摩将引线在手指上绕紧，感受着另一端传来的种种对抗性的力量。

按照他昨日的吩咐，碧已经潜入帝都，将十戒在结界的“节点”上一一嵌入。如今，只要将力量沿着引线传入，便能一举将九重非天从内而外一举破开！

他闭上眼睛，十指交错，开始凝聚体内的力量。

天地寂静。寂静中，四围镜湖上渐渐有了潮水涌动的声音，他甚至能听到遥远的七海上风吹浪涌——他呼唤着那种力量，而那种力量随着他的召唤从大海中诞生、从四方汹涌而来，在他体内源源不断地凝聚。

普天之下，凡一切有水有血之地，都是属于海皇的领地！

然而在同一刹那，他只觉眉心陡然一痛，仿佛有什么蛰伏着的东西同时也在颅脑内蠢蠢欲动，试图冲破禁锢！

白塔上，纯金之眼俯视着云荒，仿佛那个神秘人也看到了此刻的他们两人。

“要开始了吗？”白璎低声问。她的手在胸前捏了一个诀，也在凝聚全身的力量，准备协助他进行这最后的一击。

正待施术的海皇被那一声轻轻的问话惊动，十指之间凝聚的光芒陡然减弱，放下了手，静静地回首看着白璎，眼神深处忽地发生了隐蔽的变化。这一击后，结界洞开，他们两人将联袂闯入云荒最高的殿堂，去对抗那个天上地下最强的魔，不知道还能否全身而退。

在进入白塔之前，还有一件事必须要做。

“别动。”他低声道，忽地重新松开了手指，抬手点向了白璎！

白璎一怔，只觉眉心陡然轻轻一凉，在明白过来之前对方已经收手——在方才一刹那，他的手指如同冰冷的风，迅速无比地点过了她的眉心，画下奇特的符咒，一触即收。然而就算他收回了手，她却觉得全身仿佛有暗暗的火，沿着他触及的地方一路燃烧，在体内蛰伏起来。

明白那一瞬间他是在自己身上施下了某种咒，她失声道："这是什么？"

"此去凶险，"苏摩不看她，语音淡然，"先替你设一个咒术防身。"

白璎怔住，不明白他这么说到底有何深意。然而苏摩已经回过头，看了高耸入云的白塔一眼，举起了双手——引线重新在十指上无声无息地绞紧，那些若有若无的线上有白光汹涌，交错着发出了闪电一样雪亮的光！

"破！"他低喝一声，双掌交叠，按向大地。

夜色降临，可含光殿内却没有烛光燃起。

红色的光芒笼罩着大殿，将一切都镀上了不祥的色彩。神殿内帷幕飘飘荡荡，神像下一片零落。九字大禁咒的阵法破了，大殿内血迹满地，那些盛满鲜血的银质烛台零落倒了一地，每次风吹过就相互滚动着撞击在一起，发出清脆声音。

云焰就在这满地的血污和银器的脆响里战栗，瑟缩着抱紧了自己的肩膀。然而，那个诡异的声音还是一字一句地钻入了她的心底，说着让她毛骨悚然的话："这个结界支持不了几天，到时候，云家将会灭亡，无人可以幸存……

"云焰，只有你，还有办法可以救自己。"

不——不，不要听！不要听！

她捂住了耳朵，拼命对抗着那不知何处传来的声音，几乎要把自己的牙咬碎。不……不，不可以！自己怎么可以、做出这样的事情来？

"你还这么年轻，完全没有必要为那个人死。

"知道吗？你完全可以活下来——没有了那些人，你反而能活得更好。

"你只要……做一件非常简单的事。"

那个声音不知从何而来，一字一字地透入她心底。少女惊惶失措地抬头四顾，扑上去关上了神殿里的每一扇窗，却还是无法阻挡那个可怕声音的闯入。

那个冷酷的声音清晰地说出了一句话："去吧，拿起剑，把你那个残废了的哥哥，杀死在病榻上！”

仿佛被催眠一样，云焰的眼神渐渐恍惚，手伸向了壁上挂着的一把长剑。

“不！不！”她终于无法忍受地叫了出来，握着剑从地上踉踉跄跄地站起，不顾一切地逃离了这个充满血腥味的神殿——再也不能忍受下去了！这一切，必须要来一个了结！

怎么会变成这样……怎么会变成这样？他们一家本来应该是高高在上的，如果不是哥哥，一切本来都会很好。她的哥哥……简直不是人！他是一头嗜血的野兽！是他把一切都毁了！

廊道里没有灯，只有黯淡的血红色光映照着少女狂奔的身形。云焰咬着嘴唇朝着厢房跑去，手里紧握着那把剑，眼里渐渐流露出某种可怕的光——是的……那个残废了的家伙就躺在里面，筋脉尽断动弹不能。只要能杀了他……杀了那个不祥的灾星……

她眼里开始露出疯狂的神色，嘴唇被咬破了，一行殷红的血爬上雪白的面颊。

在侧厢门外，云焰停顿了一下，然而迅速下了最后的决心，双手握剑冲了进去，直奔那张病榻。然而门移开，她忽然尖叫了一声，顿住了脚。厢房的地上居然匍匐着一个人，正在拖着沉重的身体，挣扎着一寸一寸地往外挪动？

“哥哥！”她失声惊叫起来，看清楚了那张因为痛苦而扭曲的脸，连连倒退——他、他怎么出来了？四肢全部已经残废，他是怎么从那张床上下来的？！

然而云焕似乎没有听到她的话，也没有看到她就在眼前，只是咬着牙不顾一切地往外“挪”着，嘴里居然还紧紧咬着那把光剑，眼神里透露出某种末路的疯狂——他用额头和肩膀抵着廊道的地面，一分一分往前挪动。

身后，拖出一条长长的血迹。

“哥哥？”云焰蓦然觉得心惊，下意识地握紧了剑。

这、这还是她哥哥吗？为何他的眼神变得从未有过的陌生……陌生到让她只看了一眼，就觉得心寒齿冷、恐惧不安？

云焕还是没有说话，只是拖着残废的身体到了廊边，抬头看着月夜，剧烈地喘息——显然体力已经消耗殆尽，他甚至没有力气走下台阶，身子一倾，就这样沉重地滚落到了庭院里，全身沐浴在月光下。

今夜的月光，是血红色的。

云焕抬起头，看了头顶笼罩的血红色结界一眼，眼神忽然发生了剧烈的变化——他认得出！那是血……是用至亲之血铸成的结界！

“不——”从残废之人的咽喉里，陡然吐出了困兽一样的嘶喊！

仿佛是穷途末路的困兽，在血色的月光下嚎叫，云焰不禁听得打了一个冷战，将手里的剑握得紧了一紧，悄无声息地走上了一步。

那一刻，云焕忽然回头，冷冷地看着提剑前来的妹妹，声音低而冷：“云焰，你是来杀我的吗？”

毕竟年幼，云焰只惊得说不出话，居然忘了否认。

“哈，哈哈……”云焕也没有再说什么，仿佛只看了一眼便已经看透了她，喉中吐出接二连三的冷笑——看吧，这就是他在世上仅剩的血亲！和他流着同样血的妹妹，居然在最后的关头提着剑赶来，准备用他的人头来向巫彭换取荣华富贵！哈哈哈哈……他胸臆里吐出无声的狂笑，只觉得彻骨的冰冷。

“把你的身心和灵魂祭献给我，我将给予你毁天灭地的力量！

“但，你也将永坠魔道，万劫不复！”

那个声音又在心底响起来了。这一次，却带着前所未有的强烈诱惑。

云焰定下神来，看着月下残废的哥哥。知道自己的意图已被识破，必须及早下手，她咬了咬牙，准备上前动手。反正这个四肢俱断的人也已经无法反抗了，闭着眼睛一剑下去，就像踩死地上的一条爬虫那么容易吧？

但不等她挥剑，却看到了不可思议的景象——

“是！是！我愿意！”

血红色的月下，那个残废的人对着天空狂喊了一声，举起了筋脉尽断的双臂。那种姿势极其诡异，仿佛在邀请着什么，却又仿佛是祭献一切——在吐出那句话的同时，黑暗的天幕里忽然劈下了一道金色的雷电，撕裂夜幕，正正击中他的头顶！

在她的惊叫声里，云焕的身体忽然发生了极其可怕的变化，仿佛有金色的火焰从他身体里猛烈燃烧起来，将整个人由内而外地包围！

云焰失声惊呼——他、他这是在干什么？他死了吗？

然而，不等她回过神，眼前的金色火焰忽然熄灭了。整个庭院里寂无人声，只有血红色的月光淡淡洒下，仿佛没有发生任何事情。

唯一特别的，就是庭院内重新显露出来的人形。

令她惊骇的是，她的哥哥居然在烈焰中完好无损地活了下来，闪电散去后，依然静静地，保持着双手举向天空的姿态——他身上的所有绑带在一瞬居然被火焚烧殆尽，但是却有无数的金色纹章，仿佛活了一样迅速蔓延着，正在覆盖他的全身！

云焰怔怔看着这一切，心里陡然有前所未有的恐惧。

这……这究竟是怎么了？为什么、为什么她会觉得这样的害怕？只是一眼看去，她竟然仿佛看到了无边无际的死亡气息。为什么……为什么对着这样一个垂死的人、一个有血缘关系的人，她竟然会有这种惊怖的感觉……

她的哥哥……到底是……变成了什么东西？！

“去吧，拿起剑！杀了你哥哥，你就能回到原来的地位上！”那个声音又在心底响起来了，带着说不出的诱惑。

云焰迟疑着，手不知不觉地伸向了那把锋利的长剑。然而，她刚刚将剑无声无息地抽出了一寸，却猛然怔住——他看见了！

地上的人仿佛洞察了她的意图，忽地转过了头，沉默地凝视着她，薄唇微微向上扬起，露出一个奇特的笑意。

他的眼睛，居然是璀璨的金色。

“想杀我吗？”他微笑着看她，那个笑却是冰冷的，“云焰，你真不愧是我的妹妹啊。”

巫彭站在华盖下，已然望了含光殿一个时辰，面沉如水。

旁边的下属不知道元帅的心意，也都是一言不发地沉默忐忑——调动了帝国中最精锐的部队、最具威力的武器，已经包围了三日，却始终无法拿下这样区区一个含光殿，实在是这个帝国战神从未遭受过的屈辱。

含光殿上空依然笼罩着血红色的光，代表着这依然是一个外力无法进入的禁域。

血色的光映照着元帅的脸。这个虽然活了上百年、外貌却依然如四十许的人脸上浮现出莫测的神情，只是凝望着紧闭的大门，双手在广袖内缓缓变化，结出一个手印。

他在旁人未曾觉察的情况下施用术法已有一个时辰，将心里的话语突破结界、一字字地传入，送到那个云家的幼女耳畔——他清楚地知道，在如今的情况下，这个结界只能从内部被破除，而那个娇生惯养的贵族少女、圣女的妹妹，将会是最可能突破的缺口。

然而过了那么久，含光殿内还是毫无动静。

怎么？难道他估计错了？云焰居然是宁死也不肯出卖胞兄？

巫彭凝望着含光殿上空那一道用生命筑成的屏障，抬起手按住了左肩，不易觉察地颔首——云烛啊云烛，如此隐忍沉默的你，最后却是选择了这样惨烈决绝的死亡？连我，连整个元老院、整个帝国，都被你难倒了呢！

这些年来，原来我一直是看轻你了。一如你一直看高了我一样。女人……或者说，女性，身上隐藏着的巨大的力量，是如此深不可测。

自己五十年前已经吃过一次亏，被那个空桑女子一剑斩断血脉，左臂从此再也不能使用——那样惨痛的教训，自己五十年后居然又忘了……

“元帅。”出神的时候，身侧忽然传来兰绮丝的声音，“夜深了，要回去休息吗？”

巫彭默然抬起头，看了一眼夜色中伫立的伽蓝白塔——白塔顶上，纯金色的光芒已无声无息地黯淡了下去，仿佛是那只神秘的眼睛悄然阖起，不再对这个云荒大地上的一切有继续观看下去的兴趣。

是幻觉吗？在刚刚的一瞬，他仿佛看到了白塔顶上忽然放射出了极细极烈的光。巫彭蹙眉，看着含光殿上空笼罩着的红光。而夜色沉寂，什么都没有发生。

他微微吐了一口气，转身拿起了兰绮丝为他送上来的披风。深秋的夜风寒冷，塔顶的紫宸殿里早已笙歌散去，别的几位长老想必都已经早早安睡了，只有他还需要带着军队彻夜地驻守在第一线。

然而，就在他转身的一瞬，背后含光殿上空红光一敛，大门轰然洞开！

“呀！”驻守的士兵们齐齐发了一声喊，退开了一步，刀枪耸立，一起对准了那扇蓦然打开的大门——门缝里露出了一张少女的脸，带着惊惧的表情，大大地睁着眼睛看着外面。

“云焰？！”巫彭认出了门后的少女，一惊，眼里露出成功后的喜悦——果然，他所料不错！云家三姐弟里，只有这个幼妹是最脆弱最怯懦的，她不可能具有姐姐一般的勇气。所以从她入手，令她妥协畏惧，才是唯一正确的选择！

元帅急急回身，大步走向红光已然熄灭的含光殿。

结界已经破除，那一座神圣的殿堂在夜色里巍然伫立，黯淡的红光还残留在檐角墙头，在漆黑的背景下仿佛有余火暗暗燃烧，不祥而血腥。然而，不等他走到门口，含光殿内忽然飞出了一物！

巫彭身经百战，毫不惊乱，只迅疾地侧身一闪便避了开来，右手随即探出，扣住了那个东西——然而，只是看得一眼，便露出了吃惊的表情，手一颤，那个东西掉落在地上，骨碌碌地滚动。

“元帅？！”兰绮丝大吃一惊。但是，她随即也看清了地上的东西，忍不住失声惊叫，倒退了一步——头颅！那一颗美丽的头颅在地上滚动，白皙的额角沾满了血和土，眼睛大睁着，里面的表情恐惧而惊骇。

那，竟是云家幼妹云焰的人头！

“云焕！”巫彭呆了片刻，忽地抬头，厉声道，“是你做的？”

“哈哈哈哈……”深不见底的门后忽然传来一阵笑声，邪异而放肆，语音却冷静得近乎疯狂，“元帅，你不是想让云家死绝吗？我来助你一臂之力！”

包围含光殿的军队起了一阵不安的骚动，士兵相顾低语——什么？云少将居然真的还好好地活着？！

“云焕，你疯了？连亲妹妹都杀！”看着地上云焰的头颅，巫彭脸上渐渐涌起了杀气，“丧心病狂的狼子！”口里说着话，他的手却按上了剑，一步一步向着含光殿靠拢，眼神里透出凌厉的杀气——

那是他身居高位几十年来，第一次准备亲自动手！

就算云焕此刻尚有余力，可以斩杀云焰，但此刻含光殿的结界已破，那人又已经是筋脉俱断，无论如何都是一举诛灭的大好机会！

身后的副队长季航早已明白了元帅的心思，回身无声地比了一个手势，帝国军队随即从两翼悄悄包抄，将含光殿包围得水泄不通，另外有一队善于搏击的精英战士出列，跟在元帅身后随时准备支援。

红衣大炮也被重新擦拭干净了里面的血污，调好了准星，对准了黑洞洞的大门——只待里面的人一出来，就将其轰成齑粉！

铁桶似的包围里，巫彭缓缓踏入了含光殿，全身绷紧，杀气漫溢，将右臂按在刀柄上。五十年了……自从五十年前和那个空桑女剑圣在大漠里一战之后，他再也没有拔出过这把军刀，也以为余生里不会再有拔刀的必要。

可是如今，竟然又不得不对自己一手培养出来的爱将下杀手！

“呵，呵呵……”在巫彭踏入门内的刹那，黑暗里传来了低沉的冷笑，有什么奇异的光在明灭——巫彭一惊回首，随即发出了一声低呼。

这、这是什么？这是什么东西！

黑暗一片的含光殿里有隐约的金色光芒，在庭中浮动不定。那一声冷笑从光芒的中心里传出，诡异邪气至极。即便是巫彭也不自禁地心生冷意，有一种隐约的恐惧。

“云焕？”他看见了光芒中心的人形，脱口而出。

“呵呵。”那人只是垂首冷笑，金色的闪电笼罩了他的全身。他忽然抬起了手，手里发出一道白色的光芒来——这一次巫彭看得真切，那，正是剑圣一门中代代相传的光剑！

巫彭暗自一惊。他竟尚能握剑？！而他身上的那种气息……那种扑面而来的黑暗气息，又是怎么回事？

云焕在冷笑，却不发一言，脚边躺着云焰的无头尸体。他静静地抬起了头，看着走入含光殿的元帅，看着门外如潮涌来的军队，眼神里反而流露出一种狂喜的杀戮表情。

“真好……”终于，他抬起了头，模糊地说了几个字，“血祭……”

在他抬头的那一瞬，巫彭悚然一惊——眼睛！黑暗里那双眼睛，竟然是璀璨的金色！极度的黑暗感再度扑面而来，几乎将他彻底吞没……这，还是云焕吗？

然而毕竟身经百战，帝国元帅很快便沉住了气，冷笑了一声，反手铮然抽剑。巫彭单手执剑，冰冷的剑脊贴着他的眉心，冷冷看着眼前回光返照般的下属，开口道：“五十年前，我便是用此刀与空桑剑圣慕湮血战三日——在她之后，我以为世上再无值得我拔刀之人。没想到五十年后，我仍要以此刀取走她唯一弟子的性命。可惜啊可惜……”

黑暗里，那双金色的眼睛闪了一下，缓缓阖起。

“慕……湮。”那两个字从开阖着的唇间缓缓吐出，每一个字似乎都带着遥远的回音，“师父……师父？”

喃喃念着那个名字，黑暗里，那种不祥的金色光芒忽然黯淡消失了。

冷月下，渐渐显露出孑然的人形——破军少将血迹满身，正漠然平持着光剑，微微闭上了眼睛，仿佛沉湎于某种回忆中不可自拔，手中长剑微微颤抖。

就是现在了！

巫彭没有再犹豫，趁着对手分神，霍然低喝一剑便如雷霆般发出！

“叮！”那个闭目的人头也没抬，手里光剑光芒暴涨，一瞬间就格挡住了巫彭的剑——两剑交击，云焕的长发被剑风吹起，猎猎如帜。然而他还是没有睁开眼，只是单手握剑格挡，脸上却露出了极度苦痛的神色，握剑的手微微发抖。

怎么了？是终于无法忍受身上的伤了吗？

“不……不，”只听他垂首喃喃，语气里充满了苦痛挣扎的痕迹，“我再也不配……再也不配……叫那个名字了。我甚至……不配再拿这把剑……”

他忽然抬起头看着巫彭，冷冷一笑，眼里有看不到底的黑暗：“但是……元帅，在我放弃这把剑之前，就让它饮下你的血，替师父了结未完的心愿吧！”

巫彭悚然倒退了一步，定定看着云焕的眼睛——

那双眼眸，居然是金色的！

迦楼罗的机舱内，黑暗而沉默。

飞廉坐在金色的座椅上，静静等待着明茉的归来，满地浮动着珠光，宛如梦境。在寂静的等待中，他只觉这短短几个时辰长得宛如一生，无数念头浮上心头，一时间心乱如麻。忽然外面红光一闪，他不自禁地转头看向舱外。

“糟了！”飞廉只看了一眼便变了脸色，“含光殿那边怎么了？”

惊呼未落，整个迦楼罗忽然发出了一阵剧烈的战栗，仿佛一颗心脏被骤然捏紧。

“结界破了……结界破了……”潇的声音在黑暗的机舱内反复响起，带着深深的恐惧，“云少将怎么了？云少将怎么了！他……”

潇被固定在黄金的座椅上，虽然不能动不能说话，脸上却露出了难以掩饰的恐惧和焦急，全身的肌肤都在微微颤抖，似乎有无形的利剑正在一分分地劈开她的身体。鲛人傀儡的声音在舱内响起，声音逐渐变得尖利：“不！不！不能让他们带走云少将！”

“潇……冷静点！”底舱剧烈的震动几乎让人站不住脚，飞廉回头看着她，厉叱道，“明茉很快就会来，稍微等等！”

怎么还不来？明茉回府邸里取那枚镇魂石，怎么到现在还没来？

“不……不能等了，不能等了！”潇的语气陡然急促，一贯柔和顺从的语声里带着罕见的暴烈和决绝，整个迦楼罗都在战栗，“必须立刻想办法……不能等了！我们、我们要马上到他那儿去……否则、否则那些人会……”

迦楼罗忽然起了剧烈的震颤，不知道是不是幻觉，飞廉忽然觉得足下一轻。他惊骇地看着舱室外，窗外，那些黑黝黝的建筑正在缓慢地朝后移动——怎么回事？怎么回事！迦楼罗……居然真的动了？没有如意珠，没有镇魂石，迦楼罗居然凭空地动了起来！

潇这一刻的念力是如此强烈，居然可以推动迦楼罗！

“飞廉！”他听到有人在叫他的名字，回过头却看到了云梯上攀缘着的人。

“冶胄！”他脱口惊呼，“你在干什么？”

夜里急奔而来的人在云梯上停住，一把拉开了一个暗门——门内炉火熊熊，热潮扑面，赤红色的光映亮了冶胄的脸，脸上的表情显得如此森严而恐怖。

“冶胄，小心！”飞廉认出那是炼炉所在，不禁失声惊呼。

冶胄望着帝都的禁城方向，眼睛里涌动着可怕的亮光——那一片结界的红光已然消失了，漆黑如死的铁幕重新笼罩下来，仿佛要将所有鲜活的生命就此活活扼杀。

还是失败了吗？竭尽了全力，也还是无法保护想保护的人！

事情急转直下，已经等不及明茉拿回镇魂石了……那个门阀贵族小姐，原来真的是指望不上的。现在结界已破，云家又将落入怎样可怕的境地？那些人……那些帝都里的禽兽们，会把他们怎样？

烈焰在炉里燃烧，足以融化钢铁，身边热潮如涌，然而，他却浑然不觉。

“飞廉，”忽然间，冶胄抬起了头，低声道，“接下来的事，就拜托你了！”

不等对方回答，话音未落，他忽然肩臂用力，整个人猛然向上掠起！只是一瞬，那个身影便在炼炉口消失，只见火舌熊熊赤红色一片，将所有投入其中的都全数吞没。

“冶胄！”飞廉惊呆在当地，失声道，“冶胄！”

他拉开了机舱门，便想下去查看，然而与此同时整个迦楼罗再度猛烈一震，忽然间发出了尖锐的呼啸声！那声音极度可怕，仿佛是九天上雷霆震动，巨大的翅膀扑扇而来，遮蔽一切。

整个机舱都在剧烈颤抖，他必须抓紧扶手才不至于让自己再跌倒——飞廉低下头，看到脚下的大地忽然间在加速往后退去，只是一个眨眼，迦楼罗的底盘便已然离开了石坪，呼啸着飞起！

怎么可能？迦楼罗，竟然真的飞了起来！

他不敢相信地看着地面，眼睁睁地看着那些街道、房屋在一瞬间迅速变小，只是一转眼，他们便已经凌驾于九天，俯瞰着大地。

“要快点去！”潇的声音却重新回荡在机舱里，疯狂而不顾一切，“一定要赶上……一定要……我、我们一定不能让冶胄白白死了！”

飞廉终于明白过来：原来是这样！方才，冶胄不惜投身炼炉，用自己的性命作为交换，让迦楼罗获得哪怕一瞬的驱动力，也要竭尽全力去营救云焕！

金盔下的潇还是闭着眼睛，然而脸上却流露出激烈的神色，双手微微颤抖，眼角接二连三地滚落出豆大的泪滴，那些珍珠滚落到地上，发出长短错落的声响。飞廉还没有归位，然而即便是主座空缺，她居然以一人之力操控着这庞大的机械，急速地飞了起来！

也许是仅仅只吸收了一条人命，动力不足，迦楼罗无法飞得太高，只是贴着地面低低飞行，震动得非常厉害，似乎随时随地都要坠毁于地。

被巨大的机械轰鸣声从梦里惊醒，地面上到处都是惊呼声。那些帝都里的人们半夜醒来，看到窗外飞过的巨大金鸟，一定以为是在做梦吧？

一个猛烈的踉跄，飞廉扶住了舱壁，发现速度已然渐渐减慢。

相对于这样庞大的机械来说，一个人生命的力量毕竟有限，在最开始的爆发后，迦楼罗只是掠起了一瞬，随即便飞得越来越低，很不平稳，在掠过禁城城头的时候向下一沉，巨大的金色翅膀刮倒了一座角楼，几乎一头栽入城中。

“飞廉！飞廉！”潇竭尽全力操控着机械，“帮帮我！”

力量的衰竭是急遽的，整个迦楼罗呈现出不可控制的颓势，双翼无法保持平衡，摇摇晃晃地飞着，急速向禁城里坠落下去——远远地，甚至可以看到含光殿的轮廓。如果、如果无法控制迦楼罗，在坠毁的瞬间，半个禁城都会被毁掉吧？

飞廉一惊，一个箭步冲向了那张金色座椅，坐下的瞬间金盔落下来。

“别紧张！不要放松，你控制好平衡，我来掌握下落的方向和速度！”他闭上了眼睛，在意念里对着潇厉喝，“看到含光殿前的圣女广场了吗？朝着那里落下，千万不要出差错！”

“是！”潇急促地应了一声，随即便再也无声。

机舱里黑暗而沉默，只有无数的珍珠随着越来越激烈的颠簸在地面上滚动，发出簌簌的声响，珠光浮动，映照着两个人肃穆的脸，飞廉的双手在复杂的机簧和按钮之间飞速跳跃，不停地平衡着、操控着。

一定要稳住……一定要稳住！绝对不能在这个时候前功尽弃！

地面上传来士兵们的惊呼，潮水般回荡在夜色里。包围了含光殿整整数天的帝国军队仰头看着从天而降的金色巨鸟，个个面上都露出惊骇欲绝的神色，下意识地倒退——那、那是什么？是做梦吗？

那样巨大的金色飞鸟，居然在这个噩梦般的夜里从天而降！

“巫彭元帅！巫彭元帅！”季航无法弹压住如潮撤退的士兵，焦急地寻找着主帅，希望他能出来稳住局面——然而，自从踏入含光殿后元帅便失去了踪迹。

无法获得上司的指示，然而眼前的危急已然压顶而来，季航只有挺身而出担起了指挥的责任，嘶声道：“迦楼罗！那是迦楼罗！大家不必惊慌！征天军团，调集钧天部中所有可以出动的风隼和银翼，集中攻击！”

毕竟是铁一样的部队，虽然在猝不及防的惊乱之中，无数架风隼还是飞上了天空，围合过去。然而不等包围完成，只听喀喇喇的巨响连绵起伏，迦楼罗已然压倒了广场附近的祭坛，一头栽落在地面上！

“云少将！”迦楼罗忽然发出了一声低沉的呼喊，那是一个女子的声音，恐惧而焦急——然后，舱门忽然打开，一个人影闪电般从巨大的机械上掠下，几个起落便掠入了含光殿，消失在夜色里。

云焕……云焕，我们来了。一定要撑住！

第十三章

辟天

在迦楼罗振翅起飞的一瞬，高耸入云的白塔上有两个人霍然回首。

“那是什么？”女子低声，难掩震惊。

“迦楼罗金翅鸟。”旁边的男子开口，一向冷漠的眼神也凝重起来，低声道，“不可能……没有如意珠，迦楼罗怎么可能还飞得起来？”

话音未落，只见那只掠过了禁城城墙的巨鸟颓势毕露，翅膀磕碰上了城楼，几乎一头栽倒在地上——果然，那种骇人的力量只爆发了一瞬，随即便告衰竭。

苏摩不作声地吐出一口气：“果然。”

“真是可怕的东西。”白璎看着摇晃着坠落的巨大机械，手下意识地握紧，喃喃道，“如果真让它飞上了天，后果实在不可想象。”

苏摩微微颔首，也是不语，许久才道：“先做完眼前的事吧！”

白璎一惊，迅速地回过神来。他们在黑夜里潜行而来，已经快要到达白塔的顶端。不到五十丈的下方便是十巫议事的紫宸殿，元老院众人已经在议事结束后各自回去休息。塔顶的广场上空无一人，空旷得令人觉得心惊。看不到灯火，看不到人气，这个帝国最高的权力中心上，却仿佛是远古的旷野，只有半夜的寒风从高空上呼啸而来，令人凛然生寒。

悄然潜入的两个人凝望着紧闭的九重门，眼神都开始有了微微的改变——

那，对他们两个人来说都是熟悉的地方。是她少女时独居白塔绝顶，接受皇室礼仪训导的待嫁之所；也是他陪伴她，一步一步实行那个恶毒计划的地方。

百年过去，空桑的神殿早已变成了沧流的圣地，可是，一切看上去却并没有多大改变。无数的记忆就堆积在眼前，几乎将联袂而来的两个人击倒。

他们不敢回头相望，仿佛怕一眼之间便会发生什么不可预测的事。只是沉默地并肩而立，望着那一座漆黑的神殿，双手渐渐握紧。

白璎的手悄然按上了剑柄，光剑铮然吞吐出凌厉的白光。她执剑在手，平举于眉心，默默闭上眼睛，感觉全身的灵力都向着指尖和眉心两处凝聚——

"后土"神戒，我以白族嫡系千年来延续的血脉为凭，请你将力量借给我！

天佑空桑，请让我这一次为家国除去这最大的障碍！

苏摩冷眼看着她：那个女子执剑站在月下，白衣白发在夜风里无声舞动，手指上的"后土"神戒蓦然折射出神圣的光，仿佛和高空里的冷月争辉——这个执剑的女战士，和百年前站在同一个地方的柔弱沉默的贵族少女，果然已经完全不同了……

他抬头看着夜空里那些闪烁着冷光的星辰，辨认出了属于他们两个人的星宿——那两颗星星并行而动，在同一个轨道里以肉眼不可见的速度运行，向着同一个方向而去。

星魂血誓后，她的宿命星辰被强行改变了轨迹，从此与他共享同一个命运。是否，今日必须同去同归？如若其中一方遭遇不测无法返回，另一方的命运也会同时转折，遭到同样的厄运？

如果是这样的话……碧，一切就拜托你了。

苏摩不作声地呼唤着体内的力量，十指握紧，若有若无的引线在月下闪动着凌厉无比的微弱光芒。远远地，他甚至可以听到镜湖上、甚至七海发出的共鸣。天下所有的水，在这一刻都感受到了主宰者的召唤。

在两个人刚刚凝聚起力量做好准备的时候，一阵风过，神庙的门忽然无声无息地打开了。一重一重，由外而内地依次打开，仿佛霍然在两人面前打开了一个漆黑不见底的通道！

黑暗的彼端，有一双眼睛正凝视着联袂前来的两人。

"终于是……来了吗？"夜风中忽然传来了模糊的低语，带着狂喜，"是你……是你来了吗？我等了你很久……很久……”

那个声音带着说不出的诡异，每一个字落下，塔顶的黑暗就仿佛浓烈了一分。

“走。”苏摩隐隐觉得不祥，不再犹豫，便向着打开的神殿内走了过去——然而，耳边风声一动，一个白影转瞬抢到了他的前面。

“我先去——如若不支，你再援手。”白璎手握光剑，直视着黑暗最深处，大步坚定地走向前，低声道，“这是神魔双方的对决，是我宿命里的责任。你能相助，已是超出了本分。”

苏摩无声冷笑：“早已没有什么宿命了。”

他毫不理会地踏入，疾步走向黑暗最深处，手指间凝聚着强大的灵力。忽然间，空气里响起了第三个声音，威严而决断：“听白璎的！苏摩，你的体质不适合与那个人战斗——让她先进去！”

谁？两个人都是一惊，顿住了并行的脚步。

黑暗的神庙里，忽然缓缓浮凸出一双明亮的眼睛，凝视着黑暗最深处：“苏摩，让白璎先去，不要逞强！琅玕身负魔之左手的力量，在整个云荒上，也只有身为‘后土’继承者的她才能应付！”

“白薇皇后！”白璎脱口惊呼。

苏摩顿住了脚步，眼神雪亮，看着虚空里的幽灵——她说什么？！这个神庙里的神秘人，创建了沧流帝国，灭绝了空桑一族的征服者，居然是空桑王朝的创造者，七千年前驾崩于白塔绝顶的星尊帝——琅玕？！

两个人惊在黑暗里，一时间只觉得千年沧桑扑面而来，竟有些恍惚。

“呵呵呵……是啊，过了这么多年，只有你，还能认得我。”黑暗最深处，忽然传来了模糊的笑声，那笑声穿透了几重帷幕，瞬忽飘近，“我等了你很久、很久……你终于还是来了。阿薇，我的皇后……你，终于是来了呵。”

笑声里，神庙的门忽然无声无息地关闭，一转眼便将外面一切光线隔绝。彻底的暗，绝对的黑，几乎让人以为转瞬回到了天地开辟之前的混沌中——那种黑是可怕的，令人心盲目盲，仿佛是无限罪恶的温床，呼唤出人心内的黑暗。

黑衣的傀儡师和白衣的太子妃并肩站在这样的黑暗里，三双眼睛一直凝视着黑暗的最深处，露出不同的表情。

巨大的杀气在凝聚，一触即发。

没有谁说一句话，只有“后土”神戒上的宝石光芒在闪烁——极大的力量在这座小小神庙里无声聚集，连四方的风的方向都发生了改变，仿佛被什么吸引着，向着白塔顶端凝聚，形成了巨大的气旋！

暗夜里，七海和镜湖上波涛汹涌，向着云荒的中心汹涌而来，黑色的浪在冷月下如同一望无际的巨兽群，连绵不绝地向着大陆扑来——天地之间，转瞬充斥了恐怖的呼啸。

灭世的力量，即将在云荒最高点上交锋！

迦楼罗金翅鸟着陆的瞬间，整个帝都都为之震动。

整座含光殿如同积木般摧枯拉朽地散落，发出巨大的轰鸣。整个机舱里充斥了潇的低呼，然而没有了驱动力，她和飞廉两个人即使竭尽了全力，也无法控制住坠落的机械，就这样一头冲入了含光殿，然后在废墟里止住去势。

尘土腾起了半天高，遮蔽了高空的冷月。

“云焕！”飞廉惊呼着从座位上跃起，扯下头上的金盔奔了出去——他、他已然不能行走，不会被废墟埋住吧？会不会丧命？如果是这样的话，反而是他们害了他了！

他从舱门口一跃而下：“潇，我去找他，你等着！”

“是。”迦楼罗发出柔和却决然的回答。

飞廉在废墟里急奔，一边呼唤着同僚的名字，灰尘落满了他的肩头，不停地有梁柱倒下，四周空无一人——他奔到了侧厢云焕养伤的地方，然而一连叫了几声，却还是没有人回应。难道，真的是来不及逃出来，被压在废墟下了？

飞廉来不及多想，便俯下身去，赤手搬开那些断裂的梁和柱。然而，就在那一刻，他听到了某种异样的声音，仿佛兵刃交击的尖锐，让他一惊住手，侧头看向声音传来的方向——暗夜里，他看到了极其恐怖的一幕！

一道光华划开了夜幕，映照出了当空搏杀的两人身形。剑光一掠即收，然而那一剑几乎达到了速度和力量的极致，让身为剑术高手的他都不由得惊在了原地……这、这是什么？那样熟悉的一剑，仿佛在某一时刻看到过！

然而不等他回过神，满空纷扬的灰尘忽然变成了血红色，交错的人形乍然分开，其中一个捂住肩膀踉跄后退，剑脱手飞出。

“能一直接住九问，实在已经很不错了——不愧是帝国的元帅，当年连我师父都只能和你打个平手。”冷月下有人冷笑，声音带着逼人而来的杀气，“只可惜，你的力量极限已经到此为止了……”

“嚓。”那把脱手飞出的长剑不偏不倚地斜插在飞廉的面前，剧烈地摇曳。

“元帅？！”认出了那把剑上的双头金翅鸟标记，飞廉失声惊呼。

废墟里与人搏杀的，居然是帝国元帅！

“飞廉？飞廉！快……快！”仿佛也听出了他的声音，对方嘶声大呼，声音里居然带着从未有过的惊骇恐惧，“快来帮我……帮我杀了云焕！这是魔鬼……魔鬼啊！”

然而惊呼未毕，声音忽然间中断了，只余下诡异的咕咕声，仿佛水泡一个接着一个浮出了水面，然后模糊地消失。

“真让人失望啊……”飞廉听到一个熟悉的声音在冷笑，“噗”的一声，是利剑割断什么的声音。那种血里浮出的咕咕声立刻消失了，只余下冷厉刻毒的声音还在继续传来，“堂堂帝国元帅，居然还向下属求救——巫彭，你真让我感到恶心。”

冷月下，他看到一个人俯下身去，不紧不慢地割断了倒地之人的咽喉。

“云、云焕？”飞廉几乎不敢相信自己的眼睛——那个踩住元帅肩膀、拔剑割断对手咽喉的人，居然是残废了的云焕！

“快……快……”巫彭的手还在颤动，极力伸向他，似乎在寻求援助。

在这个帝国元帅铁血的一生里，大约从来没有开口向人说过这样的话吧？

飞廉怔怔地看着冷月下那个执剑冷笑的杀戮者，一时间回不过神。这、这是云焕？怎么可能……他的出手、他的眼神、他的力量，全部都变了，仿佛熟悉的躯壳里忽然入住了另一个完全陌生的灵魂！

他以为自己拼命来救的云焕是一个奄奄一息的废人，然而等来到这里，却看到了那个人割断了帝国元帅的咽喉！

云焕此刻也看见了前来的他，然而却丝毫没有动容，手臂一动，将地上垂死的人拎了起来。巫彭也是身高八尺的昂藏男子，然而云焕双手抓住对方的左右上臂，竟然似拎着一片枯叶般轻松。

“这只手，是当年你欠我师父的……”眸子里闪过冷光，云焕低沉地开口——暗夜里忽然传出“咔啦啦”的一声裂响，仿佛有什么在瞬间被生生扭断！

“啊——”手臂被齐根扯下的人发出撕裂般的痛呼。

然而对方只是漠然地把扯下的断臂扔到地上，用单手拎着另一边的肩膀，嘴角浮出一丝冷酷的笑意：“而这一只……是我要取走的。”

“不！”飞廉终于从震惊中回过神，脱口惊呼，“住手！”

云焕根本没看他，手臂只是一抖，黑夜里又是“咔啦啦”一声响，满身是血的人落到了地上，咽喉里发出第二声痛呼，在尘土和血污中剧烈翻滚。然而，仿佛知道不能再在这个人面前示弱，呼声只到一半，竟硬生生地咽了下去。

“呵……还算有点血性。”云焕看着脚下咬碎了牙忍住苦痛的人，眼里露出一丝笑，“呵呵，求我吧，元帅！跪下来求我，我或许会让你像狗一样活下去——就像你那时候留了我一条命一样。”

双臂尽断的军人咬住牙，整个人仿佛被斩开了两个巨大的窟窿，白骨支离，血汹涌而出，却始终没有吐出一个字。

“愚蠢……事到如今，还想保留什么军人的尊严？”云焕冷笑起来，一脚踩在巫彭的肩头，将刚刚努力抬起身的人踩到了地上，“你曾怎样对我，我就怎样对你——你对我做过的每一件事，我都要十倍百倍地偿还给你以及你的族人！”

“不……”巫彭霍然抬头，终于吐出一个字，“不！”

“不要杀你家人？”云焕持剑冷笑，眼神冷酷，仿佛杀戮之神附体，“这个帝都里，没有一个人可以得到赦免。我绝不宽恕……任何人也不配得到我的宽恕！”

他大笑起来：“这个世上禽兽横行，是上天令我清扫乾坤！”

那样狂妄悖逆的话从胸臆里呼啸而出，带着逼人而来的杀气。

此刻正是生死顷俄之际，飞廉却忽然一个恍惚——难道……云焕准备实行“七杀碑”上的所有戒条？

那传说是百年前冰族重返大陆时，由智者大人亲口颁下的旨意。

那是一道“不赦”的绝杀令，一连用了七个“杀”字，明确指出了对于腐败荒淫的空桑人一个都不能宽恕，命下属士兵一律屠戮殆尽。在智者大人的最高指令下，沧流军队刀不入鞘，一路杀光所有空桑人，无论是投降归附的还是坚决抵抗的——从此，大陆烽烟燃遍，腐败颓靡到极点的梦华王朝被狂风暴雨般一扫而空，六部尽灭，血流漂杵。

在沧流建国后，那一面碑文一直被保留在演武堂内，作为帝国军人的最初启蒙训导。他和云焕也曾在入学时，一起站在此碑前聆听训导，碑上的文字纵横凌厉，一个个剑一样地刺入眼里，深刻入骨——

天生万物以养人，
人无一物以报天。[①]
今日汝等阶前侍，
七杀之碑立眼前！
一杀，不仁；
二杀，不义；
三杀不忠四杀不孝，
再杀不礼不智不信人！
民视天地为父母，天地视其如刍狗。
贵人骄奢脂膏满，草民无计果腹口。
今以刍狗视天地，其余万物亦何有？
我立此碑三军帐，乞怜弱者且闭口！
欺人者当剐，受欺者当杀。
云荒浩浩，血染黄沙！
判曰——
天遣魔君杀不平，
杀尽不平方太平。
屠城三日无餍足，
杀杀杀杀杀杀杀！

① 源自张献忠《七杀碑》

那一块碑凝聚了无可言喻的气势，竖立在云荒的心脏上。即便是百年后，每个站在碑前的战士依然能感觉到沧海横流烽火燃遍的乱世里那种扑面而来的酷烈杀意。

那，是试图毁灭一切，然后再于废墟之上赤手再创新天地的霸气，是“上天不仁，万物为刍狗”的决绝！那一段短短的文字里满目皆是“杀”字，触目惊心——宛如此刻云焕的神态。

飞廉忽然有一种恍惚感……百年前，那个神秘的智者大人立下这块碑时，也应该是这样的眼神吧？那是杀戮者的眼神，毁灭一切的眼神！

“元帅！”眼看云焕要连下杀手，飞廉冲了过去，迅疾无比地一俯身，从地上抱起满身是血的巫彭，躲开了云焕的剑锋。被血的腥味刺得心乱，他一时间竟忘记了自己前来这里的初衷，抬头怒斥：“云焕！你疯了吗？怎么做出这种……”

抬头的刹那，他惊呆在当地——

迦楼罗扬起的飞尘还在半空里飘浮，一轮血红色的冷月悬挂在帝都上空。白塔的巨大剪影压入眼帘，那个死神一样的人正倒转提起新折下来的断臂，仰头凑到断口之下，张口去喝如注而落的鲜血！

“哈哈哈哈……”只是喝了一口，便将断臂远远扔开，大笑，宛如一个斩杀了千百人的凯旋将军，举起金杯以痛饮来庆祝血腥的胜利。血溅了他满面，然而血污后的眼睛依然熠熠生辉——那眼睛，居然是金色的！

飞廉抬头看着他，忽然间心里涌出说不出的寒意。那双眼睛里，有着不属于人世的冷酷和杀戮气息，仿佛一个眨眼之间便可以毁灭这天地！这、这还是云焕吗？还是他准备不顾一切来营救的昔日同僚吗？

“飞廉……看到了吗？我真应该早点杀了他的……现在只能靠你了。”怀里垂死的血人忽然发出了低微的声音，全身抽搐。他连忙低下头去，凑到了元帅的唇边，想听他最后的话——

“一定……一定要杀了他！否则……魔将毁灭……一切。”

帝国元帅用尽了最后的力气，断断续续地开口，血腥味随着微弱的呼吸一起碰到了飞廉的脸颊，令他心里剧烈地战栗起来。

元帅说什么？魔？那，不是空桑人供奉的孪生双神之一吗？

“拜托、拜托你了……否则、否则……整个云荒……”垂死的人说出最后的话，被血糊住的眼睛一瞬不瞬地看着他，如此绝望而痛苦，仿佛背负了极大的遗憾和追悔。没有说完便颓然跌落，没有了生命的气息。

飞廉一动不动地跪在地上，抱着面目全非的尸体，感觉到怀里的人一分分变冷。

他几乎不敢相信会是这样的结束——不到一天之前，巫彭元帅还站在万军之中，挥斥方遒；然而短短片刻后，居然就成了这样残缺不全的僵冷尸体！

“云焕！”他霍然抬头，看着那个嗜血的人，“你疯了吗？！”

那双金色的眼睛一瞬不瞬地看了过来，仿佛终于将注意力转移到了他身上，云焕冷然一笑：“哦，是你？高贵的巫朗一族的公子——你，也是想来这里看好戏的吗？可惜我并没有死……失望了吗？”

根本不等对方回答，云焕冷冷举起了手里的光剑，声音低沉：“拿剑，站起来！看在一场同窗分上，我给你军人一样死在我剑下的荣耀！”

飞廉愕然看着那个血迹满身的人，喃喃道：“你疯了……你真的是疯了！”

“我没疯，我比任何时候都清醒。”云焕的薄唇微微弯起一个弧度，眼神冰冷雪亮，“夺去我师父，夺去我姐姐，令我的妹妹出卖我，杀尽我族人——你以为这些事就能击溃我，让我疯掉？可惜你们错了……哈哈哈！错了！”

他仰头而笑，身形在血色的冷月下孤傲如鹰：“所有不能令我死去的折磨，只能让我更加强大。每从我这里夺去一样东西，只是让你们往绝路上多走一步！你们自己招来了自己的死亡，愚蠢的人！”

飞廉再也忍不住，厉呼道：“胡说八道！我和潇是来救你的！”

“救我？”云焕唇边的笑意凝结了一瞬，审视地看了一眼这个昔日同僚，眼神有略微的改变。然而只是一瞬，他又笑起来了，“哈哈哈……救我？巫朗一族的继承者、明茉的新夫婿……你，来救我？”

他在长笑中举起了手里的光剑，那把剑在他手中焕发出前所未见的雪亮光芒，吞吐凌厉，剑芒夺人，竟全没有剑圣之剑的王者之风，而是闪着妖异的光。

先饮云焰之血，再饮巫彭之血——所亲所爱，一剑斩断！

这个世上，还有什么能再羁绊住他？如果，眼前的人是最后一个，也须立刻斩绝！

云焕霍地止住了笑声。俯视着地上人，眼里忽然焕发出了璀璨的金光，那种金色里隐藏着最深的黑暗。他手里的光剑随着杀气喷薄而出，吞吐几达三丈！

飞廉一惊，来不及多想便扔开了巫彭的尸体，侧身一滚，贴地抽出剑来。只听“叮”的一声，手腕发麻，在千钧一发之时恰恰挡住了必杀的一剑。

什么？云焕……云焕竟真的要杀他？！

然而，根本容不得他有一丝怀疑，杀气逼人而来。剑风破空，直刺他的心脏、咽喉和眉心，令他必须集中全部精神才能堪堪格挡——他和云焕多年同窗同僚，对彼此的武学造诣都是了如指掌，他们彼此在伯仲之间，两人如交手，不到一千招开外是分不出胜负的。

令他惊骇的是云焕攻击速度忽然比往日快了数倍，力量更是大到不可思议，仿佛是换了一个人！

每接一剑，飞廉心里的惊骇就增加一分。这……这是怎么回事？这简直不是“人”所该有的力量，难怪连巫彭元帅都不是他的对手！

只不过十几招，他的虎口震裂流血，而手中的剑也已经被削到了不足半尺。

“叮！”最后一招交击后，手里的断剑被震飞，飞廉心知不敌，立刻随着那一击的力量急速后掠，想趁势避开对方的后继攻击——此刻他已经不再有什么阻止云焕或者救回云焕的念头，唯一的念头就是如何才能不被杀！

然而对方显然没有让他逃脱的念头，一击震飞飞廉的剑，云焕纵身疾速踏进一步，人剑合一，当头便是一剑向着飞廉顶心劈下！

他只来得及缩身一滚，避开了要害，然而光剑已经斜斜切开了他的肩膀，继续毫不留情地斩下，瞬间就要将他的身体整个斜切开来！

“不……不！”夜风里，忽然间一个声音响了起来，“主人，住手！”

那个声音……那个声音……难道是……云焕似乎略微一惊，仿佛被唤起了什么回忆，眼里的金光黯淡了一下，停手不动。趁着这一瞬间的空当，飞廉便抬手按地，身子如箭般掠出，转瞬逃出了光剑的范围。

飞廉冲出含光殿，一路上根本不敢再回头，冲入外面尚自慌乱一片的军队里。

“快调集军队！快！”飞廉在人群里找到了带队的副将季航，一把抓住对方的肩，厉声道，“立刻通知元老院——元帅被杀了！”

元帅被杀？季航一时震惊到失语，感觉肩上那只手用力得快要捏碎肩骨。

“快……快些！你要把破军围在里面！千万不能让他杀出来！”飞廉脸色苍白，声音在发抖，“元帅战死了，你必须负责起这里的一切！调集军队，把他暂时阻拦在含光殿内，我立刻去禀告元老院！”

“是！”季航脱口领命，完全忘记目下飞廉少将已经解职，早已没有资格命令自己。

飞廉在乱军中狂奔，在奔到白塔下时已然筋疲力尽。他弯下腰用双手支着膝盖剧烈地喘息，仰头看着夜色中看不到顶的万丈白塔——来不及……来不及了！上塔的悬车入夜后已经关闭，如果靠着足力一路奔上去，只怕到天亮才能到达位于白塔第九十九层的紫宸殿！又怎么来得及告诉元老院？

不，无论如何，必须要阻止他！

那一瞬，飞廉眼神变幻，仿佛做出了一个决定，霍然转身，重新朝着军队中走去。

“季航，调一架风隼给我！”他冲到了正在重新召集军队的副将面前，“快！”

看到那个昔日同窗逃出了废墟，云焕提剑准备追出，却忽然怔住了。

痛……有奇怪的痛，出现在他根本没有负伤的肌肤上！他低下头，看着自己左手的手腕——陈旧的烧伤痕迹裂开了，缓缓渗出一行血来，流过遍布金色烙印的肌肤，温热而湿润，仿佛提醒他尚是血肉之躯。

那是他在师父的古墓里，为了立誓而烙上去的痕迹！

他垂首凝视了手上伤口片刻，眉目间的杀气忽然收敛了——在杀戮的热血在体内汹涌而起的时候，手腕上却传来强烈的刺痛，仿佛一个白色的影子，在冥冥中投来责备的眼神。

记忆里那个誓言依然如此清晰，一字一句地吐出，如同冷而钝的刀锋节节拖过：“好，师父，我发誓——如果我再找罗诺报仇，定然死无全尸，天地不容！”

古墓中，他的手臂直直伸在火上，烈焰无情地舔舐着年轻的手腕，将誓言烙入肌肤——是的，是的……那是他在“那个人”面前立下的誓约，是一个“不杀之誓”！

对那个人说过的每一句话，他都清晰地记得，至死不忘。然而，他却无法克制住先天的杀戮欲望和后天的求生本能，一次又一次地背叛了那个誓言。

到最后，甚至背叛了自己。

外面军队来去，呼声震耳，一切却都到不了他心头半分。云焕在月下提剑默立，脚下躺着巫彭和云焰的尸体，站了许久，全身渐渐发抖，手里的剑铮然落地。他在夜色里跪了下去，面朝西方空寂之山方向，从胸臆里发出一声低沉的呼喊，以手掩面，不敢仰视苍穹。

师父……师父……你们空桑人相信轮回，此刻的你，难道已看到了这样的我？否则，怎么会在这一刻提醒我、令我收手？在我一次又一次拔起你赠予的剑，杀戮着一切时，你……会为我感到悲哀吗？

剧烈的痛感迎面袭来，将他击倒，甚至盖过了身体上拆骨换肤般的痛。

他在含光殿破碎的庭院里跪了良久，一直到外面刀兵喧哗，无数士兵列队将他重重包围，刀枪长矛如林般对准他后心，他才回过了神，重新抬起了眼睛。

看着三军将士重重逼来，他却没有拔剑迎战，反而俯下身，用颤抖的手开始挖掘地面。

坚硬石地在他手下软弱如腐土，转瞬便挖了三尺见方的坑。他小心翼翼地用双手捧起光剑，将银白色的圆筒放入了土里，死死埋住，不再看一眼——是的，他已然不配再持有它……所以，不如就在这里埋葬了这把剑，斩断与“那个人”之间的最后一丝联系，就像亲手埋葬掉自己的过去一样！

不，不，师父……我愿成魔！我不甘心就这样死去，我要颠覆这天地，要用血来洗净这肮脏的世界！

所以……原谅我，背弃了一切。

他颓然将手捶在剑冢上，侧过了头去，全身微微发抖，眼角有一行泪水无声滑下——那，也是作为“人”的他，落下的最后一滴泪。

云焕对着剑冢深深叩首，然后站了起来，发出了一声大笑，霍然转头：“都来吧！”

所有包围他的战士都怔住，眼睁睁地看着他做的这一切。在生死交关的时刻，他却居然放弃了自己的剑？他准备手无寸铁地和帝国三军搏斗吗？

季航心里一阵激动。对方如此托大，正是一举立功的好机会！如果能将杀害巫彭元帅的凶手擒下，从此他自然可以平步青云，甚至不再需要那个老女人的庇护！

“第一列队，攻击！”他毫不犹豫地发出了指令，眼神雪亮。

云焕冷笑着站了起来，看向铁桶一样的包围圈，眼眸逐渐转成金色——体内那种血液又重新翻涌起来，一个声音在呼唤着，要他去报复一切、毁灭一切，扫除所有对他不利的人，从此天下无人再敢不俯首于前！

去吧……去吧！毁灭你想要毁灭的一切！

因为，你是破军——象征着杀戮和毁灭的星辰！

他辗转于枪林剑雨中，仿佛杀神附体，口里发出长长的冷笑，脸上却没有丝毫的表情。他甚至不需要用任何兵器，只是往长枪短剑里掠去，随手一握，那些刀兵就如雪般在他手掌里悄然消失，连同着握剑的战士——甚至连一声惨叫都来不及发出，就这样被彻底地“消融”！

那是鬼神莫测的力量，早已不属于“人”的范畴！

“第一列队退后。红衣大炮上前！”看到对方恐怖的杀伤力，季航立刻调整了指令，然而声音已经开始颤抖，“开火！立即开火！”

云焕在万军中顿住了脚步，回首看向了那一排黑洞洞的炮口，忽然露出一丝饶有兴趣的微笑——这东西有点意思……正好检验一下自己到底获得了多大的力量。

红衣大炮已点燃，一瞬间，整个炮身往后剧烈一挫，炮膛里发出猩红的光。威力巨大的炸药在刹那爆炸，带着破灭一切的气势，呼啸而出！硝烟弥漫粉尘飞扬，巨大的声音震裂了三丈之内所有士兵的耳膜，血从耳道中沁了出来——

然而，硝烟还未散去，所有战士却看到了不可思议的一幕：

云焕少将依然站在原地，神色不动，只是微微抬起了一只手——而那一排刚出膛的赤红色炮弹，就仿佛被无形的力量冰封，凝在他身侧不到一丈之处！

所有帝国战士惊呆在原地，几乎不相信自己的眼睛。直到那一排炮弹在夜风里逐渐冷却，在虚空中一分一分地慢慢消失。

不，那不是消失，而是一种“破坏”之后的“消弭”——就仿佛有无形的黑洞忽然打开，将这个世界里的物体逐渐蚕食、吞噬，仿佛它从来不曾在这个时空里存在过一样！

“天……这、这是什么？”季航情不自禁往后退了一步，脸色苍白地喃喃，目眩神迷，“这是什么？！”

这、这还是人么？还是人应该具有的力量么？

简直……简直是魔鬼！太强大了……这狂风一样的力量，简直可以毁灭一切，让人不敢对视！这个云荒上，居然还有这样的人？难怪连巫彭元帅都被杀了！

季航怔怔看着万军中傲然独立的男人，一瞬间失神。

云焕冷然看向人群中的指挥者，金色的光在指尖再度凝聚，准备在一击之间灭其首领——就在他出手的刹那，出乎所有人意料地，季航忽然一屈膝，跪了下来！

他低下了头：“请容许我臣服于您！”

云焕顿手，冷然看向这个人：“臣服？为什么？”

“因为力量。因为您此刻的强大！”季航抬起头看着他——冷月下的人周身笼罩着一层淡淡的金光，恍如神祇，强大而冷酷。

“是吗？”云焕微微皱了皱眉头，看着这个飞快变节的军人，眼里流露出一丝厌恶，“你不是巫彭的下属吗？元帅尸体未寒，你却向饮过他血的人下跪？你凭什么认为我会收下你这样一个人？”

“因为……因为我也在铁城里住过！和您一模一样！”季航眼里流露出一种光，喃喃道，“作为贱民出身的人，知道在这个帝都生存的艰难，所以不得不低头忍受，依附于拥有力量的人。云少将，这种滋味……您也是知道的吧？”

云焕没有开口，只是冷冷地凝视着他，目光变幻。

“但您和我不同——您最终超越了他们，获得了我做梦都想不到的力量。你一定会成为新的霸主……”季航仰起头，眼里有热切的光，“我和你是同一类人，愿意从此臣服于你！”

“是吗？”云焕静默地听完了他的陈述，唇角露出一丝冷笑。金光在他手上再度凝聚——毫不犹豫地，他对着跪倒在面前的人一挥而下！

“什么同一类人？你也配？不，我一个都不宽恕！”

季航惊骇地看着那可怕的力量当头击下，脸色苍白，无处可逃。

“云少将……云少将……”夜风里忽然传来声音，柔和而微弱。膝下的大地有战栗的感觉，仿佛有什么巨大的东西在逼近。云焕一惊住手，下意识地抬起头，就看到了缓缓滑行而来的巨大机械——那架金色的迦楼罗居然自行移动了起来，悄无声息地滑行到了面前，然后在不足一丈之外精确地停住。

那个声音从迦楼罗里传出，一直抵达耳畔，带着熟悉的恭顺温柔。

潇？他怔住了，凝望着停在面前的金色机械，有一瞬的失神。

这……这是什么？是迦楼罗金翅鸟？可是迦楼罗金翅鸟里，怎么会发出潇的声音？难道是……他瞬地站起，扔下了季航和那些震惊中的军队，身形如电，瞬间掠上了高高的机械。

刚刚落到机舱门口，舱门就无声打开，仿佛在迎接他的到来。云焕迟疑了片刻，随即决然踏入那个幽暗的内舱，低唤道：“潇，是你？”

在他踏入的瞬间，整座迦楼罗都发出了难以克制的战栗，仿佛一颗心脏在激烈地搏动，几乎要跳出胸腔。黑暗里，到处回荡着一个欣悦的声音，远远近近：“云少将……云少将，是你吗？真的……真的是你？”

那样熟悉的声音，温柔而忠贞。

他看向幽暗的舱室，满地浮动着珠光，恍如梦幻。就在这泪之海的中心，金座寂寂而立，一个全身覆盖了金线的女子垂首而坐，水蓝色长发从金盔下流泻，披了一身。

“潇？”乍然看到这样的情形，云焕再度低呼了一声，有些迟疑。他小心翼翼地走过去，将力量凝聚在掌心，随时随地保持着警惕。然而，一直到他接触到金座，整个迦楼罗都宁静无比，没有任何异动。

他俯下身去，仔细地查看潇——她被固定在金座上，全身每一根筋络都与机械接驳，头盔里探出密密的针刺入她的头颅。她还有生命的迹象，却没有表情，也无法移动。但是她的声音却响起在整个迦楼罗里，她的情绪传播，甚至可以左右这个机械的动作。

原来是这样……原来是这样！

狂喜忽然涌上了心里，云焕不由自主地仰起头，发出了一声大笑。

“太好了……真是天意！让我在继承力量后，又获得了迦楼罗！”云焕仰头而笑，重重叠叠的杀戮欲望排山倒海而来，眼前仿佛可以看到血红色的帝都。他侧头看向潇，语气低沉：“潇，你是为了我而来的吗？”

“是，主人。”迦楼罗发出恭谨的低呼，“只为你而来。”

黑暗里，男子眼里露出一丝笑：“只臣服于我？”

“是，主人，”迦楼罗低声道，“只臣服于您。”

金色的眼眸在黑暗里闪烁，流露出杀戮的气息，薄唇悄然弯起一个弧度，笑容如同剑锋般冷锐。云焕对着金座上的鲛人俯下身来，抬手轻轻抚摩她的脸，声音温柔：“很好……潇，你果然是举世无双的利器，我为你感到骄傲。”

大颗的泪水落到他手上，随即凝固为珍珠，铮然而落。

“少将……少将，我求飞廉带着我来这里……以为你、以为你被那些人……”潇的哭声响起在黑暗的舱室内，迦楼罗随之发出了战栗，“现在……看到你没事，我死也瞑目了！”

“呵，我没事——你也不会死，”云焕冷笑，安抚地拍拍她的肩膀，“现在，该轮到那些人发抖了！”

他走向另一个空着的金座，看了看潇：“我的位置，是这里吗？”

“是。”潇回答，却有些迟疑，“只不过……”

云焕霍然转身，坐入那个金座，舱顶打开，坠落下金盔罩住他的头颅。他低低冷笑：“来吧……让我看看你的力量，迦楼罗！”

潇却没有回答，许久才惭愧地开口：“少将……对不起。没有如意珠，我没办法驱动这个机械……”

“力量？你需要这个东西，是吗？”云焕却笑起来了，双眸忽然发出璀璨的金光。他将手平放，十指握紧金座的扶手，“那么，迦楼罗……我也可以让你看看我现在拥有的力量！”

在双手覆上金座扶手的一瞬，整个迦楼罗忽然一震，仿佛有极大的力量注入——只是一个瞬间，整个庞大的机械由内而外地发出了一声呼啸，仿佛是有什么觉醒过来！迦楼罗双翅震动，金色的外壳在冷月下划过一道异常醒目的亮光，宛如水波漾开，发出低低的共鸣。

“振翅吧，迦楼罗！”金座上的人在冷笑，“为我，翱翔于九天之上！”

整个帝都都被惊醒，无数人从梦里睡眼蒙眬地起来，到了窗口向外看去，就在一瞬间，看到了梦一样的景象——冷月下，伽蓝白塔巍峨耸立，一只巨大的金色飞鸟腾空而起，冲上了云霄，呼啸天地，风起云涌。

大鹏一日同风起，扶摇直上九万里！

“少将，真的可以了！”潇发出惊喜的低呼，“真的可以起飞了！”

云焕却只是无声冷笑，侧目看向黑暗的舱外——不知已是到了几万丈的高空，连星辰看起来都已经那么近。风声在舱外呼啸，宛如刀剑划过金属的舱壁，铮然作响。

“现在，潇，”他冷然下令，“转向伽蓝白塔！”

底下的大地战尘飞扬，此刻，却有一架风隼凌空而起，呼啸着冲向白塔。虽然是临时搭档的鲛人傀儡，然而飞廉对机械的操控却依然精准而熟练。风隼一个转折，从甬道口直直飞入，滑行几十丈后逐渐在广场上停下。

来不及等舱门完全打开，他就一跃而下，急奔。

“飞廉少将？”有守卫看到他，失声惊呼，认得那是国务大臣巫朗一族里的年轻继承人。然而，没有军令擅自驾风隼闯入白塔，无论如何还是需要阻拦的。很快守卫都被惊动，纷纷从坪上各个角落汇聚过来，将闯入者包围：“少将，请站住！”

“我要见长老们！”飞廉急速往紫宸殿奔去，将象征着巫朗一族继承人身份的玉佩拍到他面前，“让我去见我叔祖！任何责任都由我来承担！”

“此事不符合律令。”队长是典型的帝国军人，严肃古板，毫不通融。

“你看看底下！现在还讲什么律令！”飞廉回身指向塔下，眼神雪亮，“破军已经出世了……让我去见长老！”

守卫的战士们从窗口俯视下去，万丈远的大地上动乱一片，含光殿方向隐约传来厮杀声和炮火声——多年不曾在帝都听到这种声音，一时间所有战士都怔了一下。怎么回事？居然有人如此大胆，竟然敢在帝都作乱？

然而，所有人的视线立刻都被忽然盛放的金光吸引了。

那道金光仿佛闪电般撕裂了黑夜，照彻了天地。金光中，一只巨大的飞鸟腾空而起，翅膀上带着火焰一样的光泽，呼啸着冲上了云霄，宛如沐火重生的凤凰——这、这是什么？不是在做梦吧？

白塔上所有战士怔怔地看着，忽然有人梦醒般惊呼起来：“迦楼罗！天啊……那、那是迦楼罗金翅鸟！”

飞廉一路狂奔，来到了紫宸殿，用力拍打着紧闭的朱门。

“叔祖！叔祖！”他喘息着，大呼，“破军……破军爆发了！”

门忽然打开，里面灯火辉煌，在纯金雕刻的巨大议事桌旁坐着两列黑袍老人，齐齐看了过来，看着门口满身是汗脸色苍白的年轻人，眼神凝聚，神色复杂。

那一刻，飞廉反而怔住——原本他以为元老院定然还在沉睡，却不料十巫早已惊起。

“飞廉，你怎么擅自闯入这里？”巫朗从座椅上长身而起，沉声问。

“叔祖！破军真的爆发了！云烛死了，云焰死了……连巫彭元帅都被杀了！”他顾不得什么，立刻大声回答，脸色苍白，“云焕……云焕他疯了！你们赶紧出去看看，如果再不阻止他……”

“我们已经知道。”巫朗却是冷定地回答，“所以刚半夜就聚集起来。”

飞廉怔住，稍微定了定神，看清楚了此刻殿内的景象——巫咸、巫朗、巫即、巫姑、巫礼、巫谢……除了死去的巫彭、巫真、巫抵，以及日间刚返回叶城平乱的巫罗，元老院的十巫全部聚集于此，个个眼神肃穆。

他吐出一口气。果然……元老院也已经发觉了吗？

“飞廉，你先下去罢。”巫朗开口，似乎急于让他离去。

“不急。”巫姑却是咯咯一笑，眼神阴毒地看了过来，“飞廉既然能第一时间就得知破军爆发的消息，想必和那个灾星很是有夙缘……让他留在这里，说不定还有些用。”

巫朗蹙眉，仿佛在此刻也有些沉不住气，第一次和这个阴阳怪气的老女人正面冲突：“胡说，飞廉他根本不会术法，此刻又能有什么用？”

巫姑冷笑，手里拈着念珠，悠然道：“就是没有用，留下来赎罪，也是好的。”

赎罪？巫朗眼神一闪，有隐约的怒意，却终究没有说话——元老们不是愚蠢的人，飞廉如何能这样快便得知真相，迦楼罗又是如何飞起来，彼此心里都猜到了八九分，只是此刻剧变当头来不及追究罢了。这个孩子一贯和云焕走得近，脾气看似温和，骨子里却执拗得要命，卷入了这样棘手的风波，也是不可避免的事情。

巫朗看了一眼飞廉，满眼责备和追悔。早知如此，就该把这个最宠爱的孩子关起来！

“都给我闭嘴！”一声低喝结束了这短暂的交锋，首座长老巫咸露出从未有过的威严，喝止了内讧，“都什么时候了！你们都给我安静一些！”

“是。”巫朗和巫姑双双低首，重新退回了位置。

“飞廉，你站到门外，替我们护法。”巫咸看了那个年轻人一眼，吩咐道。

“是。”飞廉低首领命，恭谨地退了下去——看来，元老院已经要开始行动了。六位长老齐聚紫宸殿，是准备合力围歼破军！

他走到了门外，握剑而立，一时间心乱如麻。

短短半夜之间，剧变接二连三到来。他最初满怀对好友的关切，不顾一切想将其带出死境，然而却在看到云焕的面目后心生恐惧，觉得自己做了错误的选择——然而此刻，在得知元老院即将联手开始绝杀时，心里又出现了短暂的不忍。

云焕……云焕，为何你完全地改变了？到底，是我们把你逼到了这个境地，还是你把我们逼到了这个境地？

门里传出了连绵不绝的祝诵之声，飞廉知道十巫在联手进行可怕的术法，要让破军彻底地毁灭。然而，他的眼眸却被金光照亮——白塔外的金光忽然大盛，那种光越来越亮、越来越亮，居然直逼万丈高空而来！

这、这是什么？

他吃惊地冲到窗口往下看去，脱口低呼——迦楼罗！迦楼罗金翅鸟居然从大地上腾空而起，朝着白塔闪电一样飞来！

怎么可能……怎么可能？没有如意珠，没有镇魂石，没有得到任何力量来源的迦楼罗居然重新飞了起来！飞廉惊骇地看着那个可怕的机械以光一样的速度冲来，下意识地倒退了一步——不，要立刻禀告元老院！

然而，在他准备推门而入的瞬间，那道金色的闪电忽然凝固了。

仿佛虚空里忽然遇到了无形的墙壁，迦楼罗的速度在一瞬间降低为零，就这样被定在了夜空里，不能上升也不能下坠。有无形的压力逼来，机械外壳发出受损的呼啸，剧烈地战栗着，仿佛不顾一切地想闯出这无形的包围圈，然而却是分毫不动。

同一时间，飞廉听到门后传来了低沉而绵延的诵唱声。

房间内，六袭黑袍缓缓轮转，按照紫微斗数精确地踩踏着每一个方位，足下渐渐有金光流转，一轮转过后便在地下画出一个金色的圆，将地上的符咒团团包围——有一道鲜血画成的符放在正中，上面绘着天界星野的北斗七星图，第一曰贪狼，第二曰巨门，第三曰禄存，第四曰文曲，第五曰廉贞，第六曰武曲，第七曰破军。

然而奇异的是，伴随着长老们的吟唱，纸上的图案悄然改变——北斗其余六颗星辰缓缓倒转，居然将破军围在了中心！

“定！”十巫同时低诵，将所有灵力凝聚在脚底，齐齐顿足！

金光从站成一圈的六位长老足底发出，相互联结，形成一个金色的圆，迅速地朝着居中所画的符咒缩紧，一掠圈定——那一张纸上，破军所在的位置忽然凭空燃起火来！

白塔外的夜空中，北斗的位置也在缓缓移动。斗柄倒转，指向破军星，形成合围之势！这，居然是和星魂血誓一样可以转移星斗的大禁咒！

巫咸低低喘息，汗水从额头如雨沁出——多少年来从未有过这一刻的吃力，即便是当初跟随智者大人踏平云荒时，也没有这样的恐惧……这一次、这一次要面对的，到底是怎样可怕的力量？

紫微斗数已然布完，然而六位长老却没有一人敢离开自己的位置。

伽蓝白塔上，守卫的士兵们惊得脸色苍白。他们认出了驾驶金翅鸟撞向白塔的，正是那个被罗织了罪名下到死囚室内的云焕！

那个待罪的少将，居然逃脱了！

“击落云焕！击落云焕！”飞廉首先反应过来，冲到白塔边缘，对着怔在原地的征天军团厉声喝令，声音几近嘶哑，“调动所有军队，阻拦迦楼罗金翅鸟，击落云焕！”

“潇，怎么了？给我飞上去！”迦楼罗的机舱里，云焕双手紧握扶手，厉叱道。他的眼睛直直盯着白塔，眼里涌动着暴烈的狂怒，“撞倒这座该死的塔！撞倒它！”

“是……”背对而坐的女子发出低微的声音。

一行血从鲛人女子的唇角沁出——潇的脸色极其痛苦，仿佛正在用血肉之躯撕开那道无形的屏障。然而无论她怎样挣扎，怎样凝聚力量突破，怎样调整角度试探，整个迦楼罗还是一动也不动。

结界……有强大的结界困住了他们！

周围有无数的呼啸声——那是征天军团全数出动，将迦楼罗金翅鸟团团包围！数百架风隼里吐出了火舌，向着迦楼罗冲过来，银色的比翼鸟穿梭其中，快得犹如闪电，乍合又分，攻击方向根本无从确定。

迦楼罗就被无形的力量定在了半空中，成为整个军团的活靶子。

“动不了……动不了！主人！”潇的声音嘶哑而绝望，整个迦楼罗在剧烈地颤抖，“我的力量……我的力量不够……”

“哦……我明白了——是那一群老家伙在阻挠我？”云焕凝望着白塔，眼神也渐渐锋利起来，唇角露出了一丝冷笑，“潇，不用怕，让他们看看，这六合之间到底谁是最强者！”

潇低声道：“是。”

她的脸上没有痛苦，亦无恐惧。既然少将说了不用怕，那么，她便不再害怕。

云焕闭上了眼睛，神情肃杀，呼唤着身体里那种可怕的力量。金色的光芒从他的眼底涌出，令他全身渐渐通透如照，远古神魔的破坏力在他手底凝聚。九天之上，万籁俱寂，千军辟易，只有他一身戎装，呼啸沧桑。

“你们的路将由荣耀和梦想照亮，将一切罪恶和龌龊都踩踏在脚下！”

多年前教官的训导忽然闪现心底，云焕发出短促的冷笑。是的，今日，就让我来身体力行吧！毁灭性的力量以迦楼罗为载体，开始发出低低的呼啸。金色的烙印仿佛活了一样在蔓延，将他全身都包裹。

来吧！让一切如同烟火般绽放和消失，化为一场华丽的死亡盛宴！

那些我所恨的，我必追讨他的罪，自父及子，直至三代！

我，一个都不宽恕！

那一夜，帝都里所有人都被惊动，推开窗，看到了匪夷所思的一幕——黑暗的夜里，忽然有金光四射，仰首望去，半空里赫然悬浮着一只巨大的金色飞鸟！

那是梦境吗？所有人都在心里喃喃自语，看着那只凝固的金色飞鸟。

一动不动——难道，是虚光照出来的幻影吗？

然而，仿佛是为了证明那是确实存在的，就在这一瞬间，那只金色的鸟陡然动了起来！不知道是不是幻觉，整个帝都的人都听到了虚空里发出破碎的声音，仿佛有什么无形的屏障被打破了，碎裂了一地。

在那种刺耳的破裂声里，巨大的金鸟重新飞了起来！

它周身陡然焕发出闪电般耀眼的光，让一切接近的风隼纷纷坠落。从地面上仰头看去，夜空里仿佛是忽然绽开了巨大的烟火，缤纷绚烂，映照了整个天空。

“怎么会这样？”飞廉站在门口，惊骇地看着紫宸殿内的景象——那一瞬间，被十巫联袂施法、摧动着收紧的金光重新扩散了！仿佛遭遇了极强的反击，闪电般反击回了施法者的本身，将全神贯注施法的长老们全数击倒！

紫微斗数在瞬间告破，强大的力量摧毁了苦心维持的结界，六位长老如断线风筝般朝着六个方向飞出，轰然嵌入了墙壁，手里的念珠颗颗断裂，散落一地。

有几个人挣扎着咳出血来，有几个人在落地时已然不动。

“小谢！小谢！”飞廉看到滚落在自己脚边的人，失声惊呼，抢身将他抱起——那一瞬，他惊骇地发觉巫谢全身软若无骨，手臂垂落，筋脉已然寸寸碎裂！

虽然垂死，巫谢脸上却带着笑容，眼睛直直望着外面天空，狂喜无比。他侧过头，用微弱的声音喃喃：“飞廉，你看……你看……迦楼罗飞起来了！多么、多么强大啊……强大到……足以杀死我呢……”

飞廉怔住，看着垂死的人，只觉眼里一热。这个毕生致力于钻研机械的天才少年，居然到了最后一刻还在为自己的创造而自豪，反而对自己的生死毫不挂怀！

“小谢，小谢！”他低呼着巫谢的名字，然而怀里的人已然是一动不动，眼角眉梢尚自凝聚着无限的喜悦——这个书呆子，他根本不知道自己造出来的是一个多么可怕的东西！

“他死了。”耳边忽然传来低哑的声音，苦痛而疲惫，“我们……我们输了……我们压制不了破军了。”

“叔祖？！”他抬起头，看到了一旁咳着血挣扎坐起的巫朗，一时间欣喜欲狂，“叔祖，你没事？太好了……太好了！”

“咳咳，咳咳。”巫朗咳嗽着，血不停沁出，“快、扶我……扶我上塔顶！”

飞廉一时间没有明白过来，怔怔地看着叔祖，眼里不自禁地流露出担忧的光——惊惶过后，他看清楚了，叔祖的面貌，居然在一瞬间苍老下去！只是一瞬，国务大臣便从原来的五十许模样迅速蜕变为近百岁的耄耋老人，一根根须发逐渐灰白，肌肤松弛皱褶，眼神混浊。他甚至能看到百年来靠着药物和术法凝固住的时光正在如飞一般从这个老人身上离去！

这，难道就是所谓的“死相”？

“对……巫朗，必须立刻上去，向智者大人求援！”旁边忽然有一个声音赞同，颤巍巍地喊，“快去找智者大人！”

另外一个幸存的是首座长老巫咸。这个须发苍白的老人是十巫里术法造诣最高的，所以此刻虽然身受重伤，却还是可以挣扎起身：“我们必须上去禀告智者大人！只要、只要智者大人出面……无论谁……”

巫咸喃喃说着，扶着墙壁往塔顶勉力走去，一路留下长长的血迹。

“叔祖……叔祖。”飞廉俯下身将巫朗扶起，眼里浮出了泪光，自责地喃喃，“我对不起你——是我放出了云焕！”

“呵呵，”巫朗却笑了起来，慈祥地说，“傻孩子，这根本不怪你——放出、放出破军的……是我们啊……”

他断断续续地说着，肌肤在一瞬间枯萎，鸡皮鹤发，垂垂老矣：“真是天意啊……我们都以为斩尽杀绝，才是压制破军的方法……却不料、却不料，只是让他更彻底地爆发出来了……”

“叔祖，别说了。”飞廉咬牙道，“我带你上塔顶，求智者大人救您！”

他背着巫朗向着塔顶狂奔而去，耳边的隆隆声越来越近，金光照得整个塔里一片通明。他不敢回头，只用尽全力地奔跑——他知道，迦楼罗在破除了结界后正在向着白塔飞来，毁灭只是顷刻之间的事。

“来不及了……”刚踏上楼梯，却听到叔祖在背上喃喃说了一声。

飞廉悚然一惊，来不及回头，就感觉到一只冰冷苍老的手战栗着抓住了他的后颈：“飞廉……飞廉……你听着……”巫朗用尽了全力，咳着血说出最后的吩咐，“不要往上走，下去……立刻回坪上，驾驶比翼鸟逃走！”

“不！”飞廉一震，失声反驳。

“一定要……一定要逃。”巫朗喃喃道，“否则，全部都会死……一个也不剩。”

他战栗着，将另一只手探入怀内，哆哆嗦嗦拿出一物：“这、这是双头金翅鸟的令符——拿着、拿着这个，逃出去……把军队重新集结起来！一定要阻止那个疯子……否则整个帝国……就、就……”

感觉到叔祖的血沿着自己衣领不停沁入，飞廉脸色苍白。

“叔祖！要逃我们一起逃！”他蓦然回身，死死抓着巫朗的肩膀，“你放心，我一定会阻止云焕！”

“记住，别、别让破军的预言成真……”巫朗喃喃道，枯涩的脸上流露出一丝欣慰，“这也是我……对你的最后一个要求。你好歹……听我一次吧……”

“是。”飞廉眼里含泪，想起自己曾多少次让这个老人失望，不由得心如刀割，“我答应您……我答应您！”

听到他的承诺，巫朗的神色忽然轻松起来，抬头看着辉煌一片的夜空，语音里居然带着笑：“咳咳，咳咳……说到底，能这样交代完一切，由晚辈看护着死去……比巫彭那家伙，好歹体面多了……呵，呵呵……”

在最后一刻，和元帅明争暗斗了百年的国务大臣感到了前所未有的满足，嘴角噙着笑，枯瘦的手指一松，放开了手里的权柄，安然离去。

空荡荡的白塔上，飞廉怔怔抱着老人的尸体，感觉全身的血都在一分分冷下去。

“你们跑吧……反正一个都逃不掉！”巨大的金色机械里，坐在操纵席上的军人脸色惨白，全身伤痕累累，然而眼睛里却有亮如妖鬼的光，死死盯着越来越近的白塔，发出了低沉的冷笑。

金色的巨鸟闪电般飞向塔顶，速度快得令人惊惧。

伽蓝白塔已在咫尺之遥，甚至连塔顶的神庙都历历可见——然而，这架庞大的机械却丝毫没有慢下来的迹象。

“主人……”呼啸前进中，潇在此刻却有些犹豫，金色面具下的脸微微的苍白，“真的……真的要毁了伽蓝白塔吗？撞上去的话……会毁掉大半个帝都的。”

“是。”云焕筋脉尽断的手按在操纵杆上，嘴角露出狼一样的恶毒，“撞上去！把这个东西给我彻底毁掉！”

迦楼罗之魂叹息了一声：“那么……要杀了飞廉吗？”

飞廉？云焕看着前方，金色的眼眸忽然凝聚。就在这一刻，他也看到了白塔上正向下奔去的同僚——怎么？飞廉，你怕了吗？你不再试图和我对抗，而只想着孤身逃跑吗？果然……帝都门阀出来的人，都是这样的！

这些卑劣肮脏的蝼蚁，这个龌龊黑暗的大地！

他忽然莫名其妙地觉得轻松，复又大笑起来：“当然，一起杀！”

“这个世上，没有一个人能得到我的宽恕！”

一行鲜血淋漓蜿蜒，一直延伸到了伽蓝白塔顶端。

“智者大人……智者大人！”满身血污的老者滚落在阶下，平日的仙风道骨全然消失，狼藉而狼狈地嘶声大呼。巫咸抬起手，用尽全力拍着紧闭的神殿大门，嘶哑而恐惧，“智者大人，请听我的祈祷！破军……破军出世了！我们无法阻止他……请、请您……”

然而，智者大人并没有回答。九重门紧闭着，里面漆黑一片。

巫咸心里出现了无穷无尽的绝望，难道，在这个存亡之际，智者大人又神游物外了吗？偏偏，唯一可以直接和智者大人对话的巫真已然死去……如果此刻云烛还在这里的话，一切就都有希望了！

他忽然觉得悔恨——为什么当时他只是眼睁睁地看着她在门阀斗争的旋涡中灭顶、成为牺牲品，却无动于衷？一直以来，作为首座长老的他沉迷于炼丹和追逐永生，虽不像巫彭和巫朗一样对权势表现出赤裸的狂热，但是他的手段却是隐忍而低调的。他利用了十巫之间错综复杂的关系，扶助弱的一方，消灭强的一方，一直维持着元老院里微妙的平衡，让自己首座的位置从来不曾动摇半分。

然而……到了今天，终于尝到恶果了吗？

垂死的巫咸喃喃地祈求着，将头颅贴在冰冷的门上，眼神绝望。然而此刻，他却忽然听到神殿里传来了低微的谈话声，仿佛有数人在里面激烈地辩论，声音越来越大。

有男子的声音，也有女子的声音。

怎么可能？神殿里，怎么可能有人在对话？

“智者大人！”垂死的人眼神陡然雪亮，用力拍打着门，“我知道您还在！求求您、求求您救救沧流！”

当手掌失去力气，他便用额头一下又一下地撞击着，断断续续：“求求您……求求您……阻拦破军！否则、否则整个帝国……”

仿佛他强烈的祈求终于激起了门内人的兴趣，神秘的谈话声中断了。黑暗的室内，隐约听得到帘幕一重重拂开的声音，一个熟悉的声音蓦然近在耳畔，低声冷笑——

“这个帝国怎样，和我又有什么关系？”

黑暗里那个声音低沉响起，如此清晰地传入了他的心里，冷酷而漠然。巫咸忽然间惊住了，不敢相信地抬起头来：“大人……大人，难道您，不管您的国家和子民了吗？”

“沧流不是我的国家，”黑暗里的声音带着冷笑，“冰族也不是我的子民。

“百年来，我把这个大陆交给你们，你们享用着一切福祉，也该承担造下的一切罪孽——百年来你们做过些什么，自己心里都清楚。

“如今，也该到清算的时候了！”

巫咸怔住，回头看着光速般逼近的金色闪电，不由得心神俱裂：“不……不！大人，求求您救救我……求求您！我不想死……我还不想死！帝国……帝国不能灭亡啊……”

在那样绝望的呼救声里，黑暗里的人反而低沉地笑了起来，一直没有感情的语调里忽然有了起伏："巫咸，你怕死，是不是？所以穷尽一生研制仙丹妙药——可是，愚蠢的凡人啊，你真的知道永生的滋味吗？如果你知道我是谁，如果你知道我活了多久，你一定会觉得……"

在说到这一刻的时候，迦楼罗金翅鸟已然逼近白塔。

巨大的轰鸣声盖住了门内智者的话音，金色的光照得人睁不开眼睛，疾风烈烈，仿佛四野高天的风都被卷了过来，形成了一个恐怖的旋涡，将所有一切都吸进去毁灭！

"大人！智者大人！"巫咸根本顾不上听对方在说什么，定定看着撞向塔顶的巨大机械，目眦欲裂，"救救我……救救我！智者大……"

然而，只是一瞬，那只巨大的金色飞鸟已经撞到了白塔的顶端！

刹那间，恐怖的力量毁灭了一切，犹如最华丽的烟火绽放。伫立了千年的白塔轰然倒下，一切分崩离析——巨大的烟尘腾空而起，笼罩了整个帝都上空。

在这样狂风暴雨般的毁灭里，盛大的死亡祭典中，黑暗里却传来了冷然的叹息，仿佛无动于衷地开口，将片刻前被打断的话缓缓说完：

"你一定会觉得，能在此刻死去，实在是一件令人羡慕的事啊……"

一个剧烈的颠簸，迦楼罗金翅鸟在撞毁了白塔后硬生生地停住。

在撞上白塔的瞬间，云焕的眼睛一眨不眨，死死地盯着正前方，将毁灭的一瞬看在了眼里。虽然没有说一个字，眼底里却流露出可怕的狂喜之光，筋脉尽断的手紧握着金座扶手，微微颤抖。

如果伽蓝白塔是云荒心脏的话，那么此刻，这个心脏正捏在他的手里！

伫立了千年的白塔在巨大的烟尘和火光中倒塌，仿佛黎明前绽放的巨大花朵。撞击的瞬间带来了巨大的冲力和快感，发出耀眼夺目的火焰，而他睁着眼睛直视毁灭，直到迦楼罗停下。

"哈哈哈……哈哈哈！"那一刻，云焕终于忍不住狂笑起来，无法掩饰心里的得意与酣畅——是的，他做到了！这个该死的、充满罪孽、死气沉沉的帝都，终于被他一扫而空！

让毁灭来得更猛烈一些，狂风暴雨似的清洗一切罪恶吧！

我，一个都不宽恕！

撞击过后，潇在金座上全身一震，却露出了苦痛的表情——白塔顶端居然笼罩着看不出的结界，在撞上的一瞬就遭到反击。那样的撞击带来极其可怕的痛苦，迦楼罗发出碎裂前的响声，摇摇欲坠，她几乎是用尽了全力才控制住了这个机械不至于坠毁。

狂烈的烟尘中，壁立万仞的伽蓝白塔受到撞击，拦腰断为两截。而断裂的巨大塔身上，迦楼罗摇摇欲坠地停栖在断口，无法再度振翅飞起。

“主、主人……”潇的声音响起在舱室内，疲惫而苦痛，“塔顶、塔顶有结界……非常强大的结界。迦楼罗……受损严重，无法再动。”

“结界？”云焕低声道，然后霍地抬眼，看了一眼虚空，忽地变了眼神。

烟尘渐渐散去后，他赫然看到了神奇的一幕！

在恐怖的撞击之后，耸立了千年的伽蓝白塔被拦腰折断，根基发生了动摇，塔身倾斜，塔底地宫裸露在地面上，整个白塔的三分之二已然化为齑粉——然而，令人目瞪口呆的是，塔顶上的那座神庙，却居然完好无损！

在遇到撞击的瞬间展开了防护的结界，那座智者居住的神庙宛如飞鸟一样凌空而起，虚浮在夜空里，高悬在迦楼罗金翅鸟的上方，发出微微的光芒。

不仅天下万民，甚至连破军少将的眼里，一时间都露出了难以掩饰的震惊。

这、这是怎么回事？

难道，庙里的那个智者还活着？那个人……那个躲藏在黑暗里的神秘人，到底想要做什么？

他一手灭绝了空桑，开创了帝国，在云荒大陆上画出新的版图。然而在百年之后，这个人却眼睁睁地看着自己亲手创造的一切毁灭，无动于衷？！

这个智者，难道也是个疯子？

黑暗的神庙虚浮在夜空中，宛如梦幻。

撞击的一瞬，巨大的金光扩散开来，笼罩在神庙周围。光从镂空的窗棂上透入，映照出了室内重重的帷幕，一切影影绰绰，仿佛魑魅暗藏，杀机四伏。

一黑一白两名男女并肩伫立在神殿内，神色肃穆，静静地看向神庙的最深处，强大的灵力在他们掌心凝聚，发出火焰一样的光芒——而在他们的身侧，居然还悬浮着一双明亮的眼睛，与他们一起注视着九重门背后的“纯黑之所”，眼神同样庄严凝重。

“你……早就预料到了云焕会来？”那一刻，白璎忍不住脱口而出。

是的，这个神庙里的人，居然早就料到了会有毁灭性的攻击，所以在神庙周围布下了如此强大的结界！

“当然。”智者似乎是欣赏着窗外毁灭的光芒，语气里竟然带着一丝赞赏，“是我一手成就了他，召唤出了破军的力量！”

“你……你自己毁灭了自己的国家？”白璎不由得倒吸了一口冷气——这个传说中的沧流幕后主宰者到底有着什么样的目的？他是个疯子吗？他做的这一切，到底是为了什么？操纵苍生的恶癖？显示力量的炫耀？或者，只是一时的心血来潮？

帷幕最深处的那个声音终于微笑着开口：“好了，别再管外头那些事了……那些愚蠢的蝼蚁不值得耗费你我的时间……”他低声而笑，声音带着微妙的暧昧，“言归正传吧，阿薇。我知道你一定有很多话要对我说——而我也是同样。”

黑暗的室内，那双明亮的眼睛瞬忽飘近，带着同样尖锐的冷笑表情：“是啊，阿琅。七千年了，就算全部星辰都坠落了，我还是回到了你面前。我们之间的账，必须清算干净——否则，我又怎能瞑目？”

听到那样清冷利落的回答，黑暗里的声音笑起来了，低声喃喃道：“是啊……这一次，我一定要紧紧抓住你，再不让你逃出我的手掌心……”

一语毕，神庙里便再也没有声音。漆黑一片里，只有不知何处来的风在暗涌，带来凌厉巨大的杀机，帷幕在黑暗里重重叠叠涌动，凝成吞噬一切的旋涡。

茫茫六合，杀机暗涌；天上地下，俱归寂灭。

第十四章 灭世

迦楼罗撞上白塔的一瞬，天上地下，无数人同时看到了历史转折的一幕。

无数双眼睛仰望天空，露出了不同的表情。

那笙随着飞龙浮出水面的时候，正看到了惊天动地的那一刹那。

金色的迦楼罗撞向白塔，伫立千年的伽蓝白塔轰然倒塌，巨响回荡在天际，如滚滚春雷绵延不息。从镜湖上望去，整个帝都仿佛正在进行一场空前盛大的烟火表演，光华夺目，斑斓纷呈，令人目眩。

然而再仔细看去，却发现那原来是一场血与火的死亡盛宴！

呼啸声响彻夜空，帝都上空一片辉煌，坠落燃烧的征天军团映照着黑暗的天宇，不停有风隼拖着长长火光坠落，宛如一颗颗流星。

她一时间看得目瞪口呆。

“天啊！”那笙坐在蛟龙的背上，一把抓住了怀里的东西，猛烈摇晃，对那个东西急切地喊，“臭手，臭手！快看！白塔倒了！那只大鸟……那只大鸟，居然撞倒了白塔！我……我不是做梦吧？”

然而尽管被她这样用力地抓着，斗篷里那个人却没有回答一个字。

急切间和龙神一起从无色城赶来，真岚尚处于支离破碎的状况。然而身体虽不能复原，他的眼睛却一直一直地看着帝都方向，一眨不眨。

他始终没有说话，连眼睁睁看到白塔倒塌脸色都没有丝毫改变。然而，那笙却明显地感觉到在白塔倒塌的瞬间，他也剧烈地战栗了一下——仿佛那巨大的一撞击中的是他自身。

没有人比身为末代皇太子的他更能体会到这座白塔对于空桑遗民的意义，那是空桑这个民族被迫放弃整个大陆后，留在故土上的唯一标志纪念。

每次在万丈水底仰头看到水面上高耸入云的白塔，无色城里不见天日的空桑人便会在心里记起先祖的辉煌业绩，相信只要白塔不倒，空桑的血脉便不会灭绝，他们终有一日能重见天日，返回故土。

然而，伫立了七千年的伽蓝白塔，还是在这一瞬轰然倒塌！

在迦楼罗撞向白塔的那一瞬，真岚心里只想到一个词——“终结”。

是的，那是一个时代的终结。

夜空里破军光芒大盛，血红色的光黯淡了其他所有星辰。在他的驾驭下，迦楼罗就仿佛一支金色的利箭，呼啸着射入了云荒的心脏，将象征着权力的万丈白塔生生拦腰撞断——星尊大帝留下的唯一纪念在一瞬间被摧毁了，他所缔造的、延续了几千年的时代仿佛也在这一刻开始土崩瓦解。

云荒从此没有了“心脏”。一切，仿佛回到了开天辟地的最初——那个天下动荡群雄逐鹿，帝后两人拔剑起于蓬蒿、并肩开拓天下的年代！

在这一瞬，龙神仿佛也神为之夺，竟是凝住了身形。在它身后，有灰白色的云无尽延展，仔细看去，那些灰白色的影影绰绰的人形，居然都是一列列军队，黑色的铠甲，黑色的头盔。然而，头盔下却没有脸，包裹着虚无的人形。

“什么？这是什么！”在他们出现在帝都上空的一瞬间，夜空里传来震惊的呼喊，天上地下到处都是惊慌的低语——那是半夜被巨响惊醒的帝都沧流贵族，在看到这一幕后爆发出的第二度惊呼。

“快看，快看天上！那是什么？”

“冥灵军团！是空桑人的冥灵军团！他们来了！”

“天啊……他们来了！空桑人杀回来了……”

“十巫呢？智者大人呢？他们怎么不阻止？！”

地面上到处都是惊慌的呼声，那些养尊处优的贵族们在奔逃，恐惧地抬起脸仰望星空。然而，天空里只有不停坠落的残骸。征天军团失去了统帅，只顾着对迦楼罗发出攻击，却毫无章法可言，更加来不及对忽然闯入的空桑军队做出迅速有力的反应。

冥灵军团无声无息地停留在虚空，紧跟皇太子左右。然而，在看到伽蓝白塔倒塌的一瞬，那些无法说话的冥灵齐齐一震，内心发出了一声巨大的呼啸，震动九天。无形的刀兵，在一瞬间跃出了剑鞘，空洞洞的盔甲齐齐转向真岚，虚无的脸上仿佛透出了征询的杀气。

“殿下，请下令。”六王齐齐下马，抽刀请命。

终于是……要开始了吗？这血与火之章！真岚闭了一下眼睛，仿佛舌尖的这一句话有千斤重。那笙担忧地看着他忽然凝重苍白的脸，发觉那只握剑的断手居然发出了一瞬间轻微的颤抖。

“殿下！”愤怒的呼啸从四方响起，冥灵们发出无声的抗议。

头颅缓缓睁开了眼睛，仿佛叹息般吐出了两个字：“开战！”

“是！”六部之王叩首，百年后能和冰族再度血战，令他们热血如沸。

“一个半时辰后，日夜便将转换，”真岚却一直保持着冷静，一字一句地慎重开口，下令道，“六王各自节制麾下军队，到时候必须立刻撤回无色城，绝不可恋战，否则，以欺君之罪论处！诸王明白否？”

“是！”诸王再度叩首。

“去吧，和他们血战到底！杀尽元老院，诛灭智者！将沧流帝国首脑全部摧毁，一个不留！”龙背上的断手抬了起来，辟天长剑指向了虚空中蜂拥而来的征天军团，真岚的声音平静中暗藏杀意，“天佑空桑！”

“天佑空桑！”天马上的冥灵战士齐齐发出了低呼，抚胸低首，然后瞬间回身。无数天马展开了双翅，如万道雪亮的流星划向敌方的阵营！

指挥军队进攻后，看着黑色夜幕下“咔啦啦”倾倒的巨大白塔，真岚神色复杂——那，是云焕吗？那个破军终于发出了前所未有的光芒，一举耀住了天上地下所有人的眼睛！

破军……你在绝望和苦痛中出世，不顾一切地选择了毁灭。但是，毁灭之后必然是新世界重建的开端。而你，又想创造怎样一个未来呢？你，是否还拥有“创造”的力量？

真岚看着停息在白塔上的迦楼罗，一时间思绪万千。

“已经倒塌了吗？”龙神望着帝都，发出一声长吟，“还是来晚了……”

龙的眼神是忧虑的。近来一连串的血腥动乱，正好在云荒大陆上画出一个殷红的十字，发觉到这一点时，海国神祇心里便出现了某种不祥的预感——那些动乱不是无序的，分明是有人刻意安排，用成千上万人的血，在大陆上画出了亘古以来从未有人施用过的最高禁术！

这种被称为“星之血十字”的术法极其恐怖，它以大地为纸，以苍生为笔，以百万流血为墨，每次施用都需要夺去无数苍生的性命，即便是七千年前的星尊大帝也从未动用过。

那种力量改变了星辰的轨道。让破军提前爆发，毁灭了一切。

不惜献上如此巨大的代价，塔顶上那个人，到底想的是什么？

最可怕的，是苏摩即将去往那个地方——如果他进入了“那个人”的黑暗力量范围之内，那么，一切即将变得不可预料。

所以，它在觉察之后，迅速去寻求了昔日宿敌的帮助，试图联手遏止即将发生的逆转。然而，没有想到还是迟了一刻。

“龙，驾驭着迦楼罗的……是云焕吧？”真岚凝望着虚空里金光万丈的巨鸟，眼神里有某种微妙的光，点头叹息，“真是可怕的力量啊。”

浮云和冷风在身侧呼啸，龙神俯视着伽蓝白塔，吐出了高深莫测的长吟，仿佛在用幻力遥感着什么，那一双明月似的眼睛阖上了，陷入了短暂的沉默——是的，云焕已经继承了那种可怕的力量，而这种力量的获得，显然是和白塔顶上那个神秘人画下的血十字密切相关。

可是……那么大的力量，又是从哪里来？那颗破军星在忽然之间爆发出的惊人力量，照耀了整个云荒大陆，惊动天地。这样激烈澎湃的力量，又是来自哪里？

真岚忽然觉得奇特的不安，下意识地低下头看着自己的断肢，觉得身体里忽然出现了某种隐秘的变化——低头之间，眼角瞥见辟天长剑剑刃上有冷光一闪，仿佛有某种黑暗力量瞬间从他的身体里撤离，悄然不留痕迹。

“咦？”那笙看着他，忽然露出了诧异的表情，“臭手，你的眼睛！”

“怎么？”真岚一惊，下意识地抬手摸去。

“哦，没什么，”那笙嘟囔道，“只不过……那种金光忽然没啦。”

“金光？”真岚的手触摸到了眼睑，发觉毫无异常，有点不明所以——这个苗人丫头，为什么总是在关键的时候说一些莫名其妙的话？

“是啊！就是你在镜湖底下挥出那一剑时候的那种金光……”那笙没好气，伸出手戳了一下皇太子的脑门，“从那时候开始，你的眼睛里就变成金色啦——你自己难道没发现？”

金色？真岚的手霍然顿住，抬起了头，眼神大变。什么？她说什么？从在镜湖大营里辟出那一剑以来，自己的眼睛就是金色的？这一点变化，自己居然一直没有留意！

“幸亏刚才那金光忽然退了，”那笙拍手，释然一笑，“你不知道那时候自己的样子有多可怕——简直像恶魔附身一样，吓死我了！”

恶魔附身？这个小丫头没大没小地说话，真岚却只是怔怔地看着夜幕——那一架巨大的迦楼罗停在断裂的白塔上，翅膀上披着冷月的光辉，周身冷冷的金色宛如一道结界，让所有围上来攻击的风隼纷纷坠落。

笼罩着迦楼罗的那种金色是如此不祥而暴烈，一瞬间让他有点恍惚。眼前浮现出一双同样的金色眼眸——那样的眼睛在云荒大地上遍地皆是。

在昏暗的殿堂里俯视着苍生的、静谧而残酷的金色眼睛。拥有这种眼睛的，是……那一刻，他忽然明白过来：破坏神！

那种眼睛，是孪生双神里破坏神的眼睛！

那种金色！

他霍然转头，定定看着北方尽头的星野——那里，北斗光芒大盛，七颗星斗居然开始以肉眼可见的速度缓缓转动！

北斗七星里破军上的位置已经空了，然而，那个空了的地方却忽然焕发出前所未有的血红色光芒，令其余六星都围绕着它发生了可怕的逆转！是什么样的力量，正在黑暗里凝聚？

“龙！”仿佛忽然明白了什么，真岚失声道，“遏止破军！”

“好！”蛟龙从沉思中惊醒，仿佛同样觉察到了某种可怕的情况，在虚空中一摆尾，风驰电掣地朝着伽蓝白塔飞去——白璎和苏摩已经到了那个魔的面前吧？一场空前绝后的斯杀即将开始，然而随之赶来的他们却无法顾及。

原谅我，白璎，如果不遏制破军的话、如果不遏制住那颗即将完成逆转的破军的话……破坏神便将重临这个人世！

真岚眼神沉郁而凌厉，紧闭着嘴唇，脸上露出罕见的肃然。

那种不祥的感觉是如此强烈，一瞬间让他几乎停止了呼吸。龙神同样没有说什么，迎着猎猎夜风飞上九天，扑向迦楼罗，四爪扣紧，眼神凝重。

迦楼罗之上，有另一种金光笼罩下来，仿佛一颗金色的圆月照耀在帝都上空。伽蓝白塔已经拦腰折断，然而虚空之上，原木是塔顶的地方，居然浮着一座神庙！

“呀！”看到黑夜里发着金光的神庙，那笙脱口惊呼出来。

那、那是什么感觉？看似高不可攀的神圣殿堂，周身却散发出不祥的气息。那个小小的神庙里仿佛有极其恐怖的力量正在汹涌而出，相互激斗、交锋，形成了巨大的旋涡，几乎要把靠近的所有一切都扯入其中灭顶！

那笙只觉手上一痛，低下头就看到“皇天”神戒正在发出激烈的鸣动，蓝宝石的光芒忽明忽暗地闪烁，映照着她的脸——仿佛感应到了什么，那只通灵的戒指发出了无声的嘶喊，勒紧她的手指，种种苦痛、挣扎、恐惧潮水般从彼端传来，一瞬间几乎让她窒息。

这种幻觉……到底来自哪里？

那一瞬，进入云荒后一路天不怕地不怕的苗人少女，忽然有了掉头就逃的冲动！

炎汐……炎汐，我害怕。眼前的这一切太过不祥，我怕一旦踏入那座神庙，就再也无法返回你的身边……我再也不能、再也不能见到你了！

她不自禁地微微发抖，但是依然勉强支持着。

“别怕。”一只手忽然伸过来拍了拍她，平定着她全身的战栗。那笙转过头，看到了那只抓在她手臂上的断手。真岚并没有看她，只是平静地望着那座越来越近的神殿，眼神专注。

“不要怕。”他沉声开口，“把‘皇天’还给我，你先回地面上去吧。”

什么？她吃了一惊。他……他说要她先走？然而不等她回答，断臂一动，“皇天”神戒便自动从她手指上脱落。真岚握紧了那枚象征着帝王之血的戒指，手腕一震，戒指便自动跃起，准确地戴上了他的无名指，悄然勒紧肌肤。

金光忽然大盛，映照着真岚的脸，帝王之血仿佛在他体内燃烧起来了。

“龙，”他抬起手拍了拍龙神的额头，低声道，“先把那笙放下吧。”

“好，她本就不该来。”龙神断然回答，一沉身子，宛如金色的闪电下击，飞快地降低了高度。在最接近地面的时候，尾巴轻轻一摆，便将背上的少女卷起，送到了地面上。

“快走吧！”真岚在龙背上回首，“帝都此刻非常危险，立刻设法离开！”

“不！”那笙脱口惊呼，伸出手，“别这样扔下我啊！我和你们一起去！”

“你不能去。”龙摆回了尾巴，在虚空里停滞了一瞬，温和却威严，“孩子，那里非常非常危险……我们无法顾及你的安全。”

不等那笙反驳，龙神忽然昂首吐出了一声呼啸，仿佛在夜里召唤着什么。

片刻后，黑夜里便有一道白光流星一样掠来，穿过漫天坠落的流火，来到白塔底部，徘徊在龙神的左右，仿佛等待对方吩咐。定睛一看，发现前来的竟然是那种青水上见过的雪白色飞鱼，通灵而温顺。

龙神低语：“跟着文鳐鱼走，它会带你去找复国军。”

“那你们呢？”那笙急了，“我要跟你们一起去！”

龙没有回答，只是昂首看了一眼半空中的金色迦楼罗，陡然拔起了身子，凌云而上。真岚在龙背上微笑着举起了右手，对她挥了挥。手指上那枚“皇天”神戒闪耀着王者的光芒，辉映着他的脸：“丫头，我们有我们的事——你这个路痴，小心别再走丢了啊。”

“臭手！臭手！”那笙焦急地喊，在地面上跺脚，“你不能去！你连身体都还没有拼凑回来，怎么和人打架啊？快回来……”

然而真岚没有理睬她。戴着神戒的断臂一跃，握住了那把龙牙制成的辟天长剑，仰头凝视着万丈高空上那座神庙，眼神凝定，有百死不悔的坚定光芒：“该去了……这里，才是我的战场！”

那一瞬间，那笙忽然不敢开口——这，还是她熟悉的那个臭手吗？那种眼神，仿佛是云荒之主！

龙神低低长吟，身子一卷，绕着白塔飞速上升，宛如闪电击向苍穹。

“主人，你看，”迦楼罗里，一个女音忽地响了起来，“那是龙！”

迦楼罗停驻在断裂的白塔上，剧烈地颤动，周身发出金色的光，急遽凝成结界，抵挡着征天军团的围攻。光线明灭之中，金座上的驾驭者抬起眼看了过去，露出诧异的表情——黑夜里，那个迅速逼近的庞然大物，果然是龙！是那条被囚禁在苍梧之渊下整整七千年的龙！

同一个夜晚，伽蓝白塔倒塌后的不久，龙神居然出现在帝都上空！难道，是海国预知了帝都今夜发生变动，准备乘虚而入？这些该死的鲛人奴隶！

云焕眼里瞬地射出愤怒和杀意，不由自主地握紧了金座的扶手，手指间因为力量的高度凝聚而发出了金光。他看着那条腾空而起的巨龙，仿佛有某种刻骨仇恨从心底苏醒，整双眼睛都变成了金色！

呵，本来是准备先平定了大事后再来和你们这些卑贱的奴隶算账的，不料，你们却在第一时间自动送上了门来！你们在空寂古墓曾经做下的事，不要以为我会有片刻忘记——曾夺走我最珍视的东西的族类啊……你们犯下的罪，必须以成千上万倍的血来偿还！

云焕紧盯着腾飞的巨龙，厉喝道：“潇，准备攻击！”

“不、不行……主人。”然而潇的身体却在微微颤抖，竭尽全力也无法将迦楼罗启动，“迦楼罗在刚才撞到白塔时受了损伤，一时还动不了……”

“废物！”云焕重重一拍扶手，霍然长身站起。

“主人！”潇脸色瞬地苍白，惊惶道，“你、你准备去哪里？”

“当然是出去应战！难道要我在这里坐以待毙？”云焕大踏步走下了金座，嘴角噙着冷笑，握紧了身侧的剑——那，还是他从巫彭手里夺来的元帅佩剑。

真是可惜……这把剑其实并不配屠龙之名，但他自幼佩戴的光剑，却已经被他亲手埋入了黄土之下。早知龙神竟会今夜前来，就应以师父赠予的剑来屠龙，才算是报了这大仇！

听到主人盛怒的斥责，潇不敢再说一个字阻拦，然而因为羞愧和焦急，全身渐渐发抖，迦楼罗里充斥着细细的啜泣，低微而压抑。

那个杀神终于停下了脚步，叹了一口气。

“我去去就回，你不要担心。”云焕捧起了潇的脸，低声安慰。一粒粒的珍珠滚落在他掌心——鲛人的泪，和血一样是冰冷的。然而，天上地下，如今唯一残留给他的，也只有这样冰冷的慰藉罢了。

他低声安慰着潇，眼里却杀气渐重。

“等迦楼罗一恢复，就来接应我。”他低声吩咐。

“是，主人。”潇低语，不住地抽泣。

“好，都来吧！”云焕望了一眼舱外的巨龙和闪电，低声喃喃，拔剑跃出了舱室，“来我剑下受死吧！”

天风呼啸而过，卷起他的衣袂。就在那条金色的巨龙飞速从大地上腾起、掠向迦楼罗的时候，在龙神最逼近迦楼罗的时刻，只是一个交错，一道雪亮的光忽然腾空而起，斩裂了黑夜！

击中了！在一剑劈向龙神的刹那，云焕心里涌现出难以言表的狂热。

剑上传来剧烈的震动，巨大的力量在精铁铸成的剑上交锋，只是一震，那把锐利无双的元帅佩剑便裂开了长长的伤口。云焕无声地吐了一口气，紧握剑柄的手渐渐松开，他转头望着夜空里浮动的金光，眉头蹙起——那，是什么？

一击之后，龙神也退开了十丈，在夜空里俯视着迦楼罗翅膀上握剑的青年军人。

龙巨大的双目仿佛炯炯的明月，照亮了黑暗的帝都。蛟龙的背上，一把剑闪着冷峻的光，诡异的是，那把剑居然握在一只断臂的手里——方才，就是这把剑在千钧一发之时，接下了他的攻击！一剑之后，对方手里那把剑犹自完好，而他的剑却已震裂。

那是什么？龙神背上驮着的，到底是什么东西？！

那一瞬间，云焕忽然觉得体内气息一乱，那种充斥在自己身体里的杀戮欲望莫名地衰退，仿佛力量忽然被人从他身体里抽离。原本无论受到怎样严重损伤都若无其事的身体，忽然间就如普通人那样起了剧烈的疼痛，令他立足不稳，踉跄着后退。

“主人！”觉察到了主人的反常，潇的声音响起在舱室内，惊惶失措，“你、你没事吧？”

“没事。”云焕没有回头，厉声道，“你做你的事，不要管我！”

“是。”潇克制住了自己的情绪，不再说话。她在极力凝聚着精力，一边飞快地击退着风隼群起的攻击，一边不停地尝试让暂时陷入瘫痪的迦楼罗重新腾空而起。

云焕集中了全部精力和龙神对峙，渐渐看清了龙神背上负着的居然是一堆凌乱的肢体——那个不成人形的“人”手里握着那把长剑，孤零零的一颗头颅对他投来冷肃的眼光。

云焕忽然一惊。这，难道是一百年前那个被车裂的空桑末代皇太子？和龙神一起出现在伽蓝帝都上空的，居然是皇太子真岚！

该死的……那该杀的两族，居然趁着这个时候联手杀进来了！

知道正面临着前所未有的大敌，云焕脸色肃穆，双手握紧了剑，却猛然感觉到有一种不对劲——怎么回事？身体里……身体里的那种力量，居然在此刻产生了波动！仿佛有人也在同时使用着这股力量，那种力量在他身体里时涨时落，一时间居然无法完全控制住。

怎么回事……他不是付出一切，获得了魔的力量吗？！

“云少将，请放下你的剑……”沉默对峙了片刻，龙背上那个支离破碎的人开口了，“破军不能灭世。云荒，并不是你可以随意用血涂抹的画板。”

云焕没有回答，只是握剑站在迦楼罗巨大的金色羽翼上，在高空的冷风里对着巨龙冷笑——真岚？那个早该死去的家伙，居然握着辟天剑复生了吗？

这个五体不全的人，原来也是想来阻止他？

他的薄唇咧开一线，发出低低的嘲笑：“真是义正词严啊……可是，你凭什么来阻拦我呢？无色城里的亡灵们！”

感觉到那一瞬力量又充盈了全身，云焕忽然一扬手，扔掉了手里那把已经开裂的名剑，右手拍击在左腕上——“咔嚓”轻响，只是一个瞬间，金色的光芒从右手指尖激射而出，在虚空中凝聚成了巨大的、锐利的金色光剑！

“回到无色城去吧！别再妄想复生！”

巨大的金剑刺向半空中的蛟龙，龙神瞬忽转身，巨大的身体灵活无比地卷向了迦楼罗，金甲之间闪电萦绕，探出的巨爪中发出刺目的光华！

“咔！”迸裂般的一声响，龙爪被金色的无形光剑格住。云焕往后退了一步，脚踝在迦楼罗坚硬的机壳上生生踏出一个深坑！

交锋的一瞬，双方心里都涌现出惊骇与赞叹。

这般强大的力量！是多少年才得一见？

“小心，”龙神低吟，对真岚发出了叮嘱，“破军此刻所用的，是魔之左手力量凝成的剑！”

真岚不由得倒吸了一口冷气。魔之左手？那是传说中可以毁灭天地的力量吗？

然而就在这一刻，悬浮在白塔上空的神庙忽然放出了金光，一瞬照彻天地！

紧闭的九重门瞬间洞开，风云激变，令所有正在交战的人霍然抬头——有人已经进了神庙，正在和“那个人”进行着殊死的搏杀，而每一方的力量都足以惊动天地！

是谁？

然而，在金光盛放的那一刻，云焕手上凝成的剑忽然黯淡下去。

他心里陡然有一种恐惧。怎么回事？身体里刚刚获得的那种力量，原来并未完全属于他自己，而同样被另一个人在反复借用！只觉体内如暗潮汹涌，涨落无定，根本无法完全控制这一股刚刚进入身体的巨大力量。

难道，是因为长夜未尽，破军的“传承”还没有完成？

云焕克制住体内力量的涨落，不令自己表现出丝毫的动摇，就这样站在迦楼罗巨大的金翼上，和半空中的龙神静静对峙。

黎明前的天空里万籁俱寂，大地上战火燃烧，征天军团全体出动，在虚空中和倾巢来犯的空桑冥灵军团交战。风声呼啸过耳，战火中，坠毁的风隼如同烟火般坠落，漫天盛开了华丽至极的光芒。

无数寒星如同冷锐的眼睛一样静静俯视着这片大地，铭记了这千年始得一遇的场面。

破军光芒大盛，北斗缓缓倒转——

柄勺换位，即将完成最终的逆转。

神庙里，那一场等待了七千年的神魔之战已经开始。

问天何寿，问地何极；生何欢，死何苦……百年以来，她还是第一次有机会将师门的“九问”完整使出。“后土”神戒的神光在黑暗中闪耀，令她的光剑仿佛注入了前所未有的巨大力量，每一击，都发出了超过从前百倍的力量。

在那种力量的引导之下，白璎冲破了屏障的阻力，以光剑斩开虚空，一重一重地推开九道神殿之门，所有一切在手底下摧枯拉朽，一直突破到了最里层。然后，毫不犹豫地向着那个声音的来源，一剑劈落！

真是奇怪……魔之左手的力量，原来也不过如此？

她心底有着略微的诧异。然而，在一剑劈开黑暗时，她忽然间觉得某种震惊，下意识地收住手。不，不对！光剑上的这种感觉，根本不像是劈入血肉，而是——

“小心！”她听到有人低呼——那是白薇皇后的声音。

神殿的玉石地面在颤抖，仿佛黑暗的最深处有什么东西复苏了，正在沉沉地一步步逼近，白璎不由自主地将剑横于面前，猝然后退，摆出了防卫的姿态。然而，就在那一瞬，通过手上“后土”神戒微弱的亮光，她却看到了……

“啊？！”她再也止不住地脱口惊呼出来，看着黑暗深处一步一步走出的东西。

那、那是……

白璎不可思议地看着从内室里“走”出的东西，退了一步，光剑因为震惊而垂落。那个东西面无表情地走过来，缓缓对她举起了手里的剑——就在那一瞬，一道黑色的影子闪电般卷来，霎时拦在了她前面！

苏摩一直在黑暗里无声地等候，此刻动如脱兔，抢身上前之时十指扬起，黑暗里微微的光如同流星划过，转瞬交织成了一道无形无质的屏障！

“咔嚓”，黑暗里有微弱的声响，仿佛有什么巨大的东西被纤细引线织成的网拦住了。

苏摩也被那种巨大的力量带得立足不稳，居然往前冲了一步，引线在他手里绷紧，那肉眼不可见的细线勒入了他的肌肤，暗红色的血从鲛人的手腕上滴落。然而，他顾不上这些，看到了黑暗中走出的东西，面上也露出了愕然之色。

这，难道就是智者的真容？也就是星尊大帝——琅玕？

那个继承了上古破坏神、魔之左手力量的永生不死之人！

“后土”神戒的微光照亮了黑暗的殿堂，神庙的地面在微微震动，伴随着一声声迟缓的脚步声，却毫无“人”的气息——从黑暗最深处走出的，居然是一尊巨大的神像！

那是空桑人供奉的孪生双神神像，玉石雕刻而成，不知从前朝哪一代起就被供奉在白塔顶端。在智者带领沧流人覆灭了空桑后，也未下令将其毁弃。

然而，这一座玉石的神像，此刻居然从莲台上走了下来！

孪生神像一步步走过来，破坏神那一面朝向诸人，金晶石镶嵌的眼睛凝视着闯入者，高举的左手手臂擎着长剑，一步一步地走过来，沉重的脚步声令地面颤抖。冰冷的面容，冰冷的眼眸，冰冷的身体——完全没有“生”的气息。

然而，那一双金晶石镶嵌的眼里，却居然有神色流转！

那是杀戮的气息，来自于极黑暗的地方，完全凌驾于人类，只是一眼看过，便让联手抗敌的两人悚然心惊。虽然被引线牵绊，沉重的脚步不断响起，那座活了的神像就这样直直走向了白璎，手里的长剑缓缓下劈——剑势虽缓，然而力道却是惊人，只听“哧啦”一声，居然有引线已经在剑下断裂。

“出剑！”苏摩凝神控制引线，对背后的女子低叱。

白璎悚然一惊，立刻重新抬头，眼神凝聚——不管对方是什么东西，不管对方是死是活，事到如今她早已不能再犹豫半分，神挡杀神、佛挡杀佛便是！

手中光剑白芒陡生，她低低轻叱，身形一动，如同白鸟掠起，直刺那座雕像而去！“苍生何辜”——剑圣门下的九问气势磅礴，连绵而下，直面洪荒万古。而在所有九问中，唯有此问最为磅礴，大开大阖，为苍生而叩问苍天，悲天悯人之情流露无疑。

以此问来叩问复生之魔，一击可挡百人！

“后土”的持有者和新生的海皇，当这两个人联手，整个云荒之上，又有谁能抵挡？

“咔啦！”就在这一刻，黑夜里却忽然发出了巨大的裂响，有什么东西忽然间碎裂。整个神殿发出了一瞬的震动，仿佛这座虚浮于半空的殿堂就要分崩离析！

“白璎！”苏摩脱口惊呼，看向虚空里持剑下击的女子。

白璎一击已中，宛如飞燕般回翔，折身落回了他身侧。然而，在微弱的光芒里，他们却看到了更加不可思议的一幕——仿佛被无形的力量切中，那座玉石的神像竟然居中裂了开来！

破坏神和创造神一分为二，玉石的切口光滑如新。咔啦的碎裂声里，创造神从破坏神背上脱离，向着另外一个方向迈出了轻缓的脚步。白玉雕刻的女神面容宁静而庄严，手持莲花，眼波微微流转，侧身转向自己的孪生兄弟。

“白……”在女神像转过的瞬间，白璎脱口而出。

白薇皇后！那是白薇皇后的眼睛！

黑暗里那一双眼睛是如此熟悉。那个只有一双眼睛存留的皇后居然在此刻迅速地附身于神像上，趁着后代血裔一剑劈下，生生撕裂了玉石的雕像，获得了暂时的寄生！

在破坏神的长剑下击时，女神神像手腕轻抬，手中的莲花格挡住了滴血的剑。

那一刻，巨大的破坏神停顿住，金色的眼睛闪烁着，看着创造神的纯黑色的眼睛——亘古以来，第一次，背向而坐的孪生双神看到了彼此的脸。

“是你。”破坏神冰冷的嘴开阖着，吐出了长长的叹息，“很久很久……不曾再见了。”

冰冷的石像开启了嘴唇，说出那样温暖而失落的话语，那个在神庙里孤独居住了千年的魔伸出了右手，一寸寸地靠近，似要试图触摸对面女神的面颊。两座石像默默相对，冰冷的面庞上有着人类特有的血肉表情。

时光仿佛在一瞬间凝滞。

这个神庙里，光阴被停止，空间被打乱，七千年来所有一切仿佛在刹那全部重现，又一一成为齑粉，宛如烟火依次无声地绽放和毁灭，华美得令人绝望。

“事到如今，你何必垂死挣扎。”纯白的女神像开口，黑曜石的眼睛里闪过肃然的杀气，手里的莲花格住他的剑，“我是来度你的。”

“破！”在这个刹那，苏摩低叱了一声，十指之间光芒大增，引线陡然化为闪电，萦绕在破坏神雕像四周——与此同时，仿佛心意相通，白璎也是拔剑瞬忽掠起，光剑的光芒宛如雷霆下击，一瞬间穿透了萦绕的光！

“中了！”并力一击后，白璎低叱道，准备提气返回。

轰然巨响中，破坏神雕像霍然化为千片，碎裂的玉石粉屑在神庙内腾起，仿佛呼啸的狂风席卷而来，无数的帷幕猛烈地拂动，宛如水底急流中的水草——奇怪，为什么在她释放出那样强烈力量的时候，没有遇到任何抵抗？

难道说破坏神、魔之左手，在七千年里已经衰弱到如此了？

然而，就在那一瞬，她听到了苏摩的惊呼："小心！"

巨大的金光在神庙内绽放，一瞬间耀住了所有人的眼睛——那些迸裂的碎片在半空中忽然停住、凝滞，然后，在神奇的力量召唤下，以恐怖的速度迅速沿着迸裂的轨迹一片一片返回，转瞬重新拼凑凝聚成形！

"呵呵呵……"低沉的笑声回荡在黑暗的神庙里，魔的眼睛重新出现，闪出可怕的金光。一切完成于一瞬间，在白璎还没来得及收剑回身之前，一剑劈向了她！

白璎脸色苍白，极力后退，尽管她在一刹那将力量发挥到了极致，还是无法避开闪电般斩来的剑锋——在她就要脱出魔之左手的范围之前，那剑齐齐斩入了她的腰间，一瞬几乎把纤细的女子拦腰斩断。

"白璎！"苏摩脱口惊呼。

然而，就在魔之左手要斩断白璎的一瞬，她手上忽然盛放出了巨大的光华！

"后土"神戒发出了耀眼的光华，那种光和她光剑上的光相互辉映，两种力量仿佛被合并了——先天血液里继承的"护"之力量和后天剑圣门下继承的九问剑法相互激发，一时间，她全身都笼罩在强烈的剑气下，居然将那把几乎已经要切断她身体的巨剑生生逼了回去！

跌落在地面上的女子随即敏捷地站起，发现身上居然没有丝毫血迹，不由得有些愕然，随即握剑后退，和同伴并肩而立，低声道："我没事。"

"嗯。"苏摩只是低低应了一声，声音却有些颤抖。

他极力控制着虚空中的引线，那些若有若无的线依然停留在空中，密布于魔的周身，凝聚成一道屏障——然而，他的手却在不易觉察地微微发抖。

是的，虚空里，有看不见的黑色光芒，如同活了一样，从线的另一端侵蚀过来，逐步逼近他的手指！

"很奇怪，他的力量时断时续——有时候空空荡荡，但有时候却充盈到可怕，"白璎通过念力在心底向他传话，眼睛却是一瞬不瞬地看着那座重新凝聚的雕像，"苏摩，你千万小心……它的力量太诡异，根本无从判断。"

"嗯。"苏摩依然只是应了一声，收紧了引线。

他在竭力控制着这张网，让那个东西不至于逼近。然而，那些从魔身周燃起的诡异黑色光芒，却沿着引线一分分悄无声息地渗过来，蔓延到了他的指尖。他手指微微一颤，没有松开。

“不过，也真是奇怪，他方才的攻击居然没有对我造成伤害……”白璎诧然低语，心中渐渐开始安定振作——或许，对方也只是虚张声势？毕竟过了几千年，作为破坏神的魔也该衰弱得很了吧？

苏摩没有看她，手指缓缓收紧，黑暗的室内一张无形的网重新收拢。

那些活了一样的黑色光芒，已经浸染到了他的双手——然后，仿佛闪电一样地蔓延，透过他的指尖、双手、手臂、肩膀，迅速渗透上去。

“出剑。”他只是低声道，“我来困住他。”

“好。”白璎应了一声，心神凝聚，右手上剑芒瞬间大涨，笼罩住了她全身，仿佛人和剑合一，化为了一柄锋芒逼人的利剑！

“快动手！”苏摩心神凝聚，控制着手里无数的引线，一分分调整方位、将对面那个魔物笼罩。那些细微而锋利的线，在魔的周身布下了天罗地网。

然而，就在那一刹那，他眉心忽然闪过了微弱的光。从那道火焰状的伤痕里闪现出了黑色的光，仿佛是颅脑深处有什么霍然被点燃了！

黑暗里，两双眼静静凝视着并肩战斗的两个人，却没有动——纯黑的眼眸里带着某种赞赏和悲悯；而金色的眼眸里，却是复杂辽远得看不到尽头。

“看啊……”石雕开阖着嘴唇，魔吐出了低语，“她多像你，阿薇——让我来看看七千年后，你的传人的力量吧！”

那一个瞬间，魔忽然动了。它周身那些密布的引线随之勒紧，死死限制住它的一切举动。魔低声冷笑，金色的眼眸里放出黑暗的光，看着布线试图控制住自己的蓝发鲛人。

“愚蠢啊……有着这样黑暗的灵魂，居然还敢走到我面前来？”魔举起了手，仿佛冥冥中召唤着什么，“你难道不知道在我身侧，所有罪恶都将觉醒和蔓延吗？”

在魔举手的刹那，虚空里的引线全部被牵动，然后仿佛奇迹般地，那些引线上忽然涌动着黑暗的火焰，一路迅疾向着苏摩烧了过来！

他的双手，在刹那间被黑色的光芒侵蚀，变得漆黑如墨。然而，无论如何，他都没有松开手。引线贯注了极大的力量，死死限制住了魔的行动。在看不见的光网外，白璎剑出如流星，毫不犹豫地飞掠而至！

“海皇啊，你心里蛰伏着如此邪恶的灵魂，居然还敢靠近黑暗的源头？”在黑色火焰燃烧的刹那，魔吐出了微笑的低语，诱惑而邪异，“来吧，蛰伏的黑暗灵魂！出来吧，让这黑暗的火焰燃尽一切你所憎恨的！”

在白璎再度一剑洞穿石像心脏的刹那，魔举起了双手，完成了召唤。

半空中的引线齐齐一震。苏摩忽然间松开了手，十指掩住了眉心，仿佛受到出其不意的一击，霍然弯下了腰去，踉跄跪倒。他死死捂着眉心，仿佛那里有火焰即将烧透颅脑。

在难以克制的剧烈颤抖中，有低低的呼声从他嘴角吐出：“阿诺！”

“苏摩！”白璎一击回首，失声惊呼——没有人比她更了解他的性格，能令他低呼出声的不知道是怎样的痛苦！

“苏摩！苏摩！”那一瞬，她已然顾不得什么破坏神，回身狂奔而去，只盼来得及阻拦。然而，在奔到他面前三步开外时，她却猛然一个踉跄——虚空中，居然瞬间凝出了一道无形的屏障，瞬间将她阻隔！

“别过来！”跪在地上的人蓦然伸出一只手，阻止了她，“别……别过来！”

“苏摩！”她惊骇地看着他——他的手！那只手，居然已经成了漆黑！

苏摩虽然松开了手，然而十指上的引线却没有因此脱落，反而仿佛活了一样自动地卷住了他！那些引线悬浮在虚空中，上面有火焰状的黑色光芒沿着线一路逆向燃烧而来，将傀儡师包裹！

“别过来……”他伸出手，嘶哑地开口。

然而，在他松开了掩着额头的手时，她却震惊地看到，他眉心的刻痕里，竟然有火焰隐隐透出！那种颅脑里燃烧的火焰，隐隐透出极其不祥的气息，令她悚然心惊。

“你怎么了？”她试图冲破那道阻拦的屏障，去到他身侧。

“是阿诺。它又要……又要出来了！”苏摩喃喃道，深碧色的眼睛里转过憎恨的表情，“它被召唤出来了……真是恨不得把它，连着我自己的灵魂一起烧得干干净净啊……你、你千万不要过来！”

“不！”她竭尽全力一剑劈下，击破了他的结界。

“苏摩！”她冲到了他身侧，不顾一切地俯下身去抱住他的肩膀，急切而战栗，“你怎么了？怎么了？”

他的身体冰冷而颤抖，仿佛琉璃般脆弱。他死死地摁住眉心那个刻痕，极力压制着身体里某种即将破壳而出的力量，身体颤抖得如同风中落叶——这一生里，她从未看到过他有这样的表情。

白璎惊慌地抱住了他的肩膀，俯下身去查看他的情况。

“别过来！快走，危险！”在她接触到他的一瞬，他爆发出了愤怒而惊怖的嘶喊，松开了双手，毫不留情地一把将她推开。

然而，已经晚了。

在他松开手的瞬间，她清楚地看到有黑色的火焰从他眉心的刻痕里瞬忽燃起，只是一个眨眼就蔓延开来！黑色的火焰，由内而外地吞没了他！

同一时间，半空里的引线忽然间起了一阵莫名的痉挛，那些线仿佛被看不见的力量操控了，向着各个方向错综复杂地交错拉扯而去——他的手被那些引线不由自主地牵动了。

只是一个瞬间，那些引线就反过来控制了主人！

“快走！”苏摩对着她厉喝，然而短促的两个字未曾说完，他的眼睛却变成了黑色！颅脑里的黑色火焰终于由内而外地透出，夺去了他的理智。半空中那些引线无声无息地交错，通过十戒牵动他的双手，传达着来自另一端的杀戮信息。

他漠然地站起，双手交错，无数燃烧着黑色火焰的引线在他掌心汇聚。

仿佛一只被引线牵引的傀儡，傀儡师毫无表情地踏出了一步，对着一步之外的白衣女子挥出了一道死亡的弧线！

黑色的闪电割裂了一切。

神庙里的光芒盛放了又熄灭，然而这一切下面战斗中的人却无法顾及。

云焕在白塔之上与龙神搏斗，高天云涌，四方风动，呼啸而过。龙神化为金色闪电，一次次地下击，与此同时那个身躯不全的人也在挥剑。迦楼罗还是没办法动，然而却放射出金色的光，摧毁一切靠近它的东西。

云焕站在金翅鸟的巨翅上，凭借着机械的屏障与对手交锋，渐渐只觉得透不过气——对方的力量是如此强大，几乎令他难以承受，数百招过后，他只能勉力与对方周旋，甚至一步也无法离开迦楼罗身侧，更不用说还击。

心中渐渐涌起不可抑制的烦躁和愤怒，他呼啸了一声，霍然仰头。

破军呢？！它在何处？为何还不绽放光芒？！

付出了那么大的代价，不惜舍弃了一切，本以为自己将得到世上无双的力量，从此可以随心所欲地支配云荒上的一切，清算所有的罪恶，血洗所有的屈辱。不料，刚刚迈出了一步，就遇到了如此强劲的对手！怎么可能？怎么可以？

云焕的眼神渐渐狠厉，如狼一样长啸，看着天空中缓缓转动的北斗。

漆黑的夜空里，星辰还在移动，牵引着大地上的无数命运——为什么？破军的力量为什么此刻还没有完全被他掌握？

“龙，他在呼唤力量，”真岚急促低声道，“黎明前必须结束战斗！”

否则，太阳一出，冥灵军团便会如同冰雪般消融。

“知道。”龙神低吟了一声，迅速下击。然而，毕竟被封印了几千年，又失去了如意珠，海国神祇的力量也大不如昔；而背上的那个人身上的六合封印更是尚未解开，连五体尚不齐全，更不用说恢复帝王之血的全部力量。

就算双方合力，一时间竟也难以将迦楼罗保护下的云焕置于死地。

高天之上风起云涌，无数巨大的力量在交锋，激烈而狂暴。诸天星辰黯淡，唯有破军发出血一样的光，缓缓逆转——而东南角一对并行而来的双子星座流出雪亮的光，竟然冲入了北斗的分野。星盘大乱。

只不过一个时辰便该天亮。然而，这个夜晚，竟仿佛长得没有尽头。

那笙在地上奔逃，躲避着无数从天而落的火。

那些火，一朵一朵都是燃烧着的生命。一架又一架风隼被迦楼罗摧毁，拖着长长的火舌从万丈高空坠落，掉落在帝都的地面上。到处都是火光，到处都是轰然爆炸的巨响，到处都是燃烧的房子和奔逃尖叫的人群！

苗人少女跟着那条文鳐鱼急速地逃，穿越那些天火和地火。

好几次，她几乎在火场旁迷了路，多亏了文鳐鱼及时的回身引领，那笙气喘吁吁地追随着那一尾白光，看着那条通人性的鱼儿灵活地飞来飞去，从火海内绕出一条安全的路来。

奇怪……在火里飞进飞出，它为什么不会变成烤鱼呢？跑得气喘吁吁的时候，那笙还是忍不住好奇地想，一边跑一边走神。

就在那一瞬，她撞到了墙。

“哎呀！”她捂着额头跌倒在地，昏头昏脑地想要爬起来——然而，她忽然呆住了，就这样坐在地上，怔怔地抬头看着眼前那面白色大理石砌筑的墙。

巨大的石墙光洁挺拔，从眼前一直往上延伸……一直延伸到视线的尽头。白色的石墙尽头，是金色光芒，衬托在漆黑的夜幕底下宛如旭日。

那……那是什么？这里，竟是伽蓝白塔！

她、她居然没有往城外跑，反而不知不觉跑到了塔底下来了？

白塔的基座下空无一人，只有坍塌的废墟堆叠，其间暗暗燃烧着火，充满了不祥的气息。那笙惊呼着四顾。飞鱼呢？那条该死的飞鱼呢？那个家伙不但没有正确地带她逃离战场，居然一路把她领到了白塔下了！

白塔断裂了一半，此刻依旧不断有碎石从高空掉落，重重砸落在塔基旁。

那笙生怕被巨石砸中，连忙手足并用地爬开，一边逃一边呼唤着那条文鳐鱼——然而，那个龙神的信使此刻仿佛忽然从火海里蒸发，消失得无影无踪。

她再也顾不上什么，一个人拔脚跑开。

“小心！”忽然间背后有人轻叱，一只手伸过来，一把拉住了她的后襟。被猛烈一扯，那笙陡然失去了平衡，整个身体往后栽倒——同一时间，一块巨大的石头从天而降，擦着她的发丝砸落，震得大地剧烈抖动。

那笙吓得脸色苍白，身体在一扯之下不受控制地往后仰跌，脊背仿佛碰上了墙上的一扇门，门顺势而开，她顿时骨碌碌地滚落下去。一时间天旋地转，直到身体撞上了一堆软软的东西才止住跌势，吃力地抬起头，发现自己已然到了一个不知何处的密室里。

她抬手撑地，挣扎着想起来，然而触手之处黏腻而温热——她忽然明白了什么，触电般往后退，在高窗照进的微弱光线中抬起手掌。

血！果然是血！

地上堆满了尸首，腥味弥漫在这个秘密的甬道内。那笙失声惊呼，来不及多想，沾着血的手指已经在地上画出了一个圆弧，迅速地布置从书上看来的符咒。

“不用怕。”一只手伸过来，捉住了她的手腕，“不是敌人。”

那笙一惊抬头，微弱的光线中她看到了一双碧色的眼睛，冷冽而宁静，不带丝毫敌意——这、这是……鲛人？方才拉了她一把的，居然是一个蓝发的鲛人！

沿着台阶，站着一排鲛人战士，一个个身形高挑，束发披甲，手里握着锐利轻便的武器，在台阶上分成两列，严阵以待。他们的脚下横七竖八地躺满了尸体，看装束，居然全部是沧流帝国的战士。

那笙只看得发呆——怎么回事？这里是白塔底下的什么地方？怎么会忽然冒出那么多的鲛人？他们……他们来这里干吗？

不等她弄明白，眼前有白光游弋而过，而定睛看去，却是那条忽然消失的文鳐鱼。

“你！”那笙一把揪住了鱼的尾鳍，怒斥道。

文鳐鱼吃痛，噼里啪啦地拍打着双鳍，扭动挣扎，“啪”的一声居然卷起身子用尾巴甩了她一巴掌。那笙更是恼火，手指一错，捏了一个刚学会不久的诀，便要从虚空里捕捉那条不称职的引路人：“该死的臭鱼！你看你把我带到什么鬼地方来了？”

“是那笙姑娘吗？”忽然间，黑暗里响起了一个清冷的声音。

那笙吓了一跳，等她侧头看去时，就看到黑暗的走廊深处，有一点浮动的光芒缓缓逼近——灵珠托在来人手心，青碧色温润的光芒里，显出一个女子曼妙的身形。

“你是……”她讷讷地看着这个出现在塔底密室的蓝发女子。

“我叫碧，是复国军暗部的人。”那个鲛人女子悄然来到她面前，躬身行了一个礼，“文鳐鱼向我传达了龙神的命令，让我来迎接你。”

“碧？”那笙明白过来，“噢，你就是龙神说的复国军战士吗？”

碧微微点头，提着一物从黑暗深处走出，另一只手里有皎洁的光华。

那笙好奇地看着她——这个女子如此温婉秀气，怎么看也不像是会握剑的战士啊！真是奇怪，外头都打成那样了，白塔随时随地会崩塌，这个复国军的战士，此刻跑到白塔底下来做什么呢？

然而，就在这个刹那，她看清楚了碧手里提着的东西，不由得失声惊呼。

碧从塔底走出来，一只手里握着一颗灵珠，照亮道路；另一手却吃力地提着一个五尺长、三尺宽的匣子——那个匣子是玉石雕刻而成，周身布满了繁复的符咒，仿佛在白塔倒塌时受了损伤，外表裂开了一条长长的缝隙。

这个匣子看起来并没有什么特殊，然而那笙只看了一眼，就觉得心脏狂跳起来——那、那是什么？那个匣子，怎么看起来如此眼熟？这种花纹，这种符咒，她之前已经在云荒大陆的各个角落看到过好几次！

“大家快走吧，”碧吃力地将那个匣子抱在怀里，对其他人开口，“白塔被撞得厉害，说不定马上会彻底倒塌……我们得快些。”

“是！”鲛人战士们纷纷领命。然而那笙却没有动，直直盯着她手里的东西，忽地叫了起来：“六合封印！这是埋在白塔底下的封印……是那个臭手的身体！怎么会到了你的手里？”

碧同时也变了脸色，霍然住脚，转身凝视着这个异族少女——她是谁？龙神托付她看顾的到底是谁？怎么能一口就说破了石匣的来历！

“你拿臭手的身体做什么？”那笙脱口而出，看着鲛人女子，“你……你准备拿他怎样？快给我！”

她握紧了双手，摆出一副警觉的模样，如果对方想对真岚的身体做什么坏事，她就准备冲上去阻止——然而，她却忘记了自己手上此刻已经不再有“皇天”神戒，也不可能再有什么力量可以临时庇护她了。

看着这个宛如小小斗鸡一样的女孩，碧冷冷回答：“海皇陛下吩咐我潜入这里，拿到这个匣子——我并不知道里面是什么，也不可能把它给你。”

按照海皇的吩咐，她将十戒的最后一枚被埋在了白塔底下，在苏摩全力一击破除九障封印之时，白塔根基上的封印也已同时被损坏。海皇在临去塔顶神殿之前将龙神的如意珠交给了她，并吩咐她设法进入白塔下的塔底密室，不惜一切代价夺取这个石匣——

这本是颇为艰巨的任务，她调动了帝都可以调动的全部同族战士，甚至已经做好了牺牲的准备。然而却不料今晚正好发生了如此大事，白塔被撞毁，帝都动荡，到处一片混乱，塔中守卫空虚，所以她几乎没有费太大力气就进入了密室。然后，在地宫的最深处，顺利地找到了这个被砌筑在墙壁里的石匣。

“海皇？”听得她的回答，那笙却是一愣，“你是说苏摩吗？”

“是。”碧有些诧异，“你认识陛下？”

那笙吐了一口气：“那当然！我们很熟呢！对了，你知道炎汐吧？”

碧有些不可思议地看着这个大言不惭的少女，然而脸上的表情也渐渐温和下来：“我当然知道左权使炎汐——莫非你也认识他？”

“当然！”那笙仰起了头，眉目间都带着笑意，“他是我的人！”

“啊？原来是你？”碧不作声地吸了一口气，恍然道。原来是她？那个复国军传说的迷上了左权使的苗人姑娘？那个戴着“皇天”的女子？

然而，她的态度却忽然间又变得强硬起来，冷冷看着她：“可是，你手上怎么没有‘皇天’神戒？你不是一路都和空桑人在一起的吗？怎么忽然又要我们海国来庇护？”

那笙很是敏锐，发现了对方眼里的敌意，一时小孩子心性泛起，带着抵触的情绪昂然抬头，也不肯好好回答对方问题，只哼了一声：“你管我来这里干吗？反正那条龙吩咐你照顾我，你敢不听？”

碰了一个钉子，碧眉头微微蹙起，有些怒意。然而很快又平复下来，淡淡道：“你说得对，我必须听从龙神的命令——赶快跟我出去，我要带你去安全的地方。”

“去安全的地方？”那笙一边跟上去，一边问，“哪里？”

“回镜湖复国军大营。”碧吃力地抱起那个石匣，小心翼翼地背在了背上，“反正海皇也命我拿到石匣，立刻送回去交给炎汐——你就跟我一起去吧。”

“炎汐！”那笙一声欢呼跳了起来，“带我去见炎汐？”

真是太好了……居然很快又能见到炎汐了！上次她戴着“皇天”，前去复国军大营时很不受欢迎，匆匆一见便又分离，甚至没办法和他好好地说上几句话。而这一次，有了海皇和龙神的双重命令，对方应该不会再把她赶出去了吧？

看了欢呼雀跃的女孩一眼，和炎汐共事多年的暗部女战士心里微微诧异。左权使向来沉稳内敛、做事老练，怎么会喜欢这个张牙舞爪的小孩子呢？

然而，她只是在文鳐鱼的带领下转过了身：“那么，走吧。”

“哎呀，大姐姐，你真是好人！”那笙心情大好，瞬间对碧转了印象，一路上跟在后头讨好地喋喋不休，“姐姐你累不累？我来帮你抱好了！”

“不用。”

“啊？那么……那颗珠子我来拿，替你照路，好不好？”

“不用。”

“呃……那么，那么……要我帮忙做什么姐姐尽管说！”

“能安静一些吗？别引起沧流人的注意！”

“啊？噢，好吧。”

一行人匆匆地离开了白塔地宫，消失在血火映照的夜色里。

而头顶万丈高的天空里，激烈的战斗还在持续，华丽的术法一个接一个使出，力量的交锋如同波涛汹涌冲撞，在漆黑色的夜幕里，绽放出漫天烟火般的色彩。

那笙怔怔地看了天空片刻，露出无可奈何的表情。唉……那只臭手的身体，还在这位鲛人姐姐手里呢。他们在那么高的地方打斗，天空里笼罩着那么强大的结界，没有了“皇天”的帮助，她是无论如何也无法把这个石匣封印解开，把身体送还给他了……

臭手啊臭手，你可千万别有事才好。等你平安回到了镜湖底下的无色城，我一定说服炎汐把你的身体还给你。

星辰以人眼可见的速度在逆转，北斗指向南方，破军光芒时明时灭。

而断裂的白塔上，那一场旷古未有的战斗还在继续。

巨大的迦楼罗金翅鸟静静停着，在冷月下放出冷冷的金属光泽。而飞鸟的翅膀上，飞龙萦绕，剑光穿梭，仿佛雷霆闪电交会。

轰然巨响之后，人影乍合又分。云焕身子一晃，霍然倒退了三步，依然无法止住去势，踉跄单膝跪倒在金色的机翼上，抬手撑着地面，剧烈地喘息，有鲜血从他的唇角滴滴坠落。迦楼罗在微微战栗，仿佛感知到了滴落鲜血的温度。

云焕眼里的金光时明时灭，难以为继，然而杀气却愈发重了——不行……现在这样的情况，以一对二，他根本没有获胜的把握。

再这样下去，不等天亮，就会被杀！

“潇！潇！”他扬起头，厉声呼喊傀儡的名字，“让迦楼罗动起来！”

“是。”迦楼罗传来了低微的回应，似乎在极力地挣扎，试图振翅而起，却无法摆脱重创后的衰竭。云焕在金色的巨翅上抬头仰望苍穹——黑色的天幕里，北斗尚自围绕着破军缓缓转动，星野变幻莫测。

怎么回事？他已然舍弃一切，为什么还没有彻底得到智者许诺的“那种力量”？！

“还没办法凝聚吗？”一击之后，龙神再度返身，沉声询问真岚。与此同时，巨龙的爪子一伸，及时钩住了那一只掉落的右足，甩回了背上。

“还没办法。”龙背上，那颗头颅沮丧地喃喃，“或许等日出后，我的力量会充盈一些。”

为什么总是在关键时刻，自己这个身体成了最大阻碍？

“不能再等了……必须趁着破军尚未完全觉醒时消灭他！”龙神发出一声长吟，俯视着金色翅膀上聚气成剑、严阵以待的沧流军人，“再等一会儿，可能迦楼罗就完成自我修复了。”

然而，就在商榷对策的那一刻，他们忽然听到了头顶巨大的轰鸣！那是旷世力量交锋时，因为相互撞击、湮灭而发出的恐怖声音——无论是龙神、真岚还是云焕，都在那一刻不由自主地抬头看天，流露出震惊的表情。

这……这是什么？万丈高空上虚浮着一团炽热的光芒，仿佛夜里忽然升起了一轮旭日，与高空冷月相互映照！

神庙在燃烧。

日月同现于苍穹之下。

第十五章

千年

在那一击袭来时，白璎根本无法躲避。

她只是怔怔地站在那里，看着那个最熟悉的人对自己发出了必杀的一击。那些锋利的引线呼啸而来，在半空中忽然凝聚成一束，直取她的心脏！

只有一步的距离。

“后土”神戒发出了璀璨的光华，展开屏障护卫着主人。背后的黑暗里有个人低低笑了一声，一道金光激射而来，压住了“后土”的光芒，黑暗和白光纠缠在一起。

引线继续呼啸而至。

魔！是魔在操纵着一切，要让他们两人自相残杀地死在这里！

白璎竭尽全力想要退避，然而一步的距离实在太近，她根本无法在这一瞬间做出有效的防卫。她眼睁睁地看着那一道死亡的光呼啸而来，刺入了自己的心口——刚刚凝聚回血肉之躯的身体裂开，鲜红色的血飞溅而出。

那张冷漠的脸近在咫尺，邪异而苍白，黑暗的双眸黯淡无光。他周身燃烧着无形的黑色火焰，那种火焰是由内而外出现的，瞬间将他吞噬。

在这一刹那，她只觉得恍惚，眼前的一切仿佛和百年前重叠了。

苏摩……在最后的一瞬，她脱口喃喃，下意识地伸出了手。苏摩！

引线呼啸而来，洞穿了她的心脏，从她背后透出。他因为巨大的冲力而急遽前进，止不住身形，撞入她展开的双臂中间。在刺穿她心脏后，他停住了，就这样静静地停在她的双臂之间，无声无息，仿佛死去。然而她却能够听到他体内那个狂笑的声音，细细的，尖厉的，如此得意又如此酣畅——那，应该是他那个始终不肯消失、满怀仇恨的孪生兄弟吧？

阿诺……到了如今，你可满足？

在刺杀完成的一瞬，那些黑色的火焰都熄灭了。阿诺从他体内悄然撤离，将这个身体的控制权还给了孪生兄弟，残忍地旁观接下来的死亡。

在眼里黑暗退去的瞬间，苏摩怔在了原地，无法说话。她却仿佛感觉不到疼痛，只是张开了双臂，贴近了他，轻声呼唤："苏摩，苏摩。"

没有想到，一百年后，我居然第二次死在了你的手里……难道，你就是我始终无法摆脱的宿命诅咒？

那一瞬，她觉得从未有过的疲惫和坦然，所有的坚持和守望都颓然溃败，仿佛一片到了季节从树梢落下的叶子，准备随着湍急的水流漂流远去。

真好……真好。就这样结束，也是不错。

她颓然地倒在了他怀里，紧贴着他的胸口，感觉他冰冷的身体正在被她心口滚烫的热血温暖。

苏摩怔怔看着她，双手保持着一击过后的姿势，不知道神志是否已然恢复，脸上却毫无表情。她只觉得他的身体开始渐渐发抖，抖得如同风中的落叶。

"我，我又……"她听到他开口，握着引线的双手剧烈颤抖。

"别动，别动。再动的话，血会流得更快。"她低声喃喃，因为苦痛而抱紧了他，"不必抱歉……要知道，这个新的身体，本来也是你给我的。"

苏摩不敢再动，双手仿佛凝固了，在黑暗的神庙里僵硬着。怀里的人是如此的温暖宁静、洁净美好，简直和他来自于两个世界——那么多年来，他一直是在这样的纯白色光芒下自惭形秽的吧？怀着那样黑暗的一颗心，又怎敢靠近？

白璎在黑暗里沉默，感觉最初一阵撕心裂肺的剧痛后，身体居然渐渐麻木，再也感觉不到疼痛——是死亡即将来临了吗……这个刚刚新生不久的身体又要再度毁灭了？

她没有觉得恐惧，只是平静坦然地注视着这一切。没关系，百年前她已经死过一次，百年后，也不吝于再死去一次。

黑暗中，苏摩仿佛也渐渐平静，身体的战栗奇异地悄然停止。

她忽然感觉到一双手迟疑着抬起，从背后抱住了她，缓缓收紧——那双手是那样的冰冷、那样的颤抖，却又那样的用力，坚决而确定地将她拥入了怀里，再不肯松开分毫。那一个濒死间的拥抱，几乎令她窒息。

“对不起。”一个声音轻声道，恍惚间穿越了上百年才传到耳畔。

她忽然一惊。对不起？这是做梦吗？居然真的有一天，他会亲口对她说出这三个字！

不，不用说对不起。从来，我就没有责备过你啊……白璎攀住了他的手，想抬头对他微笑，却听到了身后魔的狂笑——那样得意而狂妄，带着操纵生死、毁灭一切的睥睨。神庙里的黑暗气息越来越浓重，仿佛要吞没这个六合间的一切！

她悚然一惊，极力凝聚自己溃散的神志。

不，魔还没有死！如果她就这样死去的话，还有谁能够遏止它？不可以就这样半途而废，否则，也太过于不甘了啊……怎能就这样罢手！

“苏摩！”她霍然抬头，在他耳畔低语，“我身体现在好像还能动，还有再出一剑的力量——来，帮帮我，一起把它给封印了吧！就趁现在！”

然而，苏摩却没有说话。她诧异地看向他，却发现他略略抬起头，凝视着虚空中的某处，似乎忽然有一瞬的失神。瘦削的双手停在她背部，有略微的颤抖。

“怎么了？”她低声问，发现对方的神色有些异常。

外面夜空里战斗正酣，不断有风隼拖着长长的火光坠向大地。神庙里一片寂静，只有魔带着狂妄的低沉笑声一步步地逼近。

同伴尚未有回应，白璎再也不能等待，毫不犹豫地倒退了一步，霍然转身。

一步之后，她就退出了他的怀抱，洞穿心肺的引线从她身体里抽离——然而奇怪的是，居然没有血流出来。在离开了她身体后，她身上的伤口迅速愈合、平复，只是一眨眼便仿佛什么痕迹也没有留下地消失了！

这……这是怎么回事？她惊骇地看着自己身上的变化。然而，背后迫近的杀机已令她没有时间多想。

“动手！”忽然间，那个沉默的人开口了，急促而决断。

黑暗里仿佛忽然有万点星辰亮起，苏摩忽然动了，动作快如疾风闪电。从他的十指之间闪耀出了千万道引线，只是一瞬间就在神庙内织出了重重的网，将正在移动的破坏神石像如茧般包裹起来！

仿佛心有灵犀，同一时刻白璎应声点足，合身飞掠而去，将所有力量凝聚在了右手上，一剑刺向了那个魔——“后土”神戒回应出了极灿烂的光华，上古传承的力量涌向她的手指，光剑上吞吐出凌厉的光芒，在一瞬间割裂了黑夜！

“你！”那一瞬，魔仿佛明白了什么，发出震惊的低呼，“你居然……”

巨大的力量交锋令一切四分五裂。耀眼的光从神庙内四射而出，炫住了每个人的眼睛。光芒的中心，有一个高大的人影在一分分地崩溃——那是魔的石像，正在一片一片由内而外地碎裂！

将所有力量凝聚在一剑、完成最后的一击后，白璎剧烈地喘息，却不敢拔出自己贯穿在石像上的光剑——因为生怕一抽剑，这个魔鬼便会如同前面上百次一样，再度凝聚成形。

她不敢抽出剑来，却衰弱得几乎无法保持光剑里凝聚的剑气。

身上的伤口已经莫名其妙地愈合了，然而她却依然觉得力量在一分一分地枯竭——经过那样长时间的交锋，连“后土”神戒的光芒都已经微弱下去。

“苏摩，苏摩，”她低唤，“接下来怎么办？”

然而，背后的人没有回答她，只有高天上的风灌入四分五裂的神庙，发出奇特的、宛如歌吟的长短声音。

白璎不敢分心回头，心却一分分冷下去：“苏摩？”

还是没有人回答她。

“不要松手！”在她几乎忍不住要不顾一切回头看时，耳边传来了白薇皇后威严淡漠的声音，“‘后土’的力量和魔相生相克——你要用力量一直压住他，直到他的实体和魂魄完全湮灭为止，才可以撤剑！听见了吗？”

“是。”她低声回答，感觉心底有沉沉的冷意。

可是……苏摩，苏摩怎么了？为什么他不说话？

佩戴“后土”神戒的手握住了光剑，贯穿了魔的身体。在神之右手的力量下，魔的石像在持续地崩溃，盛大的金光由内而外地发散而出，将整个神庙笼罩，似乎一颗太阳在迅速地燃烧——那样强烈的光线仿佛割断了时间和空间，将此处的一切笼罩在无始无终的无限寂静之中。

“原来你……呵，”魔金色的眼眸穿过了白璎的肩头，看着她身后的人，喃喃道，“了不起。”

然而，苏摩还是没有回答。

魔的石像在崩溃，而神的石像在一旁静静地凝视着碎裂中的孪生兄弟。

“琅玕，你早该知道会有这样的结局。”女神开启了冰冷的双唇，吐出这样的话语，纯黑的眼里没有表情，“为何还要挣扎？是否心里尚有不甘？”

魔发出了低低的笑，没有回答，金色眼眸里有她所不熟悉的表情。

石像被白璎那一剑钉住，从脚底开始一片片地迸裂、散开，在虚空中宛如花火消散。那些碎片落到了女神像的脸上，宛如刀锋般锐利。女神像冰冷而光洁的脸颊上，忽然滑过一道殷红色的痕迹——黑曜石的眼里，居然流出了血一样的泪！

“终于结束了吗？”仿佛是毁灭终结了持续千年的恩怨，盛放的金光里，白薇皇后脸上流露出了凡人才有的哀伤和软弱。

魔的笑声歇止了，金色的眼睛抬起来，凝视着虚空。重重帘幕翻飞，帘幕外映照着无数坠落毁灭的火焰。魔的脸上，忽然出现了某种无法说出的表情。

“阿琅，七千年了，我发现我竟从来不曾真正懂得你……从一开始就不懂得。”白薇皇后的声音在虚空里缓缓传来，“那么，结束之前，总应该让我明白吧？”

身体在不断地溃败碎裂，魔转过了眼睛，看向了一旁的神，不易觉察地低了一下眼帘，做出了首肯的微妙示意。

白薇皇后微微叹息：“琅玕，我在九岁之时遇见你，从此一直相随。二十一岁嫁了你，三十二岁开国登基，三十三岁生了姬熵——但是，多么可笑……衾枕多年，一世夫妻，我却连你是谁都不知道。

“你究竟是谁？

“从一开始，我们就是不对等的吧？在遇到我时，你已然是修行了几千年的云浮人、云荒大地上被称为‘神’的存在——而我，却一直以为你只是个学习星象的十几岁少年而已。

“你本来的出身、心中的抱负，从来不曾对我说起。

“我只知道，越到后来，你便破坏得越多，我便越是恨你。

“我只知道，我必须阻止你！

“天赋予我力量，大约就是为了让我能够在某一日，阻止你毁灭这个天地——那一日，是七千年之前的断指还戒之日，也是七千年之后的今日！”

白璎愕然地看着一步步走近的女神石像——这、这是白薇皇后说的话吗？那个强大无比的、神一样的女人，终于承认了她生命中最大的失败……如此软弱如此无助，仿佛一个迷途的孩子，不知道何去何从，只是执拗地抱着必须归家的执着念头，一路艰难地走到了今日。

走到那个人的面前，问出一句为什么。

魔没有说话，只是看着她，眼里流露出高深莫测的表情。

“可是我想知道，在你心里，到底是怎样想的？

“七千年前，你遇到我，引领我，陪伴我，令我一生与众不同——到底是为什么？你为何要获取力量？为何要统一云荒？为何要锲而不舍地建造白塔……这些，我都不明白。”

神像缓缓走来，白玉般的脸上有着两道殷红色的血泪，触目惊心。

魔的石像在一分分地碎裂、崩溃、消失……然而在那种破裂上升到颈部时，仿佛终于苏醒了，魔金色的眼睛里忽然有了表情流转，凝望着对面女神的石像，露出一种诡异的、似笑非笑的表情，翕动了嘴唇：“为什么？琅玕他当然是爱你的啊……他已经在这里，等待了你七千年。”

低沉的声音吐出时，所有人悚然动容——变了！这个声音，忽然之间变了！

“你……你是谁？！”女神的雕像霍然抬头，纯黑的双眸里露出惊骇的表情——魔的雕像开启了嘴唇，吐出低语。然而那个声音却是完全陌生的，根本不是琅玕本人！

在那个破坏神的石像里，到底藏匿着怎样的灵魂？

“我是谁？”魔在低低微笑，“我是破坏神啊……”

“不，你不是琅玕！”白薇皇后声音惊惧，“琅玕呢？”

“琅玕？”魔忽然大笑起来，“琅玕在这里呀！”

巨大的石像动了起来，尚未完全碎裂的左臂一分分地上抬、弯曲，将冰冷的手放在了胸口正中——魔的雕像在微笑，金色的眼睛里闪着说不出的诡异："琅玕他就在这里呀……你说的每句话、每个字，他都听得见。只是，现在，暂时还轮不到他来说话。"

"你究竟是谁？"白薇皇后诧然，眼里有杀气。

"我是谁？还不明白吗？"魔将手按在了胸口正中，唇角露出讽刺的笑意，"如果一定要我说我是谁——那么，我是空桑上古的御风皇帝；是空桑始祖怀仞皇帝……同样，我还是空桑毗陵王朝的开创者、云荒的统一者：星尊大帝——琅玕！"

白薇皇后惊住。

金色的眼眸在微笑，魔低语道："是的，魔和神一样，没有实体，只能以各种形式存在于世间，在冥界成为鬼怪，在荒野成为妖兽，在人间则侵入人心。

"魔可以千变万化。而和神一样，我也更偏爱使用人的躯体——万年以来，一共有三个伟大的空桑君主与我共存。他们都先后成为我的寄主，享受了我带给他们的力量和权势，也付出了灵魂和身体的代价——然后，因为人类肉体无可阻挡的衰老，而失去了躯壳，只余下灵魂成为祭品，永世不能离开。

"一万年前，当怀仞皇帝的躯体不堪再用的时候，我没有及时找到合适的寄主，不得不被封印在了镜湖的中心。

"我等了很久很久……一直当你们两个人在镜湖中心打开封印，将我释放，我才选择了新的寄主。我附身于你丈夫的身上，一直到了今天。

"你看，那些人出于各种目的与我交换了契约，付出的代价，就是渐渐失去了自我。

"为什么人类总是那样自信，以为凭着自己的意志便可以遏止我，便可只享用我的力量而不必付出代价！多么可笑……个人微小的意志力，又怎能和神魔抗衡？

"你的丈夫是云浮翼族，修炼千年，术法高深，便以为自己成了神。他从镜湖中心将我从上古封印里挖出，占用了我的力量，却始终觉得自己可以控制这种力量——可是，最后呢？

"呵呵……你看，他连你都杀了。"

魔低低地冷笑，将亘古的谜团逐步揭破。白薇皇后的眼睛里流露出震惊和恍然的表情。原来如此……原来居于云荒最高处，一直操纵着大陆命运的，不是琅玕，也不是十巫，而是这个拥有毁灭力量的破坏神！

任何凡人的力量都是微小的，哪怕是一时无双的英雄。

千年后，唯独存留不灭的居然唯有魔性！

魔看着一旁的女神雕像，金色眼里也闪过一丝诧异："奇怪啊……既然当初你传承了'后土'的力量，我妹妹应该也在你身上寄生才是——可是，为什么现在看来，你依旧是个'人'，而从来不曾展现出'神'应有的一面呢？"

魔喃喃自语，闪过寂寞的表情："她去了哪里？她莫非是已经将自己和天地同化，融入了时空？在我苏醒过来之后，在这个六合之间，再也感觉不到'她'的存在了……"

魔低下了头，仔细凝视着女神的雕像，眼里神色闪烁。

"难道，她把创造和守护的力量，全部交给了脆弱的'人'来保管了吗？她相信人可以自己掌控这种力量，平衡这个天地，而不愿再插手人世了吗？真是愚蠢啊……她有和你说过什么吗？"

白薇皇后终于开口了，将手按在胸口，低声道："不，神与我同在——神也与所有人同在。"

她看向魔，冷笑道："就如一粒盐溶化在大海里，它虽然消失了形体，但它会在所有的水中存在，所以她永不会枯竭，也不会消弭——同样地，神虽然没有形体，却将与天地同在，影响着天地万物。"

"……"魔骤然沉默了一下，"原来，她也曾经见过你。"

"神选择了相信人类，将力量散布于天下，藏善念于人心。我不是唯一一个获得她力量的人——有更多人，比如剑圣门下，比如六部之王，都或多或少受到她的召感。一旦邪恶凝聚，魔王诞生，那些守护的信念就会重新凝聚，将其封印！"白薇皇后的声音决断而坚定，面对着魔，一字一句，"所以，不管你化身为何种形式，依附于谁之上，神的力量都会不惜一切阻止你！"

那样的语言，令不可一世的魔也沉默下去。

"看来你说得没错……能说出这样话的不可能是凡人。她定然曾经和你同在过！"破坏神忽然大笑起来，头颅在金光中一片片地碎裂，"她还在……是的，她永远会与我同在！"

“白璎，封印它！”看到魔的一双眼睛还在闪亮，白薇皇后厉叱。

“是！”白璎不敢耽误，立刻凝聚了所有力量，从下而上一剑斜掠，“咔”的一声将虚空中尚未粉碎的魔之头颅劈成了两半！

魔没有丝毫闪避的意图。然而，虽然躯体最后一部分也被粉碎，那双纯金色的眼睛却没有消失。浮在虚空里，在白璎再度挥剑劈来之前看了一眼外面的夜空，流露出诡异的笑——外面天色泛出微微的白，已然是长夜逝去、黎明将近的时分。

北方星野上，北斗逆转已经完成，斗勺换位。

那颗破军，已然发出了旷古未见的血红色的光！

“到时候了。”魔的声音低低响起，“这个身体，不要也罢！”

金光轰然盛放，有一道影子从那个碎裂的石像里四散逃逸，如风一样地消失在夜幕中。那金光是如此强烈，即便是白璎，一瞬间都被刺得睁不开眼睛。只是一瞬，那双眼睛便在金光里消失了，只留下虚空里遥远的一阵大笑——

“想彻底封印我？再等七千年吧！”

金光的盛放只是一瞬，神庙旋即恢复到了冷寂黑暗。高空的风从四处吹来，从破败的户牖之间穿入，发出细微的声音，宛如逐渐剥落破裂的心。

白璎握着光剑站在原地，剑上空无一物，却滴滴垂落不知从何而来的血迹。她被魔消失一瞬放出的金光炫住了眼睛，五蕴六识都被封闭，过了片刻才能感知到外面的一切——然而，在她可以看到东西的瞬间，却发出了低低的惊呼。

白薇皇后！白薇皇后站在那里，看着神庙中的某一处，眼睛里忽然流出了血红色的泪，纵横满面。一时间，雪白的女神玉雕宛如沐血罗刹。

她……她在看什么？白璎不解。然而女神的玉雕只是默默地流泪，整个身体都发出了微颤，定定看着某一处。

“唉，最终还是让他逃了吗？”白璎看着空无一物的房间，喃喃道，有无尽的疲倦和失落——那个魔物已经被他们合力攻击，几乎消灭殆尽。而对方居然在衰弱至极的情况下从容逃脱……难道，对方也早已预先埋下了计划？

对了，苏摩呢？他又怎么样了？她霍然一惊，想起已经许久没有听到对方的动静，不由得回过身，在黑暗的神庙内踉踉跄跄地一路摸索，低声呼唤：“苏摩？苏摩？你在哪里？”

“这里。”终于，一个熟悉的声音低低回应。

白璎惊喜地回头，在黑暗中寻找着声音传来的方向。在卷起帘幕后，借着外面天空中交战的战火微光，她看到了静静靠在神庙柱子上的傀儡师。

苏摩靠着柱子休息，微微阖起了眼睛，似是极疲倦。交叉于胸前的双手上隐约拖下断裂的引线，每一根引线上都有若有若无的血滴落——那一场剧斗里，他也耗费了极大的精力吧？

幸亏，到了最后，他们总算是双双无恙。

“还好吗？”她低声问，掩不住地关切。

“嗯。”苏摩却没有睁开眼，只是简短回了一声，“你呢？”

“我很好。”白璎忍不住喃喃，“真奇怪，居然没有受伤。”

魔虽然衰竭，但力量还是非常惊人，这样一场恶战下来，她居然毫发无损，实在出于原先的意料之外。

苏摩看着她，唇角浮出莫测的淡淡笑意，一闪即逝。

“怎么？”白璎无端地觉得心里一跳，忍不住上前。

“没事。”他以一贯淡漠的语气回答，身子却始终靠着柱子，双手交叉抱在胸前，低垂着头，水蓝色的长发覆盖了脸颊，留下深深的阴影。白璎依然隐隐不安，然而在她准备进一步询问时，却忽然听到了一声低呼——

“阿琅？”

阿琅？这个名字……莫非是星尊帝琅玕？白璎霍然回头，看向声音来处，却看到流泪的女神像正缓缓抬起了双臂，去触摸虚空的某处。

她怔在了原地。白薇皇后……难道疯了吗？

“阿薇，真高兴又能见到你。”然而，空无一物的神殿里，忽然有一个低沉的声音响起，回应着那一声蕴含了复杂感情的呼唤，“如果不是魔在最后一刻解体逃逸，选择了下一任寄主，我可能永远无法出来和你见面了……”

白璎惊诧地看向神殿，然而无论她如何凝聚幻力，却始终看不到虚空里那个和白薇皇后对话的灵魂。

“苏摩，你能看到吗？”她低声问身后的海皇，“她在和谁说话？”

“看不到。”苏摩声音依旧低而轻，“那人的魂魄，应该只有她才能看到吧？”

白薇皇后定定站在那里，看着虚空的某一处，眼神复杂地变幻。旁观者能清晰地看到种种爱憎在女神石像的眼里潮水一样翻涌，惊心动魄。

片刻的寂静，长得仿如千年。

最终，白薇皇后眼里的憎恨和杀意都退去了，只是叹了一口气，眼神温柔，完全不似平日的叱咤凌厉：“阿琅……原来，你老了后是这个样子。”

虚空里的声音微笑：“是的，我比你多活了五十年，放弃这个躯体的时候已经耄耋——而你还是如此美丽，一如初见之时。”

“不，当年你在苍梧之渊杀我时，我也已经三十许，”白薇皇后唇角浮出苦涩的笑意，“也是老了……”

白璎怔怔地看着女神石雕和虚空一问一答，恍如梦寐。

星尊帝的声音长长叹息：“阿薇，当年其实我……”

然而她却毫不犹豫地截断了他：“事到如今，何必再提。”

是，她宁可相信是破坏神的魔性侵蚀了他，令他身不由己地做下种种恶行。这样的话，她或许可以在千年之后释怀，选择原谅。

“不，你听我说。”星尊帝低声回答，带着急切，“为了这句话，我已经等了七千年！时间已经不多了，我即将去往彼岸转生……请你务必听下去。”

女神的石雕微笑起来，有些无奈：“那好吧。”

星尊帝的声音顿了顿，语气忽转慎重，一字一句地开口：“七千年前出征海国，是我自己的决定，和破坏神无关——那时候，它尚未侵蚀我的心，我还没有被任何东西操纵。”

“什么？”白薇皇后眼里露出惊诧的神色，隐隐愤怒，“为什么？”

“很多原因……可惜你当时没有耐心听我辩解。”虚空里的帝王叹息，“七千年后，你终于可以给我一些时间，让我解释一下吗？”

白薇皇后低下了头，半晌才冷冷道：“什么原因？”

“首先是因为空桑的分裂。天下一统后，六部骄奢跋扈，拥兵自重，相互之间明争暗斗，随时随地会挑起新的内战。我想削掉六部之王的兵权，以稳天下，却难以有机会，一直到海国派来使者为你贺礼……”

听到这里，白薇皇后的声音里依然出现了难以克制的愤怒，忽然打断了对方的叙述，一口气反问下去："所以你就不惜在我身上下毒，然后栽赃嫁祸给海国？因为一旦挑起了战争，你就有机会出动军队，趁机削弱六部的兵力？"

她的声音因为愤怒而发抖，语音越来越急促——是的，是的，为什么他非要提起？！

轮回茫茫，命数无定。千载相逢只得一刻，转瞬便要各奔东西，从此黄泉碧落，茫茫万古，可能再难相逢——他为何还要在这种时候浪费时间，执着地将昔日最不快的事情反复提起？！

"不，不是我！"然而，那个声音却简短而有力地否认了指控，"七千年来，我一直想和你说的就是这一句——不是我！"

白薇皇后怔住："不是你还会有谁？纯煌是不可能派人毒杀我的！"

"你相信纯煌，却不相信我？！"仿佛怒意一下子燎原，星尊帝的声音里出现了愤怒的波动，"你居然相信那是我下的毒！你居然认为我是那种为了权势，不惜拿自己妻儿性命当棋子的人！你凭什么这样认定？！"

白薇皇后没有说话，似是被对方震慑，喃喃道："真的……不是你？"

星尊帝狂怒："当然不是我！"

"可是，除了你，还会有谁？"她喃喃道，"谁会下毒杀我？"

星尊帝低声冷笑："你记得那个海国的公主吗？那个送来当人质的公主……那一日，她给你敬过酒，祝你和孩子永远尊贵安康……"

"雅燃！"白薇皇后失声惊呼，回忆起了几千年前的往事。

那个美丽绝伦的小公主，据说是海国内乱后的失败者。

七千年前，王位交接之时，海国一度动乱。雅燃公主是最小的公主，却曾试图和兄长争夺王位，结果败落。她的恋人被处死，自己也被强行送到了帝都伽蓝去当人质。

然而，皇长子冰琰虽然赢了夺嫡之战，但没有得到多少好处——他在内乱中重伤，半年后就死了。天意弄人，最无意于权势的皇二子纯煌被推上了王位，然后灭族战争旋即爆发，新海皇便死在了战争里。

七千年后，白薇皇后慢慢开始回忆那一日夜宴的情景，脸色渐渐改变。

是的，那个海国的小公主是如此反常的安静从容，眼神里却蕴含着熊熊燃烧的不甘和愤怒。她留着长长的指甲，涂着美丽的颜色……那种美丽至极的浅紫色，像极了深海里最毒的紫胆花。

“是她？”七千年后，她终于明白过来，不可思议地喃喃，“是她？”

星尊帝微微叹息：“对，是她——是她在你的酒里下了毒。”

白薇皇后怔住，不可思议地喃喃：“可她，为什么……”

“当然是为了复仇！”星尊帝冷笑，“你知道她心里有多少恨意和怨毒？”

白薇皇后说不出话。

白璎看到靠着柱子休息的苏摩霍然抬起眼睛，深碧色的眸子里有利剑般的雪亮一掠而过。她悚然心惊——这种神色，她只在他身上看到过两次。

第一次，也是在这个白塔顶上，尚未变身的鲛人少年执拗地抓住了少女的肩膀，俯身亲吻了她眉心，破开了皇太子妃“不可触碰”的封印。

第二次，却是在不久之前——在帝都上空，他用强大的术法转移了天上星斗的轨迹，将自己的命运和她合并。

然而，这一次，他心里想到的又是什么？

“你说，是海国末代公主雅燃，为了报复将她驱逐出境的族人，不惜一切地破坏海国和空桑之间的关系，试图挑起战争？”终于，白薇皇后开口了，对着虚空发问，声音发抖，“你的意思是——当初首先挑衅的并不是你？”

“当然。”虚空里的魂魄回答，声音里有一种千年不散的睥睨傲气，“我虽想吞并天下，但却不是那种把所爱之人拿来博弈的男人！”

星尊帝冷笑了一声，仿佛侧过头，看了一眼旁边的苏摩：“所以说，海国被我所灭，说到底也不算太冤枉吧？”

苏摩沉默着低下头去，双手交叉抱在胸前，蓝色的长发掩盖了他的脸。

“这样疯狂的世界。”最终，他只是喃喃说了一句。仿佛是彻底地累了，黑衣的傀儡师把身体靠在神庙的柱子上，疲倦地阖上了眼睛，对这几千年来的恩恩怨怨再也不表示关心。

“是啊……女人疯狂起来，实在可怕。”星尊帝苦笑，“阿薇，你也一样——当我把纯煌的头颅扔给你看时，你简直就像疯了一样！”

然而，转瞬他的语气就转为严厉，隐隐带着雷霆般的暴怒：“那些碧落海的贱民，不老老实实地待在海里，居然敢派人到陆地上来毒杀空桑的皇后和太子！如此挑衅，怎生忍得下？不把海国踏平，这口气如何消得了？”

“不要再说了！”白薇皇后忽然厉叱，眼里露出雪亮的光，“这都是借口，都是借口！你一早就想出兵，只苦于没有机会罢了。这件事，只不过让你找到了一个最好的借口！”

星尊帝沉默下去，片刻忽地低声笑起来：“是的，阿薇，你永远都是如此了解我。”

白薇皇后冷笑：“所以，阿琅，你让我怎么原谅你？！”

“我早已不求你的原谅。”星尊帝的声音低下去，冷笑道，“我知道我把你气疯了。同时，你也把我气疯了——为什么你不相信我，却相信那个纯煌？！在你看来，他是至善至美的化身，而我却是一个面目可憎的暴君吧？

“那好，既然你这般喜欢，我就把他的头砍下来送给你！

“阿薇，我告诉你，灭海国，我有千百个理由——但杀海皇的理由却只有一个！我决不许任何人分享你，一丝一毫都不可以！就算心里想想也不可以！”

白薇皇后全身颤抖，定定看着虚空说不出话来。

那是什么样的感觉？愤怒？悔恨？震撼？七千年后，当她深爱的丈夫亲口向她交代清楚一切真相时，胸臆中巨大的潮水汹涌而来，几乎将她湮没。

她所爱的，居然是这样的人。

“阿琅，你听着，就算我知道了下毒的不是你，但如果回到七千年前……”她用力咬紧了牙，一字一句，“我还是会一样叛离你，杀掉你！”

听到这样的回答，虚空里的声音放声大笑起来——

“是的，哈哈……是的！我知道你会！

“阿薇，这正是我如此爱你的原因——你是如此卓尔不群的女子，天上地下、千秋万载都不会有第二个人像你。无论在怎样的男人身边，你永远都不会失去自己的光芒。

“多么奇怪啊……我被你的光芒吸引，却无法容忍你和我争辉！

“天无二日——我是至高无上、万星之尊的帝王，而你居然敢对我说‘不’！你居然敢质疑我的决定，居然敢同情那些卑贱的鲛人，号召我的军队来反叛我！阿薇，你是我的皇后、是我的妻子啊……你把我置于何地！堂堂的星尊大帝，如果连自己的妻子也收服不了，还怎么治理这个天下？

“你简直把我气疯了！你知道么？”

白薇皇后看着虚空里的人，眼里忽然露出一个惨淡的笑意——

是的，阿琅……当初，令我决意离开的，正是你这种越来越暴虐、越来越自以为是的态度。开创天下用了十几年，我们始终心意相通，相互倚赖。但毗陵王朝建立不过数年，不知从何时开始，你我之间就不再相互扶持，而渐渐演变成了征服与反抗的局面。

你想把我藏在深宫里，让我敛藏所有光芒，只为你一人所有。

你不愿我再和你并肩作战，不愿我再对你提出任何异议，甚至不愿再和我敞开心灵进行交流。而只想做一个至高无上、不容任何人平视的绝对的主宰者——这，是魔的力量吧？令你变得如此的独断专行、偏听偏信，完全不再像以前的你。

“你疯了。”白薇皇后看着他，一字一句地冷冷低语。

虚空里的帝王苦笑起来：“是的，我一定是疯了……那时候，我居然做出这样的事情，而且理直气壮。那时候，我想，如果你想要离开我，那我宁可亲手杀了你！我宁可让你死在我手里，从始到终地完全拥有你，也不会让你的身体和心灵离开我一丝一毫！

“阿薇，我至爱你，所以绝对不能原谅你的叛离。

“所以在你决然砍断手指，将‘后土’神戒退还给我时，我亲手砍下了你的头颅！覆水难收啊……阿薇。既然你不惜一切也要与我决裂，我也不惜一切要你永远无法离开！

“可是，苍梧之渊那一战后，你不知道那之后的所有岁月我是怎么度过的……

“我当时很自信，觉得自己很强，强到足以克服一切遇到的难题，包括你的离开。

“是的，为什么不能呢？我已经活了几千年，还会再活几千年，我有足够的时间、足够强大的力量，绝不会被任何东西羁绊。

“在你离开后的漫长岁月里，我做过各种尝试——憎恨你，取代你，甚至试图抹杀你存在过的痕迹。我从整个云荒选来了无数的美女，可是没有一个人能令我感到愉悦；我用幻术对自己进行封印，试图抹去那一段记忆，可是最强的术法也无法令我忘记……

“真是可笑啊……翼族的生命长达万年，而和你在一起的二十年短暂如一瞬——可是，为什么那样短暂的一瞬，却比如此漫长的一生更难以忘记呢？”

声音渐渐低了下去，神庙里是长久的沉默。

白璎愕然地望着与虚空对话的神像，渐渐听得出神。背后有低低急促的呼吸声，苏摩在黑暗里沉默，似乎同样也是克制着自己起伏的心绪。

“所以你离开了云荒？”许久，白薇皇后终于开口问道。

“是的。”星尊帝苦笑，“我试图造起伽蓝白塔，返回我的故国，然而却始终不能成功——我终于明白，原来云浮已经将我拒之门外，我永远失去了我精神的家园。

“阿薇，你知道被所有人抛弃的感觉么？

“那时候，我真是恨不得自己从未出生在这个世上……

“当你死后，我对这个大陆已经毫无留恋。我一个人独居白塔顶上，‘活’到了接近九十岁——那时候，连我们的孩子都已经两鬓苍白，渐渐心生怨言。我明白我的存在，无论是对于云荒，还是对于需要继承王位的我们的子嗣来说，都是一个障碍。

“于是，我决定离开云荒，去往一个谁也不知道我的地方，就这样一个人四处流浪，过完这看不到头的一生。

“但在离开云荒的同时，我做了一件事——

“我把自身具有的力量一分为二：把身为翼族、自身修炼而来的一半力量，以血缘的方式传承给了我们的子嗣；但另一半源自破坏神的力量，却被我封印入体内，随之带离了云荒！”

说到这里，神庙里的所有人齐齐动容，露出不可思议的神色——

原来，竟然是这样！

七千年来，空桑一直传承着的帝王之血，居然并不是如上古传说那样源自破坏神？难怪“后土”被封印后，失去了神之右手的制约，空桑居然还能维持繁荣那么多年，不至于急遽地失衡和崩溃。

“阿薇，你应该知道我那么做的原因。是的，虽然随着时间的增加，我内心被魔的力量侵蚀得越发厉害，但我却一直非常清楚，魔之左手的力量，只意味着毁灭和破坏——而它的力量，在失去‘后土’的平衡之后，会越发可怕。

“在我活着的时候，我还可以勉强约束它，不至于让整个云荒陷入灾难——可是，当我衰老、死去后，又会怎样？当它再度转移到新的寄主身上后，又会怎样？阿薇，我相信换了是你，也会做出和我同样的决定。

“是，我绝不可以将它留给我们的后代，不可以将它留在这片云荒大陆上！

“在你五十周年的忌日，我独居白塔顶上，用了自己所知道的最强大的术法，把魔封印在了自己体内——我带着这个灾祸离开了云荒大陆，从此在七海上流浪。

“整个云荒都是我的，但是我却不敢回去！我怕自己会把灾难带给自己的子嗣，毁了一手开创的帝国，于是，就这样生生在外流浪了七千年……

“七千年啊——那段时间真是长得可怕，即便对于云浮翼族也是如此。

“那一段时间里我去过无数地方。先是沿着你十五岁时出海的航线，一处一处寻访你昔年留下的足迹，红莲海、棋盘海、苍茫海、星宿海……到最后，无处可寻的我甚至去过了天下所有的地方，没有目标，四处流浪。

“就这样一直过了几千年——不能活，也不能死！

“阿薇，你知道那种感觉吗？知道一个人孑然面对洪荒岁月时的虚无和绝望吗？如若你恨我，就应该亲眼看看那一段时间我承受的一切——你必然欣慰。”

白薇皇后没有回答，然而眼里的神色逐渐柔和悲悯。

“翼族的寿命虽然长达万年，但终究也有尽头。七千年后，我逐渐老去，意志力也开始衰竭。相反地，魔一日一日地在我心里强大，它蠢蠢欲动，时时刻刻在我耳边低语，诱惑我去做出种种可怕的事情。

“我极力克制，不让自己被那些毁灭杀戮的念头煽动——在无法忍受的时候，我甚至会对自己挥剑，以自残身体的方式，来满足内心那个魔鬼嗜血的念头。

“可是，克制住了毁灭的欲望，却无法摆脱对故土的思念。

“于是，时隔七千年之后，我终于忍不住和西海上的冰族结伴，偷偷地返回了云荒。我想再看一眼自己亲手缔造的国家，再看一眼自己绵延百代的子孙骨血——或许，在我的寿数到头之前，我还能回到自己熟悉的地方，死在曾经和你一手建立的国家里。

“结果，我却看到了什么？

“梦华王朝末期，整个云荒散发着腐烂的气息，就像一枚由内而外烂出来的果子！

“从西海踏上云荒的时候，我这个外乡人和冰族一起被空桑军队扣留——那个校尉佩戴着我在七千年前赐予战士的白蔷薇徽章，那种脑满肠肥的样子却令人呕吐。

“他从那些想返回大地的冰族流浪者那里勒索了金钱和女色，却食言不肯放他们走，而把那些流浪者虐杀至死。在我拒绝他的勒索时，他禀告了他的上司，一个号称是空桑王室的城主。那个不知是我几代血裔的昏庸老人，没有来得及了解情况便随口下令将我斩首示众。

“我几乎不敢相信，这就是我昔年一手打下的帝国？这就是流着我的血的子嗣？七千年后，我回到我一手缔造的大陆，想看看自己几千年来忍受苦难的成果——可我却看到了一个浮华肮脏的国度！

“我毫不费力地杀死了那些肮脏的蝼蚁，从空寂城离开。那些冰族流浪者因为感激我的救命之恩，一路追随。我辗转于云荒大陆，四处看看走走，想知道七千年前我创造的一切到了今天变得如何。

“结果，我看到了什么？

“除了伽蓝白塔还依旧屹立在那里，其他一切都变了……我只看到了昏庸无能的皇帝、拥兵自重的藩王、骄奢无度的贵族、肥硕无用的军队，也看到了堆积在百姓中的怨恨！

“这个云荒完了……这个我缔造的国家早就死了！

“阿薇，那就是我当时唯一的念头。”

星尊帝的声音低沉下去，隐隐有刀兵的冷意——

“我本以为我独自承受了魔的折磨，将灾难带离云荒大陆，而将力量留给我的子孙，空桑应该会千秋万代昌盛下去——却没有料到，极度的繁荣带来的却是极度的腐烂！

“那一刻，我才真正对自己的所作所为起了怀疑。也在那一刻，魔的低语

动摇了我的心：‘毁灭这被诅咒的土地，清洗一切肮脏和黑暗！这个云荒已经腐烂了……你必须亲手纠正你犯下的错。’

“它在心底一次次对我说。

“抗拒了七千年，这一次，我终于被它说服了。我无法忍受这样的云荒，在魔的煽动下，开始着手准备一切。

“我回到了西海上，那些浮槎海上的冰族流浪者都匍匐在了我的脚下，愿意追随我，恳求我带他们返回被驱逐的故土——真是可笑啊……这些怀着回归家园梦想的冰族却不知道，在远古的时候，正是我将他们从云荒上驱逐出去的！

“我成了他们的领袖，教给他们一切，令他们制造战车和巨舟，从他们中间遴选战士和大巫……仅仅用了几年，就把这一群流浪者训练成了强大的战士。

“七千年后，我以征服者的姿态重新返回了云荒——来覆灭我自己的国家。呵呵……”静静叙述着，虚空里那个声音忽然发出了低沉的苦笑，“阿薇……有时候，命运是多么可笑啊。而被宿命摆布着的人们，又是多么可悲！

“我本来只想清扫一下空桑的糜烂气息，给那些忘乎所以的后代们一个狠狠的教训——可是，宿命的预言实现了。

“杀心只要一动，便再也克制不住。魔在我心底苏醒了，我根本停不下手！

“我踏平了云荒，血洗了六部，马不停蹄地征战，一路过处鸡犬不留——那时候我无法控制自己，我的嘴里总是不由自主地吐出最残酷的命令，我的眼神落下之处便血流成河。每次看到无数的血和尸体堆积在一起时，我便会觉得很痛快……我简直变成了一个魔鬼！

“到了最后，我甚至下令把白之一族都全数屠杀殆尽！阿薇，我眼睁睁地看着那些和你相同的血汇成了巨大的血池。

“因为某种说不出原因的憎恨，我甚至将自己的最后一个嫡系血裔车裂！

“魔的欲望已经侵蚀了我的心，靠我本身的意志力已完全无法再抑制它——只有血，更多的血，才能让我心里平静。魔物已经占据了我的心和身。我失败了。

“这是我毕生里仅有的、也是最大的一次惨败。”

沉默再度笼罩了神庙。白薇皇后凝望虚空，眼神转为悲悯，发出了一声叹息。

“阿薇，阿薇，那时候，我真恨为什么你不在——如果你在，你定会来阻拦这样疯狂的我吧？可是没有了你，这个云荒再也没有人能站出来阻拦！

“我在无法控制的杀戮里几乎绝望……我甚至想过要向魔低头，不再抗拒它的侵蚀——直到我在帝都城墙下看到了她。”星尊帝的声音停顿了片刻，转过了头，看向了神庙一角里听得出神的白璎，“她令我惊讶。”

白璎不由得愣了一下：“我？”

“你知道吗？当她跃上城头，托起皇太子头颅仰天呼喊‘天佑空桑’的时候——完完全全就是你当年的模样啊！”星尊帝低声，叹息道，“虽然明知‘后土’的力量已经被我封印在苍梧之渊，但那一瞬，我还是被震动了。我甚至觉得是你再度复生了！

“七千年后，你回到了族人之中，再度带着战士们向我宣战！这一刻，我再也没有七千年前的愤怒，心里只是一片释然和感激。

“阿薇，你是上天赐予我的珍宝，是封印杀戮之剑的剑鞘。

“这一次，我再不能负了你。”

白璎终于忍不住愕然。原来是这样！他是故意的吧？一百年前，身为“智者”的星尊帝故意在绝境中放了空桑人一条生路，让六王得以突围杀上九嶷山，打开了无色城，留了空桑人一线血脉。而一百年来，他也始终不曾真的对空桑和海国遗民赶尽杀绝，反而有意无意地置身事外——

这个神秘的智者，一直手下留情。原来，都是因为这样？

“在看到她跃上伽蓝城头的时候，我有一种感觉，你很快就会从苍梧之渊的封印里解脱了，你会再度回到我面前，用熟悉的语气和眼神和我说话。

“所以，我一直等待着……心里怀着这样隐秘的期待。

“这一点不灭的本心，令我一直坚持了下来。虽然我的精神力已经开始逐渐衰弱，但总不能让心里的那个魔物为所欲为。”星尊帝微笑起来，语气慢慢衰微下去，“一百年来，我一直与它抗争。在至少一半的时间里，我拥有独立清醒的意志，能够遏止身体里的这个魔鬼。”

白璎恍然地看着虚空里的魂魄，终于明白。在外人看来，沧流帝国至高无上的“智者大人”如此喜怒无常，言行举止经常前后矛盾，令人琢磨不透——原来这个躯壳里，本来就容纳着两个截然相反的灵魂啊！

“这一百年来，我再度成了这个云荒的主宰，冰族对我感激且敬畏，通过种种途径不断地搜寻这个大陆最美好最珍贵的东西，送到我面前——包括十年一度的圣女大选，就是为我举办。

“可是，我不愿再接近任何人。人世种种，于我已如尘埃。

“直到十几年前，巫彭给我送来了云家姐妹。

“唉……很难描述我第一眼看到云烛时的感觉。阿薇，在这个黑暗的神殿里，她却由内而外地散发出淡淡的白色光芒。这种感觉……这种感觉……真是让人怀念啊……

“在清醒的时候，我会招云家姐妹来这里陪我。在黑暗里，我不许她们开口说话——因为一开口，那截然不同的声音就会迅速把脆弱的幻影打碎。是的，她像你。而且，身体里流着与你同样的血——所以，在巫彭把她带到我面前时，我留下了她，并给予了她我所能给予的一切……虽然到了最后，我依旧还是不得不放弃了她。”

白璎失声惊呼——怎么可能？在空桑亡国时，族里除了有极少一些人逃往西海和泽之国藏身，侥幸生存之外，白之一族的王室在战祸中全数遇难，尸骨被堆叠在西方尽头空寂之山的地宫深处。而不久之前，她的妹妹白麟死在了九嶷——在这个云荒大地上，白族的血脉已然断绝。

看到她震惊的眼神，虚空里那个声音微笑起来：“呵……不要惊讶——白璎，你应该知道，你的母亲、出身于白之一族贵族之家的白凤王妃，曾经在一百多年前随外人私奔，背弃了整个家族，而云家正是你母亲的后裔！

“命运是多么奇妙啊……你看，你和云焕隔了一百多年却依然相遇。跨越了时空的隔阂，消弭了辈分的区别，成了同门和敌手——而我，居然还能在七千年后重新看到我的皇后！”

白薇皇后沉默，许久忽然发问：“魔的下一个宿主，难道是云焕？”

“是。”星尊帝也是沉默了一下，回答道，“破军爆发了，他将以‘魔君’的身份重返人世！”

“为什么你不阻止它？！”白薇皇后变了眼色，脱口厉叱，“破军出世，天下动荡！魔要将力量转移的时候，你为什么不阻止？”

“呵，”虚空里的人发出了苦笑，“因为我的力量不够了……阿薇。

“云浮翼族的生命虽然长达万年，但七千年后，我也已经垂垂老矣。魔知道我即将衰朽，所以，它早在数年之前就已经选定了新的宿主——这几年来，为了让破军彻底爆发，它在一步步地把他逼上绝路。何况……”星尊帝迟疑了一下，决定说出实话，“我当时的确也没有阻拦。”

所有人齐齐吃了一惊：“什么？”

“是。我没有阻拦。”星尊帝微笑起来，语气里带着某种微妙的无奈，“阿薇……你想一想，一旦我衰朽死去，如果不让魔转移到云焕身上，那它又会选择谁当宿主？”

“它会……”白薇皇后忽地愣住，再也不说什么。

星尊帝继续苦笑：“是。毫无疑问，它会选择真岚，我们唯一的嫡系子孙！而事实上，在前几日的开镜之夜里，我已经觉察到那个孩子已然开始动用魔的力量——是的，在他极其需要力量的时候，魔也回应了他的愿望！”

白璎怔住。开镜之夜……在镜湖底下，真岚做了什么？

“我很担忧这样下去，在六体合一的时候，魔便会选择他作为新宿主！”星尊帝顿了顿，微微苦笑，“虽然过了七千年，阿薇，我还是一个自私的长辈，不想让这样的报应落到自己的子孙头上。更何况，破军的心里有着这样强烈的不甘和憎恨，足以毁灭一切。他非常渴望力量——哪怕是邪恶的力量。

“所以……在他的姊姊来神庙为他祈祷时，我并没有阻拦魔向他身上转移的意图。在魔策划了一次又一次杀戮，在云荒大地上画出鲜血的符咒，借此超越血缘的限制来转移力量的时候，我也没有阻止——

“对于这件事，我听凭天意。”

苏摩瞬地抬起了头，看了一眼那一对千古帝后，眼里的光芒雪亮！原来，居然是这样？为了保护自己的血裔，不让其受到魔物附身的折磨，所以他们宁可让别人取代真岚的位置，成为新的破坏神！

“呵……”再也止不住地，冷笑从他的唇角吐出，“卑鄙。”

虚空里的声音停止了，仿佛霍然转头审视着发话者。

“卑鄙吗？呵。”星尊帝低低笑了起来，声音里带着某种复杂的情绪，“新海皇，你可真像纯煌哪，难怪‘后土’的佩戴者会被你吸引——只是，你的心却是黑的，和纯煌完全相反。否则，方才魔怎么可能引诱出你心底里潜藏的‘恶’呢？

“小心啊……新海皇！它能诱惑你第一次，就能诱惑你第二次。只要你活着一天，那种恶就会如影随形；而你，总不能每次都像这一次侥幸。

“所以，你注定毕生孤独。”

苏摩悚然一惊，眼睛里的光芒由盛转弱，仿佛无法克制体内的某种衰竭，靠着柱子，交叉在胸口的双手起了难以觉察的战栗，仿佛是怕冷似的抱紧。

长夜将逝，天光转亮，微微苍白的光穿过了神庙破败的窗，投了进来。

笼罩着神庙的金色光芒终于消退了，黎明前的晨曦里，这座原本高不可攀、光芒四射的最高殿堂露出了真容：颓败而空洞，仿佛一颗千疮百孔的心。

风透入，有呼啸的声音。

白璎忽然间有一种大梦初醒的感觉，仿佛短短的一夜后，自己就在这个神庙里度过了千年的时间。她一时间不知道该说什么、做什么，只是因为情绪的极度不稳定而全身颤抖——

虚空里那个看不见的人，是她的始祖，是整个空桑的开创者，绵延了七千年的王朝辉煌全仰赖他昔年的文治武功；然而，这个人，同时却也是灭亡了整个空桑的罪魁祸首！

在他的手里，凝聚了无数空桑人的血，包括她的整个家族。面对着这个七千年前的传奇，她应该拔剑相向，还是应该上前拜见？

“我恨你。”最终，她霍然站起，对着虚空一字一句开口。

女神微微一惊，纯黑的眼眸看了过来，落到了千年后的血裔身上。

“我恨你！”白璎握着光剑，定定看着虚空，再度重复了一次，语音里已经带了一丝哽咽，“你……你以为自己是什么？一念之间便想颠覆天地，抹杀一切——你把空桑当作什么了？把这百万的苍生当作什么了？只不过是你博弈里的一颗棋子？凭什么！”

她忽然动了——只是一瞬间，白影便已经掠过，一剑狠狠斩落！

“我恨你！”仿佛内心长久克制的情绪终于汹涌而出，白璎一剑接着一剑斩落，眼里带着雪亮的光，有泪水长滑而下。

靠着柱子休息的苏摩怔了一下，想要上前阻拦，却发现虚空里的人根本没有反击。

光剑如同闪电，一次次地割裂黑暗。黑暗的神庙里，白衣少女持剑当空飞舞，面容上镌刻着愤怒和反抗。他一时间有些失神，很多年来，他从未在这个温柔顺从的太子妃脸上看到过如此激烈的表情。

原来，她心底亦有这样的不甘。

“不，白之一族的少女啊……我并不是神魔，也不是什么棋手。”在她筋疲力尽的时候，虚空里那个声音打破了沉默，发出长长的叹息——

“我，也只不过是一个宿命和光阴的囚徒。

“但是，我却希望你们能从中逃脱。”

第十六章

故国

黎明到来前，神庙里那一场神魔的聚首也已经接近尾声。

“我必须走了，阿薇。”长久的沉默后，虚空里那个声音叹息，虽有不舍，却亦淡然，“时间已经用完了——我必须去往北方尽头，转生彼岸。”

“要去归墟了吗？”白薇皇后静静开口，并无不舍。

云荒之外，沧海云浮。有东西南北四海，或分七海：西方苍茫海、棋盘海；东方星宿海、斑斓海；南方碧落海、红莲海；以及北方从极冰渊。

七海之间，棋布幽溟；七海之外，又有归墟。

传说归墟在海天相交之际，虚无缥缈之间，是天上地下所有水流的最终汇聚之处。不单是江河湖海中的水，竟连那天上的银河之水，也灌入其中。但归墟却不因水多而溢，亦不因水少而枯，无穷无尽，无始无终。

上有轩辕丘，乃上古神人的葬身之地。

那些力量凌驾于尘世的灵魂，在死后并不需要经过云荒最北的黄泉而转入幽冥，在死后三魂七魄便直接去往极北之处的归墟，然后在海天尽头获得新生。

“我和你同去。”白薇皇后忽地微微一笑，女神像在一瞬崩裂，无数的碎屑中，一双清凌凌的眼睛从塑像里浮了出来，澄澈无比。

“你怎可与我同去？”星尊帝苦笑，“我一生杀戮过重，在归墟将有长达百年的炼狱时间。而你毕生高洁，魂魄消解后便会立刻转生彼岸，获得圆满来世——无论生还是死，我们毕竟不是一路人。”

“我当然要和你同去。”那双眼睛宁静坚定，毋庸置疑，“我在归墟等你。”

仿佛有些意外，虚空里的人长久沉默下去。

这个云荒白族的女子，从孩童时代就和他相识，少女时代与他相爱，成年后嫁给了他。然后，和他一起征战四方，开创新的王朝——身为留在大地上的翼族遗民，他自视甚高，心里一直藏着普通人不能理解的雄心和霸图，按照自己的想法一路走下去，不顾身侧的人是否能够跟得上。

到最后，和他并肩站在巅峰之上的便只有她。

他是云浮翼族，凌驾于云荒一切种族之上的生命体，以超出大地上人类的智慧俯瞰着云荒上的芸芸众生——包括她在内。却未想到这一点暗藏的本心、难以消弭的自傲和对苍生的睥睨，却成了日后魔物附身的起源之点。

他一直以为她只是追随他的。所以在那一日，发现她居然敢质疑、反抗他时，才有这样出乎意料的愤怒和暴烈的手段。

然而，没有想到在千年之后，当一切就要彻底终结时，那个曾毫不犹豫背离的人，却在最后选择了回归于他的身侧。

“不必。”他终于开口，声音冷涩，“我们本就不是同路人。”

虚空里的那双明亮眼睛阖了一下，露出了解的微笑表情——那么多年了，他还是那样骄傲：“阿琅，不要赌气……天地如此辽远，时空如此寂寞，我们都不要再留下彼此一个人了。我们应该结伴而行。”

那句话柔和而坚定，仿如誓言，字字入骨。

他忽然觉得心里刺痛，再难言表。

从云浮城下来有多久了？九千年？一万年？拥有着和大地上民族完全不同的漫长生命，他在云荒上生生世世地流浪，一心一意只为获取更多的力量，得窥天道。一路走来，他从不在意身侧的一切，因为对云浮翼族长达万年的生命来说，这个大陆上的一切都太过于短暂，宛如蜉蝣，朝生暮死。

他一直都是孤独的旅人，在不属于自己的土地上流浪。只有在夜晚仰望星空时，才会冥冥中感觉虚空里有俯视的眼睛——提醒他万仞高空上，有着他永远无法回去的故国。

然而，在两千年的流浪后，他遇到了她。

当时，他化身为一个普通孩子，追随着一个空桑老星象师学习术法，来到了望海郡的豪门白家，遇到了她。那个白族的少女是如此的美丽聪明，宛如一颗清晨的露水，在一眼看到他时，就惊觉了这个同龄孩子的与众不同。

在白家待满了三年后，他选择了留下——虽然那个年老的星象师已经再也没有新东西可以教他。但他以学徒的身份随着师父留在了白家，过起了一个普通少年的生活，只为她。

他看着她一点点长大，从八岁到十八岁。

十年的时间，足以让一个云荒人从孩童成长为少女，然而那段时间对云浮翼族来说却不过是一瞬的光阴。他凝望着她的成长，宛如看着一朵花的开放，目不转睛，生怕一眨眼它便会凋零成泥。

十年里，他并不是没有试图让自己离开，但每一次最终还是在她的明眸下颓然放弃。他不明白自己为何会被她吸引，或许是因为她经常和他一起仰望星空——从孩童时期开始就是如此。

那样的静默夜色里，天籁和星野之下，天地如此辽远，时空如此苍茫，一切生命在此刻都显得渺小短促。只有在那个时候，他才能感觉到身侧这个短促的生命和自己是对等的——她的生命与他同样美丽、同样绚烂，而不是朝生暮死的蜉蝣、朝开暮凋的残花。

记得某一天夜里，她与他坐在一望无际的草坡上，仰头看着漫天的星辰，忽然说："阿琅，你看，那两颗靠得最近的星星就是我和你呢。"

他微微地笑了，温和地叹息，眼睛里有着和外貌不相称的沧桑和洞察："阿薇，你可曾知道？即便是看上去最近的两颗星辰，它们之也间隔着毕生无法抵达的距离。"

然而，在下一个瞬间她就侧过身来拥抱了他，令他猝不及防。

"你看，"她笑着说，"怎么会毕生无法抵达呢？只是一个伸手的距离呢！"

他忽然间就怔住了。她说话时的呼吸吹拂在他耳畔，带着温热的、活泼的气息——那是绽放的、鲜活的生命，和他上千年来枯寂平静的苦修生活截然不同。

自己……真的是"活着"的吗？

在遇到她之前，自己真的是活着的吗？为什么千年之后，他完全记不起那些岁月里自己都做过些什么，而所有残留的记忆都开始于与她相遇之后？

很久很久了……七千年，漫长的时光几乎将昔年所有记忆磨灭。昔时的种种雄心壮志、霸图伟业如今都已经黯淡无光，在光阴和宿命打造的囚笼中，他一直不曾停止过抗争，试图逆流而上，让天地恢复到鸿蒙最初。

然而，唯独不能忘记的，便是初见时的那一点刺痛和悸动。

"阿琅，天地如此辽远，时空如此寂寞，我又怎会再度留下你一个人？"

千年如风过耳，最终留下的，只有她的最后一句话。

他默默叹了一口气，对着那个同样虚无的妻子伸出手来，低声道："好，我们走吧……一起。"

神庙里忽然没有了声响。不知是不是幻觉，白璎听到了虚空中仿佛有簌簌的声响，宛如无形中有泪水溅落。然而，不等她分辨出真假，凭空起了一阵清风，神庙里千重帷幕一齐翻卷，向着北方悄然逝去！

那双明亮的眼睛，瞬间消失。

"白薇皇后！"急切间，她脱口惊呼，不舍道，"可是，空桑……"

"天佑空桑。"虚空里，远远送来一声低语，"我的孩子，希望你们幸福。"

天地终于都寂静了，神魔俱灭，长夜逝去。

外面持续了一夜的激烈战火终于渐渐平息，苍白的天光从四周透了进来，被重重的帘幕阻隔，显得黯淡而遥远。一地的碎屑随风起舞——那，还是神与魔的残骸。天上地下，俱归寂灭。

"苏摩。"白璎站在破败的神庙里，在长久的失神后喃喃，"他们死了。"

身后没有回答。她愕然回头，眼神忽然间凝固了，呼吸中止了片刻，继而发出了一声惊呼："苏摩！"

身后的同伴不知何时已经靠着柱子滑落，毫无生气地委顿在地。一直交叉抱在胸前的双手散开了，衣襟上赫然露出大片的血迹，胸口巨大的创口显露出来，令人毛骨悚然。

他……他什么时候受了伤？方才他根本没和魔直接交手，怎么会受了伤？

“苏摩！”她冲过去，俯身把他从地上抱起，急促地唤着，“苏摩！你怎么了？”

苏摩没有回答，伸手攀着垂落的经幔，似是极力想挣扎着站起，然而身体已经不受控制。苍白的手伸向虚空，到一半就颓然垂落。

白璎骇然抬头，发现他靠过的柱子上，赫然留下一道殷红血迹！

“撤退！撤退！”

在黎明到来前，日光尚未从地平线那端射出的时候，连绵的呼声响彻帝都上空。在六部之王的统一带领下，血战一夜的冥灵战士纷纷勒马，重新集结，掉头离去，再不恋战。

前半夜的突袭是非常有效的，失去了主帅的征天军团猝不及防，匆促应战，被冥灵军团打了一个措手不及。天马的双翅在军团里回翔，无数的风隼从半空中坠落，帝都被火焰映红，地面上四处都是坠落后燃起的火。

然而到了下半夜，征天军团忽然间变得井然有序起来，在统一的调度下变换阵法应战，进退有度分合自如，不再四处出击，统一退回守势，防守得滴水不漏。

“撤退！立刻撤退！回无色城！”

云层灰白，渐渐变薄，朝阳即将破云而出。帝都上空战云翻涌，无数风隼来往穿梭，盔甲闪烁如金鳞向日。冥灵军团翻身上了天马，六部旗帜鲜明，分六队急速撤退，井然有序。忽然，玄王玄羽发出了惊呼——就在这个时候，玄之一族的部队却被截住了！

一直保持着守势的征天军团忽然间展开了阵形，战线在一瞬间拉长，分左右翼展开，宛如鲲鹏张翅即合，在瞬间将即将鸣金收兵的冥灵军团包抄在内！

“九天部分九个方位死守，扼杀所有退路！”比翼鸟内，年轻的沧流少将吐出一口气，眼神雪亮，“竭尽全力死守，不能让一个空桑人撤走！各位，只要坚持一刻钟，只要一刻！”

只要一刻，太阳便会跃出地平线，这些亡灵便会如冰雪般消融。

“是，飞廉少将！”血战一夜的战士都筋疲力尽，但依然战意高涨。

“各位，拜托了。”靠着比翼鸟内的机舱，飞廉极其疲惫地喃喃，满面烟火之色，熏得发黑的额头上有鲜血涔涔而下，他将手按在了心口上——

叔祖……我一定竭尽全力，为守护帝国战斗到最后一刻。

在黎明来临之前，北斗倒转已经完成。

黯淡的苍青色天幕下，星辰隐约闪出亮光——破军取代了北极星的位置。

在那一瞬间，悬浮在白塔顶端的神庙，由内而外地放出了金色的光，熊熊燃烧，极度耀眼。忽然间，那一团光动了起来，仿佛太阳坠落，一路向着金翅鸟方向急坠而来——只是一刹那，便将迦楼罗上正在和对方搏杀的军人包裹!

在金色闪电击下的瞬间，云焕来不及回避，发出了一声低呼，感觉神志在一瞬间远离。

手上凝成的光剑颓然消失，仿佛有什么东西急遽侵入他的身体。眼前有无数的幻影浮现，犹如一闪即逝的花火——黑暗的火焰，盛放的金光，金色的双眸……那、那是什么？那是什么！那……难道就是真正的“魔”？！

“主人！主人！”迦楼罗发出了惊骇的呼声，舱门不顾一切地霍然打开了，内里飞出一条金色长索，将失去知觉的人卷了回去。整个机壳瞬间发出了耀眼的光，仿佛结界一样展开，将自身的防御力量调整到了最大限度。

“龙！”真岚还要继续追击，却被阻止了。

“来不及了……真岚，来不及了。”龙神发出低低的叹息，惋惜不已，“在转移完成之前我们无法及时杀掉他，如今已经是太迟了——破军已经成魔！”

真岚怔住，回头看着紧闭的迦楼罗。

“不过，魔这次虽然成功转生，但也受到了极大的损害，无法将力量完全发挥——否则这一刻的云焕，便能够瞬间将迦楼罗重新驱动！”龙神抬起头，看着半空里的神庙喃喃，“应该是，他们两个人联手重创的吧？”

真岚不由自主地仰起头，看着那浮在半空的神庙。

金光盛放过后，那座悬浮的神庙仿佛忽然间就失去了光彩——咔啦声连续不断地传来，仿佛由内而外地逐渐坍塌毁灭，一片一片从九天上坠落，分崩离析。

然而，天际的一阵厮杀惊动了他。空桑皇太子侧首望去，赫然看到黑衣的冥灵军团陷入了重重的包围，玄王玄羽正在极力冲杀，试图带领部下从征天军团的合围中突出，然而，对方军中仿佛也有名将指点，进退之间毫无漏洞，竟一连几次将他挡了回来。

日光即将破云而出。

“龙！我们去那边！”真岚变了脸色，握剑低呼。

龙神点了点头，转头向着战团掠去——然而刚靠近冥灵军团，它震了震，仿佛忽然发现了什么，低低长吟了一声。龙尾一摆，一股大力将背上的人凌空送了出去！

真岚尚未回过神，一瞬便已经被送到了一匹天马的背上。

“龙？”他握着辟天长剑，愕然道。然而龙神放下了他，呼啸着返身飞向白塔，速度之快，宛如金色的闪电。

“怎么了？”真岚喃喃道，手却是片刻不停地格开那些风隼发来的进攻，一路杀向了战团中心，对着玄王玄羽大呼：“这边，从这边突围！”

“殿下！”绝望中的战士纷纷惊呼，齐齐回身。

“跟我来！大家跟我杀出来！”真岚顾不上其他，带领着军队向无色城入口方向突围，血溅满了他刚刚拼凑回来的身体，“日出之前，必须回城！”

在他冲杀于敌阵的同时，万丈高空上，神庙的门无声无息地打开了。一个白衣女子从熊熊燃烧的神庙里急冲而出，长发在风中散乱飞扬，掩住了苍白绝望的面容。

“海皇！”龙神认出了她怀里抱着的人，失声惊呼。

白璎没听到它的呼声，只是不管不顾地往外飞奔，根本没有觉察最后一道门打开之后，脚下便是万丈虚空——从万丈高的地方一脚踏空。

绝望的女子背后，是九天里熊熊燃烧、迅速坍塌崩溃的神庙。

龙神迅速朝着神庙飞去，一摆尾，凌空接住了坠落的女子。

“呵……这一幕，几乎和百年前的婚典上一模一样啊。”苍天之上，比星辰都高的地方，飞鸟绝迹，空城寂静如死，忽然却有一个声音笑了起来。三位女神坐在高高的碑顶，俯视着脚底下的云荒大陆，神色变幻。

脚下的大地辉煌璀璨，宛如烟火盛放。

继七千年前的统一战争之后，云荒动荡再起，即将卷入腥风血雨之中。

洪流滚滚而来，将所有人裹挟而去。历史大潮呼啸灭顶，每个人都置身其间，顺流而下，去往不知名的彼端。不可抗拒，也无法抗拒。

“眼前这一切，又怎生收场啊！”魅婀低低叹息。

“连我也看不到将来。”慧珈喃喃道，抬头看着最高空里的日月，天镜映照着无数星辰，“星盘已经被人力移动过了，所有宿命都被打乱——如今，连神也无法洞察尘世里宿命的动向了……何况我……”

魅婀长时间地沉默，看着蛟龙驮了白衣女子离去。

“我希望，”她终于忍不住开口，“他们都可以幸福。”

“不可能，”曦妃摇头，低声道，“凡是阳光照耀到的每一寸土地都会有阴影。”

“那至少，我希望少城主在转生后能得到幸福。”魅婀长长地叹息，抬头看着底下白云离合中的沧海桑田，“她已经在这片大地上，受苦了太久太久……”

说起云浮的少城主，三位女神低头不语，眼神复杂。

“看哪……”慧珈忽然抬起手，指着大地上的某一处，发出了低呼，“少城主在那里……三魂七魄，已经开始分别凝聚了！”

三女神悚然一惊，凝神看向大地——云荒的六色土里，有微弱的光芒在黎明里闪烁，仿佛露水的凝结。那些光芒从每一寸土地里逸出，凝聚成缕缕白光，在黎明前的大地上随风飘荡，宛如海上烟霞。

然而，云浮城的女神们却清楚地知道，那是纯净至极的灵魂的光芒。

人之魂魄，其魂有三：一为天魂，二为地魂，三为命魂。其魄有七：一魄天冲，二魄灵慧，三魄为气，四魄为力，五魄中枢，六魄为精，七魄为英。这“三魂七魄”本聚于人躯壳之中，主宰人的喜、怒、哀、惧、爱、恶、欲，在人死后便随风而散，出壳去往黄泉。

少城主执意重返云荒，被尚皓城主在盛怒之下震碎了灵体，三魂分离，七魄流荡，从九天洒落于天地之间各处。化为齑粉的灵体需一年之后才得重新凝聚成形，转往彼岸——于今看来，离湮城主已经感知到了大陆上的种种苦难，已经极力想早日凝聚魂魄，以求转生。

诞生于这样风雨飘摇的大陆，少城主又将会有怎样的一生？

黑暗的舱室里，只有间或响起的轻微滴答声，仿佛水滴坠入湖心。

微弱的珠光照亮了昏迷之人的脸——那张年轻英俊的脸在无意识时，依旧镌刻着深沉的愤怒和杀意，剑眉紧紧蹙起，薄唇抿成一直线。有闪电般的金光在他身体上穿梭来去，仿佛金色的锁链一层层缠绕，将肌体灼烧，钻入了身体深处。

云焕紧紧咬着牙，手抽搐了一下，显然正有极大的痛苦在体内汹涌。

“主人……主人。”被固定在金座上的鲛人低下头，轻声呼唤，泪水从碧色的眸子里如断线珠子般落下。外面天翻地覆，烽火四起，然而她根本丝毫没有放在心上，只是拼了命想及早地将迦楼罗重新驱动，带主人离开险境。

搁浅在断裂白塔上的巨大机械发出一阵接着一阵的鸣动，双翼颤动，几度要重新掠起，然而显然是力量不够，到最后还是重重一顿，重新挫了回去。

潇咬紧了牙关，凝聚全部心神去操控这架庞大的机械，额头冷汗如雨。

“师父！”也不知产生了什么样的幻觉，金座里的人霍然睁开眼，失声惊呼。云焕脸色苍白如死，睁开的眼眸已全然变成金色。

“主人！”潇发出了惊喜的呼声，“你醒了吗？你……你没事吧？”

然而云焕没有回答，死死握住金座的扶手，不停地喘息——方才的幻觉还残留在脑海里。每一次睡去，几乎是一闭上眼睛，他就会看到当头斩下的光剑和那冷如冰雪、意味深长的眼神。

“师父……”他在恍惚中喃喃，抬起手支撑住了摇摇欲坠的额头。

师父，你的在天之灵，恨不得亲手将这样的我斩杀，是吗？可是，我不甘心就这样死去……我不甘心就这样被那些强权之手如蛛丝一样轻轻抹去，却连一声悲鸣都不发出！师父，我不甘心！我要报复，要杀尽那些该杀的人，将这个黑暗腐朽的帝都一扫而空！

所以……请原谅，无论怎样，我都还想活下去！

他缓缓将右手举起，凑到了嘴边，金色的眸子里眼神冷肃雪亮——师父，原谅我。我不甘心就这样死去。所以，不惜背弃了天地。

发出长长的叹息，低下头，冰冷的唇印上了手腕。

那里，伤痕斑驳交叠，显示着他坎坷残酷的前半生。斑驳的伤痕在年轻的肌肤上重重叠叠，烙印着他二十几年来最难忘的记忆。

每一个记忆，都和那个人紧密相关。

然而，他是再也无法触及那一袭纯白如羽的华衣了——就如他再也无法看到云烛的素颜一样。上天待他太狠，这个世上，什么是他所珍视的，什么就是上天要从他手里夺走的！

不甘心……真的不甘心啊！

金座里的军人忽然睁开了眼，直直看着舱外已然接近尾声的战役，脸色在急遽地变化——仿佛身体里有一种力量在汹涌，强烈而奔腾，几乎要突破他躯体的限制，直接化为毁灭一切的红莲火焰！

“潇！”仿佛再也不能忍耐，他忽然重重将手拍在金座扶手上，仰头发出了一声长啸，“我给你力量——天上地下最强大的力量！立刻启动迦楼罗！”

“是！”与他背向而坐的鲛人领命，同时凝聚了全部心神。

力量从他双手上汹涌而出，注入整个机械的核心部位。仿佛也能觉察出这种力量的邪异和猛烈，迦楼罗刹那间发出了畏惧般的战栗，只是一瞬，只见白塔上空风云急卷，金色的巨鸟披着清晨的霞光，呼啸着振翅飞起！

“主人，去哪里？”潇狂喜地低呼，感受着全新的飞翔的力量。

少将所掌控的力量，忽然比夜里强了数倍！

云焕靠坐在金座里，睁开眼睛，冷淡地凝视着舱外九天上的情形，看着即将结束的战争，缓缓吐出了一句话：“空桑人，鲛人，一个不留——去！”

“是！”毫不犹豫地，迦楼罗转过了方向。

蛟龙入海，宛如闪电。镜湖水面轰然碎裂，为龙神让出一条道路。背上的所有人都跟着一起下沉，任凭碧水在一瞬间将他们淹没——同时，也掩去了脸上的所有泪痕。

“苏摩，苏摩。”白璎紧握着他的手臂，一直低声呼唤着他的名字。

然而，那个浑身是血的人始终无法回答一个字。

在入水的瞬间，他周身的血一下子弥漫开来，仿佛腾起一阵红色的雾，将她的双眼笼罩——那样的血雾几乎令她失去了最后一丝保持冷静的力量。她战栗地抱紧他，将他的头颅揽在臂弯内，轻声在耳畔呼唤他的名字。

她知道苏摩轻易是不会受伤的，即便是受了伤，也能用术法获得极快的恢复。而如今，这样长时间大面积地流血，只能有一种可能——目前的他，已经衰弱到无法保护自己的躯体。

怎么会这样……怎么会这样？！

白璎几乎要失声喊了起来——在和破坏神的交锋里，他只是负责从旁协助阻拦，根本没有直接出手对敌，又怎么会被伤成这样？她静静抱着他失神的躯体，他身上散发出的血污笼罩了她的视线，她只觉得彻骨的冰冷。

身体忽然一震，飞速地下沉，终于到底，龙神停在了一片绚丽的水草簇拥着的白色石台上。

那，已经是复国军在镜湖底下的大营。

“海皇归来！”龙的长吟响彻了整个镜湖水底，“诸位来觐！”

大营里的鲛人战士纷纷惊动，从珊瑚里游弋而出，向着高台四方迅速赶来。个个脸上都带着狂喜和惊讶的表情，在长老们的带领下，向着龙神簇拥而来。

然而，在看到白衣女子怀里那个血人时，所有人都惊呆了。

万丈深的水底，幽蓝的水光如同幽灵一样在头顶萦绕。寂静的深渊里，只听得到潜流吹动水草的簌簌声。珊瑚和水草搭成的帐子里，在所有人都退去后，白衣女子俯身握住了那个失去意识之人的手，发觉他的手冰冷如雪，甚至已经感觉不到脉搏。

“他……他怎么样了？”白璎担忧地低语。

旁边的海巫医垂首不语，双手捧着红珊瑚的药罐，垂下的脸隐藏在长长的斗篷里，只有深蓝色的长发翻涌。这个鲛人割破了自己的手腕，沁出黑色的血，一滴滴滴入药香馥郁的罐子里，用文火慢慢煎熬。

龙神已经化身为三尺大小，尾巴钩住了帐上的金钩，凝视着榻上昏迷的人，欲言又止。最后只是长长叹息了一声，转过头，吩咐一旁侍立的炎汐：“左权使……你先退下。”

“是！”炎汐按剑行礼，匆匆离去。

金帐里，只剩下了数人默然相对。

“苏摩到底怎样了？”白璎的声音已经开始发抖，紧握着那只冰冷的手。

龙神无语。舒开身子在水中游弋，盘绕在昏迷之人的上方，静静凝视。

“力竭而崩……”沉吟了片刻，龙神发出低沉的叹息，“这次海皇消耗了太多灵力，身体和精神毁坏严重，恐怕需要很久才能恢复。”

“怎么会……”白璎喃喃道，不安地望着那个没有知觉的人，“他的躯体应该根本不畏伤痛——以前每次受了伤，都能极快地恢复过来！为什么这次……”

龙神摇头：“恐怕是积劳成疾。他一贯不爱惜自己的身体。”

“太子妃也不必太担心，”龙神开口，“回到水中休养一段时日，应该就无大碍。”

“没事就好。我只是觉得奇怪……”白璎低声道，双手紧紧握着光剑，“为什么他会受伤呢？方才在神庙里，他并未动手，只是从旁协助我而已！他、他身上怎么会忽然出现这样可怕的伤？”

龙神扭动了一下身体，似有不安，再度安慰：“应该是旧伤裂开了——要知道，他昔年实在太不爱惜自己这个身体，留下了很多隐患，一旦剧烈战斗便会发作。”

“是吗？”白璎低头看着榻上昏迷的人。

睡在水底的人越发显得英俊而苍白，深蓝色的长发如同水草一样漂浮在侧脸，紧闭的双眸和嘴唇没有透出丝毫生的气息，仿佛古船失事后沉入水底多年的一尊俊美石像。

“苏摩……”她喃喃叹息，忍不住抬手轻抚他苍白的脸颊。

从来没有看到过他这样安静的表情——没有一丝一毫的阴暗和桀骜，仿佛在光阴的深处安眠。如此孤独，又如此脆弱。她沉默地坐在他身侧，长久地凝望他苍白的脸颊，忽然觉得心里有无法呼吸的痛。

“太子妃，你该回去了。”仿佛也为这一刻的沉默感到不安，龙神翘首看了看水面之上，语气开始变得庄重，“空桑人此刻应该也已经撤退回了无色城吧？真岚殿下率兵血战归来，太子妃应该早日前去接风才是。”

白璎一怔，眼神在瞬间雪亮，整个人震了一震。是的，龙神，是在暗自提醒她！龙神凝神看着白衣女子，意味深长：“我想，太子妃应该已经做出了选择。”

“是的。”她喃喃道，一分分地移开了自己的手，低声道，“龙神提醒得对——我是该回去了。这次让海皇受了重伤，空桑上下均为此感到万分抱歉。”

“不客气，空海已有盟约。”龙神微微颔首，转身向外，“送客。”

在白衣女子的身影消失在镜湖深处后，龙神呼啸了一声，转向一旁的巫医。

“好了，她走了，我们来说实话。”龙神低声道，看着海国最好的医生，“海皇的伤势如何？”

“不乐观。”海巫医手里握着煎出来的一盏褐色药汁，小心翼翼地托起了海皇的头，给昏迷的人喝下去了一些。一道殷红色的液体在水中迅速蔓延开来，发出“哧哧”的声音，让周围的水藻在一瞬间全部失去了颜色。

然而，那样强烈的药力，却依然无法让对方恢复一点知觉。药顺着紧闭的唇角滑落，然后消弭在水里。苏摩的眼睛依然毫无生气地紧闭，脸色苍白如同大理石雕。

海巫医俯下身，仔细看了看对方的身体。苍白而坚实的肌肤上，纵横着无数细细的痕迹，这些应该都是非常严重的伤口，然而愈合得非常好，肉眼几乎看不到伤痕——唯有胸口上那个对穿的大洞，是最新的伤口。

海巫医的手指轻轻敲击着伤口，眼神凝重。那个伤口，正在用人眼可见的速度慢慢地愈合——平常人需要花几个月、甚至一年才能恢复的伤，在他身上的愈合速度居然加快了十几倍!

海巫医霍然抬头:“龙神，您可知道海皇一直用什么术法来催合身体上的伤？”

在他抬头的瞬间，风帽滑落，乱发下的脸苍白而英俊，不过三百余岁的年纪——这个海国最负盛名的医者，居然出乎意料的年轻。

龙神凝视着昏迷中的人，眼里流露出悲悯的神色:“不用药物，直接在短时间内强迫伤口愈合——你想想，用什么方法才能做到这样？”

海巫医一惊:“莫非……是‘缩时’或者‘寸光’？”

龙神叹了口气，没有否认。

“天……”海巫医脱口惊呼，“真的是这种禁忌之术？！”

“缩时”，是一种在云荒大地上早已失传的上古咒术。传说中，这种术法可以操纵“时间”，能够让时间在特定的“某一点”上加速或者减缓。施用此法术，不仅可以令对手一夕白头，同时也可以令自己的身体产生同样的反应。

这本是一种“偷窃时间”和“燃烧生命”的术法，在云荒早已失传。不知道这个傀儡师，一百年间去了六合里的哪一个地方，居然重新学到了！

海巫医低首，凝视着苏摩胸口。那个巨大的伤口在神秘的力量之下一分分收拢，令见多识广的巫医眼里都露出了既崇拜又惊惧的表情——他伸出手，小心翼翼地触摸了一下伤口边缘正在延展的筋络，发现那里的温度非常高，完全不同于鲛人一直冰冷的体温。

“天啊……”医者低下了头，眼神恐惧。

“现在你明白了？”龙神颔首，低声解释，“海皇之所以能不畏惧损伤，是因为他对自己施用了‘缩时’之术——在每次受伤后，他会让自己身上的时间流逝加速，常人需要一个月才能愈合的重伤，他却只要一两天就能完全恢复。”

海巫医以手掩面，吐出一声呻吟似的叹息：“可是、可是这样的话……”

是，他知道这种术法的奥义。所以，也知道这需要付出什么样的代价——那是燃烧生命的禁忌之术。每一次愈合伤口后，都要减去一段生命！

百年来，留下无数伤口的这具躯体，又曾透支过多少生命？

海巫医看着昏迷中的海皇，眼里忽然露出一种洞察的悲悯——是的……是的，这种不顾一切的绝望和自毁自弃，他完全了解。因为百年前，他也曾经像这个沉睡的海皇一样经历过同样的事。

作为专门治疗鲛人的巫医，他曾经在跟随空桑藩王进入帝都朝贺的时候见过少年时代的苏摩一次——那个被青王带入帝都的盲人傀儡师，是个绝美的孩子，空洞的眼睛里却隐含着深不见底的阴枭恶毒，让他在乍一看之下就觉得心里寒冷。从此后，虽然听说过这个人的种种传奇，却在百年里再无相逢。

一百多年的时光里，这一路上他又经历过什么样的黑夜与白昼，看过什么样的风景，遇到过什么样的人？生命漫长而绝望，他心里是否燃烧着一种火，催促他不顾一切地向着终点狂奔？

苏摩……苏摩。就算我能治好你身上的伤，又怎能弥合你心里的裂痕？

“不过，还有一点很奇怪……”海巫医回过了神，俯下身，翻看着昏睡者身上种种恐怖的伤口，“根据刚才太子妃所说，海皇他并没有和破坏神直接交手，又怎么会受那么重的伤？”

“您看，这些伤……完全是出自于力量极可怕的攻击。”海巫医从逐渐愈合的伤口里，用银针挑起了一丝残留的引线——那种介于有无之间的细细引线旋即在水中融化，消失得无影无踪，“而心口上的那处则更加奇怪，您是否发现，这居然也是引线造成的伤？！”

海巫医抬起头来，眼里有掩饰不住的惊骇：“龙神，海皇身上的伤竟然是来自于他自己的手！这是怎么回事？”

龙神没有说话，仿佛被问住了似的，默然垂下头。

“不必再多问，我想海皇也不愿别人窥探他的内心。”龙神俯下身，用金色的身体盘绕着昏迷中的人——在那苍白的肌肤上，愈合的速度越来越缓慢，越来越缓慢，最后完全停滞了下来。黑洞洞的伤口深不见底，刺穿了那个单薄的身体。

苏摩……苏摩，眼下的你，居然连为自己疗伤都做不到了吗？

“龙，我回去给海皇炼药。”海巫医不再询问，只是默然行了一个礼。

在医者离开后，帐内又恢复了寂静。龙神缠绕着昏迷的人，凝视了许久，眼里的神色不停变幻。最终，探出首俯下身子，翻开了苏摩的双手——在苍白的手心里，赫然看到了一个淡金色的符咒！

那是一个金色正位的五芒星，闪烁着某种不祥的光。

果然是“逆风”之术啊……龙低低地叹息，能在苏摩手心画下这个符的，只有他自己一人而已——如果没有料错，另一个逆位的五芒星，应该印在刚刚离去的白衣女子身上吧？

苏摩……你真是一个不顾一切的人啊。

龙神俯下身，看着那张毫无生气的俊美容颜——这位碧海之王仿佛在水里睡去了，眼角眉梢的冷漠桀骜开始收敛，仿佛一只收起了刺的兽，如此安静，如此温驯，就像一个在大海深处睡去的孩子。

看来，早在未上白塔时，他便计算好了一切吧？

然而，有谁知道那一刻他的心情？当神庙里破坏神现身，当内心的黑暗被魔物唤醒，当剧烈的攻击落到身上，洞穿胸臆，割裂身体；当他跌落黑暗地面、蓝色的长发沾满灰尘、神志将逝之际，他又在想着什么？他碧色的双眼又看到了什么？是白塔顶上不堪回首却刻骨铭心的岁月，是百年流浪的黑暗和孤独，还是那双纯白澄澈的双眸？他的孤独，他的骄傲，他的梦想……他毕生深藏于心底的眷与梦。

一切开始于结束之后。一切也结束于开始之后。苏摩，苏摩……为什么会是你，被宿命推到了海国的王位上呢？

沉默中，龙神将身子绕紧，金光便慢慢蔓延开来，笼罩了昏迷之人的身体——苏摩的身体悬空浮了起来，在水流里上下浮沉，被龙神缠绕。在幻力的金光中，那个巨大恐怖的伤口再度被催促着生长，一分一分，终于勉强愈合。

漫长的时间过后，龙神眼里露出了疲惫的表情，颓然松开身体——苍梧之渊下被囚禁了七千年，一朝腾空而出的它也失去了凝结力量的如意珠，如今经昨夜一夜血战，已然筋疲力尽。竟然连催合伤口这样的事，都做得力不从心起来。

然而，正当龙神松开身子，将他放回榻上时，水里忽然浮出了一片血红！

无数道口子在一瞬间裂开，血雾笼罩了全身。苏摩重重跌落，身上所有新旧伤口一起裂开！仿佛瞬间有一张无形的红色大网张开了，裂口纵横蔓延，刹那覆盖了全身。

龙神看着忽然间裂开的人，忽然发出了一声咆哮！

昏迷中的人全身腾起了血雾，仿佛一尊完美的大理石雕像霍然从中四分五裂——没有咔啦的开裂声，那些裂痕只是悄无声息地在瞬间蔓延，仿佛身体里有某种力量再也无法受控地往外翻腾。在裂开的苍白肌肤里，忽然射出了一种黑暗的光芒！

那些黑色的光仿佛要溢出一样，在裂缝里涌动，宛如失去控制的怒潮。

那……那是什么？苏摩体内那种奇怪的黑色光芒是如此的阴暗邪异，带着某种凌厉的不甘和憎恨，极力想从这个躯体里挣脱出来，打破一切禁锢重返人间！这……是纯粹的“恶”的力量……是躲藏在他体内的另一面！

是阿诺！那个东西，就要出来了！

龙神凝视着那涌动的光芒，低吼一声，霍然伸出了雷霆般的铁爪。

“拜见龙神。”就在此刻，帐外忽地传来左权使炎汐的声音。

仿佛感应到了什么重要的东西，龙神闻声收住了爪，在水中一个转折，宛如金色闪电一般掠向了门口，现出了巨大的金身，盘绕在了帐顶上，目光炯炯地注视着帐外参见的人。

左权使炎汐带着一个女子跪在帐外，双手捧起了一颗光芒耀眼的明珠：“复国军暗部的碧，持如意珠回营复命！”

纯青琉璃如意珠！

龙神一个折身，猛然张开了巨口，一道金光陡然从口中激射而出，将那颗如意珠卷入了体内。只是这么张口一吸，整个镜湖水底顿时暗流汹涌，凝成了巨大的旋涡——这一次水流之剧，竟比蜃怪一年一度开眼之时更甚！

“龙神！”整个水底响彻了惊慌的呼声，无数鲛人从水草中惊起掠出。

龙在瞬间闭上了巨口，巨大的潜流顿时中止，整个水底凝固得仿佛冰块。金黄色的蛟龙盘绕在镜湖大营上空，现出了真形，片片金鳞如日光耀眼，巨大的双目如明月皎洁，一呼一吸之间，居然潜藏着控制沧海的力量！

“神啊……”复国军大营里的鲛人战士们齐齐抬头仰望，不由自主地跪倒在水底。

“神啊……尊贵的龙神！”虞长老颤巍巍地扶着杖，老泪纵横，“请您带领我们粉碎一切桎梏，重归于碧海蓝天之下！”

龙盘踞在碧水之上，俯瞰着镜湖底下七千年后幸存的子民，缓缓却重重地颔首：“感谢你们，让我重新获得了我的力量！”

“好，让我们在七千年后重归碧海！”龙发出长吟，仰首望着万丈之上的碧空，头顶水波离合，宛如依稀可见的遥远时代，“我们，一定要回到故乡去！”

“重归碧海！”“回归故乡！”

连绵的呼声响起，震得碧波荡漾。

狂热的情绪弥漫了水底，然而远远地，却有人躲在一旁发愁地蹙起了眉头。

“真的要回碧落海去吗？”那笙喃喃低语，俯下身抱紧了自己的膝盖，“那……可是很远很远的地方啊。而且那里全都是水，连小岛都没有一个吧？”

那笙拨弄着自己的手指，一边皱眉——皇天已经不在她手上了，可是她却总是下意识地去看右手。只不过戴了几个月，那个戒指居然已经在她白皙的手指上留下了淡淡的戒痕……就像她踏入云荒不过短短半年，这段日子却已经给她留下了难以磨灭的痕迹。

她把小小的身子尽力地贴近膝盖，直到脖子上的那颗辟水珠硌痛了胸口。

“唉……”她叹了一口气，喃喃道，“也只有认啦！炎汐去哪里，我也去哪里好了——反正，也是不打算回中州了。”

决定一旦做出，她心里霍然一轻，嘴角再度绽放出了一贯的明快笑意。她无聊地四顾，想从大群的鲛人战士里寻找炎汐，却始终看不到那个熟悉的影子——真是的……她是为了想见他，才跟着碧一起来到这里的，可是这个家伙看见自己却一直板着脸，根本没有给她嘘寒问暖的机会，就领着碧去了水底金帐。

炎汐这个家伙，是不是在同僚面前都这么一板一眼呢？真是无趣的人呢……死正经，哼。

“那笙姑娘。”在她胡思乱想的时候，身边忽然响起了一个熟悉的声音。

“炎汐！”她想也不想地叫了起来，直接跳过去抱住他脖子，“你终于来啦！”

“那笙姑娘，”对方仿佛颇为尴尬，往后退了一步，她那一抱便落了空，炎汐带着两名复国军战士前来，语气依然温和，态度彬彬有礼，“奉龙神之命，前来带你去金帐——请即刻随我来。”

“干吗这么正经啊……”那笙嘟囔着，眼里有不甘心的愤怒。

然而一跺脚，还是忍不住跟了上去。炎汐的背影挺拔而坚定，她默默跟在后面，看了他半晌，唇边忽然浮出了一个温暖的笑意，悄然伸出手，轻轻拉住了他的后襟。

复国军左权使的身形微微一顿，却还是不动声色地继续往前走。

就是不能牵手，起码也可以这样吧？那笙拖着他的衣角，如一个迷途孩童一样被牵着往前走，眼里却满是重逢时的欢跃和小小的得意——就这样一直一直悄悄地牵着他的衣角，穿过那些狂喜的呼喊的战士，穿过那些如林耸立的刀兵，往前走去。

她没有看到，一贯温和严肃的左权使嘴角，也噙着一丝温暖的笑意，忽然从战袍底下回过手来，轻轻握住了她的手。

这一路，只希望永远走不到头才好。

第十七章

哀塔女祭

苏摩睁开眼睛的时候，外面正是如怒潮般的欢呼声。

醒来时，映入眼帘的是金帐顶上蟠龙的纹章，在碧水中微微摇曳，天光水光从头顶笼罩下来，身周是一片无边无际的碧绿水色——自己这是在哪里？那一瞬，有微微的恍惚，然而很快便重新凝定了神志。

外面不绝于耳的欢呼声告诉他：这里，应该是镜湖底下的复国军大营——他从未来过的水底的世界，属于鲛人的世界。

他独自醒来，金帐空无一人，只觉得身体如凌迟般的痛楚，一寸寸都似在裂开。苏摩试着动了动手臂，想坐起身来，却发现整个身体都在不停流血，竟然完全不听使唤。他尝试了几次，眼神逐渐变得愤怒，不顾一切地挣扎。

然而，越是挣扎，血流得越快，染得身周的碧水一片血红。

最终，他颓然躺下，放弃了对自己身体的控制。耳边潮水般汹涌着同族的欢呼——回归碧海，粉碎桎梏，重返蓝天碧海之下，自由自在地生活……那样壮丽而充满希冀的誓言。

他静默地躺着，仰望着金帐顶上的纹章，忽然有恍如隔世的感觉。

对于外面这些狂喜的族人而言，身为海皇的他，却仿佛只是个漠然旁观的外人。曾经一度，心里也不是没有过寻找故园的念头，以至于在离开云荒的百年里，他曾踏足七海，远访碧落海上璇玑列岛。

然而，在那片已然荒芜的废墟上，他什么也没有找到。

那场染红整个碧落海的灭族战争毁灭了一切。隔了七千年，四周的海面上依然还有血的腥味，血海中诞生了妖魔，在黑夜里兴风作浪，吞噬所有一切靠近的生物，令此处变成了妖魔云集、邪兽出没的海域，被称为“海上丝绸之路”的航线也早已废弃，千年无人经过。

他在废墟上静默地坐了三天三夜，看着日月从头顶升起又落下，海风呼啸如泣，潮汐来去如歌，只觉得心里一片荒凉。

他是生于叶城东市的奴隶，自小就不曾见过大海，和所有鲛人一样，只在梦中反复地憧憬着自己的故国和家园——然而，等到他付出那么大的代价赢得“自由”之后，孤身远赴海外寻找故国，然而寻回的却只是这样梦魇般的景象！

这，是不是上天对他背弃一切、出卖一切的报应？

那一夜，碧落海寂静无声。只有高空的冷月和空茫的大海，看见了那个伏倒在废墟上痛哭的孤独的鲛人。

第二日，他便决然离开了璇玑列岛，直奔中州而去，开始了长达百年的修行过程。

在离开的时候，他没有再回头。也许对他而言，任何事、任何人，在破碎的那一刻开始，他就会在心里竭尽全力地去抹杀对方存在过的痕迹——如同他曾经刻意遗忘白塔顶上那一段往事一样，也就是从那一刻开始，他在心里抹去了“故国”这两个字。

金帐外，欢呼声还在继续，一浪高过一浪，承载着千年来多少梦想、渴盼和挣扎。他知道族人们是怀着怎样的热切和狂喜迎接龙神的归来、海皇的复生，期待着重返碧落海、重建故园的那一天。

在万众的欢呼声里，他只是默默举起了手，看着手心那个金色的五芒星符咒。虽然术法已经完成，那个符咒还在闪着微弱的光，在逐渐消退——他只是静默地看着，眼神微微变化。

幸亏事先做了这个准备……在踏入伽蓝帝都的时候，他就在她身上设了一个咒术。那个咒术，可以将她受到的致命攻击转移过来，由他代为承受。

在神庙里，当苏诺被魔召唤出来，他以为那会是同归于尽的结局——如今看来，竟还是苟延残喘地活下来了吗？

苏摩带着一种挫败感看着掌心那个符咒。另一个金色的五芒星，此刻应该在另一片洁白的衣袂上悄然闪动着吧？她应该一切安好，此刻已经平安回归无色城了吧……应该，已经和她的丈夫聚首了。

血从他的手上无止境地渗出，将周围的水染成一片淡淡的血雾。

苏摩嘴角露出一丝冷冷的讥诮——看哪……这个身体是多么脆弱，居然已经到了连用“缩时”之术都无法愈合的地步了！离彻底的崩溃毁坏，又还能有多远呢？

他回手抚着碎裂的胸口，伤口里透出的黑色光芒穿过他的指间。

“阿诺，”他忽然笑了起来，对身体里的某个人低语，“一起死吧。”

仿佛回应他的低语，身体里那种蛰伏的力量也起了波动，仿佛垂死挣扎，一道裂痕咔啦延展，他的躯体开始分裂成两半。

然而就在这样存亡的关头，水流忽然起了变化，金帐的垂帘霍然掀起，一道金光飞掠而入，将他几近溃朽的身体重新缠绕！金色的巨龙托起了苏摩的身体，吐出了一颗灵珠。

那颗青色的珠子仿佛是活的，在水里上下自动地翻飞，从他伤口上掠过。珠光到处，身体上的伤便开始渐渐愈合！

他不由得略微露出惊讶的表情——纯青琉璃如意珠？原来，碧已经回到大营了。可是就算靠着如意珠勉强维持着身体，这样的生存，又有什么意义？更何况他的身体里，还隐藏着一个如此邪恶的灵魂！

他眼里露出了极其厌恶的表情，试图挣脱。

“苏摩！”一个声音忽然响了，直直地奔到他面前，“你、你这是怎么啦？！”

那笙不知何时站在了他面前，看着他现在的模样，不懂掩饰的脸上流露出极其惊骇的神色：“你……你怎么变成这样了？天啊……你身体碎掉了！你的头发……你的头发也……天啊，你到底怎么啦？！”

“那笙，别用手指指着海皇。”旁边的左权使低声道，按下了她直指海皇的手——虽然自己的眼里也有难掩的震惊。

仿佛在对方眸子里看到了自己如今的模样，苏摩忽地安静了下来，低头看着自己的一绺发梢。那一缕深蓝色的长发在水里蜿蜒漂浮，末端却已经变成了灰白色！那种灰白仿佛是活的，正在以人眼可见的速度向着发根缓缓蔓延，有一夕尽白的趋势。

他低下头，接着又看到自己的双手——手上的裂痕在灵珠的催合下，已经悄然痊愈。然而手上的肌肤却在无形中失去了光泽和弹性，渐渐显得苍老。

一切都缓慢而清晰可见地发生着。

他愕然地看着自己身体的改变，眼里露出了恍然的表情。

是的……原来是这样。也应该是这样。

在过去百年中，过度使用“缩时”这种术法，时光在他身上加速地流走。仅仅活了二百余年，他的生命便已经消耗殆尽。虽然一直以来用灵力维持着外表，但到了如今，在重创之下，已然连这种维持的力量也没有了。

龙神应该也知道这些变化的原因，眼里露出悲悯的神色，灵珠更加迅速地飞舞，将他笼罩在珠光之下。

“呵……”他却忽然笑了起来，看着那个愕然的小姑娘，“我死了，你高兴吗？”

那笙吃惊得结结巴巴：“你、你……怎么会死？你不是很强吗？”

“时间到了，自然会死。”苏摩喃喃道，“你看，连神魔都难逃一死。”

真是可笑……他获得了海皇的力量，却没有好好展现这种力量的机会——成为海皇的他，居然被自己心里的黑暗打倒，再也无法负担起交到他肩头的巨大使命！真是可笑……他挣扎了百年，怎么会获得这样一个结局？

他看了一眼那笙，目光冰冷：“都给我出去吧。”

“等一下，”龙神却发出了一声长吟，回头看着另一侧默立待命的女子，“碧，过来。”

“是！”复国军女战士明白龙神的意思，立刻上前一步，在苏摩榻前单膝下跪，将一物捧过了头顶，“海皇，属下已经完成了你的命令，将白塔地宫的石匣带回。请验看！”

那个石匣举到了面前，苏摩的眼神忽然变了变。

他知道那里面是什么。

“不必看了，”他淡淡地开口，声音冷涩，“直接送去无色城吧。”

那笙眼睛一亮，仿佛猜中了答案一样喜悦地拍手叫了起来：“果然是！苏摩，我猜那里头，装着的是臭手的身体吧？你让人把它从白塔底下挖出来了，是不是？！”

“是的。”苏摩蹙起了眉头，“真岚身体尚未复原，却几次三番地和强敌作战——我估计此次他回到无色城后，需要休息更长的时间。”

“不错。”龙神低吟，想起了昨夜支离破碎的皇太子，“他透支了太多。”

“在他恢复之前，空桑人会蛰伏在无色城一段时间……”苏摩低声道，“那笙，在这段时间里，必须尽快把六合封印全数破开！”

听到六合封印，那笙下意识地看了看自己的右手——那里空空荡荡。

“皇天呢？”苏摩同时看到了她的手指，略微诧异。

那笙不好意思地低下了头，讷讷道：“被……被臭手他拿回去啦。”越想越委屈，她撇了撇嘴唇，几乎带了哭音，“他……他太看不起人了！”

“还在他手里就好。”苏摩却没有理会，只是用低微的声音吩咐，“你拿着这个石匣回去吧——到无色城去，打开封印……交给真岚。”

“噢。”那笙老实地点了点头。

“这样一来，六个封印就只差一个了——那个空寂之山上封印的左手。”苏摩喃喃低语，神色日渐憔悴，“只要六合封印全部破解，真岚也就可以恢复以前的力量了——只可惜，我现在无法再帮上什么忙。”

那笙担忧地看着他，欲言又止。只是这样短短的谈话时间里，眼前的人赫然又显得更加衰老。那样绝美的容颜，仿佛深秋的落叶一样在夕阳下发出脆弱的金黄色光芒，然后悄无声息地凋零。

“你……”她忍不住站住了脚，回过身，“不会真的死了吧？”

苏摩凝望着她，眼神渐渐变得如她第一次看到时那样空茫——那是真正的盲人的眼神。苗人少女只觉得惊慌：难道此刻，他连保持“心目”的力量也开始衰退了吗？

“你不必问。”然而苏摩只是冷冷道，“和你没关系。”

那笙一跺脚，不忿道：“那我替太子妃姐姐问一下，可不可以？”

“住口！”苏摩霍然坐起来，死死盯着她，眼神闪过某种狠厉的光，“你给我听着——如果你敢向她多嘴一句，我就切掉你的舌头！”

被那种杀戮的神情吓到，那笙倒退了一步，看着这个人。

“噢……那我就不说好了。”她有些生气，随口回答。苏摩闭上了眼睛，仿佛知道这个小丫头的心思，也知道她的诺言根本没有多少诚意，忽地冷笑了一声：“你听着——如果你违背我的意愿，你就永远见不到炎汐了。”

显然这一句话极其有力地打中了她的要害，那笙霍然一惊，收起了嬉皮笑脸的表情：“真的？”

苏摩唇角有一丝冷笑：“我以海皇的身份警告你，你只要敢对她说半个字，透露我的情况，我就让你永远见不到炎汐！”

“不说就不说！”那笙终于一跺脚，气呼呼地跑了出去，扭头骂，“你以为我喜欢管你的闲事啊？莫名其妙的家伙，死了活该！”

苏摩看向一边的左权使：“炎汐，你拿上石匣，跟她去一趟无色城。”

炎汐怔了一怔，躬身道：“是。”

“白塔下的那个封印解开后，真岚应该会把皇天给她，让她去寻找最后一个封印——那时候，你就跟她去。”苏摩的声音越来越低，“大营里有龙和我在，军中的事情暂时交给长老和碧。我即将衰竭的事，暂时不能告诉外面的战士，以免动摇军心——但，空海之盟必须完成……只要真岚恢复了力量，那么……”

他顿了顿，眼里忽然露出一丝微弱的苦笑。只要真岚恢复了力量，那么云荒就将进入一个新的时代吗？呵……从什么时候开始，自己已经如此信赖“那个人”了？自己和他，本不该是天生的仇家吗？

“炎汐，去吧，去追上她。”苏摩仿佛回过了神，叹息着看着万丈之上的天光，低声道，“要好好地在一起……我以王的身份命令你。”

炎汐吃惊地看着榻上的海皇，屈膝在榻前跪下，低声道：“谨遵海皇吩咐。”

“我们鲛人，千年来错过了太多太多东西。”苏摩看着碧，又看了看炎汐，眼底忽然露出某种奇怪的笑意，“所以……希望从此后，谁都不要轻易再错过了——很快，一切都该结束了。我们就要回到故乡去了……”

“是。”碧也跟随着炎汐跪下，眼里满含了泪水。

“出去吧……”海皇微弱地吩咐，“外面那么热闹——去为你们的新生和自由欢呼吧！”

在两位下属告退后，金帐里重新恢复了寂静，只有灵珠还在上下飞舞，修补着他支离破碎的身体。

“龙，不要再白费力气了。”苏摩唇角露出了一丝笑意，“透支太多的光阴和力量，我的身体大限已到——生死枯荣乃是天道，逆流而上是愚蠢的。”

“不可以！”龙却发出了低沉的厉喝，“七千年了！好容易可以重返碧落海，海国怎么能在这个时候失去他们的王？你绝不能在这个时候倒下！”

这是义正词严的话，谁都无法反驳。

苏摩也没有说话，闭着眼睛，唇角的笑意更加深了：“是吗……因为子民希望我活下来，希望我能带领他们重返故园——所以，我必须苟延残喘地活着？”

他霍然睁开了眼睛，深碧色的双眸里透出一种凌人的光，一字一字地开口：“可惜，从一开始，我就不是你们所希望的那种王。

“我不为任何人而活，只听从心的愿望——我一生都在为这种彻底的‘自由’奋斗，付出了巨大的代价。所以，到了现在，我也要做出自己的选择。”

飞舞的灵珠在他眉心停顿，龙神长久地沉默，内心也似在挣扎着取舍。

“那么……”最终，龙神开口了，“你的选择，又是什么？”

苏摩从胸臆里无声吐出一口气，感觉那种衰弱已经侵蚀到了骨髓里。他凝视着头顶的天光和水光，唇角慢慢露出一丝不可琢磨的笑意——

“我的选择？龙，替我把哀塔女祭叫过来吧……”

镜湖底下复国军大营的祭坛上，忽然掠过一道金色的光。潜流汹涌，无数的水草纷纷避开，露出了祭坛底下的一扇小小的门来。

金光只是一闪，便掠入了小门背后，凝定在地上，化为一条蟠龙。

门一关，祭坛底下便又陷入了密闭的阴冷气息里——千年没有人曾进入过这里，谁能想到这样一个小小的门背后，却隐藏着大得令人吃惊的空间。

巨大的密室内一片黑暗，只点着一支小小的白色蜡烛。

蜡烛下，盘膝坐着一个纤秀的人影。

那个人静静匍匐在黑暗最深处，身侧只点了一支白色的蜡烛。她低着头，深蓝色的长发如同水藻一样垂落到地上，她穿着一件样式奇特的大红色衣服，衣裾竟然拖在地上长达一丈，衬得那个人仿佛就坐在一片燃烧的烈焰上。

在龙神掠入的刹那，她静静地抬起了头，优雅地行了一个礼："神啊，七千年后，我终于又看到了您！"

龙在黑暗里看着她，在微弱的白色烛光下，她的额角光洁而睿智，那样的轮廓隐约有一种惊心动魄的熟悉，宛如宿命的阴影。她抬头宁静地看着神祇，于是龙神便看见了她奇异的眼眸——那是一双不属于海国人的、火焰般的眼眸。

"溟火。"龙低吟了一声，眼里涌出柔和的表情，看着那个坐在黑暗里的女子。金光一闪，已然盘绕在她身侧。龙轻轻低首，触摸到了她的顶心——她的身体竟然是炽热的，完全不同于一般鲛人的冰冷，仿佛有火在身体里静默地燃烧。

龙神看着红衣女子，欣慰道："女祭，你从哀塔里出来了吗？"

"是的。"她抬头看着神祇，脸上的表情似悲似喜，再度以优雅的姿态恭谨地行礼，用额头触碰它的金鳞，"神，无论沧海桑田，溟火都会回到您身畔。"

那一刻，龙神明月般睿智深沉的眼睛里，也闪过了一丝晶莹的光亮。

"真是难为你了……"龙神喃喃叹息，"七千年前纯煌战死后，我又被困在苍梧之渊——我听说过你后来的事。"

海国的神祇垂下了头，用尾巴轻轻拍打她孱弱的肩膀，似是无声的安慰。

"纯煌……纯煌，真的死了吗？"溟火抬起了头，仿佛想哭泣，却最终无泪——或许，是因为身体内火焰的力量，让所有的泪水都已经被灼干？

这个红衣女子，是被海国子民称为"哀塔女祭"的人。

哀塔一族，是海国里仅次于海皇的尊贵血脉，封地位于璇玑列岛西北方的怒海。

这是极其尊荣的一族，世袭着女祭司的位置，掌握着火的力量，在海国中的地位仅处于海皇之下，和被封为武神将的那迦一族相当。除了侍奉龙神之外，祭司还承担着海国内的诸多要事，占卜预测吉凶，举行祭典，甚至下一任海皇的人选也由她来最终确认。

七千年前，空桑军队第一次入侵碧落海，海国奋起反击，便是由武神将那迦和女祭司溟火联手迎战，最终将六部的侵略者赶回了云荒。

然而，星尊大帝随之而来，手握辟天长剑亲征碧落海。

和那位千古一帝激战数月后，海国终于不敌。

眼看碧落海成为一片血海，鲛人即将遭到灭顶之灾，女祭溟火不顾一切地奔回了平日修行的哀塔里，跪在神灵面前许下了愿望，希望九天上的神灵能保住海皇的血脉和力量，让海国不至于湮灭。祈祷过后，她带着纯煌的血，随即毫不犹豫地投身烈火。

那一瞬，九天上的“神灵”被惊动了，终于从天空里伸出了庇佑之手。

在征服了碧落海后，星尊帝的军队曾经登上过哀塔。然而那座号称海国里最神圣的塔里什么都没有，四壁上只有烈火焚烧的痕迹，却看不到一块枯骨。

当军队准备进一步搜索时，大海上忽然风起云涌！

停在哀塔附近的船队在一瞬间被恐怖的巨浪打翻，那片宁静的海里似乎有烈焰从水底燃起，将侵略者的巨舟焚烧殆尽。只有少数的士兵逃了回来，在回顾时，骇然看到那片海交织着红黑两种颜色，波浪如同小山一样不停地移动，将所有进入哀塔周围海域的船只粉碎。

海天之战结束后，那一片海成了禁地，被所有海上的商人称之为“怒海”。有传言说女祭溟火的魂魄融入了这片海，因为亡国而日夜愤怒悲伤，所以此处波浪滔天，无舟可渡。

然而，没有人知道，七千年前举火自焚的女祭其实并不曾真正死去。在呼唤出神灵后，作为代价，女祭被生生地封印在那座孤独的哀塔里千年。她的生命被停止了，只是静默地等待着海皇复生、龙神腾出苍梧之渊。

她与世隔绝，不能走出哀塔一步，却能通过水镜看到这天地间的一切，并将预言通过海风传递给七海之内幸存的同族——她预言说：海皇血脉并未断绝，背上负有龙图腾的男子必将成为海国新的王者，而鲛人一族将会有重新回归碧海蓝天之下的一日。

她的预言，七千年来如风一般在族人中流传，成为鲛人代代不放弃的精神力量所在，让渴求自由的信念如星火在奴隶们心头燃烧。

终于，在七千年后，沧流历九十一年，海国新的王诞生于青水之上，龙神冲开了金索，腾出了苍梧之渊——在剧变发生的瞬间，七海都起了巨大的轰鸣和呼应。她在遥远的哀塔里睁开了眼睛，七千年前的符咒一瞬破裂！

然而，在睁开眼的一瞬间，她就知道，她的王已经死了。

虽然九天上的“神”曾经答允了她的愿望，然而纯煌毕竟还是死了……那个在碧落海深处对她宁静微笑过的王，那个在星盘前虔诚向她询问命运的王，那个不愿当帝君却被命运硬生生推上玉座的王——她曾发誓不惜一切侍奉的纯煌殿下，已经在七千年前就死去了。

原来，神也有做不到的时候。

身体里的烈火仿佛一直在燃烧，灼烤着她的身心，也灼干了心里的最后一滴泪。

“龙神，虽然纯煌已经死去，但溟火的心意未曾改变。”她静静地开口，仿佛下了最终的决心，“溟火醒来，唯一的目的就是协助族人在碧落海的废墟里重建海国。”

龙神无言地看着跪在眼前的红衣女祭，沉声道：“女祭，新海皇想见你。”

“是。”溟火低头领命，眼里却有忍不住的光芒。

七千年了，纯煌的继承者、隔世而出的新海皇，究竟是什么模样？

碧水离合，金色的帐子里，四角的流苏随着潜流漂荡。而那个静默地卧在榻上的男子就这样面无表情地看着周围的一切，眼神阴郁而空茫。

溟火只看了他一眼，便露出了震惊的表情——太像了！一模一样的面容，那一瞬，她几乎以为是纯煌再度复生。

然而，当他的眼神转过来时，她便知道自己错了。那样的眼神，仿佛隐藏着看不见的冰冷的针，森冷而诡异，一眼便可以刺入人心的最黑暗部分，和纯煌那种宁静宽容的神情完全格格不入。

“溟火女祭？”榻上的人开了口，低低地叫她的名字。

“拜见海皇。”她在榻前跪下，捧起了他冰冷的手，恭谨地俯下身，将嘴唇印上冰冷的十戒，“七千年了，请容许我……感受您的存在。”

苏摩没有动，觉得那印在手背上的唇如同烈火般炽热。

“您一定吃了很多苦，”她低声说，“在海国覆灭前夜，我曾经占卜过。下一任海皇的血脉将在七千年后诞生，带领我们回归自由——但是，那会是一个痛苦的过程。”

她抬起头看着他：“对于您来说，所有的一切，都开始于结束之后。”

那样的话在耳畔回旋，让苏摩怔住——这，不是那个苗人少女在慕士塔格的雪地里，为他写下的判词吗？原来……早在七千年前，他的命运便已经镌刻在了远古黑夜的星盘上？

他望着女祭，忽然间神色有些讥诮：“你，能看到我的未来吗？如果你能看到我的未来，就应该知道——我马上要死了。”

“海皇！”溟火不可思议地惊呼起来，“这不对！不应该这样！”

“不应该怎样？”海皇嘴角浮出一丝冷冷的讥诮。

“您不应该命绝于此刻！”溟火抬起了眼睛，望向水色之上的天空，仿佛也察觉了星宿的变化，脸色苍白，“不，不，这不对……为什么您的星辰移动了位置？和您的星辰并行的那颗星又是什么？不应该这样……我要去看星盘！”

“不必看了。”苏摩忽地大笑出声，从榻上支起了身子看着她，一字一句，“溟火女祭……我告诉你，所谓的宿命已经在我的手里改变了。如果你以为可以在七千年前就可以看穿我这一生存在的意义，那么，你大错特错！”

红衣女祭怔在当地，看着新海皇深碧色眼里的光，禁不住地微微战栗——这……这是什么感觉？如此邪异而凌厉，肆意而强烈，如狂风般掠过一切，竟然可以无视宿命和轮回！这个人，真的是纯煌的继承者吗？

她喃喃道：“那您召唤我来，是为了……”

“是为了借助你的力量。”苏摩忽然扣住了她的手腕，将她拉近身侧，冷冷注视，“我用星魂血誓打乱了整个星盘——溟火女祭，你的唯一责任便是协助我，将这个紊乱的局面收拾善后……明白吗？”

冰冷的手，扣在了她炽热的腕脉上，渐渐收紧。

他将心底的所有想法，通过念力无声无息地传达给了女祭。溟火愕然望着那一对碧色的眼睛，忽然明白了海皇的意思，渐渐全身战栗。

“我……我明白了，”她的声音无法控制地发抖，“如您所愿。”

“女祭，那就拜托你了。等所有一切都完成后……”苏摩抬起眼睛，静静凝视着金帐顶端，那里波光离合荡漾，宛如梦幻。身体在无声地溃败衰朽，然而他的声音却轻如梦寐——

“请让我安眠于大海。”

这一夜，对帝都所有人来说，都漫长得如一个醒不来的噩梦。

无数的火焰从天空坠落，宛如开国以来从未有过的盛大烟花。然而，漫空掉落的，却是燃烧着的生命——冰族人以为纵横云荒无所不胜的征天军团，在一夕之间遭遇了惨烈的损失，九天九部八百多个精英战士只有六百不到生还。

整个帝都里没有一人入睡，所有人都从家中逃到了街道上，你拥我挤、争先恐后往外奔逃。巡夜的禁军根本无法维持秩序，汹涌的人群在恐惧和慌乱中开始不顾一切地奔逃，从禁城里开始奔出，一路逃离战火的中心，朝着外部狂奔而去。

禁城、皇城、铁城，原本从来无人敢逾越半步的城门被惊惧的人们一重重推开。无论是禁城里的门阀，还是皇城里的贵族，此刻都顾不得什么等级阶层之分，汹涌地逃入了帝都最外围的铁城里，和那些工匠们混在一起，惊骇交加地看着帝都中心上空的战况。

鲜血、惨呼、烈焰，在黑夜里燃遍了伽蓝帝都。

歌舞升平了百年，帝都里的所有人都已经不再熟悉这种战争动荡的场面，只在其中战栗不已。伫立千年的白塔轰然倒塌，沧流贵族们凝望着虚空里如云般密布的冥灵军团、闪电般穿梭的金色巨龙，不由得脸色苍白。

夜幕下，巨大迦楼罗金翅鸟停息在断裂的白塔上，带着不属于人世的金色光泽。不少沧流冰族跪下来对其痛哭，祈求至高无上的智者大人能够保佑这个国家，让这一架媲美神魔的神器在这一瞬腾飞，迎击那些闯入者——然而，迦楼罗停在那里，一动不动。

所有人都以为这将会是覆灭的一夜。

幸亏，再长的夜也终有尽头。在一道金色闪电从高空击落的瞬间，迦楼罗金翅鸟终于呼啸而起！

日光从薄云后射出的瞬间，笼罩在帝都上空的黑夜被驱走了。

冥灵军团在一瞬间匆匆撤离，半空里只余下了征天军团。金色的迦楼罗悬浮在帝都上空，仿佛一片浮云，在帝都地面上投下巨大的阴影。战斗戛然而止，没有主帅的号令，数百风隼顿时失了主意，战士们左右顾盼，下意识地向着那架沉默的金色迦楼罗靠近。

巨大的金色飞鸟停驻在万丈高空，向帝都所有人昭示着一种超越人世极限的力量——无论天上地下，所有战士和百姓都为之目眩神迷。

一架风隼呼啸而起，稳定而熟练地在队伍中穿梭着，一路上传递出种种信息，让杂乱无章的队伍渐渐归位。战后存留的风隼在带领下井然有序地飞舞，渐渐重新归为九个分支。那架银白色的风隼一个转折，率先落到了帝都禁城的龙首原上。

机舱打开，一个长身玉立的年轻人跳落地面。

“飞廉少将！”最前面的人惊呼起来，“看啊，那是飞廉少将！”

逃往铁城的贵族们发出了一声欢呼，纷纷返身往禁城奔去。军中双璧之一的飞廉少将回来了，带领军队击溃了侵略者，不由得让帝都所有人都定了心。

在重新涌入禁城的人流里，只有一个少女怔怔站着不动。

“茉儿！快走！”贵妇返身来拉住她的手腕，有些急切地拖她上路，“回禁城府邸里去！你难道想待在这个都是贱民的铁城？”

“不，娘，”明茉的眼神却奇异，“你、你看！”

少女明亮的眼睛一瞬不瞬地看着高空，那个巨大的金色机械宛如一片浮云遮蔽了天日。明茉失神望了片刻，忽地狂喜惊呼：“云焕……是云焕！他，没有死！你看，他好好地站在机翼上！”

她不顾一切地张开双臂，朝着空中那片云奔了过去：“云焕！”

罗袖夫人站在人流中，抬头看了看高悬于帝都上空的迦楼罗金翅鸟，眼里忽然流露出了一种深思的意味——迦楼罗里面的人，居然是云焕吗？那个本该死在牢狱里的破军少将，居然逃出了生天！不仅逃出了生天，而且成了迦楼罗金翅鸟的拥有者！

明茉一边大声呼喊，一边狂喜地奔去。飞廉仿佛听到了她的声音，霍然回身，奋力挤出人群，一把拉住了她。

“明茉，不能去！”他厉声制止，“不能去找他！”

“为什么！”明茉却根本不听，“你看，他没死……他活着！”

“他是没死，却比死了更糟！”飞廉厉喝道，捏痛她的胳膊，“他疯了！你知道吗？他变成了一个魔鬼！他撞倒了白塔，血洗了元老院，杀死了你的族长巫姑大人！你知道吗？”

“不可能……不可能！”明茉却毫不相信，“你胡说！”

飞廉不让她走，怒斥道，“你给我清醒一下！”

“我才不管！”明茉同样激烈地反驳，推开未婚夫的手，“这帝都每个人都想害死他，他就是杀了整个帝都的人都应该！我不管他是否撞了白塔，我只知道他还活着——只要他活着一天，我就会去找他！”

“你疯了！”飞廉惊骇地看着她，不相信这个纯真的女孩子会说出这样的话来，“你觉得他杀光帝都都应该？”

“不要管我！我不是你未婚妻——你有碧，我有云焕，各不相干！”明茉毫不退让地看着他。飞廉心里一痛。那一瞬，他想起了碧离开他时，有着同样坚定而义无反顾的表情——这些女人啊……有时候盲目的爱情，几乎可以和复国的信仰一样坚定！

他颓然松开了手，退后了一步。

明茉渐渐从激动中缓过气来，稍微感到赧然：“对不起，飞廉。”——毕竟，这个人曾经帮助过自己和云焕那么多，自己怎么可以用这样的语气和他说话？

“你去了会后悔的……”飞廉苦笑道，“你不知道他变成了怎样的一个魔鬼。”

“我不后悔。”明茉却坚定地反驳，“我才不怕什么魔鬼，这个帝都早就遍地都是魔鬼了——如果不是那些魔鬼，云焕怎么会被逼到那个地步？”

飞廉再度无言以对。

“算了，就让她去吧。”忽然身侧有人开口，打了个圆场。

“罗袖夫人！”飞廉失声道，发现站在一侧的居然是明茉的母亲。

“去吧。”罗袖夫人对女儿意味深长地点了点头，“我知道你一直想去到他的身边。”

“谢谢娘，谢谢娘！”明茉大喜过望，立刻提着裙裾飞奔而去，宛如一只美丽的小鹿消失在茫茫的人海中。飞廉意外地看着这个忽然转变了态度的贵妇，仿佛明白了什么，沉默下去。

"飞廉少将……真抱歉，"罗袖夫人很客气地转向他，点了点头，从怀里摸出一物来慎重地递上，"这件事物，妾身一直随身保管着……如今看来，还是还给阁下较好。"

飞廉看到那一张精美的洒金红笺，脸色一变——那是数月前定下婚事时，巫朗一族和巫姑一族长老们写下的庚帖。

"夫人是想退婚吗？"他冷冷开口。

"在这个时候开口，虽然是有些腼颜，但妾身的确是这个意思。"罗袖夫人倒是沉得住气，就这样站在纷乱的人流中对未来的女婿开口，"茉儿的心思一直在别处，飞廉少将想必也很清楚……我也是想通了，这事勉强不来，还是听从女儿的心意好了。"

飞廉看着这个美艳的贵妇，即便再从容，也无法掩饰眉梢一闪而过的冷嘲。

人说罗袖夫人八面玲珑手段高超，如今看来真的不假。昔年巫朗一族门第高贵实力出众，的确是联姻的好对象。而如今风云激变，元老院一夕破灭，而云焕掌握了迦楼罗，十大门阀即将面临新一轮的洗牌——在此刻断然放弃原先婚约另谋高就，的确是迅捷聪明的选择。

他不发一言地接过了那张庚帖，在手心一揉，无数金红色的纸屑簌簌而下。

"如此，多谢飞廉公子了。"罗袖夫人微微地笑，躬身行礼。

"夫人也请小心，"他拂袖离去，冷冷留下一句话，"破军绝非好相与之辈。"

人潮从身侧匆匆涌过。那些一时为了保命而弃家而逃的贵族们，在日出战乱平定后感觉到了安全，便不愿在铁城停留一刻。在那些狂喜返城的人群里，唯独罗袖夫人站着不动，眼神宁静而深远，仿佛比眼前这些人看到了更远的地方。

破军……那颗在昨夜血与火里重新亮起的破军，到底会将帝国带入一个怎样的局面？这个帝都里的所有人都曾亏欠于他，犯下了累累的罪行——包括她在内。当他重返人间、掌握了如此巨大力量之后，她简直不敢想象他又会采取怎样的报复手段！

幸亏，茉儿一直待他忠贞不贰，此刻好歹也算留了一条后路。

"夫人，"一只手伸过来，握住了失神之人的手，"该走了。"

她下意识地被牵着走出了几步，抬起头，看到了蓝发的鲛人少年。身侧所有人都在朝着一个方向奔去，只有凌始终停留在她身侧，抬起手为她挡住冲过来的人。他手臂上和脸上都有擦伤——是护着她在人流中奔逃时被冲撞而留下的痕迹。

“你怎么还在这里？你……你没有逃吗？”罗袖夫人愣住了。她在率领族人离开府邸躲避时，故意没有叫上凌，为的就是给他一个机会离开。怎么到了现在，这个鲛人还在这里呢？要知道动乱一结束，要离开帝都就非常艰难了。

凌没有说话，只是看着她："我无处可去。"

他慢慢握紧了她的手，罗袖夫人怔住了，下意识地想抽出手，却霍然被紧紧握住不能动弹分毫。她愕然地望着对面的鲛人少年，仿佛从他的眼神里明白了什么，脸色转瞬苍白。

“凌，你不愿意离开我吗？”她低声道。

“是的，夫人。”

“那么，”罗袖夫人喘息着，仿佛极力克制着某种汹涌而来的情绪，脸色苍白，抬起头死死看着对方碧色的眼睛，“凌……你爱我吗？”

那只握着她的手在瞬间战栗了一下，缓缓松开。

凌退了一步，用一种难以描述的眼神看着她，仿佛悲哀，又仿佛欢喜。他嘴唇战栗了一下，无法回答，向着人群走了几步，似乎想逃离这一刻的无形樊篱。然而在他即将回身的刹那，一双手从背后伸过来，不顾一切地将他紧紧拥抱。

“凌，凌！”她战栗地低呼着他的名字，仿佛要将鲛人少年窒息。

那一瞬间，什么种族、阶层、年龄、身份……一切俗世具有的桎梏都不再存在。突如其来的兵乱成就了这一刻，出身门阀贵族的女子和鲛人奴隶在朱雀大街上拥抱彼此，忘记了身外所有的一切。

兵荒马乱的帝都，身周匆匆逃难的人流不曾为这一对忘我的情侣停留。

然而那一瞬的画面，便定格成永恒。

沧流历九十一年十二月十三日清晨，一夜激战之后，空桑军队撤离。迦楼罗金翅鸟腾空出世，震惊了帝都上下。破军少将云焕从迦楼罗内走出，曾遭受酷刑致残的他身形依旧轻捷矫健。

清晨的日光给他披上了纯金的盔甲，他站在迦楼罗巨大的金色翅膀上，俯瞰着帝都下举头仰望他的民众，脚下是成为废墟的伽蓝白塔。他没有开口说话，只是举手指向九个方位，迦楼罗便随之呼应出了九道金光——落地之处，万物皆成齑粉。

那样可怕的力量，令所有帝都的贵族胆寒心裂，不敢仰望。

最后，当他将手指转向、冷然指向脚下大地的时候，所有仰望的人不约而同地发出了一声惊呼，浑身战栗地跪倒，齐齐匍匐在他的脚下。

“破军，破军！”惊慌的声音响彻天际——是的，只要那个九天之上的人一弹指，这个帝都便会灰飞烟灭！

“屈膝于我，”迦楼罗发出了巨大的声音，低沉而威严，“便得平安！”

在这样骇人的毁灭力量之下，一片一片的人群都跪下去了，放眼看去，整个帝都的街道上都是匍匐着的人的脊背。然而，在满地匍匐的人群中，只有一条白色的影子傲然直立，直视着九天上披着金光的人。

带领军队和空桑冥灵军团交战完毕的飞廉站在大地上，凝望着站在云霄里的云焕，眼神缓缓变化。

是的……是的，那就是破坏神！这个宛如天神一样的人，早已不是云焕，而是破坏一切的魔！他只要一弹指，便能将这个帝都化为火海，便能让这个云荒天翻地覆！

叔祖，叔祖……虽然眼下绝不是他的对手，但我应允过你，绝不会再让这个家伙将整个帝国拖入毁灭的边缘，绝不会再让这个云荒因为他而陷入灾难！

飞廉没有说话，他身侧的战士便也沉默。那些人脸上露出敬畏和迟疑交错的神情，看着自己的将领——飞廉在军中多年，出身高贵后台强硬，待下属恩威并施，所以素来深孚众望。即使到了此刻，在如此剧变来临之时，依然有一部分战士们信赖并服从他，不敢立刻倒戈向云焕称臣，等待着他的决定。

“云焕……”他低低咬牙，霍然折身，“我们走！去叶城！”

仿佛看到了大地上这个叛逆者，迦楼罗上蓦然盛放出一道金光，直射飞廉而来。然而在金光到达之前，飞廉已经敏捷地跳上了一架比翼鸟，银色的影子呼啸而起，迅捷地躲过了追击，转瞬向着南方掠去，消失在帝都天际。

“走！”周围战士迟疑了一下，有一部分跳上了风隼，尾随而去。而另外一部分战士出现了短暂的犹豫，去得稍微迟了一些，风隼尚未离开帝都上空，后面金色光芒便如箭般激射而来，将那些风隼连同里面的战士化成了火球！

地面上人惊惧交加地抬起头，眼睁睁地看着那些火球坠落，不由得失声惊呼。

“低下你们的头！”金光忽然在他们头顶大盛，迦楼罗发出巨大的声音，响彻帝都上空，“有罪的人啊，怎可用你们污浊的眼睛来仰望天空！在我面前，低下你们卑贱的头颅！”

金色的光在全城横扫而过，来不及匍匐下身体的人转瞬惨叫着倒地，血流成河。邪恶令人战栗，而力量却又令他们仰视，无法控制让双膝软弱地下跪。

“破军……”将脸贴在冰冷的石地上，所有人都在心里战栗地念着这两个字。

一个血色横溢的时代即将到来。

第十八章 君临天下

沧流历九十一年冬，白塔崩，破军曜。云焕少将控迦楼罗翔于九天，风云动荡，三军九部皆为之悚然，束手阶下听命。唯飞廉抗之，率众独出帝都，与巫罗会于叶城。

许多年后，史书《沧流纪》里，还存留着这样的一段记载。

沧流历九十一年十二月十二日深夜，风云激变，云荒的命运在日出后发生了巨大的转折。破军横空出世，迦楼罗扶摇九天。白塔被撞断，整个元老院被摧毁。空桑和海国联手入侵，带走了白塔下的六合封印。

十二月十三日，沧流帝国征天军团第一次分裂。

飞廉少将率部众离开帝都，于叶城与十巫中仅存的巫罗会合。先前出城平叛的卫默和青铬在得知十巫尽数死去、帝都落入云焕掌控后，这一派出身于帝都门阀嫡系的贵族子弟便决意留在叶城，拥兵与帝都叛逆的云焕遥相对抗。

帝都伽蓝对外的唯一通道被扼住，只能通过征天军团飞渡镜湖联系外界。然而，对于此刻混乱动荡、尚自闭门进行内部大清洗的帝都来说，这一个问题尚未提到解决的日程上。

维系了沧流帝国百年的元老院制度一夕崩溃。十大门阀潜流暗涌，各自心怀鬼胎，有怯于破军汹涌力量，想屈膝侍奉以取厚利者；有心怀异图，意图趁乱集结力量一举夺权者；更多的，却是彷徨摇摆，随时准备倒向风头最劲一方的骑墙者。

迦楼罗金翅鸟悬浮于帝都上空，里面的人却没有丝毫动静。

破军出乎意料的暂时沉默，给了帝都那些门阀一线喘息和谋划的契机。各方蠢蠢欲动，暗地勾结谋划，潜流汹涌，爆发只在转瞬之间。

但谁都没有想到，十二月二十日清晨，巫姑一族却率先做出了表态——新任族长罗袖夫人，亲自带着独女明茉登上了白塔的断顶，屈膝下跪，向着浮在上方的迦楼罗金翅鸟举起双手，将族长的令符奉上，做出了臣服的表示。

一道金光从迦楼罗中射出，笼罩在白塔断顶上。

金光过后，这一对母女凭空消失。

没有人知道那之后发生了什么，也没人知道她们在高空和破军达成了什么样的协议——十二月三十一日，也就是沧流历九十一年的最后一天，巫姑一族忽然对外宣布，罗袖夫人之女明茉，已经重新成为破军少将的未婚妻；同时，巫姑一族也全力支持破军少将云焕成为帝国的主宰者！

这一举动彻底搅动了看似平静的暗流，帝都错综复杂的矛盾一触即发！

那场奢华的婚礼定于半个月后举行，十大门阀均在受邀之列。

十大门阀诧异于这一重新缔结的婚约，暗自奇怪以云焕那样暴烈决绝的脾气，居然肯和巫姑一族重修旧好。然而出于对那种毁灭性力量的畏惧，却不得不虚与委蛇，积极地为婚礼做着种种准备，清扫白塔内外，修缮崭新的塔顶广场……几乎整个帝都都暂时把内忧外患抛到了脑后，全心全意地倾力准备着一个空前奢华的婚礼。

然而暗地里，一部分野心勃勃的贵族早已厉兵秣马，训练家将，联合帝都禁军和钧天部，准备趁着婚礼里应外合将这个谋逆篡位之人一举击毙！

沧流历九十三年一月十五日，婚典如期举行。

那一日，在后世被称为“血曜日”。

那一场血腥的婚典，如同噩梦一样定格在所有生还贵族的记忆里。

金色的光芒照彻了整个伽蓝帝都，白塔的废墟伫立于蓝天之下。当礼炮响起，十二记巨响后，七彩花瓣随着烟火从高空洒落，缤纷如雨。迦楼罗金翅鸟从白塔上空缓缓下降，英武逼人的戎装军人挽着美丽的新娘从机翼上缓步走下，来到修缮一新的白塔顶上，对着塔上塔下的民众举起了双手。一手握着象征元老院首座的权杖，一手握着帝国元帅的佩剑，金眸璀璨，令人不敢逼视。

“破军！破军！”云焕牵着新娘的手，缓步走上高台，沿路无数的帝国贵族争先恐后地抛撒花瓣，纷纷鼓掌和欢呼，个个脸上露出敬畏且谄媚的表情来。

在满耳的赞美和祝福声里，新娘幸福得战栗，紧紧抓着新郎的手臂，脸颊绯红，眼波流转。然而，新郎的眼里，却有越来越无法掩饰的暴戾之光透出！

一个声音在心底越来越响亮地回响：杀吧……杀吧！看看这群谄媚龌龊的家伙！云焕，我将你从绝境里拉出，赋予你这样巨大的力量，就是为了让你消灭这该天罚的一族！杀吧……不要犹豫。这是一座罪恶之城，这里每一个人都是罪人！

云焕微微一怔，闭了一下眼睛，仿佛想把这个声音压回心里。然而身体里的血仿佛在燃烧，黑暗的气息扑面而来，有无法遏止的杀戮欲望悄然抬头。

十大门阀会聚于塔顶，交相称赞和恭维着这对新人，然而眼睛里却藏着隐秘的鄙夷和不屑——从云焕到飞廉再到云焕，这个女子几度更换未婚夫，实在是比她的生母还放荡无耻，难为她在今天居然还装出这样一副纯真幸福的模样来。

新郎带着新娘缓缓前行，穿过月桂和萱草编织的拱门，男子如玉树挺拔，女子如玫瑰娇羞，宛如星辰般耀眼的一对。

在所有门阀交口称赞和羡慕声里，唯有新娘的父亲、巫即一族的景弘却愁容满面。他远远望着小鸟依人般走来的美丽女儿，留意到了身畔新郎深不见底的金色双眸，身子不由自主地微微颤抖——不，不……她身边这个可怕的男人，根本不爱她！

这一门婚事，根本不应该结！

然而，庶出不得志的父亲刚要从酒席上愤然站起，却看到新任的巫姑族长罗袖夫人满面春风地迎了上去。这个贵妇人在鲛人侍从的陪伴下上前，喜盈盈地将杯中的圣湖之水弹到新人衣襟上，祝福了女儿和女婿。然后，按照冰族风俗将一枚玉梳缠绕上两个人的发丝，一掰两半，分别赠予了新婚的夫妇。

“而今结发，不离不弃。”

云焕毫无表情地接过，神思却有些恍惚，眼睛只是看着主婚席上空着的另一半——没有一个人……这一次空前盛大的婚典上，男方竟然没有任何亲友可以出席！因为，他所有的亲人，都已经被眼前这群人屠杀殆尽！

憎恨和复仇的火在一瞬间几乎燃透胸臆，他的手无声地握紧，极力压抑。他回过身，眼光如刀剑冰冷，扫过那一张张权贵的脸，仿佛要记住这里每一个人的模样——是这些人……就是在这里的这些家伙，夺去了他的一切！口蜜腹剑、两面三刀的罪人啊……不要以为我可以忘记你们做过的事！

“请上座。”傧相推开铺满白茅的坐垫，示意新人入座。

然而，新郎没有动，眼睛依然只是看着空空的主婚席。新娘有些失措，抬起头看着他的脸，却发现那张睥睨天下的脸上忽然出现了一种奇特的哀伤表情——

“弟弟，你终于要有自己的家了，”恍惚之间，仿佛看到一袭白衣在主婚席上对着他温柔地笑，那是他的姐姐云烛，“祝你幸福。”

“焕儿，你也该娶妻了……帝都定亲那一位，是怎样的女子呢？”恍惚中，云烛身侧还有另一位白衣女子比肩而坐，轻抚着怀中的蓝狐，微笑着低叹，“可惜师父大概看不到这一日了……将来你成家立业了，不知道会不会回西荒看看师父的墓？”

姐姐，师父……是你们吗？你们，都在天上看着这一刻的我吗？！那一瞬，他只觉得心里刺痛再难忍受，霍然甩开了新娘的手，往前冲了一步——然而，那些幻影都在瞬间消失，宛如清晨的雾气再难寻觅。

他闭上了眼睛，觉得内心最黑暗的地方有个声音发出了冷冷的嘲笑：“还做梦啊？她们都已经死了！醒醒吧，不会有人再爱你，你也不会被任何人所爱……想想她们是怎样死去……想想你曾经受到过怎样的对待！”

“不要忘了，破军是为了杀戮诞生的！”

在那样恶毒而狂烈的低语声里，他渐渐全身颤抖。金色的眸子雪亮如刀，双手紧握，白色手套上居然有隐隐的金色火焰燃起！

当愕然的新娘重新上来牵住他的手时，他抬起头，只看到周围鲜花和恭维的海洋。

云焕从胸臆里长长吐出一口气，恢复了常态，几步走到了装饰着盛大花束的主婚桌前，拿起案上备好的琥珀色美酒，和明茉一起双双举杯，回身向周围的门阀贵族和塔下的百姓致意。在眼神扫过那些贵族时，金色的眸子里蓦地绽放出一丝细微的冷笑。

“破军！破军！至高无上的破军！”

琥珀色的美酒倾入咽喉，欢呼声响彻云霄。

然而，在这样的欢呼里，有一些眼睛却是恶毒而喜悦的，毒蛇般地窃窃私语：“看啊……他喝下去了！喝下去了！现在……”

人群里那些私语尚未传开，新娘的脸色已经煞白。

“别、别喝！这酒……”先喝下酒的明茉变了脸色，转过头看着云焕，急切地想推开他手里的酒杯，然而身子一晃，立刻毫无预兆地倒了下去。云焕下意识地俯身查看，然而刚一弯腰便吐出一口血来，身子沉沉落地。

转眼之间，这一对新人双双毒毙，婚典顿时一片大乱。

“大家动手！”巫朗一族率先发难，将酒杯掷向地面，“诛灭乱党，杀了破军！”

酒杯在地面上碎裂，发出刺耳的声音。掷杯为号一出，婚宴上有数十桌贵族一拥而起，纷纷将自己手里的酒杯用力掷出！此起彼伏的碎裂声里，只听一声呼啸，塔下拥上无数手执武器的士兵，冲入了婚宴。

“你们想干什么？”罗袖夫人变了脸色，想拦住冲过来的士兵，“你们想叛乱？”

“什么叛乱？云焕他才是叛贼！”巫朗一族粗暴地拨开了她，冷笑着指住她的鼻子，“死婆娘，你卖女求荣，你才是叛逆帝国之徒！快滚开！”

“不！”罗袖夫人却踉跄冲了回来，拦在了前头，“不许碰我女儿！”

“滚开！”士兵们冲了过来，毫不留情地将贵妇推倒在地。

“不许碰明茉！”然而却有另外一个人冲了过来，拦在了他们面前。那个男子脸色憔悴，带着长期纵情声色后的颓唐，拔出一把刀，不顾一切地挡在了前面，“不许碰我女儿！”

士兵们猝不及防，一时间愣了一下。

“景弘？！”罗袖夫人吃惊地看着那个男子，发现那竟是自己多年未见的丈夫。

“阿敏，快带女儿走！”景弘持刀对着乱兵，急切地喊。

阿敏？被那个遥远的称呼震了一下，她眼角忽然一热。然而罗袖夫人不敢怠慢，立刻从地上拖起昏迷的明茉，携女向塔下踉跄奔逃。

“快逃！快逃！”背后传来景弘低而闷的惨呼，有刀剑刺入血肉的钝响。无数士兵的脚步声奔了过来。她头也不回地狂奔，眼角有热泪沁出。

“先不要追那个女人！”背后有乱军首领的声音，“先杀破军！”

“是！”那些已经逼近的脚步声瞬间又往回退。士兵们回身将白塔高台上那个中毒委顿的人包围了起来，无数雪亮锋利的刀兵，如林般朝着那个人身上戳了下去！

“不——”刚刚当上岳母的罗袖夫人脱口惊呼，惊骇莫名。

然而，所有的刀尖，在离开肌肤一寸之处忽然定住！

士兵们发出了惊慌的呼声，拼命想推进兵器，刺入对方的咽喉。然而那些武器仿佛生根了一样，在距离云焕咫尺的地方停住，似乎虚空里有一个无形的结界笼罩在那人全身，让所有外来的伤害无法接近一寸。

那已经闭上的眼睛悄然睁开，冷冷看了一眼戳到眼睑上的刀尖，泛出一丝冷笑，金色的眸子璀璨如火。

“啊？！”看到地上的人睁眼冷笑，士兵们齐齐发出了一声惊呼，情不自禁地松开了手，弃刀返身就逃，你推我挤，惊惶失措，“破军……破军没有死！他没有死！”

云焕缓缓从地上站起，却并没有追。然而，天上的迦楼罗却霍然发出了攻击——那座巨大的机械仿佛拥有看穿一切的眼睛，那些叛乱者甚至没有来得及跑下白塔，就被凌空如雨而落的金光全数地钉死在地上！

可怕的是，那些金光在向下刺穿他们身体后，又反射而起，宛如一支支巨大的尖刺，将被贯穿的人举向空中，定住。

帝都上空，顿时布满了林立的金色刑架！

叛乱者们的尸体布满了天空，无数血珠从天上落下，血雨浸润了白塔上盛大的婚宴。洁白的花束被染成血红，华丽的金杯里注满了血酒。这一场血雨洒满了在场所有宾客的脸，令那些虽没有参与动乱、却心怀期待的门阀贵族战栗，不敢仰望。

云焕回过头，看到了带着女儿躲在一旁的贵妇人，唇角浮出一丝冷笑。

“呵……多么美丽的婚礼啊。”云焕抬起头，微笑道，“岳母大人，你是否满意？”

血雨从天空洒落，那些濒死的叛乱者在头顶扭曲惨叫，宛如修罗地狱。罗袖夫人怔怔地看着沐血而立的军人，眼里露出了恐惧的光芒，嘶哑道：“你、你是不是早就料到会有人谋反？你想趁着婚宴集结十大门阀，把他们一举剪除！你……你早就知道酒里有毒，是不是？！”

“当然，”云焕冷笑起来，“愚蠢的人，他们居然还以为毒药会对我有效？”

罗袖夫人的脸色苍白如死，忽地指着他嘶声大喊：“可是，明茉呢？你就这样眼睁睁地看着明茉喝下毒酒去！你……你为什么不阻止？！”

云焕冷然瞥了一眼她怀里的新娘：“那是她自己的事。”

“魔鬼！”罗袖夫人浑身颤抖。

“别、别和他浪费口舌……”身侧忽然有人扯动她衣角，微弱地低语，“激怒他……会被杀……快、快救明茉。”

“景弘？！”罗袖夫人低下头，看到地上血肉模糊爬过来的人，失声惊呼。

她的丈夫伏在她脚下，竭尽全力举起手，手心里握着一粒朱红色的丹药：“这、这是……巫咸大人炼出的药……快、快给女儿试试……”

罗袖夫人捂住了嘴，连连点头，忍住了咽喉里的悲鸣。

景弘……景弘。我一直以为，你是痛恨着我们母女的……这么多年来，你根本不愿意看上我们一眼，可是到了今天，你却愿意这样不顾性命地来保护我们。她俯下身抱起血肉模糊的丈夫，感觉他的身体在怀里逐渐冰冷，忽然身心俱疲。

在遥远的年轻时，他们曾经那样真切而热烈地相爱过，以为可以逾越门第和血统的障碍。然而，这朵纯白的花在帝都腐朽的权势泥土里却终究凋零。那之后，他们都用各自的方法纵情声色，消磨着无爱无望的余生，以为将会对彼此怨怼至死。但是，谁都没有料到，他们之间却还有这样一种结局。

那已然是上天的额外恩赐。

“对不起。”她低下头，轻声在丈夫耳畔低语，泪水落在他脸上。

凌一直在一边看着这一家人，神色复杂，只是默然俯下身，扶住摇摇欲坠的罗袖夫人。

云焕扔下了片刻前还是他新娘的女子，转身看向白塔顶上那些面如土色的门阀贵族，目光剑一样地扫过人群，有清点羔羊般的得意与冷酷——迦楼罗发出了金色的光圈定了塔顶的广场，所有参加婚典的贵族们，无论是否参与了叛乱，都无法离开！

这里的所有人，今天他一个都不宽恕！

死亡之光如雨而落，将所有呼号的人群刺穿。在杀尽最后一个叛乱者后，迦楼罗的金光终于缓缓熄灭，淅沥而落的血雨也渐渐稀薄，云焕蹙眉道："好了，潇，拿走吧，别挡了我的视线。"

"是。"迦楼罗发出低沉的呼应，被钉死在空中的尸体齐齐抽搐，被抛向了万丈白塔下的大地，激起了地面上一片惊慌的呼喊。

同时，金色的军人在朝阳中抬起了头，对着天地举起了手里的权杖和佩剑。迦楼罗回翔于头顶，整个大陆踏在脚下，一个雷霆般的声音响彻了云霄："听着，大地上的蝼蚁们！

"如今这个云荒上已经没有元老院，没有智者。我，破军，便是你们的神！

"那些服从我的、忠诚谦卑的奴仆，我可令他得到永生和享乐。而那些心存侥幸、试图挑战我权威的叛逆者，我必追讨他们的罪——三代九族，一个不赦！

"死亡绝不是最后的惩罚——

"我会让你们看见这些叛逆者整个家族的下场！"

冷酷威严的声音响彻天地，如雷霆滚滚逼近，整个帝都都在其威慑之下——从铁城到禁城，从平民到门阀，所有人都在这样的声音之下战栗。

作为新娘的远房堂兄，季航在塔顶观礼的人群里，亲眼看见了这一场暴乱被残酷地平息。那样可怕的力量令他再度感到由衷的震慑。在雷霆之声中，出于某种景仰和敬畏，他双膝一软，不由自主地跪倒在迦楼罗金色的巨翅下。

"季航！"罗袖夫人回过头，赫然看到族里最能干的孩子跪倒，不由得失声，"你也要追随他而去吗？！"

然而，云焕这一次只是冷冷俯视着跪倒的人，嘴角浮出莫测的冷笑，并没有如初见时的那样断然拒绝对方——或许是知道一旦要接手庞大的帝国，追随者是不可缺少的，绝不能再以个人之力统治天下。

“好，这是你第二次向我称臣了，”云焕抬起了左手，将权杖点在季航的肩头，“我愿意收下你。”

一旦有人带头，更多的人纷纷跪了下去，表示愿意成为他恭谦的仆人。

百年来，沧流冰族有着冷酷铁血的统治、森严明确的阶层划分，所有人都按照制度成长，有不可逾越的阶层和规矩，他们没有神，没有宗教——信仰的，唯有力量。所以，那个驾驶着迦楼罗金翅鸟凌驾于帝都上空的男子，以毋庸置疑的强悍压倒了一切争议和不服，将整个帝都握入了自己的掌心。

破军出世，天下动荡，一个新的时代已经来临。

伽蓝城里风云变幻，然而与之对应的无色城里，却是一片寂静。

大战归来，六部战士重新进入石棺静静沉睡，积累力量迎接新的战斗。一望无际的白石棺材铺满了水底，整个无色城空无一人。激战过后，除了玄之一族损伤颇为严重外，各部均无大碍，此刻大司命和六王都已经休息。

此刻的水底，安静得如同睡去。居中的光之塔下，有一个白衣女子俯身于地，在聚精会神地缝着什么，银针在纤细的指尖闪烁，伴随着有一搭没一搭的说话声。

“唉，幸亏迦楼罗撞倒了白塔，让你白捡了一个便宜。”白璎将针刺入破裂的躯体，喃喃道，“我还以为这个身体，会是最后拿回来的一个呢。”

一具被撕裂成五块的身体正平平摆放着，手脚和躯干各自脱离，仿佛一只散了线的木偶。

“嗯，所以说运气这个东西，确实还是存在的啊。”一颗头颅待在旁边的莲花金盘上，俯视着皇太子妃飞针走线，百无聊赖，“反正，这次是要谢谢复国军那边——等把这零碎拼凑好了，该亲自去一趟面谢海皇和龙神。”

针在指间微微顿了一下，白璎的眼神黯淡了一瞬，叹息道：“我看还是不必了。”

“怎么？”他诧异。

“没见赤王奉命去探望，人家根本不见她吗？”白璎将躯体和右臂缝合，低头喃喃，“苏摩应该还在养伤，性格又向来孤僻——如果他不愿见人，那你去了只会令事情尴尬。”

真岚耸了耸眉头：“没关系，本来也就很尴尬了。”

白璎哑然，有些哭笑不得。然而她的丈夫只是对她眨了眨眼。

“真岚，有时候我真的不知道你怎么想，”她轻轻叹了口气，“你总是这样嬉皮笑脸，没心没肺，我都不知道你到底在想什么。是你告诉苏摩，让他来伽蓝帝都帮我的吧？”

“呃，这个啊……你说，那笙那个丫头拿了我的戒指去叶城，能不能顺利把剩下的那只手背回来？”真岚扯动嘴角，立刻把话题转到了十万八千里之外，“那丫头可真是个麻烦货——就算有炎汐陪她去，还是令人担心啊。”

“别转移话题。”白璎有些怒意，蹙眉道。

“哎呀，怎么还没缝好？”真岚眼看躲不过，立刻转了另一个话题。

“稍微再等一下。”白璎回答，手上却不停分毫，银色的细针上下飞舞。

“还要再等？我的手脚都僵了……快四个时辰了啊！”真岚愁眉苦脸地抱怨着，动了动僵了的右臂。

“哎哟！”然而刚一动，金盘里的头颅立刻发出了一声痛呼，几乎跳了起来。

“跟你说别乱动，”白璎将针上的细线衔在嘴里，抹去右臂肩关节处刚扎出的一粒血珠，“我正缝到一半呢。你要是乱动，准头一错，这只胳膊可就长歪了。”

“你缝得也太慢了一些吧？”空桑的皇太子嘟囔，“我都摆了一天的姿势了！”

白璎叹了口气：“你也知道我从没缝过人，所以难免要返工——不过，就算慢，总比把你四肢缝歪了好吧？”

真岚郁闷无比，只有闭上嘴。白璎重新低头，全神贯注地飞针走线，将双腿和右手一一缝到刚找回来的躯体上。

“好了，”半个时辰过后，她低下头，凑过去用牙齿咬断了长出来的一节线，抬头微笑，“你来看看——我缝得还不错吧？”

金盘上的头颅俯身看着地上的那具无头躯体，点头赞许：“不错，如此俊朗伟岸，总算恢复了我当年风采之万一。”

“油嘴滑舌。”白璎捧起了剩下的那颗头颅放到了躯干断口上，小心翼翼地比了一下位置，“好啦，只要把你的脑袋安上去，就算大功告成了。”

“那可得千万小心，”真岚忧心忡忡，“否则一针不准，就要被你毁容了。”

“先坐起来，”白璎推了一下他，“躺着没办法缝。”

真岚长长舒了口气，地上无头的身体忽地直了起来，活动了一下全身的筋骨。然而右手却一直扶着自己的脖子，防止那颗头颅从断口上滑落。

等他坐好，白璎扶正了他的脑袋，凑过头去，小心翼翼地一针刺入肌肤下。银针连着细细的线，将断裂了百年的躯体重新缝合。她凑近他颊侧，一针一针地缝合，回忆起百年来的种种悲欢离合，不由得心中如刺。

“真岚，”她低声道，“痛吗？”

“还好。”那颗头颅满不在乎地开口，“就像被蚊子叮几口而已。”

白璎逐渐缝向了右肩一侧，轻声道：“不，我是说车裂的时候。”

针下的肌肤忽然微微一颤。真岚的声音停顿了。她没有抬头，只感觉他的呼吸在头顶上方微响。寂静中，她拿着针的手也渐渐发抖：“那时候我不顾一切地飞奔，却在城头看到刑架套上你的身体，根本来不及阻止……”

“不要再说那些了……”真岚喃喃道，“都过去了。”

白璎停下了针，低头轻声：“不……没有过去。怎么可能过去？这么久了，我没有敢和任何人说那时候我的心情……眼睁睁地看着你在我眼前被撕裂，眼睁睁地看着空桑覆亡！你不知道那时候我有多害怕多后悔。我真的恨透了那个自己……一百年来，只要我闭上眼睛，那一刻的景象就在眼前反复出现，漫天都是血红色！”

她的声音逐渐尖锐，然后无声。

真岚没有说话，垂下了眼帘。白璎的针停在他右颈侧，低下头喃喃地说着，声音和身体微微发抖，每一句吐出的气息都吹拂在他刚刚接合的肌肤上。真岚的眼神忽然有微妙的改变，他没有说什么，只是抬起了右臂，环住她的肩膀，轻轻止住了她浑身的战栗。

真好。如今他们都有了一个真实的、可以触摸彼此的躯体。

“不要怕，”他轻声道，安慰自己的妻子，“你看，你已经把我缝好了……我好了，空桑也会好起来。一切都过去了。不要害怕，都过去了。”

白璎沉默了许久，身子的战栗渐渐平定。

“我目睹过亡国的种种惨况，知道自己在少年时犯下了多么可怕的错。”她的脸贴在他颈侧，声音轻而坚定，“从那一刻开始，我就发誓：要用剩下的所有生命来赎罪。”

真岚叹息：“你一直都太过于自责。”

“所以，真岚，我会一直和你并肩战斗到重见天日的时候。”白璎抬头静静地看着他，眼里有清澈的光芒，“这就是我的选择……你明白吗？”

“嗯。”空桑皇太子低低应了一声，眼神复杂。他明白她的意思。

“我早已做出了取舍——所以，请不要阻拦我。”果然，她看着他，终于开口，说出最艰难的那句话，“你应该知道，无论以前发生了什么，但如今的我，无论如何都不会再和苏摩在一起……你不该试图考验我，再把我推到他的身侧。”

真岚眼神忽地雪亮，松开了手臂，直视着她。

“不，”他开口，缓缓摇头，“不是这样的，白璎。”

空桑皇太子侧过脸，看着无色城上方荡漾的水光，眼神宁静：“不是什么‘考验’，我只是希望你幸福罢了……所谓的宿命和责任实在是太沉重的东西，会压垮你一生的梦想。”

低沉的声音消失在无色城的水汽里。白璎久久不语，将头靠在丈夫的肩上，听着胸腔内缓慢而有力的心跳，脸上忽然也是一片宁静，心底澄澈如镜——是，就是这种感觉……如此平静如此祥和。和真岚一起，总是能感到一种光明的、向上的力量，和在那个人身畔那种黑暗沦陷的感觉完全不同。

爱，其实就应该是这样光明向上、相互提携的吧？为什么在那个人身侧，她却总是感觉到无边无际的绝望和黑暗，简直要溺毙其中，万劫不复？

或许，即便是如何痛苦地取舍，她做出的选择也是正确的。或许，已经到了放下过去、向着光明奔去的时候了吧。

“幸福？”她抬起头，对他笑了一笑，“像现在这样……便已经很幸福。”

那一刻的沉默，是宁静而温暖的。

在空无一人的无色城里，刚刚拼凑出形状的皇太子坐在白石台基上，用仅有的右手抱着皇太子妃。两个人谁也没有说话，只是这样相互依偎着，久久无语。

“手酸了吗？”不知道过了多久，白璎忽然“哧”地一笑。

“呃……好像还能动。”真岚嘟囔了一句，手在她腰畔紧了一紧。

“别动……再动我拿针扎你了！”白璎下意识地避了一下，嗔怪着抬手挡住那只不老实的手，忽地将语气放柔和，“那么，你觉得这样幸福吗，真岚？”

她凝视着他的眼睛，想知道这个原本也是被逼接受命运的伴侣的心意。她不知道是否他亦心甘情愿，不知道他是否已经放弃了水镜里的那个红衣少女——就如他从未询问过她的往昔，她也从未问过他到底在砂之国时有过什么样的往事。

而真岚只是惫懒地抓了抓头：“这个啊……要看你对幸福的定义了。”

白璎有些忐忑：“那你的定义呢？”

“我的定义？很简单啊……”空桑皇太子顿了顿，嘴角忽然浮起了一丝笑意，不顾她的抗拒，又把手放到了她腰间，“要是你把手拿开就好了。”

“你！”白璎又羞又恼，跳起了身。

“哦，别别。我错了我错了……”真岚明白妻子经不起开玩笑，连忙一把将她拉回身侧，一迭声地道歉，凝视着她的眼睛，轻声道，“其实，只要能一直这样……就很幸福了。”

白璎神色放缓，忽地低下了头，轻声道：“我也是。”

那一句话后，又是无声。真岚看着身侧垂头的女子，发现她双颊有淡淡的红晕，赫然如同少女时的娇羞无限——那一刻，百年前白塔上的一切忽然涌上心头，无数的悲欢潮水般涌来，几乎一瞬间将他灭顶。

从没想过，居然还有这一日。

是的，只要这样就好了……这样就已经算是“幸福”。大风大浪过尽，他们最终还能留守在彼此身侧，执手相看，言笑晏晏。虽然心底不知是否还有暗伤不曾愈合，不知所谓的“幸福”背后是否会有遗憾，但，这样的日子已经是当初所不敢想象。

他握紧了妻子的手，默默抬头看向了头顶水波离合的天空。那里，依稀又看得见那条将他们两人紧紧连在一起的黄金锁链。然而这一次，空桑皇太子如同一根芦苇那样在风里温顺地伏下了身，满心欢喜，不再试图抗拒。

所谓的宿命和前缘，有时候，也不是坏事呢……

他抬起手，去抚摩那一头流雪飞霜一样的长发，眼里满含着笑意——她的长发在他手里如水草一样拂动，有簌簌的芳香。

然而，眼角却忽然瞥见一道金色的痕迹，不自禁地露出了惊诧的表情。在白璎如雪的白衣上，背心的正中，长发的遮掩下隐约有一个逆位的金色五芒星!

这分明是……只是看得一眼，便觉得有某种惊心动魄的感觉。真岚的手僵在了那里，定定凝视着长发下露出的一角金色记号，眼神变了又变。

在无色城里空桑皇太子夫妻执手相看之时，金帐里的气氛却已经凝重至极。在做完了诊断之后，海巫医悄然退出了帐外，只留下红衣女祭静静侍立在一旁，伴随着榻上那个孤独的王者。

“溟火，你听见了吗？我的生命已经如风中之烛。”苏摩静静开口，卧在榻上看着头顶水波离合，“不过我想，这点时间也差不多应该够了。”

溟火女祭有些为难：“王，可是……”

“我知道，这对你来说为难了一些。”苏摩唇角浮出一丝冷嘲，“魔为了打破血缘的限制，将力量转移到云焕身上，用无数的精力和时间才完成了‘血十字’大阵——你不是神魔，要在如此短的时间完成力量的转移，实在是困难。”

溟火深深俯首，不置一词。

“但我知道你做得到，”苏摩的声音平静如水，带着毋庸置疑的决绝，“纯煌死前，你通过秘术将他的力量转移往云浮城保存，在七千年后又令其在我身上复苏——溟火女祭……我相信你有超越血缘转移‘力量’的惊人能力。”

“是，”溟火终于开口，“我可以。”

“那么……请你同样地帮助我。”苏摩转过头看着她，眼神平静，“我这一生没有子嗣，如果我寿数已尽，请你将海皇的力量传承下去——由龙神和长老们决定传给下一位的继承者。”

“我的确可以做到，”溟火俯身行礼，低声道，“可是，我为您这样的自我放弃而忧心。”

“这不是放弃，溟火，我只是接受了自己的宿命，不再试图抗拒。”苏摩眼里有极深的阴影，唇角噙着冷淡的笑意，“我本来就不该被生下来，本来就不该活在这个世上……当然，更不该成为你们的王。我只是累了……”

他摇了摇头，眼睛里忽然笼罩了一层灰色：“请容我安眠。”

被这句话震了一下，溟火抬起头，看着那一张和纯煌极其相似的脸——此刻，这一任新海皇收敛了一贯的阴枭，脸上笼罩着淡淡一层倦怠的神色，那样超然的神色和气度，简直和七千年前纯煌决意赴死之前一模一样！

挚爱的纯煌大人啊……你是否想过，千年之后，还有一个隔世后裔会重复了你的命运？

溟火不忍注视，移开了眼睛。

眼前的这个人，曾经是上天独一无二的完美创造，他的容貌可以倾覆一个时代，夺去日月的光辉——然而此刻，那样惊人的美却因为伤病一点一滴地消逝：蓝色的长发变得灰白，玉石般的肌肤变得松弛，碧色的眼睛蒙上了混浊的阴影……就如一个活了八百年的老人。

她忽然有些明白了苏摩的选择：这样骄傲的人，想来亦不愿让人看到自己末日挣扎的狼狈，所以宁可选择远赴海外，孤寂地死去。

“溟火，请助我一臂之力。”苏摩抬起了手，按在自己的心口，喃喃道，“你知道吗？在我的身体里，藏着一只巨大的魔物——从出生以来，我用尽了一切方法和它斗争，试图摆脱它，却始终没能如愿……

“我一路犯下无数的罪，到最后，不得不连对自己都憎恶和恐惧起来。而在神殿内与破坏神决战时，它又被黑暗的力量召唤了出来！

“我不是被魔而是被自己内心的黑暗击倒的——看来，除了死，我永远无法摆脱它了。”他侧过头，凝视着红衣女祭，“与其共生，不如同死。你明白吗？”

“是，我明白您的心意……”溟火凝视着新任的海皇，叹息道，“可是，海皇，您难道就忘记了和你共享命运的另一个人吗？星魂血誓令你们的生命连接在一起，一荣俱荣，一损俱损——您，在放弃自己的同时，难道也要放弃她生的权利？”

星魂血誓……听到这个词从女祭口中吐出，苏摩的眼神不易觉察地变了变，长时间地沉默，脸色变幻不定。

然而，当溟火女祭以为成功地说服对方改变了主意时，苏摩却忽地开口了，语气里带着一种奇特的笑意：“不，溟火女祭，你说错了——星魂血誓强大到足以逆转星辰，却也只不过是一种以血为灵媒的咒术。它既然可以被设下，当然也可以被解开。”

“海皇！”溟火失声道，“难道您打算……”

“是的。”苏摩漠然点头，“斩血。”

红衣女祭一颤，脸上顿时褪尽了血色，不可思议地望着这个疯狂的王者。

“你会帮我完成愿望，是不是，溟火？”苏摩无声地笑了，带着某种意味深长的眼神看着活了七千年的女祭司，“而且你也不会告诉龙神，是不是？就如你七千年前侍奉纯煌时一样——身为女祭，本应该是王最亲近和信任的人。”

溟火闭上了眼睛，先代海皇和煦的笑容仿佛在脑海中再度浮现，如此亲切，却带着她永生无法触及的遥远。

两张面孔在七千年后渐渐交叠。

纯煌……你知道吗？七千年后，我费尽心力替你找到的传人，却决意要舍弃自己不洁的生命。请你告诉我……我，是否该服从他呢？

就如七千年前，我是否应该服从你赴死的决定？

沉默中，忽然有潜流汹涌而入，金帐垂帘被卷起，金光一掠而入。龙神从外归来，将身体缩小，重新盘绕在苏摩身侧，吐出了灵珠，为海皇疗伤。

“我说过了，不必白费力。”苏摩淡淡推开了如意珠。

龙发出了一阵恼怒的长吟，忽地缠紧了海皇，四只爪子死死扣住他的肩膀：“现在还不到要放弃的时候！外面的族人都还等着你带他们回归故国——这个时候，你怎么可以半途而废，冷了大家的心？”

苏摩静静地听着，出乎意料地没有桀骜地反抗。

“你真是一条恪尽职守的好龙……所谓的神，也就该是这样的吧？坚定的、光明的、向上的，一直给予脆弱的子民以信心和希望。”等龙神说完了，海皇却只是苦笑了一下，低声道，“好了，我会尽力而为，坚持到最后一刻——请放心。”

龙神露出诧异的眼神，看着榻上骤然衰老的人：“苏摩，你的身体……”

“我没什么，”苏摩却是淡淡转开了话题，“外面的情况怎样？”

刚和复国军、长老们商议完的龙神低下了头，发出叹息：“不大好。”

“怎么？”苏摩眼神凝聚，“难道破军已经开始行动了？”

“不是，云焕那边似乎暂时还没有动静。帝都局势复杂，各方暗怀鬼胎——他要稳住帝国内部的形势，应该要花一定的时间。”龙神摇了摇头，眼里露出担忧的光，“只是泽之国和叶城，接二连三地传来不利消息。”

苏摩动容：“怎么说？”

龙神叹息：“几日前，有帝国派出的杀手潜入息风郡府邸，刺杀了高舜昭总督，泽之国大乱；而叶城的海魂川暗哨也在几日前被奸细出卖，让巫罗查了出来，卫默少将带兵进入叶城平叛——星海云庭被摧毁，湄娘熬不过酷刑，招出了整个叶城潜伏的复国军名单，我们损失惨重。”

“……”苏摩沉默，手下意识地握紧，“复国军中有内奸？”

“是。”龙神开口。

苏摩眼里闪过了杀意：“谁出卖了湄娘？”

龙神在水里盘旋了一下，看了一眼一旁的红衣女祭。溟火知道作为祭司不应知道这些内政，不作声地行了礼，转身退出。

“这不奇怪，以前鲛人里也出过被沧流收买的奸细——听湘传过来的情报说，巫彭元帅就经常收到来自于复国军内部的密报。”龙神低声，眼神严肃，“不过，据说这次的叛徒却还是个孩子，名字叫‘泠音’。”

“泠音？”那一瞬，苏摩脸上露出略微意外的表情——那个叫作泠音的小鲛人，不就是在品珠大会上，那个被浸泡在“化生汤”里的……

“原来是她。”苏摩眼里的杀气却奇特地消失了，低声道，“那也是应该。”

是的，他还记得那个被星海云庭在品珠大会上拍卖的小鲛人，记得她被众目睽睽之下观赏和拍卖的屈辱惊惧的眼神，以及在化生池里被药物强迫变身的凄惨呼号……那个孩子，被同族人出卖和逼迫，成为异族人的奴隶。

她心里，一定也堆积了对星海云庭极深的恨意吧？

苏摩长久地沉默，眼里露出复杂的表情，忽地开口，问了一个与此刻家国大局不相干的问题："龙，你说，湄娘到底是什么样的一个人？"

"嗯？"龙神不解，回头看着海皇，"我不是很了解——但是，听说她是一个经验丰富的战士，在叶城潜伏了很久，替复国军做了很多事。"

"嗯……的确经验丰富。"苏摩唇角露出淡淡的笑，刻毒地说，"一百多年来，她差不多快是叶城最大的鲛人妓馆老鸨了。"

龙神一怔，没有接口。

"当还是一个奴隶时，我曾经在叶城和湄娘相处过很长一段时间……在她手里吃过的苦头，不下于今日的泠音。"苏摩望着头顶的水光，神色却是出乎意料的平静，喃喃道，"她到底是个怎样的人？靠着贩卖族人、出卖色相而生存下来。一边不择手段地奴役同族取悦权贵，以求在叶城的夹缝里生存下去；另一边，却以巨资暗中支援复国军，主持着海魂川的最后一站，为自由而战。"

海皇喃喃道，在谈及昔年伤害过他的人时，并无仇恨："一个骄奢淫逸的享乐者，一个刻毒暴虐的青楼老鸨，同时却也竟是一个坚定不移支持族人复国的革命者——龙，你说，这到底是怎样一个人呢？"

龙神沉吟不语，似乎在等他把话说完，眼神皎洁如月。

"还有如姨……记忆里，她是多么慈爱的一个人啊。在西市时，很多鲛人孤儿都曾经视其为母，"苏摩低声，叹息道，"可是百年后，她却在桃源郡经营一个赌坊，为了筹到军费，坑蒙拐骗杀人放火无所不为！差点连红珊的儿子都被她杀了。"

他眼神茫然："龙，你说，她们都是怎样的人？"

龙神意味深长地点了点头："海皇，她们都是真实的人——就算她们手上染满了血泪，也只为了一个最终的目标。所以她们犯下的，也是可以宽恕的罪。"

苏摩摇了摇头，却坚决否定了神祇的判断，冷然道："就算是出于崇高的目的而用了错误的手段，但错的始终就是错的——所以，我认为那个叫作泠音的小孩有权不宽恕，有权为了自己向她复仇。"

"你也有权为了自己向她复仇。"龙神淡淡道，"可你没有。"

苏摩顿了一下，抿紧了嘴唇——是的，他没有。当百年后重新踏足叶城，面对童年时所有黑暗残酷的记忆时，他却并没有向这个曾在昔年带给他苦痛的人复仇。尽管毁掉湄娘甚至星海云庭，只在一个覆手之间。

“是的，受到伤害的个体有权向另一个施加伤害的个体复仇——但是，却并没有将报复行为扩大到整个族群的权利。”龙神的声音低沉而有力，穿透了水面，“所以，你最多只是一个复仇者；而她，却成了叛国者。”

苏摩长时间地沉默，许久才颔首：“龙，你不愧是一个神。”

“呵……说服你还真是件不容易的事。”龙发出一声长笑，仿佛也觉得这样的话题太过于沉重，转了开去，“方才我过去和长老们商量好了下面的一些行动：我近日会去东泽，稳定那边恶化的局势；而左权使炎汐刚好要去叶城，星海云庭方面的事情就交给他了。”

“炎汐……是和那笙一起去的吧？”苏摩蹙眉，“还剩下最后一个封印了。”

“是啊，”龙神叹息，神色复杂，“六合封印很快就要解开了，无色城重见天日不远。”

“重见天日……”苏摩喃喃地重复了这几个字，眼里却露出某种奇特的表情，“是啊，他们重见天日之时，也是我们回归碧海之日。”

龙神无言颔首，金色的尾巴拍打过他的肩膀——那，也是永不再见之日吧？苏摩沉默许久，心神慢慢平复，忽然想起什么：“对了，高舜昭怎么会被刺？西京不是在息风郡首府里？还有如姨和慕容修也在那边……都是极精细的人，怎会让刺客得手？”

龙神摇了摇头，开口道：“听说当时九嶷动荡，西京带兵在外，只有如意夫人和慕容修两人留在府邸里——而高舜昭和刺客联手，骗过了他们。”

“联手？”苏摩微诧。

“是啊……听说高舜昭故意装作忽然发病，引得府中动乱，刺客便趁机而入，被刺杀的时候他没有丝毫反抗，反而面带微笑——我想，他是一心求死的吧。”龙神低吟，“无论怎样精密的防备，又怎能阻止一个决意求死的人呢？”

苏摩想起如意夫人和这个冰族贵族之间百年的恩怨，不由得无语——原来，那样深的情义，到头来也不过是化为家国民族百年征战间的灰烬而已。

“如姨现在如何？”他道。

“听说自杀过一次，”龙神点头，“被人救回来后不再寻死，只是情绪不大好。”

苏摩阖起了眼睛，低声道：“不如让她暂时回大营来静养一段日子。”

龙神颔首：“也好。”

沉默笼罩了金帐，许久，海皇和神祇之间没有再说一句话。

“不过这段日子以来，西京已经在泽之国组织起了一支军队；而慕容修也做了大量的收拢民心工作——所以，高舜昭现在的死，对东泽局势的影响不算非常大。”龙神首先回转了话题，简略复述了在会议上听到的情形，“听说慕容修甚至变卖了从中州千里带来的宝物，换成粮食供给军队，很是难得。”

苏摩没有说话，记忆中那个天阙下见过一面的中州商人是个谨慎内敛的青年，轻易不会卷入任何是非，却没有想到这次居然会下那么大的血本帮助空海同盟。

“那个家伙，不过是想蛊惑帝王家，以获天下之利罢了。”他喃喃道，抬眼望着头顶，“倒是帝都里的那个破军，实在令人忧心。”

苏摩微叹，举起手，看着肌肤枯萎的掌心——那里，金色五芒星的痕迹已经被擦去了，只留下淡淡的印记：“可惜，以我眼下的情况，恐怕已经不足以遏制他……不过放心，我一定会竭尽全力，直到最后一刻。”

龙神看到他的笑意，不知为何微微觉得心寒。苏摩仿佛累了，微微闭上眼睛养神，然而只是片刻，却忽然睁开了眼睛——

“龙，那是什么味道？！”

龙神一惊，顺着他的眼睛看向上空——天光从水面射落，在复国军大营上方荡漾离合，水面上白塔的影子孤寂而寥落。然而不知为何，此刻从水底看上去，那座白塔却赫然成了红色！

“是血的味道。”龙忽然低声回答，“帝都里，有成千上万的人正在死去！”

第十九章

修罗之舞

血。殷红色的血宛如蜿蜒的小蛇，从堆叠的尸体下爬出，慢慢汇聚成一摊向低处流去。上百堆的血流从不同方向蔓延而来，将居中的低处汇成了一片小小的池塘。

这里是帝都最深处的禁城，城门紧闭，杀戮声从最里面传出。

婚典后的第五日，十大门阀里凡是参与过那场刺杀的，都遭到了残酷的清算。首先是巫朗和巫抵一族首先遭到了诛杀，旋即在拷问中扯出了巫礼和巫彭一族也曾一同参与谋逆，于是，清洗的规模在不断扩大。

迦楼罗金翅鸟毫无表情地悬浮在帝都上空，严密监视着底下的一举一动。一条线被拉起，离地四尺。赤红色的线在七杀碑前微微晃动，有血滴下。

“传少将命令：帝都中谋逆之家，女子流徙西荒为披甲人奴；男子凡高过此线者一律杀无赦！”

在血流到靴边时，云焕毫无表情地低头看着，一任炽热的殷红血液染红军靴上冰冷的马刺，有些心不在焉。肃清叛徒的刑场被设在演武堂，那一块七杀碑下伏尸万具，耳边的哀号声连绵起伏，已经持续五日五夜毫无休止，尸体按照家族被分开堆放，渐渐堆积如山。

“云少将，”耳边有人恭谨地禀告，“末将找到一人，特来请示如何处置。”

“还请示什么？过线即杀，如此而已！”云焕回过神来，顺着季航的手看过去，因为杀戮而麻木的眼睛忽然微微一怔，不由得直起了身子。

一个侏儒，正站在赤红色的线下瑟瑟发抖。

“哦……是他。”破军的嘴角忽然漾起一丝奇特的笑意，“提醒得好，季航。”

“多谢少将夸奖。”季航单膝跪地，旋即退开。

“哦，我倒是忘了，帝都里不满四尺的人除了孩童，还有你——你看，我差点就这样错过了……”云焕坐在金座里，施施然看着那个站在血池中间手足无措的侏儒，眼里的笑意越来越浓。他拿起一旁的殷红美酒慢慢喝着，长久地含笑打量着对方，金眸闪烁，却始终不曾再开口说一句话。

“杀了我！”终于，辛锥率先崩溃，“别假惺惺了，快杀了我！”

云焕金色的眼眸里忽然掠过一丝黑暗，忽地轻声冷笑：“杀你？我怎么舍得？”

他负手从座椅上站起，一步步踩踏过血污横流的地面来到辛锥身侧，抬起脚用靴尖踢着肥白滚圆的躯体，声音冷漠：“阁下技术如此高妙，承蒙照顾，让我在阁下手里活了一个多月——如今，我又怎么舍得就这样杀了你？”

辛锥脸色煞白，知道落到对方手里已然无命，霍地仰起头，狰狞惨笑：“云焕！早知今日，就算你姐姐肯跟我上床，我也不会留你一条命！你这条狼崽……”

“咔嚓”，冷冷一声响，侏儒的声音立刻含混不清。

“不要再用你的舌头说我姐姐的名字！”将马刺从碎裂的牙齿中拔出，云焕的眼神里隐隐有火焰燃烧，踩住他的手，“让我想想，你到底用过多少种刑罚在我身上……如今我还一半给你可好？”

辛锥满口流血，抬头看着俯下身来的军人，眼神里掩不住恐惧——他记得在那一个月里，自己对眼前这个人施加过怎样可怕的酷刑。那些酷刑，哪怕只有十分之一施于自己身上，便绝对无法承受！

“是不是觉得奇怪？被你用天才的想象力折磨了那么久，我居然还能站着踩着你说话？”云焕微微地冷笑，脚下渐渐加重了力量。“咔嚓”一声，有骨头断裂的清脆响声传来，辛锥嘶声长号，整个脸扭曲得可怕。

靴子在移到他第二根手指时停住了，云焕看着侏儒流血的手指：“哦……实在是抱歉，我记得你可以把骨节全部敲碎却不损皮肤分毫，我本来想原样还给你的——可惜，好像我没这种天才的本领。”

他踩着辛锥灵巧的双手，由衷地叹息：“真是一双鬼斧神工的手，能将‘痛苦’发挥到极限——真可惜啊，整个帝都里，居然找不到第二个有你这样本事的人了。所以，我要怎样才能把我遭受到的一切原原本本还给你们呢？”

云焕俯下身，用靴尖抬起了侏儒的脸，忽地用一种极具诱惑和黑暗的语调，轻而缓地开口：“听着，辛锥——我可以不杀你，也不折磨你……只要你帮我做一件事。”

辛锥抬起满是血污的脸看着这个杀神，求生的本能让他顾不得任何廉耻和自尊，从碎裂的齿缝里吐出急切的呼呼声，眼神里混合着恐惧、哀求和卑微的怜悯。

云焕转过身，手指指向七杀碑前那些门阀贵族，眼里的金光忽然大盛：“那些家伙都是前门阀里最尊贵的嫡系。你，替我把我所遭受过的一切全都还给这些人——一分也不能多，一分也不能少！决不能让他们半途死去……

“他们能活多久，那你也能活多久！”

杀戮进行到半途，渐渐听得耳闷，退入内堂休息。演武堂还是昔年的模样，连窗间糊的纸张都是一色一样。云焕找到昔年坐过的位置，看着红枝木桌面上熟悉的纹理，仿佛回忆着什么，渐渐觉得疲倦，闭目养神。

“少将……”耳边又有恭谨的声音，“有人想见您。”

在演武堂里休息不过三刻，睁开眼又看到季航。云焕蹙眉，言语间已有不耐烦：“不见——不要总是来打扰我，是不是该让辛锥割一下你的舌头？”

“是。”知道少将喜怒无常，季航白了脸，“可是对方……是您的岳母。”

“岳母？”云焕微微一怔，好容易想了起来，失笑道，“罗袖夫人？明茉已经死了，我和她没关系了。”

季航低下头轻声开口：“禀少将，明茉夫人……并没有死。”

云焕这才愕然睁开了眼睛：“什么？”

“明茉夫人在婚典上被及时救治，捡了一条性命回来。”季航低声禀告，时刻注意着云焕的脸色，“她一直在母亲府邸里养病，如今已经好得差不多……”

“哦，”云焕淡淡道，“这样都没死，倒是命大。”

季航听到他这样漠然的语气，脸色不自禁地微微一变，有一闪而过的愤恨。

“你去和罗袖夫人说，她不死，是她命大——看在这个分上，我不再追究巫姑一族昔日对我的不敬。”云焕不愿再多说，挥了挥手，“让她不必再来了，最好带着女儿走得越远越好，别在我眼前再出现。”

“是。”季航低首领命。

云焕看着他，忽然想起了什么，蹙眉道：“对了，听说你也是庶出？”

“是。”季航回答，“属下本来是巫姑一族远房庶出之子。”

“那么，”云焕微微冷笑，“有想过自己当族长吗？”

季航霍然抬头，眼神里有一掠而过的光：“属下不敢。”

“不敢？”云焕眼神如电，盯紧了他，“庶出就不敢当族长？那如我这样的贱民，是不是根本不该存在于禁城里？”

“少将和属下不同。”季航低着头回答，克制不住肩膀微微的颤抖。

“有什么不同？庶出和平民，就该永远成为低等人？”云焕忽然冷笑起来，声音转为严厉，“听着，传我命令，三日之内，从铁城到皇城到禁城，帝都里任何人都可以站出来，挑选门阀的族长一对一决斗——无论任何人，只要在决斗中获胜，就可以取其而代之！”

“少将！”季航失声道，变了脸色，“如果这样做的话，帝都会……”

“帝都会大乱，是吗？”云焕却是毫不动容，声音冷肃，“那就乱吧……就让这个帝都彻底地换一次血！”

季航脸色苍白，眼里有压抑着的激动光芒，内心似在激烈地挣扎。

“军中那些出身贫贱的战士，听到这个命令会欢呼雀跃吧？上天给了我改变整个云荒的力量，那么，我也将给予所有和我一样的人改变命运的机会！”云焕淡淡道，“季航，我给你一次选择的机会，成为我这样的人。或者，一辈子寄人篱下。”

季航没有回答，单膝跪地行了一个礼，随即退出。

云焕没有看他，在空无一人的演武堂里闭上了眼睛，陷入了小憩。

初春的风从窗纸缝隙里吹入，发出如缕的声音，血腥味浮动。帝都变乱一起，连演武堂都关闭了，学生教师星散流离。这间教室也是空空荡荡，四周的座椅全部都空着，教案上也不见训导官和校尉的影子——那些英姿勃发的同学少年，如今都去了哪里呢？

“云焕，云焕，快起来！”蒙眬的睡意里，他听到熟悉的声音，在耳边呼唤，“上骑术课去！”

谁……飞廉？不，好像是南昭？现在已经是上课的时辰了吗？

一时间他忘记了时光的流逝，仿佛自己还是个十几岁的青葱少年，雄心勃勃地刚进入帝都的演武堂。被同窗催促着，在蒙眬中张开眼睛，心里还想着今日的功课是否温习完毕，操练是否快要到时间。

“云焕……快起来。”周围那些人在催促他，“快跟我们来，要迟到了……”

然而，他睁开眼，赫然看到的却是一片血红！

“快来啊，要迟到了……”那些同窗围在他身侧，此起彼伏地开口，语气却是诡异森冷，浑身浴血，伸过来的手残缺不全，声调呆板，“云焕，快跟我们来，要迟到了……”

“南昭！”一眼认出了那个伸手推他的血人，他霍然睁大了眼睛。

不对……他们这些人，不都早已死了吗？

“啪嗒”，桌椅被狠狠推倒，在空旷的演武堂里发出重重的响声。云焕在座位上睁开眼，急促地喘息，金色的眸子里浮动着杀意和死气。

“怎么，睡醒了？”课堂深处，忽然有人开口。

他转过头，看到了门旁站着的戎装青年——那样熟悉的脸，正浸在门外的斜阳下，平静而宁和，仿佛和外头的杀戮毫不相干。

“承训？”他从胸臆里吐出一口气，看着对方，带着些微的怀疑，“你……你怎么在这里？”

“我当然在这里，”承训笑着走了进来，顺手将倒了的桌椅扶正，演武堂的双头金翅鸟徽章在衣领上闪亮，“别忘了我是演武堂的教官——不在这里，还能去哪里？”

云焕点了点头，渐渐回忆了起来。是的，承训是他在演武堂的同期同窗。虽然也算巫即一族，可他家那一支早已式微，除了一个门阀的名头没有任何背景。在出科后，虽然没有像平民同窗那样发落到属国去戍边，却也无法进入军中地位最高的征天军团。

因为空手搏击成绩惊人，他被留任在演武堂里担任校尉——一个不咸不淡无关紧要的职位。在他就读于演武堂的时候，承训算是对他态度比较不错的一个，并不像别的贵族门阀同窗一样对他冷眼相看处处排斥，他和飞廉更是私交很好的密友。

“外面血流成河，你倒是睡得着。”承训走了过来，叹息着摇头。

“在我流血的时候，他们也睡得很安稳。”他冷笑。

承训走到了他身侧，轻轻叹了口气：“云焕，我知道很多人对你不起，包括我在内……可是，你也报复得够了。收手吧。”

“收手？”他忍不住冷笑，“凭什么收手？那些人还没死绝！”

“收手吧……再杀下去，帝国元气大伤，只怕要一蹶不振，引来外敌入侵。”那个同窗却依然好言相劝，“无论再杀多少人，你失去的东西都不会再回来了。”

“那我就让他们同样尝尝失去的滋味！”云焕截口厉叱，声音带了暴怒的杀气。顿了顿，他看向对方，“对……你应该是巫即一族的吧？承训，看在相识一场的分上，我也给你一个机会——你回去把现在族里的当家人杀了，我就让你当巫即一族的族长！”

夕阳从窗间照进来，承训沐浴在柔和的金色光线下，忽地笑了一笑：“不，杀亲人以求生，我是做不到的——你还是把这个拿去吧。”

他忽地伸手，摘下了自己的头颅，就这样捧在手上递了过来！

云焕霍然一惊，下意识地避开那个还在开口说话的头颅，“啪”的一声，撞倒了背后的桌椅，整个身子猛地一震，真正地醒了过来。

金色的夕阳照在他脸上，有微弱的温暖。教室里依然空空荡荡，桌椅整齐。他一个人坐在昔日坐过的位置上，回顾四周，一个一个回忆着当年同窗之人的脸，眼神慢慢变化。

那些意气风发的少年，如今都已经死得差不多了吧？

“承训！”他低低唤了一声这个名字，猛然站起身来，大步走出堂外——外面的屠杀还在继续，几个参与叛乱的门阀遭到了族灭的惩罚，尸山的高度还在继续增加。那些血在演武堂前汇聚成血池，黑红色渐渐凝固。

看到破军少将从堂内走出，所有战士纷纷停下手，恭谨地行礼，金色的迦楼罗在他头顶回翔。

“巫即一族的承训呢？”他问身侧执行死刑的战士，“把他找出来！”

那个战士疾步跑出，在人堆里走了一个来回，旋即回来单膝下跪：“禀告少将，找到承训校尉。”

战士托起了一颗刚斩下不久的头颅，手上血迹淋漓。

已经死了？那么，方才他在梦里看到的承训，原来已经是……那一瞬，云焕情不自禁地倒退了一步，几乎以为自己此刻还在梦魇之中，恍惚觉得承训的人头还会再度开口和他说话，苦苦劝他收手。

然而，那颗头颅已经失去了生气，闭目无言。

他挥了挥手，示意战士退下，心里渐渐有无法控制的烦乱。侧首看向背后那面森冷的七杀碑，碑上文字一个接着一个跳出来，映入眼帘——

“天遣魔君杀不平，杀尽不平方太平！”

他忽然忍不住心里的狂躁，站在碑前以剑戳地，仰天大呼，状若疯狂，响彻三军：“给我杀！不用斩首，统统地给我绞死！全部绞死！”

从白塔东侧的演武堂看过去，朱雀大道两旁尸首林立，宛如两道死亡的墙壁。暮色降临的时候，厮杀和哀号声音终于低下去了。剩下的人被士兵暂时押回，尸体被处理干净，演武堂总算显得安静而空荡。

“再杀一日，把剩下的解决了；然后再给三天，选出新一任的族长——三日后，帝都戒严。”云焕看着撤退的战士，眼里的光芒冷锐而尖利，“我要清点军队人数，确认剩下的三军将士是否真心效忠于我。”

“是。”季航和其余几位将领单膝跪地领命。

“帝都外情况如何？”他继续问。

“禀少将，叶城已经进入备战状况。”季航旁边的路夏抢着回答，“他们已经封闭了水底甬道，试图切断帝都的供给和联系——这几日趁着帝都内部繁忙，飞廉和巫罗在叶城修筑工事囤积粮草，还四处游说其他驻地的军队一起反攻帝都。”

“哦……”云焕淡淡道，“看来，这小子是铁了心要和我作对到底了。”

“是。飞廉少将据说持有一面双头金翅鸟令符，已经频频飞往各处帝国大营，”路夏有些担忧，“属下怕他振臂一呼，各方的官兵都会被其迷惑，以他为马首是瞻……”

“螳臂当车——整个征天军团加起来，也抵不过迦楼罗一片羽毛。”云焕不以为意，疲倦地开口，“等我清洗完了帝都，自然会回头好好地对付这些不识好歹的家伙……那些敢与我作对的，下场就和现在帝都的叛徒一模一样！”

“是。”各位将领悚然低首，不敢对视。

“比起那些残兵败将来说，外敌更加重要一些。”云焕抬起头，看着夜色里白塔废墟，声音冷静，“无论空桑人还是鲛人，都是不可忽视的大敌——他们一旦联起手，就能像上次一样出入帝都如入无人之境。”

想起那天夜里冲入帝都上空的蛟龙和冥灵军团，季航倒吸了一口冷气。

“不过，他们都有致命弱点——鲛人不能长期远离水源生活，所以不能深入内陆，砂之国那样的地方他们永远无法控制。而空桑人……呵呵，那群死人，无法在日光下战斗。”云焕的声音平静而犀利，日间那种声嘶力竭的狂态全不见了，从容分析，指点三军，“所以，只要抓住他们的弱点，便能在战斗中立于不败之地。”

“还请少将指点！”各位将领低首在阶下听命。

云焕横转佩剑，在地上沾着血画出云荒的大致地形，冷冷开口：“很简单。遇到冥灵军团时命令各军不得主动应战，力求拖延，保存实力且战且退——夜最长也不过六个时辰，天一亮他们必须撤退。在他们撤退时，就迅速包抄追击，截断后路！”

“是！”季航诸人齐齐回答。

“还有这里和这里，”云焕依次点过北角和东南角，示意道，“整个大陆上，目前南方数郡和西荒相对稳定。东泽局势动荡，九嶷郡已然脱离帝都控制。鲛人多利用水路配合空桑西京军队作乱——传令下去，即刻控制水源，以断其通路。”

“控制水源？”季航他们面面相觑，迟疑道，“东泽水网密布，要截断水流实在不易。”

“谁叫你们涸泽而渔？”云焕冷笑，“改变水质，让那些鲛人无处容身就是。”

众人一起变了脸色：“莫非……是要在青水中下毒？”

“蠢材！”云焕实在不耐烦，拍案而起，“青水不比赤水，东泽人烟繁密，水网无尽，怎生下毒？又要下多少毒才能有效？”

一群军人不明所以，讷讷着。

“用幽灵红藫，”云焕吐出一口气，冷冷道，“把幽灵红藫投放到青水去。”

“什么？”季航悚然一惊，抬头。幽灵红藫出自西荒赤水，传说是由死在沙漠里的旅人怨念凝结而成，剧毒无比。孢子成熟后飞附于周围其他活物之上，以其为载体汲取养分，蔓延极快，所到之处往往一片荒芜，人畜植物皆无幸免。

多年来，无论空桑人还是帝国，一直采取种种方法控制其蔓延，甚至专门在赤水入镜湖的地方设置闸门，派出将军驻守，来断绝其传播，所以此祸从未越过镜湖传到泽之国。

“幽灵红藫蔓延极快，不出一月便可充斥青水河道，”云焕的声音冰冷，隐隐有刀剑交击的冷锐，“水下一切活物，绝无幸免——就算侥幸不被毒素侵蚀，幽灵红藫成长时会大量汲取水中养分，那些鲛人在其中也会窒息而死。”

即便是死心追随破军的季航，也不由自主地打了个寒战。

这一刻的少将，完全没有白日里嘶声号令屠杀的杀气，然而那种疯狂却是隐藏着的，在平静冷酷的分析下，一点一滴透出来，带着浓烈的杀戮气息，令人不寒而栗。

“这样做虽然杜绝了复国军的水道，可是东泽也会变成赤地千里。”一边的将领喃喃道，脸上有不虞之色，“少将，这样做是不是……”

“唰。”一道白光闪过，血如同喷泉涌出——头颅滚落在地，脸上犹自带着不敢相信的表情。季航躲避不及，一时被热血溅了半身，脸色顿时苍白。

“没有人可以怀疑我的决定，”剑芒从手中一闪即收，云焕依旧端坐于演武堂之上，金眸冰冷如霜雪，“只有两个选择：服从我；或者，死。”

“是……是。”那些曾经身经百战的军人都不自禁地战栗，低下了头。“对了。外头的鲛人虽然可以慢点收拾，帝都里的却早该处理掉了。”云焕收起了剑，喃喃自语，眼睛望着西方尽头，露出暴戾的杀意来——该死的一族，我将让你们上天入地都找不到一处容身之所！

季航不明白少将为何用如此痛恨的语气提起鲛人，只有沉默。这样一来，罗袖夫人最宠爱的凌，岂不是也要遭殃了？

云焕负手，回身吩咐：“鲛奴之事，务必速行！”

“是！”将领们战栗领命，不敢反抗，大难当头，自己的命都保不住了，谁还会再去顾惜这些平日用来玩乐的奴隶？

“好了，回去吧……年轻的战士啊，只要服从我，这个帝都便是你们的！”云焕唇角露出一丝奇特的冷笑，看着阶下穿着戎装的帝国军人——

那一群被驯服的兽。

夜幕下，季航斜穿过禁城，在西北角上巫姑一族的永宁宫前停住。

他仿佛心事重重，久久不曾开门进去，只是站在府邸门口，在夜色里默然回望来时的路。虽然已经不再有禁军负责宵禁巡逻，但帝都入夜后，整条大街上依旧空无一人，显得从未有过的森冷和空荡。

风从镜湖上吹来，道路两侧无数阴影无声无息地摇晃，宛如要随风飞起——那，都是一排排被吊死在道路两侧树上的叛乱贵族。

他忽然觉得惊讶，站住身睁大了眼睛：是幻觉吗？

在死寂的夜色里，居然有无数条隐约的金色光芒从新死尸体的顶心里升起，仿佛被无形的力量催促，一缕缕破颅而出，向着天空的某处飘去，仿佛天上有一个巨大的纺锤，将大地上无数灵魂如同抽丝一般卷去！

季航惊骇不已，抬头看着这一幕诡异的景象——这些被抽取的缕缕魂魄消失的终点，居然是悬浮于夜空里的迦楼罗金翅鸟！

这、这到底是什么？

风里忽然传来拍打翅膀的声音，有一片片的黑色浮云从四方飘来，降落在帝都。那些带着黑色翅膀的鸟灵趁着夜幕悄然潜入，落在绞刑架上，开始吞噬那些新死的尸体。那些魔物在狂欢，在云荒的心脏上载歌载舞，一边吞噬死人，一边向着迦搂罗金翅鸟屈膝行礼。

季航不由得失惊。这些应该是被帝国镇压下去的鸟灵。这些魔物向来对冰族甚为忌讳，一贯避而远之，如今却居然敢趁乱进入帝都掠取血食，而破军少将居然也没有阻拦！

奸佞当道，群魔乱舞，难道沧流的国运，真的衰竭到如此了吗？

“公子，”忽然间背后有人轻声开口，“夫人等了你很久了。”

季航悚然一惊，回过头却看到大门开了一线，一双碧色的眼睛在门后看着自己：“快进来。大家都在厅上坐着，等着听你带回来的消息呢。”

季航看到了门后的凌，唇角忽然露出一丝恶意的冷笑，大步入内。

“消息？”他边走边低声讥讽，“消息就是你死到临头了。”

凌蓦然一怔，抬头看着这个一贯以来和自己不合的年轻人，眼里有一丝怀疑和不安，却忍住了没有多问。仿佛心里藏着什么事，季航越走越快，片刻便来到了平日族里议事的大厅里，推门走了进去。

所有的不安议论声，在他推门的一瞬寂静下去。

大厅内灯火辉煌，巫姑一族的几房人全部都到了，个个脸上带着惊惶不安的神色，停下了半途的议论，回头看着这个返回的族里子弟，眼里闪动着希冀。

“季航，”居中的罗袖夫人站了起来，“外头怎么样了？”

他看着这一大群惶惶不安的女人，淡淡开口：“巫朗、巫抵、巫礼和巫彭，四族已诛——破军有令，再杀一日，便可封刀。”

所有人都长长舒了一口气，有覆巢之下仍得保全的庆幸。唯有罗袖夫人喃喃道：“四族？那是五万余人啊……几天内全杀光了？那、那他准备怎么安置茉儿？”

季航冷冷道：“破军说，明茉不是他妻子，你也不是他岳母。他不愿再看到你们。”

大厅内所有人再度沉默下去，眼里有惊慌的表情——原本以为厚着脸皮回头攀了这门婚事，本族在这次大乱里便可得到照顾，甚或因为站队的及时，还可以得到原本属于其他门阀的势力和财富。然而，谁都没有料到，那个新郎转头就说出了如此无情的话！

“不，不！怎么会这样？”一个声音忽然响了起来，微微地战栗，“他亲口跟你说的？不会的……他、他怎么会说出这样的话？”

“茉儿，下去。”罗袖夫人却及时恢复了镇定，一把拉住失控的女儿，“回去养病。我们还要在这里商量事情。”

“不……我要去问他。我要去问他！”明茉奋力挣扎。

“啪！”一个耳光清脆地落到她脸上，将少女打得一个踉跄。罗袖夫人一把扯住了女儿的头发，将她扯回来，怒叱道，“死丫头！你真的是活得不耐烦了！这个时候还想去找他？”

明茉捂着脸：“不！云焕不会杀我的……他、他不是那样的人！”

“你知道个屁！”愤怒之下，翩翩贵妇脱口骂了一句粗俗的话，扯着女儿往门外走去，“你知道他是什么样的人？要是知道，我看你怎么还敢去把他救出来！来，来看看这些！”

明茉大病初愈，被母亲从未见过的严厉吓呆了，一直被扯到了门边。罗袖夫人推开了试图阻拦的凌，一把推开了大门：“你来看看！看看外面是什么样子！”

紧闭的府邸大门开了，腥风席卷而入，令人欲呕。

明茉惊骇万分地睁大眼睛，紧捂着嘴不让自己惊叫出来——帝都昏暗的灯光下，道路两侧树下全部挂满了密密麻麻的尸首！无数人被绞死在道路两旁，一排排尸体在夜风里前后摇摆，惊起夜枭阵阵，冷风习习。每一架绞刑架上都停着一只黑翼的鸟灵，尖尖利爪抠着死人的心脏，鲜血淋漓，发出叽叽的刺耳冷笑。

那条尸首之路在黑暗里绵延，通往演武堂方向。

“你想见的那个人就在那头。”罗袖夫人冷冷看向女儿，“你若是有胆，尽可去见他。”

贵族少女从未见过如此恐怖的死亡景象，脸色苍白，摇摇欲坠。

道路的尽头隐隐有灯光——是那个人独自坐在演武堂里，深夜未眠吗？他……他现在在想什么？在做什么？愤怒和惊惧从心头涌出，她只想走到他面前，当面问一问他为什么要杀这么多的人，为什么要做这样丧心病狂的事？！

明茉一咬牙冲出了门去，沿着尸首林立的路往前奔去。

凌想要随之追出，然而罗袖夫人抬起手摆了摆，阻止了他。

“不用。”她低声说，声音疲惫，“我很了解茉儿……这个丫头没有走完这条路的勇气——她会回来的。”

“凌，你先回凌波馆去休息。”罗袖夫人回身往大厅走去，吩咐道，“族里还有事要商量，我晚一些再过来，你先睡吧。”

“好。”凌轻声笑了一笑，手指轻轻划过她的手背，“别太辛苦。”

她侧首对他笑了笑，难掩疲态，眼角细纹尽现。

季航一直站在大厅台阶上看着这对母女，眼神闪烁，手渐渐握紧。

“夫人，止步。”在她走到阶下的时候，他忽然抬手阻拦了她，声音低沉。罗袖夫人一惊，抬头看着这个自己一手栽培出来的优秀子弟——相处多年，她不是不明白，季航这样的语气，往往意味着某种可怕的事情即将发生。

“今日，破军有令，三日内，凡是向一族族长挑战并获胜者，便可以继承对方的一切！”季航仿佛下了什么决心，手拦在前方，声音逐渐变得冷硬。

罗袖夫人全身一震，抬头看着阶上的年轻子弟——季航站在那里，眼神锋利雪亮，手里紧握着军刀，毫不犹豫地逼视着她，杀气隐隐。

“那么，”她极力控制住声音，低声道，“你要杀我吗？”

季航没有回答，右手的军刀铮然跃出刀鞘，在冷月下闪过一抹冷光。

“你要杀救了你和你母亲的恩人吗？！”罗袖夫人没有后退，扬起了头，厉声叱喝，“铁城来的脏孩子！莫非你忘了被欺凌时是谁保护了你，在死亡和贫困逼来时是谁救了你？现在，你竟然敢恩将仇报，杀死一直以来扶持你、善待你的人吗？”

“咔。”白光一掠而至，停在她的颈部。

声音戛然而止，颤动的白皙咽喉上悄无声息地流下了一行殷红的血。罗袖夫人不敢相信地看着眼前对她挥刀的人，喃喃道：“你、竟敢真的……”

“我恨你。”季航的刀尖还停在她颈侧，喘息着喃喃，脸色苍白——那一刀只差一分便可削断她的血脉。他看着这个丰艳的贵妇，声音渐渐发抖，“我恨你！这么多年来我努力地做事，一点差错也不敢出，只希望能成为你最重要的人——可是、可是为什么你却偏偏去宠爱一个鲛人奴隶？！”

这句话，令妖娆丰艳的夫人忽然间愣住了。

“我为你做了那么多，可是，连一个鲛人奴隶都比我重要！”季航的眼神里渐渐透出光来，压抑多年的愤怒在燃烧，“你这个放荡的女人，竟然逼得我不得不去和一个鲛人奴隶争宠！”

“啪！”罗袖夫人脸色煞白，忽地扬手甩了他一个耳光。

“无耻！”她再不畏惧那把架在脖子上的刀，冷冷看着这个族中年轻才俊，“你这个忘恩负义、心怀龌龊的孩子，当初我就该让你饿死在铁城里！”

季航被打得怔住，捂住脸喃喃：“姑母……”

“你说得对——现在这种情况下，你当族长的确比我合适得多。”罗袖夫人淡淡开口，回过了头，将另一侧未曾受伤的脖子转向他，“不用等到明日了，你现在就把我杀了，自己当族长去吧！我相信堂上那些长老也不会反对。”

季航脸色苍白，往后倒退了一步，手里的军刀再次举起。

刀尖上，一滴殷红的热血正慢慢变冷。

“主人，收手吧。”清晨才看到主人返回，金色的迦楼罗悬浮在帝都上空，机舱里有女子柔和的声音，怯怯地劝告，“五天之内，您已经杀了……”

“闭嘴。让我睡一会儿。”云焕漠然叱道，在金座上闭目养神——在地面上，那些人哀号得让人睡不着，非得回这里休息才行。

“是。”潇不敢拂逆，沉默了下去。

“内丹炼得如何了？”云焕疲倦地开口，“那么多的魂魄，应该够了吧？”

迦楼罗颤了一下：“差不多了……所以，主人，请您不要再杀了……”

“要尽快。”云焕睁开了眼睛，看着炼炉的方向——那里，炽热的火还在熊熊燃烧，火中依稀有魂魄挣扎痛哭的声音，一颗赤红色的珠子渐渐成形。

没有人知道，熔炉内正在炼着上万新死的魂魄，为这架庞大的机械提供最强大的动力！魔之左手，可以从毁灭中汲取力量，可以在盛大的死亡里获得新的提升——所以，这也是他大开杀戒的原因。

云焕结了个手印，炉中的红莲之火猛然一跃，燃烧得更为旺盛，那些不绝如缕抽取上来的魂魄在炼炉中如同冰雪消融，然后渐渐凝聚成一颗红色的内丹。随着炼化的不断进行，迦楼罗外壳上金色的光华越来越盛，在初晨的日光下几乎夺去了太阳的光彩。

“很快就要和空桑海国开战了。”云焕低声开口，眼底有杀气，“必须尽快准备！”

“是。”潇低声道，“主人。”

“我不信数十万人的血，还抵不过区区一颗如意珠。”云焕唇角露出冰冷的笑，“潇，你会成为云荒空前绝后的武器——我真为拥有你而骄傲。”

迦楼罗再度颤抖，潇无法回答，脸上露出痛苦的神色。

不……不，主人。对我而言，这样……实在是太痛苦了。

请收手吧。

小憩醒来，已经是午后。云焕从迦楼罗回到演武堂的时候，发现已经有好几位年轻将领簇拥在了堂下等待，个个手里提着滴血的首级，相互交头接耳，神色又是紧张又是兴奋。

他只看得一眼，唇角便露出一丝笑意——那道命令传得真是快……这些获得出头机会的年轻人看来已经等不及，在昨晚就迫不及待地回去，对自家族长动手了。

“少将！”看到他下来，所有人都单膝跪地托起了首级，“我们完成了您的吩咐！”

“哦……动作都很快嘛。”云焕看着那些一夕叛逆长辈的年轻人，冷笑道，“很好，那么你们现在就是当家的族长了——那些人以前所有的权势，全部都归你们所有！”

“谢少将！”那些年轻勇武的战士满脸喜悦，摩拳擦掌跃跃欲试，“属下誓死效忠少将！”

“誓死效忠？很好，”云焕阖上眼，轻声吐出一句话，“不过，你们也要能活过这三日才行——这几日，肯定会有更多更年轻更勇武的人要求同你们决斗，夺取你们目下的地位。这个你们不会没想到吧？”

所有人霍然沉默下去，吸了一口冷气。

“别高兴得太早了……退下吧。”他挥了挥手，“三日之后，再来确定各族新族长——祝你们平安。”

那些刚刚收割了首级的年轻战士纷纷往外走，眼神之间已经带了深深的不安和杀意，彼此之间更不发一言。在所有人快要退完时，云焕却叫住了最后的那一个，冷冷道：“季航，你怎么是空手来的？”

季航单膝跪下，不敢抬头：“属下……属下无能。”

“哦……”云焕倒是有些意外，颇为玩味地看着他，“那就是说，你昨晚没杀了罗袖夫人？”

“是。”季航低声道。

“为什么？”云焕眉头渐渐蹙起，有怒意，“竟不听从我的命令！”

“属下……属下实在下不了手。”季航脸色苍白，低首跪在他面前，声音嘶哑，“禀少将，属下试过，但实在下不了手。十几年来，罗袖夫人对我恩同再造，我实在无法……”

他深深俯首，准备着雷霆一怒的爆发。然而对面座椅上的云焕却出乎意料地沉默下去，抬头望向天际，眼里的火光一点点地熄灭。

“恩同再造？”他喃喃道，低头看着自己右手手腕上的伤疤，声音轻如梦呓，“不错……她救了你，造就了你，提携了你，你今日所得的一切都出自于她——所以即使到了今日，你宁可不要权势不要地位，也愿一辈子居她之下、唯她马首是瞻？是不是？”

季航只是叩首，不答一言。

“那就这样吧！”云焕居然没有再追究，只是长长吐了口气，声音低沉，“满地血腥，难得你还能保留这一份本心——听着，三日后，我要集合三军举行大典。季航，我升你为少将，统管禁军，把这个帝都交给你。”

季航诧异地抬头，不敢相信拂逆了破军，自己居然还能得到这样的优待。

“你退下吧。”云焕声音疲倦。

季航再度行礼，退出。然而到了门口，仿佛想起了什么，霍然回首：“对了，少将……明茉、明茉她……昨天晚上来找您了吗？”

云焕漠然：“没有。”

季航一怔，喃喃：“她昨夜跑出去，一夜未归——我以为她来见您了……”

“哦。”云焕没有在意，淡然应了一声，“满城死人，她倒是胆大。”

季航觑准了时机，鼓足勇气轻声接了一句：“是啊，茉儿她确实胆大……不然，怎么敢买通辛锥，偷偷去大狱里探望您？又怎么敢违抗婚约，悖逆十大门阀偷偷出来救人？”

云焕霍然回头，冷冷逼视着季航，眼里一瞬间焕发出极其可怕的光亮。季航不由自主地住口，感觉全身的血液几乎冻结，脑海一片空白。

“我知道了，”云焕看了他一眼，终究没有说话，只是转过了目光看着天空。那一瞬他眼里的表情似乎稍微柔和了一些，开口道，“季航，三日之后，送她们母女出城吧。”

“呃？”季航惊愕于这突如其来的命令。

“不要留在帝都。”云焕眼神复杂，冷冷开口，“送她们走，越远越好——否则，我不能保证她们能活过下个月。”

“是。”季航悚然。

“退下吧。”云焕冷冷道，“我已经仁至义尽。”

从演武堂出来后，沿路悬挂着无数的尸体。那些新绞死的贵族挂在两侧行道树上，在初春料峭寒风里微微摇摆，仿佛一排欲飞的风筝。

朱雀大道上空空荡荡没有一个人，只有血的腥味在弥漫。道路两旁高墙壁立，门户紧闭，里面却隐隐传出刀兵厮杀声，有血从朱门的缝隙里沁出，显示着里面正在进行着残酷激烈的夺权争斗——三日之内，这场内乱还会愈演愈烈。

不过短短一个月，整个帝都仿佛成了一个屠场，尸首到处横陈。

走在这样血流成河的坟场上，连季航都觉得心里涌起无法形容的寒意，不由自主地加快了脚步。然而，刚转过街角，却看到了树荫深处有影子一动，仿佛惧怕生人走近，急匆匆地向着阴影里躲去。

他依稀觉得眼熟，赶了几步，一把抓住了那个瑟缩躲藏的女子，失声道：“明茉！”

“魔鬼！魔鬼！”那个少女躲在树荫深处，四周都是绞死的尸首。她神色惊惶，仿佛受到极大惊吓，在被他抓住的一瞬惊声尖叫。季航看到她披头散发神情恍惚，知道这个可怜的少女昨日半夜一定是被这样血腥的情景吓坏了，尚未走到演武堂便已崩溃。

他二话不说，便将她往永宁宫里拖去。

“魔鬼……魔鬼。”少女只是拼命摇头惊叫，一路挣扎，“他、他是魔鬼！放开我！”

“姑母，姑母！”季航拉着明茉从侧门直接往凌波馆走去，一路焦急地低唤——然而，奇怪的是罗袖夫人居然没有回答。难道……又是昨夜和那个鲛人男宠缠绵未起？都已经什么时候了，还有心思寻欢作乐！

一路走来，仿佛觉察到了什么，季航的眼神渐渐变了，一把捂住了明茉的嘴。明茉还在挣扎，然而身子却在看到内景的瞬间僵硬——

血！凌波馆内外，赫然成了一片血海！

七零八落的尸体横斜在地，由高台下一路铺到高台上的馆里，流出的血染得台下的碧波池一片殷红。季航倒抽了一口冷气——看那些人的衣饰，居然都是本族的各房子弟！这是怎么回事？自己不过是出去了半日，府里居然发生了这般血案！

“娘……娘！”然而，趁着他一愣，明茉奋力挣脱了他的手，不顾一切地奔上前去，“娘，你怎么了？！”

“唰！”刚踏入凌波馆，一刀便朝着她劈了下来！

“叮”的一声响，季航及时抢身上前格开那一刀，顺势一转身将明茉护在身后，军刀跃出，转瞬划了一个弧，将门内暗藏的那些人马逼退，厉叱道：“谁？！”

“是季航公子！”然而屋内却发出了轰然的欢呼，“是季航公子回来了！”

在他没有反应过来之前，所有人收起了刀剑，单膝跪地：“参见族长！”

季航愕然，发现房间内均是除了长房外的各方人手，不乏平日熟识的长辈和同辈。那些人身上血迹斑斑，显然是刚经历过一场激烈的厮杀才攻入了这间凌波馆，他心下惊疑不定，举目四望却不见罗袖夫人和凌的影子。

“族长？”他看向那些忽然下跪的族人，迟疑道，“罗袖夫人呢？”

“死了！”二房长子康冶大声回答，仿佛邀功似的抬起了头，“长房人马已经全部被我们杀光了，那个让公子痛恨的鲛人奴隶也望风而逃——季航公子，我们各房商量好了，一致推举你做新的族长？”

“什么？”季航全身一震，不自禁地倒退出三步，看着那些浑身浴血的族人，不可思议地喃喃，“你们……你们说什么？！”

一个年长的女子抬起了头，却是二房的当家人赢姑，沉声道：“季航公子，我们不服长房已非一时，罗袖那个贱人丢尽了我们巫姑一族的脸，到了这个时候无须忍她了！我们公推公子出来当新任族长，长房那帮人不服，少不得把他们都杀光了。”

“你们……你们做了什么！”季航只觉心里有一股怒火直冲上来，“谁说我要当族长了？”

“公子不要当族长？”赢姑嗤嗤冷笑，讥诮道，“那昨夜，是谁对族长拔刀来着？”

季航一怔，无语。

“既然明茉做不了破军的夫人，罗袖那个贱人顶个屁用！”赢姑冷笑起来，枯瘦的手指间转着一串念珠，“我们可不想和其他几家一样大祸临头，公子如今得到破军少将的重用，乃是巫姑一族不幸中的大幸……所以，让公子来当我们的族长，实在是最合适不过了。”

她看了他一眼，嘀咕道：“公子毕竟心软，少不得我们先替你下手了。”

季航脸色苍白，双手剧烈地发着抖，眼神忽喜忽怒——他终于明白，无论他如何躲闪，命运的洪流终究无可避免地将他推上了那个位置！

“既然如此……”沉默许久，他终究开了口，“不敢辜负大家厚爱。”

跪在地上的众人见他答允，纷纷松了一口气，相互交换了一个心照不宣的眼神——有得意，也有鄙夷。毕竟是让庶出的子弟当了族长，多少心里不服。然而，在目下这样的危急局面里，拥立一名当权受宠的族长，却是当务之急。

“娘！娘！”明茉凄惨地叫着，在满地尸首里翻检。

季航转过脸去，目不忍视。

“族长，”赢姑看着尸体堆里的少女，声音阴冷，“斩草要除根。”

“闭嘴。”他握紧了手里的军刀，霍然回身，冷冷道，“不需要你们来教我该如何做——都退下，晚上掌灯时分来大厅上议事！”

赢姑唇角浮出一丝冷笑：“是。”

在所有人退去后，季航站在高台上，看着底下荡漾着的一池血水，忽然间只觉得一口气堵在胸臆之中，一声长啸，挥刀“咔啦啦”击碎了大片的栏杆。

“杀吧，杀吧！”他低声冷笑，“父子相残，兄弟反目，都给我杀个痛快吧！”

高台下，明茉在尸堆中遍寻不见，忽地扑到池边从水里捞起一件染血的紫纱衣，哀哀哭泣。季航远远看着，忽地叹了口气——可怜这个天之骄女、十大门阀里尊贵的明茉小姐，一夜之间便成了比铁城贱民还不如的孤儿。

或许，少将说得对，是该尽早把她送离这个帝都了……如今只晚了片刻，便令她成了孤儿，再拖延下去只怕会更糟。

黑色的水底，血在无声地蔓延，宛如鲜红的丝带一路蜿蜒。

从碧波池底下不足二尺宽的泄水口挣扎游出，潜行的鲛人少年抱着贵妇人的腰，竭尽全力地游着，从帝都那一场惨绝人寰的血腥屠杀中逃脱。

这条水路，是潜伏在巫姑府上的他用了很久的时间打通的，另一端同海魂川驿站相连，辗转可以通往格林沁荒原的芦湄——这原本是不再指望族人和组织，也不再相信任何人之后，他给自己留下的唯一后路。

却没有想到，在某一日真的离开时，竟不是孤身一人。

凌在水底潜行。多年的声色犬马生活消磨了昔年作为战士的力量，只觉得出口处那一点隐约的白光是如此遥远，似乎永远也无法靠近。每游一段路，他就停下来，在水中俯身吻上女人苍白的唇，将气渡到她胸臆里。昏迷的人没有睁开眼，手指痉挛地抓着他的衣襟，将头紧紧贴在他胸口，脸上的表情是他从未见到过的无助和惊惧，完全不似平日里的模样。

半生鞍上，半生枕上。他的人生动荡而混乱，交织着自由、痛苦和欲望——如今，这一切过往都在一场大难中如尘土簌簌而落，将所有华丽的金粉剥落殆尽。

洗净铅华的他们，竟然还可以同归。

他将她更紧地搂住，仿佛一松手就会失去所有——多少恩怨如潮，一时去尽。大乱之后，两人都成了无国无家的人，再也没有身份的区别、种族的隔阂。就如提前站到了神的面前一样，两个灵魂平等而坦然地对望，抛去了所有世俗的顾忌。

水底幽暗而冰冷，手足因为长时间的划水而软弱无力。眼前忽然出现了幻影——那一片青青的碧草，繁花盛开的沼泽，水鸟和飞鱼栖息的天国。宛如梦幻，召唤着他前去。

格林沁荒原的芦湄……他童年时代曾经居住过的美丽桃源。

凌极力地在水中往前游去，然而被破身成腿后，鲛人的水下潜游能力大大下降，负伤的他抱着一个昏迷的人，身形也开始渐渐沉重。

那一点白光，始终在遥不可及的前方。

会死在这里吗？血从他的脖子上不断地沁出，他的动作渐渐失去了力气。凌下意识地划水，手却始终抱紧了身边的人，不肯松开丝毫。他们如同藤蔓般在黑暗的水底纠结缠绕，生死不离——蓝色的长发混合着女子金色的秀发，宛如黑暗里盛开的两朵美丽的花。

眼前那一点白色的光，终于慢慢变大，慢慢变大……

在浮出水面的瞬间，他失去了知觉。

很多年后，当世事沧桑变迁完毕，鲛人已经成为云荒上的传说，却有旅人在荒无人烟的格林沁荒原看到了这样一对奇特的夫妻——

满头白发的苍老女子在日光下昏昏睡去，皱纹横生的脸上已经看不出丝毫昔年的风采，然而她身边的伴侣却是年轻得令人意外，不过二十许，深蓝色的长发，湛碧色的眸子，有着令所有云荒少女为之魂牵梦萦的俊美容貌。

然而，那样年轻英俊的丈夫，却在日光下拥着苍老的妻子，看着碧空里悠远的浮云变幻，眼神温柔，神态宁静。

浮云的那一边便是大海，便是鲛人的故乡，也是如今冰族的所在。然而他们两人却早已各自将其舍弃——从此后，在这个世界上他们只有彼此，相依为命，直至死亡来临。

第二十章

尾声

沧流历九十二年一月二十日清晨，禁城中传出停止杀戮的金柝声。

在金柝响起的时候，整个禁城爆发出了哭泣和欢呼，所有幸存者的情绪都在刹那间崩溃，因为恐惧和喜悦而难以自已。在禁城城门重新打开的时候，外城的人闻到了浓烈的血腥味，发现从内城流出的水上居然漂着一指厚的血脂。

那一场大清洗里，禁城十大门阀几乎被屠杀殆尽。当时冰族的民谚有云："岁逢破军出，帝都血流红。"

据《沧流纪》卷五十记载：禁城内十大门阀，在沧流历九十一年尚有"二十六万二千六百九十四户"，到沧流历九十二年初就陡减至"十万八千零九十户"。经过这一次劫难，可以说禁城为之一空，十大门阀从此一蹶不振。

一月二十三日，迦楼罗金翅鸟再度降临白塔之上，展开双翅，发出无比耀眼的金光，笼罩了全城。金光里，破军从天而降，稳稳落在了断裂的白塔上。

三日里，十大门阀经过了惨烈的洗牌重组，分别诞生了新的族长——原本养尊处优、耽于享乐的嫡系大都遭到了无情的淘汰，趁着这千载难逢的时机，年轻勇武的新一代对着族里的长老拔剑相向，仿佛无数只猛虎野兽陡然破笼而出，打破了门第和血统的禁锢，一举夺到了这个帝都的大权。

年轻的勇士们提着首级站在塔下，准备着破军的召见，长刀上垂落滴滴鲜血。破军在高塔上对着十位胜利者举起手，邀请他们登上白塔。在新族长们齐齐跪倒、宣誓效忠于新霸主时，整个帝都爆发出了欢呼，响彻云霄的声音里带着战栗——不知是因为激动，还是因为恐惧。

沧流历九十二年春，十大门阀聚于白塔之上，公推破军少将为帝国之主，统领三军九部，总揽军政大事，彻底取消了元老院制度。自此，帝国上下改称其为“少帅”。

云焕在动荡中登上了沧流帝国的最高位。即位后，以雷霆手段迅速采取了一系列措施。

推倒皇城和禁城两道城墙，帝都内外从此融为一体，再无隔阂禁锢，铁城百姓可自由出入禁城不受任何拘束。同时，下令取消门阀等级制度，焚毁所有宗谱家书，各方用人评定不得再以血缘门第为标准，凡有再提“门第”“正庶”字样者，杀无赦。

清点三军，废除原来按照血缘和门第分封的职位，重新按照实力和战功评定战士等级，提拔出了新一批的年轻战士，分别任命为征天、镇野和靖海军团的将领。

重开演武堂，从幸存者中重新征集人手训练新战士。特别鼓励铁城中平民踊跃报名参军，凡愿意成为帝国军人的，均分得了一份足够全家生活一年的薪饷。而那一笔数额可观的财富，出自于那几个曾参与过婚典叛乱的大门阀的捐赠——奇特的是这一笔巨款并不是买命钱，要求的反而是速死。

那些叛乱的贵族在辛锥手下已然挨了十日，遭受了各种无法想象的酷刑，求生不得求死不能，辗转呼号之声达于刑部大狱内外，纷纷将财产女子全数献出，以求早日了断。

云焕在金钱和美女方面却相当冷淡，在转手将巨额金钱赠予铁城平民后，依然没有大发慈悲赐予那些叛徒一死。

然而，这样的情景只维持了短暂的一个月。

在帝都内部种种斗争基本平息、新的权力分配形成之后，沧流历九十二年二月二十五日，破军掉转矛头指向了帝都之外，开始着手平定整个大陆四处燃起的烽烟。

破军曜日，天下之血横流！

【辟天·完】